Johann Wolfgang von Goethe

Werkausgabe in zehn Bänden

Band 2

Johann Wolfgang von Goethe

Dramen

Könemann

Könemann Verlagsgesellschaft mbH
Bonner Straße 126, D-50968 Köln

Herausgegeben von Bettina Hesse
Gestaltung und Satz: Andreas Pohlmann 714
Herstellungsleiter: Detlev Schaper
Covergestaltung: Peter Feierabend
Printed in Hungary
ISBN 3-89508-663-0

Inhalt

Götz von Berlichingen

MIT DER EISERNEN HAND
EIN SCHAUSPIEL

PERSONEN

KAISER MAXIMILIAN
GÖTZ VON BERLICHINGEN
ELISABETH, seine Frau
MARIA, seine Schwester
KARL, sein Söhnchen
GEORG, sein Bube
BISCHOF VON BAMBERG
WEISLINGEN, } an des Bischofs Hofe
ADELHEID VON WALLDORF, } an des Bischofs Hofe
LIEBETRAUT, } an des Bischofs Hofe
ABT VON FULDA
OLEARIUS, beider Rechte Doktor
BRUDER MARTIN
HANNS VON SELBITZ
FRANZ VON SICKINGEN
LERSE
FRANZ, Weislingens Bube
KAMMERFRÄULEIN der Adelheid
METZLER, SIEVERS, LINK, KOHL, WILD, Anführer der rebellischen Bauern

Hoffrauen, Hofleute, am Bambergischen Hofe
Kaiserliche Räte
Ratsherren von Heilbronn
Richter des heimlichen Gerichts
Zwei Nürnberger Kaufleute
Max Stumpf, Pfalzgräfischer Diener
Ein Unbekannter
Brautvater, } Bauern
Bräutigam, }
Berlichingsche, Weislingsche, Bambergische Reiter
Hauptleute, Offiziere, Knechte von der Reichsarmee
Schenkwirt
Gerichtsdiener
Heilbronner Bürger
Stadtwache
Gefängniswärter
Bauern
Zigeunerhauptmann
Zigeuner, Zigeunerinnen

Erster Akt

Schwarzenberg in Franken, Herberge

Metzler, Sievers am Tische. Zwei Reitersknechte beim Feuer. Wirt

Sievers. Hänsel, noch ein Glas Branntwein, und meß christlich.

Wirt. Du bist der Nimmersatt.

Metzler *leise zu Sievers.* Erzähl das noch einmal vom Berlichingen! Die Bamberger dort ärgern sich, sie möchten schwarz werden.

Sievers. Bamberger? Was tun *die* hier?

Metzler. Der Weislingen ist oben auf'm Schloß beim Herrn Grafen schon zwei Tage; dem haben sie das Gleit geben. Ich weiß nicht, wo er herkommt; sie warten auf ihn; er geht zurück nach Bamberg.

Sievers. Wer ist der Weislingen?

Metzler. Des Bischofs rechte Hand, ein gewaltiger Herr, der dem Götz auch auf'n Dienst lauert.

Sievers. Er mag sich in Acht nehmen.

Metzler *leise.* Nur immer zu! *Laut.* Seit wann hat denn der Götz wieder Händel mit dem Bischof von Bamberg? Es hieß ja, alles wäre vertragen und geschlichtet.

Sievers. Ja, vertrag du mit den Pfaffen! Wie der Bischof sah, er richt nichts aus, und zieht immer den Kürzern, kroch er zum Kreuz und war geschäftig, daß der Vergleich zu Stand käm. Und der getreuherzige Berlichingen gab unerhört nach, wie er immer tut, wenn er im Vorteil ist.

Metzler. Gott erhalt' ihn! Ein rechtschaffner Herr!

Sievers. Nun denk', ist das nicht schändlich? Da werfen sie ihm einen Buben nieder, da er sich nichts weniger versieht. Wird sie aber schon wieder dafür lausen!

METZLER. Es ist doch dumm, daß ihm der letzte Streich mißglückt ist! Er wird sich garstig erbos't haben.

SIEVERS. Ich glaub' nicht, daß ihn lang' was so verdrossen hat. Denk' auch, alles war auf's genaueste verkundschaft, wann der Bischof aus dem Bad käm, mit wie viel Reitern, welchen Weg; und wenn's nicht wär' durch falsche Leut verraten worden, wollt' er ihm das Bad gesegnet und ihn ausgerieben haben.

ERSTER REITER. Was räsoniert ihr von unserm Bischof? Ich glaub' ihr sucht Händel.

SIEVERS. Kümmert euch um eure Sachen. Ihr habt an unserm Tisch nichts zu suchen.

ZWEITER REITER. Wer heißt euch von unserm Bischof despektierlich reden?

SIEVERS. Hab' ich euch Red und Antwort zu geben? Seht doch den Fratzen!

ERSTER REITER *schlägt ihm hinter die Ohren.*

METZLER. Schlag den Hund tot!

Sie fallen über einander her.

ZWEITER REITER. Komm her, wenn du's Herz hast.

WIRT *reißt sie von einander.* Wollt ihr Ruh haben! Tausend Schwerenot! Schert euch 'naus, wenn ihr was auszumachen habt. In meiner Stub soll's ehrlich und ordentlich zugehn. *Schiebt die Reiter zur Tür hinaus.* Und ihr Esel, was fanget ihr an?

METZLER. Nur nit viel geschimpft, Hänsel, sonst kommen wir dir über die Glatze. Komm, Kamerad, wollen die draußen bläuen.

Zwei Berlichingische Reiter kommen.

ERSTER REITER. Was gibt's da?

SIEVERS. Ei guten Tag, Peter! Veit, guten Tag! Woher?

ZWEITER REITER. Daß du dich nit unterstehst zu verraten, wem wir dienen.

SIEVERS *leise.* Da ist euer Herr Götz wohl auch nit weit?

ERSTER REITER. Halt dein Maul! Habt ihr Händel?

SIEVERS. Ihr seid den Kerls begegnet draußen, sind Bamberger.

Erster Reiter. Was tun die hier?

Metzler. Der Weislingen ist droben auf'm Schloß, beim gnädigen Herrn, den haben sie geleit.

Erster Reiter. Der Weislingen?

Zweiter Reiter *leise.* Peter! das ist ein gefunden Fressen! *Laut.* Wie lang' ist er da?

Metzler. Schon zwei Tage. Aber er will heut' noch fort, hört' ich einen von den Kerls sagen.

Erster Reiter *leise.* Sagt' ich dir nicht, er wär' daher! Hätten wir dort drüben eine Weile passen können. Komm, Veit.

Sievers. Helft uns doch erst die Bamberger ausprügeln.

Zweiter Reiter. Ihr seid ja auch zu zwei. Wir müssen fort. Adies! *Ab.*

Sievers. Lumpenhunde, die Reiter! wann man sie nit bezahlt, tun sie dir keinen Streich.

Metzler. Ich wollt' schwören, sie haben einen Anschlag. Wem dienen sie?

Sievers. Ich soll's nit sagen. Sie dienen dem Götz.

Metzler. So! nun wollen wir über die draußen. Komm, so lang' ich einen Bengel hab, fürcht' ich ihre Bratspieße nicht.

Sievers. Dürften wir nur so einmal an die Fürsten, die uns die Haut über die Ohren ziehen.

Herberge im Wald

Götz *vor der Tür unter der Linde.* Wo meine Knechte bleiben! Auf und ab muß ich gehen, sonst übermannt mich der Schlaf. Fünf Tag und Nächte schon auf der Lauer. Es wird einem sauer gemacht, das bißchen Leben und Freiheit. Dafür, wenn ich dich habe, Weislingen, will ich mir's wohl sein lassen. *Schenkt ein.* Wieder leer! Georg! So lang's daran nicht mangelt und an frischem Mut, lach ich der Fürsten Herrschsucht und Ränke. –

Georg! – Schickt ihr nur euren gefälligen Weislingen herum zu Vettern und Gevattern, laßt mich anschwärzen. Nur immer zu. Ich bin wach. Du warst mir entwischt, Bischof! So mag denn dein lieber Weislingen die Zeche bezahlen. – Georg! Hört der Junge nicht! Georg! Georg!

DER BUBE *im Panzer eines Erwachsenen.* Gestrenger Herr!

GÖTZ. Wo steckst du! Hast du geschlafen? Was zum Henker treibst du für Mummerei? Komm her, du siehst gut aus. Schäm dich nicht, Junge. Du bist brav! Ja, wenn du ihn ausfülltest! Er ist Hannsens Küraß?

GEORG. Er wollt' ein wenig schlafen und schnallt ihn aus.

GÖTZ. Er ist bequemer als sein Herr.

GEORG. Zürnt nicht. Ich nahm ihn leise weg und legt' ihn an und holte meines Vaters altes Schwert von der Wand, lief auf die Wiese und zog's aus.

GÖTZ. Und hiebst um dich herum? Da wird's den Hecken und Dornen gut gegangen sein. Schläft Hanns?

GEORG. Auf euer Rufen sprang er auf und schrie mir, daß ihr rieft. Ich wollt' den Harnisch ausschnallen, da hört' ich euch zwei-, dreimal.

GÖTZ. Geh, bring' ihm seinen Panzer wieder und sag' ihm, er soll bereit sein, soll nach den Pferden sehen.

GEORG. Die hab' ich recht ausgefüttert und wieder aufgezäumt. Ihr könnt aufsitzen, wann ihr wollt.

GÖTZ. Bring mir einen Krug Wein, gib Hannsen auch ein Glas, sag' ihm, er soll munter sein, es gilt. Ich hoffe jeden Augenblick, meine Kundschafter sollen zurück kommen.

GEORG. Ach gestrenger Herr!

GÖTZ. Was hast du?

GEORG. Darf ich nicht mit?

GÖTZ. Ein andermal, Georg, wann wir Kaufleute fangen und Fuhren wegnehmen.

GEORG. Ein andermal, das habt ihr schon oft gesagt. O diesmal!

diesmal! Ich will nur hinten drein laufen, nur auf der Seite lauern. Ich will euch die verschossenen Bolzen wieder holen.

GÖTZ. Das nächstemal, Georg. Du sollst erst ein Wamms haben, eine Blechhaube und einen Spieß.

GEORG. Nehmet mich mit. Wär' ich letzt dabei gewesen, ihr hättet die Armbrust nicht verloren.

GÖTZ. Weißt du das?

GEORG. Ihr warft sie dem Feind an Kopf, und einer von den Fußknechten hob sie auf, weg war sie! Gelt ich weiß?

GÖTZ. Erzählen dir das meine Knechte?

GEORG. Wohl. Dafür pfeif' ich ihnen auch, wenn wir die Pferde striegeln, allerlei Weisen, und lerne sie allerlei lustige Lieder.

GÖTZ. Du bist ein braver Junge.

GEORG. Nehmt mich mit, daß ich's zeigen kann.

GÖTZ. Das nächstemal, auf mein Wort. Unbewaffnet, wie du bist, sollst du nicht in Streit. Die künftigen Zeiten brauchen auch Männer. Ich sage dir, Knabe, es wird eine teure Zeit werden: Fürsten werden ihre Schätze bieten um einen Mann, den sie jetzt hassen. Geh, Georg, gib Hannsen seinen Küraß wieder, und bring' mir Wein. *Georg ab.* Wo meine Knechte bleiben! Es ist unbegreiflich. Ein Mönch! Wo kommt der noch her?

Bruder Martin kommt.

GÖTZ. Ehrwürdiger Vater, guten Abend! woher so spät? Mann der heiligen Ruhe, ihr beschämt viel Ritter.

MARTIN. Dank euch, edler Herr! Und bin vor der Hand nur demütiger Bruder, wenn's ja Titel sein soll. Augustin mit meinem Klosternamen, doch hör' ich am liebsten Martin, meinen Taufnamen.

GÖTZ. Ihr seid müde, Bruder Martin, und ohne Zweifel durstig! *Der Bub kommt.* Da kommt der Wein eben recht.

MARTIN. Für mich einen Trunk Wasser. Ich darf keinen Wein trinken.

GÖTZ. Ist das euer Gelübde?

MARTIN. Nein, gnädiger Herr, es ist nicht wider mein Gelübde, Wein zu trinken; weil aber der Wein wider mein Gelübde ist, so trinke ich keinen Wein.

GÖTZ. Wie versteht ihr das?

MARTIN. Wohl euch, daß ihr's nicht versteht. Essen und trinken, mein' ich, ist des Menschen Leben.

GÖTZ. Wohl!

MARTIN. Wenn ihr gegessen und getrunken habt, seid ihr wie neu geboren; seid stärker, mutiger, geschickter zu eurem Geschäft. Der Wein erfreut des Menschen Herz, und die Freudigkeit ist die Mutter aller Tugenden. Wenn ihr Wein getrunken habt, seid ihr alles doppelt, was ihr sein sollt, noch einmal so leicht denkend, noch einmal so unternehmend, noch einmal so schnell ausführend.

GÖTZ. Wie ich ihn trinke, ist es wahr.

MARTIN. Davon red' ich auch. Aber wir –

GEORG *mit Wasser.*

GÖTZ *zu Georg heimlich.* Geh auf den Weg nach Dachsbach, und leg dich mit dem Ohr auf die Erde, ob du nicht Pferde kommen hörst, und sei gleich wieder hier.

MARTIN. Aber wir, wenn wir gegessen und getrunken haben, sind wir grad das Gegenteil von dem, was wir sein sollen. Unsere schläfrige Verdauung stimmt den Kopf nach dem Magen, und in der Schwäche einer überfüllten Ruhe erzeugen sich Begierden, die ihrer Mutter leicht über den Kopf wachsen.

GÖTZ. Ein Glas, Bruder Martin, wird euch nicht im Schlaf stören. Ihr seid heute viel gegangen. *Bringt's ihm.* Alle Streiter!

MARTIN. In Gottes Namen! *Sie stoßen an.* Ich kann die müßigen Leute nicht ausstehen; und doch kann ich nicht sagen, daß alle Mönche müßig sind; sie tun, was sie können. Da komm' ich von St. Veit, wo ich die letzte Nacht schlief. Der Prior führte mich in den Garten; das ist nun ihr Bienenkorb. Vortrefflicher Salat! Kohl nach Herzens Lust! und besonders Blumenkohl und Artischocken, wie keine in Europa!

GÖTZ. Das ist also eure Sache nicht. *Er steht auf, sieht nach dem Jungen und kommt wieder.*

MARTIN. Wollte, Gott hätte mich zum Gärtner oder Laboranten gemacht! ich könnte glücklich sein. Mein Abt liebt mich, mein Kloster ist Erfurt in Sachsen; er weiß, ich kann nicht ruhn, da schickt er mich herum, wo was zu betreiben ist. Ich geh zum Bischof von Konstanz.

GÖTZ. Noch Eins! Gute Verrichtung!

MARTIN. Gleichfalls.

GÖTZ. Was seht ihr mich so an, Bruder?

MARTIN. Daß ich in euren Harnisch verliebt bin.

GÖTZ. Hättet ihr Lust zu einem? Es ist schwer und beschwerlich, ihn zu tragen.

MARTIN. Was ist nicht beschwerlich auf dieser Welt! und mir kommt nichts beschwerlicher vor, als nicht Mensch sein dürfen. Armut, Keuschheit und Gehorsam – drei Gelübde, deren jedes, einzeln betrachtet, der Natur das Unausstehlichste scheint, so unerträglich sind sie alle. Und sein ganzes Leben unter dieser Last, oder der weit drückendern Bürde des Gewissens mutlos zu keuchen! O Herr! was sind die Mühseligkeiten eures Lebens gegen die Jämmerlichkeiten eines Standes, der die besten Triebe, durch die wir werden, wachsen und gedeihen, aus mißverstandener Begierde, Gott näher zu rücken, verdammt?

GÖTZ. Wär' euer Gelübde nicht so heilig, ich wollte euch bereden, einen Harnisch anzulegen, wollt' euch ein Pferd geben, und wir zögen mit einander.

MARTIN. Wollte Gott, meine Schultern fühlten Kraft, den Harnisch zu ertragen, und mein Arm Stärke, einen Feind vom Pferd zu stechen! – Arme schwache Hand, von jeher gewöhnt, Kreuze und Friedensfahnen zu führen und Rauchfässer zu schwingen, wie wolltest du Lanze und Schwert regieren! Meine Stimme, nur zu Ave und Halleluja gestimmt, würde dem Feind ein Herold meiner Schwäche sein, wenn ihn die eurige überwältigte. Kein Gelübde sollte mich abhalten, wieder in den Orden zu treten, den mein Schöpfer selbst gestiftet hat!

GÖTZ. Glückliche Wiederkehr!

MARTIN. Das trinke ich nur für euch. Wiederkehr in meinen Käfig ist allemal unglücklich. Wenn ihr wiederkehrt, Herr, in eure Mauern, mit dem Bewußtsein eurer Tapferkeit und Stärke, der keine Müdigkeit etwas anhaben kann, euch zum erstenmal nach langer Zeit, sicher vor feindlichem Überfall, entwaffnet auf euer Bette streckt und euch nach dem Schlaf dehnt, der euch besser schmeckt, als mir der Trunk nach langem Durst; da könnt ihr von Glück sagen!

GÖTZ. Dafür kommt's auch selten.

MARTIN *feuriger.* Und ist, wenn's kommt, ein Vorschmack des Himmels. – Wenn ihr zurückkehrt, mit der Beute eurer Feinde beladen, und euch erinnert: den stach ich vom Pferd, eh er schießen konnte, und den rannt ich samt dem Pferde nieder, und dann reitet ihr zu eurem Schloß hinauf, und –

GÖTZ. Was meint ihr?

MARTIN. Und eure Weiber! *Er schenkt ein.* Auf Gesundheit eurer Frau! *Er wischt sich die Augen.* Ihr habt doch eine?

GÖTZ. Ein edles vortreffliches Weib!

MARTIN. Wohl dem, der ein tugendsam Weib hat! deß lebt er noch eins so lange. Ich kenne keine Weiber, und doch war die Frau die Krone der Schöpfung!

GÖTZ *vor sich.* Er dauert mich! Das Gefühl seines Standes frißt ihm das Herz.

GEORG *gesprungen.* Herr! ich höre Pferde im Galopp! Zwei! Es sind sie gewiß.

GÖTZ. Führ mein Pferd heraus! Hanns soll aufsitzen. Lebt wohl, teurer Bruder, Gott geleit euch! Seid mutig und geduldig. Gott wird euch Raum geben.

MARTIN. Ich bitt' um euren Namen.

GÖTZ. Verzeiht mir. Lebt wohl! *Er reicht ihm die linke Hand.*

MARTIN. Warum reicht ihr mir die Linke? Bin ich die ritterliche Rechte nicht wert?

GÖTZ. Und wenn ihr der Kaiser wärt, ihr müßtet mit dieser vorlieb nehmen. Meine Rechte, obgleich im Kriege nicht unbrauchbar, ist gegen den Druck der Liebe unempfindlich. Sie ist eins mit ihrem Handschuh: ihr seht, er ist Eisen.

MARTIN. So seid ihr Götz von Berlichingen! Ich danke dir, Gott, daß du mich ihn hast sehen lassen, diesen Mann, den die Fürsten hassen, und zu dem die Bedrängten sich wenden. *Er nimmt ihm die rechte Hand.* Laßt mir diese Hand, laßt mich sie küssen.

GÖTZ. Ihr sollt nicht.

MARTIN. Laßt mich! Du, mehr wert als Reliquienhand, durch die das heiligste Blut geflossen ist, totes Werkzeug, belebt durch des edelsten Geistes Vertrauen auf Gott!

GÖTZ *setzt den Helm auf und nimmt die Lanze.*

MARTIN. Es war ein Mönch bei uns vor Jahr und Tag, der euch besuchte, wie sie euch abgeschossen ward vor Landshut. Wie er uns erzählte, was ihr littet, und wie sehr es euch schmerzte, zu eurem Beruf verstümmelt zu sein, und wie euch einfiel, von einem gehört zu haben, der auch nur eine Hand hatte, und als tapferer Reitersmann doch noch lange diente – ich werde das nie vergessen.

Die zwei Knechte kommen.

GÖTZ *zu ihnen. Sie reden heimlich.*

MARTIN *fährt inzwischen fort.* Ich werde das nie vergessen, wie er im edelsten einfältigsten Vertrauen auf Gott sprach: Und wenn ich zwölf Hände hätte und deine Gnad wollt' mir nicht, was würden sie mir fruchten. So kann ich mit einer –

GÖTZ. In den Haslacher Wald also. *Kehrt sich zu Martin.* Lebt wohl, werter Bruder Martin. *Er küßt ihn.*

MARTIN. Vergeßt mein nicht, wie ich euer nicht vergesse. *Götz ab.* Wie mir's so eng ums Herz ward, da ich ihn sah. Er redete nichts, und mein Geist konnte doch den seinigen unterscheiden. Es ist eine Wollust, einen großen Mann zu sehn.

GEORG. Ehrwürdiger Herr, ihr schlaft doch bei uns?

MARTIN. Kann ich ein Bett haben?

GEORG. Nein, Herr! ich kenne Betten nur vom Hörensagen, in unsrer Herberg' ist nichts als Stroh.

MARTIN. Auch gut. Wie heißt du?

GEORG. Georg, ehrwürdiger Herr!

MARTIN. Georg! da hast du einen tapfern Patron.

GEORG. Sie sagen, er sei ein Reiter gewesen; das will auch ich sein.

MARTIN. Warte! *Er zieht ein Gebetbuch hervor und gibt dem Buben einen Heiligen.* Da hast du ihn. Folge seinem Beispiel, sei brav und fürchte Gott! *Martin geht.*

GEORG. Ach, ein schöner Schimmel! wenn ich einmal so einen hätte! – und die goldene Rüstung! – Das ist ein garstiger Drach – Jetzt schieß' ich nach Sperlingen – Heiliger Georg! mach mich groß und stark, gib mir so eine Lanze, Rüstung und Pferd, dann laß mir die Drachen kommen!

JAXTHAUSEN. GÖTZENS BURG

Elisabeth. Maria. Karl, sein Söhnchen

KARL. Ich bitte dich, liebe Tante, erzähl mir das noch einmal vom frommen Kind, 's is gar zu schön.

MARIA. Erzähl du mir's, kleiner Schelm, da will ich hören, ob du Acht gibst.

KARL. Wart' e bis, ich will mich bedenken. – Es war einmal – ja – es war einmal ein Kind, und sein Mutter war krank, da ging das Kind hin –

MARIA. Nicht doch. Da sagte die Mutter: liebes Kind –

KARL. Ich bin krank –

MARIA. Und kann nicht ausgehn –

KARL. Und gab ihm Geld und sagte: geh hin und hol dir ein Frühstück. Da kam ein armer Mann –

MARIA. Das Kind ging, da begegnet ihm ein alter Mann, der war – nun, Karl!

KARL. Der war – alt –

MARIA. Freilich! der kaum mehr gehen konnte, und sagte: liebes Kind –

KARL. Schenk mir was, ich hab' kein Brot gessen gestern und heut. Da gab ihm's Kind das Geld –

MARIA. Das für sein Frühstück sein sollte.

KARL. Da sagte der alte Mann –

MARIA. Da nahm der alte Mann das Kind –

KARL. Bei der Hand, und sagte – und ward ein schöner glänziger Heiliger, und sagte: liebes Kind –

MARIA. Für deine Wohltätigkeit belohnt dich die Mutter Gottes durch mich: welchen Kranken du anrührst –

KARL. Mit der Hand – es war die rechte, glaub' ich.

MARIA. Ja.

KARL. Der wird gleich gesund.

MARIA. Da lief das Kind nach Haus und konnt für Freuden nichts reden.

KARL. Und fiel seiner Mutter um den Hals und weinte für Freuden –

MARIA. Da rief die Mutter: wie ist mir! und war – nun, Karl.

KARL. Und war – und war –

MARIA. Du gibst schon nicht Acht! – und war gesund. Und das Kind kurierte König und Kaiser, und wurde so reich, daß es ein großes Kloster bauete.

ELISABETH. Ich kann nicht begreifen, wo mein Herr bleibt. Schon fünf Tage und Nächte, daß er weg ist, und er hoffte, so bald seinen Streich auszuführen.

MARIA. Mich ängstigt's lang. Wenn ich so einen Mann haben sollte, der sich immer Gefahren aussetzte, ich stürbe im ersten Jahr.

ELISABETH. Dafür dank ich Gott, daß er mich härter zusammen gesetzt hat.

KARL. Aber muß dann der Vater ausreiten, wenn's so gefährlich ist?

MARIA. Es ist sein guter Wille so.

ELISABETH. Wohl muß er, lieber Karl.

KARL. Warum?

ELISABETH. Weißt du noch, wie er das letztemal ausritt, da er dir Weck mitbrachte?

KARL. Bringt er mir wieder mit?

ELISABETH. Ich glaub' wohl. Siehst du, da war ein Schneider von Stuttgart, der war ein trefflicher Bogenschütz, und hatte zu Köln auf'm Schießen das Beste gewonnen.

KARL. War's viel?

ELISABETH. Hundert Taler. Und darnach wollten sie's ihm nicht geben.

MARIA. Gelt, das ist garstig, Karl?

KARL. Garstige Leut!

ELISABETH. Da kam der Schneider zu deinem Vater und bat ihn, er möchte ihm zu seinem Geld verhelfen. Und da ritt er aus und nahm den Kölnern ein paar Kaufleute weg, und plagte sie so lang, bis sie das Geld herausgaben. Wärst du nicht auch ausgeritten?

KARL. Nein! da muß man durch einen dicken dicken Wald, sind Zigeuner und Hexen drin.

ELISABETH. Ist ein rechter Bursch, fürcht sich vor Hexen.

MARIA. Du tust besser, Karl, leb du einmal auf deinem Schloß als ein frommer christlicher Ritter. Auf seinen eigenen Gütern findet man zum Wohltun Gelegenheit genug. Die rechtschaffensten Ritter begehen mehr Ungerechtigkeit als Gerechtigkeit auf ihren Zügen.

ELISABETH. Schwester, du weißt nicht, was du redst. Gebe nur Gott, daß unser Junge mit der Zeit braver wird, und dem Weislingen nicht nachschlägt, der so treulos an meinem Mann handelt.

MARIA. Wir wollen nicht richten, Elisabeth. Mein Bruder ist sehr erbittert, du auch. Ich bin bei der ganzen Sache mehr Zuschauer, und kann billiger sein.

ELISABETH. Er ist nicht zu entschuldigen.

MARIA. Was ich von ihm gehört, hat mich eingenommen. Erzählte nicht selbst dein Mann so viel Liebes und Gutes von ihm! Wie glücklich war ihre Jugend, als sie zusammen Edelknaben des Markgrafen waren!

ELISABETH. Das mag sein. Nur sag, was kann der Mensch je Gutes gehabt haben, der seinem besten treuesten Freunde nachstellt, seine Dienste den Feinden meines Mannes verkauft, und unsern trefflichen Kaiser, der uns so gnädig ist, mit falschen widrigen Vorstellungen einzunehmen sucht.

KARL. Der Vater! der Vater! Der Thürner bläst 's Liedel: Heisa, mach's Tor auf.

ELISABETH. Da kommt er mit Beute.

Ein Reiter kommt.

REITER. Wir haben gejagt! wir haben gefangen! Gott grüß euch, edle Frauen.

ELISABETH. Habt ihr den Weislingen?

REITER. Ihn und drei Reiter.

ELISABETH. Wie ging's zu, daß ihr so lang' ausbleibt?

REITER. Wir lauerten auf ihn zwischen Nürnberg und Bamberg, er wollte nicht kommen, und wir wußten doch, er war auf dem Wege. Endlich kundschaften wir ihn aus, er war seitwärts gezogen, und saß geruhig beim Grafen auf Schwarzenberg.

ELISABETH. Den möchten sie auch gern meinem Mann feind haben.

REITER. Ich sagt's gleich dem Herrn. Auf! und wir ritten in Haslacher Wald. Und da war's kurios: wie wir so in die Nacht reiten, hüt't just ein Schäfer da, und fallen fünf Wölf in die Herd' und packen weidlich an. Da lachte unser Herr und sagte: Glück zu, liebe Gesellen! Glück überall und uns auch! Und es freuet uns all das gute Zeichen. Indem so kommt der Weislingen hergeritten mit vier Knechten.

MARIA. Das Herz zittert mir im Leibe.

REITER. Ich und mein Kamerad, wie's der Herr befohlen hatte, nistelten uns an ihn, als wären wir zusammengewachsen, daß er sich nicht regen noch rühren konnte, und der Herr und der Hanns fielen über die Knechte her und nahmen sie in Pflicht. Einer ist entwischt.

ELISABETH. Ich bin neugierig, ihn zu sehn. Kommen sie bald?

REITER. Sie reiten das Tal herauf, in einer Viertelstund sind sie hier.

MARIA. Er wird niedergeschlagen sein.

REITER. Finster genug sieht er aus.

MARIA. Sein Anblick wird mir im Herzen weh tun.

ELISABETH. Ah! – ich will gleich das Essen zurecht machen. Hungrig werdet ihr doch alle sein.

REITER. Rechtschaffen.

ELISABETH. Nimm die Kellerschlüssel und hol vom besten Wein! Sie haben ihn verdient. *Ab.*

KARL. Ich will mit, Tante.

MARIA. Komm, Bursch. *Ab.*

REITER. Der wird nicht sein Vater, sonst ging' er mit in Stall!

Götz, Weislingen, Reitersknechte

GÖTZ *Helm und Schwert auf den Tisch legend.* Schnallt mir den Harnisch auf, und gebt mir mein Wamms. Die Bequemlichkeit wird mir wohltun. Bruder Martin, du sagtest recht. – Ihr habt uns in Atem erhalten, Weislingen.

WEISLINGEN *antwortet nichts, auf und ab gehend.*

GÖTZ. Seid guten Muts. Kommt, entwaffnet euch. Wo sind eure Kleider? Ich hoffe, es soll nichts verloren gegangen sein. *Zum Knecht.* Frag seine Knechte, und öffnet das Gepäcke, und seht zu, daß nichts abhanden komme. Ich könnt' euch auch von den meinigen borgen.

WEISLINGEN. Laßt mich so, es ist all eins.

GÖTZ. Könnt' euch ein hübsches saubres Kleid geben, ist zwar nur leinen. Mir ist's zu eng geworden. Ich hatt's auf der Hochzeit meines gnädigen Herrn, des Pfalzgrafen, an, eben damals, als euer Bischof so giftig über mich wurde. Ich hatt' ihm, vierzehn Tag vorher, zwei Schiff' auf dem Main niedergeworfen. Und ich geh mit Franzen von Sickingen im Wirtshaus zum Hirsch in Heidelberg die Trepp hinauf. Eh man noch ganz droben ist, ist ein Absatz und ein eisern Geländerlein, da stund der Bischof und gab Franzen die Hand, wie er vorbei ging, und gab sie mir auch, wie ich hinten drein kam. Ich lacht' in meinem Herzen und ging zum Landgrafen von Hanau, der mir ein gar lieber Herr war, und sagte: Der Bischof hat mir die Hand geben, ich wett', er hat mich nicht gekannt. Das hört der Bischof, denn ich redt laut mit Fleiß, und kam zu uns trotzig – und sagte: Wohl, weil ich euch nicht kannt hab, gab ich euch die Hand. Da sagt' ich: Herre, ich merkt's wohl, daß ihr mich nicht kanntet, und hiermit habt ihr eure Hand wieder. Da ward das Männlein so rot am Hals wie ein Krebs vor Zorn, und lief in die Stube zu Pfalzgraf Ludwig und dem Fürsten von Nassau und klagt's ihnen. Wir haben nachher uns oft was drüber zu Gute getan.

WEISLINGEN. Ich wollt', ihr ließt mich allein.

GÖTZ. Warum das? Ich bitt' euch, seid aufgeräumt. Ihr seid in meiner Gewalt, und ich werd sie nicht mißbrauchen.

WEISLINGEN. Dafür war mir's noch nicht bange. Das ist eure Ritterpflicht.

GÖTZ. Und ihr wißt, daß die mir heilig ist.

WEISLINGEN. Ich bin gefangen; das Übrige ist eins.

GÖTZ. Ihr solltet nicht so reden. Wenn ihr's mit Fürsten zu tun hättet, und sie euch in tiefen Thurn an Ketten aufhingen, und der Wächter euch den Schlaf wegpfeifen müßte.

Die Knechte mit den Kleidern

WEISLINGEN *zieht sich aus und an.*

Karl kommt.

KARL. Guten Morgen, Vater.

GÖTZ *küßt ihn.* Guten Morgen, Junge. Wie habt ihr die Zeit gelebt?

KARL. Recht geschickt, Vater! Die Tante sagt: ich sei recht geschickt.

GÖTZ. So.

KARL. Hast du mir was mitgebracht?

GÖTZ. Diesmal nicht.

KARL. Ich hab' viel gelernt.

GÖTZ. Ei!

KARL. Soll ich dir vom frommen Kind erzählen?

GÖTZ. Nach Tische.

KARL. Ich weiß noch was.

GÖTZ. Was wird das sein?

KARL. Jaxthausen ist ein Dorf und Schloß an der Jaxt, gehört seit zweihundert Jahren den Herrn von Berlichingen erb- und eigentümlich zu.

GÖTZ. Kennst du den Herrn von Berlichingen?

KARL *sieht ihn starr an.*

GÖTZ *vor sich.* Er kennt wohl vor lauter Gelehrsamkeit seinen Vater nicht. – Wem gehört Jaxthausen?

KARL. Jaxthausen ist ein Dorf und Schloß an der Jaxt.

GÖTZ. Das frag' ich nicht. – Ich kannte alle Pfade, Weg und Furten, eh ich wußte wie Fluß, Dorf und Burg hieß. – Die Mutter ist in der Küche?

KARL. Ja, Vater! Sie kocht weiße Rüben und ein Lammsbraten.

GÖTZ. Weißt du's auch, Hanns Küchenmeister?

KARL. Und für mich zum Nachtisch hat die Tante einen Apfel gebraten.

GÖTZ. Kannst du sie nicht roh essen?

KARL. Schmeckt so besser.

GÖTZ. Du mußt immer was Apartes haben. – Weislingen! ich bin gleich wieder bei euch. Ich muß meine Frau doch sehn. Komm mit, Karl.

KARL. Wer ist der Mann?

GÖTZ. Grüß' ihn. Bitt' ihn, er soll lustig sein.

KARL. Da, Mann! hast du eine Hand, sei lustig, das Essen ist bald fertig.

WEISLINGEN *hebt ihn in die Höh und küßt ihn.* Glückliches Kind! das kein Übel kennt, als wenn die Suppe lang' ausbleibt. Gott laß' euch viel Freud am Knaben erleben, Berlichingen!

GÖTZ. Wo viel Licht ist, ist starker Schatten – doch wär' mir's willkommen. Wollen sehn, was es gibt. *Sie gehn.*

WEISLINGEN. O daß ich aufwachte! und das alles wäre ein Traum! In Berlichingens Gewalt! von dem ich mich kaum losgearbeitet hatte, dessen Andenken ich mied wie Feuer, den ich hoffte zu überwältigen! und er – der alte treuherzige Götz! Heiliger Gott, was will aus dem allen werden? Rückgeführt, Adelbert, in den Saal! wo wir als Buben unsere Jagd trieben – da du ihn liebtest, an ihm hingst wie an deiner Seele. Wer kann ihm nahen und ihn hassen? Ach! ich bin so ganz nichts hier! Glückselige Zeiten, ihr seid vorbei, da noch der alte Berlichingen hier am Kamin saß, da wir um ihn durch einander spielten, und uns liebten wie die Engel. Wie wird sich der Bischof ängstigen, und meine Freunde. Ich weiß, das ganze Land nimmt Teil an meinem Unfall. Was ist's? Können sie mir geben, wornach ich strebe?

GÖTZ *mit einer Flasche Wein und Becher.* Bis das Essen fertig wird, wollen wir eins trinken. Kommt, setzt euch, tut, als wenn ihr zu Hause wärt! Denkt, ihr seid wieder einmal beim Götz. Haben doch lange nicht beisammen gesessen, lang' keine Flasche mit einander ausgestochen. *Bringt's ihm.* Ein fröhlich Herz!

WEISLINGEN. Die Zeiten sind vorbei!

GÖTZ. Behüte Gott! Zwar vergnügtere Tage werden wir wohl nicht wieder finden als an des Markgrafen Hof, da wir noch beisammen schliefen und mit einander herumzogen. Ich erinnere mich mit Freuden meiner Jugend. Wißt ihr noch, wie ich mit dem Polacken Händel kriegte, dem ich sein gepicht und gekräuselt Haar von ungefähr mit dem Ärmel verwischte?

WEISLINGEN. Es war bei Tische, und er stach nach euch mit dem Messer.

GÖTZ. Den schlug ich wacker aus dazumal, und darüber wurdet ihr mit seinem Kameraden zu Unfried. Wir hielten immer redlich zusammen, als gute brave Jungen, dafür erkennte uns auch jedermann. *Schenkt ein und bring's.* Castor und Pollux! Mir tat's immer im Herzen wohl, wenn uns der Markgraf so nannte.

WEISLINGEN. Der Bischof von Würzburg hatte es aufgebracht.

GÖTZ. Das war ein gelehrter Herr, und dabei so leutselig. Ich erinnere mich seiner, so lange ich lebe, wie er uns liebkoste, unsere Eintracht lobte, und den Menschen glücklich pries, der ein Zwillingsbruder seines Freundes wäre.

WEISLINGEN. Nichts mehr davon!

GÖTZ. Warum nicht? Nach der Arbeit wüßt' ich nichts Angenehmeres, als mich des Vergangenen zu erinnern. Freilich, wenn ich wieder so bedenke, wie wir Liebs und Leids zusammen trugen, einander alles waren, und wie ich damals wähnte, so sollt's unser ganzes Leben sein! War das nicht all mein Trost, wie mir diese Hand weggeschossen ward vor Landshut, und du mein pflegtest, und mehr als Bruder für mich sorgtest? Ich hoffte, Adelbert wird künftig meine rechte Hand sein. Und nun –

WEISLINGEN. Oh!

GÖTZ. Wenn du mir damals gefolgt hättest, da ich dir anlag, mit nach Brabant zu ziehen, es wäre alles gut geblieben. Da hielt dich das unglückliche Hofleben, und das Schlenzen und Scherwenzen mit den Weibern. Ich sagt' es dir immer, wenn du dich mit den eitlen garstigen Vetteln abgabst, und ihnen erzähltest von mißvergnügten Ehen, verführten Mädchen, der rauhen Haut einer Dritten, oder was sie sonst gerne hören, du wirst ein Spitzbub, sagt' ich, Adelbert.

WEISLINGEN. Wozu soll das alles?

GÖTZ. Wollte Gott, ich könnt's vergessen, oder es wär' anders! Bist du nicht ebenso frei, so edel geboren als einer in Deutschland, unabhängig, nur dem Kaiser untertan, und du schmiegst dich unter Vasallen? Was hast du von dem Bischof? Weil er dein Nachbar ist? dich necken könnte? Hast du nicht Arme und Freunde, ihn wieder zu necken? Verkennst den Wert eines freien Rittermanns, der nur abhängt von Gott, seinem Kaiser und sich selbst! Verkriechst dich zum ersten Hofschranzen eines eigensinnigen neidischen Pfaffen!

WEISLINGEN. Laß mich reden.

GÖTZ. Was hast du zu sagen?

WEISLINGEN. Du siehst die Fürsten an, wie der Wolf den Hirten. Und doch, darfst du sie schelten, daß sie ihrer Leut und Länder Bestes wahren? Sind sie denn einen Augenblick vor den ungerechten Rittern sicher, die ihre Untertanen auf allen Straßen anfallen, ihre Dörfer und Schlösser verheeren? Wenn nun auf der andern Seite unsers teuren Kaisers Länder der Gewalt des Erbfeindes ausgesetzt sind, er von den Ständen Hilfe begehrt, und sie sich kaum ihres Lebens erwehren; ist's nicht ein guter Geist, der ihnen einrät auf Mittel zu denken Deutschland zu beruhigen, Recht und Gerechtigkeit zu handhaben, um einen jeden, Großen und Kleinen, die Vorteile des Friedens genießen zu machen. Und uns verdenkst du's, Berlichingen, daß wir uns in ihren Schutz begeben, deren Hilfe uns nah ist, statt daß die entfernte Majestät sich selbst nicht beschützen kann.

GÖTZ. Ja! Ja! Ich versteh! Weislingen, wären die Fürsten, wie ihr sie schildert, wir hätten alle, was wir begehren, Ruh und Frieden. Ich glaub's wohl! Den wünscht jeder Raubvogel, die Beute nach Bequemlichkeit zu verzehren. Wohlsein eines jeden! Daß sie sich nur darum graue Haare wachsen ließen! Und mit unserm Kaiser spielen sie auf eine unanständige Art. Er meint's gut und möcht gern bessern. Da kommt denn alle Tage ein neuer Pfannenflicker und meint so und so. Und weil der Herr geschwind etwas begreift, und nur reden darf, um tausend Hände in Bewegung zu setzen, so denkt er, es wär' auch alles so geschwind und leicht ausgeführt. Nun ergehn Verordnungen über Verordnungen, und wird eine über die andere vergessen; und was den Fürsten in ihren Kram dient, da sind sie hinterher, und gloriieren von Ruh und Sicherheit des Reichs, bis sie die Kleinen unter'm Fuß haben. Ich will darauf schwören, es dankt mancher in seinem Herzen Gott, daß der Türk dem Kaiser die Waage hält.

WEISLINGEN. Ihr seht's von eurer Seite.

GÖTZ. Das tut jeder. Es ist die Frage, auf welcher Licht und Recht ist, und eure Gänge scheuen wenigstens den Tag.

WEISLINGEN. Ihr dürft reden, ich bin der Gefangne.

GÖTZ. Wenn euer Gewissen rein ist, so seid ihr frei. Aber wie war's mit dem Landfrieden? Ich weiß noch, als ein Bub von sechzehn Jahren war ich mit dem Markgrafen auf dem Reichstag. Was die Fürsten da für weite Mäuler machten, und die Geistlichen am ärgsten. Euer Bischof lärmte dem Kaiser die Ohren voll, als wenn ihm wunder wie! die Gerechtigkeit an's Herz gewachsen wäre; und jetzt wirft er mir selbst einen Buben nieder, zur Zeit da unsere Händel vertragen sind, ich an nichts Böses denke. Ist nicht alles zwischen uns geschlichtet? Was hat er mit dem Buben?

WEISLINGEN. Es geschah ohne sein Wissen.

GÖTZ. Warum gibt er ihn nicht wieder los?

WEISLINGEN. Er hat sich nicht aufgeführt wie er sollte.

GÖTZ. Nicht wie er sollte? Bei meinem Eid, er hat getan, wie er sollte, so gewiß er mit eurer und des Bischofs Kundschaft gefangen ist. Meint ihr, ich komm' erst heut' auf die Welt, daß ich nicht sehen soll, wo alles hinaus will?

WEISLINGEN. Ihr seid argwöhnisch und tut uns Unrecht.

GÖTZ. Weislingen, soll ich von der Leber weg reden? Ich bin euch ein Dorn in den Augen, so klein ich bin, und der Sickingen und Selbitz nicht weniger, weil wir fest entschlossen sind zu sterben eh, als jemanden die Luft zu verdanken, außer Gott, und unsere

Treu' und Dienst zu leisten, als dem Kaiser. Da ziehen sie nun um dich herum, verschwärzen mich bei ihro Majestät und ihren Freunden und meinen Nachbarn, und spionieren nach Vorteil über mich. Aus dem Weg wollen sie mich haben, wie's wäre. Darum nahmt ihr meinen Buben gefangen, weil ihr wußtet, ich hatt' ihn auf Kundschaft ausgeschickt; und darum tat er nicht, was er sollte, weil er mich nicht an euch verriet. Und du, Weislingen, bist ihr Werkzeug!

WEISLINGEN. Berlichingen!

GÖTZ. Kein Wort mehr davon! Ich bin ein Feind von Explikationen; man betrügt sich oder den andern, und meist beide.

KARL. Zu Tisch, Vater.

GÖTZ. Fröhliche Botschaft! Kommt, ich hoffe, meine Weibsleut sollen euch munter machen. Ihr wart sonst ein Liebhaber, die Fräulein wußten von euch zu erzählen. Kommt! *Ab.*

IM BISCHÖFLICHEN PALASTE ZU BAMBERG. DER SPEISESAAL

Bischof von Bamberg. Abt von Fulda. Olearius. Liebetraut Hofleute

An Tafel. Der Nachtisch und die großen Pokale werden aufgetragen.

BISCHOF. Studieren jetzt viele Deutsche von Adel zu Bologna?

OLEARIUS. Vom Adel- und Bürgerstande. Und ohne Ruhm zu melden, tragen sie das größte Lob davon. Man pflegt im Sprichwort auf der Akademie zu sagen: So fleißig wie ein Deutscher von Adel. Denn indem die Bürgerlichen einen rühmlichen Fleiß anwenden, durch Talente den Mangel an Geburt zu ersetzen, so bestreben sich jene, mit rühmlicher Wetteiferung ihre angeborne Würde durch die glänzendsten Verdienste zu erhöhen.

ABT. Ei!

Liebetraut. Sag' einer, was man nicht erlebet. So fleißig wie ein Deutscher von Adel! Das hab' ich mein Tage nicht gehört.

Olearius. Ja, sie sind die Bewunderung der ganzen Akademie. Es werden ehestens einige von den ältesten und geschicktesten als Doktoren zurück kommen. Der Kaiser wird glücklich sein die ersten Stellen damit besetzen zu können.

Bischof. Das kann nicht fehlen.

Abt. Kennen Sie nicht zum Exempel einen Junker? – er ist aus Hessen –

Olearius. Es sind viel Hessen da.

Abt. Er heißt – er ist – Weiß es keiner von euch? – Seine Mutter war eine von – Oh! Sein Vater hatte nur ein Aug und war Marschall.

Liebetraut. Von Wildenholz?

Abt. Recht – von Wildenholz.

Olearius. Den kenn' ich wohl, ein junger Herr von vielen Fähigkeiten. Besonders rühmt man ihn wegen seiner Stärke im Disputieren.

Abt. Das hat er von seiner Mutter.

Liebetraut. Nur wollte sie ihr Mann niemals drum rühmen.

Bischof. Wie sagtet ihr, daß der Kaiser hieß, der euer Corpus juris geschrieben hat?

Olearius. Justinianus.

Bischof. Ein trefflicher Herr! er soll leben!

Olearius. Sein Andenken! *Sie trinken.*

Abt. Es mag ein schön Buch sein.

Olearius. Man möcht's wohl ein Buch aller Bücher nennen; eine Sammlung aller Gesetze; bei jedem Fall der Urteilsspruch bereit; und was ja noch abgängig oder dunkel wäre, ersetzen die Glossen, womit die gelehrtesten Männer das vortrefflichste Werk geschmückt haben.

Abt. Eine Sammlung aller Gesetze! Potz! Da müssen wohl auch die Zehn Gebote drin sein.

OLEARIUS. Implicite wohl, nicht explicite.

ABT. Das mein' ich auch, an und vor sich, ohne weitere Explikation.

BISCHOF. Und was das schönste ist, so könnte, wie ihr sagt, ein Reich in sicherster Ruhe und Frieden leben, wo es völlig eingeführt und recht gehandhabt würde.

OLEARIUS. Ohne Frage.

BISCHOF. Alle Doktores juris!

OLEARIUS. Ich werd's zu rühmen wissen. *Sie trinken.* Wollte Gott man spräche so in meinem Vaterlande!

ABT. Wo seid ihr her, hochgelahrter Herr?

OLEARIUS. Von Frankfurt am Main, Ihro Eminenz zu dienen.

BISCHOF. Steht ihr Herren da nicht wohl angeschrieben? Wie kommt das?

OLEARIUS. Sonderbar genug. Ich war da, meines Vaters Erbschaft abzuholen; der Pöbel hätte mich fast gesteinigt, wie er hörte, ich sei ein Jurist.

ABT. Behüte Gott!

OLEARIUS. Aber das kommt daher: Der Schöppenstuhl, der in großem Ansehen weit umher steht, ist mit lauter Leuten besetzt, die der römischen Rechte unkundig sind. Man glaubt, es sei genug, durch Alter und Erfahrung sich eine genaue Kenntnis des innern und äußern Zustandes der Stadt zu erwerben. So werden, nach altem Herkommen und wenigen Statuten, die Bürger und die Nachbarschaft gerichtet.

ABT. Das ist wohl gut.

OLEARIUS. Aber lange nicht genug. Der Menschen Leben ist kurz, und in einer Generation kommen nicht alle Casus vor. Eine Sammlung solcher Fälle von vielen Jahrhunderten ist unser Gesetzbuch. Und dann ist der Wille und die Meinung der Menschen schwankend; dem deucht heute das recht, was der andere morgen mißbilligt; und so ist Verwirrung und Ungerechtigkeit unvermeidlich. Das alles bestimmen die Gesetze; und die Gesetze sind unveränderlich.

Abt. Das ist freilich besser.

Olearius. Das erkennt der Pöbel nicht, der, so gierig er auf Neuigkeiten ist, das Neue höchst verabscheuet, das ihn aus seinem Gleise leiten will, und wenn er sich noch so sehr dadurch verbessert. Sie halten den Juristen so arg, als einen Verwirrer des Staats, einen Beutelschneider, und sind wie rasend, wenn einer dort sich niederzulassen gedenkt.

Liebetraut. Ihr seid von Frankfurt! Ich bin wohl da bekannt. Bei Kaiser Maximilians Krönung haben wir euren Bräutigams was vorgeschmaust. Euer Name ist Olearius? Ich kenne so niemanden.

Olearius. Mein Vater hieß Öhlmann. Nur, den Mißstand auf dem Titel meiner lateinischen Schrift zu vermeiden, nennt' ich mich, nach dem Beispiel und auf Anraten würdiger Rechtsgelehrter, Olearius.

Liebetraut. Ihr tatet wohl, daß ihr euch übersetztet. Ein Prophet gilt nichts in seinem Vaterlande, es hätt' euch in eurer Muttersprache auch so gehen können.

Olearius. Es war nicht darum.

Liebetraut. Alle Dinge haben ein paar Ursachen.

Abt. Ein Prophet gilt nichts in seinem Vaterlande!

Liebetraut. Wißt ihr auch warum, hochwürdiger Herr?

Abt. Weil er da geboren und erzogen ist.

Liebetraut. Wohl! Das mag die eine Ursache sein. Die andere ist: Weil, bei einer näheren Bekanntschaft mit den Herrn, der Nimbus von Ehrwürdigkeit und Heiligkeit wegschwindet, den uns eine neblichte Ferne um sie herumlügt; und dann sind sie ganz kleine Stümpfchen Unschlitt.

Olearius. Es scheint ihr seid dazu bestellt Wahrheiten zu sagen.

Liebetraut. Weil ich's Herz dazu habe, so fehlt mir s nicht am Maul.

Olearius. Aber doch an Geschicklichkeit, sie wohl anzubringen.

LIEBETRAUT. Schröpfköpfe sind wohl angebracht, wo sie ziehen.

OLEARIUS. Bader erkennt man an der Schürze und nimmt in ihrem Amte ihnen nichts übel. Zur Vorsorge tätet ihr wohl, wenn ihr eine Schellenkappe trügt.

LIEBETRAUT. Wo habt ihr promoviert? Es ist nur zur Nachfrage, wenn mir einmal der Einfall käme, daß ich gleich vor die rechte Schmiede ginge.

OLEARIUS. Ihr seid verwegen.

LIEBETRAUT. Und ihr sehr breit.

Bischof und Abt lachen.

BISCHOF. Von was anders! – Nicht so hitzig, ihr Herrn. Bei Tisch geht alles drein. – Einen andern Diskurs, Liebetraut!

LIEBETRAUT. Gegen Frankfurt liegt ein Ding über, heißt Sachsenhausen –

OLEARIUS *zum Bischof.* Was spricht man vom Türkenzug, Ihro Fürstliche Gnaden?

BISCHOF. Der Kaiser hat nichts Angelegners, als vorerst das Reich zu beruhigen, die Fehden abzuschaffen und das Ansehn der Gerichte zu befestigen. Dann, sagt man, wird er persönlich gegen die Feinde des Reichs und der Christenheit ziehen. Jetzt machen ihm seine Privathändel noch zu tun, und das Reich ist, trotz ein vierzig Landfrieden, noch immer eine Mördergrube. Franken, Schwaben, der Oberrhein und die angrenzenden Länder werden von übermütigen und kühnen Rittern verheeret. Sickingen, Selbitz mit einem Fuß, Berlichingen mit der eisernen Hand spotten in diesen Gegenden des kaiserlichen Ansehens –

ABT. Ja, wenn Ihro Majestät nicht bald dazu tun, so stecken einen die Kerl am End in Sack.

LIEBETRAUT. Das müßt' ein Kerl sein, der das Weinfaß von Fuld in den Sack schieben wollte.

BISCHOF. Besonders ist der letztere seit vielen Jahren mein unversöhnlicher Feind, und molestiert mich unsäglich; aber es soll nicht lang' mehr währen, hoff' ich. Der Kaiser hält jetzt seinen

Hof zu Augsburg. Wir haben unsere Maßregeln genommen, es kann uns nicht fehlen. – Herr Doktor, kennt ihr Adelberten von Weislingen?

OLEARIUS. Nein, Ihro Eminenz.

BISCHOF. Wenn ihr die Ankunft dieses Mannes erwartet, werdet ihr euch freuen, den edelsten, verständigsten und angenehmsten Ritter in Einer Person zu sehen.

OLEARIUS. Es muß ein vortrefflicher Mann sein, der solche Lobeserhebungen aus solch einem Munde verdient.

LIEBETRAUT. Er ist auf keiner Akademie gewesen.

BISCHOF. Das wissen wir. *Die Bedienten laufen ans Fenster.* Was gibt's?

EIN BEDIENTER. Eben reit Färber, Weislingens Knecht, zum Schloßtor herein.

BISCHOF. Seht, was er bringt, er wird ihn melden.

Liebetraut geht. Sie stehen auf und trinken noch eins. Liebetraut kommt zurück.

BISCHOF. Was für Nachrichten?

LIEBETRAUT. Ich wollt' es müßt sie euch ein andrer sagen. Weislingen ist gefangen.

BISCHOF. O!

LIEBETRAUT. Berlichingen hat ihn und drei Knechte bei Haslach weggenommen. Einer ist entronnen euch's anzusagen.

ABT. Eine Hiobspost.

OLEARIUS. Es tut mir von Herzen leid.

BISCHOF. Ich will den Knecht sehn, bringt ihn herauf. – Ich will ihn selbst sprechen. Bringt ihn in mein Kabinett. *Ab.*

ABT *setzt sich.* Noch einen Schluck

Die Knechte schenken ein.

OLEARIUS. Belieben Ihro Hochwürden nicht eine kleine Promenade in den Garten zu machen? Post coenam stabis seu passus mille meabis.

LIEBETRAUT. Wahrhaftig, das Sitzen ist Ihnen nicht gesund. Sie kriegen noch einen Schlagfluß.

Abt hebt sich auf.

LIEBETRAUT *vor sich.* Wann ich ihn nur draußen hab, will ich ihm für's Exerzitium sorgen. *Gehn ab.*

JAXTHAUSEN

Maria. Weislingen

MARIA. Ihr liebt mich, sagt ihr. Ich glaub' es gerne, und hoffe mit euch glücklich zu sein, und euch glücklich zu machen.

WEISLINGEN. Ich fühle nichts, als nur daß ich ganz dein bin.

Er umarmt sie.

MARIA. Ich bitte euch, laßt mich. Einen Kuß hab' ich euch zum Gottespfennig erlaubt; ihr scheint aber schon von dem Besitz nehmen zu wollen, was nur unter Bedingungen euer ist.

WEISLINGEN. Ihr seid zu streng, Maria! Unschuldige Liebe erfreut die Gottheit, statt sie zu beleidigen.

MARIA. Es sei! Aber ich bin nicht dadurch erbaut. Man lehrte mich: Liebkosungen sein wie Ketten, stark durch ihre Verwandtschaft, und Mädchen, wenn sie liebten, sein schwächer als Simson nach dem Verlust seiner Locken.

WEISLINGEN. Wer lehrte euch das?

MARIA. Die Äbtissin meines Klosters. Bis in mein sechzehntes Jahr war ich bei ihr, und nur mit euch empfind' ich das Glück, das ich in ihrem Umgang genoß. Sie hatte geliebt, und durfte reden. Sie hatte ein Herz voll Empfindung! Sie war eine vortreffliche Frau.

WEISLINGEN. Da glich sie dir! *Er nimmt ihre Hand.* Wie wird mir's werden, wenn ich euch verlassen soll!

MARIA *zieht ihre Hand zurück.* Ein bißchen eng, hoff ich, denn ich weiß, wie's mir sein wird. Aber ihr sollt fort.

WEISLINGEN. Ja, meine Teuerste, und ich will. Denn ich fühle, welche Seligkeiten ich mir durch dies Opfer erwerbe. Gesegnet sei dein Bruder, und der Tag, an dem er auszog, mich zu fangen!

MARIA. Sein Herz war voll Hoffnung für ihn und dich. Lebt wohl! sagt' er beim Abschied, ich will sehen, daß ich ihn wiederfinde.

WEISLINGEN. Er hat's. Wie wünscht ich, die Verwaltung meiner Güter und ihre Sicherheit nicht durch das leidige Hofleben so versäumt zu haben! Du könntest gleich die Meinige sein.

MARIA. Auch der Aufschub hat seine Freuden.

WEISLINGEN. Sage das nicht, Maria, ich muß sonst fürchten, du empfindest weniger stark als ich. Doch ich büße verdient, und welche Hoffnungen werden mich auf jedem Schritt begleiten! Ganz der Deine zu sein, nur in dir und dem Kreise von Guten zu leben, von der Welt entfernt, getrennt, alle Wonne zu genießen, die so zwei Herzen einander gewähren! Was ist die Gnade des Fürsten, was der Beifall der Welt gegen diese einfache einzige Glückseligkeit? Ich habe viel gehofft und gewünscht, das widerfährt mir über alles Hoffen und Wünschen.

Götz kommt.

GÖTZ. Euer Knab ist wieder da. Er konnte vor Müdigkeit und Hunger kaum etwas vorbringen. Meine Frau gibt ihm zu essen. Soviel hab' ich verstanden: der Bischof will den Knaben nicht herausgeben, es sollen Kaiserliche Kommissarien ernannt und ein Tag ausgesetzt werden, wo die Sache dann verglichen werden mag. Dem sei, wie ihm wolle, Adelbert, ihr seid frei; ich verlange weiter nichts als eure Hand, daß ihr inskünftige meinen Feinden weder öffentlich noch heimlich Vorschub tun wollt.

WEISLINGEN. Hier faß' ich eure Hand. Laßt, von diesem Augenblick an, Freundschaft und Vertrauen, gleich einem ewigen Gesetz der Natur, unveränderlich unter uns sein! Erlaubt mir zugleich diese Hand zu fassen, *er nimmt Mariens Hand,* und den Besitz des edelsten Fräuleins.

GÖTZ. Darf ich Ja für euch sagen?

MARIA. Wenn ihr es mit mir sagt.

GÖTZ. Es ist ein Glück, daß unsere Vorteile diesmal mit einander gehn. Du brauchst nicht rot zu werden. Deine Blicke sind Beweis genug. Ja denn, Weislingen! Gebt euch die Hände, und so sprech' ich Amen! – Mein Freund und Bruder! – Ich danke dir, Schwester! Du kannst mehr als Hanf spinnen. Du hast einen Faden gedreht, diesen Paradiesvogel zu fesseln. Du siehst nicht ganz frei, Adelbert! Was fehlt dir? Ich – bin ganz glücklich; was ich nur träumend hoffte, seh' ich, und bin wie träumend. Ach! nun ist mein Traum aus. Mir war's heute Nacht, ich gäb dir meine rechte eiserne Hand, und du hieltest mich so fest, daß sie aus den Armschienen ging wie abgebrochen. Ich erschrak und wachte darüber auf. Ich hätte nur fortträumen sollen, da würd' ich gesehen haben, wie du mir eine neue lebendige Hand ansetztest. – Du sollst mir jetzo fort, dein Schloß und deine Güter in vollkommenen Stand zu setzen. Der verdammte Hof hat dich beides versäumen machen. Ich muß meiner Frau rufen. Elisabeth!

MARIA. Mein Bruder ist in voller Freude.

WEISLINGEN. Und doch darf ich ihm den Rang streitig machen.

GÖTZ. Du wirst anmutig wohnen.

MARIA. Franken ist ein gesegnetes Land.

WEISLINGEN. Und ich darf wohl sagen, mein Schloß liegt in der gesegnetsten und anmutigsten Gegend.

GÖTZ. Das dürft ihr, und ich will's behaupten. Hier fließt der Main, und allmählich hebt der Berg an, der, mit Äckern und Weinbergen bekleidet, von eurem Schloß gekrönt wird, dann biegt sich der Fluß schnell um die Ecke hinter dem Felsen eures Schlosses hin. Die Fenster des großen Saals gehen steil herab aufs Wasser, eine Aussicht viel Stunden weit.

Elisabeth kommt.

ELISABETH. Was schafft ihr?

GÖTZ. Du sollst deine Hand auch dazu geben, und sagen: Gott segne euch! Sie sind ein Paar.

ELISABETH. So geschwind!

GÖTZ. Aber nicht unvermutet.

ELISABETH. Möget ihr euch so immer nach ihr sehnen als bisher, da ihr um sie warbt! Und dann! Möchtet ihr so glücklich sein, als ihr sie liebbehaltet!

WEISLINGEN. Amen! Ich begehre kein Glück als unter diesem Titel.

GÖTZ. Der Bräutigam, meine liebe Frau, tut eine kleine Reise; denn die große Veränderung zieht viel geringe nach sich. Er entfernt sich zuerst vom Bischöflichen Hof, um diese Freundschaft nach und nach erkalten zu lassen. Dann reißt er seine Güter eigennützigen Pachtern aus den Händen. Und – kommt Schwester, komm Elisabeth! Wir wollen ihn allein lassen. Sein Knab hat ohne Zweifel geheime Aufträge an ihn.

WEISLINGEN. Nichts, als was ihr wissen dürft.

GÖTZ. Braucht's nicht. – Franken und Schwaben! Ihr seid nun verschwisterter als jemals. Wie wollen wir den Fürsten den Daumen auf dem Aug halten! *Die drei gehn.*

WEISLINGEN. Gott im Himmel! Konntest du mir Unwürdigen solch eine Seligkeit bereiten? Es ist zuviel für mein Herz. Wie ich von den elenden Menschen abhing, die ich zu beherrschen glaubte, von den Blicken des Fürsten, von dem ehrerbietigen Beifall umher! Götz, teurer Götz, du hast mich mir selbst wiedergegeben, und, Maria, du vollendest meine Sinnesänderung. Ich fühle mich so frei wie in heiterer Luft. Bamberg will ich nicht mehr sehen, will alle die schändlichen Verbindungen durchschneiden, die mich unter mir selbst hielten. Mein Herz erweitert sich, hier ist kein beschwerliches Streben nach versagter Größe. So gewiß ist der allein glücklich und groß, der weder zu herrschen noch zu gehorchen braucht, um etwas zu sein!

Franz tritt auf.

FRANZ. Gott grüß' euch, gestrenger Herr! Ich bring' euch so viel Grüße, daß ich nicht weiß, wo anzufangen. Bamberg, und zehn Meilen in der Runde, entbieten euch ein tausendfaches: Gott grüß' euch!

WEISLINGEN. Willkommen, Franz! Was bringst du mehr?

FRANZ. Ihr steht in einem Andenken bei Hof und überall, daß es nicht zu sagen ist.

WEISLINGEN. Das wird nicht lange dauern.

FRANZ. So lang' ihr lebt! und nach eurem Tod wird's heller blinken als die messingenen Buchstaben auf einem Grabstein. Wie man sich euren Unfall zu Herzen nahm!

WEISLINGEN. Was sagte der Bischof?

FRANZ. Er war so begierig zu wissen, daß er mit geschäftiger Geschwindigkeit der Fragen meine Antwort verhinderte. Er wußt es zwar schon; denn Färber, der von Haslach entrann, brachte ihm die Botschaft. Aber er wollte alles wissen. Er fragte so ängstlich, ob ihr nicht versehrt wäret? Ich sagte: Er ist ganz, von der äußersten Haarspitze bis zum Nagel des kleinen Zehs.

WEISLINGEN. Was sagte er zu den Vorschlägen?

FRANZ. Er wollte gleich alles herausgeben, den Knaben und noch Geld darauf, nur euch zu befreien. Da er aber hörte, ihr solltet ohne das los kommen, und nur euer Wort das Äquivalent gegen den Buben sein, da wollte er absolut den Berlichingen vertagt haben. Er sagte mir hundert Sachen an euch – ich habe sie wieder vergessen. Es war eine lange Predigt über die Worte: Ich kann Weislingen nicht entbehren.

WEISLINGEN. Er wird's lernen müssen!

FRANZ. Wie meint ihr? Er sagte: Mach' ihn eilen, es wartet alles auf ihn.

WEISLINGEN. Es kann warten. Ich gehe nicht nach Hof.

FRANZ. Nicht nach Hof? Herr! Wie kommt euch das? Wenn ihr wüßtet was ich weiß. Wenn ihr nur träumen könntet was ich gesehen habe.

WEISLINGEN. Wie wird dir's?

FRANZ. Nur von der bloßen Erinnerung komm' ich außer mir. Bamberg ist nicht mehr Bamberg, ein Engel in Weibsgestalt macht es zum Vorhofe des Himmels.

WEISLINGEN. Nichts weiter?

FRANZ. Ich will ein Pfaff werden, wenn ihr sie sehet und nicht außer euch kommt.

WEISLINGEN. Wer ist's denn?

FRANZ. Adelheid von Walldorf.

WEISLINGEN. Nie! Ich habe viel von ihrer Schönheit gehört.

FRANZ. Gehört? Das ist eben, als wenn ihr sagtet: ich hab die Musik gesehen. Es ist der Zunge so wenig möglich, eine Linie ihrer Vollkommenheiten auszudrücken, da das Aug sogar in ihrer Gegenwart sich nicht selbst genug ist.

WEISLINGEN. Du bist nicht gescheit.

FRANZ. Das kann wohl sein. Das letztemal da ich sie sahe, hatte ich nicht mehr Sinne als ein Trunkener. Oder vielmehr, kann ich sagen, ich fühlte in dem Augenblick, wie's den Heiligen bei himmlischen Erscheinungen sein mag. Alle Sinne stärker, höher, vollkommener, und doch den Gebrauch von keinem.

WEISLINGEN. Das ist seltsam.

FRANZ. Wie ich von dem Bischof Abschied nahm, saß sie bei ihm. Sie spielten Schach. Er war sehr gnädig, reichte mir seine Hand zu küssen, und sagte mir vieles, davon ich nichts vernahm. Denn ich sah seine Nachbarin, sie hatte ihr Auge aufs Brett geheftet, als wenn sie einem großen Streich nachsänne. Ein feiner lauernder Zug um Mund und Wange! Ich hätte der elfenbeinerne König sein mögen. Adel und Freundlichkeit herrschten auf ihrer Stirn. Und das blendende Licht des Angesichts und des Busens, wie es von den finstern Haaren erhoben ward!

WEISLINGEN. Du bist drüber gar zum Dichter geworden.

FRANZ. So fühl' ich denn in dem Augenblick, was den Dichter macht, ein volles, ganz von Einer Empfindung volles Herz! Wie der Bischof endigte und ich mich neigte, sah sie mich an und sagte: Auch von mir einen Gruß unbekannter Weise! Sag' ihm, er mag ja bald kommen. Es warten neue Freunde auf ihn; er soll sie nicht verachten, wenn er schon an alten so reich ist. – Ich wollte was antworten, aber der Paß vom Herzen nach der Zunge war versperrt, ich neigte mich. Ich hätte mein Vermögen gegeben, die Spitze ihres kleinen Fingers küssen zu dürfen! Wie ich so stund, warf der Bischof einen Bauern herunter, ich fuhr danach und berührte im Aufheben den Saum ihres Kleides, das fuhr mir durch alle Glieder, und ich weiß nicht, wie ich zur Tür hinausgekommen bin.

WEISLINGEN. Ist ihr Mann bei Hofe?

FRANZ. Sie ist schon vier Monate Witwe. Um sich zu zerstreuen hält sie sich in Bamberg auf. Ihr werdet sie sehen. Wenn sie einen ansieht, ist's als wenn man in der Frühlingssonne stünde.

WEISLINGEN. Es würde eine schwächere Wirkung auf mich haben.

FRANZ. Ich höre, ihr seid so gut als verheiratet.

WEISLINGEN. Wollte, ich wär's. Meine sanfte Marie wird das Glück meines Lebens machen. Ihre süße Seele bildet sich in ihren blauen Augen. Und weiß wie ein Engel des Himmels, gebildet aus Unschuld und Liebe, leitet sie mein Herz zur Ruhe und Glückseligkeit. Pack zusammen! und dann auf mein Schloß! Ich will Bamberg nicht sehen, und wenn Sankt Veit in Person meiner begehrte. *Geht ab.*

FRANZ. Da sei Gott vor! Wollen das Beste hoffen! Maria ist liebreich und schön, und einem Gefangenen und Kranken kann ich's nicht übel nehmen, der sich in sie verliebt. In ihren Augen ist Trost, gesellschaftliche Melancholie. – Aber um dich, Adelheid, ist Leben, Feuer, Mut – Ich würde! – Ich bin ein Narr – dazu machte mich ein Blick von ihr. Mein Herr muß hin! Ich muß hin! Und da will ich mich wieder gescheit oder völlig rasend gaffen.

Zweiter Akt

Bamberg. Ein Saal

Bischof, Adelheid spielen Schach. Liebetraut mit einer Zither. Frauen, Hofleute um ihn herum am Kamin.

Liebetraut *spielt und singt.*
Mit Pfeilen und Bogen
Cupido geflogen,
Die Fackel in Brand,
Wollt mutilich kriegen
Und männilich siegen
Mit stürmender Hand.
Auf! Auf!
An! An!
Die Waffen erklirrten,
Die Flügeleien schwirrten
Die Augen entbrannt.

Da fand er die Busen
Ach leider so bloß,
Sie nahmen so willig
Ihn all auf den Schoß.
Er schüttet' die Pfeile
Zum Feuer hinein,
Sie herzten und drückten
Und wiegten ihn ein.
Hei ei o! Popeio!

Adelheid. Ihr seid nicht bei eurem Spiele. Schach dem König!

BISCHOF. Es ist noch Auskunft.

ADELHEID. Lange werdet ihr's nicht mehr treiben. Schach dem König!

LIEBETRAUT. Dies Spiel spielt' ich nicht, wenn ich ein großer Herr wär', und verböt's am Hofe und im ganzen Land.

ADELHEID. Es ist wahr, dies Spiel ist ein Probierstein des Gehirns.

LIEBETRAUT. Nicht darum! Ich wollte lieber das Geheul der Totenglocke und ominöser Vögel, lieber das Gebell des knurrischen Hofhunds Gewissen, lieber wollt' ich sie durch den tiefsten Schlaf hören, als von Laufern, Springern und andern Bestien das ewige: Schach dem König!

BISCHOF. Wem wird auch das einfallen!

LIEBETRAUT. Einem zum Exempel, der schwach wäre und ein stark Gewissen hätte, wie denn das meistenteils beisammen ist. Sie nennen's ein königlich Spiel, und sagen, es sei für einen König erfunden worden, der den Erfinder mit einem Meer von Überfluß belohnt habe. Wenn das wahr ist, so ist mir's, als wenn ich ihn sähe. Er war minorenn an Verstand oder an Jahren, unter der Vormundschaft seiner Mutter oder seiner Frau, hatte Milchhaare im Bart und Flachshaare um die Schläfe, er war so gefällig wie ein Weidenschößling und spielte gern Dame und mit den Damen, nicht aus Leidenschaft, behüte Gott! nur zum Zeitvertreib. Sein Hofmeister, zu tätig um ein Gelehrter, zu unlenksam ein Weltmann zu sein, erfand das Spiel in usum Delphini, das so homogen mit Seiner Majestät war – und so ferner.

ADELHEID. Schach dem König, und nun ist's aus! Ihr solltet die Lücken unsrer Geschichtsbücher ausfüllen, Liebetraut.

Sie stehen auf.

LIEBETRAUT. Die Lücken unsrer Geschlechtsregister, das wäre profitabler. Seitdem die Verdienste unserer Vorfahren mit ihren Porträts zu einerlei Gebrauch dienen, die leeren Seiten nämlich unsrer Zimmer und unsers Charakters zu tapezieren; da wäre was zu verdienen.

Bischof. Er will nicht kommen, sagtet ihr?

Adelheid. Ich bitt euch, schlagt's euch aus dem Sinn.

Bischof. Was das sein mag.

Liebetraut. Was? Die Ursachen lassen sich herunterbeten wie ein Rosenkranz. Er ist in eine Art von Zerknirschung gefallen, von der ich ihn leicht kurieren wollt.

Bischof. Tut das, reitet zu ihm.

Liebetraut. Meinen Auftrag!

Bischof. Er soll unumschränkt sein. Spare nichts, wenn du ihn zurückbringst.

Liebetraut. Darf ich euch auch hineinmischen, gnädige Frau?

Adelheid. Mit Bescheidenheit.

Liebetraut. Das ist eine weitläufige Kommission.

Adelheid. Kennt ihr mich so wenig, oder seid ihr so jung, um nicht zu wissen, in welchem Ton ihr mit Weislingen von mir zu reden habt?

Liebetraut. Im Ton einer Wachtelpfeife, denk' ich.

Adelheid. Ihr werdet nie gescheit werden!

Liebetraut. Wird man das, gnädige Frau?

Bischof. Geht, geht. Nehmt das beste Pferd aus meinem Stall, wählt euch Knechte, und schafft mir ihn her!

Liebetraut. Wenn ich ihn nicht herbanne, so sagt: ein altes Weib, das Warzen und Sommerflecken vertreibt, verstehe mehr von der Sympathie als ich.

Bischof. Was wird das helfen! Der Berlichingen hat ihn ganz eingenommen. Wenn er herkommt, wird er wieder fort wollen.

Liebetraut. Wollen, das ist keine Frage, aber ob er kann. Der Händedruck eines Fürsten, und das Lächeln einer schönen Frau! Da reißt sich kein Weisling los. Ich eile und empfehle mich zu Gnaden.

Bischof. Reis't wohl.

Adelheid. Adieu. *Er geht.*

Bischof. Wenn er einmal hier ist, verlaß' ich mich auf euch!

Adelheid. Wollt ihr mich zur Leimstange brauchen?
Bischof. Nicht doch.
Adelheid. Zum Lockvogel denn.
Bischof. Nein, den spielt Liebetraut. Ich bitt' euch, versagt mir nicht, was mir sonst niemand gewähren kann.
Adelheid. Wollen sehn.

Jaxthausen

Hanns von Selbitz. Götz

Selbitz. Jedermann wird euch loben, daß ihr denen von Nürnberg Fehd angekündigt habt.
Götz. Es hätte mir das Herz abgefressen, wenn ich's ihnen hätte lang' schuldig bleiben sollen. Es ist am Tag, sie haben den Bambergern meinen Buben verraten. Sie sollen an mich denken!
Selbitz. Sie haben einen alten Groll gegen euch.
Götz. Und ich wider sie; mir ist gar recht, daß sie angefangen haben.
Selbitz. Die Reichsstädte und Pfaffen halten doch von jeher zusammen.
Götz. Sie haben's Ursach.
Selbitz. Wir wollen ihnen die Hölle heiß machen.
Götz. Ich zählte auf euch. Wollte Gott, der Burgemeister von Nürnberg, mit der güldenen Kett um den Hals, käm' uns in Wurf, er sollt sich mit all seinem Witz verwundern.
Selbitz. Ich höre, Weislingen ist wieder auf eurer Seite. Tritt er zu uns?
Götz. Noch nicht; es hat seine Ursachen, warum er uns noch nicht öffentlich Vorschub tun darf, doch ist's eine Weile genug, daß er nicht wider uns ist. Der Pfaff ist ohne ihn, was das Meßgewand ohne den Pfaffen.
Selbitz. Wann ziehen wir aus?

Götz. Morgen oder übermorgen. Es kommen nun bald Kaufleute von Bamberg und Nürnberg aus der Frankfurter Messe. Wir werden einen guten Fang tun.

Selbitz. Will's Gott. *Ab.*

Bamberg, Zimmer der Adelheid

Adelheid. Kammerfräulein

Adelheid. Er ist da! sagst du. Ich glaub' es kaum.

Fräulein. Wenn ich ihn nicht selbst gesehn hätte, würd' ich sagen: ich zweifle.

Adelheid. Den Liebetraut mag der Bischof in Gold einfassen, er hat ein Meisterstück gemacht.

Fräulein. Ich sah ihn, wie er zum Schloß herein reiten wollte, er saß auf einem Schimmel. Das Pferd scheute, wie's an die Brücke kam, und wollte nicht von der Stelle. Das Volk war aus allen Straßen gelaufen ihn zu sehn. Sie freuten sich über des Pferds Unart. Von allen Seiten ward er gegrüßt, und er dankte allen. Mit einer angenehmen Gleichgültigkeit saß er droben, und mit Schmeicheln und Drohen bracht' er es endlich zum Tor herein, der Liebetraut mit, und wenig Knechte.

Adelheid. Wie gefällt er dir?

Fräulein. Wie mir nicht leicht ein Mann gefallen hat. Er glich dem Kaiser hier *deutet auf Maximilians Porträt*, als wenn er sein Sohn wäre. Die Nase nur etwas kleiner, ebenso freundliche lichtbraune Augen, ebenso ein blondes schönes Haar, und gewachsen wie eine Puppe. Ein halb trauriger Zug auf seinem Gesicht – ich weiß nicht – gefiel mir so wohl!

Adelheid. Ich bin neugierig ihn zu sehen.

Fräulein. Das wär' ein Herr für euch.

Adelheid. Närrin!

Fräulein. Kinder und Narren –

Liebetraut kommt.

LIEBETRAUT. Nun, gnädige Frau, was verdien' ich?

ADELHEID. Hörner von deinem Weibe. Denn nach dem zu rechnen, habt ihr schon manches Nachbarn ehrliches Hausweib aus ihrer Pflicht hinaus geschwatzt.

LIEBETRAUT. Nicht doch, gnädige Frau! Auf ihre Pflicht, wollt' ihr sagen; denn wenn's ja geschah, schwätzt' ich sie auf ihres Mannes Bette.

ADELHEID. Wie habt ihr's gemacht ihn herzubringen?

LIEBETRAUT. Ihr wißt zu gut, wie man Schnepfen fängt; soll ich euch meine Kunststückchen noch dazu lehren? – Erst tat ich, als wüßt' ich nichts, verstünd nichts von seiner Aufführung, und setzt' ihn dadurch in den Nachteil, die ganze Historie zu erzählen. Die sah ich nun gleich von einer ganz andern Seite an als er, konnte nicht finden – nicht einsehen – und so weiter. Dann redete ich von Bamberg allerlei durch einander, Großes und Kleines, erweckte gewisse alte Erinnerungen, und wie ich seine Einbildungskraft beschäftigt hatte, knüpfte ich wirklich eine Menge Fädchen wieder an, die ich zerrissen fand. Er wußte nicht, wie ihm geschah, fühlte einen neuen Zug nach Bamberg, er wollte – ohne zu wollen. Wie er nun in sein Herz ging, und das zu entwickeln suchte, und viel zu sehr mit sich beschäftigt war, um auf sich Acht zu geben, warf ich ihm ein Seil um den Hals, aus drei mächtigen Stricken, Weiber-, Fürstengunst und Schmeichelei, gedreht, und so hab' ich ihn hergeschleppt.

ADELHEID. Was sagtet ihr von mir?

LIEBETRAUT. Die lautre Wahrheit. Ihr hättet wegen eurer Güter Verdrießlichkeiten – hättet gehofft, da er beim Kaiser so viel gelte, werde er das leicht enden können.

ADELHEID. Wohl.

LIEBETRAUT. Der Bischof wird ihn euch bringen.

ADELHEID. Ich erwarte sie. *Liebetraut ab.* Mit einem Herzen, wie ich selten Besuch erwarte.

Im Spessart

Berlichingen. Selbitz. Georg als Reitersknecht

Götz. Du hast ihn nicht angetroffen, Georg!

Georg. Er war Tags vorher mit Liebetraut nach Bamberg geritten, und zwei Knechte mit.

Götz. Ich seh nicht ein was das geben soll.

Selbitz. Ich wohl. eure Versöhnung war ein wenig zu schnell, als daß sie dauerhaft hätte sein sollen. Der Liebtraut ist ein pfiffiger Kerl; von dem hat er sich beschwätzen lassen.

Götz. Glaubst du, daß er bundbrüchig werden wird?

Selbitz. Der erste Schritt ist getan.

Götz. Ich glaub's nicht. Wer weiß, wie nötig es war an Hof zu gehen; man ist ihm noch schuldig; wir wollen das Beste hoffen.

Selbitz. Wollte Gott, er verdient es und täte das Beste!

Götz. Mir fällt eine List ein. Wir wollen Georgen des Bamberger Reiters erbeuteten Kittel anziehen, und ihm das Geleitzeichen geben; er mag nach Bamberg reiten und sehen, wie's steht.

Georg. Da hab' ich lang' drauf gehofft.

Götz. Es ist dein erster Ritt. Sei vorsichtig, Knabe! Mir wäre leid, wenn dir ein Unfall begegnen sollt.

Georg. Laßt nur, mich irrt's nicht wenn noch so viel um mich herum krabbeln, mir ist's, als wenn's Ratten und Mäuse wären.

Ab.

Bamberg

Bischof. Weislingen

Bischof. Du willst dich nicht länger halten lassen!

Weislingen. Ihr werdet nicht verlangen, daß ich meinen Eid brechen soll.

Bischof. Ich hätte verlangen können, du solltest ihn nicht schwören. Was für ein Geist regiert' dich? Konnt' ich dich ohne das nicht befreien? Gelt' ich so wenig am Kaiserlichen Hofe?

WEISLINGEN. Es ist geschehen; verzeiht mir, wenn ihr könnt.

BISCHOF. Ich begreif nicht, was nur im geringsten dich nötigte, den Schritt zu tun! Mir zu entsagen? Waren denn nicht hundert andere Bedingungen, los zu kommen? Haben wir nicht seinen Buben? Hätt' ich nicht Gelds genug gegeben, und ihn wieder beruhigt? Unsere Anschläge auf ihn und seine Gesellen wären fortgegangen – Ach, ich denke nicht, daß ich mit seinem Freunde rede, der nun wider mich arbeitet, und die Minen leicht entkräften kann, die er selbst gegraben hat.

WEISLINGEN. Gnädiger Herr.

BISCHOF. Und doch – wenn ich wieder dein Angesicht sehe, deine Stimme höre. Es ist nicht möglich, nicht möglich.

WEISLINGEN. Lebt wohl, gnädiger Herr.

BISCHOF. Ich gebe dir meinen Segen. Sonst, wenn du gingst, sagt' ich: Auf Wiedersehn. Jetzt – Wollte Gott, wir sähen einander nie wieder!

WEISLINGEN. Es kann sich vieles ändern.

BISCHOF. Es hat sich leider nur schon zu viel geändert. Vielleicht seh' ich dich noch einmal als Feind vor meinen Mauern, die Felder verheeren, die ihren blühenden Zustand dir jetzo danken.

WEISLINGEN. Nein, gnädiger Herr.

BISCHOF. Du kannst nicht nein sagen. Die weltlichen Stände, meine Nachbarn, haben alle einen Zahn auf mich. So lang' ich dich hatte – Geht, Weislingen! Ich habe euch nichts mehr zu sagen. Ihr habt vieles zu nichte gemacht. Geht!

WEISLINGEN. Und ich weiß nicht, was ich sagen soll. *Bischof ab.*

Franz tritt auf.

FRANZ. Adelheid erwartet euch. Sie ist nicht wohl. Und doch will sie euch ohne Abschied nicht lassen.

WEISLINGEN. Komm.

FRANZ. Gehn wir denn gewiß?

WEISLINGEN. Noch diesen Abend.
FRANZ. Mir ist als wenn ich aus der Welt sollte.
WEISLINGEN. Mir auch, und noch darzu als wüßt' ich nicht wohin.

ADELHEIDENS ZIMMER

Adelheid. Fräulein

FRÄULEIN. Ihr seht blaß, gnädige Frau.
ADELHEID. Ich lieb' ihn nicht, und wollte doch, daß er bliebe. Siehst du, ich könnte mit ihm leben, ob ich ihn gleich nicht zum Manne haben möchte.
FRÄULEIN. Glaubt ihr, er geht?
ADELHEID. Er ist zum Bischof um Lebewohl zu sagen.
FRÄULEIN. Er hat darnach noch einen schweren Stand.
ADELHEID. Wie meinst du?
FRÄULEIN. Was fragt ihr, gnädige Frau? Ihr habt sein Herz geangelt, und wenn er sich losreißen will, verblutet er.

Adelheid. Weislingen

WEISLINGEN. Ihr seid nicht wohl, gnädige Frau?
ADELHEID. Das kann euch einerlei sein. Ihr verlaßt uns, verlaßt uns auf immer. Was fragt ihr, ob wir leben oder sterben.
WEISLINGEN. Ihr verkennt mich.
ADELHEID. Ich nehme euch, wie ihr euch gebt.
WEISLINGEN. Das Ansehn trügt.
ADELHEID. So seid ihr ein Chamäleon?
WEISLINGEN. Wenn ihr mein Herz sehen könntet!
ADELHEID. Schöne Sachen würden mir vor die Augen kommen.
WEISLINGEN. Gewiß! Ihr würdet euer Bild drin finden.
ADELHEID. In irgend einem Winkel bei den Porträts ausgestorbener Familien. Ich bitt' euch, Weislingen, bedenke, ihr redet mit mir. Falsche Worte gelten zum höchsten, wenn sie Masken unserer Taten sind. Ein Vermummter, der kenntlich ist, spielt eine arm-

selige Rolle. Ihr leugnet eure Handlungen nicht und redet das Gegenteil; was soll man von euch halten?

WEISLINGEN. Was ihr wollt. Ich bin so geplagt mit dem, was ich bin, daß mir wenig bange ist, für was man mich nehmen mag.

ADELHEID. Ihr kommt um Abschied zu nehmen.

WEISLINGEN. Erlaubt mir eure Hand zu küssen, und ich will sagen: lebt wohl. Ihr erinnert mich! Ich bedachte nicht – Ich bin beschwerlich, gnädige Frau.

ADELHEID. Ihr legt's falsch aus; ich wollte euch fort helfen. Denn ihr wollt' fort.

WEISLINGEN. O sagt: ich muß. Zöge mich nicht die Ritterpflicht, der heilige Handschlag –

ADELHEID. Geht! Geht! Erzählt das Mädchen, die den Theuerdank lesen, und sich so einen Mann wünschen. Ritterpflicht! Kinderspiel!

WEISLINGEN. Ihr denkt nicht so.

ADELHEID. Bei meinem Eid, ihr verstellt euch! Was habt ihr versprochen? Und wem? Einem Mann, der seine Pflicht gegen den Kaiser und das Reich verkennt, in eben dem Augenblick Pflicht zu leisten, da er durch eure Gefangennehmung in die Strafe der Acht verfällt. Pflicht zu leisten! die nicht gültiger sein kann als ein ungerechter gezwungener Eid. Entbinden nicht unsre Gesetze von solchen Schwüren? Macht das Kindern weiß, die den Rübezahl glauben. Es stecken andere Sachen dahinter. Ein Feind des Reichs zu werden, ein Feind der bürgerlichen Ruh und Glückseligkeit! Ein Feind des Kaisers! Geselle eines Räubers! du, Weislingen, mit deiner sanften Seele!

WEISLINGEN. Wenn ihr ihn kenntet –

ADELHEID. Ich wollt' ihm Gerechtigkeit widerfahren lassen. Er hat eine hohe unbändige Seele. Eben darum wehe dir, Weislingen! Geh und bilde dir ein, Geselle von ihm zu sein. Geh! und laß dich beherrschen. Du bist freundlich, gefällig –

WEISLINGEN. Er ist's auch.

Adelheid. Aber du bist nachgebend und er nicht! Unversehens wird er dich wegreißen, du wirst ein Sklave eines Edelmannes werden, da du Herr von Fürsten sein könntest. – Doch es ist Unbarmherzigkeit dir deinen zukünftigen Stand zu verleiden.

Weislingen. Hättest du gefühlt, wie liebreich er mir begegnete.

Adelheid. Liebreich; das rechnest du ihm an? Es war seine Schuldigkeit; und was hättest du verloren, wenn er widerwärtig gewesen wäre? Mir hätte das willkommener sein sollen. Ein übermütiger Mensch wie der –

Weislingen. Ihr redet von eurem Feind.

Adelheid. Ich redete für eure Freiheit – Und weiß überhaupt nicht was ich für einen Anteil dran nehme. Lebt wohl.

Weislingen. Erlaubt noch einen Augenblick. *Er nimmt ihre Hand und schweigt.*

Adelheid. Habt ihr mir noch etwas zu sagen?

Weislingen. – – Ich muß fort.

Adelheid. So geht.

Weislingen. Gnädige Frau! – Ich kann nicht.

Adelheid. Ihr müßt.

Weislingen. Soll das euer letzter Blick sein?

Adelheid. Geht! Ich bin krank, sehr zur ungelegnen Zeit.

Weislingen. Seht mich nicht so an.

Adelheid. Willst du unser Feind sein, und wir sollen dir lächeln? Geh!

Weislingen. Adelheid!

Adelheid. Ich hasse euch!

Franz kommt.

Franz. Gnädiger Herr! Der Bischof läßt euch rufen.

Adelheid. Geht! Geht!

Franz. Er bittet euch eilend zu kommen.

Adelheid. Geht! Geht!

Weislingen. Ich nehme nicht Abschied, ich sehe euch wieder! *Ab.*

Adelheid. Mich wieder? Wir wollen dafür sein. Margarete, wenn er kommt, weis' ihn ab. Ich bin krank, habe Kopfweh, ich schlafe – Weis' ihn ab. Wenn er noch zu gewinnen ist, so ist's auf diesem Weg. *Ab.*

Vorzimmer

Weislingen. Franz

Weislingen. Sie will mich nicht sehn?
Franz. Es wird Nacht, soll ich die Pferde satteln?
Weislingen. Sie will mich nicht sehn!
Franz. Wann befehlen Ihro Gnaden die Pferde?
Weislingen. Es ist zu spät! Wir bleiben hier.
Franz. Gott sei Dank! *Ab.*
Weislingen. Du bleibst! Sei auf deiner Hut, die Versuchung ist groß. Mein Pferd scheute, wie ich zum Schloßtor herein wollte, mein guter Geist stellte sich ihm entgegen, er kannte die Gefahren die mein hier warteten. – Doch ist's nicht recht, die vielen Geschäfte, die ich dem Bischof unvollendet liegen ließ, nicht wenigstens so zu ordnen, daß ein Nachfolger da anfangen kann, wo ich's gelassen habe. Das kann ich doch alles tun, unbeschadet Berlichingens und unserer Verbindung. Denn halten sollen sie mich hier nicht. – Wäre doch besser gewesen, wenn ich nicht gekommen wäre. Aber ich will fort – morgen oder übermorgen. *Geht ab.*

Im Spessart

Götz. Selbitz. Georg

Selbitz. Ihr seht, es ist gegangen, wie ich gesagt habe.
Götz. Nein. Nein. Nein.
Georg. Glaubt, ich berichte euch mit der Wahrheit. Ich tat, wie

ihr befahlt, nahm den Kittel des Bambergischen und sein Zeichen, und damit ich doch mein Essen und Trinken verdiente, geleitete ich Reineckische Bauern hinauf nach Bamberg.

SELBITZ. In der Verkappung? Das hätte dir übel geraten können.

GEORG. So denk' ich auch hintendrein. Ein Reitersmann, der das vorausdenkt, wird keine weiten Sprünge machen. Ich kam nach Bamberg, und gleich im Wirtshaus hörte ich erzählen: Weislingen und der Bischof seien ausgesöhnt, und man redte viel von einer Heirat mit der Witwe des von Walldorf.

GÖTZ. Gespräche.

GEORG. Ich sah ihn, wie er sie zur Tafel führte. Sie ist schön, bei meinem Eid, sie ist schön. Wir bückten uns alle, sie dankte uns allen, er nickte mit dem Kopf, sah sehr vergnügt, sie gingen vorbei, und das Volk murmelte: Ein schönes Paar!

GÖTZ. Das kann sein.

GEORG. Hört weiter. Da er des andern Tags in die Messe ging, paßt' ich meine Zeit ab. Er war allein mit einem Knaben. Ich stund unten an der Treppe und sagte leise zu ihm: Ein paar Worte von eurem Berlichingen. Er ward bestürzt; ich sahe das Geständnis seines Lasters in seinem Gesicht, er hatte kaum das Herz mich anzusehen, mich, den schlechten Reitersjungen.

SELBITZ. Das macht, sein Gewissen war schlechter als dein Stand.

GEORG. Du bis bambergisch! sagt' er! Ich bring' einen Gruß vom Ritter Berlichingen, sagt' ich, und soll fragen – Komm morgen früh, sagt' er, an mein Zimmer, wir wollen weiter reden.

GÖTZ. Kamst du?

GEORG. Wohl kam ich, und mußt' im Vorsaal stehn, lang, lang. Und die seidnen Buben beguckten mich von vorn und hinten. Ich dachte, guckt ihr! – Endlich führte man mich hinein, er schien böse, mir war's einerlei. Ich trat zu ihm und legte meine Kommission ab. Er tat feindlich böse, wie einer, der kein Herz hat und's nit will merken lassen. Er verwunderte sich, daß ihr ihn durch einen Reiterjungen zur Rede setzen ließt. Das verdroß mich. Ich sagte, es gäbe nur zweierlei Leut, brave und Schurken, und ich diente Götzen von Berlichingen. Nun fing er an, schwatzte allerlei verkehrtes Zeug, das darauf hinausging: Ihr hättet ihn übereilt, er sei euch keine Pflicht schuldig, und wolle nichts mit euch zu tun haben.

GÖTZ. Hast du das aus seinem Munde?

GEORG. Das und noch mehr – Er drohte mir –

GÖTZ. Es ist genug! Der wäre nun auch verloren! Treu' und Glaube, du hast mich wieder betrogen. Arme Marie! Wie werd' ich dir's beibringen!

SELBITZ. Ich wollte lieber mein ander Bein dazu verlieren, als so ein Hundsfott sein. *Ab.*

BAMBERG

Adelheid. Weislingen

ADELHEID. Die Zeit fängt mir an unerträglich lang' zu werden; reden mag ich nicht, und ich schäme mich mit euch zu spielen. Langeweile, du bist ärger als ein kaltes Fieber.

WEISLINGEN. Seid ihr mich schon müde?

ADELHEID. Euch nicht sowohl als euren Umgang. Ich wollte ihr wärt wo ihr hin wolltet, und wir hätten euch nicht gehalten.

WEISLINGEN. Das ist Weibergunst! Erst brütet sie, mit Mutterwärme, unsere liebsten Hoffnungen an; dann, gleich einer unbeständigen Henne, verläßt sie das Nest, und übergibt ihre schon keimende Nachkommenschaft dem Tode und der Verwesung.

ADELHEID. Scheltet die Weiber! Der unbesonnene Spieler zerbeißt und zerstampft die Karten, die ihn unschuldiger Weise verlieren machten. Aber laßt mich euch was von Mannsleuten erzählen. Was seid denn ihr, um von Wankelmut zu sprechen? Ihr, die ihr selten seid, was ihr sein wollt, niemals, was ihr sein solltet. Könige im Festtagsornat, vom Pöbel beneidet. Was gäb' eine Schneidersfrau drum, eine Schnur Perlen um ihren Hals zu haben, von dem Saum eures Kleids, den eure Absätze verächtlich zurückstoßen!

WEISLINGEN. Ihr seid bitter.

ADELHEID. Es ist die Antistrophe von eurem Gesang. Eh ich euch kannte, Weislingen, ging mir's wie der Schneidersfrau. Der Ruf, hundertzüngig, ohne Metapher gesprochen, hatte euch so zahnarztmäßig heraus geschrien, daß ich mich überreden ließ zu wünschen: möchtest du doch diese Quintessenz des männlichen Geschlechts, den Phönix Weislingen zu Gesicht kriegen! Ich ward meines Wunsches gewährt.

WEISLINGEN. Und der Phönix präsentierte sich als ein ordinärer Haushahn.

ADELHEID. Nein, Weislingen, ich nahm Anteil an euch.

WEISLINGEN. Es schien so –

ADELHEID. Und war. Denn wirklich, ihr übertraft euren Ruf. Die Menge schätzt nur den Widerschein des Verdienstes. Wie mir's denn nun geht, daß ich über die Leute nicht denken mag, denen ich wohl will; so lebten wir eine Zeit lang' neben einander, es fehlte mir was, und ich wußte nicht, was ich an euch vermißte. Endlich gingen mir die Augen auf. Ich sah statt des aktiven Mannes, der die Geschäfte eines Fürstentums belebte, der sich und seinen Ruhm dabei nicht vergaß, der auf hundert großen Unternehmungen, wie auf über einander gewälzten Bergen, zu den Wolken hinauf gestiegen war; den sah ich auf einmal, jammernd wie einen kranken Poeten, melancholisch wie ein gesundes Mädchen, und müßiger als einen alten Junggesellen. Anfangs schrieb ich's eurem Unfall zu, der euch noch neu auf dem Herzen lag, und entschuldigte euch, so gut ich konnte. Jetzt, da es von Tag zu Tage schlimmer mit euch zu werden scheint, müßt ihr mir verzeihen, wenn ich euch meine Gunst entreiße. Ihr besitzt sie ohne Recht, ich schenkte sie einem andern auf lebenslang, der sie euch nicht übertragen konnte.

WEISLINGEN. So laßt mich los.

ADELHEID. Nicht, bis alle Hoffnung verloren ist. Die Einsamkeit ist in diesen Umständen gefährlich. – Armer Mensch! Ihr seid so mißmutig wie einer, dem sein erstes Mädchen untreu wird, und eben darum geb' ich euch nicht auf. Gebt mir die Hand, verzeiht mir, was ich aus Liebe gesagt habe.

WEISLINGEN. Könntest du mich lieben, könntest du meiner heißen Leidenschaft einen Tropfen Linderung gewähren! Adelheid! deine Vorwürfe sind höchst ungerecht. Könntest du den hundertsten Teil ahnen von dem, was die Zeit her in mir arbeitet, du würdest mich nicht mit Gefälligkeit, Gleichgültigkeit und Verachtung so unbarmherzig hin und her zerrissen haben – Du lächelst! – Nach dem übereilten Schritt wieder mit mir selbst einig zu werden, kostete mehr als Einen Tag. Wider den Menschen zu arbeiten, dessen Andenken so lebhaft neu in Liebe bei mir ist!

ADELHEID. Wunderlicher Mann, der du den lieben kannst, den du beneidest! Das ist, als wenn ich meinem Feinde Proviant zuführte.

WEISLINGEN. Ich fühl's wohl, es gilt hier kein Säumen. Er ist berichtet, daß ich wieder Weislingen bin, und er wird sich seines Vorteils über uns ersehen. Auch, Adelheid, sind wir nicht so träg, als du meinst. Unsere Reiter sind verstärkt und wachsam, unsere Unterhandlungen gehen fort, und der Reichstag zu Augsburg soll hoffentlich unsere Projekte zur Reife bringen.

ADELHEID. Ihr geht hin?

WEISLINGEN. Wenn ich Eine Hoffnung mitnehmen könnte!

Er küßt ihre Hand.

ADELHEID. O ihr Ungläubigen! Immer Zeichen und Wunder! Geh, Weislingen, und vollende das Werk. Der Vorteil des Bischofs, der deinige, der meinige, sie sind so verwebt, daß, wäre es auch nur der Politik wegen –

WEISLINGEN. Du kannst scherzen.

ADELHEID. Ich scherze nicht. Meine Güter hat der stolze Herzog inne, die deinigen wird Götz nicht lange ungeneckt lassen; und wenn wir nicht zusammenhalten wie unsere Feinde und den Kaiser auf unsere Seite lenken, sind wir verloren.

WEISLINGEN. Mir ist's nicht bange. Der größte Teil der Fürsten ist unserer Gesinnung. Der Kaiser verlangt Hilfe gegen die Türken, und dafür ist's billig, daß er uns wieder beisteht. Welche Wollust wird mir's sein, deine Güter von übermütigen Feinden zu befreien, die unruhigen Köpfe in Schwaben aufs Kissen zu bringen, die Ruhe des Bistums, unser aller herzustellen. Und dann –?

ADELHEID. Ein Tag bringt den andern, und beim Schicksal steht das Zukünftige.

WEISLINGEN. Aber wir müssen wollen.

ADELHEID. Wir wollen ja.

WEISLINGEN. Gewiß?

ADELHEID. Nun ja. Geht nur.

WEISLINGEN. Zauberin!

HERBERGE

Bauernhochzeit. Musik und Tanz draußen

Der Brautvater, Götz, Selbitz am Tische. Bräutigam tritt zu ihnen

GÖTZ. Das Gescheitste war, daß ihr euren Zwist so glücklich und fröhlich durch eine Heirat endigt.

BRAUTVATER. Besser, als ich mir's hätte träumen lassen. In Ruh und Fried mit meinem Nachbar, und eine Tochter wohl versorgt dazu!

BRÄUTIGAM. Und ich im Besitz des strittigen Stücks, und drüber den hübschesten Backfisch im ganzen Dorf. Wollte Gott ihr hättet euch eher drein geben.

SELBITZ. Wie lange habt ihr prozessiert?

BRAUTVATER. An die acht Jahre. Ich wollte lieber noch einmal so lang' das Frieren haben, als von vorn anfangen. Das ist ein Gezerre, ihr glaubt's nicht, bis man den Perücken ein Urteil vom Herzen reißt; und was hat man darnach? Der Teufel hol den Assessor Sapupi! 's is ein verfluchter schwarzer Italiener.

BRÄUTIGAM. Ja, das ist ein toller Kerl. Zweimal war ich dort.

BRAUTVATER. Und ich dreimal. Und seht, ihr Herrn: kriegen wir ein Urteil endlich, wo ich so viel Recht hab' als er, und er so viel als ich, und wir eben stunden wie die Maulaffen, bis mir der Herr Gott eingab, ihm meine Tochter zu geben und das Zeug dazu.

GÖTZ *trinkt.* Gut Vernehmen künftig.

BRAUTVATER. Geb's Gott! Geh's aber, wie's will prozessieren tu' ich mein Tag nit mehr. Was das ein Geldspiel kost! Jeden Reverenz, den euch ein Prokurator macht, müßt ihr bezahlen.

SELBITZ. Sind ja jährlich Kaiserliche Visitationen da.

BRAUTVATER. Hab' nichts davon gespürt. Ist mir mancher schöner Taler nebenausgangen. Das unerhörte Blechen.

GÖTZ. Wie meint ihr?

BRAUTVATER. Ach, da macht alles hohle Pfötchen. Der Assessor allein, Gott verzeih's ihm, hat mir achtzehn Goldgulden abgenommen.

BRÄUTIGAM. Wer?

BRAUTVATER. Wer anders als der Sapupi!

GÖTZ. Das ist schändlich.

BRAUTVATER. Wohl, ich mußt' ihm zwanzig erlegen. Und da ich sie ihm hingezahlt hatte, in seinem Gartenhaus, das prächtig ist, im großen Saal, wollt' mir vor Wehmut fast das Herz brechen. Denn seht, eines Haus und Hof steht gut, aber wo soll bar Geld herkommen? Ich stund da, Gott weiß, wie mir's war. Ich hatte keinen roten Heller Reisegeld im Sack. Endlich nahm ich mir's Herz und stellt's ihm vor. Nun er sah, daß mir's Wasser an die Seele ging, da warf er mir zwei davon zurück, und schickt' mich fort.

BRÄUTIGAM. Es ist nicht möglich! Der Sapupi.

BRAUTVATER. Wie stellst du dich? Freilich! Kein andrer!

Bräutigam. Den soll der Teufel holen, er hat mir auch fünfzehn Goldgülden abgenommen.

Brautvater. Verflucht!

Selbitz. Götz! Wir sind Räuber!

Brautvater. Drum fiel das Urteil so scheel aus. Du Hund!

Götz. Das müßt ihr nicht ungerügt lassen.

Brautvater. Was sollen wir tun?

Götz. Macht euch auf nach Speyer, es ist eben Visitationszeit, zeigt's an, sie müssen's untersuchen und euch zu dem Eurigen helfen.

Bräutigam. Denkt ihr, wir treiben's durch?

Götz. Wenn ich ihm über die Ohren dürfte, wollt' ich's euch versprechen.

Selbitz. Die Summe ist wohl einen Versuch wert.

Götz. Bin ich wohl eher um des vierten Teils willen ausgeritten.

Brautvater. Wie meinst du?

Bräutigam. Wir wollen, geh's, wie's geh.

Georg kommt.

Georg. Die Nürnberger sind im Anzug.

Götz. Wo?

Georg. Wenn wir ganz sachte reiten, packen wir sie zwischen Beerheim und Mühlbach im Wald.

Selbitz. Trefflich!

Götz. Kommt, Kinder. Gott grüß' euch! Helf' uns allen zum Unsrigen.

Bauer. Großen Dank! Ihr wollt nicht zum Nacht-Ims bleiben?

Götz. Können nicht. Adies.

Dritter Akt

Augsburg, ein Garten

Zwei Nürnberger Kaufleute

Erster Kaufmann. Hier wollen wir stehn, denn da muß der Kaiser vorbei. Er kommt eben den langen Gang herauf.

Zweiter Kaufmann. Wer ist bei ihm?

Erster Kaufmann. Adelbert von Weislingen.

Zweiter Kaufmann. Bambergs Freund! das ist gut.

Erster Kaufmann. Wir wollen einen Fußfall tun, und ich will reden.

Zweiter Kaufmann. Wohl, da kommen sie.

Kaiser. Weislingen

Erster Kaufmann. Er sieht verdrießlich aus.

Kaiser. Ich bin unmutig, Weislingen, und wenn ich auf mein vergangenes Leben zurücksehe, möcht' ich verzagt werden; so viele halbe, so viel verunglückte Unternehmungen! und das alles, weil kein Fürst im Reich so klein ist, dem nicht mehr an seinen Grillen gelegen wäre als an meinen Gedanken.

Die Kaufleute werfen sich ihm zu Füßen.

Kaufmann. Allerdurchlauchtigster! Großmächtigster!

Kaiser. Wer seid ihr? Was gibt's?

Kaufmann. Arme Kaufleute von Nürnberg, eurer Majestät Knechte, und flehen um Hilfe. Götz von Berlichingen und Hanns von Selbitz haben unser dreißig, die von der Frankfurter Messe kamen, im Bambergischen Geleite niedergeworfen und beraubt; wir bitten Eure Kaiserliche Majestät um Hilfe, um Beistand, sonst sind wir alle verdorbene Leute, genötigt unser Brot zu betteln.

KAISER. Heiliger Gott! Heiliger Gott! Was ist das? Der eine hat nur eine Hand, der andere nur ein Bein, wenn sie denn erst zwei Hände hätten, und zwei Beine, was wolltet ihr dann tun?

KAUFMANN. Wir bitten Eure Majestät untertänigst, auf unsre bedrängten Umstände ein mitleidiges Auge zu werfen.

KAISER. Wie geht's zu! Wenn ein Kaufmann einen Pfeffersack verliert, soll man das ganze Reich aufmahnen; und wenn Händel vorhanden sind, daran Kaiserlicher Majestät und dem Reich viel gelegen ist, daß es Königreich, Fürstentum, Herzogtum und anders betrifft, so kann euch kein Mensch zusammenbringen.

WEISLINGEN. Ihr kommt zur ungelegenen Zeit. Geht und verweilt einige Tage hier.

KAUFLEUTE. Wir empfehlen uns zu Gnaden. *Ab.*

KAISER. Wieder neue Händel. Sie wachsen nach wie die Köpfe der Hydra.

WEISLINGEN. Und sind nicht auszurotten als mit Feuer und Schwert, und einer mutigen Unternehmung.

KAISER. Glaubt ihr?

WEISLINGEN. Ich halte nichts für tunlicher, wenn Eure Majestät und die Fürsten sich über andern unbedeutenden Zwist vereinigen könnten. Es ist mitnichten ganz Deutschland, das über Beunruhigung klagt. Franken und Schwaben allein glimmt noch von den Resten des innerlichen, verderblichen Bürgerkriegs. Und auch da sind viele der Edlen und Freien, die sich nach Ruhe sehnen. Hätten wir einmal diesen Sickingen, Selbitz – Berlichingen auf die Seite geschafft, das Übrige würde bald von sich selbst zerfallen. Denn *sie* sind's, deren Geist die aufrührerische Menge belebt.

KAISER. Ich möchte die Leute gerne schonen, sie sind tapfer und edel. Wenn ich Krieg führte, müßten sie mit mir zu Felde.

WEISLINGEN. Es wäre zu wünschen, daß sie von jeher gelernt hätten ihrer Pflicht zu gehorchen. Und dann wär' es höchst gefährlich ihre aufrührerischen Unternehmungen durch Ehrenstellen zu belohnen. Denn eben diese kaiserliche Mild' und Gnade ist's, die sie bisher so ungeheuer mißbrauchten, und ihr Anhang, der sein Vertrauen und Hoffnung darauf setzt, wird nicht ehe zu bändigen sein, bis wir sie ganz vor den Augen der Welt zu nichte gemacht, und ihnen alle Hoffnung, jemals wieder empor zukommen völlig abgeschnitten haben.

KAISER. Ihr ratet also zur Strenge?

WEISLINGEN. Ich sehe kein ander Mittel, den Schwindelgeis der ganze Landschaften ergreift, zu bannen. Hören wir nicht schon hier und da die bittersten Klagen der Edlen, daß ihre Untertanen, ihre Leibeignen sich gegen sie auflehnen und mit ihnen rechten, ihnen die hergebrachte Oberherrschaft zu schmälern drohen, so daß die gefährlichsten Folgen zu fürchten sind?

KAISER. Jetzt wär' eine schöne Gelegenheit wider den Berlichingen und Selbitz; nur wollt' ich nicht, daß ihnen was zu Leid geschehe. Gefangen möcht' ich sie haben, und dann müßten sie Urfehde schwören, auf ihren Schlössern ruhig zu bleiben, und nicht aus ihrem Bann zu gehen. Bei der nächsten Session will ich's vortragen.

WEISLINGEN. Ein freudiger beistimmender Zuruf wird eurer Majestät das Ende der Rede ersparen. *Ab.*

JAXTHAUSEN

Sickingen. Berlichingen

SICKINGEN. Ja, ich komme eure edle Schwester um ihr Herz und ihre Hand zu bitten.

GÖTZ. So wollt' ich ihr wärt eher gekommen. Ich muß euch sagen: Weislingen hat während seiner Gefangenschaft ihre Liebe gewonnen, um sie angehalten, und ich sagt ihm zu. Ich hab' ihn losgelassen, den Vogel, und er verachtet die gütige Hand, die ihm in der Not Futter reichte. Er schwirrt herum, weiß Gott auf welcher Hecke seine Nahrung zu suchen.

SICKINGEN. Ist das so?

GÖTZ. Wie ich sage.

SICKINGEN. Er hat ein doppeltes Band zerrissen. Wohl euch, daß ihr mit dem Verräter nicht näher verwandt worden.

GÖTZ. Sie sitzt, das arme Mädchen, verjammert und verbetet ihr Leben.

SICKINGEN. Wir wollen sie singen machen.

GÖTZ. Wie? Entschließet ihr euch, eine Verlaßne zu heiraten?

SICKINGEN. Es macht euch beiden Ehre, von ihm betrogen worden zu sein. Soll darum das arme Mädchen in ein Kloster gehn, weil der erste Mann, den sie kannte, ein Nichtswürdiger war? Nein doch! ich bleibe darauf, sie soll Königin von meinen Schlössern werden.

GÖTZ. Ich sage euch, sie war nicht gleichgültig gegen ihn.

SICKINGEN. Traust du mir nicht zu, daß ich den Schatten eines Elenden sollte verjagen können? Laß uns zu ihr. *Ab.*

LAGER DER REICHSEXEKUTION

Hauptmann. Offiziere

HAUPTMANN. Wir müssen behutsam gehn und unsere Leute so viel wie möglich schonen. Auch ist unsere gemessene Ordre, ihn in die Enge zu treiben und lebendig gefangen zu nehmen. Es wird schwerhalten, denn wer mag sich an ihn machen?

ERSTER OFFIZIER. Freilich! Und er wird sich wehren wie ein wildes Schwein. Überhaupt hat er uns sein Leben lang' nichts zu Leid getan, und jeder wird's von sich schieben, Kaiser und Reich zu Gefallen Arm und Bein dranzusetzen.

ZWEITER OFFIZIER. Es wäre eine Schande, wenn wir ihn nicht kriegten. Wenn ich ihn nur einmal beim Lappen habe, er soll nicht los kommen.

ERSTER OFFIZIER. Faßt ihn nur nicht mit Zähnen, er möchte euch die Kinnbacken ausziehen. Guter junger Herr, dergleichen Leut packen sich nicht wie ein flüchtiger Dieb.

ZWEITER OFFIZIER. Wollen sehn.

HAUPTMANN. Unsern Brief muß er nun haben. Wir wollen nicht säumen, und einen Trupp ausschicken, der ihn beobachten soll.

ZWEITER OFFIZIER. Laßt mich ihn führen.

HAUPTMANN. Ihr seid der Gegend unkundig.

ZWEITER OFFIZIER. Ich hab' einen Knecht, der hier geboren und erzogen ist.

HAUPTMANN. Ich bin's zufrieden. *Ab.*

JAXTHAUSEN
Sickingen

SICKINGEN. Es geht alles nach Wunsch; sie war etwas bestürzt über meinen Antrag, und sah mich vom Kopf bis auf die Füße an; ich wette, sie verglich mich mit ihrem Weißfisch. Gott sei Dank, daß ich mich stellen darf. Sie antwortete wenig und durch einander; desto besser! Es mag eine Zeit kochen. Bei Mädchen, die durch Liebesunglück gebeizt sind, wird ein Heiratsvorschlag bald gar.

Götz kommt.

SICKINGEN. Was bringt ihr, Schwager?

GÖTZ. In die Acht erklärt.

SICKINGEN. Was?

GÖTZ. Da les't den erbaulichen Brief. Der Kaiser hat Exekution gegen mich verordnet, die mein Fleisch den Vögeln unter dem Himmel und den Tieren auf dem Felde zu fressen vorschneiden soll.

SICKINGEN. Erst sollen *sie* dran. Just zur gelegenen Zeit bin ich hier.

GÖTZ. Nein, Sickingen, ihr sollt fort. Das hieße eure großen Anschläge im Keim zertreten, wenn ihr zu so ungelegener Zeit des

Reichs Feind werden wolltet. Auch mir könnt ihr weit mehr nutzen, wenn ihr neutral zu sein scheint. Der Kaiser liebt euch, und das Schlimmste, das mir begegnen kann, ist, gefangen zu werden; dann braucht euer Vorwort, und reißt mich aus einem Elend, in das unzeitige Hilfe uns beide stürzen könnte. Denn was wär's? Jetzo geht der Zug gegen mich: erfahren sie du bist bei mir, so schicken sie mehr, und wir sind um nichts gebessert. Der Kaiser sitzt an der Quelle, und ich wär' schon jetzt unwiederbringlich verloren, wenn man Tapferkeit so geschwind einblasen könnte, als man einen Haufen zusammenblasen kann.

SICKINGEN. Doch kann ich heimlich ein zwanzig Reiter zu euch stoßen lassen.

GÖTZ. Gut. Ich hab' schon Georgen nach dem Selbitz geschickt, und meine Knechte in der Nachbarschaft herum. Lieber Schwager, wenn meine Leute beisammen sind, es wird ein Häufchen sein, dergleichen wenig Fürsten beisammen gesehen haben.

SICKINGEN. Ihr werdet gegen der Menge wenig sein.

GÖTZ. Ein Wolf ist einer ganzen Herde Schafe zu viel.

SICKINGEN. Wenn sie aber einen guten Hirten haben?

GÖTZ. Sorg du. Es sind lauter Mietlinge. Und dann kann der beste Ritter nichts machen, wenn er nicht Herr von seinen Handlungen ist. So kamen sie mir auch einmal, wie ich dem Pfalzgrafen zugesagt hatte, gegen Konrad Schotten zu dienen; da legt' er mir einen Zettel aus der Kanzlei vor, wie ich reiten und mich halten sollt; da warf ich den Räten das Papier wieder dar, und sagt': ich wüßt' nicht darnach zu handeln, ich weiß nicht was mir begegnen mag, das steht nicht im Zettel, ich muß die Augen selbst auftun und sehn was ich zu schaffen hab.

SICKINGEN. Glück zu, Bruder! Ich will gleich fort und dir schikken was ich in der Eil zusammen treiben kann.

GÖTZ. Komm noch zu den Frauen, ich ließ sie beisammen. Ich wollte, daß du ihr Wort hättest, ehe du gingst. Dann schick mir die Reiter und komm heimlich wieder, sie abzuholen, denn mein

Schloß, fürcht' ich, wird bald kein Aufenthalt für Weiber mehr sein.

SICKINGEN. Wollen das Beste hoffen. *Ab.*

BAMBERG. ADELHEIDENS ZIMMER

Adelheid. Franz

ADELHEID. So sind die beiden Exekutionen schon aufgebrochen?

FRANZ. Ja, und mein Herr hat die Freude gegen eure Feinde zu ziehen. Ich wollte gleich mit, so gern ich zu euch gehe. Auch will ich jetzt wieder fort, um bald mit fröhlicher Botschaft wiederzukehren. Mein Herr hat mir's erlaubt.

ADELHEID. Wie steht's mit ihm?

FRANZ. Er ist munter. Mir befahl er eure Hand zu küssen.

ADELHEID. Da – deine Lippen sind warm.

FRANZ *vor sich, auf die Brust deutend.* Hier ist's noch wärmer! *Laut.* Gnädige Frau, eure Diener sind die glücklichsten Menschen unter der Sonne.

ADELHEID. Wer führt gegen Berlichingen?

FRANZ. Der von Sirau. Lebt wohl, beste gnädige Frau. Ich will wieder fort. Vergeßt mich nicht.

ADELHEID. Du mußt was essen, trinken, und rasten.

FRANZ. Wozu das? Ich hab' euch ja gesehen. Ich bin nicht müd noch hungrig.

ADELHEID. Ich kenne deine Treu.

FRANZ. Ach gnädige Frau!

ADELHEID. Du hältst's nicht aus, beruhige dich, und nimm was zu dir.

FRANZ. Eure Sorgfalt für einen armen Jungen! *Ab.*

ADELHEID. Die Tränen stehn ihm in den Augen. Ich lieb' ihn von Herzen. So wahr und warm hat noch niemand an mir gehangen.

Ab.

JAXTHAUSEN

Götz. Georg

GEORG. Er will selbst mit euch sprechen. Ich kenn' ihn nicht; es ist ein stattlicher Mann, mit schwarzen, feurigen Augen.

GÖTZ. Bring' ihn herein.

Lerse kommt.

GÖTZ. Gott grüß euch. Was bringt ihr?

LERSE. Mich selbst, das ist nicht viel, doch alles, was es ist, biet' ich euch an.

GÖTZ. Ihr seid mir willkommen, doppelt willkommen, ein braver Mann, und zu dieser Zeit, da ich nicht hoffte, neue Freunde zu gewinnen, eher den Verlust der alten stündlich fürchtete. Gebt mir euren Namen.

LERSE. Franz Lerse.

GÖTZ. Ich danke euch, Franz, daß ihr mich mit einem braven Mann bekannt macht.

LERSE. Ich machte euch schon einmal mit mir bekannt, aber damals danktet ihr mir nicht dafür.

GÖTZ. Ich erinnere mich eurer nicht.

LERSE. Es wäre mir leid. Wißt ihr noch, wie ihr um des Pfalzgrafen willen Konrad Schotten feind wart, und nach Haßfurt auf die Fastnacht reiten wolltet?

GÖTZ. Wohl weiß ich es.

LERSE. Wißt ihr, wie ihr unterwegs bei einem Dorf fünfundzwanzig Reitern entgegenkamt?

GÖTZ. Richtig. Ich hielt sie anfangs nur für zwölfe, und teilt' meinen Haufen, waren unser sechzehn, und hielt am Dorf hinter der Scheuer, in willens sie sollten bei mir vorbeiziehen. Dann wollt' ich ihnen nachrucken, wie ich's mit dem andern Haufen abgeredt hatte.

LERSE. Aber wir sahn euch? und zogen auf eine Höhe am Dorf. Ihr zogt herbei und hieltet unten. Wie wir sahn, ihr wolltet nicht herauf kommen, ritten wir herab.

Götz. Da sah ich erst, daß ich mit der Hand in die Kohlen geschlagen hatte. Fünfundzwanzig gegen acht! Da galt's kein Feiern. Erhard Truchseß durchstach mir einen Knecht, dafür rannt' ich ihn vom Pferde. Hätten sie sich alle gehalten wie er und ein Knecht, es wäre mein und meines kleinen Häufchens übel gewahrt gewesen.

Lerse. Der Knecht, wovon ihr sagtet –

Götz. Es war der bravste den ich gesehen habe. Er setzte mir heiß zu. Wenn ich dachte, ich hätt' ihn von mir gebracht, wollte mit andern zu schaffen haben, war er wieder an mir und schlug feindlich zu. Er hieb mir auch durch den Panzerärmel hindurch, daß es ein wenig gefleischt hatte.

Lerse. Habt ihr's ihm verziehen?

Götz. Er gefiel mir mehr als zu wohl.

Lerse. Nun hoff' ich, daß ihr mit mir zufrieden sein werdet, ich hab mein Probestück an euch selbst abgelegt.

Götz. Bist du's? O willkommen, willkommen. Kannst du sagen, Maximilian, du hast unter deinen Dienern Einen so geworben?

Lerse. Mich wundert daß ihr nicht eh' auf mich gefallen seid.

Götz. Wie sollte mir einkommen, daß der mir seine Dienste anbieten würde, der auf das feindseligste mich zu überwältigen trachtete?

Lerse. Eben das, Herr! Von Jugend auf dien' ich als Reitersknecht, und hab's mit manchem Ritter aufgenommen. Da wir auf euch stießen, freut' ich mich. Ich kannte euren Namen, und da lernt ich euch kennen. Ihr wißt, ich hielt nicht stand; ihr saht, es war nicht Furcht, denn ich kam wieder. Kurz ich lernt' euch kennen, und von Stund an beschloß ich euch zu dienen.

Götz. Wie lange wollt ihr bei mir aushalten?

Lerse. Auf ein Jahr. Ohne Entgelt.

Götz. Nein, ihr sollt gehalten werden wie ein anderer, und drüber, wie der, der mir bei Remlin zu schaffen machte.

Georg kommt.

GEORG. Hanns von Selbitz läßt euch grüßen. Morgen ist er hier mit funfzig Mann.

GÖTZ. Wohl.

GEORG. Es zieht am Kocher ein Trupp Reichsvölker herunter; ohne Zweifel euch zu beobachten.

GÖTZ. Wieviel?

GEORG. Ihrer funfzig.

GÖTZ. Nicht mehr! Komm, Lerse, wir wollen sie zusammenschmeißen, wenn Selbitz kommt, daß er schon ein Stück Arbeit getan findet.

LERSE. Das soll eine reichliche Vorlese werden.

GÖTZ. Zu Pferde! *Ab.*

WALD AN EINEM MORAST

Zwei Reichsknechte begegnen einander.

ERSTER KNECHT. Was machst du hier?

ZWEITER KNECHT. Ich hab' Urlaub gebeten, meine Notdurft zu verrichten. Seit dem blinden Lärmen gestern abend ist mir's in die Gedärme geschlagen, daß ich alle Augenblicke vom Pferd muß.

ERSTER KNECHT. Hält der Trupp hier in der Nähe?

ZWEITER KNECHT. Wohl eine Stunde den Wald hinauf.

ERSTER KNECHT. Wie verlaufst du dich dann hieher?

ZWEITER KNECHT. Ich bitt dich, verrat mich nicht. Ich will aufs nächste Dorf und sehn, ob ich nit mit warmen Überschlägen meinem Übel abhelfen kann. Wo kommst du her?

ERSTER KNECHT. Vom nächsten Dorf. Ich hab' unserm Offizier Wein und Brot geholt.

ZWEITER KNECHT. So, er tut sich was zu guts vor unserm Angesicht, und wir sollen fasten! Schön Exempel!

ERSTER KNECHT. Komm mit zurück, Schurke.

ZWEITER KNECHT. Wär' ich ein Narr! Es sind noch viele unter'm Haufen, die gern fasteten, wenn sie so weit davon wären als ich.

ERSTER KNECHT. Hörst du! Pferde!

ZWEITER KNECHT. O weh!

ERSTER KNECHT. Ich klettere auf den Baum.

ZWEITER KNECHT. Ich steck mich in's Rohr.

Götz, Lerse, Georg, Knechte zu Pferde.

GÖTZ. Hier am Teich weg und linker Hand in den Wald, so kommen wir ihnen in Rücken.

Sie ziehen vorbei.

ERSTER KNECHT *steigt vom Baum.* Da ist nicht gut sein. Michel! Er antwortet nicht? Michel, sie sind fort! *Er geht nach dem Sumpf.* Michel! O weh, er ist versunken. Michel! Er hört mich nicht, er ist erstickt. Bist doch krepiert, du Memme. – Wir sind geschlagen. Feinde, überall Feinde!

Götz, Georg zu Pferde.

GÖTZ. Halt, Kerl, oder du bist des Todes!

KNECHT. Schone meines Lebens!

GÖTZ. Dein Schwert! Georg, führ' ihn zu den andern Gefangenen, die Lerse dort unten am Wald hat. Ich muß ihren flüchtigen Führer erreichen. *Ab.*

KNECHT. Was ist aus unserm Ritter geworden, der uns führte?

GEORG. Unterst zuoberst stürzt' ihn mein Herr vom Pferd, daß der Federbusch im Kot stak. Seine Reiter huben ihn auf's Pferd und fort, wie besessen. *Ab.*

LAGER

Hauptmann. Erster Ritter

ERSTER RITTER. Sie fliehen von weitem dem Lager zu.

HAUPTMANN. Er wird ihnen an den Fersen sein. Laßt ein funfzig ausrücken bis an die Mühle; wenn er sich zu weit verliert, erwischt ihr ihn vielleicht. *Ritter ab.*

Zweiter Ritter, geführt.

HAUPTMANN. Wie geht's, junger Herr? Habt ihr ein paar Zinken abgerennt?

RITTER. Daß dich die Pest! Das stärkste Geweih wäre gesplittert wie Glas. Du Teufel! Er rannt' auf mich los, es war mir, als wenn mich der Donner in die Erd' hineinschlüg.

HAUPTMANN. Dankt Gott, daß ihr noch davongekommen seid.

RITTER. Es ist nichts zu danken, ein paar Rippen sind entzwei. Wo ist der Feldscher? *Ab.*

JAXTHAUSEN

Götz. Selbitz

GÖTZ. Was sagst du zu der Achtserklärung, Selbitz?

SELBITZ. Es ist ein Streich von Weislingen.

GÖTZ. Meinst du!

SELBITZ. Ich meine nicht, ich weiß.

GÖTZ. Woher?

SELBITZ. Er war auf dem Reichstag, sag' ich dir, er war um den Kaiser.

GÖTZ. Wohl, so machen wir ihm wieder einen Anschlag zu nichte.

SELBITZ. Hoff's.

GÖTZ. Wir wollen fort! und soll die Hasenjagd angehn.

LAGER

Hauptmann. Ritter

HAUPTMANN. Dabei kommt nichts heraus, ihr Herrn. Er schlägt uns einen Haufen nach dem andern, und was nicht umkommt und gefangen wird, das lauft in Gottes Namen lieber nach der Türkei als in's Lager zurück. So werden wir alle Tag schwächer. Wir müssen einmal für allemal ihm zu Leib gehen, und das mit Ernst: ich will selbst dabeisein, und er soll sehn, mit wem er zu tun hat.

RITTER. Wir sind's all zufrieden; nur ist er der Landsart so kundig, weiß alle Gänge und Schliche im Gebirg, daß er so wenig zu fangen ist wie eine Maus auf dem Kornboden.

HAUPTMANN. Wollen ihn schon kriegen. Erst auf Jaxthausen zu. Mag er wollen oder nicht, er muß herbei sein Schloß zu verteidigen.

RITTER. Soll unser ganzer Hauf marschieren?

HAUPTMANN. Freilich! Wißt ihr, daß wir schon um hundert geschmolzen sind?

RITTER. Drum geschwind, eh der ganze Eisklumpen auftaut; es macht warm in der Nähe, und wir stehn da wie Butter an der Sonne. *Ab.*

GEBIRG UND WALD

Götz. Selbitz. Trupp

GÖTZ. Sie kommen mit hellem Hauf. Es war hohe Zeit, daß Sickingens Reiter zu uns stießen.

SELBITZ. Wir wollen uns teilen. Ich will linker Hand um die Höhe ziehen.

GÖTZ. Gut. Und du, Franz, führe mir die funfzig rechts durch den Wald hinauf; sie kommen über die Heide, ich will gegen ihnen halten. Georg, du bleibst um mich. Und wenn ihr seht, daß sie mich angreifen, so fallt ungesäumt in die Seiten. Wir wollen sie patschen. Sie denken nicht, daß wir ihnen die Spitze bieten können. *Ab.*

Heide, auf der einen Seite eine Höhe, auf der anderen Wald

Hauptmann, Exekutionszug

Hauptmann. Er hält auf der Heide! Das ist impertinent. Er soll's büßen. Was! Den Strom nicht zu fürchten, der auf ihn losbraust?

Ritter. Ich wollt' nicht daß ihr an der Spitze rittet; er hat das Ansehn als ob er den Ersten, der ihn anstoßen möchte, umgekehrt in die Erde pflanzen wollte. Reitet hinten drein.

Hauptmann. Nicht gern.

Ritter. Ich bitt' euch. Ihr seid noch der Knoten von diesem Bündel Haselruten; lös't ihn auf, so knickt er sie euch einzeln wie Rietgras.

Hauptmann. Trompeter, blas'! Und ihr blas't ihn weg. *Ab.*

Selbitz hinter der Höhe hervor im Galopp.

Selbitz. Mir nach! Sie sollen zu ihren Händen rufen: multipliziert euch. *Ab.*

Lerse aus dem Wald.

Lerse. Götzen zu Hilf! Er ist fast umringt. Braver Selbitz, du hast schon Luft gemacht. Wir wollen die Heide mit ihren Distelköpfen besäen. *Vorbei. Getümmel.*

Eine Höhe mit einem Wartthurn

Selbitz verwundet. Knechte

Selbitz. Legt mich hieher und kehrt zu Götzen.

Erster Knecht. Laßt uns bleiben, Herr, ihr braucht unser.

Selbitz. Steig' einer auf die Warte und seh', wie's geht.

Erster Knecht. Wie will ich hinauf kommen?

Zweiter Knecht. Steig' auf meine Schultern, da kannst du die Lücke reichen und dir bis zur Öffnung hinauf helfen.

Erster Knecht *steigt hinauf.* Ach, Herr!

SELBITZ. Was siehest du?

ERSTER KNECHT. Eure Reiter fliehen. Der Höhe zu.

SELBITZ. Höllische Schurken! Ich wollt, sie stünden und ich hätt' eine Kugel vor'm Kopf. Reit' einer hin und fluch' und wetter sie zurück. *Knecht ab.* Siehest du Götzen?

KNECHT. Die drei schwarzen Federn seh' ich mitten im Getümmel.

SELBITZ. Schwimm, braver Schwimmer. Ich liege hier!

KNECHT. Ein weißer Federbusch, wer ist das?

SELBITZ. Der Hauptmann.

KNECHT. Götz drängt sich an ihn – Bauz! Er stürzt.

SELBITZ. Der Hauptmann?

KNECHT. Ja, Herr.

SELBITZ. Wohl! Wohl!

KNECHT. Weh! Weh! Götzen seh' ich nicht mehr.

SELBITZ. So stirb, Selbitz!

KNECHT. Ein fürchterlich Gedräng, wo er stund. Georgs blauer Busch verschwindt auch.

SELBITZ. Komm herunter. Siehst du Lersen nicht?

KNECHT. Nichts. Es geht alles drunter und drüber.

SELBITZ. Nichts mehr. Komm! Wie halten sich Sickingens Reiter?

KNECHT. Gut – Da flieht einer nach dem Wald. Noch einer! Ein ganzer Trupp! Götz ist hin.

SELBITZ. Komm herab.

KNECHT. Ich kann nicht. – Wohl! Wohl! Ich sehe Götzen! Ich sehe Georgen!

SELBITZ. Zu Pferd?

KNECHT. Hoch zu Pferd. Sieg! Sieg! Sie fliehn.

SELBITZ. Die Reichstruppen?

KNECHT. Die Fahne mitten drin. Götz hinten drein. Sie zerstreuen sich. Götz erreicht den Fähndrich – Er hat die Fahn' – Er hält. Eine Handvoll Menschen um ihn herum. Mein Kamerad erreicht ihn. – Sie ziehn herauf.

Götz. Georg. Lerse. Ein Trupp

SELBITZ. Glück zu! Götz! Sieg! Sieg!

GÖTZ *steigt vom Pferd.* Teuer! Teuer! Du bist verwundt, Selbitz?

SELBITZ. Du lebst und siegst! Ich habe wenig getan. Und meine Hunde von Reitern! Wie bist du davongekommen?

GÖTZ. Diesmal galt's! Und hier Georgen dank' ich das Leben, und hier Lersen dank' ich's. Ich warf den Hauptmann vom Gaul. Sie stachen mein Pferd nieder und drangen auf mich ein. Georg hieb sich zu mir und sprang ab, ich wie der Blitz auf seinen Gaul, wie der Donner saß er auch wieder. Wie kamst du zum Pferd?

GEORG. Einem, der nach euch hieb, stieß ich meinen Dolch in die Gedärme, wie sich sein Harnisch in die Höhe zog. Er stürzt', und ich half euch von einem Feind und mir zu einem Pferde.

GÖTZ. Nun staken wir, bis Franz sich zu uns hereinschlug, und da mähten wir von innen heraus.

LERSE. Die Hunde die ich führte sollten von außen hinein mähen, bis sich unsere Sensen begegnet hätten; aber sie flohen wie Reichsknechte.

GÖTZ. Es flohe Freund und Feind. Nur du kleiner Hauf hieltest mir den Rücken frei; ich hatte mit den Kerls vor mir genug zu tun. Der Fall ihres Hauptmanns half mir sie schütteln, und sie flohen. Ich habe ihre Fahne und wenig Gefangene.

SELBITZ. Der Hauptmann ist euch entwischt?

GÖTZ. Sie hatten ihn inzwischen gerettet. Kommt, Kinder, kommt! Selbitz! – Macht eine Bahre von Ästen; – du kannst nicht auf's Pferd. Kommt in mein Schloß. Sie sind zerstreut. Aber unser sind wenig, und ich weiß nicht, ob sie Truppen nachzuschicken haben. Ich will euch bewirten, meine Freunde. Ein Glas Wein schmeckt auf so einen Strauß.

Lager
Hauptmann

Hauptmann. Ich möcht' euch alle mit eigener Hand umbringen! Was, fortzulaufen! Er hatte keine Handvoll Leute mehr! Fortzulaufen, vor Einem Mann! Es wird's niemand glauben, als wer über uns zu lachen Lust hat. – Reit herum, ihr, und ihr, und ihr. Wo ihr von unsern zerstreuten Knecht findt, bringt sie zurück oder stecht sie nieder. Wir müssen diese Scharten auswetzen, und wenn die Klingen drüber zu Grunde gehen sollten.

Jaxthausen
Götz. Lerse. Georg

Götz. Wir dürfen keinen Augenblick säumen! Arme Jungen, ich darf euch keine Rast gönnen. Jagt geschwind herum und sucht noch Reiter aufzutreiben. Bestellt sie alle nach Weilern, da sind sie am sichersten. Wenn wir zögern, so ziehen sie mir vor's Schloß. *Die zwei ab.* Ich muß einen auf Kundschaft ausjagen. Es fängt an, heiß zu werden, und wenn es nur noch brave Kerls wären! aber so ist's die Menge. *Ab.*

Sickingen. Maria

Maria. Ich bitte euch, lieber Sickingen, geht nicht von meinem Bruder! Seine Reiter, Selbitzens, eure, sind zerstreut; er ist allein, Selbitz ist verwundet auf sein Schloß gebracht, und ich fürchte alles.

Sickingen. Seid ruhig, ich gehe nicht weg.

Götz kommt.

Götz. Kommt in die Kirch, der Pater wartet. Ihr sollt mir in einer Viertelstund ein Paar sein.

Sickingen. Laßt mich hier.

Götz. In die Kirch sollt ihr jetzt.

SICKINGEN. Gern – und darnach?
GÖTZ. Darnach sollt ihr eurer Wege gehn.
SICKINGEN. Götz!
GÖTZ. Wollt ihr nicht in die Kirche?
SICKINGEN. Kommt, kommt.

LAGER

Hauptmann. Ritter

HAUPTMANN. Wieviel sind's in allem?
RITTER. Hundertundfunfzig.
HAUPTMANN. Von vierhunderten! Das ist arg. Jetzt gleich auf und grad gegen Jaxthausen zu, eh er sich wieder erholt und sich uns wieder in Weg stellt.

JAXTHAUSEN

Götz. Elisabeth. Maria. Sickingen

GÖTZ. Gott segne euch, geb' euch glückliche Tage, und behalte die, die er euch abzieht, für eure Kinder.
ELISABETH. Und die laß' er sein, wie ihr seid: rechtschaffen! Und dann laßt sie werden was sie wollen.
SICKINGEN. Ich dank' euch. Und dank' euch, Maria. Ich führte euch an den Altar, und ihr sollt mich zur Glückseligkeit führen.
MARIA. Wir wollen zusammen eine Pilgrimschaft nach diesem fremden gelobten Lande antreten.
GÖTZ. Glück auf die Reise.
MARIA. So ist's nicht gemeint, wir verlassen euch nicht.
GÖTZ. Ihr sollt, Schwester.
MARIA. Du bist sehr unbarmherzig, Bruder.
GÖTZ. Und ihr zärtlicher als vorsehend.

Georg kommt.

GEORG *heimlich.* Ich kann niemand auftreiben. Ein Einziger war geneigt, darnach veränderte er sich und wollte nicht.

GÖTZ. Gut, Georg. Das Glück fängt an, launisch mit mir zu werden. Ich ahnt' es. Sickingen, ich bitt' euch, geht noch diesen Abend. Beredet Marie. Sie ist eure Frau. Laßt sie's fühlen. Wenn Weiber quer in unsere Unternehmungen treten, ist unser Feind im freien Feld sichrer als sonst in der Burg.

Knecht kommt.

KNECHT *leise.* Herr, das Reichsfähnlein ist auf dem Marsch, grad hierher, sehr schnell.

GÖTZ. Ich hab sie mit Rutenstreichen geweckt! Wie viel sind ihrer?

KNECHT. Ungefähr zweihundert. Sie können nicht zwei Stunden mehr von hier sein.

GÖTZ. Noch über'm Fluß?

KNECHT. Ja, Herr.

GÖTZ. Wenn ich nur funfzig Mann hätte, sie sollten mir nicht herüber. Hast du Lersen nicht gesehen?

KNECHT. Nein, Herr.

GÖTZ. Biet' allen, sie sollen sich bereit halten. – Es muß geschieden sein, meine Lieben. Weine, meine gute Marie, es werden Augenblicke kommen, wo du dich freuen wirst. Es ist besser, du weinst an deinem Hochzeittag, als daß übergroße Freude der Vorbote künftigen Elends wäre. Lebt wohl, Marie. Lebt wohl, Bruder.

MARIA. Ich kann nicht von euch, Schwester. Lieber Bruder, laß uns. Achtest du meinen Mann so wenig, daß du in dieser Extremität seine Hilfe verschmähst?

GÖTZ. Ja, es ist weit mit mir gekommen. Vielleicht bin ich meinem Sturz nahe. Ihr beginnt heut' zu leben, und ihr sollt euch von meinem Schicksal trennen. Ich hab' eure Pferde zu satteln befohlen. Ihr müßt gleich fort.

MARIA. Bruder! Bruder!

ELISABETH *zu Sickingen.* Gebt ihm nach! Geht!

SICKINGEN. Liebe Marie, laßt uns gehen.

MARIA. Du auch? Mein Herz wird brechen.

GÖTZ. So bleib denn. In wenigen Stunden wird meine Burg umringt sein.

MARIA. Weh! Weh!

GÖTZ. Wir werden uns verteidigen, so gut wir können.

MARIA. Mutter Gottes, hab' Erbarmen mit uns!

GÖTZ. Und am Ende werden wir sterben, oder uns ergeben. – Du wirst deinen edlen Mann mit mir in Ein Schicksal geweint haben.

MARIA. Du marterst mich.

GÖTZ. Bleib! Bleib! Wir werden zusammen gefangen werden. Sickingen, du wirst mit mir in die Grube fallen. Ich hoffte, du solltest mir heraus helfen.

MARIA. Wir wollen fort. Schwester, Schwester!

GÖTZ. Bringt sie in Sicherheit, und dann erinnert euch meiner.

SICKINGEN. Ich will ihr Bette nicht besteigen, bis ich euch außer Gefahr weiß.

GÖTZ. Schwester – liebe Schwester! *Er küßt sie.*

SICKINGEN. Fort, fort!

GÖTZ. Noch einen Augenblick – Ich seh' euch wieder. Tröstet euch. Wir sehn uns wieder.

Sickingen, Maria ab.

GÖTZ. Ich trieb sie, und da sie geht, möcht' ich sie halten. Elisabeth, du bleibst bei mir!

ELISABETH. Bis in den Tod. *Ab.*

GÖTZ. Wen Gott lieb' hat, dem geb' er so eine Frau!

Georg kommt.

GEORG. Sie sind in der Nähe, ich habe sie vom Thurn gesehen. Die Sonne ging auf, und ich sah ihre Piken blinken. Wie ich sie sah, wollt' mir's nicht bänger werden als einer Katze vor einer Armee Mäuse. Zwar wir spielen die Ratten.

GÖTZ. Seht nach den Torriegeln. Verrammelt's inwendig mit Balken und Steinen! *Georg ab.* Wir wollen ihre Geduld für'n Narren halten, und ihre Tapferkeit sollen sie mir an ihren eigenen Nägeln verkäuen. *Trompeter von außen.* Aha! ein rotröckiger Schurke, der uns die Frage vorlegen wird, ob wir Hundsfötter sein wollen. *Er geht ans Fenster.* Was soll's?

Man hört in der Ferne reden.

GÖTZ *in seinen Bart.* Einen Strick um deinen Hals.

Trompeter redet fort.

GÖTZ. Beleidiger der Majestät! – Die Aufforderung hat ein Pfaff gemacht.

Trompeter endet.

GÖTZ *antwortet.* Mich ergeben! Auf Gnad und Ungnad! Mit wem redet ihr! Bin ich ein Räuber! Sag deinem Hauptmann: Vor Ihro Kaiserliche Majestät hab' ich, wie immer, schuldigen Respekt. Er aber, sag's ihm, er kann mich – – – *Schmeißt das Fenster zu.*

BELAGERUNG, KÜCHE

Elisabeth. Götz zu ihr

GÖTZ. Du hast viel Arbeit, arme Frau.

ELISABETH. Ich wollt', ich hätte sie lang. Wir werden schwerlich aushalten können.

GÖTZ. Wir hatten nicht Zeit, uns zu versehen.

ELISABETH. Und die vielen Leute, die ihr zeither gespeis't habt. Mit dem Wein sind wir auch schon auf der Neige.

GÖTZ. Wenn wir nur auf einen gewissen Punkt halten, daß sie Kapitulation vorschlagen. Wir tun ihnen brav Abbruch. Sie schießen den ganzen Tag und verwunden unsere Mauern und knicken unsere Scheiben. Lerse ist ein braver Kerl; er schleicht mit seiner Büchse herum; wo sich einer zu nahe wagt, blaff! liegt er.

KNECHT. Kohlen, gnädige Frau.

GÖTZ. Was gibt's.
KNECHT. Die Kugeln sind alle, wir wollen neue gießen.
GÖTZ. Wie steht's Pulver?
KNECHT. So ziemlich. Wir sparen unsere Schüsse wohl aus.

SAAL

Lerse mit einer Kugelform. Knecht mit Kohlen

LERSE. Stell sie daher, und seht, wo ihr im Hause Blei kriegt. Inzwischen will ich hier zugreifen. *Hebt ein Fenster aus und schlägt die Scheiben ein.* Alle Vorteile gelten. – So geht's in der Welt, weiß kein Mensch was aus den Dingen werden kann. Der Glaser, der die Scheiben faßte, dacht gewiß nicht, daß das Blei einem seiner Urenkel garstiges Kopfweh machen könnte! und da mich mein Vater zeugte, dachte er nicht, welcher Vogel unter dem Himmel, welcher Wurm auf der Erde mich fressen möchte.

Georg kommt mit einer Dachrinne.

GEORG. Da hast du Blei. Wenn du nur mit der Hälfte triffst, so entgeht keiner, der Ihro Majestät ansagen kann: Herr, wir haben schlecht bestanden.
LERSE *haut davon.* Ein brav Stück.
GEORG. Der Regen mag sich einen andern Weg suchen! ich bin nicht bang davor; ein braver Reiter und ein rechter Regen mangeln nie eines Pfads.
LERSE *er gießt.* Halt den Löffel. *Er geht ans Fenster.* Da zieht so ein Reichsknappe mit der Büchse herum; sie denken, wir haben uns verschossen. Er soll die Kugel versuchen, warm wie sie aus der Pfanne kommt. *Er lädt.*
GEORG *lehnt den Löffel an.* Laß mich sehn.
LERSE *schießt.* Da liegt der Spatz.
GEORG. Der schoß vorhin nach mir, *sie gießen* wie ich zum Dachfenster hinaus stieg, und die Rinne holen wollte. Er traf eine Tau-

be die nicht weit von mir saß, sie stürzt' in die Rinne; ich dankt' ihm für den Braten und stieg mit der doppelten Beute wieder herein.

LERSE. Nun wollen wir wohl laden, und im ganzen Schloß herumgehen, unser Mittagessen zu verdienen.

Götz kommt.

GÖTZ. Bleib, Lerse! Ich habe mit dir zu reden! Dich, Georg, will ich nicht von der Jagd abhalten. *Georg ab.*

GÖTZ. Sie entbieten mir einen Vertrag.

LERSE. Ich will zu ihnen hinaus und hören, was es soll.

GÖTZ. Es wird sein: ich soll mich auf Bedingungen in ritterlich Gefängnis stellen.

LERSE. Das ist nichts. Wie wär's, wenn sie uns freien Abzug eingestünden, da ihr doch von Sickingen keinen Entsatz erwartet? Wir vergrüben Geld und Silber, wo sie's mit keiner Wünschelrute finden sollten, überließen ihnen das Schloß, und kämen mit Manier davon.

GÖTZ. Sie lassen uns nicht.

LERSE. Es kommt auf eine Prob an. Wir wollen um sicher Geleit rufen, und ich will hinaus. *Ab.*

SAAL

Götz, Elisabeth, Georg, Knechte bei Tische

GÖTZ. So bringt uns die Gefahr zusammen. Laßt's euch schmekken, meine Freunde! Vergeßt das Trinken nicht. Die Flasche ist leer. Noch eine, liebe Frau. *Elisabeth zuckt die Achsel.* Ist keine mehr da?

ELISABETH *leise.* Noch Eine, ich habe sie für dich bei Seite gesetzt.

GÖTZ. Nicht doch, Liebe! Gib sie heraus. Sie brauchen Stärkung, nicht ich; es ist ja meine Sache.

ELISABETH. Holt sie draußen im Schrank!

Götz. Es ist die letzte. Und mir ist's, als ob wir nicht zu sparen Ursach hätten. Ich bin lange nicht so vergnügt gewesen. *Er schenkt ein.* Es lebe der Kaiser!

Alle. Er lebe.

Götz. Das soll unser vorletztes Wort sein, wenn wir sterben! Ich lieb' ihn, denn wir haben einerlei Schicksal. Und ich bin noch glücklicher als er. Er muß den Reichsständen die Mäuse fangen, inzwischen die Ratten seine Besitztümer annagen. Ich weiß, er wünscht sich manchmal lieber tot, als länger die Seele eines so krüppligen Körpers zu sein. *Er schenkt ein.* Es geht just noch einmal herum. Und wenn unser Blut anfängt, auf die Neige zu gehen, wie der Wein in dieser Flasche erst schwach, dann tropfenweise rinnt, *tröpfelt das Letzte in sein Glas,* was soll unser letztes Wort sein?

Georg. Es lebe die Freiheit!

Götz. Es lebe die Freiheit!

Alle. Es lebe die Freiheit!

Götz. Und wenn die uns überlebt, können wir ruhig sterben. Denn wir sehen im Geist unsere Enkel glücklich und die Kaiser unsrer Enkel glücklich. Wenn die Diener der Fürsten so edel und frei dienen wie ihr mir, wenn die Fürsten dem Kaiser dienen, wie ich ihm dienen möchte –

Georg. Dann müßt's viel anders werden.

Götz. So viel nicht, als es scheinen möchte. Hab' ich nicht unter den Fürsten treffliche Menschen gekannt, und sollte das Geschlecht ausgestorben sein! Gute Menschen, die in sich und ihren Untertanen glücklich waren; die einen edlen freien Nachbar neben sich leiden konnten, und ihn weder fürchteten noch beneideten! denen das Herz aufging, wenn sie viel ihresgleichen bei sich zu Tisch sahen, und nicht erst die Ritter zu Hofschranzen umzuschaffen brauchten um mit ihnen zu leben.

Georg. Habt ihr solche Herrn gekannt?

Götz. Wohl. Ich erinnere mich zeitlebens, wie der Landgraf von

Hanau eine Jagd gab, und die Fürsten und Herrn, die zugegen waren, unter freiem Himmel speis'ten, und das Landvolk all herbei lief sie zu sehen. Das war keine Maskerade, die er sich selbst zu Ehren angestellt hatte. Aber die vollen runden Köpfe der Burschen und Mädel, die roten Backen alle, und die wohlhäbigen Männer und stattlichen Greise, und alles fröhliche Gesichter, und wie sie teilnahmen an der Herrlichkeit ihres Herrn, der auf Gottes Boden unter ihnen sich ergötzte!

GEORG. Das war ein Herr, vollkommen wie ihr.

GÖTZ. Sollten wir nicht hoffen, daß mehr solcher Fürsten auf einmal herrschen können? daß Verehrung des Kaisers, Fried und Freundschaft der Nachbarn, und Lieb' der Untertanen der kostbarste Familienschatz sein wird, der auf Enkel und Urenkel erbt? Jeder würde das Seinige erhalten und in sich selbst vermehren, statt daß sie jetzo nicht zuzunehmen glauben, wenn sie nicht andere verderben.

GEORG. Würden wir hernach auch reiten?

GÖTZ. Wollte Gott, es gäbe keine unruhige Köpfe in ganz Deutschland! wir würden noch immer zu tun genug finden. Wir wollten die Gebirge von Wölfen säubern, wollten unserm ruhig ackernden Nachbar einen Braten aus dem Wald holen, und dafür die Suppe mit ihm essen. Wär' uns das nicht genug, wir wollten uns mit unsern Brüdern, wie Cherubin mit flammenden Schwertern, vor die Grenzen des Reichs gegen die Wölfe, die Türken, gegen die Füchse, die Franzosen, lagern und zugleich unsers teuern Kaisers sehr ausgesetzte Länder und die Ruhe des Reichs beschützen. Das wäre ein Leben! Georg! Wenn man seine Haut für die allgemeine Glückseligkeit dransetzte. *Georg springt auf.* Wo willst du hin?

GEORG. Ach ich vergaß, daß wir eingesperrt sind – und der Kaiser hat uns eingesperrt – und unsere Haut davon zu bringen, setzen wir unsere Haut dran?

GÖTZ. Sei gutes Muts.

Lerse kommt.

LERSE. Freiheit! Freiheit! Das sind schlechte Menschen, unschlüssige bedächtige Esel. Ihr sollt abziehen, mit Gewehr, Pferden und Rüstung. Proviant sollt ihr dahinten lassen.

GÖTZ. Sie werden sich kein Zahnweh dran kauen.

LERSE *heimlich.* Habt ihr das Silber versteckt?

GÖTZ. Nein! Frau, geh mit Franzen, er hat dir was zu sagen.

Alle ab.

SCHLOSSHOF

GEORG *im Stall, singt.*

Es fing ein Knab ein Vögelein,
H'm! H'm!
Da lacht' er in den Käfig 'nein,
H'm! H'm!
So! So!
H'm! H'm!

Der freut' sich traun so läppisch,
H'm! H'm!
Und griff hinein so täppisch,
H'm! H'm!
So! So!
H'm! H'm!

Da flog das Meislein auf ein Haus,
H'm! H'm!
Und lach't den dummen Buben aus,
H'm! H'm!
So! So!
H'm! H'm!

GÖTZ *kommt.* Wie steht's?
GEORG *führt sein Pferd heraus.* Sie sind gesattelt.
GÖTZ. Du bist fix.
GEORG. Wie der Vogel aus dem Käfig.

Alle die Belagerten

GÖTZ. Ihr habt eure Büchsen? Nicht doch! Geht hinauf und nehmt die besten aus dem Rüstschrank, es geht in Einem hin. Wir wollen vorausreiten.

GEORG. H'm! H'm!
So! So!
H'm! H'm! *Ab.*

SAAL

Zwei Knechte am Rüstschrank

ERSTER KNECHT. Ich nehm die.
ZWEITER KNECHT. Ich die. Da ist noch eine schönere.
ERSTER KNECHT. Nicht doch! Mach, daß du fortkommst.
ZWEITER KNECHT. Horch!
ERSTER KNECHT *springt an's Fenster.* Hilf, heiliger Gott! sie ermorden unsern Herrn. Er liegt vom Pferd! Georg stürzt!
ZWEITER KNECHT. Wo retten wir uns! An der Mauer den Nußbaum hinunter in's Feld. *Ab.*
ERSTER KNECHT. Franz hält sich noch, ich will zu ihm. Wenn sie sterben, mag ich nicht leben. *Ab.*

Vierter Akt

Wirtshaus zu Heilbronn

Götz

Götz. Ich komme mir vor wie der böse Geist, den der Kapuziner in einen Sack beschwur. Ich arbeite mich ab und fruchte mir nichts. Die Meineidigen!

Elisabeth kommt.

Götz. Was für Nachrichten, Elisabeth, von meinen lieben Getreuen?

Elisabeth. Nichts Gewisses. Einige sind erstochen, einige liegen im Thurn. Es konnte oder wollte niemand mir sie näher bezeichnen.

Götz. Ist das Belohnung der Treue? des kindlichen Gehorsams? – Auf daß dir's wohl gehe, und du lange lebest auf Erden!

Elisabeth. Lieber Mann, schilt unsern himmlischen Vater nicht. Sie haben ihren Lohn, er ward mit ihnen geboren, ein freies, edles Herz. Laß sie gefangen sein, sie sind frei! Gib auf die deputierten Räte Acht, die großen goldnen Ketten stehn ihnen zu Gesicht –

Götz. Wie dem Schwein das Halsband. Ich möchte Georgen und Franzen geschlossen sehn.

Elisabeth. Es wäre ein Anblick, um Engel weinen zu machen.

Götz. Ich wollt' nicht weinen. Ich wollte die Zähne zusammenbeißen, und an meinem Grimm kauen. In Ketten meine Augäpfel! Ihr lieben Jungen, hättet ihr mich nicht geliebt! – Ich würde mich nicht satt an ihnen sehen können. – Im Namen des Kaisers ihr Wort nicht zu halten!

Elisabeth. Entschlagt euch dieser Gedanken. Bedenkt, daß ihr vor den Räten erscheinen sollt. Ihr seid nicht gestellt ihnen wohl zu begegnen, und ich fürchte alles.

GÖTZ. Was wollen sie mir anhaben?

ELISABETH. Der Gerichtsbote!

GÖTZ. Esel der Gerechtigkeit! Schleppt ihre Säcke zur Mühle, und ihren Kehrig auf's Feld. Was gibt's?

Gerichtsdiener kommt.

GERICHTSDIENER. Die Herrn Kommissarii sind auf dem Rathause versammelt, und schicken nach euch.

GÖTZ. Ich komme.

GERICHTSDIENER. Ich werde euch begleiten.

GÖTZ. Viel Ehre.

ELISABETH. Mäßigt euch.

GÖTZ. Sei außer Sorgen. *Ab.*

RATHAUS

Kaiserliche Räte. Hauptmann. Ratsherren von Heilbronn

RATSHERR. Wir haben auf euren Befehl die stärksten und tapfersten Bürger versammelt, sie warten hier in der Nähe auf euren Wink um sich Berlichingens zu bemeistern.

ERSTER RAT. Wir werden Ihro Kaiserlichen Majestät eure Bereitwilligkeit, Ihrem höchsten Befehl zu gehorchen, mit vielem Vergnügen zu rühmen wissen. – Es sind Handwerker?

RATSHERR. Schmiede, Weinschröter, Zimmerleute, Männer mit geübten Fäusten und hier wohl beschlagen. *Auf die Brust deutend.*

RAT. Wohl.

Gerichtsdiener kommt.

GERICHTSDIENER. Götz von Berlichingen wartet vor der Tür.

RAT. Laßt ihn herein.

Götz kommt.

GÖTZ. Gott grüß' euch, ihr Herrn, was wollt ihr mit mir?

RAT. Zuerst, daß ihr bedenkt: wo ihr seid? und vor wem?

GÖTZ. Bei meinem Eid, ich verkenn' euch nicht, meine Herrn.

RAT. Ihr tut eure Schuldigkeit.

GÖTZ. Von ganzem Herzen.

RAT. Setzt euch.

GÖTZ. Da unten hin? Ich kann stehn. Das Stühlchen riecht so nach armen Sündern, wie überhaupt die ganze Stube.

RAT. So steht!

GÖTZ. Zur Sache, wenn's gefällig ist.

RAT. Wir werden in der Ordnung verfahren.

GÖTZ. Bin's wohl zufrieden, wollt' es wär' von jeher geschehen.

RAT. Ihr wißt, wie ihr auf Gnad und Ungnad in unsere Hände kamt.

GÖTZ. Was gebt ihr mir, wenn ich's vergesse?

RAT. Wenn ich euch Bescheidenheit geben könnte, würd' ich eure Sache gutmachen.

GÖTZ. Gutmachen! Wenn ihr das könntet! Dazu gehört freilich mehr als zum Verderben.

SCHREIBER. Soll ich das alles protokollieren?

RAT. Was zur Handlung gehört.

GÖTZ. Meinetwegen dürft ihr's drucken lassen.

RAT. Ihr wart in der Gewalt des Kaisers, dessen väterliche Gnade an den Platz der majestätischen Gerechtigkeit trat, euch anstatt eines Kerkers Heilbronn, eine seiner geliebten Städte, zum Aufenthalt anwies. Ihr verspracht mit einem Eide, euch, wie es einem Ritter geziemt, zu stellen, und das Weitere demütig zu erwarten.

GÖTZ. Wohl, ich bin hier und warte.

RAT. Und wir sind hier euch Ihro Kaiserlichen Majestät Gnade und Huld zu verkündigen. Sie verzeiht euch eure Übertretungen, spricht euch von der Acht und aller wohlverdienten Strafe los, welches ihr mit untertänigem Dank erkennen und dagegen die Urfehde abschwören werdet, welche euch hiermit vorgelesen werden soll.

GÖTZ. Ich bin Ihro Majestät treuer Knecht wie immer. Noch ein Wort, eh' ihr weitergeht: Meine Leute, wo sind die? Was soll mit ihnen werden?

RAT. Das geht euch nichts an.

GÖTZ. So wende der Kaiser sein Angesicht von euch, wenn ihr in Not steckt! Sie waren meine Gesellen und sind's. Wo habt ihr sie hingebracht?

RAT. Wir sind euch davon keine Rechnung schuldig.

GÖTZ. Ah! Ich dachte nicht, daß ihr nicht einmal zu dem verbunden seid, was ihr versprecht, geschweige –

RAT. Unsere Kommission ist euch die Urfehde vorzulegen. Unterwerft euch dem Kaiser, und ihr werdet einen Weg finden, um eurer Gesellen Leben und Freiheit zu flehen.

GÖTZ. Euren Zettel.

RAT. Schreiber, leset!

SCHREIBER. Ich, Götz von Berlichingen, bekenne öffentlich durch diesen Brief: Daß, da ich mich neulich gegen Kaiser und Reich rebellischerweise aufgelehnt –

GÖTZ. Das ist nicht wahr. Ich bin kein Rebell, habe gegen Ihro Kaiserliche Majestät nichts verbrochen, und das Reich geht mich nichts an.

RAT. Mäßigt euch und hört weiter.

GÖTZ. Ich will nichts weiter hören. Tret' einer auf, und zeuge! Hab' ich wider den Kaiser, wider das Haus Österreich nur einen Schritt getan? Hab' ich nicht von jeher durch alle Handlungen gewiesen, daß ich besser als einer fühle, was Deutschland seinem Regenten schuldig ist? und besonders, was die Kleinen, die Ritter und Freien ihrem Kaiser schuldig sind? Ich müßte ein Schurke sein, wenn ich mich könnte bereden lassen, das zu unterschreiben.

RAT. Und doch haben wir gemessene Ordre, euch in der Güte zu überreden, oder im Entstehungsfall euch in den Thurn zu werfen.

GÖTZ. In Thurn! Mich!

RAT. Und daselbst könnt ihr euer Schicksal von der Gerechtigkeit erwarten, wenn ihr es nicht aus den Händen der Gnade empfangen wollt.

GÖTZ. In Thurn! Ihr mißbraucht die Kaiserliche Gewalt. In Thurn! Das ist sein Befehl nicht. Was! mir erst, die Verräter! eine Falle zu stellen, und ihren Eid, ihr ritterlich Wort zum Speck drin aufzuhängen! Mir dann ritterlich Gefängnis zusagen, und die Zusage wieder brechen.

RAT. Einem Räuber sind wir keine Treue schuldig.

GÖTZ. Trügst du nicht das Ebenbild des Kaisers, das ich in dem gesudeltsten Konterfei verehre, du solltest mir den Räuber fressen oder dran erwürgen! Ich bin in einer ehrlichen Fehd begriffen. Du könntest Gott danken und dich vor der Welt großmachen, wenn du in deinem Leben eine so edle Tat getan hättest, wie die ist, um welcher willen ich gefangen sitze.

Rat winkt dem Ratsherrn, der zieht die Schelle.

GÖTZ. Nicht um des leidigen Gewinnsts willen, nicht um Land und Leute unbewehrten Kleinen wegzukapern, bin ich ausgezogen. Meinen Jungen zu befreien, und mich meiner Haut zu wehren! Seht ihr was Unrechts dran? Kaiser und Reich hätten unsere Not nicht in ihrem Kopfkissen gefühlt. Ich habe Gott sei Dank noch Eine Hand, und habe wohlgetan, sie zu brauchen.

Bürger treten herein, Stangen in der Hand, Wehren an der Seite.

GÖTZ. Was soll das?

RAT. Ihr wollt nicht hören. Fangt ihn!

GÖTZ. Ist das die Meinung? Wer kein ungrischer Ochs ist, komm mir nicht zu nah! Er soll von dieser meiner rechten eisernen Hand eine solche Ohrfeige kriegen, die ihm Kopfweh, Zahnweh und alles Weh der Erden aus dem Grund kurieren soll. *Sie machen sich an ihn, er schlägt den einen zu Boden, und reißt einem andern die Wehre von der Seite, sie weichen.* Kommt! Kommt! Es wäre mir angenehm, den Tapfersten unter euch kennen zu lernen.

RAT. Gebt euch.

GÖTZ. Mit dem Schwert in der Hand! Wißt ihr, daß es jetzt nur an mir läge, mich durch alle diese Hasenjäger durchzuschlagen und das weite Feld zu gewinnen? Aber ich will euch lehren, wie man Wort hält. Versprecht mir ritterlich Gefängnis, und ich gebe mein Schwert weg und bin wie vorher euer Gefangener.

RAT. Mit dem Schwert in der Hand wollt ihr mit dem Kaiser rechten?

GÖTZ. Behüte Gott! Nur mit euch und eurer edlen Kompanie. – Ihr könnt nach Hause gehn, gute Leute. Für die Versäumnis kriegt ihr nichts, und zu holen ist hier nichts als Beulen.

RAT. Greift ihn. Gibt euch eure Liebe zu eurem Kaiser nicht mehr Mut?

GÖTZ. Nicht mehr, als ihnen der Kaiser Pflaster gibt, die Wunden zu heilen, die sich ihr Mut holen könnte.

Gerichtsdiener kommt.

GERICHTSDIENER. Eben ruft der Türmer: es zieht ein Trupp von mehr als zweihunderten nach der Stadt zu. Unversehens sind sie hinter der Weinhöhe hervorgedrungen, und drohen unsern Mauern.

RATSHERR. Weh uns; was ist das?

Wache kommt.

WACHE. Franz von Sickingen hält vor dem Schlag und läßt euch sagen: er habe gehört, wie unwürdig man an seinem Schwager bundbrüchig geworden sei, wie die Herrn von Heilbronn allen Vorschub täten. Er verlange Rechenschaft, sonst wolle er binnen einer Stunde die Stadt an vier Ecken anzünden und sie der Plünderung preisgeben.

GÖTZ. Braver Schwager!

RAT. Tretet ab, Götz! – Was ist zu tun?

RATSHERR. Habt Mitleiden mit uns und unserer Bürgerschaft! Sickingen ist unbändig in seinem Zorn, er ist Mann es zu halten.

RAT. Sollen wir uns und dem Kaiser die Gerechtsame vergeben?

HAUPTMANN. Wenn wir nur Leute hätten, sie zu halten. So aber könnten wir umkommen, und die Sache wäre nur desto schlimmer. Wir gewinnen im Nachgeben.

RATSHERR. Wir wollen Götzen ansprechen, für uns ein gut Wort einzulegen. Mir ist's, als wenn ich die Stadt schon in Flammen sähe.

RAT. Laßt Götzen herein.

GÖTZ. Was soll's?

RAT. Du würdest wohl tun deinen Schwager von seinem rebellischen Vorhaben abzumahnen. Anstatt dich vom Verderben zu retten, stürzt er dich tiefer hinein, indem er sich zu deinem Falle gesellt.

GÖTZ *sieht Elisabeth an der Tür, heimlich zu ihr.* Geh hin! Sag' ihm: er soll unverzüglich herein brechen, soll hierher kommen, nur der Stadt kein Leids tun. Wenn sich die Schurken hier widersetzen, soll er Gewalt brauchen. Es liegt mir nichts dran umzukommen, wenn sie nur alle mit erstochen werden.

EIN GROSSER SAAL AUF DEM RATHAUS

Sickingen. Götz

Das ganze Rathaus ist mit Sickingens Reitern besetzt.

GÖTZ. Das war Hilfe vom Himmel. Wie kommst du so erwünscht und unvermutet, Schwager?

SICKINGEN. Ohne Zauberei. Ich hatte zwei, drei Boten ausgeschickt, zu hören, wie dir's ginge? Auf die Nachricht von ihrem Meineid macht' ich mich auf den Weg. Nun haben wir sie.

GÖTZ. Ich verlange nichts als ritterliche Haft.

SICKINGEN. Du bist zu ehrlich. Dich nicht einmal des Vorteils zu bedienen, den der Rechtschaffene über den Meineidigen hat! Sie sitzen im Unrecht, wir wollen ihnen keine Kissen unterlegen. Sie haben die Befehle des Kaisers schändlich mißbraucht. Und wie ich Ihro Majestät kenne, darfst du sicher auf mehr dringen. Es ist zu wenig.

GÖTZ. Ich bin von jeher mit wenigem zufrieden gewesen.

SICKINGEN. Und bist von jeher zu kurz gekommen. Meine Meinung ist: sie sollen deine Knechte aus dem Gefängnis und dich zusammt ihnen auf deinen Eid nach deiner Burg ziehen lassen. Du magst versprechen, nicht aus deiner Terminei zu gehen, und wirst immer besser sein als hier.

GÖTZ. Sie werden sagen: Meine Güter seien dem Kaiser heimgefallen.

SICKINGEN. So sagen wir: Du wollest zur Miete drin wohnen, bis sie dir der Kaiser wieder zu Lehn gäbe. Laß sie sich wenden wie Aale in der Reuse, sie sollen uns nicht entschlüpfen. Sie werden von Kaiserlicher Majestät reden, von ihrem Auftrag. Das kann uns einerlei sein. Ich kenne den Kaiser auch und gelte was bei ihm. Er hat immer gewünscht, dich unter seinem Heer zu haben. Du wirst nicht lang' auf deinem Schlosse sitzen, so wirst du aufgerufen werden.

GÖTZ. Wollte Gott bald, eh ich's Fechten verlerne.

SICKINGEN. Der Mut verlernt sich nicht, wie er sich nicht lernt. Sorge für nichts! Wenn deine Sachen in der Ordnung sind, geh' ich nach Hof, denn meine Unternehmung fängt an reif zu werden. Günstige Aspekten deuten mir: Brich auf! Es ist mir nichts übrig, als die Gesinnung des Kaisers zu sondieren. Trier und Pfalz vermuten eher des Himmels Einfall, als daß ich ihnen über'n Kopf kommen werde. Und ich will kommen wie ein Hagelwetter! Und wenn wir unser Schicksal machen können, so sollst du bald der Schwager eines Kurfürsten sein. Ich hoffte auf deine Faust bei dieser Unternehmung.

GÖTZ *besieht seine Hand.* Oh! das deutete der Traum den ich hatte, als ich Tags drauf Marien an Weislingen versprach. Er sagte mir Treu' zu, und hielt meine rechte Hand so fest, daß sie aus den Armschienen ging, wie abgebrochen. Ach! Ich bin in diesem

Augenblick wehrloser, als ich war, da sie mir abgeschossen wurde. Weislingen! Weislingen!

SICKINGEN. Vergiß einen Verräter. Wir wollen seine Anschläge vernichten, sein Ansehn untergraben, und Gewissen und Schande sollen ihn zu Tode fressen. Ich seh', ich seh' im Geist meine Feinde, deine Feinde niedergestürzt. Götz, nur noch ein halb Jahr!

GÖTZ. Deine Seele fliegt hoch. Ich weiß nicht, seit einiger Zeit wollen sich in der meinigen keine fröhlichen Aussichten eröffnen. – Ich war schon mehr im Unglück, schon einmal gefangen, und so wie mir's jetzt ist, war mir's niemals.

SICKINGEN. Glück macht Mut. Kommt zu den Perücken! Sie haben lang' genug den Vortrag gehabt, laß uns einmal die Müh übernehmen. *Ab.*

ADELHEIDENS SCHLOSS

Adelheid. Weislingen

ADELHEID. Das ist verhaßt!

WEISLINGEN. Ich hab' die Zähne zusammen gebissen. Ein so schöner Anschlag, so glücklich vollführt, und am Ende ihn auf sein Schloß zu lassen! Der verdammte Sickingen!

ADELHEID. Sie hätten's nicht tun sollen.

WEISLINGEN. Sie saßen fest. Was konnten sie machen? Sickingen drohte mit Feuer und Schwert, der hochmütige jähzornige Mann! Ich haß' ihn. Sein Ansehen nimmt zu wie ein Strom, der nur einmal ein paar Bäche gefressen hat, die übrigen folgen von selbst.

ADELHEID. Hatten sie keinen Kaiser?

WEISLINGEN. Liebe Frau! Er ist nur der Schatten davon, er wird alt und mißmutig. Wie er hörte, was geschehen war, und ich nebst den übrigen Regimentsräten eiferte, sagte er: Laßt ihnen Ruh! Ich kann dem alten Götz wohl das Plätzchen gönnen, und wenn er da still ist, was habt ihr über ihn zu klagen? Wir redeten vom Wohl des Staats! Oh! sagt' er: Hätt ich von jeher Räte gehabt, die meinen unruhigen Geist mehr auf das Glück einzelner Menschen gewiesen hätten!

ADELHEID. Er verliert den Geist eines Regenten.

WEISLINGEN. Wir zogen auf Sickingen los. – Er ist mein treuer Diener, sagt' er: hat er's nicht auf meinen Befehl getan, so tat er doch besser meinen Willen als meine Bevollmächtigten, und ich kann's gutheißen, vor oder nach.

ADELHEID. Man möchte sich zerreißen.

WEISLINGEN. Ich habe deswegen noch nicht alle Hoffnung aufgegeben. Er ist auf sein ritterlich Wort auf sein Schloß gelassen, sich da still zu halten. Das ist ihm unmöglich; wir wollen bald eine Ursach wider ihn haben.

ADELHEID. Und desto eher, da wir hoffen können, der Kaiser werde bald aus der Welt gehn und Karl, sein trefflicher Nachfolger, majestätischere Gesinnungen verspricht.

WEISLINGEN. Karl? Er ist noch weder gewählt noch gekrönt.

ADELHEID. Wer wünscht und hofft es nicht?

WEISLINGEN. Du hast einen großen Begriff von seinen Eigenschaften; fast sollte man denken, du sähst sie mit anderen Augen.

ADELHEID. Du beleidigst mich, Weislingen. Kennst du mich für das?

WEISLINGEN. Ich sagte nichts dich zu beleidigen. Aber schweigen kann ich nicht dazu. Karls ungewöhnliche Aufmerksamkeit für dich beunruhigt mich.

ADELHEID. Und mein Betragen?

WEISLINGEN. Du bist ein Weib. Ihr haßt keinen der euch hofiert.

ADELHEID. Aber ihr?

WEISLINGEN. Es frißt mich am Herzen, der fürchterliche Gedanke! Adelheid!

ADELHEID. Kann ich deine Torheit kurieren?

WEISLINGEN. Wenn du wolltest! Du könntest dich vom Hof entfernen.

ADELHEID. Sage Mittel und Art. Bist du nicht bei Hofe? Soll ich dich lassen und meine Freunde, um auf meinem Schloß mich mit den Uhus zu unterhalten? Nein, Weislingen, daraus wird nichts. Beruhige dich, du weißt, wie ich dich liebe.

WEISLINGEN. Der heilige Anker in diesem Sturm, so lang' der Strick nicht reißt. *Ab.*

ADELHEID. Fängst du's so an! Das fehlte noch. Die Unternehmungen meines Busens sind zu groß, als daß du ihnen im Wege stehen solltest. Karl! Großer trefflicher Mann, und Kaiser dereinst! und sollte er der Einzige sein unter den Männern, den der Besitz meiner Gunst nicht schmeichelte? Weislingen, denke nicht, mich zu hindern, sonst mußt du in den Boden, mein Weg geht über dich hin.

Franz kommt mit einem Brief.

FRANZ. Hier, gnädige Frau.

ADELHEID. Gab dir Karl ihn selbst?

FRANZ. Ja.

ADELHEID. Was hast du? Du siehst so kummervoll.

FRANZ. Es ist euer Wille, daß ich mich tot schmachten soll; in den Jahren der Hoffnung macht ihr mich verzweifeln.

ADELHEID. Er dauert mich – und wie wenig kostet's mich ihn glücklich zu machen! Sei guten Muts, Junge. Ich fühle deine Lieb' und Treu' und werde nie unerkenntlich sein.

FRANZ *beklemmt.* Wenn ihr das fähig wärt, ich müßte vergehn. Mein Gott, ich habe keinen Blutstropfen in mir, der nicht euer wäre, keinen Sinn als euch zu lieben und zu tun, was euch gefällt!

ADELHEID. Lieber Junge.

FRANZ. Ihr schmeichelt mir. *In Tränen ausbrechend.* Wenn diese Ergebenheit nichts mehr verdient als andere sich vorgezogen zu sehn, als eure Gedanken alle nach dem Karl gerichtet zu sehn –

ADELHEID. Du weißt nicht, was du willst, noch weniger, was du redst.

FRANZ *vor Verdruß und Zorn mit dem Fuß stampfend.* Ich will auch nicht mehr. Will nicht mehr den Unterhändler abgeben.

ADELHEID. Franz! Du vergißt dich.

FRANZ. Mich aufzuopfern! Meinen lieben Herrn!

ADELHEID. Geh mir aus dem Gesicht.

FRANZ. Gnädige Frau!

ADELHEID. Geh, entdecke deinem lieben Herrn mein Geheimnis. Ich war die Närrin dich für was zu halten, was du nicht bist.

FRANZ. Liebe gnädige Frau, ihr wißt, daß ich euch liebe.

ADELHEID. Und du warst mein Freund, meinem Herzen so nahe. Geh, verrat mich!

FRANZ. Eher wollt' ich mir das Herz aus dem Leibe reißen! Verzeiht, mir gnädige Frau. Mein Herz ist zu voll, meine Sinnen halten's nicht aus.

ADELHEID. Lieber warmer Junge! *Sie faßt ihn bei den Händen, zieht ihn zu sich, und ihre Küsse begegnen einander; er fällt ihr weinend um den Hals.*

ADELHEID. Laß mich!

FRANZ *erstickend in Tränen an ihrem Hals.* Gott! Gott!

ADELHEID. Laß mich, die Mauern sind Verräter. Laß mich! Sie macht sich los Wanke nicht von deiner Lieb' und Treu', und der schönste Lohn soll dir werden. *Ab.*

FRANZ. Der schönste Lohn! Nur bis dahin laß mich leben! Ich wollte meinen Vater ermorden, der mir diesen Platz streitig machte.

JAXTHAUSEN

Götz steht an einem Tisch. Elisabeth bei ihm mit der Arbeit; es steht ein Licht auf dem Tisch und Schreibzeug.

GÖTZ. Der Müßiggang will mir gar nicht schmecken, und meine Beschränkung wird mir von Tag zu Tag enger; ich wollt', ich könnt schlafen, oder mir nur einbilden die Ruhe sei was Angenehmes.

ELISABETH. So schreib doch deine Geschichte aus, die du angefangen hast. Gib deinen Freunden ein Zeugnis in die Hand, deine Feinde zu beschämen; verschaff' einer edlen Nachkommenschaft die Freude, dich nicht zu verkennen.

GÖTZ. Ach! Schreiben ist ein geschäftiger Müßiggang, es kommt mir sauer an. Indem ich schreibe, was ich getan habe, ärger' ich mich über den Verlust der Zeit, in der ich etwas tun könnte.

ELISABETH *nimmt die Schrift.* Sei nicht wunderlich. Du bist eben an deiner ersten Gefangenschaft in Heilbronn.

GÖTZ. Das war mir von jeher ein fataler Ort.

ELISABETH *liest.* »Da waren selbst einige von den Bündischen, die zu mir sagten: Ich habe törig getan mich meinen ärgsten Feinden zu stellen, da ich doch vermuten konnte, sie würden nicht glimpflich mit mir umgehn; da antwortet' ich –« Nun, was antwortetest du? Schreibe weiter.

GÖTZ. Ich sagte: setz' ich so oft meine Haut an anderer Gut und Geld, sollt' ich sie nicht an mein Wort setzen?

ELISABETH. Diesen Ruf hast du.

GÖTZ. Den sollen sie mir nicht nehmen! Sie haben mir alles genommen, Gut, Freiheit –

ELISABETH. Es fällt in die Zeiten, wie ich die von Miltenberg und Singlingen in der Wirtsstube fand, die mich nicht kannten. Da hatt' ich eine Freude, als wenn ich einen Sohn geboren hätte. Sie rühmten dich unter einander, und sagten: Er ist das Muster eines Ritters, tapfer und edel in seiner Freiheit, und gelassen und treu im Unglück.

GÖTZ. Sie sollen mir Einen stellen, dem ich mein Wort gebrochen! Und Gott weiß, daß ich mehr geschwitzt hab meinem Nächsten zu dienen als mir, daß ich um den Namen eines tapfern und treuen Ritters gearbeitet habe, nicht, um hohe Reichtümer und Rang zu gewinnen. Und Gott sei Dank, worum ich warb, ist mir worden.

Lerse. Georg mit Wildbret

GÖTZ. Glück zu, brave Jäger!

GEORG. Das sind wir aus braven Reitern geworden. Aus Stiefeln machen sich leicht Pantoffeln.

LERSE. Die Jagd ist doch immer was, und eine Art von Krieg.

GEORG. Wenn man nur hier zu Lande nicht immer mit Reichsknechten zu tun hätte. Wißt ihr, gnädiger Herr, wie ihr uns prophezeitet: wenn sich die Welt umkehrte, würden wir Jäger werden. Da sind wir's ohne das.

GÖTZ. Es kommt auf Eins hinaus, wir sind aus unserm Kreise gerückt.

GEORG. Es sind bedenkliche Zeiten. Schon seit acht Tagen läßt sich ein fürchterlicher Komet sehen, und ganz Deutschland ist in Angst, es bedeute den Tod des Kaisers, der sehr krank ist.

GÖTZ. Sehr krank! Unsere Bahn geht zu Ende.

LERSE. Und hier in der Nähe gibt's noch schrecklichere Veränderungen. Die Bauern haben einen entsetzlichen Aufstand erregt.

GÖTZ. Wo?

LERSE. Im Herzen von Schwaben. Sie sengen, brennen und morden. Ich fürchte, sie verheeren das ganze Land.

GEORG. Einen fürchterlichen Krieg gibt's. Es sind schon an die hundert Ortschaften aufgestanden, und täglich mehr. Der Sturmwind neulich hat ganze Wälder ausgerissen, und kurz darauf hat man in der Gegend, wo der Aufstand begonnen, zwei feurige Schwerter kreuzweis in der Luft gesehn.

GÖTZ. Da leiden von meinen guten Herrn und Freunden gewiß unschuldig mit.

GEORG. Schade, daß wir nicht reiten dürfen!

Fünfter Akt

Bauernkrieg
Tumult in einem Dorf und Plünderung

Weiber und Alte mit Kindern und Gepäcke. Flucht

ALTER. Fort! fort! daß wir den Mordhunden entgehen.

WEIB. Heiliger Gott, wie blutrot der Himmel ist, die untergehende Sonne blutrot!

MUTTER. Das bedeutet Feuer.

WEIB. Mein Mann! Mein Mann!

ALTER. Fort! fort! in Wald! *Ziehen vorbei.*

Link.

LINK. Was sich widersetzt, niedergestochen! Das Dorf ist unser. Daß von Früchten nichts umkommt, nichts zurück bleibt. Plündert rein aus und schnell. Wir zünden gleich an.

Metzler vom Hügel herunter gelaufen.

METZLER. Wie geht's euch, Link?

LINK. Drunter und drüber, siehst du, du kommst zum Kehraus. Woher?

METZLER. Von Weinsberg. Da war ein Fest.

LINK. Wie?

METZLER. Wir haben sie zusammengestochen, daß eine Lust war.

LINK. Wen alles?

METZLER. Dietrich von Weiler tanzte vor. Der Fratz! Wir waren mit hellem wütigem Hauf herum, und er oben auf'm Kirchthurm wollt' gütlich mit uns handeln. Pfaff! Schoß ihn einer vor'n Kopf. Wir hinauf wie Wetter, und zum Fenster herunter mit dem Kerl.

LINK. Ah!

METZLER *zu den Bauern.* Ihr Hund, soll ich euch Bein machen! Wie sie zaudern und trenteln, die Esel.

LINK. Brennt an! sie mögen drin braten! Fort! Fahrt zu, ihr Schlingel.

METZLER. Darnach führten wir heraus den Helfenstein, den Eltershofen, an die dreizehn von Adel, zusammen auf achtzig. Herausgeführt auf die Ebne gegen Heilbronn. Das war ein Jubilieren und ein Tumultieren von den Unsrigen, wie die lange Reih' arme reiche Sünder daherzog, einander anstarrten, und Erd' und Himmel! Umringt waren sie, ehe sie sich's versahen, und alle mit Spießen niedergestochen.

LINK. Daß ich nicht dabei war!

METZLER. Hab mein Tag so kein Gaudium gehabt.

LINK. Fahrt zu! Heraus!

BAUER. Alles ist leer.

LINK. So brennt an allen Ecken.

METZLER. Wird ein hübsch Feuerchen geben. Siehst du, wie die Kerls über einander purzelten und quiekten wie die Frösche! Es lief mir so warm über's Herz wie ein Glas Branntwein. Da war ein Rixinger, wenn der Kerl sonst auf die Jagd ritt, mit dem Federbusch und weiten Naslöchern, und uns vor sich hertrieb mit den Hunden und wie die Hunde. Ich hatt' ihn die Zeit nicht gesehen, sein Fratzengesicht fiel mir recht auf. Hasch! den Spieß ihm zwischen die Rippen, da lag er, streckt' alle vier über seine Gesellen. Wie die Hasen beim Treibjagen zuckten die Kerls über einander.

LINK. Raucht schon brav.

METZLER. Dort hinten brennt's. Laß uns mit der Beute gelassen zu dem großen Haufen ziehn.

LINK. Wo hält er?

METZLER. Von Heilbronn hierher zu. Sie sind um einen Hauptmann verlegen, vor dem alles Volk Respekt hätt. Denn wir sind doch nur ihres gleichen, das fühlen sie und werden schwierig.

Link. Wen meinen sie?

Metzler. Max Stumpf oder Götz von Berlichingen.

Link. Das wär' gut, gäb auch der Sache einen Schein, wenn's der Götz tät; er hat immer für einen rechtschaffenen Ritter gegolten. Auf! Auf! wir ziehen nach Heilbronn zu! Ruft's herum!

Metzler. Das Feuer leucht uns noch eine gute Strecke. Hast du den großen Kometen gesehen?

Link. Ja. Das ist ein grausam erschrecklich Zeichen! Wenn wir die Nacht durch ziehen, können wir ihn recht sehn. Er geht gegen eEns auf.

Metzler. Und bleibt nur fünf Viertelstunden. Wie ein gebogner Arm mit einem Schwert sieht er aus, so blutgelbrot.

Link. Hast du die drei Stern gesehen an des Schwerts Spitze und Seite?

Metzler. Und der breite wolkenfärbige Streif, mit tausend und tausend Striemen wie Spieß', und dazwischen wie kleine Schwerter.

Link. Mir hat's gegraus't. Wie das alles so bleichrot, und darunter viel feurige helle Flammen, und dazwischen die grausamen Gesichter mit rauchen Häuptern und Bärten!

Metzler. Hast du die auch gesehen? Und das zwitzert alles so durch einander, als läg's in einem blutigen Meere, und arbeitet durch einander, daß einem die Sinne vergehn!

Link. Auf! Auf! *Ab.*

Feld

Man sieht in der Ferne zwei Dörfer brennen und ein Kloster.

Kohl. Wild. Max Stumpf. Haufen

Max Stumpf. Ihr könnt nicht verlangen daß ich euer Hauptman sein soll. Für mich und euch wär's nichts nütze. Ich bin pfalzgräfischer Diener; wie sollt' ich gegen meinen Herrn führen? Ihr würdet immer wähnen, ich tät nicht von Herzen.

KOHL. Wußten wohl, du würdest Entschuldigungen finden.

Götz, Lerse, Georg kommen.

GÖTZ. Was wollt ihr mit mir?

KOHL. Ihr sollt unser Hauptmann sein.

GÖTZ. Soll ich mein ritterlich Wort dem Kaiser brechen und aus meinem Bann gehen?

WILD. Das ist keine Entschuldigung.

GÖTZ. Und wenn ich ganz frei wäre, und ihr wollt handeln wie bei Weinsberg an Edlen und Herrn, und so forthausen, wie ringsherum das Land brennt und blutet, und ich sollt' euch behilflich sein zu eurem schändlichen rasenden Wesen – eher sollt ihr mich tot schlagen wie einen wütigen Hund, als daß ich euer Haupt würde!

KOHL. Wäre das nicht geschehen, es geschähe vielleicht nimmermehr.

STUMPF. Das war eben das Unglück, daß sie keinen Führer hatten, den sie geehrt, und der ihrer Wut Einhalt tun können. Nimm die Hauptmannschaft an, ich bitte dich, Götz. Die Fürsten werden dir Dank wissen, ganz Deutschland. Es wird zum Besten und Frommen aller sein, Menschen und Länder werden geschont werden.

GÖTZ. Warum übernimmst du's nicht?

STUMPF. Ich hab' mich von ihnen los gesagt.

KOHL. Wir haben nicht Sattelhenkens Zeit und langer unnötiger Diskurse. Kurz und gut. Götz, sei unser Hauptmann oder sieh zu deinem Schloß und deiner Haut. Und hiermit zwei Stunden Bedenkzeit. Bewacht ihn.

GÖTZ. Was braucht's das! Ich bin so gut entschlossen – jetzt als darnach. Warum seid ihr ausgezogen? Eure Rechte und Freiheiten wiederzuerlangen? Was wütet ihr und verderbt das Land! Wollt ihr abstehn von allen Übeltaten und handeln als wackere

Leute, die wissen, was sie wollen, so will ich euch behilflich sein zu euern Forderungen und auf acht Tag' euer Hauptmann sein.

WILD. Was geschehen ist, ist in der ersten Hitz geschehen, und braucht's deiner nicht, uns künftig zu hindern.

KOHL. Auf ein Vierteljahr wenigstens mußt du uns zusagen.

STUMPF. Macht vier Wochen, damit könnt ihr beide zufrieden sein.

GÖTZ. Meinetwegen.

KOHL. Eure Hand!

GÖTZ. Und gelobt mir, den Vertrag, den ihr mit mir gemacht, schriftlich an alle Haufen zu senden, ihm bei Strafe streng nachzukommen.

WILD. Nun ja! Soll geschehen.

GÖTZ. So verbind ich mich euch auf vier Wochen.

STUMPF. Glück zu! Was du tust, schon' unsern gnädigen Herrn, den Pfalzgrafen.

KOHL *leise.* Bewacht ihn. Daß niemand mit ihm rede außer eurer Gegenwart.

GÖTZ. Lerse! Kehr zu meiner Frau. Steh ihr bei. Sie soll bald Nachricht von mir haben.

Götz, Stumpf, Georg, Lerse, einige Bauern ab.
Metzler, Link kommen.

METZLER. Was hören wir von einem Vertrag? Was soll der Vertrag?

LINK. Es ist schändlich, so einen Vertrag einzugehen.

KOHL. Wir wissen so gut was wir wollen, als ihr, und haben zu tun und zu lassen.

WILD. Das Rasen und Brennen und Morden mußte doch einmal aufhören, heut' oder morgen; so haben wir noch einen braven Hauptmann dazu gewonnen.

METZLER. Was aufhören! Du Verräter! Warum sind wir da? Uns an unsern Feinden zu rächen, uns empor zu helfen! – Das hat euch ein Fürstenknecht geraten.

Kohl. Komm, Wild, er ist wie ein Vieh. *Ab.*

Metzler. Geht nur! Wird euch kein Haufen zustehn. Die Schurken! Link, wir wollen die andern aufhetzen, Miltenberg dort drüben anzünden, und wenn's Händel setzt wegen des Vertrags, schlagen wir den Verträgern zusammen die Köpf' ab.

Link. Wir haben doch den großen Haufen auf unsrer Seite.

Berg und Tal, eine Mühle in der Tiefe

Ein Trupp Reiter.
Weislingen kommt aus der Mühle mit Franzen und einem Boten.

Weislingen. Mein Pferd! – Ihr habt's den andern Herrn auch angesagt?

Bote. Wenigstens sieben Fähnlein werden mit euch eintreffen, im Wald hinter Miltenberg. Die Bauern ziehen unten herum. Überall sind Boten ausgeschickt, der ganze Bund wird in kurzem beisammen sein. Fehlen kann's nicht; man sagt, es sei Zwist unter ihnen.

Weislingen. Desto besser! – Franz!

Franz. Gnädiger Herr.

Weislingen. Richt' es pünktlich aus. Ich bind' es dir auf deine Seele. Gib ihr den Brief. Sie soll vom Hof auf mein Schloß! Sogleich! Du sollst sie abreisen sehn, und mir's dann melden.

Franz. Soll geschehen, wie ihr befehlt.

Weislingen. Sag ihr, sie *soll* wollen. *Zum Boten.* Führt uns nun den nächsten und besten Weg.

Bote. Wir müssen umziehen. Die Wasser sind von den entsetzlichen Regen alle ausgetreten.

Jaxthausen
Elisabeth. Lerse

Lerse. Tröstet euch, gnäd'ge Frau!

Elisabeth. Ach Lerse, die Tränen stunden ihm in den Augen wie er Abschied von mir nahm. Es ist grausam, grausam!

Lerse. Er wird zurückkehren.

Elisabeth. Es ist nicht das. Wenn er auszog, rühmlichen Sieg zu erwerben, da war mir's nicht weh um's Herz. Ich freute mich auf seine Rückkunft, vor der mir jetzt bang ist.

Lerse. Ein so edler Mann. –

Elisabeth. Nenn' ihn nicht so, das macht neu Elend. Die Bösewichter! Sie drohten, ihn zu ermorden und sein Schloß anzuzünden. – Wenn er wiederkommen wird – ich seh' ihn finster, finster. Seine Feinde werden lügenhafte Klagartikel schmieden, und er wird nicht sagen können: Nein!

Lerse. Er wird und kann.

Elisabeth. Er hat seinen Bann gebrochen. Sag nein!

Lerse. Nein! Er ward gezwungen; wo ist der Grund, ihn zu verdammen?

Elisabeth. Die Bosheit sucht keine Gnade, nur Ursachen. Er hat sich zu Rebellen, Missetätern, Mördern gesellt, ist an ihrer Spitze gezogen. Sage nein!

Lerse. Laßt ab euch zu quälen und mich. Haben sie ihm nicht feierlich zugesagt keine Tathandlungen mehr zu unternehmen, wie die bei Weinsberg? Hört' ich sie nicht selbst halb reuig sagen: wenn's nicht geschehen wäre, geschäh's vielleicht nie? Müßten nicht Fürsten und Herrn ihm Dank wissen, wenn er freiwillig Führer eines unbändigen Volks geworden wäre, um ihrer Raserei Einhalt zu tun und so viel Menschen und Besitztümer zu schonen?

Elisabeth. Du bist ein liebevoller Advokat. – Wenn sie ihn gefangen nähmen, als Rebell behandelten, und sein graues Haupt –

Lerse, ich möchte von Sinnen kommen.

LERSE. Sende ihrem Körper Schlaf, lieber Vater der Menschen, wenn du ihrer Seele keinen Trost geben willst!

ELISABETH. Georg hat versprochen Nachricht zu bringen. Er wird auch nicht dürfen, wie er will. Sie sind ärger als gefangen. Ich weiß, man bewacht sie wie Feinde. Der gute Georg! Er wollte nicht von seinem Herrn weichen.

LERSE. Das Herz blutete mir, wie er mich von sich schickte. Wenn *ihr* nicht meiner Hilfe bedürftet, alle Gefahren des schmählichsten Todes sollten mich nicht von ihm getrennt haben.

ELISABETH. Ich weiß nicht, wo Sickingen ist. Wenn ich nur Marien einen Boten schicken könnte.

LERSE. Schreibt nur, ich will dafür sorgen. *Ab.*

BEI EINEM DORF

Götz. Georg

GÖTZ. Geschwind zu Pferde, Georg! ich sehe Miltenberg brennen. Halten sie *so* den Vertrag! Reit' hin, sag' ihnen die Meinung. Die Mordbrenner! Ich sage mich von ihnen los. Sie sollen einen Zigeuner zum Hauptmann machen, nicht mich. Geschwind, Georg. *Georg ab.* Wollt' ich wäre tausend Meilen davon und läg' im tiefsten Thurn, der in der Türkei steht. Könnt' ich mit Ehren von ihnen kommen! Ich fahr' ihnen alle Tag durch den Sinn, sag' ihnen die bittersten Wahrheiten, daß sie mein müde werden und mich erlassen sollen.

Ein Unbekannter

UNBEKANNTER. Gott grüß' euch, sehr edler Herr.

GÖTZ. Gott dank' euch. Was bringt ihr? Euren Namen?

UNBEKANNTER. Der tut nichts zur Sache. Ich komme euch zu sagen, daß euer Kopf in Gefahr ist. Die Anführer sind müde, sich von euch so harte Worte geben zu lassen, haben beschlossen, euch aus dem Wege zu räumen. Mäßigt euch oder seht zu entwischen, und Gott geleit' euch. *Ab.*

GÖTZ. Auf diese Art dein Leben zu lassen, Götz, und so zu enden! Es sei drum! So ist mein Tod der Welt das sicherste Zeichen, daß ich nichts Gemeines mit den Hunden gehabt habe.

Einige Bauern

ERSTER BAUER. Herr! Herr! Sie sind geschlagen, sie sind gefangen.

GÖTZ. Wer?

ZWEITER BAUER. Die Miltenberg verbrannt haben. Es zog sich ein Bündischer Trupp hinter dem Berg hervor, und überfiel sie auf einmal.

GÖTZ. Sie erwartet ihr Lohn. – O Georg! Georg! – Sie haben ihn mit den Bösewichtern gefangen. – Mein Georg! Mein Georg!

Anführer kommen.

LINK. Auf, Herr Hauptmann, auf! Es ist nicht Säumens Zeit. Der Feind ist in der Nähe und mächtig.

GÖTZ. Wer verbrannte Miltenberg?

METZLER. Wenn ihr Umstände machen wollt, so wird man euch weisen, wie man keine macht.

KOHL. Sorgt für unsere Haut und eure. Auf! Auf!

GÖTZ *zu Metzler.* Drohst du mir? Du Nichtswürdiger! Glaubst du, daß du mir fürchterlicher bist, weil des Grafen von Helfenstein Blut an deinen Kleidern klebt?

METZLER. Berlichingen!

GÖTZ. Du darfst meinen Namen nennen, und meine Kinder werden sich dessen nicht schämen.

METZLER. Mit dir feigen Kerl! Fürstendiener!

GÖTZ *haut ihm über den Kopf, daß er stürzt. Die andern treten dazwischen.*

KOHL. Ihr seid rasend. Der Feind bricht auf allen Seiten 'rein, und ihr hadert!

LINK. Auf! Auf! *Tumult und Schlacht*

Weislingen. Reiter

WEISLINGEN. Nach! Nach! Sie fliehen. Laßt euch Regen und Nacht nicht abhalten. Götz ist unter ihnen, hör' ich. Wendet Fleiß an, daß ihr ihn erwischt. Er ist schwer verwundet, sagen die Unsrigen. *Die Reiter ab.* Und wenn ich dich habe! – Es ist doch Gnade, wenn wir heimlich im Gefängnis dein Todesurteil vollstrecken. – So verlischt er vor dem Andenken der Menschen, und du kannst freier atmen, törichtes Herz. *Ab.*

NACHT IM WILDEN WALD, ZIGEUNERLAGER

Zigeunermutter am Feuer

MUTTER. Flick das Strohdach über der Gruben, Tochter, gibt hint Nacht noch Regen genug.

Knab kommt.

KNAB. Ein Hamster, Mutter. Da! Zwei Feldmäus.

MUTTER. Will sie dir abziehen und braten, und sollst eine Kapp haben von den Fellchen – Du blutst?

KNAB. Hamster hat mich bissen.

MUTTER. Hol mir dürr Holz, daß das Feuer loh brennt, wenn dein Vater kommt, wird naß sein durch und durch.

Andere Zigeunerin, ein Kind auf dem Rücken

ERSTE ZIGEUNERIN. Hast du brav geheischen?

ZWEITE ZIGEUNERIN. Wenig genug. Das Land ist voll Tumult herum, daß man seins Lebens nicht sicher ist. Brennen zwei Dörfer lichterloh.

ERSTE ZIGEUNERIN. Ist das dort unten Brand, der Schein? Seh' ihm schon lang' zu. Man ist der Feuerzeichen am Himmel zeither so gewohnt worden.

Zigeunerhauptmann, drei Gesellen kommen.

HAUPTMANN. Hört ihr den wilden Jäger?

ERSTER ZIGEUNER. Er zieht grad über uns hin.

HAUPTMANN. Wie die Hunde bellen! Wau! Wau!

Zweiter Zigeuner. Die Peitschen knallen.

Dritter Zigeuner. Die Jäger jauchzen holla ho!

Mutter. Bringt ja des Teufels sein Gepäck.

Hauptmann. Haben im Trüben gefischt. Die Bauern rauben selbst, ist's uns wohl vergönnt.

Zweite Zigeunerin. Was hast du, Wolf?

Wolf. Einen Hasen, da, und einen Hahn. Ein'n Bratspieß. Ein Bündel Leinwand. Drei Kochlöffel und ein'n Pferdzaum.

Sticks. Ein wullen Deck hab' ich, ein Paar Stiefeln, und Zunder und Schwefel.

Mutter. Ist alles pudelnaß, wollen's trocknen, gebt her. *Ab.*

Hauptmann. Horch, ein Pferd! Geht! seht, was ist.

Götz zu Pferd

Götz. Gott sei Dank! Dort seh' ich Feuer, sind Zigeuner. Meine Wunden verbluten, die Feinde hinterher. Heiliger Gott, du endigst gräßlich mit mir!

Hauptmann. Ist's Friede, daß du kommst?

Götz. Ich flehe Hilfe von euch. Meine Wunden ermatten mich. Helft mir vom Pferd!

Hauptmann. Helf' ihm! Ein edler Mann, an Gestalt und Wort.

Wolf *leise.* Es ist Götz von Berlichingen.

Hauptmann. Seid willkommen! Alles ist euer, was wir haben.

Götz. Dank euch.

Hauptmann. Kommt in mein Zelt.

Hauptmanns Zelt

Hauptmann. Götz

Hauptmann. Ruft der Mutter, sie soll Blutwurzel bringen und Pflaster.

Götz legt den Harnisch ab.

Hauptmann. Hier ist mein Feiertagswamms.

Götz. Gott lohn's.

Mutter verbindet ihn.

Hauptmann. Ist mir herzlich lieb euch zu haben.

Götz. Kennt ihr mich?

Hauptmann. Wer sollte euch nicht kennen! Götz, unser Leben und Blut lassen wir für euch.

Schricks

Schricks. Kommen durch den Wald Reiter. Sind Bündische.

Hauptmann. Eure Verfolger! Sie sollen nit bis zu euch kommen! Auf, Schricks! Biete den andern! Wir kennen die Schliche besser als sie, wir schießen sie nieder, ehe sie uns gewahr werden. *Ab.*

Götz *allein.* O Kaiser! Kaiser! Räuber beschützen deine Kinder. *Man hört scharf schießen.* Die wilden Kerls, starr und treu!

Zigeunerin

Zigeunerin. Rettet euch! Die Feinde überwältigen.

Götz. Wo ist mein Pferd?

Zigeunerin. Hierbei.

Götz *gürtet sich und sitzt auf ohne Harnisch.* Zum letztenmal sollen sie meinen Arm fühlen. Ich bin so schwach noch nicht. *Ab.*

Zigeunerin. Er sprengt zu den Unsrigen. *Flucht*

Wolf. Fort! Fort! Alles verloren. Unser Hauptmann erschossen. Götz gefangen. *Geheul der Weiber und Flucht*

Adelheidens Schlafzimmer

Adelheid mit einem Brief

Adelheid. Er oder ich! Der Übermütige! Mir drohn! – Wir wollen dir zuvorkommen. Was schleicht dort durch den Saal. *Es klopft.* Wer ist draußen?

Franz leise.

Franz. Macht mir auf, gnädige Frau.

Adelheid. Franz! Er verdient wohl, daß ich ihm aufmache. *Sie läßt ihn ein.*

FRANZ *fällt ihr um den Hals.* Liebe gnädige Frau.

ADELHEID. Unverschämter! Wenn dich jemand gehört hätte.

FRANZ. Oh, es schläft alles, alles!

ADELHEID. Was willst du?

FRANZ. Mich läßt's nicht ruhen. Die Drohungen meines Herrn, euer Schicksal, mein Herz.

ADELHEID. Er war sehr zornig, als du Abschied nahmst?

FRANZ. Als ich ihn nie gesehen. Auf ihre Güter soll sie, sagt' er, sie *soll* wollen.

ADELHEID. Und wir folgen?

FRANZ. Ich weiß nichts, gnädige Frau.

ADELHEID. Betrogener törichter Junge, du siehst nicht wo das hinaus will. Hier weiß er mich in Sicherheit. Denn lange steht's ihm schon nach meiner Freiheit. Er will mich auf seine Güter. Dort hat er Gewalt, mich zu behandeln, wie sein Haß ihm eingibt.

FRANZ. Er soll nicht!

ADELHEID. Wirst du ihn hindern?

FRANZ. Er soll nicht!

ADELHEID. Ich seh mein ganzes Elend voraus. Von seinem Schloß wird er mich mit Gewalt reißen, wird mich in ein Kloster sperren.

FRANZ. Hölle und Tod!

ADELHEID. Wirst du mich retten?

FRANZ. Eh alles! Alles!

ADELHEID *die weinend ihn umhals't.* Franz, ach, uns zu retten!

FRANZ. Er soll nieder, ich will ihm den Fuß auf den Nacken setzen.

ADELHEID. Keine Wut! Du sollst einen Brief an ihn haben, voll Demut, daß ich gehorche. Und dieses Fläschchen gieß ihm unter das Getränk.

FRANZ. Gebt. Ihr sollt frei sein!

ADELHEID. Frei! Wenn du nicht mehr zitternd auf deinen Zehen zu mir schleichen wirst. – Nicht mehr ich ängstlich zu dir sage: Brich auf, Franz, der Morgen kommt.

Heilbronn, vor'm Thurn
Elisabeth. Lerse

Lerse. Gott nehm das Elend von euch, gnädige Frau. Marie ist hier.

Elisabeth. Gott sei Dank! Lerse, wir sind in entsetzliches Elend versunken. Da ist's nun, wie mir alles ahnete! gefangen, als Meuter, Missetäter in den tiefsten Thurn geworfen –

Lerse. Ich weiß alles.

Elisabeth. Nichts, nichts weißt du, der Jammer ist zu groß! Sein Alter, seine Wunden, ein schleichend Fieber, und mehr als alles das die Finsternis seiner Seele, daß es so mit ihm enden soll.

Lerse. Auch, und daß der Weislingen Kommissar ist.

Elisabeth. Weislingen?

Lerse. Man hat mit unerhörten Exekutionen verfahren. Metzler ist lebendig verbrannt, zu Hunderten gerädert, gespießt, geköpft, gevierteilt. Das Land umher gleicht einer Metzge, wo Menschenfleisch wohlfeil ist.

Elisabeth. Weislingen Kommissar! O Gott! ein Strahl von Hoffnung. Marie soll mir zu ihm, er kann ihr nichts abschlagen. Er hatte immer ein weiches Herz, und wenn er sie sehen wird, die er so liebte, die so elend durch ihn ist – Wo ist sie?

Lerse. Noch im Wirtshaus.

Elisabeth. Führe mich zu ihr. Sie muß gleich fort. Ich fürchte alles.

Weislingens Schloss

Weislingen

Weislingen. Ich bin so krank, so schwach. Alle meine Gebeine sind hohl. Ein elendes Fieber hat das Mark ausgefressen. Keine Ruh und Rast, weder Tag noch Nacht. Im halben Schlummer giftige Träume. Die vorige Nacht begegnete ich Götzen im Wald. Er zog sein Schwert und forderte mich heraus. Ich faßte nach meinem, die Hand versagte mir. Da stieß er's in die Scheide, sah mich verächtlich an und ging hinter mich. – Er ist gefangen, und ich zittere vor ihm. Elender Mensch! Dein Wort hat ihn zum Tode verurteilt, und du bebst vor seiner Traumgestalt wie ein Missetäter! – Und soll er sterben? – Götz! Götz! – Wir Menschen führen uns nicht selbst; bösen Geistern ist Macht über uns gelassen, daß sie ihren höllischen Mutwillen an unserm Verderben üben. *Er setzt sich.* Matt! Matt! Wie sind meine Nägel so blau! – Ein kalter, kalter, verzehrender Schweiß lähmt mir jedes Glied. Es dreht mir alles vor'm Gesicht. Könnt' ich schlafen. Ach –

Maria tritt auf.

Weislingen. Jesus Marie! – Laß mir Ruh! Laß mir Ruh! – Die Gestalt fehlte noch! Sie stirbt. Marie stirbt, und zeigt sich mir an. – Verlaß mich, seliger Geist, ich bin elend genug.

Maria. Weislingen, ich bin kein Geist. Ich bin Marie.

Weislingen. Das ist ihre Stimme.

Maria. Ich komme meines Bruders Leben von dir zu erflehen, er ist unschuldig, so strafbar er scheint.

Weislingen. Still, Marie! Du Engel des Himmels bringst die Qualen der Hölle mit dir. Rede nicht fort.

Maria. Und mein Bruder soll sterben? Weislingen, es ist entsetzlich, daß ich dir zu sagen brauche: er ist unschuldig, daß ich jammern muß, dich von dem abscheulichsten Morde zurück zu halten. Deine Seele ist bis in ihre innersten Tiefen von feindseligen Mächten besessen. Das ist Adelbert!

WEISLINGEN. Du siehst, der verzehrende Atem des Todes hat mich angehaucht, meine Kraft sinkt nach dem Grabe. Ich stürbe als ein Elender, und du kommst, mich in Verzweiflung zu stürzen. Wenn ich reden könnte, dein höchster Haß würde in Mitleid und Jammer zerschmelzen. Oh! Marie! Marie!

MARIA. Weislingen, mein Bruder verkranket im Gefängnis. Seine schweren Wunden, sein Alter. Und wenn du fähig wärest, sein graues Haupt – Weislingen, wir würden verzweifeln.

WEISLINGEN. Genug. *Er zieht die Schelle.*

Franz in äußerster Bewegung

FRANZ. Gnädiger Herr.

WEISLINGEN. Die Papiere dort, Franz! *Franz bringt sie.*

WEISLINGEN *reißt ein Packet auf und zeigt Marien ein Papier.* Hier ist deines Bruders Todesurteil unterschrieben.

MARIA. Gott im Himmel!

WEISLINGEN. Und so zerreiß ich's! Er lebt. Aber kann ich wieder schaffen, was ich zerstört habe? Weine nicht so, Franz, guter Junge, dir geht mein Elend tief zu Herzen.

FRANZ *wirft sich vor ihm nieder, faßt seine Knie.*

MARIA *vor sich.* Er ist sehr krank. Sein Anblick zerreißt mir das Herz. Wie liebt' ich ihn! und nun ich ihm nahe, fühl' ich, wie lebhaft.

WEISLINGEN. Franz, steh auf und laß das Weinen! Ich kann wieder aufkommen. Hoffnung ist bei den Lebenden.

FRANZ. Ihr werdet nicht. Ihr müßt sterben.

WEISLINGEN. Ich muß?

FRANZ *außer sich.* Gift. Gift. Von eurem Weibe! – Ich! Ich! *Er rennt davon.*

WEISLINGEN. Marie, geh ihm nach. Er verzweifelt. *Maria ab.* Gift von meinem Weibe! Weh! Weh! Weh! Ich fühl's. Marter und Tod!

MARIA *inwendig.* Hilfe! Hilfe

WEISLINGEN *will aufstehen.* Gott, vermag ich das nicht!

Maria *kommt.* Er ist hin. Zum Saalfenster hinaus stürzt' er wütend in den Main hinunter.

Weislingen. Ihm ist wohl. – Dein Bruder ist außer Gefahr. Die übrigen Kommissarien, Seckendorf besonders, sind seine Freunde. Ritterlich Gefängnis werden sie ihm auf sein Wort gleich gewähren. Leb wohl, Maria, und geh.

Maria. Ich will bei dir bleiben, armer Verlaßner.

Weislingen. Wohl verlassen und arm! Du bist ein furchtbarer Rächer, Gott! – Mein Weib. –

Maria. Entschlage dich dieser Gedanken. Kehre dein Herz zu dem Barmherzigen.

Weislingen. Geh, liebe Seele, überlaß mich meinem Elend. – Entsetzlich! Auch deine Gegenwart, Marie, der letzte Trost, ist Qual.

Maria *vor sich.* Stärke mich, o Gott! Meine Seele erliegt mit der seinigen.

Weislingen. Weh! Weh! Gift von meinem Weibe! – Mein Franz verführt durch die Abscheuliche. Wie sie wartet, horcht auf den Boten, der ihr die Nachricht bringe: Er ist tot. Und du, Marie! Marie, warum bist du gekommen, daß du jede schlafende Erinnerung meiner Sünden wecktest! Verlaß mich! Verlaß mich, daß ich sterbe.

Maria. Laß mich bleiben. Du bist allein. Denk', ich sei deine Wärterin. Vergiß alles! Vergesse dir Gott so alles, wie ich dir alles vergesse.

Weislingen. Du Seele voll Liebe, bete für mich, bete für mich! Mein Herz ist verschlossen.

Maria. Er wird sich deiner erbarmen. – Du bist matt.

Weislingen. Ich sterbe, sterbe und kann nicht ersterben. Und in dem fürchterlichen Streit des Lebens und Todes sind die Qualen der Hölle.

Maria. Erbarmer, erbarme dich seiner! Nur Einen Blick deiner Liebe an sein Herz, daß es sich zum Trost öffne, und sein Geist

Hoffnung, Lebenshoffnung in den Tod hinüber bringe!

In einem finstern engen Gewölbe

Die Richter des heimlichen Gerichts. Alle vermummt

Ältester. Richter des heimlichen Gerichts, schwurt auf Strang und Schwert, unsträflich zu sein, zu richten im Verborgenen, zu strafen im Verborgenen Gott gleich! Sind eure Herzen rein und eure Hände, hebt die Arme empor, ruft über die Missetäter: Wehe! Wehe!

Alle. Wehe! Wehe!

Ältester. Rufer, beginne das Gericht!

Rufer. Ich, Rufer, rufe die Klag gegen den Missetäter. Des Herz rein ist, dessen Hände rein sind, zu schwören auf Strang und Schwert, der klage bei Strang und Schwert! klage! klage!

Kläger *tritt vor.* Mein Herz ist rein von Missetat, meine Hände von unschuldigem Blut. Verzeih mir Gott böse Gedanken und hemme den Weg zum Willen! Ich hebe meine Hand auf und klage! klage! klage!

Ältester. Wen klagst du an?

Kläger. Klage an auf Strang und Schwert Adelheiden von Weislingen. Sie hat Ehebruchs sich schuldig gemacht, ihren Mann vergiftet durch ihren Knaben. Der Knab hat sich selbst gerichtet, der Mann ist tot.

Ältester. Schwörst du zu dem Gott der Wahrheit, daß du Wahrheit klagst?

Kläger. Ich schwöre.

Ältester. Würd' es falsch befunden, beutst du deinen Hals der Strafe des Mordes und des Ehebruchs?

Kläger. Ich biete.

Ältester. Eure Stimmen. *Sie reden heimlich zu ihm.*

Kläger. Richter des heimlichen Gerichts, was ist euer Urteil über

Adelheiden von Weislingen, bezüchtigt des Ehebruchs und Mords?

ÄLTESTER. Sterben soll sie! Sterben des bittern doppelten Todes. Mit Strang und Dolch büßen doppelt doppelte Missetat. Streckt eure Hände empor, und rufet Weh über sie! Weh! Weh! In die Hände des Rächers.

ALLE. Weh! Weh! Weh!

ÄLTESTER. Rächer! Rächer tritt auf!

RÄCHER *tritt vor.*

ÄLTESTER. Faß hier Strang und Schwert. Sie zu tilgen von dem Angesicht des Himmels, binnen acht Tage Zeit. Wo du sie findest, nieder mit ihr in Staub – Richter, die ihr richtet im Verborgenen und strafet im Verborgenen Gott gleich, bewahrt euer Herz vor Missetat und eure Hände vor unschuldigem Blut.

HOF EINER HERBERGE

Maria. Lerse

MARIA. Die Pferde haben genug gerastet. Wir wollen fort, Lerse.

LERSE. Ruht doch bis an Morgen. Die Nacht ist gar zu unfreundlich.

MARIA. Lerse, ich habe keine Ruhe, bis ich meinen Bruder gesehen habe. Laß uns fort. Das Wetter hellt sich auf, wir haben einen schönen Tag zu gewarten.

LERSE. Wie ihr befehlt.

HEILBRONN, IM THURN

Götz. Elisabeth

ELISABETH. Ich bitte dich, lieber Mann, rede mit mir. Dein Stillschweigen ängstet mich. Du verglühst in dir selbst. Komm, laß uns nach deinen Wunden sehen; sie bessern sich um vieles. In der mutlosen Finsternis erkenn' ich dich nicht mehr.

GÖTZ. Suchtest du den Götz? Der ist lang' hin. Sie haben mich nach und nach verstümmelt, meine Hand, meine Freiheit, Güter und guten Namen. Mein Kopf, was ist an dem? – Was hört ihr von Georgen? Ist Lerse nach Georgen?

ELISABETH. Ja, Lieber! Richtet euch auf, es kann sich vieles wenden.

GÖTZ. Wen Gott niederschlägt, der richtet sich selbst nicht auf. Ich weiß am besten, was auf meinen Schultern liegt. Unglück bin ich gewohnt zu dulden. Und jetzt ist's nicht Weislingen allein, nicht die Bauern allein, nicht der Tod des Kaisers und meine Wunden. – Es ist alles zusammen. Meine Stunde ist kommen. Ich hoffte, sie sollte sein wie im Leben. *Sein* Wille geschehe.

ELISABETH. Willst du nicht was essen?

GÖTZ. Nichts, meine Frau. Sieh, wie die Sonne draußen scheint.

ELISABETH. Ein schöner Frühlingstag.

GÖTZ. Meine Liebe, wenn du den Wächter bereden könntest, mich in sein klein Gärtchen zu lassen auf eine halbe Stunde, daß ich der lieben Sonne genösse, des heitern Himmels und der reinen Luft.

ELISABETH. Gleich, und er wird's wohl tun.

GÄRTCHEN AM THURN

Maria. Lerse

MARIA. Geh hinein und sieh, wie's steht. *Lerse ab.*

Elisabeth. Wächter

ELISABETH. Gott vergelt' euch die Lieb' und Treu' an meinem Herrn. *Wächter ab.* Marie, was bringst du?

MARIA. Meines Bruders Sicherheit. Ach, aber mein Herz ist zerrissen. Weislingen ist tot, vergiftet von seinem Weibe. Mein Mann ist in Gefahr. Die Fürsten werden ihm zu mächtig, man sagt, er sei eingeschlossen und belagert.

ELISABETH. Glaubt dem Gerüchte nicht. Und laßt Götzen nichts merken.

MARIA. Wie steht's um ihn?

ELISABETH. Ich fürchtete, er würde deine Rückkunft nicht erleben. Die Hand des Herrn liegt schwer auf ihm. Und Georg ist tot.

MARIA. Georg! der goldne Junge!

ELISABETH. Als die Nichtswürdigen Miltenberg verbrannten, sandte ihn sein Herr, ihnen Einhalt zu tun. Da fiel ein Trupp Bündischer auf sie los. – Georg! hätten sie sich alle gehalten wie er, sie hätten alle das gute Gewissen haben müssen. Viel wurden erstochen, und Georg mit; er starb einen Reiterstod.

MARIA. Weiß es Götz?

ELISABETH. Wir verbergen's vor ihm. Er fragt mich zehnmal des Tags, und schickt mich zehnmal des Tags zu forschen was Georg macht. Ich fürchte, seinem Herzen diesen letzten Stoß zu geben.

MARIA. O Gott, was sind die Hoffnungen dieser Erden.

Götz. Lerse. Wächter

GÖTZ. Allmächtiger Gott! Wie wohl ist's einem unter deinem Himmel! Wie frei! – Die Bäume treiben Knospen, und alle Welt hofft. Lebt wohl, meine Lieben, meine Wurzeln sind abgehauen, meine Kraft sinkt nach dem Grabe.

ELISABETH. Darf ich Lersen nach deinem Sohn in's Kloster schikken, daß du ihn noch einmal siehst und segnest?

GÖTZ. Laß ihn, er ist heiliger als ich, er braucht meinen Segen nicht. – An unserm Hochzeittag, Elisabeth, ahnete mir's nicht, daß ich *so* sterben würde. – Mein alter Vater segnete uns, und eine Nachkommenschaft von edlen, tapfern Söhnen quoll aus seinem Gebet. – Du hast ihn nicht erhört, und ich bin der Letzte. – Lerse, dein Angesicht freut mich in der Stunde des Todes mehr als im mutigsten Gefecht. Damals führte mein Geist den eurigen, jetzt hältst du mich aufrecht. Ach, daß ich Georgen noch einmal sähe, mich an seinem Blick wärmte! Ihr seht zur Erden und weint – Er ist tot – Georg ist tot. – Stirb, Götz – Du hast dich selbst überlebt, die Edlen überlebt. – Wie starb er? Ach, fingen sie ihn unter den Mordbrennern, und er ist hingerichtet?

ELISABETH. Nein, er wurde bei Miltenberg erstochen. Er wehrte sich wie ein Löw' um seine Freiheit.

GÖTZ. Gott sei Dank. Er war der beste Junge unter der Sonne und tapfer. – Löse meine Seele nun. – Arme Frau. Ich lasse dich in einer verderbten Welt. Lerse, verlaß sie nicht. – Schließt eure Herzen sorgfältiger als eure Tore. Es kommen die Zeiten des Betrugs, es ist ihm Freiheit gegeben. Die Nichtswürdigen werden regieren mit List, und der Edle wird in ihre Netze fallen. Marie, gebe dir Gott deinen Mann wieder. Möge er nicht so tief fallen, als er hoch gestiegen ist! Selbitz starb, und der gute Kaiser, und mein Georg. – Gebt mir einen Trunk Wasser. – Himmlische Luft – Freiheit! Freiheit! *Er stirbt.*

ELISABETH. Nur droben, droben bei dir. Die Welt ist ein Gefängnis.

MARIA. Edler Mann! Edler Mann! Wehe dem Jahrhundert, das dich von sich stieß!

LERSE. Wehe der Nachkommenschaft, die dich verkennt!

Clavigo

Ein Trauerspiel

Personen

Clavigo, Archivarius des Königs
Carlos, dessen Freund
Beaumarchais
Marie Beaumarchais
Sophie Guilbert, geborene Beaumarchais
Guilbert, ihr Mann
Buenco
Saint George

Der Schauplatz ist zu Madrid.

Erster Akt

Clavigos Wohnung

Clavigo. Carlos

Clavigo *vom Schreibtisch aufstehend.* Das Blatt wird eine gute Wirkung tun, es muß alle Weiber bezaubern. Sag' mir, Carlos, glaubst du nicht, daß meine Wochenschrift jetzt eine der ersten in Europa ist?

Carlos. Wir Spanier wenigstens haben keinen neuern Autor, der so viel Stärke des Gedankens, so viel blühende Einbildungskraft mit einem so glänzenden und leichten Stil verbände.

Clavigo. Laß mich! Ich muß unter dem Volke noch der Schöpfer des guten Geschmacks werden. Die Menschen sind willig, allerlei Eindrücke anzunehmen; ich habe einen Ruhm, ein Zutrauen unter meinen Mitbürgern; und, unter uns gesagt, meine Kenntnisse breiten sich täglich aus; meine Empfindungen erweitern sich, und mein Stil bildet sich immer wahrer und stärker.

Carlos. Gut, Clavigo! Doch, wenn du mir's nicht übel nehmen willst, so gefiel mir damals deine Schrift weit besser, als du sie noch zu Mariens Füßen schriebst, als noch das liebliche, muntere Geschöpf auf dich Einfluß hatte. Ich weiß nicht, das Ganze hatte ein jugendlicheres, blühenderes Ansehen.

Clavigo. Es waren gute Zeiten, Carlos, die nun vorbei sind. Ich gestehe dir gern, ich schrieb damals mit offnerem Herzen, und wahr ist's, sie hatte viel Anteil an dem Beifall, den das Publikum mir gleich anfangs gewährte. Aber in der Länge, Carlos, man wird der Weiber gar bald satt; und warst du nicht der erste, meinem Entschluß Beifall zu geben, als ich mir vornahm, sie zu verlassen?

CARLOS. Du wärst versauert. Sie sind gar zu einförmig. Nur, dünkt mich, wär's wieder Zeit, daß du dich nach einem neuen Plan umsähest, es ist doch auch nichts, wenn man so ganz auf'm Sand ist.

CLAVIGO. Mein Plan ist der Hof, und da gilt kein Feiern. Hab' ich's für einen Fremden, der ohne Stand, ohne Namen, ohne Vermögen hierher kam, nicht weit genug gebracht? Hier an einem Hofe! unter dem Gedräng von Menschen, wo es schwer hält, sich bemerken zu machen? Mir ist's so wohl, wenn ich den Weg ansehe, den ich zurückgelegt habe. Geliebt von den Ersten des Königreichs! geehrt durch meine Wissenschaften, meinen Rang! Archivarius des Königs! Carlos, das spornt mich alles; ich wäre nichts, wenn ich bliebe, was ich bin! Hinauf! Hinauf! Und da kostet's Mühe und List! Man braucht seinen ganzen Kopf; und die Weiber, die Weiber! Man vertändelt gar zuviel Zeit mit ihnen.

CARLOS. Narre, das ist deine Schuld. Ich kann nie ohne Weiber leben, und mich hindern sie an gar nichts. Auch sag' ich ihnen nicht so viel schöne Sachen, röste mich nicht monatelang an Sentiments und dergleichen; wie ich denn mit honetten Mädchen am ungernsten zu tun habe. Ausgeredt hat man bald mit ihnen; hernach schleppt man sich eine Zeit lang' herum, und kaum sind sie ein bißchen warm bei einem, hat sie der Teufel gleich mit Heiratsgedanken und Heiratsvorschlägen, die ich fürchte wie die Pest. Du bist nachdenkend, Clavigo?

CLAVIGO. Ich kann die Erinnerung nicht los werden, daß ich Marien verlassen – hintergangen habe, nenn's, wie du willst.

CARLOS. Wunderlich! Mich dünkt doch, man lebt nur einmal in der Welt, und hat nur einmal diese Kräfte, diese Aussichten, und wer sie nicht zum besten braucht, wer sie nicht so weit treibt als möglich, ist ein Tor. Und heiraten! heiraten just zur Zeit, da das Leben erst recht in Schwung kommen soll! sich häuslich niederlassen, sich einschränken, da man noch die Hälfte seiner Wanderung nicht zurückgelegt, die Hälfte seiner Eroberungen noch nicht gemacht hat! Daß du sie liebtest, das war natürlich, daß du ihr die Ehe versprachst, war eine Narrheit, und wenn du Wort gehalten hättest, wär's gar Raserei gewesen.

CLAVIGO. Sieh, ich begreife den Menschen nicht. Ich liebte sie wahrlich, sie zog mich an, sie hielt mich, und wie ich zu ihren Füßen saß, schwur ich ihr, schwur ich mir, daß es ewig sein sollte, daß ich der ihrige sein wollte, sobald ich ein Amt hätte, einen Stand. – Und nun, Carlos!

CARLOS. Es wird noch Zeit genug sein, wenn du ein gemachter Mann bist, wenn du das erwünschte Ziel erreicht hast, daß du alsdann, um all dein Glück zu krönen und zu befestigen, dich mit einem angesehenen und reichen Hause durch eine kluge Heirat zu verbinden suchst.

CLAVIGO. Sie ist verschwunden! glatt aus meinem Herzen verschwunden, und wenn mir ihr Unglück nicht manchmal durch den Kopf führe – Daß man so veränderlich ist!

CARLOS. Wenn man beständig wäre, wollt' ich mich verwundern. Sieh doch, verändert sich nicht alles in der Welt? warum sollten unsere Leidenschaften bleiben? Sei du ruhig, sie ist nicht das erste verlaßne Mädchen, und nicht das erste, das sich getröstet hat. Wenn ich dir raten soll, da ist die junge Witwe gegenüber –

CLAVIGO. Du weißt, ich halte nicht viel auf solche Vorschläge. Ein Roman, der nicht ganz von selbst kommt, ist nicht im Stande, mich einzunehmen.

CARLOS. Über die delikaten Leute!

CLAVIGO. Laß das gut sein und vergiß nicht, daß unser Hauptwerk gegenwärtig sein muß, uns dem neuen Minister notwendig zu machen. Daß Whal das Gouvernement von Indien niederlegt, ist immer beschwerlich für uns. Zwar ist mir's weiter nicht bange; sein Einfluß bleibt – Grimaldi und er sind Freunde, und wir können schwatzen und uns bücken –

CARLOS. Und denken und tun, was wir wollen.

CLAVIGO. Das ist die Hauptsache in der Welt. *Schellt dem Bedienten.* Tragt das Blatt in die Druckerei.

CARLOS. Sieht man euch den Abend?

CLAVIGO. Nicht wohl. Nachfragen könnt ihr ja.

CARLOS. Ich möchte heut' Abend gar zu gern was unternehmen, das mir das Herz erfreute; ich muß diesen ganzen Nachmittag wieder schreiben. Das endigt nicht.

CLAVIGO. Laß es gut sein. Wenn wir nicht für so viele Leute arbeiteten, wären wir so viel Leuten nicht über den Kopf gewachsen. *Ab.*

GUILBERTS WOHNUNG

Sophie Guilbert. Marie Beaumarchais. Don Buenco

BUENCO. Sie haben eine üble Nacht gehabt?

SOPHIE. Ich sagt's ihr gestern Abend. Sie war so ausgelassen lustig und hat geschwatzt bis Eilfe, da war sie erhitzt, konnte nicht schlafen, und nun hat sie wieder keinen Atem und weint den ganzen Morgen.

MARIE. Daß unser Bruder nicht kommt! Es sind zwei Tage über die Zeit.

SOPHIE. Nur Geduld, er bleibt nicht aus

MARIE *aufstehend.* Wie begierig bin ich, diesen Bruder zu sehen, meinen Richter und meinen Retter. Ich erinnere mich seiner kaum.

SOPHIE. O ja, ich kann mir ihn noch wohl vorstellen: er war ein feuriger, offner, braver Knabe von dreizehn Jahren, als uns unser Vater hierher schickte.

MARIE. Eine edle, große Seele. Sie haben den Brief gelesen, den er schrieb, als er mein Unglück erfuhr. Jeder Buchstabe davon steht in meinem Herzen. »Wenn du schuldig bist«, schreibt er, »so erwarte keine Vergebung; über dein Elend soll noch die Verachtung eines Bruders auf dir schwer werden, und der Fluch eines Vaters. Bist du unschuldig – o dann alle Rache, alle, alle glühende Rache auf den Verräter!« – Ich zittere! Er wird kommen. Ich zittere, nicht für mich, ich stehe vor Gott in meiner Unschuld. – Ihr müßt, meine Freunde – Ich weiß nicht, was ich will! O Clavigo!

SOPHIE. Du hörst nicht! Du wirst dich umbringen.

MARIE. Ich will stille sein! Ja, ich will nicht weinen. Mich dünkt auch, ich hätte keine Tränen mehr! Und warum Tränen? Es ist mir nur leid, daß ich euch das Leben sauer mache. Denn im Grunde, worüber beklag' ich mich? Ich habe viel Freude gehabt, so lang' unser alter Freund noch lebte. Clavigos Liebe hat mir viel Freude gemacht, vielleicht mehr als ihm die meinige. Und nun – was ist's nun weiter? Was ist an mir gelegen? an einem Mädchen gelegen, ob ihm das Herz bricht? ob es sich verzehrt und sein armes junges Leben ausquält?

BUENCO. Um Gottes willen, Mademoiselle!

MARIE. Ob's ihm wohl einerlei ist – daß er mich nicht mehr liebt? Ach! warum bin ich nicht mehr liebenswürdig? – Aber bedauern, bedauern sollt' er mich! daß die Arme, der er sich so notwendig gemacht hatte, nun ohne ihn ihr Leben hinschleichen, hinjammern soll. – Bedauern! Ich mag nicht von dem Menschen bedauert sein.

SOPHIE. Wenn ich dich ihn könnte verachten lehren, den Nichtswürdigen! den Hassenswürdigen!

MARIE. Nein, Schwester, ein Nichtswürdiger ist er nicht, und muß ich denn den verachten, den ich hasse? – Hassen! Ja, manchmal kann ich ihn hassen, manchmal, wenn der spanische Geist über mich kommt. Neulich, o neulich, als wir ihm begegneten, sein Anblick wirkte volle warme Liebe auf mich! Und wie ich wieder nach Hause kam und mir sein Betragen auffiel und der ruhige, kalte Blick, den er über mich herwarf an der Seite der glänzenden Donna – da ward ich Spanierin in meinem Herzen und griff nach meinem Dolch und nahm Gift zu mir und verkleidete mich. Ihr erstaunt, Buenco? Alles in Gedanken, versteht sich.

SOPHIE. Närrisches Mädchen.

MARIE. Meine Einbildungskraft führte mich ihm nach, ich sah ihn, wie er zu den Füßen seiner neuen Geliebten alle die Freundlichkeit, alle die Demut verschwendete, mit der er mich vergiftet hat – ich zielte nach dem Herzen des Verräters! Ach, Buenco! – Auf einmal war das gutherzige französische Mädchen wieder da, das keine Liebestränke kennt und keine Dolche zur Rache. Wir sind übel dran! Vaudevilles, unsere Liebhaber zu unterhalten, Fächer, sie zu bestrafen, und wenn sie untreu sind? – Sag', Schwester, wie machen sie's in Frankreich, wenn die Liebhaber untreu sind?

SOPHIE. Man verwünscht sie.

MARIE. Und?

SOPHIE. Und läßt sie laufen.

MARIE. Laufen! Nun und warum soll ich Clavigo nicht laufen lassen? Wenn das in Frankreich Mode ist, warum soll's nicht in Spanien sein? Warum soll eine Französin in Spanien nicht Französin sein? Wir wollen ihn laufen lassen und uns einen andern nehmen; mich dünkt, sie machen's bei uns auch so.

BUENCO. Er hat eine feierliche Zusage gebrochen, und keinen leichtsinnigen Roman, kein gesellschaftliches Attachement. Mademoiselle, Sie sind bis ins innerste Herz beleidigt, gekränkt. Oh, mir ist mein Stand, daß ich ein unbedeutender ruhiger Bürger von Madrid bin, nie so beschwerlich, nie so ängstlich gewesen als jetzt, da ich mich so schwach, so unvermögend fühle, ihnen gegen den falschen Höfling Gerechtigkeit zu schaffen!

MARIE. Wie er noch Clavigo war, noch nicht Archivarius des Königs, wie er der Fremdling, der Ankömmling, der Neueingeführte in unserm Haus war, wie liebenswürdig war er, wie gut! Wie schien all sein Ehrgeiz, all sein Aufstreben ein Kind seiner Liebe zu sein! Für mich rang er nach Namen, Stand, Gütern; er hat's, und ich! –

Guilbert kommt.

GUILBERT *heimlich zu seiner Frau.* Der Bruder kommt.

MARIE. Der Bruder! – *Sie zittert, man führt sie in einen Sessel.*

Wo? wo? Bringt mir ihn! Bringt mich hin!

Beaumarchais kommt.

BEAUMARCHAIS. Meine Schwester! *Von der ältesten weg, nach der jüngsten zustürzend.* Meine Schwester! Meine Freunde! O meine Schwester!

MARIE. Bist du da! Gott sei Dank, du bist da!

BEAUMARCHAIS. Laß mich zu mir selbst kommen.

MARIE. Mein Herz, mein armes Herz!

SOPHIE. Beruhigt euch! Lieber Bruder, ich hoffte, dich gelassener zu sehen.

BEAUMARCHAIS. Gelassener! Seid ihr denn gelassen? Seh' ich nicht an der zerstörten Gestalt dieser Lieben, an deinen verweinten Augen, deiner Blässe des Kummers, an dem toten Stillschweigen eurer Freunde, daß ihr so elend seid, wie ich mir euch den ganzen langen Weg vorgestellt habe? Und elender – denn ich seh' euch, ich hab' euch in meinen Armen, die Gegenwart verdoppelt meine Gefühle, o meine Schwester!

SOPHIE. Und unser Vater?

BEAUMARCHAIS. Er segnet euch und mich, wenn ich euch rette.

BUENCO. Mein Herr, erlauben Sie einem Unbekannten, der den edlen braven Mann in ihnen beim ersten Anblick erkennt, seinen innigsten Anteil an Tag zu legen, den er bei dieser ganzen Sache empfindet. Mein Herr! Sie machen diese ungeheure Reise, ihre Schwester zu retten, zu rächen. Willkommen! sein Sie willkommen wie ein Engel, ob Sie uns alle gleich beschämen!

BEAUMARCHAIS. Ich hoffte, mein Herr, solche Herzen in Spanien zu finden, wie das ihre ist; das hat mich angespornt, den Schritt zu tun. Nirgend, nirgend in der Welt mangelt es an teilnehmenden, beistimmenden Seelen, wenn nur einer auftritt, dessen Umstände ihm völlige Freiheit lassen, all seiner Entschlossenheit zu folgen. Und oh, meine Freunde, ich habe das hoffnungsvolle Gefühl: Überall gibt's treffliche Menschen unter Mächtigen und Großen, und das Ohr der Majestät ist selten taub; nur ist unsere Stimme meist zu schwach, bis dahinauf zu reichen.

SOPHIE. Kommt, Schwester! Kommt! Legt euch einen Augenblick nieder. Sie ist ganz außer sich. *Sie führen sie weg.*

MARIE. Mein Bruder!

BEAUMARCHAIS. Will's Gott, du bist unschuldig, und dann alle, alle Rache über den Verräter. *Marie, Sophie ab.* Mein Bruder! Meine Freunde! ich seh's an euren Blicken, daß ihr's seid. Laßt mich zu mir selbst kommen. Und dann! Eine reine unparteiische Erzählung der ganzen Geschichte. Die soll meine Handlungen bestimmen. Das Gefühl einer guten Sache soll meinen Entschluß befestigen; und glaubt mir, wenn wir Recht haben, werden wir Gerechtigkeit finden.

ZWEITER AKT

DAS HAUS DES CLAVIGO

Clavigo allein

CLAVIGO. Wer die Franzosen sein mögen, die sich bei mir haben melden lassen? – Franzosen! Sonst war mir diese Nation willkommen! – Und warum nicht jetzt? Es ist wunderbar, ein Mensch, der sich über so vieles hinaussetzt, wird doch an einer Ecke mit Zwirnsfäden angebunden. – Weg! – Und war ich Marien mehr schuldig als mir selbst? und ist's eine Pflicht, mich unglücklich zu machen, weil mich ein Mädchen liebt?

Ein Bedienter

BEDIENTER. Die Fremden, mein Herr.

CLAVIGO. Führ' sie herein. Du sagtest doch ihrem Bedienten, daß ich sie zum Frühstück erwarte?

BEDIENTER. Wie Sie befahlen.

CLAVIGO. Ich bin gleich wieder hier. *Ab.*

Beaumarchais. Saint George
Der Bediente setzt ihnen die Stühle und geht.

BEAUMARCHAIS. Es ist mir so leicht, so wohl, mein Freund, daß ich endlich hier bin, daß ich ihn habe; er soll mir nicht entwischen. Sein Sie ruhig; wenigstens zeigen Sie ihm die gelassenste Außenseite. Meine Schwester! meine Schwester! Wer glaubte, daß du so unschuldig als unglücklich bist? Es soll an den Tag kommen, du sollst auf das grimmigste gerächt werden. Und du, guter Gott, erhalte mir die Ruhe der Seele, die du mir in diesem Augenblick gewährest, daß ich mit aller Mäßigung in dem entsetzlichen Schmerz und so klug handle als möglich.

SAINT GEORGE. Ja, diese Klugheit, alles, mein Freund, was Sie jemals von Überlegung bewiesen haben, nehm' ich in Anspruch. Sagen Sie mir's zu, mein Bester, noch einmal, daß Sie bedenken, wo Sie sind. In einem fremden Königreiche, wo alle ihre Beschützer, wo all ihr Geld nicht im Stande ist, Sie gegen die geheimen Maschinen nichtswürdiger Feinde zu sichern.

BEAUMARCHAIS. Sein Sie ruhig. Spielen Sie ihre Rolle gut, er soll nicht wissen, mit welchem von uns beiden er's zu tun hat. Ich will ihn martern. O ich bin guten Humors genug, um den Kerl an einem langsamen Feuer zu braten.

Clavigo kommt wieder.

CLAVIGO. Meine Herren, es ist mir eine Freude, Männer von einer Nation bei mir zu sehen, die ich immer geschätzt habe.

BEAUMARCHAIS. Mein Herr, ich wünsche, daß auch wir der Ehre würdig sein mögen, die Sie unsern Landsleuten anzutun belieben.

SAINT GEORGE. Das Vergnügen, Sie kennen zu lernen, hat bei uns die Bedenklichkeit überwunden, daß wir beschwerlich sein könnten.

CLAVIGO. Personen, die der erste Anblick empfiehlt, sollten die Bescheidenheit nicht so weit treiben.

BEAUMARCHAIS. Freilich kann ihnen nicht fremd sein, von Unbekannten besucht zu werden, da Sie durch die Vortrefflichkeit ihrer Schriften sich ebensosehr in auswärtigen Reichen bekanntgemacht haben, als die ansehnlichen Ämter, die Ihro Majestät ihnen anvertrauen, Sie in ihrem Vaterlande distinguieren.

CLAVIGO. Der König hat viel Gnade für meine geringen Dienste, und das Publikum viel Nachsicht für die unbedeutenden Versuche meiner Feder, ich wünschte, daß ich einigermaßen etwas zu der Verbesserung des Geschmacks in meinem Lande, zur Ausbreitung der Wissenschaften beitragen könnte. Denn sie sind's allein, die uns mit andern Nationen verbinden, sie sind's, die aus den entferntesten Geistern Freunde machen und die angenehmste Vereinigung unter denen selbst erhalten, die leider durch Staatsverhältnisse öfters getrennt werden.

BEAUMARCHAIS. Es ist entzückend, einen Mann so reden zu hören, der gleichen Einfluß auf den Staat und auf die Wissenschaften hat. Auch ich muß gestehen, Sie haben mir das Wort aus dem Munde genommen und mich geradeswegs auf das Anliegen gebracht, um dessent willen Sie mich hier sehen. Eine Gesellschaft gelehrter würdiger Männer hat mir den Auftrag gegeben, an jedem Orte, wo ich durchreiste und Gelegenheit fände, einen Briefwechsel zwischen ihnen und den besten Köpfen des Königreichs zu stiften. Wie nun kein Spanier besser schreibt als der Verfasser der Blätter, die unter dem Namen 'Der Denker' so bekannt sind, ein Mann, mit dem ich die Ehre habe zu reden –

CLAVIGO *macht eine verbindliche Verbeugung.*

BEAUMARCHAIS. Und der eine besondere Zierde der Gelehrten ist, indem er gewußt hat, mit seinen Talenten einen solchen Grad von Weltklugheit zu verbinden; dem es nicht fehlen kann, die glänzenden Stufen zu besteigen, deren ihn sein Charakter und seine Kenntnisse würdig machen – ich glaube, meinen Freunden keinen angenehmeren Dienst leisten zu können, als wenn ich sie mit einem solchen Manne verbinde.

CLAVIGO. Kein Vorschlag in der Welt konnte mir erwünschter sein, meine Herren: Ich sehe dadurch die angenehmsten Hoffnungen erfüllt, mit denen sich mein Herz oft ohne Aussicht einer glücklichen Gewährung beschäftigte. Nicht daß ich glaubte, durch meinen Briefwechsel den Wünschen ihrer gelehrten Freunde genug tun zu können; so weit geht meine Eitelkeit nicht. Aber da ich das Glück habe, daß die besten Köpfe in Spanien mit mir zusammenhängen, da mir nichts unbekannt bleiben mag, was in unserm weiten Reiche von einzelnen, oft verborgenen Männern für die Wissenschaften, für die Künste getan wird: so sahe ich mich bisher als einen Kolporteur an, der das geringe Verdienst hat, die Erfindung anderer gemeinnützig zu machen, nun aber werd' ich durch ihre Dazwischenkunft zum Handelsmann, der das Glück hat, durch Umsetzung der einheimischen Produkte den Ruhm seines Vaterlandes auszubreiten und darüber es noch mit fremden Schätzen zu bereichern. Und so erlauben Sie, mein Herr, daß ich einen Mann, der mit solcher Freimütigkeit eine so angenehme Botschaft bringt, nicht wie einen Fremden behandle; erlauben Sie, daß ich frage, was für ein Geschäft, was für ein Anliegen Sie diesen weiten Weg geführt hat? Nicht, als wollt' ich durch diese Indiskretion eine eitle Neugierde befriedigen; nein, glauben Sie vielmehr, daß es in der reinsten Absicht geschieht, alle Kräfte, allen Einfluß, den ich etwa haben mag, für Sie zu verwenden. Denn ich sage ihnen zum voraus: Sie sind an einen Ort gekommen, wo sich einem Fremden zur Ausführung seiner Geschäfte, besonders bei Hofe, unzählige Schwierigkeiten entgegensetzen.

BEAUMARCHAIS. Ich nehme ein so gefälliges Anerbieten mit allem Dank an. Ich habe keine Geheimnisse für Sie, mein Herr, und dieser Freund wird bei meiner Erzählung nicht zuviel sein; er ist sattsam von dem unterrichtet, was ich ihnen zu sagen habe.

CLAVIGO *betrachtet Saint George mit Aufmerksamkeit.*

BEAUMARCHAIS. Ein französischer Kaufmann, der bei einer starken Anzahl von Kindern wenig Vermögen besaß, hatte viel Korrespondenten in Spanien. Einer der reichsten kam vor funfzehn Jahren nach Paris und tat ihm den Vorschlag: »Gebt mir zwei von euren Töchtern, ich nehme sie mit nach Madrid und versorge sie. Ich bin ledig, bejahrt, ohne Verwandte, sie werden das Glück meiner alten Tage machen, und nach meinem Tode hinterlass' ich ihnen eine der ansehnlichsten Handlungen in Spanien.«

Man vertraute ihm die älteste und eine der jüngsten Schwestern. Der Vater übernahm, das Haus mit allen französischen Waren zu versehn, die man verlangen würde, und so hatte alles ein gutes Ansehn, bis der Korrespondent mit Tode abging, ohne die Französinnen im geringsten zu bedenken, die sich dann in dem beschwerlichen Falle sahen, allein einer neuen Handlung vorzustehen.

Die älteste hatte indessen geheiratet, und unerachtet des geringen Zustandes ihrer Glücksgüter erhielten sie sich durch gute Aufführung und durch die Annehmlichkeit ihres Geistes eine Menge Freunde, die sich wechselweise beeiferten, ihren Kredit und ihre Geschäfte zu erweitern.

Clavigo *wird immer aufmerksamer.*

Beaumarchais. Ungefähr um eben die Zeit hatte sich ein junger Mensch, von den kanarischen Inseln bürtig, in dem Hause vorstellen lassen.

Clavigo *verliert alle Munterkeit aus seinem Gesicht, und sein Ernst geht nach und nach in eine Verlegenheit über, die immer sichtbarer wird.*

Beaumarchais. Ungeachtet seines geringen Standes und Vermögens nimmt man ihn gefällig auf. Die Frauenzimmer, die eine große Begierde zur französischen Sprache an ihm bemerkten, erleichtern ihm alle Mittel, sich in weniger Zeit große Kenntnisse zu erwerben.

Voll von Begierde, sich einen Namen zu machen, fällt er auf den Gedanken, der Stadt Madrid das seiner Nation noch unbekannte Vergnügen einer Wochenschrift im Geschmack des englischen Zuschauers zu geben. Seine Freundinnen lassen es nicht ermangeln, ihm auf alle Art beizustehn; man zweifelt nicht, daß ein solches Unternehmen großen Beifall finden würde; genug, ermuntert durch die Hoffnung, nun bald ein Mensch von einiger Bedeutung werden zu können, wagt er es, der jüngsten einen Heiratsvorschlag zu tun.

Man gibt ihm Hoffnung. »Sucht euer Glück zu machen«, sagt die älteste, »und wenn euch ein Amt, die Gunst des Hofes oder irgend sonst ein Mittel ein Recht wird gegeben haben, an meine Schwester zu denken, wenn sie euch dann andern Freiern vorzieht, kann ich euch meine Einwilligung nicht versagen.«

CLAVIGO *bewegt sich in höchster Verwirrung auf seinem Sessel.*

BEAUMARCHAIS. Die jüngste schlägt verschiedene ansehnliche Partien aus; ihre Neigung gegen den Menschen nimmt zu und hilft ihr die Sorge einer ungewissen Erwartung tragen; sie interessiert sich für sein Glück, wie für ihr eigenes, und ermuntert ihn, das erste Blatt seiner Wochenschrift zu geben, das unter einem vielversprechenden Titel erscheint.

CLAVIGO *ist in der entsetzlichsten Verlegenheit.*

BEAUMARCHAIS *ganz kalt.* Das Werk macht ein erstaunendes Glück; der König selbst, durch diese liebenswürdige Produktion ergetzt, gab dem Autor öffentliche Zeichen seiner Gnade. Man versprach ihm das erste ansehnliche Amt, das sich auftun würde. Von dem Augenblick an entfernt er alle Nebenbuhler von seiner Geliebten, indem er ganz öffentlich sich um sie bemühte. Die Heirat verzog sich nur in Erwartung der zugesagten Versorgung. – Endlich nach sechs Jahren Harrens, ununterbrochener Freundschaft, Beistands und Liebe von seiten des Mädchens, nach sechs Jahren Ergebenheit, Dankbarkeit, Bemühungen, heiliger Versicherungen von seiten des Mannes erscheint das Amt – und er verschwindet –

CLAVIGO *es entfährt ihm ein tiefer Seufzer, den er zu verbergen sucht, und ganz außer sich ist.*

BEAUMARCHAIS. Die Sache hatte zu großes Aufsehn gemacht, als daß man die Entwicklung sollte gleichgültig angesehen haben. Ein Haus für zwei Familien war gemietet. Die ganze Stadt sprach davon. Alle Freunde waren aufs höchste aufgebracht und suchten Rache. Man wendete sich an mächtige Gönner; allein der Nichtswürdige, der nun schon in die Kabalen des Hofs initiiert war, weiß alle Bemühungen fruchtlos zu machen und geht in seiner Insolenz so weit, daß er es wagt, den Unglücklichen zu drohen, wagt, denen Freunden, die sich zu ihm begeben, ins Gesicht zu sagen: die Französinnen sollten sich in Acht nehmen, er biete sie auf, ihm zu schaden, und wenn sie sich unterstünden, etwas gegen ihn zu unternehmen, so wär's ihm ein leichtes, sie in einem fremden Lande zu verderben, wo sie ohne Schutz und Hilfe seien.

Das arme Mädchen fiel auf die Nachricht in Konvulsionen, die ihr den Tod drohten. In der Tiefe ihres Jammers schreibt die älteste nach Frankreich die offenbare Beschimpfung, die ihnen angetan worden. Die Nachricht bewegt ihren Bruder aufs schrecklichste, er verlangt seinen Abschied, um in so einer verwirrten Sache selbst Rat und Hilfe zu schaffen, er ist im Fluge von Paris zu Madrid, und der Bruder – bin ich! der alles verlassen hat, Vaterland, Pflichten, Familie, Stand, Vergnügen, um in Spanien eine unschuldige unglückliche Schwester zu rächen.

Ich komme, bewaffnet mit der besten Sache und aller Entschlossenheit, einen Verräter zu entlarven, mit blutigen Zügen seine Seele auf sein Gesicht zu zeichnen, und der Verräter – bist du!

CLAVIGO. Hören Sie mich, mein Herr – Ich bin – Ich habe – Ich zweifle nicht –

BEAUMARCHAIS. Unterbrechen Sie mich nicht. Sie haben mir nichts zu sagen und viel von mir zu hören.

Nun, um einen Anfang zu machen, sein Sie so gütig, vor diesem Herrn, der expreß mit mir aus Frankreich gekommen ist, zu erklären: ob meine Schwester durch irgend eine Treulosigkeit, Leichtsinn, Schwachheit, Unart oder sonst einen Fehler diese öffentliche Beschimpfung um Sie verdient habe.

CLAVIGO. Nein, mein Herr. Ihre Schwester, Donna Maria, ist ein Frauenzimmer voll Geist, Liebenswürdigkeit und Tugend.

BEAUMARCHAIS. Hat sie ihnen jemals seit ihrem Umgange eine Gelegenheit gegeben, sich über sie zu beklagen, oder sie geringer zu achten?

CLAVIGO. Nie! Niemals!

BEAUMARCHAIS *aufstehend.* Und warum, Ungeheuer! hattest du die Grausamkeit, das Mädchen zu Tode zu quälen? Nur weil dich ihr Herz zehn andern vorzog, die alle rechtschaffner und reicher waren als du.

CLAVIGO. O mein Herr! Wenn Sie wüßten, wie ich verhetzt worden bin, wie ich durch mancherlei Ratgeber und Umstände –

BEAUMARCHAIS. Genug! *Zu Saint George.* Sie haben die Rechtfertigung meiner Schwester gehört; gehn Sie und breiten Sie es aus. Was ich dem Herrn weiter zu sagen habe, braucht keine Zeugen.

Clavigo steht auf. Saint George geht.

BEAUMARCHAIS. Bleiben Sie! Bleiben Sie! *Beide setzen sich wieder.* Da wir nun soweit sind, will ich ihnen einen Vorschlag tun, den Sie hoffentlich billigen werden.

Es ist ihre Konvenienz und meine, daß Sie Marien nicht heiraten, und Sie fühlen wohl, daß ich nicht gekommen bin, den Komödienbruder zu machen, der den Roman entwickelt und seiner Schwester einen Mann schaffen will. Sie haben ein ehrliches Mädchen mit kaltem Blute beschimpft, weil Sie glaubten, in einem fremden Lande sei sie ohne Beistand und Rächer. So handelt ein Niederträchtiger, ein Nichtswürdiger. Und also, zuvörderst erklären Sie eigenhändig, freiwillig, bei offenen Türen, in Gegenwart ihrer Bedienten: daß Sie ein abscheulicher Mensch sind, der meine Schwester betrogen, verraten, sie ohne die mindeste Ursache erniedrigt hat, und mit dieser Erklärung geh' ich nach Aranjuez, wo sich unser Gesandter aufhält, ich zeige sie, ich lasse sie drucken, und übermorgen ist der Hof und die Stadt davon überschwemmt. Ich habe mächtige Freunde hier, habe Zeit und Geld, und das alles wend' ich an, um Sie auf alle Weise aufs grausamste zu verfolgen, bis der Zorn meiner Schwester sich legt, befriedigt ist und sie mir selbst Einhalt tut.

CLAVIGO. Ich tue diese Erklärung nicht.

BEAUMARCHAIS. Das glaub' ich, denn vielleicht tät' ich sie an ihrer Stelle eben so wenig. Aber hier ist das andere: Schreiben Sie nicht, so bleib' ich von diesem Augenblicke bei ihnen, ich verlasse Sie nicht, ich folge ihnen überallhin, bis Sie, einer solchen Gesellschaft überdrüssig, hinter Buenretiro meiner loszuwerden gesucht haben. Bin ich glücklicher als Sie: ohne den Gesandten zu sehn, ohne mit einem Menschen hier gesprochen zu haben, fass' ich meine sterbende Schwester in meine Arme, hebe sie in den Wagen und kehre mit ihr nach Frankreich zurück. Begünstigt Sie das Schicksal, so hab' ich das Meine getan, und so lachen Sie denn auf unsere Kosten. Unterdessen das Frühstück!

Beaumarchais zieht die Schelle. Ein Bedienter bringt die Schokolade. Beaumarchais nimmt seine Tasse und geht in der anstehenden Galerie spazieren, die Gemälde betrachend.

CLAVIGO. Luft! Luft! – Das hat dich überrascht, angepackt wie einen Knaben – Wo bist du, Clavigo? Wie willst du das enden? – Wie kannst du das enden? – Ein schrecklicher Zustand, in den dich deine Torheit, deine Verräterei gestürzt hat! *Er greift nach dem Degen auf dem Tische.* Ha! Kurz und gut! – *Läßt ihn liegen.* – Und da wäre kein Weg, kein Mittel als Tod – oder Mord, abscheulicher Mord. – Das unglückliche Mädchen ihres letzten Trostes, ihres einzigen Beistandes zu berauben, ihres Bruders! – Des edlen, braven Menschen Blut zu sehen! – Und so den doppelten, unerträglichen Fluch einer vernichteten Familie auf dich zu laden! Oh, das war die Aussicht nicht, als das liebenswürdige

Geschöpf dich die ersten Stunden ihrer Bekanntschaft mit so viel Reizen anzog! Und da du sie verließest, sahst du nicht die gräßlichen Folgen deiner Schandtat! – Welche Seligkeit wartete dein in ihren Armen! In der Freundschaft solch eines Bruders! – Marie! Marie! O daß du vergeben könntest! Daß ich zu deinen Füßen das alles abweinen dürfte – Und warum nicht? – Mein Herz geht mir über; meine Seele geht mir auf in Hoffnung – Mein Herr!

BEAUMARCHAIS. Was beschließen Sie?

CLAVIGO. Hören Sie mich! Mein Betragen gegen ihre Schwester ist nicht zu entschuldigen. Die Eitelkeit hat mich verführt. Ich fürchtete, meine Pläne, meine Aussichten auf ein ruhmvolles Leben durch diese Heirat zu Grunde zu richten. Hätte ich wissen können, daß sie so einen Bruder habe, sie würde in meinen Augen keine unbedeutende Fremde gewesen sein; ich würde die ansehnlichsten Vorteile von dieser Verbindung gehofft haben. Sie erfüllen mich, mein Herr, mit der größten Hochachtung für Sie; und indem Sie mir auf diese Weise mein Unrecht lebhaft empfinden machen, flößen Sie mir eine Begierde ein, eine Kraft, alles wiedergutzumachen. Ich werfe mich zu ihren Füßen! Helfen Sie! Helfen Sie, wenn's möglich ist, meine Schuld austilgen und das Unglück endigen. Geben Sie mir ihre Schwester wieder, mein Herr, geben Sie mich *ihr*! Wie glücklich wär' ich, von ihrer Hand eine Gattin und die Vergebung aller meiner Fehler zu erhalten!

BEAUMARCHAIS. Es ist zu spät! Meine Schwester liebt Sie nicht mehr, und ich verabscheue Sie. Schreiben Sie die verlangte Erklärung, das ist alles, was ich von ihnen fordere. Und überlassen Sie mir die Sorgfalt einer ausgesuchten Rache.

CLAVIGO. Ihre Hartnäckigkeit ist weder gerecht noch klug. Ich gebe ihnen zu, daß es hier nicht auf mich ankommt, ob ich eine so sehr verschlimmerte Sache wiedergutmachen will. Ob ich sie gutmachen kann, das hängt von dem Herzen ihrer vortrefflichen Schwester ab, ob sie einen Elenden wieder ansehn mag, der nicht verdient, das Tageslicht zu sehen. Allein ihre Pflicht ist's, mein Herr, das zu prüfen und darnach sich zu betragen, wenn ihr Schritt nicht einer jugendlichen unbesonnenen Hitze ähnlich sehen soll. Wenn Donna Maria unbeweglich ist – oh, ich kenne das Herz! Oh, ihre Güte, ihre himmlische Seele schwebt mir ganz lebhaft vor! Wenn sie unerbittlich ist, dann ist es Zeit, mein Herr.

BEAUMARCHAIS. Ich bestehe auf der Erklärung.

CLAVIGO *nach dem Tisch zu gehend.* Und wenn ich nach dem Degen greife?

BEAUMARCHAIS *gehend.* Gut, mein Herr! Schön, mein Herr!

CLAVIGO *ihn zurückhaltend.* Noch ein Wort. Sie haben die gute Sache; lassen Sie mich die Klugheit für Sie haben. Bedenken Sie, was Sie tun. Auf beide Fälle sind wir alle unwiederbringlich verloren. Müßt' ich nicht für Schmerz, für Beängstigung untergehen, wenn ihr Blut meinen Degen färben sollte, wenn ich Marien noch über all ihr Unglück auch ihren Bruder raubte, und dann – der Mörder des Clavigo würde die Pyrenäen nicht zurückmessen.

BEAUMARCHAIS. Die Erklärung, mein Herr, die Erklärung!

CLAVIGO. So sei's denn. Ich will alles tun, um Sie von der aufrichtigen Gesinnung zu überzeugen, die mir ihre Gegenwart einflößt. Ich will die Erklärung schreiben, ich will sie schreiben aus ihrem Munde. Nur versprechen Sie mir, nicht eher Gebrauch davon zu machen, bis ich im Stande gewesen bin, Donna Maria von meinem geänderten reuvollen Herzen zu überzeugen; bis ich mit ihrer Ältesten ein Wort gesprochen, bis diese ihr gütiges Vorwort bei meiner Geliebten eingelegt hat. So lange, mein Herr.

BEAUMARCHAIS. Ich gehe nach Aranjuez.

CLAVIGO. Gut denn, bis Sie wiederkommen, so lange bleibt die Erklärung in ihrem Portefeuille; hab' ich meine Vergebung nicht, so lassen Sie ihrer Rache vollen Lauf. Dieser Vorschlag ist gerecht, anständig, klug, und wenn Sie nicht so wollen, so sei's denn unter uns beiden um Leben und Tod gespielt. Und der das Opfer seiner Übereilung wird, sind immer Sie und ihre arme Schwester.

BEAUMARCHAIS. Es steht ihnen an, die zu bedauern, die Sie unglücklich gemacht haben.

CLAVIGO *sich setzend.* Sind Sie das zufrieden?

BEAUMARCHAIS. Gut denn, ich gebe nach! Aber keinen Augenblick länger. Ich komme von Aranjuez, ich frage, ich höre! Und hat man ihnen nicht vergeben, wie ich denn hoffe, wie ich's wünsche – gleich auf, und mit dem Zettel in die Druckerei.

CLAVIGO *nimmt Papier.* Wie verlangen Sie's?

BEAUMARCHAIS. Mein Herr! In Gegenwart ihrer Bedienten.

CLAVIGO. Wozu das?

BEAUMARCHAIS. Befehlen Sie nur, daß sie in der anstoßenden Galerie gegenwärtig sind. Man soll nicht sagen, daß ich Sie gezwungen habe.

CLAVIGO. Welche Bedenklichkeiten!

BEAUMARCHAIS. Ich bin in Spanien und habe mit ihnen zu tun.

CLAVIGO. Nun denn! *Er klingelt. Ein Bedienter.* Ruft meine Leute zusammen und begebt euch auf die Galerie herbei.

Der Bediente geht,
die übrigen kommen und besetzen die Galerie.

CLAVIGO. Sie überlassen mir, die Erklärung zu schreiben.

BEAUMARCHAIS. Nein, mein Herr! Schreiben Sie, ich bitte, schreiben Sie, wie ich's ihnen sage.

CLAVIGO *schreibt.*

BEAUMARCHAIS. Ich, Unterzeichneter, Joseph Clavigo, Archivarius des Königs –

CLAVIGO. Des Königs.

BEAUMARCHAIS. – bekenne, daß, nachdem ich in dem Hause der Madame Guilbert freundschaftlich aufgenommen worden –

CLAVIGO. Worden.

BEAUMARCHAIS. – ich Mademoiselle von Beaumarchais, ihre Schwester, durch hundertfältig wiederholte Heiratsversprechungen betrogen habe – Haben Sie's? –

CLAVIGO. Mein Herr!

BEAUMARCHAIS. Haben Sie ein ander Wort dafür?

CLAVIGO. Ich dächte –

BEAUMARCHAIS. Betrogen habe. Was Sie getan haben, können Sie ja noch eher schreiben. – Ich habe sie verlassen, ohne daß irgendein Fehler oder Schwachheit von ihrer Seite einen Vorwand oder Entschuldigung dieses Meineids veranlasset hätte.

CLAVIGO. Nun!

BEAUMARCHAIS. Im Gegenteil ist die Aufführung des Frauenzimmers immer rein, untadelig und aller Ehrfurcht würdig gewesen.

CLAVIGO. Würdig gewesen.

BEAUMARCHAIS. Ich bekenne, daß ich durch mein Betragen, den Leichtsinn meiner Reden, durch die Auslegung, der sie unterworfen waren, öffentlich dieses tugendhafte Frauenzimmer erniedrigt habe; weswegen ich sie um Vergebung bitte, ob ich mich nicht gleich wert achte, sie zu erhalten.

CLAVIGO *hält inne.*

BEAUMARCHAIS. Schreiben Sie! Schreiben Sie! – Welches Zeugnis ich mit freiem Willen und ungezwungen von mir gegeben habe, mit dem besonderen Versprechen, daß, wenn diese Satisfaktion der Beleidigten nicht hinreichend sein sollte, ich bereit bin, sie auf alle andere erforderliche Weise zu geben. Madrid.

CLAVIGO *steht auf, winkt den Bedienten, sich wegzubegeben, und reicht ihm das Papier.* Ich habe mit einem beleidigten, aber mit einem edlen Menschen zu tun. Sie halten ihr Wort und schieben ihre Rache auf. In dieser einzigen Rücksicht, in dieser Hoffnung hab' ich das schimpfliche Papier von mir gestellt, wozu mich sonst nichts gebracht hätte. Aber ehe ich es wage, vor Donna Maria zu treten, hab' ich beschlossen, jemanden den Auftrag zu geben, mir bei ihr das Wort zu reden, für mich zu sprechen – und der Mann sind Sie.

BEAUMARCHAIS. Bilden Sie sich das nicht ein.

CLAVIGO. Wenigstens sagen Sie ihr die bittere herzliche Reue, die Sie an mir gesehn haben. Das ist alles, alles, warum ich Sie bitte;

schlagen Sie mir's nicht ab; ich müßte einen andern, weniger kräftigen Vorsprecher wählen, und Sie sind ihr ja eine treue Erzählung schuldig. Erzählen Sie ihr, wie Sie mich gefunden haben!

BEAUMARCHAIS. Gut, das kann ich, das will ich. Und so adieu!

CLAVIGO. Leben Sie wohl! *Er will seine Hand nehmen, Beaumarchais zieht sie zurück.*

CLAVIGO *allein.* So unerwartet aus einem Zustand in den andern. Man taumelt, man träumt! – Diese Erklärung, ich hätte sie nicht geben sollen. – Es kam so schnell, so unerwartet, als ein Donnerwetter!

Carlos kommt.

CARLOS. Was hast du für Besuch gehabt? Das ganze Haus ist in Bewegung; was gibt's?

CLAVIGO. Mariens Bruder.

CARLOS. Ich vermutet's. Der Hund von einem alten Bedienten, der sonst bei Guilberts war und der mir nun trätscht, weiß es schon seit gestern, daß man ihn erwartet, und trifft mich erst diesen Augenblick. Er war da?

CLAVIGO. Ein vortrefflicher Junge.

CARLOS. Den wollen wir bald los sein. Ich habe den Weg über schon gesponnen! – Was hat's denn gegeben? Eine Ausforderung? eine Ehrenerklärung? War er fein hitzig, der Bursch?

CLAVIGO. Er verlangte eine Erklärung, daß seine Schwester mir keine Gelegenheit zur Veränderung gegeben.

CARLOS. Und du hast sie ausgestellt?

CLAVIGO. Ich hielt es fürs beste.

CARLOS. Gut, sehr gut! Ist sonst nichts vorgefallen?

CLAVIGO. Er drang auf einen Zweikampf, oder die Erklärung.

CARLOS. Das letzte war das gescheiteste. Wer wird sein Leben gegen so einen romantischen Fratzen wagen. Und forderte er das Papier ungestüm?

CLAVIGO. Er diktierte mir's, und ich mußte die Bedienten in die Galerie rufen.

Carlos. Ich versteh'! Ah! nun hab' ich dich, Herrchen! Das bricht ihm den Hals. Heiß mich einen Schreiber, wenn ich den Buben nicht in zwei Tagen im Gefängnis habe, und mit dem nächsten Transport nach Indien.

Clavigo. Nein, Carlos. Die Sache steht anders, als du denkst.

Carlos. Wie?

Clavigo. Ich hoffe, durch seine Vermittlung, durch mein eifriges Bestreben, Verzeihung von der Unglücklichen zu erhalten.

Carlos. Clavigo!

Clavigo. Ich hoff', all das Vergangene zu tilgen, das Zerrüttete wiederherzustellen und so in meinen Augen in den Augen der Welt wieder zum ehrlichen Mann zu werden.

Carlos. Zum Teufel, bist du kindisch geworden? Man spürt dir doch immer an, daß du ein Gelehrter bist. – Dich so betören zu lassen! Siehst du nicht, daß das ein einfältig angelegter Plan ist, um dich ins Garn zu sprengen?

Clavigo. Nein, Carlos, er will die Heirat nicht; sie sind dagegen, sie will nichts von mir hören.

Carlos. Das ist die rechte Höhe. Nein, guter Freund, nimm mir's nicht übel, ich hab' wohl in Komödien gesehen, daß man einen Landjunker so geprellt hat.

Clavigo. Du beleidigst mich. Ich bitte, spare deinen Humor auf meine Hochzeit. Ich bin entschlossen, Marien zu heiraten. Freiwillig, aus innerm Trieb. Meine ganze Hoffnung, meine ganze Glückseligkeit ruht auf dem Gedanken, ihre Vergebung zu erhalten. Und dann fahr hin, Stolz! An der Brust dieser Lieben liegt noch der Himmel wie vormals; aller Ruhm, den ich erwerbe, alle Größe, zu der ich mich erhebe, wird mich mit doppeltem Gefühl ausfüllen: denn das Mädchen teilt's mit mir, die mich zum doppelten Menschen macht. Leb wohl! ich muß hin! ich muß die Guilbert wenigstens sprechen.

Carlos. Warte nur bis nach Tisch.

Clavigo. Keinen Augenblick. *Ab.*

Carlos *ihm nachsehend und eine Weile schweigend.* Da macht wieder jemand einmal einen dummen Streich. *Ab.*

Dritter Akt

Guilberts Wohnung

Sophie Guilbert. Marie Beaumarchais

Marie. Du hast ihn gesehen? Mir zittern alle Glieder! Du hast ihn gesehen? Ich war nah an einer Ohnmacht, als ich hörte, er käme, und du hast ihn gesehen? Nein, ich kann, ich werde, nein, ich kann ihn nie wiedersehn.

Sophie. Ich war außer mir, als er hereintrat; denn ach! liebt' ich ihn nicht, wie du, mit der vollsten, reinsten, schwesterlichen Liebe? Hat mich nicht seine Entfernung gekränkt, gemartert? – Und nun, den Rückkehrenden, den Reuigen zu meinen Füßen. – Schwester! es ist so was Bezauberndes in seinem Anblick, in dem Ton seiner Stimme. Er –

Marie. Nimmer, nimmermehr!

Sophie. Er ist noch der alte, noch ebendas gute, sanfte, fühlbare Herz, noch eben die Heftigkeit der Leidenschaft. Es ist noch eben die Begier, geliebt zu werden, und das ängstliche marternde Gefühl, wenn ihm Neigung versagt wird. Alles! alles! Und von dir spricht er, Marie! wie in jenen glücklichen Tagen der feurigsten Leidenschaft; es ist, als wenn dein guter Geist diesen Zwischenraum von Untreu und Entfernung selbst veranlaßt habe, um das Einförmige, Schleppende einer langen Bekanntschaft zu unterbrechen und dem Gefühl eine neue Lebhaftigkeit zu geben.

Marie. Du red'st ihm das Wort?

Sophie. Nein, Schwester, auch versprach ich's ihm nicht. Nur, meine Beste, seh' ich die Sachen, wie sie sind. Du und der Bruder, ihr seht sie in einem allzu romantischen Lichte. Du hast das mit gar manchem guten Kinde gemein, daß dein Liebhaber treulos ward und dich verließ! Und daß er wieder kommt, reuig seinen Fehler verbessern, alle alte Hoffnung erneuern will – das ist ein Glück, das eine andere nicht leicht von sich stoßen würde.

MARIE. Mein Herz würde reißen!

SOPHIE. Ich glaube dir. Der erste Anblick muß auf dich eine empfindliche Wirkung machen – und dann, meine Beste, ich bitte dich, halt diese Bangigkeit, diese Verlegenheit, die dir alle Sinne zu übermeistern scheint, nicht für eine Wirkung des Hasses, für keinen Widerwillen. Dein Herz spricht mehr für ihn, als du es glaubst, und eben darum traust du dich nicht, ihn wiederzusehen, weil du seine Rückkehr so sehnlich wünschest.

MARIE. Sei barmherzig.

SOPHIE. Du sollst glücklich werden. Fühlt' ich, daß du ihn verachtest, daß er dir gleichgültig wäre, so wollt' ich kein Wort weiter reden, so sollt' er mein Angesicht nicht mehr sehen. Doch so, meine Liebe – Du wirst mir danken, daß ich dir geholfen habe, diese ängstliche Unbestimmtheit zu überwinden, die ein Zeichen der innigsten Liebe ist.

Die Vorigen. Guilbert. Buenco

SOPHIE. Kommen Sie, Buenco! Guilbert, kommen Sie! Helft mir, dieser Kleinen Mut einsprechen, Entschlossenheit, jetzt, da es gilt.

BUENCO. Ich wollte, daß ich sagen dürfte: Nehmt ihn nicht wieder an.

SOPHIE. Buenco!

BUENCO. Mein Herz wirft sich mir im Leib herum bei dem Gedanken: Er soll diesen Engel noch besitzen, den er so schändlich beleidigt, den er an das Grab geschleppt hat. Und besitzen? – warum? – wodurch macht er das alles wieder gut, was er verbrochen hat? – Daß er wiederkehrt, daß ihm auf einmal beliebt, wiederzukehren und zu sagen: »Jetzt mag ich sie, jetzt will ich sie.« Just als wäre diese treffliche Seele eine verdächtige Ware, die man am Ende dem Käufer doch noch nachwirft, wenn er euch schon durch die niedrigsten Gebote und jüdisches Ab- und Zulaufen bis aufs Mark gequält hat. Nein, meine Stimme kriegt er nicht, und wenn Mariens Herz selbst für ihn spräche. – Wiederzukommen, und warum denn jetzt? – jetzt? – Mußte er warten, bis ein tapferer Bruder käme, dessen Rache er fürchten muß, um wie ein Schulknabe zu kommen und Abbitte zu tun? – Ha! er ist so feig, als er nichtswürdig ist!

GUILBERT. Ihr redet wie ein Spanier, und als wenn ihr die Spanier nicht kenntet. Wir schweben diesen Augenblick in einer größern Gefahr, als ihr alle nicht seht.

MARIE. Bester Guilbert!

GUILBERT. Ich ehre die unternehmende Seele unsers Bruders, ich habe im stillen seinem Heldengange zugesehn und wünsche, daß alles gut ausschlagen möge, wünsche, daß Marie sich entschließen könnte, Clavigo ihre Hand zu geben, denn – *lächelnd* ihr Herz hat er doch. –

MARIE. Ihr seid grausam.

SOPHIE. Hör' ihn, ich bitte dich, hör' ihn!

GUILBERT. Dein Bruder hat ihm eine Erklärung abgedrungen, die dich vor den Augen aller Welt rechtfertigen soll, und die wird uns verderben.

BUENCO. Wie?

MARIE. O Gott!

GUILBERT. Er stellte sie aus in der Hoffnung, dich zu bewegen. Bewegt er dich nicht, so muß er alles anwenden, um das Papier zu vernichten; er kann's, er wird's. Dein Bruder will es gleich nach seiner Rückkehr von Aranjuez drucken und ausstreuen. Ich fürchte, wenn du beharrest, er wird nicht zurückkehren.

SOPHIE. Lieber Guilbert!

MARIE. Ich vergehe!

GUILBERT. Clavigo kann das Papier nicht auskommen lassen. Verwirfst du seinen Antrag und er ist ein Mann von Ehre, so geht er deinem Bruder entgegen, und einer von beiden bleibt; dein Bruder sterbe oder siege, er ist verloren. Ein Fremder in Spanien! Mörder dieses geliebten Höflings! – Schwester, es ist ganz gut, daß man edel denkt und fühlt; nur, sich und die Seinigen zu Grunde zu richten –

MARIE. Rate mir, Sophie, hilf mir!

GUILBERT. Und, Buenco, widerlegen Sie mich.

BUENCO. Er wagt's nicht, er fürchtet für sein Leben; sonst hätt' er gar nicht geschrieben, sonst böt' er Marien seine Hand nicht an.

GUILBERT. Desto schlimmer; so findet er hundert, die ihm ihren Arm leihen, hundert, die unserm Bruder tückisch auf dem Wege das Leben rauben. Ha! Buenco, bist du so jung? Ein Hofmann sollte keinen Meuchelmörder im Solde haben?

BUENCO. Der König ist groß und gut.

GUILBERT. Auf denn! Durch alle die Mauern, die ihn umschließen, die Wachen, das Zeremoniell und alle das, womit die Hofschranzen ihn von seinem Volke geschieden haben, dringen Sie durch und retten Sie uns! – Wer kommt?

Clavigo kommt.

CLAVIGO. Ich muß! Ich muß!

MARIE *tut einen Schrei und fällt Sophien in die Arme.*

SOPHIE. Grausamer! in welchen Zustand versetzten Sie uns!

Guilbert und Buenco treten zu ihr.

CLAVIGO. Ja, sie ist's! Sie ist's! Und ich bin Clavigo. – Hören Sie mich, Beste, wenn Sie mich nicht ansehen wollen. Zu der Zeit, da mich Guilbert mit Freundlichkeit in sein Haus aufnahm, da ich ein armer unbedeutender Junge war, da ich in meinem Herzen eine unüberwindliche Leidenschaft für Sie fühlte, war's da Verdienst an mir? Oder war's nicht vielmehr innere Übereinstimmung der Charaktere, geheime Zuneigung des Herzens, daß auch Sie für mich nicht unempfindlich blieben, daß ich nach einer Zeit mir schmeicheln konnte, dies Herz ganz zu besitzen? Und nun – bin ich nicht ebenderselbe? Sind Sie nicht eben dieselbe? Warum soll ich nicht hoffen dürfen? Warum nicht bitten? Wollten Sie einen Freund, einen Geliebten, den Sie nach einer gefährlichen unglücklichen Seereise lange für verloren geachtet, nicht wieder an ihren Busen nehmen, wenn er unvermutet wiederkäme und sein gerettetes Leben zu ihren Füßen legte? Und habe ich weniger auf einem stürmischen Meere diese Zeit geschwebet? Sind unsere Leidenschaften, mit denen wir in ewigem Streit lebten, nicht schrecklicher und unbezwinglicher als jene Wellen, die den Unglücklichen fern von seinem Vaterlande verschlagen! Marie! Marie! Wie können Sie mich hassen, da ich nie aufgehört habe, Sie zu lieben? Mitten in allem Taumel, durch allen verführerischen Gesang der Eitelkeit und des Stolzes hab' ich mich immer jener seligen unbefangenen Tage erinnert, die ich in glücklicher Einschränkung zu ihren Füßen zubrachte, da wir eine Reihe von blühenden Aussichten vor uns liegen sahen. – Und nun, warum wollten Sie nicht mit mir alles erfüllen, was wir hofften? Wollen Sie das Glück des Lebens nun nicht ausgenießen, weil ein düsterer Zwischenraum sich unsern Hoffnungen eingeschoben hatte? Nein, meine Liebe, glauben Sie, die besten Freuden der Welt sind nicht ganz rein; die höchste Wonne wird auch durch unsere Leidenschaften, durch das Schicksal unterbrochen. Wollen wir uns beklagen, daß es uns gegangen ist wie allen andern, und wollen wir uns strafbar machen, indem wir diese Gelegenheit von uns stoßen, das Vergangene herzustellen, eine zerrüttete Familie wieder aufzurichten, die heldenmütige Tat eines edlen Bruders zu belohnen und unser eigen Glück auf ewig zu befestigen? – Meine Freunde, um die ich's nicht verdient habe, meine Freunde, die es sein müssen, weil sie Freunde der Tugend sind, zu der ich rückkehre, verbinden Sie ihr Flehen mit dem meinigen. Marie! *Er wirft sich nieder.* Marie! Kennst du meine Stimme nicht mehr? Vernimmst du nicht mehr den Ton meines Herzens? Marie! Marie!

MARIE. O Clavigo!

CLAVIGO *springt auf und faßt ihre Hand mit entzückten Küssen.* Sie vergibt mir, sie liebt mich! *Er umarmt den Guilbert, den Buenco.* Sie liebt mich noch! O Marie, mein Herz sagt mir's! Ich hätte mich zu deinen Füßen werfen, stumm meinen Schmerz, meine Reue ausweinen wollen; du hättest mich ohne Worte verstanden, wie ich ohne Worte meine Vergebung erhalte. Nein, diese innige Verwandtschaft unserer Seelen ist nicht aufgehoben; nein, sie vernehmen einander noch wie ehemals, wo kein Laut, kein Wink nötig war, um die innersten Bewegungen sich mitzuteilen. Marie – Marie – Marie –.

Beaumarchais tritt auf.

BEAUMARCHAIS. Ha!

CLAVIGO *ihm entgegen fliegend.* Mein Bruder!

BEAUMARCHAIS. Du vergibst ihm?

MARIE. Laßt! Laßt mich! meine Sinne vergehn.

Man führt sie hinweg.

BEAUMARCHAIS. Sie hat ihm vergeben?

BUENCO. Es sieht so aus.

BEAUMARCHAIS. Du verdienst dein Glück nicht.

CLAVIGO. Glaube, daß ich's fühle.

SOPHIE *kommt zurück.* Sie vergibt ihm. Ein Strom von Tränen brach aus ihren Augen. Er soll sich entfernen, rief sie schluchzend, daß ich mich erhole! Ich vergeb' ihm. – Ach Schwester! rief sie und fiel mir um den Hals. Woher weiß er, daß ich ihn so liebe?

CLAVIGO *ihr die Hand küssend.* Ich bin der glücklichste Mensch unter der Sonne. Mein Bruder!

BEAUMARCHAIS *umarmt ihn.* Von Herzen denn. Ob ich euch schon sagen muß: Noch kann ich euer Freund nicht sein, noch kann ich euch nicht lieben. Und somit seid ihr der Unsrige, und vergessen sei alles! Das Papier, das ihr mir gabt, hier ist's. *Er nimmt's aus der Brieftasche, zerreißt es und gibt's ihm hin.*

CLAVIGO. Ich bin der Eurige, ewig der Eurige.

SOPHIE. Ich bitte, entfernt euch, daß sie eure Stimme nicht hört, daß sie sich beruhigt.

CLAVIGO *sie rings umarmend.* Lebt wohl! Lebt wohl! – Tausend Küsse dem Engel. *Ab.*

BEAUMARCHAIS. Es mag denn gut sein, ob ich gleich wünschte, es wäre anders. *Lächelnd.* Es ist doch ein gutherziges Geschöpf, so ein Mädchen – Und, meine Freunde, auch muß ich's sagen: Es war ganz der Gedanke, der Wunsch unsers Gesandten, daß ihm Marie vergeben und daß eine glückliche Heirat diese verdrießliche Geschichte endigen möge.

GUILBERT. Mir ist auch wieder ganz wohl.

BUENCO. Er ist euer Schwager, und so adieu! Ihr seht mich in eurem Haus nicht wieder.

BEAUMARCHAIS. Mein Herr!

GUILBERT. Buenco!

BUENCO. Ich hass' ihn nun einmal bis ans Jüngste Gericht. Und gebt Acht, mit was für einem Menschen ihr zu tun habt. *Ab.*

GUILBERT. Er ist ein melancholischer Unglücksvogel. Und mit der Zeit läßt er sich doch wieder bereden, wenn er sieht, es geht alles gut.

BEAUMARCHAIS. Doch war's übereilt, daß ich ihm das Papier zurückgab.

GUILBERT. Laßt! Laßt! Keine Grillen. *Ab.*

Vierter Akt

Clavigos Wohnung

Carlos allein

Carlos. Es ist löblich, daß man dem Menschen, der durch Verschwendung oder andere Torheiten zeigt, daß sein Verstand sich verschoben hat, von Amts wegen Vormünder setzt. Tut das die Obrigkeit, die sich doch sonst nicht viel um uns bekümmert, wie sollten wir's nicht an einem Freunde tun? Clavigo, du bist in üblen Umständen! Noch hoff' ich! Und wenn du nur noch halbwegs lenksam bist wie sonst, so ist's eben noch Zeit, dich vor einer Torheit zu bewahren, die bei deinem lebhaften empfindlichen Charakter das Elend deines Lebens machen und dich vor der Zeit ins Grab bringen muß. Er kommt.

Clavigo nachdenkend.

Clavigo. Guten Tag, Carlos.

Carlos. Ein schwermütiges, gepreßtes: Guten Tag! Kommst du in dem Humor von deiner Braut?

Clavigo. Es ist ein Engel! Es sind vortreffliche Menschen!

Carlos. Ihr werdet doch mit der Hochzeit nicht so sehr eilen, daß man sich noch ein Kleid dazu kann sticken lassen?

Clavigo. Scherz oder Ernst, bei unserer Hochzeit werden keine gestickten Kleider paradieren.

Carlos. Ich glaub's wohl.

Clavigo. Das Vergnügen an uns selbst, die freundschaftliche Harmonie sollen der Prunk dieser Feierlichkeit sein.

Carlos. Ihr werdet eine stille kleine Hochzeit machen?

Clavigo. Wie Menschen, die fühlen, daß ihr Glück ganz in ihnen selbst beruht.

Carlos. In den Umständen ist es recht gut.

Clavigo. Umständen! Was meinst du mit den Umständen?

Carlos. Wie die Sache nun steht und liegt und sich verhält.

Clavigo. Höre, Carlos, ich kann den Ton des Rückhalts an Freunden nicht ausstehn. Ich weiß, du bist nicht für diese Heirat; demungeachtet, wenn du etwas dagegen zu sagen hast, sagen willst, so sag's geradezu. Wie steht denn die Sache? wie verhält sie sich?

Carlos. Es kommen einem im Leben mehr unerwartete wunderbare Dinge vor, und es wäre schlimm, wenn alles im Gleise ginge. Man hätte nichts, sich zu verwundern, nichts, die Köpfe zusammenzustoßen, nichts, in Gesellschaft zu verschneiden.

Clavigo. Aufsehn wird's machen.

Carlos. Des Clavigos Hochzeit! Das versteht sich. Wie manches Mädchen in Madrid harrt auf dich, hofft auf dich, und wenn du ihnen nun diesen Streich spielst?

Clavigo. Das ist nun nicht anders.

Carlos. Sonderbar ist's. Ich habe wenig Männer gekannt, die so großen und allgemeinen Eindruck auf die Weiber machten als du. Unter allen Ständen gibt's gute Kinder, die sich mit Plänen und Aussichten beschäftigen, dich habhaft zu werden. Die eine bringt ihre Schönheit in Anschlag, die ihren Reichtum, ihren Stand, ihren Witz, ihre Verwandte. Was macht man mir nicht um deinetwillen für Komplimente! Denn wahrlich, weder meine Stumpfnase noch mein Krauskopf, noch meine bekannte Verachtung der Weiber kann mir so was zuziehen.

Clavigo. Du spottest.

Carlos. Wenn ich nicht schon Vorschläge, Anträge in Händen gehabt hätte, geschrieben von eignen zärtlichen, kritzlichen Pfötchen, so unorthographisch, als ein originaler Liebesbrief eines Mädchens nur sein kann. Wie manche hübsche Duenna ist mir bei der Gelegenheit unter die Finger gekommen!

Clavigo. Und du sagtest mir von allem dem nichts?

Carlos. Weil ich dich mit leeren Grillen nicht beschäftigen wollte und niemals raten konnte, daß du mit einer einzigen Ernst gemacht hättest. O Clavigo, ich habe dein Schicksal im Herzen getragen, wie mein eigenes! Ich habe keinen Freund als dich; die Menschen sind mir alle unerträglich, und du fängst auch an, mir unerträglich zu werden.

CLAVIGO. Ich bitte dich, sei ruhig.

CARLOS. Brenn' einem das Haus ab, daran er zehen Jahre gebauet hat, und schick' ihm einen Beichtvater, der ihm die christliche Geduld empfiehlt. – Man soll sich für niemand interessieren als für sich selbst; die Menschen sind nicht wert – –

CLAVIGO. Kommen deine feindseligen Grillen wieder?

CARLOS. Wenn ich aufs neue ganz darin versinke, wer ist schuld dran als du? Ich sagte zu mir: Was soll ihm jetzt die vorteilhafteste Heirat? Ihm, der es für einen gewöhnlichen Menschen weit genug gebracht hätte; aber mit seinem Geist, mit seinen Gaben ist es unverantwortlich – ist es unmöglich, daß er bleibt, was er ist. – Ich machte meine Projekte. Es gibt so wenig Menschen, die so unternehmend und biegsam, so geistvoll und fleißig zugleich sind. Er ist in alle Fächer gerecht; als Archivarius kann er sich schnell die wichtigsten Kenntnisse erwerben, er wird sich notwendig machen, und laßt eine Veränderung vorgehen, so ist er Minister.

CLAVIGO. Ich gestehe dir, das waren oft auch meine Träume.

CARLOS. Träume! So gewiß ich den Turn erreiche und erklettere, wenn ich darauf losgehe, mit dem festen Vorsatze, nicht abzulassen, bis ich ihn erstiegen habe, so gewiß hättest du auch alle Schwierigkeiten überwunden. Und hernach wär' mir für das Übrige nicht bang gewesen. Du hast kein Vermögen von Hause, desto besser; das hätte dich auf die Erwerbung eifriger, auf die Erhaltung aufmerksamer gemacht. Und wer am Zoll sitzt, ohne reich zu werden, ist ein Pinsel. Und dann seh' ich nicht, warum das Land dem Minister nicht so gut Abgaben schuldig ist als dem Könige. Dieser gibt seinen Namen her und jener die Kräfte.

Wenn ich denn mit allem dem fertig war, dann sah ich mich erst nach einer Partie für dich um. Ich sah manch stolzes Haus, das die Augen über deine Abkunft zugeblinkt hätte, manches der reichsten, das dir gern den Aufwand deines Standes verschafft haben würde, nur um an der Herrlichkeit des zweiten Königs teilnehmen zu dürfen – und nun –

Clavigo. Du bist ungerecht, du setzest meinen gegenwärtigen Zustand zu tief herab. Und glaubst du denn, daß ich mich nicht weitertreiben, nicht auch noch mächtige Schritte tun kann?

Carlos. Lieber Freund, brich du einer Pflanze das Herz aus, sie mag hernach treiben und treiben, unzählige Nebenschößlinge; es gibt vielleicht einen starken Busch, aber der stolze königliche Wuchs des ersten Schusses ist dahin. Und denke nur nicht, daß man diese Heirat bei Hofe gleichgültig ansehen wird. Hast du vergessen, was für Männer dir den Umgang, die Verbindung mit Marien mißrieten? Hast du vergessen, wer dir den klugen Gedanken eingab, sie zu verlassen? Soll ich sie dir an den Fingern herzählen?

Clavigo. Der Gedanke hat mich auch schon gepeinigt, daß so wenige diesen Schritt billigen werden.

Carlos. Keiner! Und deine hohen Freunde sollten nicht aufgebracht sein, daß du, ohne sie zu fragen, ohne ihren Rat, dich so geradezu hingegeben hast, wie ein unbesonnener Knabe auf dem Markte sein Geld gegen wurmstichige Nüsse wegwirft?

Clavigo. Das ist unartig, Carlos, und übertrieben.

Carlos. Nicht um einen Zug. Denn daß einer aus Leidenschaft einen seltsamen Streich macht, das lass' ich gelten. Ein Kammermädchen zu heiraten, weil sie schön ist wie ein Engel! gut, der Mensch wird getadelt, und doch beneiden ihn die Leute.

Clavigo. Die Leute, immer die Leute.

Carlos. Du weißt, ich frage nicht ängstlich nach Andrer Beifall, doch das ist ewig wahr: Wer nichts für Andere tut, tut nichts für sich; und wenn die Menschen dich nicht bewundern oder beneiden, bist du auch nicht glücklich.

CLAVIGO. Die Welt urteilt nach dem Scheine. Oh! wer Mariens Herz besitzt, ist zu beneiden!

CARLOS. Was die Sache ist, scheint sie auch. Aber freilich dacht' ich, daß das verborgene Qualitäten sein müssen, die dein Glück beneidenswert machen; denn was man so mit seinen Augen sieht, mit seinem Menschenverstande begreifen kann –

CLAVIGO. Du willst mich zu Grunde richten.

CARLOS. Wie ist das zugegangen? wird man in der Stadt fragen. Wie ist das zugegangen? fragt man bei Hofe. Um Gottes willen, wie ist das zugegangen? Sie ist arm, ohne Stand; hätte Clavigo nicht einmal ein Abenteuer mit ihr gehabt, man wüßte gar nicht, daß sie in der Welt ist. Sie soll artig sein, angenehm, witzig! – Wer wird darum eine Frau nehmen? Das vergeht so in den ersten Zeiten des Ehestands. Ach! sagt einer, sie soll schön sein, reizend, ausnehmend schön. – Da ist's zu begreifen, sagt ein anderer –

CLAVIGO *wird verwirrt, ihm entfährt ein tiefer Seufzer.* Ach!

CARLOS. Schön? Oh, sagt die eine, es geht an! Ich hab' sie in sechs Jahren nicht gesehn. – Da kann sich schon was verändern, sagt eine andere. Man muß doch Acht geben, er wird sie bald produzieren, sagt die dritte. Man fragt, man guckt, man geht zu Gefallen, man wartet, man ist ungeduldig, erinnert sich immer des stolzen Clavigo, der sich nie öffentlich sehen ließ, ohne eine herrliche, hochäugige Spanierin im Triumph aufzuführen, deren volle Brust, ihre blühenden Wangen, ihre heißen Augen die Welt ringsumher zu fragen schienen: bin ich nicht meines Begleiters wert? und die in ihrem Übermut den seidnen Schlepprock so weit hinten aus im Winde segeln ließ als möglich, um ihre Erscheinung ansehnlicher und würdiger zu machen. – Und nun erscheint der Herr – und allen Leuten versagt das Wort im Munde – kommt angezogen mit seiner trippelnden, kleinen, hohläugigen Französin, der die Auszehrung aus allen Gliedern spricht, wenn sie gleich ihre Totenfarbe mit Weiß und Rot überpinselt hat. O Bruder, ich werde rasend, ich laufe davon, wenn mich nun die Leute zu packen kriegen und fragen und quästionieren und nicht begreifen können –

CLAVIGO *ihn bei der Hand fassend.* Mein Freund, mein Bruder, ich bin in einer schrecklichen Lage. Ich sage dir, ich gestehe dir: ich erschrak, als ich Marien wiedersah! Wie entstellt sie ist – wie bleich, abgezehrt. O das ist meine Schuld, meine Verräterei!

CARLOS. Possen! Grillen! Sie hatte die Schwindsucht, da dein Roman noch sehr im Gange war. Ich sagte dir's tausendmal, und – Aber ihr Liebhaber habt keine Augen, keine Nasen. Clavigo, es ist schändlich! So alles, alles zu vergessen, eine kranke Frau, die dir die Pest unter deine Nachkommenschaft bringen wird, daß alle deine Kinder und Enkel so in gewissen Jahren höflich ausgehen, wie Bettlerslämpchen. – Ein Mann, der Stammvater einer Familie sein könnte, die vielleicht künftig – Ich werde noch närrisch, der Kopf vergeht mir.

CLAVIGO. Carlos, was soll ich dir sagen! Als ich sie wiedersah, im ersten Taumel flog ihr mein Herz entgegen – und ach! – da der vorüber war – Mitleiden – innige tiefe Erbarmung flößte sie mir ein: aber Liebe – sieh! es war, als wenn mir in der warmen Fülle der Freuden die kalte Hand des Todes über'n Nacken führe. Ich strebte, munter zu sein, wieder vor denen Menschen, die mich umgaben, den Glücklichen zu spielen – es war alles vorbei, alles so steif, so ängstlich. Wären sie weniger außer sich gewesen, sie müßten's gemerkt haben.

CARLOS. Hölle! Tod und Teufel! und du willst sie heiraten? –

CLAVIGO *steht ganz in sich selbst versunken, ohne zu antworten.*

CARLOS. Du bist hin! verloren auf ewig. Leb wohl, Bruder, und laß mich alles vergessen, laß mich mein einsames Leben noch so ausknirschen über das Schicksal deiner Verblendung. Ha! das alles! sich in den Augen der Welt verächtlich zu machen, und nicht einmal dadurch eine Leidenschaft, eine Begierde befriedigen! dir mutwillig eine Krankheit zuziehen, die, indem sie deine inneren Kräfte untergräbt, dich zugleich dem Anblick der Menschen abscheulich macht.

Clavigo. Carlos! Carlos!

Carlos. Wärst du nie gestiegen, um nie zu fallen! Mit welchen Augen werden sie das ansehn! Da ist der Bruder, werden sie sagen! Das muß ein braver Kerl sein, der hat ihn ins Bockshorn gejagt, er hat sich nicht getraut, ihm die Spitze zu bieten. Ha! werden unsre schwadronierenden Hofjunker sagen. Man sieht immer, daß er kein Kavalier ist. Pah! ruft einer und rückt den Hut in die Augen. Der Franzose hätte mir kommen sollen, und patscht sich auf den Bauch, ein Kerl, der vielleicht nicht wert wäre, dein Reitknecht zu sein.

Clavigo *fällt in dem Ausbruch der heftigsten Beängstigung, mit einem Strom von Tränen, dem Carlos um den Hals.* Rette mich! Freund! mein Bester, rette mich! Rette mich von dem gedoppelten Meineid, von der unübersehlichen Schande, von mir selbst – ich vergehe!

Carlos. Armer! Elender! Ich hoffte, diese jugendlichen Rasereien, diese stürmenden Tränen, diese versinkende Wehmut sollte vorüber sein, ich hoffte, dich als Mann nicht mehr erschüttert, nicht mehr in dem beklemmenden Jammer zu sehen, den du ehemals so oft in meinen Busen ausgeweint hast. Ermanne dich, Clavigo, ermanne dich!

Clavigo. Laß mich weinen! *Er wirft sich in einen Sessel.*

Carlos. Weh dir, daß du eine Bahn betreten hast, die du nicht endigen wirst! Mit deinem Herzen, deinen Gesinnungen, die einen ruhigen Bürger glücklich machen würden, mußtest du den unseligen Hang nach Größe verbinden! Und was ist Größe, Clavigo? Sich in Rang und Ansehen über Andre zu erheben? Glaub' es nicht! Wenn dein Herz nicht größer ist als Andrer Herzen, wenn du nicht im Stande bist, dich gelassen über Verhältnisse hinauszusetzen, die einen gemeinen Menschen ängstigen würden, so bist du mit allen deinen Bändern und Sternen, bist mit der Krone selbst nur ein gemeiner Mensch. Fasse dich, beruhige dich.

CLAVIGO *richtet sich auf, sieht Carlos an und reicht ihm die Hand, die Carlos mit Heftigkeit anfaßt.*

CARLOS. Auf! auf, mein Freund! und entschließe dich. Sieh, ich will alles beiseite setzen, ich will sagen: Hier liegen zwei Vorschläge auf gleichen Schalen. Entweder du heiratest Marien und findest dein Glück in einem stillen bürgerlichen Leben, in den ruhigen häuslichen Freuden; oder du führst auf der ehrenvollen Bahn deinen Lauf weiter nach dem nahen Ziele. – Ich will alles beiseite setzen und will sagen: Die Zunge steht inne, es kommt auf deinen Entschluß an, welche von beiden Schalen den Ausschlag haben soll! Gut! Aber entschließe dich. – Es ist nichts erbärmlicher in der Welt als ein unentschlossener Mensch, der zwischen zween Empfindungen schwebt, gern beide vereinigen möchte und nicht begreift, daß nichts sie vereinigen kann als ebender Zweifel, die Unruhe, die ihn peinigen. Auf, und gib Marien deine Hand, handle als ein ehrlicher Kerl, der das Glück seines Lebens seinen Worten aufopfert, der es für seine Pflicht achtet, was er verdorben hat, wiedergutzumachen, der auch den Kreis seiner Leidenschaften und Wirksamkeit nie weiter ausgebreitet hat, als daß er im Stande ist, alles wiedergutzumachen, was er verdorben hat: und so genieße das Glück der ruhigen Beschränkung, den Beifall eines bedächtigen Gewissens und alle Seligkeit, die denen Menschen gewährt ist, die im Stande sind, sich ihr eigen Glück zu schaffen und Freude den ihrigen – Entschließe dich; so will ich sagen, du bist ein ganzer Kerl –

CLAVIGO. Einen Funken, Carlos, deiner Stärke, deines Muts.

CARLOS. Er schläft in dir, und ich will blasen, bis er in Flammen schlägt. Sieh auf der andern Seite das Glück und die Größe, die dich erwarten. Ich will dir diese Aussichten nicht mit dichterischen bunten Farben vormalen; stelle sie dir selbst in der Lebhaftigkeit dar, wie sie in voller Klarheit vor deiner Seele standen, ehe der französische Strudelkopf dir die Sinne verwirrte. Aber auch da, Clavigo, sei ein ganzer Kerl und mache deinen Weg stracks, ohne rechts und links zu sehen. Möge deine Seele sich erweitern und die Gewißheit des großen Gefühls über dich kommen, daß außerordentliche Menschen eben auch darin außerordentliche Menschen sind, weil ihre Pflichten von den Pflichten des gemeinen Menschen abgehen; daß der, dessen Werk es ist, ein großes Ganze zu übersehen, zu regieren, zu erhalten, sich keinen Vorwurf zu machen braucht, geringe Verhältnisse vernachlässigt, Kleinigkeiten dem Wohl des Ganzen aufgeopfert zu haben. Tut das der Schöpfer in seiner Natur, der König in seinem Staate – warum sollten wir's nicht tun, um ihnen ähnlich zu werden?

CLAVIGO. Carlos, ich bin ein kleiner Mensch.

CARLOS. Wir sind nicht klein, wenn Umstände uns zu schaffen machen, nur wenn sie uns überwältigen. Noch einen Atemzug, und du bist wieder bei dir selber. Wirf die Reste einer erbärmlichen Leidenschaft von dir, die dich in jetzigen Tagen eben so wenig kleiden als das graue Jäckchen und die bescheidene Miene, mit denen du nach Madrid kamst. Was das Mädchen für dich getan hat, hast du ihr lange gelohnt; und daß du ihr die erste freundliche Aufnahme schuldig bist – Oh! eine andere hätte um das Vergnügen deines Umganges ebenso viel und mehr getan, ohne solche Prätentionen zu machen – und wird dir einfallen, deinem Schulmeister die Hälfte deines Vermögens zu geben, weil er dich vor dreißig Jahren das Abc gelehrt hat? Nun, Clavigo?

CLAVIGO. Das ist alles gut; im ganzen magst du Recht haben, es mag also sein; nur wie helfen wir uns aus der Verwirrung, in der wir stecken? Da gib Rat, da schaff' Hilfe und dann rede.

CARLOS. Gut! Du willst also?

CLAVIGO. Mach' mich können, so will ich. Ich habe kein Nachdenken; hab's für mich.

CARLOS. Also denn. Zuerst gehst du, den Herrn an einen dritten Ort zu bescheiden, und alsdann forderst du mit der Klinge die

Erklärung zurück, die du gezwungen und unbesonnen ausgestellt hast.

CLAVIGO. Ich habe sie schon, er zerriß und gab mir sie.

CARLOS. Trefflich! Trefflich! Schon den Schritt getan – und du hast mich so lange reden lassen. – Also kürzer! Du schreibst ihm ganz gelassen: Du fändest nicht für gut, seine Schwester zu heiraten; die Ursache könne er erfahren, wenn er sich heut' Nacht, von einem Freunde begleitet und mit beliebigen Waffen versehen, da oder dort einfinden wolle. Und somit signiert. – Komm, Clavigo, schreib das. Ich bin dein Sekundant und – es müßte mit dem Teufel zugehen –

CLAVIGO *geht nach dem Tische.*

CARLOS. Höre! Ein Wort! Wenn ich's so recht bedenke, ist das ein einfältiger Vorschlag. Wer sind wir, um uns gegen einen aufgebrachten Abenteurer zu wagen? Und die Aufführung des Menschen, sein Stand verdient nicht, daß wir ihn für unsersgleichen achten. Also hör' mich! Wenn ich ihn nun peinlich anklage, daß er heimlich nach Madrid gekommen, sich bei dir unter einem falschen Namen mit einem Helfershelfer anmelden lassen, dich erst mit freundlichen Worten vertraulich gemacht, dann dich unvermutet überfallen, eine Erklärung dir abgenötigt und sie auszustreuen weggegangen ist – das bricht ihm den Hals: Er soll erfahren, was das heißt, einen Spanier mitten in der bürgerlichen Ruhe zu befehden.

CLAVIGO. Du hast Recht.

CARLOS. Wenn wir nun aber unterdessen, bis der Prozeß eingeleitet ist, bis dahin uns der Herr noch allerlei Streiche machen könnte, das Gewisse spielten und ihn kurz und gut beim Kopf nähmen?

CLAVIGO. Ich verstehe, und kenne dich, daß du Mann bist, es auszuführen.

CARLOS. Nun auch! Wenn ich, der ich schon fünfundzwanzig Jahre mitlaufe und dabei war, da den Ersten unter den Menschen die

Angsttropfen auf dem Gesichte standen – wenn ich so ein Possenspiel nicht entwickeln wollte! Und somit lässest du mir freie Hand; du brauchst nichts zu tun, nichts zu schreiben. Wer den Bruder einstecken läßt, gibt pantomimisch zu verstehen, daß er die Schwester nicht mag.

Clavigo. Nein, Carlos: es gehe, wie es wolle, das kann, das werd' ich nicht leiden. Beaumarchais ist ein würdiger Mensch, und er soll in keinem schimpflichen Gefängnisse verschmachten um seiner gerechten Sache willen. Einen andern Vorschlag, Carlos, einen andern!

Carlos. Pah! pah! Kindereien! wir wollen ihn nicht fressen, er soll wohl aufgehoben und versorgt werden, und lang' kann's auch nicht währen. Denn siehe, wenn er spürt, daß es Ernst ist, kriecht sein theatralischer Eifer gewiß zum Kreuz, er kehrt bedutzt nach Frankreich zurück und dankt auf das höflichste, wenn man ja seiner Schwester ein jährliches Gehalt aussetzen will, warum's ihm vielleicht einzig und allein zu tun war.

Clavigo. So sei's denn! nur verfahrt gut mit ihm.

Carlos. Sei unbesorgt. – Noch eine Vorsicht! Man kann nicht wissen, wie's verschwätzt wird, wie er Wind kriegt, und er überläuft dich, und alles geht zu Grunde. Drum begib dich aus deinem Hause, daß auch kein Bedienter weiß, wohin. Laß nur das Nötigste zusammenpacken. Ich schicke dir einen Burschen, der dir's forttragen und dich hinbringen soll, wo dich die heilige Hermandad selbst nicht findet. Ich hab' so ein paar Mauslöcher immer offen. Adieu!

Clavigo. Leb' wohl!

Carlos. Frisch! Frisch! Wenn's vorbei ist, Bruder, wollen wir uns laben. *Ab.*

Guilberts Wohnung

Sophie Guilbert. Marie Beaumarchais mit Arbeit

Marie. So ungestüm ist Buenco fort?

Sophie. Das war natürlich. Er liebt dich, und wie konnte er den Anblick des Menschen ertragen, den er doppelt hassen muß?

Marie. Er ist der beste, tugendhafteste Bürger, den ich je gekannt habe. *Ihr die Arbeit zeigend.* Mich dünkt, ich mach' es so? Ich zieh' das hier ein, und das Ende steck' ich hinauf. Es wird gut stehn.

Sophie. Recht gut. Und ich will Pailleband zu dem Häubchen nehmen! es kleid't mich keins besser. Du lächelst?

Marie. Ich lache über mich selbst. Wir Mädchen sind doch eine wunderliche Nation: Kaum heben wir den Kopf nur ein wenig wieder, so ist gleich Putz und Band, was uns beschäftigt.

Sophie. Das kannst du dir nicht nachsagen; seit dem Augenblick, da Clavigo dich verließ, war nichts im Stande, dir eine Freude zu machen.

Marie *fährt zusammen und sieht nach der Tür.*

Sophie. Was hast du?

Marie *beklemmt.* Ich glaubte, es käme jemand! Mein armes Herz! Oh, es wird mich noch umbringen. Fühl', wie es schlägt, von dem leeren Schrecken.

Sophie. Sei ruhig. Du siehst blaß; ich bitte dich, meine Liebe!

Marie *auf die Brust deutend.* Es drückt mich hier so. – Es sticht mich so. – Es wird mich umbringen.

Sophie. Schone dich.

Marie. Ich bin ein närrisches unglückliches Mädchen. Schmerz und Freude haben mit all ihrer Gewalt mein armes Leben untergraben. Ich sage dir, es ist nur halbe Freude, daß ich ihn wiederhabe. Ich werde das Glück wenig genießen, das mich in seinen Armen erwartet; vielleicht gar nicht.

Sophie. Schwester, meine liebe einzige! Du nagst mit solchen

Grillen an dir selber.

MARIE. Warum soll ich mich betrügen?

SOPHIE. Du bist jung und glücklich und kannst alles hoffen.

MARIE. Hoffnung! O der süße einzige Balsam des Lebens bezaubert oft meine Seele. Mutige jugendliche Träume schweben vor mir und begleiten die geliebte Gestalt des Unvergleichlichen, der nun wieder der Meine wird. O Sophie, wie reizend ist er! Seit ich ihn nicht sah, hat er – ich weiß nicht, wie ich's ausdrücken soll – es haben sich alle großen Eigenschaften, die ehemals in seiner Bescheidenheit verborgen lagen, entwickelt. Er ist ein Mann worden und muß mit diesem reinen Gefühle seiner selbst, mit dem er auftritt, das so ganz ohne Stolz, ohne Eitelkeit ist, er muß alle Herzen wegreißen. – Und er soll der Meinige werden? – Nein, Schwester, ich war seiner nicht wert – Und jetzt bin ich's viel weniger!

SOPHIE. Nimm ihn nur und sei glücklich. – Ich höre deinen Bruder!

Beaumarchais kommt.

BEAUMARCHAIS. Wo ist Guilbert?

SOPHIE. Er ist schon eine Weile weg; lang' kann er nicht mehr ausbleiben.

MARIE. Was hast du, Bruder? – *Aufspringend und ihm um den Hals fallend.* Lieber Bruder, was hast du?

BEAUMARCHAIS. Nichts! Laß mich, meine Marie!

MARIE. Wenn ich deine Marie bin, so sag' mir, was du auf dem Herzen hast.

SOPHIE. Laß ihn. Die Männer machen oft Gesichter, ohne just was auf dem Herzen zu haben.

MARIE. Nein, nein. Ich sehe dein Angesicht nur wenige Zeit; aber schon drückt es mir alle deine Empfindungen aus, ich lese jedes Gefühl dieser unverstellten, unverdorbenen Seele auf deiner Stirne. Du hast etwas, das dich stutzig macht. Rede, was ist's.

BEAUMARCHAIS. Es ist nichts, meine Lieben. Ich hoffe, im Grunde ist's nichts. Clavigo –

MARIE. Wie?

BEAUMARCHAIS. Ich war bei Clavigo. Er ist nicht zu Hause.

SOPHIE. Und das verwirrt dich?

BEAUMARCHAIS. Sein Pförtner sagt, er sei verreist, er wisse nicht, wohin; es wisse niemand, wie lange. Wenn er sich verleugnen ließe! Wenn er wirklich verreist wäre! Wozu das? Warum das?

MARIE. Wir wollen's abwarten.

BEAUMARCHAIS. Deine Zunge lügt. Ha! Die Blässe deiner Wangen, das Zittern deiner Glieder, alles spricht und zeugt, daß du das nicht abwarten kannst. Liebe Schwester! *Er faßt sie in seine Arme.* An diesem klopfenden, ängstlich bebenden Herzen schwör' ich dir. Höre mich, Gott, der du gerecht bist! Höret mich, alle seine Heiligen! Du sollst gerächet werden, wenn er – die Sinne vergehn mir über dem Gedanken – wenn er rückfiele, wenn er doppelten gräßlichen Meineids sich schuldig machte, unsers Elends spottete – Nein, es ist, es ist nicht möglich, nicht möglich – Du sollst gerächet werden.

SOPHIE. Alles zu früh, zu voreilig. Schone ihrer, ich bitte dich, mein Bruder.

MARIE *setzt sich.*

SOPHIE. Was hast du? Du wirst ohnmächtig.

MARIE. Nein, nein. Du bist gleich so besorgt.

SOPHIE *reicht ihr Wasser.* Nimm das Glas.

MARIE. Laß doch! wozu soll's! – Nun meinetwegen, gib her.

BEAUMARCHAIS. Wo ist Guilbert? Wo ist Buenco? Schick' nach ihnen, ich bitte dich. *Sophie ab.* Wie ist dir, Marie?

MARIE. Gut, ganz gut! Denkst du denn, Bruder –?

BEAUMARCHAIS. Was, meine Liebe?

MARIE. Ach!

BEAUMARCHAIS. Der Atem wird dir schwer?

MARIE. Das unbändige Schlagen meines Herzens versetzt mir die Luft.

Beaumarchais. Habt ihr denn kein Mittel? Brauchst du nichts Niederschlagendes?

Marie. Ich weiß ein einzig Mittel, und darum bitt' ich Gott schon lange.

Beaumarchais. Du sollst's haben, und ich hoffe, von meiner Hand.

Marie. Schon gut.

Sophie kommt.

Sophie. Soeben gibt ein Kurier diesen Brief ab; er kommt von Aranjuez.

Beaumarchais. Das ist das Siegel und die Hand unsers Gesandten.

Sophie. Ich hieß ihn absteigen und einige Erfrischungen zu sich nehmen; er wollte nicht, weil er noch mehr Depeschen habe.

Marie. Willst du doch, Liebe, das Mädchen nach dem Arzte schicken?

Sophie. Fehlt dir was? Heiliger Gott! was fehlt dir?

Marie. Du wirst mich ängstigen, daß ich zuletzt kaum traue, ein Glas Wasser zu begehren – Sophie! – Bruder! – Was enthält der Brief? Sieh, wie er zittert! wie ihn aller Mut verläßt!

Sophie. Bruder, mein Bruder!

Beaumarchais *wirft sich sprachlos in einen Sessel und läßt den Brief fallen.*

Sophie. Mein Bruder! *Sie hebt den Brief auf und liest.*

Marie. Laß mich ihn sehn! ich muß – *Sie will aufstehen.* Weh! Ich fühl's. Es ist das Letzte. Schwester, aus Barmherzigkeit den letzten schnellen Todesstoß! Er verrät uns! –

Beaumarchais *aufspringend.* Er verrät uns! *An die Stirn schlagend und auf die Brust.* Hier! hier! es ist alles so dumpf, so tot vor meiner Seele, als hätt' ein Donnerschlag meine Sinne gelähmt. Marie! Marie! du bist verraten! – Und ich stehe hier! Wohin? – Was? – Ich sehe nichts, nichts! keinen Weg, keine Rettung! *Er wirft sich in den Sessel.*

Guilbert kommt.

SOPHIE. Guilbert! Rat! Hilfe! Wir sind verloren!

GUILBERT. Weib!

SOPHIE. Lies! Lies! Der Gesandte meldet unserm Bruder: Clavigo habe ihn peinlich angeklagt, als sei er unter einem falschen Namen in sein Haus geschlichen, habe ihm im Bette die Pistole vorgehalten, habe ihn gezwungen, eine schimpfliche Erklärung zu unterschreiben, und wenn er sich nicht schnell aus dem Königreich entfernt, so schleppen sie ihn ins Gefängnis, daraus ihn zu befreien der Gesandte vielleicht selbst nicht im Stande ist.

BEAUMARCHAIS *aufspringend.* Ja, sie sollen's! sie sollen's! sollen mich ins Gefängnis schleppen. Aber von seinem Leichname weg, von der Stätte weg, wo ich mich in seinem Blute werde geletzt haben. – Ach! der grimmige, entsetzliche Durst nach seinem Blute füllt mich ganz. Dank sei dir, Gott im Himmel, daß du dem Menschen mitten im glühenden unerträglichsten Leiden ein Labsal sendest, eine Erquickung. Wie ich die dürstende Rache in meinem Busen fühle! wie aus der Vernichtung meiner selbst, aus der stumpfen Unentschlossenheit mich das herrliche Gefühl, die Begier nach seinem Blute herausreißt, mich über mich selbst reißt! Rache! Wie mir's wohl ist! wie alles an mir nach ihm hinstrebt, ihn zu fassen, ihn zu vernichten!

SOPHIE. Du bist fürchterlich, Bruder.

BEAUMARCHAIS. Desto besser. – Ach! Keinen Degen, kein Gewehr! Mit diesen Händen will ich ihn erwürgen, daß mein die Wonne sei! ganz mein eigen das Gefühl: Ich hab' ihn vernichtet.

MARIE. Mein Herz! Mein Herz!

BEAUMARCHAIS. Ich habe dich nicht retten können, so sollst du gerächet werden. Ich schnaube nach seiner Spur, meine Zähne gelüstet's nach seinem Fleisch, meinen Gaumen nach seinem Blut. Bin ich ein rasendes Tier geworden! Mir glüht in jeder Ader, mir zuckt in jeder Nerve die Begier nach ihm! – Ich würde den ewig hassen, der mir ihn jetzt mit Gift vergäbe, der mir ihn meuchelmörderisch aus dem Wege räumte. O hilf mir, Guilbert, ihn aufzusuchen! Wo ist Buenco? Helft mir ihn finden!

GUILBERT. Rette dich! Rette dich! Du bist außer dir.

MARIE. Fliehe, mein Bruder!

SOPHIE. Führ' ihn weg, er bringt seine Schwester um.

Buenco kommt.

BUENCO. Auf, Herr! Fort! Ich sah's voraus. Ich gab auf alles Acht. Und nun! man stellt euch nach, ihr seid verloren, wenn ihr nicht im Augenblick die Stadt verlaßt.

BEAUMARCHAIS. Nimmermehr! Wo ist Clavigo?

BUENCO. Ich weiß nicht.

BEAUMARCHAIS. Du weißt's. Ich bitte dich fußfällig, sag' mir's.

SOPHIE. Um Gottes willen, Buenco!

MARIE. Ach! Luft! Luft! *Sie fällt zurück.* Clavigo! –

BUENCO. Hilfe, sie stirbt!

SOPHIE. Verlaß uns nicht, Gott im Himmel! – Fort, mein Bruder, fort!

BEAUMARCHAIS *fällt vor Marien nieder, die ungeachtet aller Hilfe nicht wieder zu sich selbst kommt.* Dich verlassen! Dich verlassen!

SOPHIE. So bleib, und verderb uns alle, wie du Marien getötet hast. Du bist hin, o meine Schwester! durch die Unbesonnenheit deines Bruders.

BEAUMARCHAIS. Halt, Schwester!

SOPHIE *spottend.* Retter! – Rächer! – Hilf dir selber!

BEAUMARCHAIS. Verdien' ich das?

SOPHIE. Gib mir sie wieder! Und dann geh in den Kerker, geh aufs Martergerüst, geh, vergieße dein Blut, und gib mir sie wieder.

BEAUMARCHAIS. Sophie!

SOPHIE. Ha! und ist sie hin, ist sie tot – so erhalte dich uns! *Ihm um den Hals fallend.* Mein Bruder, erhalte dich uns! unserm Vater! Eile, eile! Das war ihr Schicksal! Sie hat's geendet. Und ein Gott ist im Himmel, dem laß die Rache.

Buenco. Fort! fort! Kommen Sie mit mir, ich verberge Sie, bis wir Mittel finden, Sie aus dem Königreich zu schaffen.

Beaumarchais *fällt auf Marien und küßt sie.* Schwester! *Sie reißen ihn los, er faßt Sophien, sie macht sich los, man bringt Marien weg, und Buenco mit Beaumarchais ab.*

Guilbert. Ein Arzt

Sophie *aus dem Zimmer zurück kommend, darein man Marien gebracht hat.* Zu spät! Sie ist hin! Sie ist tot!

Guilbert. Kommen Sie, mein Herr! Sehen Sie selbst! Es ist nicht möglich! *Ab.*

Fünfter Akt

Strasse vor dem Hause Guilberts. Nacht

Das Haus ist offen. Vor der Türe stehen drei in schwarze Mäntel gehüllte Männer mit Fackeln. Clavigo in einen Mantel gewickelt, den Degen unter'm Arm, kommt. Ein Bedienter geht voraus mit einer Fackel.

Clavigo. Ich sagte dir's, du solltest diese Straße meiden.

Bedienter. Wir hätten einen gar großen Umweg nehmen müssen, und Sie eilen so. Es ist nicht weit von hier, wo Don Carlos sich aufhält.

Clavigo. Fackeln dort?

Bedienter. Eine Leiche. Kommen Sie, mein Herr.

Clavigo. Mariens Wohnung! Eine Leiche! Mir fährt ein Todesschauer durch alle Glieder. Geh, frag, wen sie begraben?

Bedienter *geht zu den Männern.* Wen begrabt ihr?

Die Männer. Marien Beaumarchais.

Clavigo *setzt sich auf einen Stein und verhüllt sich.*

Bedienter *kommt zurück.* Sie begraben Marien Beaumarchais.

Clavigo *aufspringend.* Mußtest du's wiederholen, Verräter! Das Donnerwort wiederholen, das mir alles Mark aus meinen Gebeinen schlägt!

Bedienter. Stille, mein Herr, kommen Sie. Bedenken Sie die Gefahr, in der Sie schweben.

Clavigo. Geh in die Hölle! ich bleibe.

Bedienter. O Carlos! O daß ich dich fände, Carlos! Er ist außer sich! *Ab.*

Clavigo. In der Ferne die Leichenmänner.

Clavigo. Tot! Marie tot! Die Fackeln dort! ihre traurigen Begleiter! – Es ist ein Zauberspiel, ein Nachtgesicht, das mich erschreckt, das mir einen Spiegel vorhält, darin ich das Ende meiner Verrätereien ahnungsweise erkennen soll. – Noch ist es Zeit! Noch! – Ich bebe, mein Herz zerfließt in Schauer! Nein! Nein! du sollst nicht sterben. Ich komme! Ich komme! – Verschwindet, Geister der Nacht, die ihr euch mit ängstlichen Schrecknissen mir in den Weg stellt – *Er geht auf sie los.* Verschwindet! – Sie stehen! Ha! sie sehen sich nach mir um! Weh! Weh mir! es sind Menschen wie ich. – Es ist wahr – Wahr? – Kannst du's fassen? – Sie ist tot. – Es ergreift mich mit allem Schauer der Nacht das Gefühl: Sie ist tot! Da liegt sie, die Blume, zu deinen Füßen – und du – Erbarm' dich meiner, Gott im Himmel, ich habe sie nicht getötet! – Verbergt euch, Sterne, schaut nicht hernieder, ihr, die ihr so oft den Missetäter saht in dem Gefühle des innigsten Glücks diese Schwelle verlassen, durch eben diese Straße mit Saitenspiel und Gesang in goldenen Phantasien hinschweben und sein am heimlichen Gitter lauschendes Mädchen mit wonnevollen Erwartungen entzünden! – Und du füllst nun das Haus mit Wehklagen und Jammer! und diesen Schauplatz deines Glückes mit Grabgesang! – Marie! Marie! nimm mich mit dir! nimm mich mit dir! *Eine traurige*

Musik tönt einige Laute von innen. Sie beginnen den Weg zum Grabe! – Haltet, haltet! Schließt den Sarg nicht! Laßt mich sie noch einmal sehen! *Er geht aufs Haus los.* Ha! wem wag' ich's, unters Gesicht zu treten? wem in seinen entsetzlichen Schmerzen zu begegnen? – Ihren Freunden? Ihrem Bruder? dem wütender Jammer den Busen füllt! *Die Musik geht wieder an.* Sie ruft mir! sie ruft mir! Ich komme! – Welche Angst umgibt mich! Welches Beben hält mich zurück!

Die Musik fängt zum drittenmal an und fährt fort. Die Fackeln bewegen sich vor der Tür, es treten noch drei andere zu ihnen, die sich in Ordnung reihen, um den Leichenzug einzufassen, der aus dem Hause kommt. Sechs tragen die Bahre, darauf der bedeckte Sarg steht.

Guilbert. Buenco in tiefer Trauer.

CLAVIGO *hervortretend.* Haltet!

GUILBERT. Welche Stimme!

CLAVIGO. Haltet! *Die Träger stehen.*

BUENCO. Wer untersteht sich, den ehrwürdigen Zug zu stören?

CLAVIGO. Setzt nieder!

GUILBERT. Ha!

BUENCO. Elender! ist deiner Schandtaten kein Ende? ist dein Opfer im Sarge nicht sicher vor dir?

CLAVIGO. Laßt! macht mich nicht rasend! Die Unglücklichen sind gefährlich! Ich muß sie sehen! *Er wirft das Tuch ab. Marie liegt weiß gekleidet und mit gefalteten Händen im Sarge. Clavigo tritt zurück und verbirgt sein Gesicht.*

BUENCO. Willst du sie erwecken, um sie wieder zu töten?

CLAVIGO. Armer Spötter! – Marie! *Er fällt vor dem Sarge nieder.*

Beaumarchais kommt.

BEAUMARCHAIS. Buenco hat mich verlassen. Sie ist nicht tot, sagen sie, ich muß sie sehen, trotz dem Teufel! Ich muß sie sehen.

Fackeln! Leiche! *Er rennt auf sie los, erblickt den Sarg und fällt sprachlos darüber hin; man hebt ihn auf, er ist wie ohnmächtig. Guilbert hält ihn.*

CLAVIGO *der an der andern Seite des Sarges aufsteht.* Marie! Marie!

BEAUMARCHAIS *auffahrend.* Das ist seine Stimme! Wer ruft Marie? Wie mit dem Klang der Stimme sich eine glühende Wut in meine Adern goß!

CLAVIGO. Ich bin's.

BEAUMARCHAIS *wild hinsehend und nach dem Degen greifend. Guilbert hält ihn.*

CLAVIGO. Ich fürchte deine glühenden Augen nicht, nicht die Spitze deines Degens! Sieh hierher, dieses geschlossene Auge, diese gefalteten Hände!

BEAUMARCHAIS. Zeigst du mir das? *Er reißt sich los, dringt auf Clavigo ein, der zieht, sie fechten, Beaumarchais stößt ihm den Degen in die Brust.*

CLAVIGO *sinkend.* Ich danke dir, Bruder! Du vermählst uns. *Er sinkt auf den Sarg.*

BEAUMARCHAIS *ihn wegreißend.* Weg von dieser Heiligen, Verdammter!

CLAVIGO. Weh! *Die Träger halten ihn.*

BEAUMARCHAIS. Blut! Blick' auf, Marie, blick' auf deinen Brautschmuck, und dann schließ deine Augen auf ewig. Sieh, wie ich deine Ruhestätte geweiht habe mit dem Blute deines Mörders! Schön! Herrlich!

Sophie kommt.

SOPHIE. Bruder! Gott! was gibt's?

BEAUMARCHAIS. Tritt näher, Liebe, und schau'. Ich hoffte, ihr Brautbette mit Rosen zu bestreuen – und sieh die Rosen, mit denen ich sie ziere auf ihrem Wege zum Himmel.

SOPHIE. Wir sind verloren!

CLAVIGO. Rette dich, Unbesonnener! rette dich, eh' der Tag anbricht. Gott, der dich zum Rächer sandte, geleite dich! – Sophie

– vergib mir. – Bruder – Freunde, vergebt mir.

BEAUMARCHAIS. Wie sein fließendes Blut alle die glühende Rache meines Herzens auslöscht! wie mit seinem wegfliehenden Leben meine Wut abschwindet! *Auf ihn losgehend.* Stirb, ich vergebe dir!

CLAVIGO. Deine Hand! und deine, Sophie! Und eure!

Buenco zaudert.

SOPHIE. Gib sie ihm, Buenco.

CLAVIGO. Ich danke dir! du bist die alte. Ich danke euch! Und wenn du noch hier diese Stätte umschwebst, Geist meiner Geliebten, schau' herab, sieh diese himmlische Güte, sprich deinen Segen dazu, und vergib mir auch! – Ich komme! ich komme! – Rette dich, mein Bruder! Sagt mir, vergab sie mir? Wie starb sie?

SOPHIE. Ihr letztes Wort war dein unglücklicher Name. Sie schied weg ohne Abschied von uns.

CLAVIGO. Ich will ihr nach, und ihr den eurigen bringen.

Carlos. Ein Bedienter

CARLOS. Clavigo? Mörder!

CLAVIGO. Höre mich, Carlos! Du siehest hier die Opfer deiner Klugheit – Und nun, um des Blutes willen, in dem mein Leben unaufhaltsam dahin fließt! rette meinen Bruder –

CARLOS. Mein Freund! Ihr steht da? Lauft nach Wundärzten!

Bedienter ab.

CLAVIGO. Es ist vergebens. Rette! rette den unglücklichen Bruder! – Deine Hand darauf! Sie haben mir vergeben, und so vergeb' ich dir. Du begleitest ihn bis an die Grenze, und – ach!

CARLOS *mit dem Fuße stampfend.* Clavigo! Clavigo!

CLAVIGO *sich dem Sarge nähernd, auf den sie ihn niederlassen.* Marie! deine Hand! *Er entfaltet ihre Hände und faßt die rechte.*

SOPHIE *zu Beaumarchais.* Fort, Unglücklicher! fort!

CLAVIGO. Ich hab' ihre Hand! Ihre kalte Totenhand! Du bist die Meinige – Und noch diesen Bräutigamskuß. Ach!

SOPHIE. Er stirbt. Rette dich, Bruder!

Beaumarchais *fällt Sophien um den Hals.*
Sophie *umarmt ihn, indem sie zugleich eine Bewegung macht, ihn zu entfernen.*

Stella

Ein Trauerspiel

Personen

Stella
Cäcilie, anfangs unter dem Namen Madame Sommer
Fernando
Lucie
Verwalter
Postmeisterin
Annchen
Karl
Bediente
Ein Postillion

Erster Akt

Im Posthause

Man hört einen Postillion blasen. Postmeisterin

Postmeisterin. Karl! Karl!

Der Junge kommt.

Der Junge. Was is?

Postmeisterin. Wo hat dich der Henker wieder? Geh hinaus; der Postwagen kommt. Führ' die Passagiers herein, trag ihnen das Gepäck; rühr' dich! Machst du wieder ein Gesicht? *Der Junge ab. Ihm nachrufend.* Wart', ich will dir dein muffig Wesen vertreiben. Ein Wirtsbursche muß immer munter, immer alert sein. Hernach, wenn so ein Schurke Herr wird, so verdirbt er. Wenn ich wieder heiraten machte, so wär's nur darum: einer Frau allein fällt's gar zu schwer, das Pack in Ordnung zu halten!

Madame Sommer, Lucie, in Reisekleidern. Karl.

Lucie *einen Mantelsack tragend, zu Karl.* Laß Er's nur, es ist nicht schwer; aber nehm' Er meiner Mutter die Schachtel ab.

Postmeisterin. Ihre Dienerin, meine Frauenzimmer! Sie kommen bei Zeiten. Der Wagen kommt sonst nimmer so früh.

Lucie. Wir haben einen gar jungen, lustigen, hübschen Schwager gehabt, mit dem ich durch die Welt fahren möchte; und unser sind nur zwei, und wenig beladen.

Postmeisterin. Wenn Sie zu speisen belieben, so sind Sie wohl so gütig, zu warten; das Essen ist noch nicht gar fertig.

Madame Sommer. Darf ich Sie nur um ein wenig Suppe bitten.

Lucie. Ich hab' keine Eil'. Wollten Sie indes meine Mutter versorgen?

Postmeisterin. Sogleich.

LUCIE. Nur recht gute Brühe!

POSTMEISTERIN. So gut sie da ist. *Ab.*

MADAME SOMMER. Daß du dein Befehlen nicht lassen kannst! Du hättest, dünkt mich, die Reise über schon klug werden können! Wir haben immer mehr bezahlt als verzehrt, und in unsern Umständen –

LUCIE. Es hat uns noch nie gemangelt.

MADAME SOMMER. Aber wir waren dran.

Postillion tritt herein.

LUCIE. Nun, braver Schwager, wie steht's? Nicht wahr, dein Trinkgeld?

POSTILLION. Hab' ich nicht gefahren wie Extrapost?

LUCIE. Das heißt, du hast auch was extra verdient, nicht wahr? Du solltest mein Leibkutscher werden, wenn ich nur Pferde hätte.

POSTILLION. Auch ohne Pferde steh' ich zu Diensten.

LUCIE. Da!

POSTILLION. Danke, Mamsell! Sie gehn nicht weiter?

LUCIE. Wir bleiben für diesmal hier.

POSTILLION. Adies. *Ab.*

MADAME SOMMER. Ich seh es an seinem Gesicht, daß du ihm zu viel gegeben hast.

LUCIE. Sollte er mit Murren von uns gehen? Er war die ganze Zeit so freundlich. Sie sagen immer, Mama, ich sei eigensinnig; wenigstens eigennützig bin ich nicht.

MADAME SOMMER. Ich bitte dich, Lucie, verkenne nicht, was ich dir sage. Deine Offenheit ehr' ich, wie deinen guten Mut und deine Freigebigkeit; aber es sind nur Tugenden, wo sie hingehören.

LUCIE. Mama, das Örtchen gefällt mir wirklich. Und das Haus da drüben ist wohl der Dame, der ich künftig Gesellschaft leisten soll?

MADAME SOMMER. Mich freut's, wenn der Ort deiner Bestimmung dir angenehm ist.

LUCIE. Stille mag's sein, das merk' ich schon. Ist's doch wie Sonntag auf dem großen Platze! Aber die gnädige Frau hat einen schönen Garten und soll eine gute Frau sein; wir wollen sehn, wie wir zurechtkommen. Was sehen Sie sich um, Madame?

MADAME SOMMER. Laß mich, Lucie! Glückliches Mädchen, das durch nichts erinnert wird: Ach, damals war's anders! Mir ist nichts schmerzlicher, als in ein Posthaus zu treten.

LUCIE. Wo fänden Sie auch nicht Stoff, sich zu quälen?

MADAME SOMMER. Und wo nicht Ursache dazu? Meine Liebe, wie ganz anders war's damals, da dein Vater noch mit mir reiste, da wir die schönste Zeit unseres Lebens in freier Welt genossen; die ersten Jahre unserer Ehe! Damals hatte alles den Reiz der Neuheit für mich. Und in seinem Arm vor so tausend Gegenständen vorüber zu eilen; da jede Kleinigkeit mir interessant ward, durch seinen Geist, durch seine Liebe.

LUCIE. Ich mag auch wohl gern reisen.

MADAME SOMMER. Und wenn wir dann nach einem heißen Tag, nach ausgestandenen Fatalitäten, schlimmem Weg im Winter, wenn wir eintrafen in manche noch schlechtere Herberge, wie diese ist, und den Genuß der einfachsten Bequemlichkeit zusammen fühlten, auf der hölzernen Bank zusammen saßen, unseren Eierkuchen und abgesottene Kartoffeln zusammen aßen – – damals war's anders!

LUCIE. Es ist nun einmal Zeit, ihn zu vergessen.

MADAME SOMMER. Weißt du, was das heißt: vergessen! Gutes Mädchen, du hast, Gott sei Dank! noch nichts verloren, das nicht zu ersetzen gewesen wäre. Seit dem Augenblick, da ich gewiß ward, er habe mich verlassen, ist alle Freude meines Lebens dahin. Mich ergriff eine Verzweiflung. Ich mangelte mir selbst, ein Gott mangelte mir. Ich weiß mich des Zustands kaum zu erinnern.

LUCIE. Auch ich weiß nichts mehr, als daß ich auf ihrem Bette saß und weinte, weil Sie weinten. Es war in der grünen Stube auf dem kleinen Bette. Die Stube hat mir am wehsten getan, da wir das Haus verkaufen mußten.

MADAME SOMMER. Du warst sieben Jahre alt und konntest nicht fühlen, was du verlorst.

Annchen mit der Suppe. Die Posthalterin. Karl

ANNCHEN. Hier ist die Suppe für Madame.

MADAME SOMMER. Ich danke, meine Liebe! Ist das ihr Töchterchen?

POSTMEISTERIN. Meine Stieftochter, Madame; aber da sie so brav ist, ersetzt sie mir den Mangel an eigenen Kindern.

MADAME SOMMER. Sie sind in Trauer?

POSTMEISTERIN. Für meinen Mann, den ich vor drei Monaten verlor. Wir haben nicht gar drei Jahre zusammen gelebt.

MADAME SOMMER. Sie scheinen doch ziemlich getröstet.

POSTMEISTERIN. O Madame, unsereins hat so wenig Zeit zu weinen als leider zu beten. Das geht Sonntage und Werkeltage. Wenn der Pfarrer nicht manchmal auf den Text kommt oder man ein Sterbelied singen hört. Karl, ein paar Servietten! deck' hier am Ende auf.

LUCIE. Wem ist das Haus da drüben?

POSTMEISTERIN. Unserer Frau Baronesse. Eine allerliebste Frau.

MADAME SOMMER. Mich freut's, daß ich von einer Nachbarin bestätigen höre, was man uns in einer weiten Ferne beteuert hat. Meine Tochter wird künftig bei ihr bleiben und ihr Gesellschaft leisten.

POSTMEISTERIN. Dazu wünsche ich ihnen Glück, Mamsell.

LUCIE. Ich wünsche, daß sie mir gefallen möge.

POSTMEISTERIN. Sie müßten einen sonderbaren Geschmack haben, wenn ihnen der Umgang mit der gnäd'gen Frau nicht gefiele.

LUCIE. Desto besser. Denn wenn ich mich einmal nach jemandem richten soll, so muß Herz und Wille dabeisein; sonst geht's nicht.

POSTMEISTERIN. Nun, nun! wir reden bald wieder davon, und Sie sollen sagen, ob ich wahr gesprochen habe. Wer um unsre gnädige Frau lebt, ist glücklich; wird meine Tochter ein wenig größer, so soll sie ihr wenigstens einige Jahre dienen: Es kommt dem Mädchen auf sein ganzes Leben zu Gute.

ANNCHEN. Wenn Sie sie nur sehn! Sie ist so lieb! so lieb! Sie glauben nicht, wie sie auf Sie wartet. Sie hat mich auch recht lieb. Wollen Sie denn nicht zu ihr gehn? Ich will Sie begleiten.

LUCIE. Ich muß mich erst zurecht machen und will auch noch essen.

ANNCHEN. So darf ich doch hinüber, Mamachen? Ich will der gnädigen Frau sagen, daß die Mamsell gekommen ist.

POSTMEISTERIN. Geh nur!

MADAME SOMMER. Und sag' ihr, Kleine, wir wollten gleich nach Tisch aufwarten. *Annchen ab.*

POSTMEISTERIN. Mein Mädchen hängt außerordentlich an ihr. Auch ist sie die beste Seele von der Welt, und ihre ganze Freude ist mit Kindern. Sie lehrt sie allerlei Arbeiten machen und singen. Sie läßt sich von Bauersmädchen aufwarten, bis sie ein Geschick haben, hernach sucht sie eine gute Kondition für sie; und so vertreibt sie sich die Zeit, seit ihr Gemahl weg ist. Es ist unbegreiflich, wie sie so unglücklich sein kann, und dabei so freundlich, so gut.

MADAME SOMMER. Ist sie nicht Witwe?

POSTMEISTERIN. Das weiß Gott! Ihr Herr ist vor drei Jahren weg, und hört und sieht man nichts von ihm. Und sie hat ihn geliebt über alles. Mein Mann konnte nie fertig werden, wenn er anfing, von ihnen zu erzählen. Und noch! Ich sag's selbst, es gibt so kein Herz auf der Welt mehr. Alle Jahre, den Tag, da sie ihn zum letztenmal sah, läßt sie keine Seele zu sich, schließt sich ein, und auch sonst, wenn sie von ihm red't, geht's einem durch die Seele.

MADAME SOMMER. Die Unglückliche!

POSTMEISTERIN. Es läßt sich von der Sache viel reden.

MADAME SOMMER. Wie meinen Sie?

POSTMEISTERIN. Man sagt's nicht gern.

MADAME SOMMER. Ich bitte Sie!

POSTMEISTERIN. Wenn Sie mich nicht verraten wollen, kann ich's ihnen wohl vertrauen. Es sind nun über die acht Jahre, daß sie hierher kamen. Sie kauften das Rittergut; niemand kannte sie; man hieß sie den gnädigen Herrn und die gnädige Frau und hielt ihn für einen Offizier, der in fremden Kriegsdiensten reich geworden war und sich nun zur Ruhe setzen wollte. Sie war damals blutjung, nicht älter als sechzehn Jahr, und schön wie ein Engel.

LUCIE. Da wär'sie jetzt nicht über Vierundzwanzig?

POSTMEISTERIN. Sie hat für ihr Alter Betrübnis genug erfahren. Sie hatte ein Kind; es starb ihr bald; im Garten ist sein Grab, nur von Rasen, und seit der Herr weg ist, hat sie eine Einsiedelei dabei angelegt und ihr Grab dazu bestellen lassen. Mein Mann seliger war bei Jahren und nicht leicht zu rühren; aber er erzählte nichts lieber als von der Glückseligkeit der beiden Leute, solang' sie hier zusammen lebten. Man war ein ganz anderer Mensch, sagte er, nur zuzusehn, wie sie sich liebten.

MADAME SOMMER. Mein Herz bewegt sich nach ihr.

POSTMEISTERIN. Aber wie's geht. Man sagte, der Herr hätte kuriose Prinzipia gehabt; wenigstens kam er nicht in die Kirche; und die Leute, die keine Religion haben, haben keinen Gott und halten sich an keine Ordnung. Auf einmal hieß es: der gnädige Herr ist fort. Er war verreist und kam eben nicht wieder.

MADAME SOMMER *vor sich.* Ein Bild meines ganzen Schicksals!

POSTMEISTERIN. Da waren alle Mäuler davon voll. Eben zur Zeit, da ich als eine junge Frau hierherzog, auf Michael sind's eben drei Jahre. Und da wußt' jedes was anders, sogar zischelte man einander in die Ohren, sie seien niemals getraut gewesen; aber verraten Sie mich nicht. Er soll wohl ein vornehmer Herr sein, soll sie entführt haben, und was man alles sagt. Ja, wenn ein junges Mädchen so einen Schritt tut, sie hat ihr Leben lang' dran abzubüßen.

ANNCHEN *kommt.* Die gnädige Frau läßt Sie sehr bitten, doch gleich hinüberzukommen; sie will Sie nur einen Augenblick sprechen, nur sehen.

LUCIE. Es schickt sich nicht in diesen Kleidern.

POSTMEISTERIN. Gehn Sie nur! ich geb' ihnen mein Wort, daß sie darauf nicht achtet.

LUCIE. will Sie mich begleiten, Kleine?

ANNCHEN. Von Herzen gern!

MADAME SOMMER. Lucie, ein Wort! *Die Postmeisterin entfernt sich.* Daß du nichts verrätst! nicht unsern Stand, nicht unser Schicksal. Begegne ihr ehrerbietig.

LUCIE. Lassen Sie mich nur! Mein Vater war ein Kaufmann, ist nach Amerika, ist tot; und dadurch sind unsere Umstände – Lassen Sie mich nur; ich hab' das Märchen ja schon oft genug erzählt. *Laut.* Wollten Sie nicht ein bißchen ruhen? Sie haben's not. Die Frau Wirtin weist ihnen wohl ein Zimmerchen mit einem Bett an.

POSTMEISTERIN. Ich hab' eben ein hübsches stilles Zimmerchen im Garten. *Zu Lucien.* Ich wünsche, daß ihnen die gnädige Frau gefallen möge. *Lucie mit Annchen ab.*

MADAME SOMMER. Meine Tochter ist noch ein bißchen obenaus.

POSTMEISTERIN. Das tut die Jugend. Werden sich schon legen, die stolzen Wellen.

MADAME SOMMER. Desto schlimmer.

POSTMEISTERIN. Kommen Sie, Madame; wenn's gefällig ist.

Beide ab.

Man hört einen Postillion.

Fernando, in Offizierstracht. Ein Bedienter

BEDIENTER. Soll ich gleich wieder einspannen und ihre Sachen aufpacken lassen?

FERNANDO. Du sollst's herein bringen, sag' ich dir; herein. Wir gehen nicht weiter, hörst du.

BEDIENTER. Nicht weiter? Sie sagten ja –

FERNANDO. Ich sage, laß dir ein Zimmer anweisen und bring' meine Sachen dorthin. *Bedienter ab.*

FERNANDO *ans Fenster tretend.* So seh' ich dich wieder? Himmlischer Anblick! So seh' ich dich wieder! Den Schauplatz all meiner Glückseligkeit! Wie still das ganze Haus ist! Kein Fenster offen! Die Galerie wie öde, auf der wir so oft zusammen saßen! Merk dir's, Fernando, das klösterliche Ansehen ihrer Wohnung, wie schmeichelt es deinen Hoffnungen! Und sollte in ihrer Einsamkeit Fernando ihr Gedanke, ihre Beschäftigung sein? Und hat er's um sie verdient? Oh! mir ist, als wenn ich nach einem langen, kalten, freudelosen Todesschlaf ins Leben wieder erwachte; so neu, so bedeutend ist mir alles. Die Bäume, der Brunnen, noch alles, alles! So lief das Wasser aus ebenden Röhren, wenn ich, ach, wie tausendmal! mit ihr gedankenvoll aus unserm Fenster schaute und jedes, in sich gekehrt, still dem Rinnen des Wassers zusah! Sein Geräusch ist mir Melodie, rückerinnernde Melodie. Und sie? Sie wird sein, wie sie war. Ja, Stella, du hast dich nicht verändert; das sagt mir mein Herz. Wie's dir entgegenschlägt! Aber ich will nicht, ich darf nicht! Ich muß mich erst erholen, muß mich erst überzeugen, daß ich wirklich hier bin, daß mich kein Traum täuscht, der mich so oft schlafend und wachend aus den fernsten Gegenden hierhergeführt hat. Stella! Stella! Ich komme! Fühlst du nicht meine Näherung? in deinen Armen alles zu vergessen! – Und wenn du um mich schwebst, teurer Schatten meines unglücklichen Weibes, vergib mir, verlaß mich! Du bist dahin; so laß mich dich vergessen, in den Armen des Engels alles vergessen, meine Schicksale, allen Verlust, meine Schmerzen und meine Reue – Ich bin ihr so nah und so ferne – Und in einem Augenblick – – Ich kann nicht, ich kann nicht. Ich muß mich erholen, oder ich ersticke zu ihren Füßen.

POSTMEISTERIN *kommt.* Verlangen der gnädige Herr zu speisen?

FERNANDO. Sind Sie versehen?

POSTMEISTERIN. O ja! Wir warten nur auf ein Frauenzimmer, das hinüber zur gnädigen Frau ist.

FERNANDO. Wie geht's ihrer gnädigen Frau?

POSTMEISTERIN. Kennen Sie sie?

FERNANDO. Vor Jahren war ich wohl manchmal da. Was macht ihr Gemahl?

POSTMEISTERIN. Weiß Gott. Er ist in die weite Welt.

FERNANDO. Fort?

POSTMEISTERIN. Freilich! Verläßt die liebe Seele. Gott verzeih's ihm!

FERNANDO. Sie wird sich schon zu trösten wissen.

POSTMEISTERIN. Meinen Sie doch? Da müssen Sie sie wenig kennen. Sie lebt wie eine Nonne, so eingezogen, die Zeit ich sie kenne. Fast kein Fremdes, kein Besuch aus der Nachbarschaft kommt zu ihr. Sie lebt mit ihren Leuten, hat die Kinder des Orts alle an sich und ist, ungeachtet ihres innern Schmerzens, immer freundlich, immer angenehm.

FERNANDO. Ich will sie doch besuchen.

POSTMEISTERIN. Das tun Sie. Manchmal läßt sie uns invitieren, die Frau Amtmännin, die Frau Pfarrerin und mich, und diskurriert mit uns von allerlei. Freilich hüten wir uns, sie an den gnädigen Herrn zu erinnern. Ein einzig Mal geschah's. Gott weiß, wie's wurde, da sie anfing, von ihm zu reden, ihn zu preisen, zu weinen. Gnädiger Herr, wir haben alle geweint wie die Kinder und uns fast nicht erholen können.

FERNANDO *vor sich.* Das hast du um sie verdient! – *Laut.* Ist meinem Bedienten ein Zimmer angewiesen?

POSTMEISTERIN. Eine Treppe hoch. Karl, zeig' dem gnädigen Herrn das Zimmer! *Fernando mit dem Jungen ab.*

Lucie, Annchen kommen.

POSTMEISTERIN. Nun, wie ist's?

LUCIE. Ein liebes Weibchen, mit der ich mich vertragen werde. Sie haben nicht zu viel von ihr gesagt. Sie wollt' mich nicht lassen. Ich mußte ihr heilig versprechen, gleich nach Tisch mit meiner Mutter und dem Gepäck zu kommen.

POSTMEISTERIN. Das dacht' ich wohl! Ist's jetzt gefällig, zu essen? Noch ein schöner langer Offizier ist angefahren, wenn Sie den nicht fürchten.

LUCIE. Nicht im geringsten. Mit Soldaten hab' ich lieber zu tun als mit andern. Sie verstellen sich wenigstens nicht, daß man die Guten und Bösen gleich das erstemal kennt. Schläft meine Mutter?

POSTMEISTERIN. Ich weiß nicht.

LUCIE. Ich muß doch nach ihr sehn. *Ab.*

POSTMEISTERIN. Karl! da ist wieder das Salzfaß vergessen. Heißt das geschwenkt? Sieh nur die Gläser! Ich sollt' sie dir am Kopf entzwei schmeißen, wenn du so viel wert wärst, als sie kosten!

Fernando kommt.

POSTMEISTERIN. Das Frauenzimmer ist wieder da. Sie wird gleich zu Tische kommen.

FERNANDO. Wer ist sie?

POSTMEISTERIN. Ich kenn' sie nicht. Sie scheint von gutem Stande, aber ohne Vermögen; sie wird künftig der gnäd'gen Frau zur Gesellschaft sein.

FERNANDO. Sie ist jung?

POSTMEISTERIN. Sehr jung; und schnippisch. Ihre Mutter ist auch droben.

Lucie kommt.

LUCIE. Ihre Dienerin!

FERNANDO. Ich bin glücklich, eine so schöne Tischgesellschaft zu finden. *Lucie neigt sich.*

POSTMEISTERIN. Hierher, Mamsell! Und Sie belieben hierher!

FERNANDO. Wir haben nicht die Ehre von ihnen, Frau Postmeisterin?

POSTMEISTERIN. Wenn ich einmal ruhe, ruht alles. *Ab.*

FERNANDO. Also ein Tête-à-Tête!

LUCIE. Den Tisch dazwischen, wie ich's wohl leiden kann.

FERNANDO. Sie haben sich entschlossen, der Frau Baronesse künftig Gesellschaft zu leisten?

LUCIE. Ich muß wohl!

FERNANDO. Mir dünkt, ihnen sollt' es nicht fehlen, einen Gesellschafter zu finden, der noch unterhaltender wäre als die Frau Baronesse.

LUCIE. Mir ist nicht drum zu tun.

FERNANDO. Auf ihr ehrlich Gesicht?

LUCIE. Mein Herr, Sie sind wie alle Männer, merk' ich!

FERNANDO. Das heißt?

LUCIE. Auf den Punkt sehr arrogant. Ihr Herrn dünkt euch unentbehrlich! Und ich weiß nicht, ich bin doch groß geworden ohne Männer.

FERNANDO. Sie haben keinen Vater mehr?

LUCIE. Ich erinnere mich kaum, daß ich einen hatte. Ich war jung, da er uns verließ, eine Reise nach Amerika zu tun, und sein Schiff ist untergegangen, hörten wir.

FERNANDO. Und Sie scheinen so gleichgültig dabei!

LUCIE. Wie könnt' ich anders? Er hat mir wenig zu Liebe getan, und ob ich's ihm gleich verzeihe, daß er uns verlassen hat – denn was geht dem Menschen über seine Freiheit? – so möcht' ich doch nicht meine Mutter sein, die vor Kummer stirbt.

FERNANDO. Und Sie sind so ohne Hilfe, ohne Schutz?

LUCIE. Was braucht's das? Unser Vermögen ist alle Tage kleiner worden, dafür auch ich alle Tage größer; und mir ist's nicht bange, meine Mutter zu ernähren.

FERNANDO. Mich erstaunt ihr Mut!

LUCIE. Oh, mein Herr, der gibt sich. Wenn man so oft unterzugehen fürchtet und sich immer wieder gerettet sieht, das gibt ein Zutrauen!

FERNANDO. Davon Sie ihrer lieben Mutter nichts mitteilen können?

LUCIE. Leider ist sie, die verliert, nicht ich. Ich dank's meinem Vater, daß er mich auf die Welt gesetzt hat, denn ich lebe gern und vergnügt; aber sie – die alle Hoffnung des Lebens auf ihn gesetzt, ihm den Flor ihrer Jugend aufgeopfert hatte, und nun verlassen, auf einmal verlassen – – das muß was Entsetzliches sein, sich verlassen zu fühlen – Ich habe noch nichts verloren; ich kann nichts davon reden. – Sie scheinen nachdenkend!

FERNANDO. Ja, meine Liebe, wer lebt, verliert; *aufstehend.* aber er gewinnt auch. Und so erhalt' ihnen Gott ihren Mut! *Er nimmt ihre Hand.* Sie haben mich erstaunen machen. Oh, mein Kind, wie glücklich! – – Ich bin auch in der Welt gar viel, gar oft von meinen Hoffnungen – Freuden – Es ist doch immer – Und –

LUCIE. Was meinen Sie?

FERNANDO. Alles Gute! die besten, wärmsten Wünsche für ihr Glück! *Ab.*

LUCIE. Das ist ein wunderbarer Mensch! Er scheint aber gut zu sein.

ZWEITER AKT

Stella. Ein Bedienter

STELLA. Geh hinüber, geschwind hinüber! Sag' ihr, ich erwarte sie.

BEDIENTER. Sie versprach, gleich zu kommen.

STELLA. Du siehst ja, sie kommt nicht. Ich hab' das Mädchen recht lieb. Geh! – Und ihre Mutter soll ja mitkommen!

Bedienter ab.

STELLA. Ich kann sie kaum erwarten. Was das für ein Wünschen, ein Hoffen ist, bis so ein neues Kleid ankommt! Stella! du bist ein Kind. Und warum soll ich nicht lieben? – Ich brauche viel

viel, um dies Herz auszufüllen! – Viel? Arme Stella! Viel – Sonst, da er dich noch liebte, noch in deinem Schoße lag, füllte sein Blick deine ganze Seele; und – o Gott im Himmel! dein Ratschluß ist unerforschlich – wenn ich von seinen Küssen meine Augen zu dir hinaufwendete, mein Herz an dem seinen glühte und ich mit bebenden Lippen seine große Seele in mich trank, und ich dann mit Wonnetränen zu dir hinaufsah und aus vollem Herzen zu dir sprach: Laß uns glücklich, Vater! du hast uns so glücklich gemacht! – Es war dein Wille nicht – *Sie fällt einen Augenblick in Nachdenken, fährt dann schnell auf und drückt ihre Hände ans Herz.* Nein, Fernando, nein, das war kein Vorwurf!

Madame Sommer, Lucie kommen.

STELLA. Ich habe sie! Liebes Mädchen, du bist nun die Meine. – Madame, ich danke ihnen für das Zutrauen, mit dem Sie mir den Schatz in die Hände liefern. Das kleine Trotzköpfchen, die gute freie Seele. O ich hab' dir's schon abgelernt, Lucie.

MADAME SOMMER. Sie fühlen, was ich ihnen bringe und lasse.

STELLA *nach einer Pause, in der sie Madame Sommer angesehen hat.* Verzeihen Sie! Man hat mir ihre Geschichte berichtet, ich weiß, daß ich Personen von guter Familie vor mir habe; aber ihre Gegenwart überrascht mich. Ich fühle im ersten Anblick Vertrauen und Ehrfurcht gegen Sie.

MADAME SOMMER. Gnädige Frau –

STELLA. Nichts davon. Was mein Herz gesteht, bekennt mein Mund gern. Ich höre, Sie sind nicht wohl, wie ist's ihnen? Setzen Sie sich!

MADAME SOMMER. Doch, gnädige Frau! Diese Reise in den Frühlingstagen, die abwechselnden Gegenstände und diese reine, segensvolle Luft, die sich schon so oft für mich mit neuer Erquikkung gefüllt hat, das wirkte alles auf mich so gut, so freundlich, daß selbst die Erinnerung abgeschiedener Freuden mir ein angenehmes Gefühl wurde, ich einen Widerschein der goldenen Zeiten der Jugend und Liebe in meiner Seele aufdämmern sah.

STELLA. Ja, die Tage! die ersten Tage der Liebe! – Nein, du bist nicht zum Himmel zurückgekehrt, goldene Zeit! du umgibst noch jedes Herz in den Momenten, da sich die Blüte der Liebe erschließt.

MADAME SOMMER *ihre Hände fassend.* Wie groß! Wie lieb!

STELLA. Ihr Angesicht glänzt, wie das Angesicht eines Engels, ihre Wangen färben sich!

MADAME SOMMER. Ach und mein Herz! Wie geht es auf! wie schwillt's vor ihnen!

STELLA. Sie haben geliebt! O Gott sei Dank! Ein Geschöpf, das mich versteht! das Mitleiden mit mir haben kann! das nicht kalt zu meinen Schmerzen dreinblickt! – Wir können ja doch einmal nichts dafür, daß wir so sind! – Was hab' ich nicht alles getan! Was nicht alles versucht! – Ja, was half's? – Es wollte das – just das – und keine Welt, und sonst nichts in der Welt – Ach! der Geliebte ist überall, und alles ist für den Geliebten.

MADAME SOMMER. Sie tragen den Himmel im Herzen.

STELLA. Eh ich mich's verseh', wieder sein Bild! – So richtete er sich auf, in der und jener Gesellschaft, und sah sich nach mir um – So kam er dort übers Feld her gesprengt und warf sich an der Gartentür in meinen Arm – Da hinaus sah ich ihn fahren, da hinaus – ach, und er war wiedergekommen – war seiner Wartenden wiedergekommen – – Kehr' ich mit meinen Gedanken in das Geräusch der Welt – er ist da! Wenn ich so in der Loge saß und gewiß war, wo er auch steckte, ich mochte ihn sehen oder nicht, daß er jede meiner Bewegungen bemerkte und liebte, mein Aufstehen, mein Niedersitzen! Ich fühlte, daß das Schütteln meines Federbusches ihn mehr anzog als all die blinkenden Augen ringsum, und daß alle Musik nur Melodie zu dem ewigen Liede seines Herzens war: »Stella! Stella! Wie lieb du mir bist!«

LUCIE. Kann man denn einander so lieb haben?

STELLA. Du fragst, Kleine? – Da kann ich dir nicht antworten – Aber mit was unterhalt' ich euch! – – Kleinigkeiten! wichtige Kleinigkeiten – Wahrlich, man ist doch ein großes Kind, und es ist einem so wohl dabei – Eben wie die Kinder sich hinter ihre Schürzchen verstecken und rufen Pip! daß man sie suchen soll! – – Wie ganz füllt das unser Herz, wenn wir, beleidigt, den Gegenstand unserer Liebe zu verlassen bei uns sehr eifrig festsetzen: mit welchen Verzerrungen von Seelenstärke treten wir wieder in seine Gegenwart! Wie übt sich das in unserm Busen auf und ab! und wie platzt es zuletzt alles wieder auf einen Blick, einen Händedruck zusammen.

MADAME SOMMER. Wie glücklich! Sie leben doch noch ganz in dem Gefühl der jüngsten, reinen Menschheit.

STELLA. Ein Jahrtausend von Tränen und Schmerzen vermöchten die Seligkeit nicht aufzuwiegen der ersten Blicke, des Zitterns, Stammelns, des Nahens, Weichens – des Vergessens sein selbst – den ersten flüchtigen, feurigen Kuß, und die erste ruhig atmende Umarmung – Madame! Sie versinken, meine Teure! – Wo sind Sie?

MADAME SOMMER. Männer! Männer!

STELLA. Sie machen uns glücklich und elend! Mit welchen Ahnungen von Seligkeit erfüllen sie unser Herz, welche neue, unbekannte Gefühle und Hoffnungen schwellen unsere Seele, wenn ihre stürmende Leidenschaft sich jeder unserer Nerven mitteilt. Wie oft hat alles an mir gezittert und geklungen, wenn er in unbändigen Tränen die Leiden einer Welt an meinem Busen hinströmte! Ich bat ihn um Gottes willen, sich zu schonen – mich! – Vergebens! – Bis ins innerste Mark fachte er mir die Flammen, die ihn durchwühlten. Und so war das Mädchen vom Kopf bis zu den Sohlen ganz Herz, ganz Gefühl. Und wo ist denn nun der Himmelsstrich für dies Geschöpf, um drin zu atmen, um Nahrung drunter zu finden?

MADAME SOMMER. Wir glauben den Männern! In den Augenblicken der Leidenschaft betrügen sie sich selbst – warum sollten *wir* nicht betrogen werden?

STELLA. Madame! Da fährt mir ein Gedanke durch den Kopf – Wir wollen einander das sein, was sie uns hätten werden sollen! Wir wollen beisammen bleiben! – Ihre Hand! – Von diesem Augenblick an lass' ich Sie nicht!

LUCIE. Das wird nicht angehn!

STELLA. Warum, Lucie?

MADAME SOMMER. Meine Tochter fühlt –

STELLA. Doch keine Wohltat in diesem Vorschlag! Fühlen Sie, welche Wohltat Sie mir tun, wenn Sie bleiben! O ich darf nicht allein sein! Liebe, ich hab' alles getan, ich hab' mir Federvieh und Reh' und Hunde angeschafft; ich lehre kleine Mädchen stricken und knüpfen, nur um nicht allein zu sein, nur um was außer mir zu sehen, das lebt und zunimmt. Und dann doch, wenn mir's glückt, wenn eine gute Gottheit mir an einem heitern Frühlingsmorgen den Schmerz von der Seele weggehoben zu haben scheint, wenn ich ruhig erwache, und die liebe Sonne auf meinen blühenden Bäumen leuchtet, und ich mich tätig, munter fühle zu den Geschäften des Tages – dann ist mir's wohl, und dann treib' ich eine Zeit lang' herum, verrichte und ordne, und führe meine Leute an, und in der Freiheit meines Herzens dank' ich laut auf zum Himmel für die glücklichen Stunden.

MADAME SOMMER. Ach ja, gnädige Frau, ich fühl's! Geschäftigkeit und Wohltätigkeit sind eine Gabe des Himmels, ein Ersatz für unglücklich liebende Herzen.

STELLA. Ersatz? Entschädigung wohl, nicht Ersatz – Etwas anstatt des Verlornen, nicht das Verlorne selbst mehr – Verlorne Liebe! wo ist da Ersatz für? – O wenn ich manchmal von Gedanken in Gedanken sinke, freundliche Träume der Vergangenheit vor meine Seele bringe, hoffnungsvolle Zukunft ahne, und so in des Mondes Dämmerung meinen Garten auf und ab walle; dann mich's auf einmal ergreift! ergreift, daß ich allein bin; vergebens nach allen vier Winden meine Arme ausstrecke, den Zauber der Liebe vergebens mit einem Drang, einer Fülle ausspreche, daß ich meine, ich müßte den Mond herunterziehen – und ich allein bin, keine Stimme mir aus dem Gebüsch antwortet, und die Sterne kalt und freundlich über meine Qual herabblinken! – Und dann, auf einmal das Grab meines Kindes zu meinen Füßen! –

MADAME SOMMER. Sie hatten ein Kind?

STELLA. Ja, meine Beste! O Gott, du hattest mir diese Seligkeit auch nur zu kosten gegeben, um mir einen bittern Kelch auf mein ganzes Leben zu bereiten. – Wenn so ein Bauernkind auf dem Spaziergange barfuß mir entgegenläuft und mit den großen unschuldigen Augen mir eine Kußhand reicht, es durchdringt mir Mark und Gebeine! So groß, denk' ich, wär' meine Mina! Ich heb' es ängstlich liebend in die Höhe, küss' es hundertmal; mein Herz ist zerrissen, die Tränen stürzen aus meinen Augen, und ich fliehe!

LUCIE. Sie haben doch auch viel Beschwerlichkeit weniger.

STELLA *lächelt und klopft ihr die Achseln.* Wie ich nur noch empfinden kann! wie die schrecklichen Augenblicke mich nicht getötet haben! – Es lag vor mir! abgepflückt die Knospe! und ich stand – versteinert im innersten Busen – ohne Schmerz – ohne Bewußtsein – – ich stand! – da nahm die Wärterin das Kind auf, drückte es an ihr Herz und rief auf einmal: Es lebt! – Ich fiel auf sie, ihr um den Hals, mit tausend Tränen auf das Kind – ihr zu Füßen – – Ach und sie hatte sich betrogen. Tot lag es da, und ich neben ihm in wütender, grasser Verzweiflung. *Sie wirf sich in einen Sessel.*

MADAME SOMMER. Wenden Sie ihre Gedanken von den traurigen Szenen.

STELLA. Nein! Wohl, sehr wohl ist mir's, daß mein Herz sich wieder öffnen, daß ich das alles losschwätzen kann, was mich so drängt! – Ja, wenn ich euch einmal anfange, von ihm zu erzählen, der mir alles war! – der – ihr sollt sein Porträt sehn! – sein Porträt! – O mich dünkt immer, die Gestalt des Menschen ist der beste Text zu allem, was sich über ihn empfinden und sagen läßt.

LUCIE. Ich bin neugierig.

STELLA *eröffnet ihr Kabinett und führt sie hinein.* Hier, meine Lieben, hier!

MADAME SOMMER. Gott!

STELLA. So! So! – Und doch nicht den tausendsten Teil, wie er war. Diese Stirn, diese schwarzen Augen, diese braunen Locken, dieser Ernst – Aber ach, er hat nicht ausdrücken können die Liebe, die Freundlichkeit, wenn seine Seele sich ergoß! – O mein Herz, das fühlst du allein!

LUCIE. Madame, ich erstaune!

STELLA. Es ist ein Mann!

LUCIE. Ich muß ihnen sagen, heut' aß ich drüben mit einem Offizier im Posthause, der diesem Herrn gleicht. – Oh, er ist es selbst! ich will mein Leben wetten.

STELLA. Heute! Du betrügst dich! du betrügst mich!

LUCIE. Heute! Nur war jener älter, brauner verbrannt von der Sonne. Er ist's! Er ist's!

STELLA *zieht die Schelle.* Lucie, mein Herz zerspringt! Ich will hinüber!

LUCIE. Es wird sich nicht schicken.

STELLA. Schicken? O mein Herz! –

Bedienter kommt.

STELLA. Wilhelm, hinüber ins Posthaus! hinüber! Ein Offizier ist drüben, der soll – der ist – Lucie, sag's ihm – Er soll herüber kommen.

LUCIE. Kannte Er den gnädigen Herrn?

BEDIENTER. Wie mich selbst.

LUCIE. So geh' Er ins Posthaus; es ist ein Offizier drüben, der ihm außerordentlich gleicht. Seh' Er, ob ich mich betrüge. Ich schwöre, er ist's.

STELLA. Sag ihm, er soll kommen, kommen! geschwind! geschwind! – Wär' das überstanden! – Hätt' ich ihn in diesen, in – Du betrügst dich! es ist unmöglich. – Laßt mich, ihr Lieben! Laßt mich allein! – *Sie schließt das Kabinett hinter sich.*

LUCIE. Was fehlt ihnen, meine Mutter? Wie blaß!

MADAME SOMMER. Das ist der letzte Tag meines Lebens! Das trägt mein Herz nicht! Alles, alles auf einmal!

LUCIE. Großer Gott!

MADAME SOMMER. Der Gemahl – Das Bild – Der Erwartete – Geliebte! – Das ist mein Gemahl! – Es ist dein Vater!

LUCIE. Mutter! Beste Mutter!

MADAME SOMMER. Und der ist hier! – wird in ihre Arme sinken, in wenig Minuten! – Und wir? – Lucie, wir müssen fort!

LUCIE. Wohin Sie wollen.

MADAME SOMMER. Gleich!

LUCIE. Kommen Sie in den Garten. Ich will ins Posthaus. Wenn nur der Wagen noch nicht fort ist, so können wir ohne Abschied in der Stille – inzwischen sie, berauscht von Glück –

MADAME SOMMER. In aller Wonne des Wiedersehens ihn umfassend – ihn! Und in dem Augenblick, da ich ihn wiederfinde – auf ewig! auf ewig!

Fernando, Bedienter kommen.

BEDIENTER. Hierher! Kennen Sie ihr Kabinett nicht mehr? Sie ist außer sich! Ach! daß Sie wieder da sind!

Fernando vorbei über sie hinsehend.

MADAME SOMMER. Er ist's! Er ist's! – Ich bin verloren!

Dritter Akt

Stella in aller Freude hineintretend mit Fernando

Stella *zu den Wänden.* Er ist wieder da! Seht ihr ihn? Er ist wieder da! *Vor das Gemälde einer Venus tretend* Siehst du ihn, Göttin? er ist wieder da! Wie oft bin ich Törin auf und ab gelaufen, hier, und habe geweint, geklagt vor dir. Er ist wieder da! Ich traue meinen Sinnen nicht. Göttin! ich habe dich so oft gesehen, und er war nicht da – Nun bist du da, und er ist da! – Lieber! Lieber! – du warst lange weg! – Aber du bist da! *Ihm um den Hals fallend.* Du bist da! Ich will nichts fühlen, nichts hören, nichts wissen, als daß du da bist!

Fernando. Stella, meine Stella! *An ihrem Halse,* Gott im Himmel, du gibst mir meine Tränen wieder!

Stella. O du Einziger!

Fernando. Stella! laß mich wieder deinen lieben Atem trinken, deinen Atem, gegen den mir alle Himmelsluft leer, unerquicklich war! – –

Stella. Lieber! – –

Fernando. Hauche in diesen ausgetrockneten, verstürmten, zerstörten Busen wieder neue Liebe, neue Lebenswonne, aus der Fülle deines Herzens! *Er hängt an ihrem Munde.*

Stella. Bester!

Fernando. Erquickung! Erquickung! – Hier, wo du atmest, schwebt alles in genüglichem, jungem Leben, Lieb' und bleibende Treue würden hier den ausgedorrten Vagabunden fesseln.

Stella. Schwärmer!

Fernando. Du fühlst nicht, was Himmelstau dem Dürstenden ist, der aus der öden, sandigen Welt an deinen Busen zurückkehrt.

STELLA. Und die Wonne des Armen? Fernando! sein verirrtes, verlorenes, einziges Schäfchen wieder an sein Herz zu drücken?

FERNANDO *zu ihren Füßen.* Meine Stella!

STELLA. Auf, Bester! Steh auf! Ich kann dich nicht knieen sehen.

FERNANDO. Laß das! Lieg' ich doch immer vor dir auf den Knieen; beugt sich doch immer mein Herz vor dir, unendliche Lieb' und Güte!

STELLA. Ich habe dich wieder! – Ich kenne mich nicht, ich verstehe mich nicht! Im Grunde, was tut's?

FERNANDO. Mir ist wieder wie in den ersten Augenblicken unserer Freuden. Ich hab' dich in meinen Armen, ich sauge die Gewißheit deiner Liebe auf deinen Lippen, und taumle, und frage mich staunend, ob ich wache oder träume.

STELLA. Nun Fernando, wie ich spüre, gescheiter bist du nicht geworden.

FERNANDO. Da sei Gott für! – Aber diese Augenblicke von Wonne in deinen Armen machen mich wieder gut, wieder fromm. – Ich kann beten, Stella; denn ich bin glücklich.

STELLA. Gott verzeih' dir's, daß du so ein Bösewicht und so gut bist – Gott verzeih' dir's, der dich so gemacht hat – so flatterhaft und so treu! – Wenn ich den Ton deiner Stimme höre, so mein' ich doch gleich wieder, das wäre Fernando, der nichts in der Welt liebte als mich!

FERNANDO. Und ich, wenn ich in dein blaues, süßes Aug' dringe und drin mich mit Forschen verliere, so mein' ich, die ganze Zeit meines Wegseins hätte kein ander Bild drin gewohnet als das meine.

STELLA. Du irrst nicht.

FERNANDO. Nicht?

STELLA. Ich würde dir's bekennen! – Gestand ich dir nicht in den ersten Tagen meiner vollen Liebe zu dir alle kleinen Leidenschaften, die je mein Herz gerührt hatten? und ward ich dir darum nicht lieber?

FERNANDO. Du Engel!

STELLA. Was siehst du mich so an? Nicht wahr, ich bin älter worden? Nicht wahr, das Elend hat die Blüte von meinen Wangen gestreift? –

FERNANDO. Rose! meine süße Blume! Stella! – Was schüttelst du den Kopf?

STELLA. – Daß man euch so lieb haben kann! – Daß man euch den Kummer nicht anrechnet, den ihr uns verursachet!

FERNANDO *ihre Locken streichelnd.* Ob du wohl graue Haare davon gekriegt hast? – Es ist dein Glück, daß sie so blond ohne das sind – Zwar ausgefallen scheinen dir keine zu sein. *Er zieht ihr den Kamm aus den Haaren, und sie rollen tief herunter.*

STELLA. Mutwille!

FERNANDO *seine Arme dreinwickelnd.* Rinaldo wieder in den alten Ketten!

BEDIENTER *kommt.* Gnädige Frau! –

STELLA. Was hast du? Du machst ein verdrießlich, ein kaltes Gesicht; du weißt, die Gesichter sind mein Tod, wenn ich vergnügt bin.

BEDIENTER. Und doch, gnädige Frau – Die zwei Fremden wollen fort.

STELLA. Fort? Ach!

BEDIENTER. Wie ich sage. Ich sah die Tochter ins Posthaus gehn, wiederkommen, zur Mutter reden; da erkundigt' ich mich drüben: Es hieß, sie hätten Extrapost bestellt, weil der Postwagen hinunter schon fort ist. Ich redete mit ihnen; sie bat mich, die Mutter, in Tränen, ich sollte ihnen ihre Kleider heimlich hinüberschaffen und der gnädigen Frau tausend Segen wünschen; sie könnten nicht bleiben.

FERNANDO. Es ist die Frau, die heute mit ihrer Tochter angekommen ist? –

STELLA. Ich wollte die Tochter in meine Dienste nehmen und die

Mutter dazu behalten. – O daß sie mir jetzt diese Verwirrung machen, Fernando!

FERNANDO. Was mag ihnen sein?

STELLA. Gott weiß! Ich kann, ich mag nichts wissen. Verlieren möcht' ich sie nicht gern – Hab' ich doch dich, Fernando! – Ich würde zu Grunde gehn in diesen Augenblicken! Rede mit ihnen, Fernando! – – Eben jetzt! jetzt! – Mache, daß die Mutter herüberkommt, Wilhelm! *Der Bediente geht ab.* Sprich mit ihr; sie soll Freiheit haben. – Fernando, ich will ins Boskett! Komm nach! Komm nach! – Ihr Nachtigallen, ihr empfangt ihn noch!

FERNANDO. Liebste Liebe!

STELLA *an ihm hangend.* Und du kommst doch bald?

FERNANDO. Gleich! Gleich! *Stella ab.*

FERNANDO *allein.* Engel des Himmels! Wie vor ihrer Gegenwart alles heiter wird, alles frei! – Fernando, kennst du dich noch selbst? Alles, was diesen Busen bedrängt, es ist weg; jede Sorge, jedes ängstliche Zurückerinnern, was war – und was sein wird! – Kommt ihr schon wieder? – Und doch, wenn ich dich ansehe, deine Hand halte, Stella! flieht alles, verlischt jedes andre Bild in meiner Seele!

Der Verwalter kommt.

VERWALTER *ihm die Hände küssend.* Sie sind wieder da?

FERNANDO *die Hand wegziehend.* Ich bin's.

VERWALTER. Lassen Sie mich! Lassen Sie mich! O gnädiger Herr! –

FERNANDO. Bist du glücklich?

VERWALTER. Meine Frau lebt, ich hab' zwei Kinder – Und Sie kommen wieder!

FERNANDO. Wie habt ihr gewirtschaftet?

VERWALTER. Daß ich gleich bereit bin, Rechenschaft abzulegen. – Sie sollen erstaunen, wie wir das Gut verbessert haben. – Darf ich denn fragen, wie es ihnen ergangen ist?

FERNANDO. Stille! – Soll ich dir alles sagen? Du verdienst's, alter Mitschuldiger meiner Torheiten.

VERWALTER. Gott sei nur Dank, daß Sie nicht Zigeunerhauptmann waren; ich hätte auf ein Wort von ihnen gesengt und gebrennt.

FERNANDO. Du sollst's hören!

VERWALTER. Ihre Gemahlin? Ihre Tochter?

FERNANDO. Ich habe sie nicht gefunden. Ich traute mich selbst nicht in die Stadt; allein aus sichern Nachrichten weiß ich, daß sie sich einem Kaufmann, einem falschen Freunde vertraut hat, der ihr die Kapitalien, die ich ihr zurückließ, unter dem Versprechen größerer Prozente ablockte und sie darum betrog. Unter dem Vorwande, sich aufs Land zu begeben, hat sie sich aus der Gegend entfernt und verloren und bringt wahrscheinlicherweise durch eigene und ihrer Tochter Handarbeit ein kümmerliches Leben durch. Du weißt, sie hatte Mut und Charakter genug, so etwas zu unternehmen.

VERWALTER. Und Sie sind nun wieder hier! Verzeihn wir's ihnen, daß Sie so lange ausgeblieben.

FERNANDO. Ich bin weit herum gekommen.

VERWALTER. Wäre mir's nicht zu Hause mit meiner Frau und zwei Kindern so wohl, beneidete ich Sie um den Weg, den Sie wieder durch die Welt versucht haben. Werden Sie uns nun bleiben?

FERNANDO. Will's Gott!

VERWALTER. Es ist doch am Ende nichts Anders und nichts Bessers.

FERNANDO. Ja, wer die alten Zeiten vergessen könnte!

VERWALTER. Die uns bei mancher Freude manche Not brachten. Ich erinnere mich noch an alles genau: wie wir Cäcilien so liebenswürdig fanden, uns ihr aufdrangen, unsere jugendliche Freiheit nicht geschwind genug los werden konnten.

FERNANDO. Es war doch eine schöne, glückliche Zeit.

VERWALTER. Wie sie uns ein munteres, lebhaftes Töchterchen brachte, aber zugleich von ihrer Munterkeit, von ihrem Reiz manches verlor.

Fernando. Verschon mich mit dieser Lebensgeschichte.

Verwalter. Wie wir hier und da, und da und dort uns umsahn, wie wir endlich diesen Engel trafen, wie nicht mehr von Kommen und Gehen die Rede war, sondern wir uns entschließen mußten, entweder die eine oder die andre unglücklich zu machen; wie wir es endlich so bequem fanden, daß sich eben eine Gelegenheit zeigte, die Güter zu verkaufen; wie wir mit manchem Verlust uns davonmachten, den Engel raubten und das schöne, mit sich selbst und der Welt unbekannte Kind hierher verbannten.

Fernando. Wie es scheint, bist du noch immer so lehrreich und geschwätzig wie vor alters.

Verwalter. Hatte ich nicht Gelegenheit, was zu lernen? War ich nicht der Vertraute ihres Gewissens, als Sie auch von hier, ich weiß nicht, ob so ganz aus reinem Verlangen, ihre Gemahlin und ihre Tochter wiederzufinden, oder auch mit aus einer heimlichen Unruhe, sich wieder wegsehnten, und wie ich ihnen von mehr als einer Seite behilflich sein mußte –

Fernando. Soweit für diesmal.

Verwalter. Bleiben Sie nur, dann ist alles gut. *Ab.*

Bedienter *kommt.* Madame Sommer!

Fernando. Bring' sie herein. *Bedienter ab.*

Fernando *allein.* Dies Weib macht mich schwermütig. Daß nichts ganz, nichts rein in der Welt ist! Diese Frau! ihrer Tochter Mut hat mich zerstört; was wird ihr Schmerz tun?

Madame Sommer tritt auf.

Fernando *für sich.* O Gott! und auch ihre Gestalt muß mich an mein Vergehen erinnern! Herz! Unser Herz! o wenn's in dir liegt, so zu fühlen und so zu handeln, warum hast du nicht auch Kraft, dir das Geschehen zu verzeihen? – Ein Schatten der Gestalt meiner Frau! – Oh, wo seh' ich den nicht! *Laut.* Madame!

Madame Sommer. Was befehlen Sie, mein Herr?

Fernando. Ich wünschte, daß Sie meiner Stella Gesellschaft leisten wollten und mir. Setzen Sie sich!

MADAME SOMMER. Die Gegenwart des Elenden ist dem Glücklichen zur Last! Und ach! der Glückliche dem Elenden noch mehr.

FERNANDO. Ich begreife Sie nicht. Können Sie Stella verkannt haben? sie, die ganz Liebe, ganz Gottheit ist?

MADAME SOMMER. Mein Herr! ich wünschte, heimlich zu reisen! Lassen Sie mich – Ich muß fort. Glauben Sie, daß ich Gründe habe! Aber ich bitte, lassen Sie mich!

FERNANDO *vor sich.* Welche Stimme! Welche Gestalt! *Laut.* Madame! *Er wendet sich ab.* – Gott, es ist meine Frau! – *Laut.* Verzeihen Sie! *Eilend ab.*

MADAME SOMMER *allein.* Er erkennt mich! – Ich danke dir, Gott, daß du in diesen Augenblicken meinem Herzen so viel Stärke gegeben hast! – Bin ich's? die Zerschlagene! die Zerrissene! die in der bedeutenden Stunde so ruhig, so mutig ist? Guter, ewiger Vorsorger, du nimmst unserm Herzen doch nichts, was du ihm nicht aufbewahrtest bis zur Stunde, wo es dessen am meisten bedarf.

Fernando kommt zurück.

FERNANDO *vor sich.* Sollte sich mich kennen – Laut Ich bitte Sie, Madame, ich beschwöre Sie, eröffnen Sie mir ihr Herz!

MADAME SOMMER. Ich müßte ihnen mein Schicksal erzählen; und wie sollten Sie zu Klagen und Trauer gestimmt sein, an einem Tage, da ihnen alle Freuden des Lebens wiedergegeben sind, da Sie alle Freuden des Lebens der würdigsten weiblichen Seele wiedergegeben haben! Nein, mein Herr! Entlassen Sie mich!

FERNANDO. Ich bitte Sie!

MADAME SOMMER. Wie gern erspart' ich's ihnen und mir! Die Erinnerung der ersten glücklichen Tage meines Lebens macht mir tödliche Schmerzen.

FERNANDO. Sie sind nicht immer unglücklich gewesen?

MADAME SOMMER. Sonst würd' ich's jetzt in dem Grade nicht

sein. *Nach einer Pause, mit erleichterter Brust.* Die Tage meiner Jugend waren leicht und froh. Ich weiß nicht, was die Männer an mich fesselte; eine große Anzahl wünschte mir gefällig zu sein. Für wenige fühlte ich Freundschaft, Neigung; doch keiner war, mit dem ich geglaubt hätte, mein Leben zubringen zu können. Und so vergingen die glücklichen Tage der rosenfarbenen Zerstreuungen, wo so ein Tag dem andern freundlich die Hand bietet. Und doch fehlte mir etwas – Wenn ich tiefer ins Leben sah und alle Freud' und Leid ahnete, die des Menschen warten, da wünscht' ich mir einen Gatten, dessen Hand mich durch die Welt begleitete, der für die Liebe, die ihm mein jugendliches Herz weihen konnte, im Alter mein Freund, mein Beschützer, mir statt meiner Eltern geworden wäre, die ich um seinetwillen verließ.

FERNANDO. Und nun?

MADAME SOMMER. Ach, ich sah den Mann! Ich sah ihn, auf den ich in den ersten Tagen unserer Bekanntschaft all meine Hoffnungen niederlegte! Die Lebhaftigkeit seines Geistes schien mit solch einer Treue des Herzens verbunden zu sein, daß sich ihm das meinige gar bald öffnete, daß ich ihm meine Freundschaft, und ach, wie schnell darauf meine Liebe gab. Gott im Himmel, wenn sein Haupt an meinem Busen ruhte, wie schien er dir für die Stätte zu danken, die du ihm in meinen Armen bereitet hattest! Wie floh er aus dem Wirbel der Geschäfte und Zerstreuungen wieder zu mir! und wie unterstützt' ich mich in trüben Stunden an seiner Brust!

FERNANDO. Was konnte diese liebe Verbindung stören?

MADAME SOMMER. Nichts ist bleibend – Ach, er liebte mich, liebte mich so gewiß als ich ihn. Es war eine Zeit, da er nichts kannte, nichts wußte, als mich glücklich zu sehen, mich glücklich zu machen. Es war, ach! die leichteste Zeit des Lebens, die ersten Jahre einer Verbindung, wo manchmal mehr ein bißchen Unmut, ein bißchen Langeweile uns peinigen, als daß es wirklich Übel wären. Ach, er begleitete mich den leidlichen Weg, um mich in einer öden, fürchterlichen Wüste allein zu lassen.

FERNANDO *immer verwirrter.* Und wie? Seine Gesinnungen, sein Herz!

MADAME SOMMER. Können wir wissen, was in dem Busen der Männer schlägt? – Ich merkte nicht, daß ihm nach und nach das alles ward – wie soll ich's nennen? – nicht gleichgültiger! das darf ich mir nicht sagen. Er liebte mich immer, immer! Aber er brauchte mehr als meine Liebe. Ich hatte mit seinen Wünschen zu teilen, vielleicht mit einer Nebenbuhlerin; ich verbarg ihm meine Vorwürfe nicht, und zuletzt –

FERNANDO. Er konnte? –

MADAME SOMMER. Er verließ mich. Das Gefühl meines Elends hat keinen Namen! All meine Hoffnungen in dem Augenblick zu Grunde! in dem Augenblick, da ich die Früchte der aufgeopferten Blüten einzuernten gedachte – verlassen! – verlassen! – Alle Stützen des menschlichen Herzens: Liebe, Zutrauen, Ehre, Stand, täglich wachsendes Vermögen, Aussicht über eine zahlreiche wohlversorgte Nachkommenschaft, alles stürzte vor mir zusammen, und ich – und das überbliebene unglückliche Pfand unserer Liebe! – – Ein toter Kummer folgte auf die wütenden Schmerzen und das ausgeweinte, durchverzweifelte Herz sank in Ermattung hin. Die Unglücksfälle, die das Vermögen einer armen Verlassenen ergriffen, achtete ich nicht, fühlte ich nicht, bis ich zuletzt –

FERNANDO. Der Schuldige!

MADAME SOMMER *mit zurückgehaltener Wehmut.* Er ist's nicht! – Ich bedauere den Mann, der sich an ein Mädchen hängt.

FERNANDO. Madame.

MADAME SOMMER *gelinde spottend, ihre Rührung zu verbergen.* Nein, gewiß! Ich seh' ihn als einen Gefangenen an. Sie sagen ja auch immer, es sei so. Er wird aus seiner Welt in die unsere herübergezogen, mit der er im Grunde nichts gemein hat. Er betrügt sich eine Zeit lang, und weh uns, wenn ihm die Augen aufgehn! – Ich nun gar konnte ihm zuletzt nichts sein als eine redliche Hausfrau, die zwar mit dem festesten Bestreben an ihm hing, ihm gefällig, für ihn sorgsam zu sein, die dem Wohl ihres Hauses, ihres Kindes all ihre Tage widmete und freilich sich mit so viel Kleinigkeiten abgeben mußte, daß ihr Herz und Kopf oft wüste ward, daß sie keine unterhaltende Gesellschafterin war, daß er mit der Lebhaftigkeit seines Geistes meinen Umgang notwendig schal finden mußte. Er ist nicht schuldig!

FERNANDO *zu ihren Füßen*. Ich bin's!

MADAME SOMMER *mit einem Strom von Tränen an seinem Hals*. Mein! –

FERNANDO. Cäcilie! – mein Weib! –

CÄCILIE *von ihm sich abwendend*. Nicht mein – Du verläßt mich, mein Herz! – *Wieder an seinem Hals*. Fernando! – wer du auch seist – laß diese Tränen einer Elenden an deinem Busen fließen – Halte mich diesen Augenblick aufrecht, und dann verlaß mich auf ewig! – Es ist nicht dein Weib! – Stoße mich nicht von dir!

FERNANDO. Gott! – Cäcilie, deine Tränen an meinen Wangen – das Zittern deines Herzens an dem meinigen – Schone mich! schone mich! –

CÄCILIE. Ich will nichts, Fernando! – Nur diesen Augenblick! – Gönne meinem Herzen diese Ergießung, es wird frei werden, stark! Du sollst mich los werden –

FERNANDO. Eh' soll mein Leben zerreißen, eh' ich dich lasse!

CÄCILIE. Ich werde dich wiedersehn, aber nicht auf dieser Erde! du gehörst einer andern, der ich dich nicht rauben kann – – Öffne, öffne mir den Himmel! Einen Blick in jene selige Ferne, in jenes ewige Bleiben – Allein, allein ist's Trost in diesem fürchterlichen Augenblicke.

FERNANDO *sie bei der Hand fassend, ansehend, sie umarmend*. Nichts, nichts in der Welt soll mich von dir trennen. Ich habe dich wiedergefunden.

CÄCILIE. Gefunden, was du nicht suchtest!

FERNANDO. Laß! Laß! – Ja, ich habe dich gesucht; dich, meine Verlassene, meine Teure! Ich fand sogar in den Armen des Engels hier keine Ruhe, keine Freuden; alles erinnerte mich an dich, an deine Tochter, an meine Lucie. Gütiger Himmel! wieviel Freude! – Sollte das liebenswürdige Geschöpf meine Tochter sein? – – Ich habe dich aufgesucht überall. Drei Jahre zieh' ich herum. An dem Ort unsers Aufenthalts fand ich, ach! unsere Wohnung verändert, in fremden Händen, und die traurige Geschichte des Verlusts deines Vermögens. Deine Entweichung zerriß mir das Herz; ich konnte keine Spur von dir finden, und meiner selbst und des Lebens überdrüssig, steckt' ich mich in diese Kleider, in fremde Dienste, half die sterbende Freiheit der edlen Korsen unterdrücken; und nun siehst du mich hier, nach einer langen und wunderbaren Verirrung wieder an deinem Busen, mein teuerstes, mein bestes Weib!

Lucie tritt auf.

FERNANDO. O meine Tochter!

LUCIE. Lieber, bester Vater! wenn Sie mein Vater wieder sind!

FERNANDO. Immer und ewig!

CÄCILIE. Und Stella? –

FERNANDO. Hier gilt's schnell sein. Die Unglückliche! Warum, Lucie, diesen Morgen, warum konnten wir uns nicht erkennen? – Mein Herz schlug mir; du weißt, wie gerührt ich dich verließ! Warum? Warum? – Wir hätten uns das alles erspart! Stella! wir hätten ihr diese Schmerzen erspart! – Doch wir wollen fort. Ich will ihr sagen, ihr beständet darauf, euch zu entfernen, wolltet sie mit eurem Abschied nicht beschweren, wolltet fort. Und du, Lucie, geschwind hinüber; laß eine Chaise zu dreien anspannen. Meine Sachen soll der Bediente zu den eurigen packen! – Bleib noch hüben, beste teuerste Frau! Und du, meine Tochter, wenn alles bestellt ist, komm herüber; und verweilt im Gartensaal, wartet auf mich. Ich will mich von ihr losmachen, sagen, ich wollt' euch hinüberbegleiten, sorgen, daß ihr wohl fort kämt, und das Postgeld für euch bezahlen. – Arme Seele, ich betrüge dich mit deiner Güte! – Wir wollen fort! –

CÄCILIE. Fort? – Nur ein vernünftig Wort!

FERNANDO. Fort! Laß sein! – Ja, meine Lieben, wir wollen fort!

Cäcilie und Lucie ab.

FERNANDO *allein.* Fort? – – Wohin? Wohin? – Ein Dolchstich würde allen diesen Schmerzen den Weg öffnen und mich in die dumpfe Fühllosigkeit stürzen, um die ich jetzt alles dahin gäbe! – Bist du da, Elender? Erinnere dich der vollglücklichen Tage, da du in starker Genügsamkeit gegen den Armen standst, der des Lebens Bürde abwerfen wollte; wie du dich fühltest in jenen glücklichen Tagen, und nun! – Ja die Glücklichen! die Glücklichen! – Eine Stunde früher diese Entdeckung, und ich wäre geborgen; ich hätte sie nicht wiedergesehn, sie mich nicht; ich hätte mich überreden können: sie hat dich diese vier Jahre her vergessen, verschmerzt ihr Leiden. Aber nun? Wie soll ich vor ihr erscheinen, was ihr sagen? – O meine Schuld, meine Schuld wird schwer in diesen Augenblicken über mir! – Verlassen, die beiden lieben Geschöpfe! Und ich, in dem Augenblick, da ich sie wiederfinde, verlassen von mir selbst! elend! O meine Brust!

VIERTER AKT

EINSIEDELEI IN STELLAS GARTEN

Stella allein

STELLA. Du blühst schön, schöner als sonst, liebe, liebe Stätte der gehofften ewigen Ruhe – Aber du lockst mich nicht mehr – mir schaudert vor dir – kühle lockre Erde, mir schaudert vor dir – – Ach wie oft, in Stunden der Einbildung, hüllt' ich schon Haupt und Brust dahingegeben in den Mantel des Todes und stand gelassen an deiner Tiefe, und schritt hinunter, und verbarg mein jammervolles Herz unter deine lebendige Decke. Da solltest du, Verwesung, wie ein liebes Kind diese überfüllte, drängende Brust aussaugen und mein ganzes Dasein in einen freundlichen Traum auflösen – Und nun! – Sonne des Himmels, du scheinst herein – es ist so licht, so offen um mich her, und ich freue mich des! – Er ist wieder da! – Und in einem Wink steht rings um mich die Schöpfung lebevoll – und ich bin ganz Leben – – und neues, wärmeres, glühenderes Leben will ich von seinen Lippen trinken! – Zu ihm – bei ihm – mit ihm in bleibender Kraft wohnen! – Fernando! – Er kommt! Horch – Nein, noch nicht! – – Hier soll er mich finden, hier an meinem Rasenaltar, unter meinen Rosenzweigen! Diese Knöspchen will ich ihm brechen – – Hier! Hier! – Und dann führ' ich ihn in diese Laube. Wohl, wohl war's, daß ich sie doch, so eng sie ist, für zwei eingerichtet habe – Hier lag sonst mein Buch, stand mein Schreibzeug – Weg Buch! und Schreibzeug! – Käm' er nur! – Gleich verlassen! – Hab' ich ihn denn wieder? – Ist er da?

Fernando kommt.

STELLA. Wo bleibst du, mein Bester? Wo bist du? Ich bin lang', lang' allein! *Ängstlich.* Was hast du?

FERNANDO. Die Weiber haben mich verstimmt – Die Alte ist eine brave Frau; sie will aber nicht bleiben, will keine Ursache sagen, sie will fort. Laß sie, Stella.

STELLA. Wenn sie nicht zu bewegen ist, ich will sie nicht wider Willen – Und, Fernando, ich brauchte Gesellschaft – und jetzt – *an seinem Hals.* jetzt, Fernando! Ich habe dich ja!

FERNANDO. Beruhige dich!

STELLA. Laß mich weinen! Ich wollte, der Tag wäre vorbei! Noch zittern mir alle Gebeine! – Freude! – Alles unerwartet, auf einmal dich, Fernando! Und kaum! kaum! Ich werde vergehen in diesem allen!

FERNANDO *vor sich.* Ich Elender! Sie verlassen?
Laut. Laß mich. Stella!

STELLA. Es ist deine Stimme, deine liebende Stimme! – Stella! Stella! – Du weißt, wie gern ich diesen Namen aussprechen hörte –: Stella! Es spricht ihn niemand aus wie du. Ganz die Seele der Liebe in dem Klang! – Wie lebhaft ist mir noch die Erinnerung des Tags, da ich dich ihn zuerst aussprechen hörte, da all mein Glück in dir begann!

FERNANDO. Glück?

STELLA. Ich glaube, du fängst an zu rechnen; rechnest die trüben Stunden, die ich mir über dich gemacht habe. Laß, Fernando! Laß! – O! seit dem Augenblick, da ich dich zum erstenmal sah, wie ward alles so ganz anders in meiner Seele! Weißt du den Nachmittag noch im Garten, bei meinem Onkel? Wie du zu uns hereintratst? Wir aßen unter den großen Kastanienbäumen hinter dem Lusthaus! –

FERNANDO *vor sich.* Sie wird mir das Herz zerreißen! – – *Laut.* Ich weiß noch, meine Stella!

STELLA. Wie du zu uns tratst? Ich weiß nicht, ob du bemerktest, daß du im ersten Augenblick meine Aufmerksamkeit gefesselt hattest? Ich wenigstens merkte bald, daß deine Augen mich suchten. Ach, Fernando! da brachte mein Onkel die Musik; du nahmst deine Violine, und wie du spieltest, lagen meine Augen sorglos auf dir; ich spähte jeden Zug in deinem Gesicht, und – in einer unvermuteten Pause schlugst du die Augen auf – auf mich! sie begegneten den meinigen! Wie ich errötete, wie ich wegsah! Du hast es bemerkt, Fernando! denn von der Zeit an fühlt' ich wohl, daß du öfter über dem Blatt wegsahst, oft zur ungelegenen Zeit aus dem Takt kamst, daß mein Onkel sich zertrat. Jeder Fehlstrich, Fernando, ging mir durch die Seele – Es war die süßeste Konfusion, die ich in meinem Leben gefühlt habe. Um alles Gold hätt' ich dich nicht wieder grad ansehen können. Ich machte mir Luft und ging –

FERNANDO. Bis auf den kleinsten Umstand! – *Vor sich.* Unglückliches Gedächtnis.

STELLA. Ich erstaune oft selbst: wie ich dich liebe, wie ich jeden Augenblick bei dir mich ganz vergesse; doch alles vor mir noch zu haben, so lebhaft, als wär's heute! Ja, wie oft hab' ich mir's auch erzählt, wie oft, Fernando! – Wie ihr mich suchtet, wie du an der Hand meiner Freundin, die du vor mir kennen lerntest, durchs Boskett streiftest, und sie rief: Stella! – und du riefst: Stella! Stella! – Ich hatte dich kaum reden gehört, und erkannte deine Stimme; und wie ihr auf mich traft und du meine Hand nahmst! Wer war konfuser, ich oder du? Eins half dem andern – Und von dem Augenblick an – Meine gute Sara sagte mir's wohl, gleich selbigen Abend – Es ist alles eingetroffen. – Und welche Seligkeit in deinen Armen. Wenn meine Sara meine Freuden sehen könnte. Es war ein gutes Geschöpf; sie weinte viel um mich, da ich so krank, so liebeskrank war. Ich hätte sie gern mitgenommen, da ich um deinetwillen alles verließ.

FERNANDO. Alles verließ!

STELLA. Fällt dir das so auf? Ist's denn nicht wahr? Alles verließ! Oder kannst du in Stellas Munde so was zum Vorwurf mißdeuten? Um deinetwillen hab' ich lange nicht genug getan.

FERNANDO. Freilich! Deinen Onkel, der dich als Vater liebte, der dich auf den Händen trug, dessen Wille dein Wille war, das war nicht viel? Das Vermögen, die Güter, die alle dein waren, dein worden wären, das war nichts? Den Ort, wo du von Jugend auf gelebt, dich gefreut hattest – deine Gespielen –

STELLA. Und das alles, Fernando, ohne dich? Was war mir's vor deiner Liebe? Aber da, als die in meiner Seele aufging, da hatt' ich erst Fuß in der Welt gefaßt. – Zwar muß ich dir gestehn, daß ich manchmal in einsamen Stunden dachte: warum konnt' ich das nicht alles mit ihm genießen? warum mußten wir fliehen? warum nicht im Besitz von dem allen bleiben? Hätte ihm mein Onkel meine Hand verweigert? – Nein! – Und warum fliehen?

– O ich habe für dich wieder Entschuldigungen genug gefunden! für dich! da hat mir's nie gemangelt! Und wenn's Grille wäre, sagte ich – wie ihr denn eine Menge Grillen habt –, wenn's Grille wäre, das Mädchen so heimlich als Beute für sich zu haben! – Und wenn's Stolz wäre, das Mädchen so allein, ohne Zugabe zu haben. Du kannst denken, daß mein Stolz nicht wenig dabei interessiert war, sich das Beste glauben zu machen; und so kamst du nun glücklich durch.

FERNANDO. Ich vergehe!

Annchen kommt.

ANNCHEN. Verzeihen Sie, gnädige Frau! Wo bleiben Sie, Herr Hauptmann? Alles ist aufgepackt, und nun fehlt's an ihnen! Die Mamsell hat schon ein Laufens, ein Befehlens heut' verführt, daß es unleidlich war; und nun bleiben Sie aus!

STELLA. Geh, Fernando, bring' sie hinüber; zahl' das Postgeld für sie, aber sei gleich wieder da.

ANNCHEN. Fahren Sie denn nicht mit? Die Mamsell hat eine Chaise zu dreien bestellt, ihr Bedienter hat ja aufgepackt!

STELLA. Fernando, das ist ein Irrtum!

FERNANDO. Was weiß das Kind?

ANNCHEN. Was ich weiß? Freilich sieht's kurios aus, daß der Herr Hauptmann mit dem Frauenzimmer fort will, von der gnädigen Frau, seit sie bei Tisch Bekanntschaft mit ihnen gemacht hat. Das war wohl ein zärtlicher Abschied, als Sie ihr zur gesegneten Mahlzeit die Hand drückten?

STELLA *verlegen.* Fernando.

FERNANDO. Es ist ein Kind!

ANNCHEN. Glauben Sie's nicht, gnädige Frau! es ist alles aufgepackt; der Herr geht mit.

FERNANDO. Wohin? Wohin?

STELLA. Verlaß uns, Annchen! *Annchen ab.* Reiß mich aus der entsetzlichen Verlegenheit! Ich fürchte nichts, und doch ängstet mich das Kindergeschwätz. – Du bist bewegt! Fernando! – Ich bin deine Stella!

FERNANDO *sich umwendend und sie bei der Hand fassend.* Du bist meine Stella!

STELLA. Du erschreckst mich, Fernando! du siehst wild.

FERNANDO. Stella! ich bin ein Bösewicht, und feig; und vermag vor dir nichts. Fliehen! – Hab' das Herz nicht, dir den Dolch in die Brust zu stoßen, und will dich heimlich vergiften, ermorden! Stella!

STELLA. Um Gottes willen!

FERNANDO *mit Wut und Zittern.* Und nur nicht sehn ihr Elend, nicht hören ihre Verzweiflung! Fliehen! –

STELLA. Ich halt's nicht aus! *Sie will sinken und hält sich an ihn.*

FERNANDO. Stella! die ich in meinen Armen fasse! Stella, die du mir alles bist! Stella! – *Kalt.* Ich verlasse dich!

STELLA *verwirrt lächelnd.* Mich!

FERNANDO *mit Zähneknirschen.* Dich! mit dem Weib, das du gesehen hast! mit dem Mädchen! –

STELLA. Es wird so Nacht!

FERNANDO. Und dieses Weib ist meine Frau! –

STELLA *sieht ihn starr an und läßt die Arme sinken.*

FERNANDO. Und das Mädchen ist meine Tochter! Stella! *Er bemerkt erst, daß sie in Ohnmacht gefallen ist.* Stella! *Er bringt sie auf einen Sitz.* Stella! – Hilfe! Hilfe!

Cäcilie, Lucie kommen.

FERNANDO. Seht! seht den Engel! Er ist dahin! Seht! – Hilfe!

Sie bemühen sich um sie.

LUCIE. Sie erholt sich.

FERNANDO *stumm sie ansehend.* Durch dich! Durch dich! *Ab.*

STELLA. Wer? Wer? – *Aufstehend.* Wo ist er? *Sie sinkt zurück, sieht die an, die sich um sie bemühen.* Dank euch! Dank! – Wer seid ihr?

CÄCILIE. Beruhigen Sie sich! Wir sind's.

STELLA. Ihr? – Seid ihr nicht fort? – Seid ihr –? Gott! wer sagte mir's? – Wer bist du? – Bist du? – *Cäcilie bei den Händen fassend.* Nein! ich halt's nicht aus!

CÄCILIE. Beste! Liebste! Ich schließ' dich Engel an mein Herz!

STELLA. Sag' mir – es liegt tief in meiner Seele – Sag' mir – bist du –

CÄCILIE. Ich bin – ich bin sein Weib! –

STELLA *aufspringend, sich die Augen zuhaltend.* Und ich? – *Sie geht verwirrt auf und ab.*

CÄCILIE. Kommen Sie in ihr Zimmer!

STELLA. Woran erinnerst du mich? Was ist mein? – Schrecklich! Schrecklich! – Sind das meine Bäume, die ich pflanzte, die ich erzog? Warum in dem Augenblick mir alles so fremd wird? – Verstoßen! – Verloren! – Verloren auf ewig! Fernando! Fernando!

CÄCILIE. Geh, Lucie, such' deinen Vater.

STELLA. Um Gottes Barmherzigkeit! Halt! – Weg! Laß ihn nicht kommen! Entfern' dich! – Vater! – Gatte! –

CÄCILIE. Süße Liebe!

STELLA. Du liebst mich? du drückst mich an deine Brust? – Nein! Nein! – Laß mich! Verstoß mich! – *An ihrem Halse.* Noch einen Augenblick! es wird bald aus mit mir sein! Mein Herz! Mein Herz!

LUCIE. Sie müssen ruhen!

STELLA. Ich ertrag' euren Anblick nicht! Euer Leben hab' ich vergiftet, euch geraubt euer Alles – ihr im Elend; und ich – welche Seligkeit in seinen Armen! *Sie wirft sich auf die Kniee.* Könnt' ihr mir vergeben?

CÄCILIE. Laß! Laß! *Sie bemühen sich, sie aufzuheben.*

STELLA. Hier will ich liegen, flehn, jammern, zu Gott und euch: Vergebung! Vergebung – *Sie springt auf.* – Vergebung? – Trost gebt mir! Trost! Ich bin nicht schuldig! – Du gabst mir ihn, heiliger Gott im Himmel! ich hielt ihn fest, wie die liebste Gabe aus deiner Hand – Laß mich! – Mein Herz zerreißt! –

CÄCILIE. Unschuldige! Liebe!

STELLA *an ihrem Halse.* Ich lese in deinen Augen, auf deiner Lippe Worte des Himmels. Halt mich! Trag mich! ich gehe zu Grunde! Sie vergibt mir! Sie fühlt mein Elend!

CÄCILIE. Schwester! meine Schwester, erhole dich! nur einen Augenblick, erhole dich! Glaube, daß, der in unser Herz diese Gefühle legte, die uns oft so elend machen, auch Trost und Hilfe dafür bereiten kann.

STELLA. An deinem Hals laß mich sterben!

CÄCILIE. Kommen Sie!

STELLA *nach einer Pause, wild wegfahrend.* Laßt mich alle! Sieh, es drängt sich eine Welt voll Verwirrung und Qual in meine Seele und füllt sie ganz mit unsäglichen Schmerzen – Es ist unmöglich – unmöglich! – So auf einmal! – Ist nicht zu fassen, nicht zu tragen! – *Sie steht eine Weile niedersehend still, in sich gekehrt, sieht dann auf, erblickt die beiden, fährt mit einem Schrei zusammen und entflieht.*

CÄCILIE. Geh ihr nach, Lucie! Beobachte sie! *Lucie ab.* Sieh herab auf deine Kinder und ihre Verwirrung, ihr Elend! – Leidend lernt' ich viel. Stärke mich! – Und kann der Knoten gelöst werden – heiliger Gott im Himmel! zerreiß ihn nicht!

FÜNFTER AKT

STELLAS KABINETT. IM MONDENSCHEIN

Stella. Sie hat Fernandos Porträt und ist im Begriff, es von dem Blendrahmen loszumachen.

STELLA. Fülle der Nacht, umgib mich! fasse mich! leite mich! ich weiß nicht, wohin ich trete! – – Ich muß! ich will hinaus in die weite Welt! Wohin? Ach wohin? – Verbannt aus deiner Schöpfung! wo du, heiliger Mond, auf den Wipfeln meiner Bäume dämmerst, wo du mit furchtbar lieben Schatten das Grab meiner holden Mina umgibst, soll ich nicht mehr wandeln? Von dem Ort, wo alle Schätze meines Lebens, alle selige Erinnerungen aufbewahrt sind? – Und du, worüber ich so oft mit Andacht und Tränen gewohnt habe, Stätte meines Grabes! die ich mir weihte, wo umher alle Wehmut, alle Wonne meines Lebens dämmert, wo ich noch abgeschieden umzuschweben und die Vergangenheit allschmachtend zu genießen hoffte – von dir auch verbannt sein? – Verbannt sein? – Du bist stumpf! Gott sei Dank! dein Gehirn ist verwüstet; du kannst ihn nicht fassen, den Gedanken: Verbannt sein! Du würdest wahnsinnig werden! – – – Nun! – O mir ist schwindelig! – Leb' wohl! – Lebt wohl – – Nimmer wiedersehn? – Es ist ein dumpfer Totenblick in dem Gefühl! Nicht wiedersehn? Fort! Stella! *Sie ergreift das Porträt.* Und dich sollt' ich zurücklassen? – *Sie nimmt ein Messer und fängt an, die Nägel loszubrechen.* O daß ich ohne Gedanken wäre! daß ich in dumpfem Schlaf, daß ich in hinreißenden Tränen mein Leben hingäbe! – – Das ist, und wird sein –: du bist elend! – *Das Gemälde nach dem Monde wendend.* Ha, Fernando! da du zu mir tratst und mein Herz dir entgegensprang, fühltest du nicht das Vertrauen auf deine Treue, deine Güte? – Fühltest du nicht, welch Heiligtum sich dir eröffnete, als sich mein Herz gegen dich aufschloß? – Und du bebtest nicht vor mir zurück? Versankst nicht? Entflohst nicht – – Du konntest meine Unschuld, mein Glück, mein Leben so zum Zeitvertreib pflücken und zerpflücken und am Weg gedankenlos hinstreuen? – Edler! – Ha, Edler! – Meine Jugend! – meine goldnen Tage! – Und du trägst die tiefe Tücke im Herzen! – Dein Weib! – deine Tochter! – Und mir war's frei in der Seele, rein wie ein Frühlingsmorgen! – Alles, alles *eine* Hoffnung! – – Wo bist du, Stella? – *Das Porträt anschauend.* So groß! so schmeichelnd! –

Der Blick war's, der mich ins Verderben riß! – – Ich hasse dich! Weg! wende dich weg! – So dämmernd! so lieb! – Nein! Nein! – Verderber! Mich? – Mich? – Du? – Mich? – *Sie zuckt mit dem Messer nach dem Gemälde.* Fernando! – *Sie wendet sich ab, das Messer fällt, sie stürzt mit einem Ausbruch von Tränen vor den Stuhl nieder* – Liebster! Liebster! Vergebens! Vergebens! –

BEDIENTER *kommt.* Gnädige Frau! wie Sie befahlen, die Pferde sind an der hintern Gartentür. Ihre Wäsche ist aufgepackt. Vergessen Sie nicht Geld!

STELLA. Das Gemälde! *Bedienter nimmt das Messer auf und schneidet das Gemälde von dem Rahmen und rollt's.* – Hier ist Geld.

BEDIENTER. Aber warum –?

STELLA *einen Moment stillstehend, auf- und umher blickend.* Komm! *Ab.*

SAAL

Fernando allein

FERNANDO. Laß mich! Laß mich! Sieh! da faßt's mich wieder mit der schrecklichen Verworrenheit! – So kalt, so graß liegt alles vor mir – als wär' die Welt nichts – ich hätte drin nichts verschuldet – – Und sie! – Ha! bin ich nicht elender als ihr? Was habt ihr an mich zu fordern? – – – Was ist nun des Sinnens Ende? – Hier! und hier! Von einem Ende zum andern! durchgedacht und wieder durchgedacht! Und immer quälender! immer schrecklicher! – – *Sich die Stirn haltend.* Wo's zuletzt widerstößt! Nirgends vor, nicht hinter sich! Nirgends Rat und Hilfe! – Und diese zwei? diese drei besten weiblichen Geschöpfe der Erde – elend durch mich – elend ohne mich! – Ach, noch elender mit mir! – Wenn ich klagen könnte, könnte verzweifeln, könnt' um Vergebung bitten – könnt' in stumpfer Hoffnung nur eine Stunde hinbringen – zu ihren Füßen liegen und in teilnehmendem Elend Seligkeit genießen! – Wo sind sie? – Stella? du liegst auf deinem Angesichte, blickst sterbend nach dem Himmel und ächzest: »Was hab' ich Blume verschuldet, daß mich dein Grimm so niederknickt? Was hatte ich Arme verschuldet, daß du diesen Bösewicht zu mir führtest?« – – Cäcilie! Mein Weib! o mein Weib! – – Elend! Elend! tiefes Elend! – Welche Seligkeiten vereinigen sich, um mich elend zu machen! Gatte! Vater! Geliebter! – Die besten, edelsten weiblichen Geschöpfe! – Dein! Dein? – Kannst du das fassen, die dreifache, unsägliche Wonne? – Und nur die ist's, die dich so ergreift, die dich zerreißt – Jede fordert mich ganz – – Und ich? – Hier ist's zu! – tief! unergründlich! – – Sie wird elend sein! – Stella! bist elend! – Was hab' ich dir geraubt? das Bewußtsein deiner selbst, dein junges Leben! – Stella! – Und ich bin so kalt? – *Er nimmt eine Pistole vom Tisch.* Doch, auf alle Fälle! – *Er ladet.*

Cäcilie kommt.

CÄCILIE. Mein Bester! wie ist uns? – *Sie sieht die Pistolen.* Das sieht ja reisefertig aus! *Fernando legt sie nieder.* Mein Freund! Du scheinst mir gelassener. Kann man ein Wort mit dir reden?

FERNANDO. Was willst du, Cäcilie? Was willst du, mein Weib?

CÄCILIE. Nenn' mich nicht so, bis ich ausgeredet habe. Wir sind nun wohl sehr verworren; sollte das nicht zu lösen sein? Ich hab' viel gelitten, und drum nichts von gewaltsamen Entschlüssen. Vernimmst du mich, Fernando?

FERNANDO. Ich höre!

CÄCILIE. Nimm's zu Herzen! Ich bin nur ein Weib, ein kummervolles, klagendes Weib; aber Entschluß ist in meiner Seele. – Fernando – ich bin entschlossen – ich verlasse dich!

FERNANDO *spottend.* Kurz und gut?

CÄCILIE. Meinst du, man müsse hinter der Tür Abschied nehmen, um zu verlassen, was man liebt?

FERNANDO. Cäcilie!

Cäcilie. Ich werfe dir nichts vor; und glaube nicht, daß ich dir so viel aufopfere. Bisher beklagte ich deinen Verlust, ich härmte mich ab über das, was ich nicht ändern konnte. Ich finde dich wieder, deine Gegenwart flößt mir neues Leben, neue Kraft ein. Fernando, ich fühle, daß meine Liebe zu dir nicht eigennützig ist, nicht die Leidenschaft einer Liebhaberin, die alles dahingäbe, den erflehten Gegenstand zu besitzen. Fernando! mein Herz ist warm und voll für dich; es ist das Gefühl einer Gattin, die, aus Liebe, selbst ihre Liebe hinzugeben vermag.

Fernando. Nimmer! Nimmer!

Cäcilie. Du fährst auf?

Fernando. Du marterst mich!

Cäcilie. Du sollst glücklich sein! Ich habe meine Tochter – und einen Freund an dir. Wir wollen scheiden, ohne getrennt zu sein. Ich will entfernt von dir leben und ein Zeuge deines Glücks bleiben. Deine Vertraute will ich sein, du sollst Freude und Kummer in meinen Busen ausgießen. Deine Briefe sollen mein einziges Leben sein, und die meinen sollen dir als ein lieber Besuch erscheinen – Und so bleibst du mein, bist nicht mit Stella verbannt in einen Winkel der Erde, wir lieben uns, nehmen teil an einander! Und so, Fernando, gib mir deine Hand drauf.

Fernando. Als Scherz wär's zu grausam; als Ernst ist's unbegreiflich! – Wie's nun will, Beste! – Der kalte Sinn löst den Knoten nicht. Was du sagst, klingt schön, schmeckt süß. Wer nicht fühlte, daß darunter weit mehr verborgen liegt; daß du dich selbst betrügst, indem du die marterndsten Gefühle mit einem blendenden eingebildeten Troste schweigen machst. Nein, Cäcilie! Mein Weib, nein! – Du bist mein – ich bleibe dein. – Was sollen hier Worte? was soll ich die Warums dir vortragen? Die Warums sind so viel Lügen. Ich bleibe dein, oder –

Cäcilie. Nun denn! – Und Stella? – *Fernando fährt auf und geht wild auf und ab.* Wer betrügt sich? Wer betäubt seine Qualen durch einen kalten, ungefühlten, ungedachten, vergänglichen

Trost? Ja, ihr Männer kennt euch.

FERNANDO. Überhebe dich nicht deiner Gelassenheit! – Stella! Sie ist elend! Sie wird ihr Leben fern von mir und dir ausjammern. Laß sie! Laß mich!

CÄCILIE. Wohl, glaube ich, würde ihrem Herzen die Einsamkeit tun, wohl ihrer Zärtlichkeit, uns wieder vereinigt zu wissen. Jetzo macht sie sich bittere Vorwürfe. Sie würde mich immer für unglücklicher halten, wenn ich dich verließ', als ich wäre; denn sie berechnete mich nach sich. Sie würde nicht ruhig leben, nicht lieben können, der Engel! wenn sie fühlte, daß ihr Glück Raub wäre. Es ist ihr besser –

FERNANDO. Laß sie fliehen! Laß sie in ein Kloster!

CÄCILIE. Wenn ich nun aber wieder so denke: Warum soll sie denn eingemauert sein? Was hat sie verschuldet, um eben die blühendsten Jahre, die Jahre der Fülle, der reifenden Hoffnung hinzutrauern, verzweifelnd am Abgrund hinzujammern? Geschieden sein von ihrer lieben Welt! – von dem, den sie so glühend liebt? – von dem, der sie – Nicht wahr, du liebst sie, Fernando?

FERNANDO. Ha! was soll das? Bist du ein böser Geist, in Gestalt meines Weibes? Was kehrst du mein Herz um und um? Was zerreißest du das zerrissene? Bin ich nicht zerstört, zerrüttet genug? Verlaß mich! Überlaß mich meinem Schicksal! – und Gott erbarme sich euer! *Er wirft sich in einen Sessel.*

CÄCILIE *tritt zu ihm und nimmt ihn bei der Hand.* Es war einmal ein Graf – *Fernando will aufspringen, sie hält ihn.* Ein deutscher Graf. Den trieb ein Gefühl frommer Pflicht von seiner Gemahlin, von seinen Gütern, nach dem gelobten Lande –

FERNANDO. Ha!

CÄCILIE. Er war ein Biedermann; er liebte sein Weib, nahm Abschied von ihr, empfahl ihr sein Hauswesen, umarmte sie, und zog. Er zog durch viele Länder, kriegte und ward gefangen. Seiner Sklaverei erbarmte sich seines Herrn Tochter; sie löste seine

Fesseln, sie flohen. Sie geleitete ihn aufs neue durch alle Gefahren des Kriegs – Der liebe Waffenträger! – Mit Sieg bekrönt ging's nun zur Rückreise – zu seinem edlen Weibe! – Und sein Mädchen? – Er fühlte Menschheit! – er glaubte an Menschheit und nahm sie mit. Sieh da, die wackre Hausfrau, die ihrem Gemahl entgegeneilt, sieht all ihre Treue, all ihr Vertrauen, ihre Hoffnungen belohnt, ihn wieder in ihren Armen. Und dann daneben seine Ritter, mit stolzer Ehre von ihren Rossen sich auf den vaterländischen Boden schwingend; seine Knechte, abladend die Beute, sie zu ihren Füßen legend, und sie schon in ihrem Sinn das all in ihren Schränken aufbewahrend, schon ihr Schloß mit auszierend, ihre Freunde mit beschenkend – »Edles, teures Weib, der größte Schatz ist noch zurück!« – Wer ist's, die dort verschleiert mit dem Gefolge naht? Sanft steigt sie vom Pferde – – »Hier!« – rief der Graf, sie bei der Hand fassend, sie seiner Frau entgegen führend – »Hier! sieh das alles – und sie! nimm's aus ihren Händen – nimm mich aus ihren Händen wieder! Sie hat die Ketten von meinem Halse geschlossen, sie hat den Winden befohlen, sie hat mich erworben – hat mir gedient, mein gewartet! – – Was bin ich ihr schuldig? – Da hast du sie! – belohn' sie.« *Fernando liegt schluchzend, mit den Armen übern Tisch gebreitet.* An ihrem Halse rief das treue Weib, in tausend Tränen rief sie: »Nimm alles, was ich dir geben kann! Nimm die Hälfte des, der ganz dein gehört – Nimm ihn ganz! Laß mir ihn ganz! Jede soll ihn haben, ohne der andern was zu rauben – Und«, rief sie an seinem Halse, zu seinen Füßen, »wir sind dein!« – – – Sie faßten seine Hände, hingen an ihm – Und Gott im Himmel freute sich der Liebe, und sein heiliger Statthalter sprach seinen Segen dazu. Und ihr Glück und ihre Liebe faßte selig *eine* Wohnung, *ein* Bett, und *ein* Grab.

FERNANDO. Gott im Himmel! Welch ein Strahl von Hoffnung dringt herein!

CÄCILIE. Sie ist da! Sie ist unser! *Nach der Kabinettstüre.* Stella!

Fernando. Laß sie, laß mich! *Im Begriff, wegzugehen.*

Cäcilie. Bleib! höre mich.

Fernando. Der Worte sind schon genug. Was werden kann, wird werden. Laß mich! in diesem Augenblick bin ich nicht vorbereitet, vor euch beiden zu stehen. *Ab.*

Cäcilie, hernach Lucie, dann Stella.

Cäcilie. Der Unglückliche! Immer so einsilbig, immer dem freundlichen, vermittelnden Wort widerstrebend, und sie ebenso! Es muß mir doch gelingen, *Nach der Türe.* Stella! höre mich, Stella!

Lucie. Ruf ihr nicht! Sie ruht, von einem schweren Leiden ruht sie einen Augenblick. Sie leidet sehr, ich fürchte, meine Mutter, mit Willen; ich fürchte, sie stirbt.

Cäcilie. Was sagst du?

Lucie. Es war nicht Arznei, fürcht' ich, was sie nahm.

Cäcilie. Und ich hätte vergebens gehofft? Oh, daß du dich täuschtest! – Fürchterlich – Fürchterlich!

Stella *an der Türe.* Wer ruft mich? Warum weckt ihr mich? Welche Zeit ist's? Warum so frühe?

Lucie. Es ist nicht frühe, es ist Abend.

Stella. Ganz recht, ganz wohl, Abend für mich.

Cäcilie. Und so täuschest du uns!

Stella. Wer täuschte dich? Du.

Cäcilie. Ich brachte dich zurück, ich hoffte.

Stella. Für mich ist kein Bleibens.

Cäcilie. Ach, hätte ich dich ziehen lassen, reisen, eilen, ans Ende der Welt!

Stella. Ich bin am Ende.

Cäcilie *zu Lucien, die indessen ängstlich hin und wider gelaufen ist.* Was zauderst du? Eile, rufe um Hilfe!

Stella *die Lucien anfaßt.* Nein, verweile *Sie lehnt sich auf beide, und sie kommen weiter vor.* An eurem Arm dachte ich durchs Leben zu gehen; so führt mich zum Grabe. *Sie führen sie langsam hervor und lassen sie auf der rechten Seite auf einen Sessel nieder.*

CÄCILIE. Fort, Lucie! fort! Hilfe! Hilfe! *Lucie ab.*

Stella, Cäcilie, hernach Fernando, dann Lucie

STELLA. Mir ist geholfen!

CÄCILIE. Wie anders glaubt' ich! Wie anders hofft' ich!

STELLA. Du Gute, Duldende, Hoffende!

CÄCILIE. Welch entsetzliches Schicksal!

STELLA. Tiefe Wunden schlägt das Schicksal, aber oft heilbare. Wunden, die das Herz dem Herzen schlägt, das Herz sich selber, die sind unheilbar, und so – laß mich sterben.

FERNANDO *tritt ein.* Übereilte sich Lucie, oder ist die Botschaft wahr? Laß sie nicht wahr sein, oder ich fluche deiner Großmut, Cäcilie, deiner Langmut.

CÄCILIE. Mir wirft mein Herz nichts vor. Guter Wille ist höher als aller Erfolg. Eile nach Rettung, sie lebt noch, sie gehört uns noch.

STELLA *die aufblickt und Fernandos Hand faßt.* Willkommen! Laß mir deine Hand, zu Cäcilien und du die deine. 'Alles um Liebe' war die Losung meines Lebens. Alles um Liebe, und so nun auch den Tod! In den seligsten Augenblicken schwiegen wir und verstanden uns *sucht die Hände beider Gatten zusammenzubringen*, und nun laßt mich schweigen und ruhen. *Sie fällt auf ihren rechten Arm, der über den Tisch gelehnt ist.*

FERNANDO. Ja, wir wollen schweigen, Stella, und ruhen. *Er geht langsam nach dem Tische linker Hand.*

CÄCILIE *in ungeduldiger Bewegung.* Lucie kommt nicht, niemand kommt. Ist denn das Haus, ist denn die Nachbarschaft eine Wüste? Fasse dich, Fernando, sie lebt noch. Hunderte sind vom Todeslager aufgestanden, aus dem Grabe sind sie wieder aufgestiegen. Fernando, sie lebt noch. Und wenn uns alles verläßt und hier kein Arzt ist, keine Arznei, so ist doch einer im Himmel, der uns hört. *Auf den Knieen, in der Nähe von Stella.* Höre mich! Erhöre mich, Gott! Erhalte sie uns, laß sie nicht sterben!

FERNANDO *hat mit der linken Hand heimlich ein Pistol ergriffen und geht langsam ab.*

CÄCILIE *wie vorher, Stellas linke Hand fassend.* Ja, sie lebt noch; ihre Hand, ihre liebe Hand ist noch warm. Ich lasse dich nicht, ich fasse dich mit der ganzen Gewalt des Glaubens und der Liebe. Nein, es ist kein Wahn! Eifriges Gebet ist stärker denn irdische Hilfe. *Aufstehend und sich umkehrend.* Er ist hinweg, der Stumme, Hoffnungslose. Wohin? Oh, daß er nicht den Schritt wagt, wohin sein ganzes sturmvolles Leben sich hindrängte. Zu ihm! *Indem sie fort will, wendet sie sich nach Stella.* Und diese lass' ich hilflos hier. Großer Gott! und so stehe ich, im fürchterlichsten Augenblick, zwischen zweien, die ich nicht trennen und nicht vereinigen kann.

Es fällt in der Ferne ein Schuß.

CÄCILIE. Gott! *Will dem Schall nach.*

STELLA *sich mühsam aufrichtend.* Was war das? Cäcilie, du stehst so ferne, komm näher, verlaß mich nicht. Es ist mir so bange. O meine Angst! Ich sehe Blut fließen. Ist's denn mein Blut? Es ist nicht mein Blut. Ich bin nicht verwundet, aber todkrank – Es ist doch mein Blut.

LUCIE *kommt.* Hilfe, Mutter, Hilfe! Ich renne nach Hilfe, nach dem Arzte, sprenge Boten fort; aber ach! soll ich dir's sagen? ganz anderer Hilfe bedarf's. Mein Vater fällt durch seine eigene Hand, er liegt im Blute. *Cäcilie will fort, Lucie hält sie* Nicht dahin, meine Mutter! der Anblick ist hilflos und erregt Verzweiflung.

STELLA *die halb aufgerichtet aufmerksam zugehört hat, faßt Cäciliens Hand.* So wäre es geworden! *Sich aufrichtend und an Cäcilien und Lucien lehnend.* Kommt, ich fühle mich wieder stark, kommt zu ihm. Dort laßt mich sterben.

CÄCILIE. Du wankst, deine Kniee tragen dich nicht. Wir tragen dich nicht. Auch mir ist das Mark aus den Gebeinen.

STELLA *sinkt an den Sessel nieder.* Am Ziele denn. So gehe du hin, zu dem, dem du angehörst. Nimm seinen letzten Seufzer, sein letztes Röcheln auf. Er ist dein Gatte. Du zauderst? Ich bitte, ich beschwöre dich. Dein Bleiben macht mich unruhig. *Mit Bewegung, doch schwach.* Bedenke, er ist allein, und gehe!

Cäcilie mit Heftigkeit ab.

LUCIE. Ich verlasse dich nicht, ich bleibe bei dir.

STELLA. Nein, Lucie! Wenn du mir wohlwillst, so eile! Fort! fort! laß mich ruhen! Die Flügel der Liebe sind gelähmt, sie tragen mich nicht zu ihm hin. Du bist frisch und gesund. Die Pflicht sei tätig, wo die Liebe verstummt. Fort zu dem, dem du angehörst! Er ist dein Vater. Weißt du, was das heißt! Fort! wenn du mich liebst, wenn du mich beruhigen willst.

Lucie entfernt sich langsam.

STELLA *sinkend.* Und ich sterbe allein.

Egmont

Ein Trauerspiel in fünf Aufzügen

Personen

Margarethe von Parma, Tochter Karls des Fünften, Regentin der Niederlande
Graf Egmont, Prinz von Gaure
Wilhelm von Oranien
Herzog von Alba
Ferdinand, sein natürlicher Sohn
Machiavell, im Dienste der Regentin
Richard, Egmonts Geheimschreiber
Silva, } unter Alba dienend
Gomez, }
Klärchen, Egmonts Geliebte
Ihre Mutter
Brackenburg, ein Bürgerssohn
Soest, Krämer } Bürger von Brüssel
Jetter, Schneider }
Zimmermann, }
Seifensieder, }
Buyck, Soldat unter Egmont
Ruysum, Invalide und taub
Vansen, ein Schreiber
Volk, Gefolge, Wachen usw.

Der Schauplatz ist in Brüssel.

Erster Aufzug

Armbrustschiessen

Soldaten und Bürger mit Armbrüsten. Jetter, Bürger von Brüssel, Schneider, tritt vor und spannt die Armbrust. Soest, Bürger von Brüssel, Krämer

Soest. Nun schießt nur hin, daß es alle wird! Ihr nehmt mir's doch nicht! Drei Ringe schwarz, die habt ihr eure Tage nicht geschossen. Und so wär' ich für dies Jahr Meister.

Jetter. Meister und König dazu. Wer mißgönnt's euch? Ihr sollt dafür auch die Zeche doppelt bezahlen; ihr sollt eure Geschicklichkeit bezahlen, wie's recht ist.

Buyck, Holländer, Soldat unter Egmont

Buyck. Jetter, den Schuß handl' ich euch ab, teile den Gewinst, traktiere die Herren: ich bin so schon lange hier und für viele Höflichkeit Schuldner. Fehl' ich, so ist's, als wenn ihr geschossen hättet.

Soest. Ich sollte drein reden, denn eigentlich verlier' ich dabei. Doch, Buyck, nur immerhin.

Buyck *schießt.* Nun, Pritschmeister, Reverenz! – Eins! Zwei! Drei! Vier!

Soest. Vier Ringe? Es sei!

Alle. Vivat, Herr König, hoch! und abermal hoch!

Buyck. Danke, ihr Herren. Wäre Meister zu viel! Danke für die Ehre.

Jetter. Die habt ihr euch selbst zu danken.

Ruysum, Friesländer, Invalide und taub

Ruysum. Daß ich euch sage!

SOEST. Wie ist's, Alter?

RUYSUM. Daß ich euch sage! – Er schießt wie sein Herr, er schießt wie Egmont.

BUYCK. Gegen ihn bin ich nur ein armer Schlucker. Mit der Büchse trifft er erst, wie keiner in der Welt. Nicht etwa, wenn er Glück oder gute Laune hat, nein! wie er anlegt, immer rein schwarz geschossen. Gelernt habe ich von ihm. Das wäre auch ein Kerl, der bei ihm diente und nichts von ihm lernte. – Nicht zu vergessen, meine Herren! Ein König nährt seine Leute; und so, auf des Königs Rechnung, Wein her!

JETTER. Es ist unter uns ausgemacht, daß jeder –

BUYCK. Ich bin fremd und König und achte eure Gesetze und Herkommen nicht.

JETTER. Du bist ja ärger als der Spanier; der hat sie uns doch bisher lassen müssen.

RUYSUM. Was?

SOEST *laut.* Er will uns gastieren, er will nicht haben, daß wir zusammenlegen und der König nur das Doppelte zahlt.

RUYSUM. Laßt ihn! doch ohne Präjudiz! Das ist auch seines Herren Art, splendid zu sein und es laufen zu lassen, wo es gedeiht. *Sie bringen Wein.*

ALLE. Ihro Majestät Wohl! Hoch!

JETTER *zu Buyck.* Versteht sich, *Eure* Majestät.

BUYCK. Danke von Herzen, wenn's doch so sein soll.

SOEST. Wohl! Denn unsrer spanischen Majestät Gesundheit trinkt nicht leicht ein Niederländer von Herzen.

RUYSUM. Wer?

SOEST *laut.* Philipps des Zweiten, Königs in Spanien.

RUYSUM. Unser allergnädigster König und Herr! Gott geb' ihm langes Leben.

SOEST. Hattet ihr seinen Herrn Vater, Karl den Fünften, nicht lieber?

RUYSUM. Gott tröst' ihn! das war ein Herr! Er hatte die Hand über den ganzen Erdboden und war euch alles in allem, und wenn er euch begegnete, so grüßt' er euch wie ein Nachbar den andern; und wenn ihr verschrocken wart, wußt' er mit so guter Manier – Ja, versteht mich – Er ging aus, ritt aus, wie's ihm einkam, gar mit wenig Leuten. Haben wir doch alle geweint, wie er seinem Sohne das Regiment hier abtrat – sagt' ich, versteht mich – der ist schon anders, der ist majestätischer.

JETTER. Er ließ sich nicht sehen, da er hier war, als im Prunk und königlichen Staate. Er spricht wenig, sagen die Leute.

SOEST. Es ist kein Herr für uns Niederländer. Unsre Fürsten müssen froh und frei sein, wie wir, leben und leben lassen. Wir wollen nicht verachtet noch gedruckt sein, so gutherzige Narren wir auch sind.

JETTER. Der König, denk' ich, wäre wohl ein gnäd'ger Herr, wenn er nur bessere Ratgeber hätte.

SOEST. Nein, nein! Er hat kein Gemüt gegen uns Niederländer, sein Herz ist dem Volke nicht geneigt, er liebt uns nicht; wie können wir ihn wieder lieben? Warum ist alle Welt dem Grafen Egmont so hold? Warum trügen wir ihn alle auf den Händen? Weil man ihm ansieht, daß er uns wohl will; weil ihm die Fröhlichkeit, das freie Leben, die gute Meinung aus den Augen sieht; weil er nichts besitzt, das er dem Dürftigen nicht mitteilte, auch dem, der's nicht bedarf. Laßt den Grafen Egmont leben! Buyck, an euch ist's, die erste Gesundheit zu bringen! Bringt eures Herrn Gesundheit aus.

BUYCK. Von ganzer Seele denn: Graf Egmont hoch!

RUYSUM. Überwinder bei St. Quentin!

BUYCK. Dem Helden von Gravelingen!

ALLE. Hoch!

RUYSUM. St. Quentin war meine letzte Schlacht. Ich konnte kaum mehr fort, kaum die schwere Büchse mehr schleppen. Hab' ich doch den Franzosen noch eins auf den Pelz gebrannt, und da kriegt' ich zum Abschied noch einen Streifschuß ans rechte Bein.

Buyck. Gravelingen! Freunde! Da ging's frisch! Den Sieg haben wir allein. Brannten und sengten die welschen Hunde nicht durch ganz Flandern? Aber ich mein', wir trafen sie! Ihre alten handfesten Kerle hielten lange wider, und wir drängten und schossen und hieben, daß sie die Mäuler verzerrten und ihre Linien zuckten. Da ward Egmont das Pferd unter dem Leibe niedergeschossen, und wir stritten lange hinüber herüber, Mann für Mann, Pferd gegen Pferd, Haufe mit Haufe, auf dem breiten flachen Sand' an der See hin. Auf einmal kam's, wie vom Himmel herunter, von der Mündung des Flusses, bav! bau! immer mit Kanonen in die Franzosen drein. Es waren Engländer, die unter dem Admiral Malin von ohngefähr von Dünkirchen her vorbeifuhren. Zwar viel halfen sie uns nicht; sie konnten nur mit den kleinsten Schiffen herbei, und das nicht nah' genug; schossen auch wohl unter uns – Es tat doch gut! Es brach die Welschen und hob unsern Mut. Da ging's rick! rack! herüber hinüber! Alles tot geschlagen, alles ins Wasser gesprengt. Und die Kerle ersoffen, wie sie das Wasser schmeckten; und was wir Holländer waren, grad hinten drein. Uns, die wir beidlebig sind, ward erst wohl im Wasser, wie den Fröschen; und immer die Feinde im Fluß zusammengehauen, weggeschossen wie die Enten. Was nun noch durchbrach, schlugen euch auf der Flucht die Bauernweiber mit Hacken und Mistgabeln tot. Mußte doch die welsche Majestät gleich das Pfötchen reichen und Friede machen. Und den Frieden seid ihr uns schuldig, dem großen Egmont schuldig!

Alle. Hoch! dem großen Egmont hoch! und abermal hoch! und abermal hoch!

Jetter. Hätte man uns den statt der Margrete von Parma zum Regenten gesetzt!

Soest. Nicht so! Wahr bleibt wahr! Ich lasse mir Margareten nicht schelten. Nun ist's an mir. Es lebe unsre gnäd'ge Frau!

Alle. Sie lebe!

Soest. Wahrhaftig, treffliche Weiber sind in dem Hause. Die Regentin lebe!

JETTER. Klug ist sie, und mäßig in allem, was sie tut; hielte sie's nur nicht so steif und fest mit den Pfaffen. Sie ist doch auch mit schuld, daß wir die vierzehn neuen Bischofsmützen im Lande haben. Wozu die nur sollen? Nicht wahr, daß man Fremde in die guten Stellen einschieben kann, wo sonst Äbte aus den Kapiteln gewählt wurden? Und wir sollen glauben, es sei um der Religion willen. Ja es hat sich. An drei Bischöfen hatten wir genug: da ging's ehrlich und ordentlich zu. Nun muß doch auch jeder tun, als ob er nötig wäre; und da setzt's allen Augenblick Verdruß und Händel. Und je mehr ihr das Ding rüttelt und schüttelt, desto trüber wird's. *Sie trinken.*

SOEST. Das war nun des Königs Wille; sie kann nichts davon noch dazu tun.

JETTER. Da sollen wir nun die neuen Psalmen nicht singen. Sie sind wahrlich gar schön in Reimen gesetzt und haben recht erbauliche Weisen. Die sollen wir nicht singen; aber Schelmenlieder, so viel wir wollen. Und warum? Es seien Ketzereien drin, sagen sie, und Sachen – Gott weiß. Ich hab' ihrer doch auch gesungen; es ist jetzt was Neues, ich hab' nichts drin gesehen.

BUYCK. Ich wollte sie fragen! In unsrer Provinz singen wir, was wir wollen. Das macht, daß Graf Egmont unser Statthalter ist, der fragt nach so etwas nicht. – In Gent, Ypern, durch ganz Flandern singt sie, wer Belieben hat. *Laut.* Es ist ja wohl nichts unschuldiger als ein geistlich Lied? Nicht wahr, Vater?

RUYSUM. Ei wohl! Es ist ja ein Gottesdienst, eine Erbauung.

JETTER. Sie sagen aber, es sei nicht auf die rechte Art, nicht auf ihre Art; und gefährlich ist's doch immer, da läßt man's lieber sein. Die Inquisitionsdiener schleichen herum und passen auf; mancher ehrliche Mann ist schon unglücklich geworden. Der Gewissenszwang fehlte noch! Da ich nicht tun darf, was ich möchte, können sie mich doch denken und singen lassen, was ich will.

SOEST. Die Inquisition kommt nicht auf. Wir sind nicht gemacht, wie die Spanier, unser Gewissen tyrannisieren zu lassen. Und der Adel muß auch bei Zeiten suchen, ihr die Flügel zu beschneiden.

JETTER. Es ist sehr fatal. Wenn's den lieben Leuten einfällt, in mein Haus zu stürmen, und ich sitze an meiner Arbeit und summe just einen französischen Psalm und denke nichts dabei, weder Gutes noch Böses; ich summe ihn aber, weil er mir in der Kehle ist: gleich bin ich ein Ketzer und werde eingesteckt. Oder ich gehe über Land und bleibe bei einem Haufen Volks stehn, das einem neuen Prediger zuhört, einem von denen, die aus Deutschland gekommen sind: auf der Stelle heiß' ich ein Rebell und komme in Gefahr, meinen Kopf zu verlieren. Habt ihr je einen predigen hören?

SOEST. Wackre Leute. Neulich hört' ich einen auf dem Felde vor tausend und tausend Menschen sprechen. Das war ein ander Geköch, als wenn unsre auf der Kanzel herumtrommeln und die Leute mit lateinischen Brocken erwürgen. Der sprach von der Leber weg; sagte, wie sie uns bisher hätten bei der Nase herumgeführt, uns in der Dummheit erhalten, und wie wir mehr Erleuchtung haben könnten. – Und das bewies er euch alles aus der Bibel.

JETTER. Da mag doch auch was dran sein. Ich sagt's immer selbst und grübelte so über die Sache nach. Mir ist's lang' im Kopf herumgegangen.

BUYCK. Es läuft ihnen auch alles Volk nach.

SOEST. Das glaub' ich, wo man was Guts hören kann und was Neues.

JETTER. Und was ist's denn nun? Man kann ja einen jeden predigen lassen nach seiner Weise.

BUYCK. Frisch, ihr Herrn! Über dem Kannegießern vergeßt ihr den Wein und Oranien.

JETTER. Den nicht zu vergessen. Das ist ein rechter Wall: wenn man nur an ihn denkt, meint man gleich, man könnte sich hinter ihn verstecken, und der Teufel brächte einen nicht hervor. Hoch! Wilhelm von Oranien, hoch!

ALLE. Hoch! hoch!

SOEST. Nun, Alter, bring' auch deine Gesundheit.

RUYSUM. Alte Soldaten! Alle Soldaten! Es lebe der Krieg!

BUYCK. Bravo, Alter! Alle Soldaten! Es lebe der Krieg!

JETTER. Krieg! Krieg! Wißt ihr auch, was ihr ruft? Daß es euch leicht vom Munde geht, ist wohl natürlich; wie lumpig aber unsereinem dabei zu Mute ist, kann ich nicht sagen. Das ganze Jahr das Getrommel zu hören; und nichts zu hören, als wie da ein Haufen gezogen kommt und dort ein andrer, wie sie über einen Hügel kamen und bei einer Mühle hielten, wie viel da geblieben sind, wie viel dort, und wie sie sich drängen und einer gewinnt, der andre verliert, ohne daß man sein Tage begreift, wer was gewinnt oder verliert. Wie eine Stadt eingenommen wird, die Bürger ermordet werden, und wie es den armen Weibern, den unschuldigen Kindern ergeht. Das ist eine Not und Angst, man denkt jeden Augenblick: »Da kommen sie! Es geht uns auch so.«

SOEST. Drum muß auch ein Bürger immer in Waffen geübt sein.

JETTER. Ja es übt sich, wer Frau und Kinder hat. Und doch hör' ich noch lieber von Soldaten, als ich sie sehe.

BUYCK. Das sollt' ich übel nehmen.

JETTER. Auf euch ist's nicht gesagt, Landsmann. Wie wir die spanischen Besatzungen los waren, holten wir wieder Atem.

SOEST. Gelt! die lagen dir am schwersten auf?

JETTER. Vexier' Er sich.

SOEST. Die hatten scharfe Einquartierung bei dir.

JETTER. Halt dein Maul.

SOEST. Sie hatten ihn vertrieben aus der Küche, dem Keller, der Stube – dem Bette. *Sie lachen.*

JETTER. Du bist ein Tropf.

BUYCK. Friede, ihr Herrn! Muß der Soldat Friede rufen! – Nun da ihr von uns nichts hören wollt, nun bringt auch eure Gesundheit aus, eine bürgerliche Gesundheit.

JETTER. Dazu sind wir bereit! Sicherheit und Ruhe!

SOEST. Ordnung und Freiheit!

BUYCK. Brav! das sind auch wir zufrieden.

Sie stoßen an und wiederholen fröhlich die Worte, doch so, daß jeder ein anderes ausruft und es eine Art Kanon wird. Der Alte horcht und fällt endlich auch mit ein.

ALLE. Sicherheit und Ruhe! Ordnung und Freiheit!

PALAST DER REGENTIN

Margarete von Parma in Jagdkleidern. Hofleute. Pagen. Bediente

REGENTIN. Ihr stellt das Jagen ab, ich werde heut' nicht reiten. Sagt Machiavellen, er soll zu mir kommen. *Alle gehn ab.*

Der Gedanke an diese schrecklichen Begebenheiten läßt mir keine Ruhe! Nichts kann mich ergötzen, nichts mich zerstreuen; immer sind diese Bilder, diese Sorgen vor mir. Nun wird der König sagen, dies seien die Folgen meiner Güte, meiner Nachsicht; und doch sagt mir mein Gewissen jeden Augenblick das Rätlichste, das Beste getan zu haben. Sollte ich früher mit dem Sturme des Grimms diese Flammen anfachen und umhertreiben? Ich hoffte sie zu umstellen, sie in sich selbst zu verschütten. Ja, was ich mir selbst sage, was ich wohl weiß, entschuldigt mich vor mir selbst; aber wie wird es mein Bruder aufnehmen? Denn, ist es zu leugnen? der Übermut der fremden Lehrer hat sich täglich erhöht; sie haben unser Heiligtum gelästert, die stumpfen Sinne des Pöbels zerrüttet und den Schwindelgeist unter sie gebannt. Unreine Geister haben sich unter die Aufrührer gemischt, und schreckliche Taten sind geschehen, die zu denken schauderhaft ist, und die ich nun einzeln nach Hofe zu berichten habe;

schnell und einzeln, damit mir der allgemeine Ruf nicht zuvorkomme, damit der König nicht denke, man wolle noch mehr verheimlichen. Ich sehe kein Mittel, weder strenges noch gelindes, dem Übel zu steuern. O was sind wir Großen auf der Woge der Menschheit? Wir glauben sie zu beherrschen, und sie treibt uns auf und nieder, hin und her.

Machiavell tritt auf.

REGENTIN. Sind die Briefe an den König aufgesetzt?

MACHIAVELL. In einer Stunde werdet ihr sie unterschreiben können.

REGENTIN. Habt ihr den Bericht ausführlich genug gemacht?

MACHIAVELL. Ausführlich und umständlich, wie es der König liebt. Ich erzähle, wie zuerst um St. Omer die bilderstürmerische Wut sich zeigt. Wie eine rasende Menge, mit Stäben, Beilen, Hämmern, Leitern, Stricken versehen, von wenig Bewaffneten begleitet, erst Kapellen, Kirchen und Klöster anfallen, die Andächtigen verjagen, die verschloßnen Pforten aufbrechen, alles umkehren, die Altäre niederreißen, die Statuen der Heiligen zerschlagen, alle Gemälde verderben, alles, was sie nur Geweihtes, Geheiligtes antreffen, zerschmettern, zerreißen, zertreten. Wie sich der Haufe unterwegs vermehrt, die Einwohner von Ypern ihnen die Tore eröffnen. Wie sie den Dom mit unglaublicher Schnelle verwüsten, die Bibliothek des Bischofs verbrennen. Wie eine große Menge Volks, von gleichem Unsinn ergriffen, sich über Menin, Comines, Verwich, Lille verbreitet, nirgends Widerstand findet, und wie fast durch ganz Flandern in *einem* Augenblicke die ungeheure Verschwörung sich erklärt und ausgeführt ist.

REGENTIN. Ach, wie ergreift mich aufs neue der Schmerz bei deiner Wiederholung! und die Furcht gesellt sich dazu, das Übel werde nur größer und größer werden. Sagt mir eure Gedanken, Machiavell!

MACHIAVELL. Verzeihen eure Hoheit, meine Gedanken sehen Grillen so ähnlich; und wenn ihr auch immer mit meinen Diensten zufrieden wart, habt ihr doch selten meinem Rate folgen mögen. Ihr sagtet oft im Scherze: »Du siehst zu weit, Machiavell! Du solltest Geschichtschreiber sein: wer handelt, muß fürs Nächste sorgen.« Und doch, habe ich diese Geschichte nicht vorauserzählt? Hab' ich nicht alles vorausgesehen?

REGENTIN. Ich sehe auch viel voraus, ohne es ändern zu können.

MACHIAVELL. Ein Wort für tausend: Ihr unterdrückt die neue Lehre nicht. Laßt sie gelten, sondert sie von den Rechtgläubigen, gebt ihnen Kirchen, faßt sie in die bürgerliche Ordnung, schränkt sie ein; und so habt ihr die Aufrührer auf einmal zur Ruhe gebracht. Jede andern Mittel sind vergeblich, und ihr verheert das Land.

REGENTIN. Hast du vergessen, mit welchem Abscheu mein Bruder selbst die Frage verwarf, ob man die neue Lehre dulden könne? Weißt du nicht, wie er mir in jedem Briefe die Erhaltung des wahren Glaubens aufs eifrigste empfiehlt? daß er Ruhe und Einigkeit auf Kosten der Religion nicht hergestellt wissen will? Hält er nicht selbst in den Provinzen Spione, die wir nicht kennen, um zu erfahren, wer sich zu der neuen Meinung hinüberneigt? Hat er nicht zu unsrer Verwunderung uns diesen und jenen genannt, der sich in unsrer Nähe heimlich der Ketzerei schuldig machte? Befiehlt er nicht Strenge und Schärfe? Und ich soll gelind sein? ich soll Vorschläge tun, daß er nachsehe, daß er dulde? Würde ich nicht alles Vertrauen, allen Glauben bei ihm verlieren?

MACHIAVELL. Ich weiß wohl; der König befiehlt, er läßt euch seine Absichten wissen. Ihr sollt Ruhe und Friede wiederherstellen durch ein Mittel, das die Gemüter noch mehr erbittert, das den Krieg unvermeidlich an allen Enden anblasen wird. Bedenkt, was ihr tut. Die größten Kaufleute sind angesteckt, der Adel, das Volk, die Soldaten. Was hilft es, auf seinen Gedanken beharren, wenn sich um uns alles ändert? Möchte doch ein guter Geist Philippen eingeben, daß es einem Könige anständiger ist, Bürger zweierlei

Glaubens zu regieren, als sie durch einander aufzureiben.

REGENTIN. Solch ein Wort nie wieder. Ich weiß wohl, daß Politik selten Treu' und Glauben halten kann, daß sie Offenheit, Gutherzigkeit, Nachgiebigkeit aus unsern Herzen ausschließt; in weltlichen Geschäften ist das leider nur zu wahr. Sollen wir aber auch mit Gott spielen, wie unter einander? sollen wir gleichgültig gegen unsre bewährte Lehre sein, für die so viele ihr Leben aufgeopfert haben? die sollten wir hingeben an die hergelaufnen, ungewissen, sich selbst widersprechenden Neuerungen?

MACHIAVELL. Denkt nur deswegen nicht übler von mir.

REGENTIN. Ich kenne dich und deine Treue, und weiß, daß einer ein ehrlicher und verständiger Mann sein kann, wenn er gleich den nächsten besten Weg zum Heile seiner Seele verfehlt hat. Es sind noch andre, Machiavell, Männer, die ich schätzen und tadeln muß.

MACHIAVELL. Wen bezeichnet ihr mir?

REGENTIN. Ich kann's gestehn, daß mir Egmont heute einen recht innerlichen, tiefen Verdruß erregte.

MACHIAVELL. Durch welches Betragen?

REGENTIN. Durch sein gewöhnliches, durch Gleichgültigkeit und Leichtsinn. Ich erhielt die schreckliche Botschaft, eben als ich, von vielen und ihm begleitet, aus der Kirche ging. Ich hielt meinen Schmerz nicht an, ich beklagte mich laut und rief, indem ich mich zu ihm wendete: »Seht, was in eurer Provinz entsteht! Das duldet ihr, Graf, von dem der König sich alles versprach?«

MACHIAVELL. Und was antwortete er?

REGENTIN. Als wenn es nichts, als wenn es eine Nebensache wäre, versetzte er: Wären nur erst die Niederländer über ihre Verfassung beruhigt! Das übrige würde sich leicht geben.

MACHIAVELL. Vielleicht hat er wahrer als klug und fromm gesprochen. Wie soll Zutrauen entstehen und bleiben, wenn der Niederländer sieht, daß es mehr um seine Besitztümer als um sein Wohl, um seiner Seelen Heil zu tun ist? Haben die neuen Bischöfe mehr Seelen gerettet als fette Pfründen geschmaust, und sind es nicht meist Fremde? Noch werden alle Statthalterschaften mit Niederländern besetzt; lassen sich es die Spanier nicht zu deutlich merken, daß sie die größte und unwiderstehlichste Begierde nach diesen Stellen empfinden? Will ein Volk nicht lieber nach seiner Art, von den Seinigen regiert werden, als von Fremden, die erst im Lande sich wieder Besitztümer auf Unkosten aller zu erwerben suchen, die einen fremden Maßstab mitbringen und unfreundlich und ohne Teilnehmung herrschen?

REGENTIN. Du stellst dich auf die Seite der Gegner.

MACHIAVELL. Mit dem Herzen gewiß nicht; und wollte, ich könnte mit dem Verstande ganz auf der unsrigen sein.

REGENTIN. Wenn du so willst, so tät' es not, ich träte ihnen meine Regentschaft ab; denn Egmont und Oranien machten sich große Hoffnung, diesen Platz einzunehmen. Damals waren sie Gegner; jetzt sind sie gegen mich verbunden, sind Freunde, unzertrennliche Freunde geworden.

MACHIAVELL. Ein gefährliches Paar!

REGENTIN. Soll ich aufrichtig reden – ich fürchte Oranien, und ich fürchte für Egmont. Oranien sinnt nichts Gutes, seine Gedanken reichen in die Ferne, er ist heimlich, scheint alles anzunehmen, widerspricht nie, und in tiefster Ehrfurcht, mit größter Vorsicht tut er, was ihm beliebt.

MACHIAVELL. Recht im Gegenteil geht Egmont einen freien Schritt, als wenn die Welt sein gehörte.

REGENTIN. Er trägt das Haupt so hoch, als wenn die Hand der Majestät nicht über ihm schwebte.

MACHIAVELL. Die Augen des Volks sind alle nach ihm gerichtet, und die Herzen hängen an ihm.

REGENTIN. Nie hat er einen Schein vermieden; als wenn niemand Rechenschaft von ihm zu fordern hätte. Noch trägt er den Namen Egmont. 'Graf Egmont' freut ihn sich nennen zu hören; als wollte er nicht vergessen, daß seine Vorfahren Besitzer von Geldern waren. Warum nennt er sich nicht Prinz von Gaure, wie es ihm zukommt? Warum tut er das? Will er erloschne Rechte wieder geltend machen?

MACHIAVELL. Ich halte ihn für einen treuen Diener des Königs.

REGENTIN. Wenn er wollte, wie verdient könnte er sich um die Regierung machen; anstatt daß er uns schon, ohne sich zu nutzen, unsäglichen Verdruß gemacht hat. Seine Gesellschaften, Gastmahle und Gelage haben den Adel mehr verbunden und verknüpft als die gefährlichsten heimlichen Zusammenkünfte. Mit seinen Gesundheiten haben die Gäste einen dauernden Rausch, einen nie sich verziehenden Schwindel geschöpft. Wie oft setzt er durch seine Scherzreden die Gemüter des Volks in Bewegung, und wie stutzte der Pöbel über die neuen Livreen, über die törichten Abzeichen der Bedienten!

MACHIAVELL. Ich bin überzeugt, es war ohne Absicht.

REGENTIN. Schlimm genug. Wie ich sage: er schadet uns, und nutzt sich nicht. Er nimmt das Ernstliche scherzhaft; und wir, um nicht müßig und nachlässig zu scheinen, müssen das Scherzhafte ernstlich nehmen. So hetzt eins das andre; und was man abzuwenden sucht, das macht sich erst recht. Er ist gefährlicher als ein entschiednes Haupt einer Verschwörung; und ich müßte mich sehr irren, wenn man ihm bei Hofe nicht alles gedenkt. Ich kann nicht leugnen, es vergeht wenig Zeit, daß er mich nicht empfindlich, sehr empfindlich macht.

MACHIAVELL. Er scheint mir in allem nach seinem Gewissen zu handeln.

REGENTIN. Sein Gewissen hat einen gefälligen Spiegel. Sein Betragen ist oft beleidigend. Er sieht oft aus, als wenn er in der völligen Überzeugung lebe, er sei Herr und wolle es uns nur aus Gefälligkeit nicht fühlen lassen, wolle uns so grade nicht zum Lande hinausjagen; es werde sich schon geben.

MACHIAVELL. Ich bitte euch, legt seine Offenheit, sein glücklich Blut, das alles Wichtige leicht behandelt, nicht zu gefährlich aus.

Ihr schadet nur ihm und euch.

REGENTIN. Ich lege nichts aus, ich spreche nur von den unvermeidlichen Folgen, und ich kenn' ihn. Sein niederländischer Adel und sein golden Vließ vor der Brust stärken sein Vertraun, seine Kühnheit. Beides kann ihn vor einem schnellen, willkürlichen Unmut des Königs schützen. Untersuch' es genau, an dem ganzen Unglücke, das Flandern trifft, ist er doch nur allein schuld. Er hat zuerst den fremden Lehrern nachgesehn, hat's so genau nicht genommen und vielleicht sich heimlich gefreut, daß wir etwas zu schaffen hatten. Laß mich nur! Was ich auf dem Herzen habe, soll bei dieser Gelegenheit davon. Und ich will die Pfeile nicht umsonst verschießen; ich weiß, wo er empfindlich ist. Er ist auch empfindlich.

MACHIAVELL. Habt ihr den Rat zusammenberufen lassen? Kommt Oranien auch?

REGENTIN. Ich habe nach Antwerpen um ihn geschickt. Ich will ihnen die Last der Verantwortung nahe genug zuwälzen, sie sollen sich mit mir dem Übel ernstlich entgegensetzen oder sich auch als Rebellen erklären. Eile, daß die Briefe fertig werden, und bringe mir sie zur Unterschrift. Dann sende schnell den bewährten Vaska nach Madrid; er ist unermüdet und treu; daß mein Bruder zuerst durch ihn die Nachricht erfahre, daß der Ruf ihn nicht übereile. Ich will ihn selbst noch sprechen, eh' er abgeht.

MACHIAVELL. Eure Befehle sollen schnell und genau befolgt werden.

BÜRGERHAUS

Klare. Klarens Mutter. Brackenburg

KLARE. Wollt ihr mir nicht das Garn halten, Brackenburg?

BRACKENBURG. Ich bitt' euch, verschont mich, Klärchen.

KLARE. Was habt ihr wieder? Warum versagt ihr mir diesen kleinen Liebesdienst?

BRACKENBURG. Ihr bannt mich mit dem Zwirn so fest vor euch hin, ich kann euren Augen nicht ausweichen.

KLARE. Grillen! kommt und haltet!

MUTTER *im Sessel strickend.* Singt doch eins! Brackenburg sekundiert so hübsch. Sonst wart ihr lustig, und ich hatte immer was zu lachen.

BRACKENBURG. Sonst.

KLARE. Wir wollen singen.

BRACKENBURG. Was ihr wollt.

KLARE. Nur hübsch munter und frisch weg! Es ist ein Soldatenliedchen, mein Leibstück.

Sie wickelt Garn und singt mit Brackenburg.

Die Trommel gerühret!
Das Pfeifchen gespielt!
Mein Liebster gewaffnet
Dem Haufen befiehlt,
Die Lanze hoch führet,
Die Leute regieret.
Wie klopft mir das Herze!
Wie wallt mir das Blut!
O hätt' ich ein Wämslein
Und Hosen und Hut!

Ich folgt' ihm zum Tor 'naus
Mit mutigem Schritt,
Ging' durch die Provinzen,
Ging' überall mit.
Die Feinde schon weichen,
Wir schießen hinterdrein!
Welch Glück sonder gleichen,
Ein Mannsbild zu sein!

Brackenburg hat unter dem Singen Klärchen oft angesehen; zuletzt bleibt ihm die Stimme stocken, die Tränen kommen ihm in die Augen, er läßt den Strang fallen und geht ans Fenster. Klärchen singt das Lied allein aus, die Mutter winkt ihr halb unwillig, sie steht auf, geht einige Schritte nach ihm hin, kehrt halb unschlüssig wieder um und setzt sich.

MUTTER. Was gibt's auf der Gasse, Brackenburg? Ich höre marschieren.

BRACKENBURG. Es ist die Leibwache der Regentin.

KLARE. Um diese Stunde? was soll das bedeuten? *Sie steht auf und geht an das Fenster zu Brackenburg.* Das ist nicht die tägliche Wache, das sind weit mehr! Fast alle ihre Haufen. O Brackenburg, geht! hört einmal, was es gibt! Es muß etwas Besonders sein. Geht, guter Brackenburg, tut mir den Gefallen.

BRACKENBURG. Ich gehe! Ich bin gleich wieder da! *Er reicht ihr abgehend die Hand, sie gibt ihm die ihrige.*

MUTTER. Du schickst ihn schon wieder weg!

KLARE. Ich bin neugierig. Und auch verdenkt mir's nicht. Seine Gegenwart tut mir weh. Ich weiß immer nicht, wie ich mich gegen ihn betragen soll. Ich habe Unrecht gegen ihn, und mich nagt's am Herzen, daß er es so lebendig fühlt. – Kann ich's doch nicht ändern!

MUTTER. Es ist ein so treuer Bursche.

KLARE. Ich kann's auch nicht lassen, ich muß ihm begegnen. Meine Hand drückt sich oft unversehens zu, wenn die seine mich so leise, so liebevoll anfaßt. Ich mache mir Vorwürfe, daß ich ihn betrüge, daß ich in seinem Herzen eine vergebliche Hoffnung nähre. Ich bin übel dran. Weiß Gott, ich betrüg' ihn nicht. Ich will nicht, daß er hoffen soll, und ich kann ihn doch nicht verzweifeln lassen.

MUTTER. Das ist nicht gut.

KLARE. Ich hatte ihn gern und will ihm auch noch wohl in der Seele. Ich hätte ihn heiraten können und glaube, ich war nie in ihn verliebt.

MUTTER. Glücklich wärst du immer mit ihm gewesen.

KLARE. Wäre versorgt und hätte ein ruhiges Leben.

MUTTER. Und das ist alles durch deine Schuld verscherzt.

KLARE. Ich bin in einer wunderlichen Lage. Wenn ich so nachdenke, wie es gegangen ist, weiß ich's wohl und weiß es nicht. Und dann darf ich Egmonten nur wieder ansehn, wird mir alles sehr begreiflich, wäre mir weit mehr begreiflich. Ach, was ist's ein Mann! Alle Provinzen beten ihn an, und ich in seinem Arm sollte nicht das glücklichste Geschöpf von der Welt sein?

MUTTER. Wie wird's in der Zukunft werden?

KLARE. Ach, ich frage nur, ob er mich liebt; und ob er mich liebt, ist das eine Frage?

MUTTER. Man hat nichts als Herzensangst mit seinen Kindern. Wie das ausgehen wird? Immer Sorge und Kummer! Es geht nicht gut aus! Du hast dich unglücklich gemacht! mich unglücklich gemacht!

KLARE *gelassen.* Ihr ließet es doch im Anfange.

MUTTER. Leider war ich zu gut, bin immer zu gut.

KLARE. Wenn Egmont vorbeiritt und ich ans Fenster lief, schaltet ihr mich da? Tratet ihr nicht selbst ans Fenster? Wenn er herauf sah, lächelte, nickte, mich grüßte, war es euch zuwider? Fandet ihr euch nicht selbst in eurer Tochter geehrt?

MUTTER. Mache mir noch Vorwürfe.

KLARE *gerührt.* Wenn er nun öfter die Straße kam und wir wohl fühlten, daß er um meinetwillen den Weg machte, bemerktet ihr's nicht selbst mit heimlicher Freude? Rieft ihr mich ab, wenn ich hinter den Scheiben stand und ihn erwartete?

MUTTER. Dachte ich, daß es so weit kommen sollte?

KLARE *mit stockender Stimme und zurückgehaltenen Tränen.* Und wie er uns Abends, in den Mantel eingehüllt, bei der Lampe überraschte – wer war geschäftig, ihn zu empfangen, da ich auf meinem Stuhl wie angekettet und staunend sitzen blieb?

MUTTER. Und konnte ich fürchten, daß diese unglückliche Liebe das kluge Klärchen so bald hinreißen würde? Ich muß es nun tragen, daß meine Tochter –

Klare *mit ausbrechenden Tränen.* Mutter! Ihr wollt's nun! Ihr habt eure Freude, mich zu ängstigen.

Mutter *weinend.* Weine noch gar! mache mich noch elender durch deine Betrübnis! Ist mir's nicht Kummer genug, daß meine einzige Tochter ein verworfnes Geschöpf ist?

Klare *aufstehend und kalt.* Verworfen! Egmonts Geliebte verworfen? – Welche Fürstin neidet nicht das arme Klärchen um den Platz an seinem Herzen! O Mutter – meine Mutter, so redet ihr sonst nicht. Liebe Mutter, seid gut! – Das Volk, was *das* denkt, die Nachbarinnen, was *die* murmeln – Diese Stube, dieses kleine Haus ist ein Himmel, seit Egmonts Liebe drin wohnt.

Mutter. Man muß ihm hold sein! das ist wahr. Er ist immer so freundlich, frei und offen.

Klare. Es ist keine falsche Ader an ihm. Seht, Mutter, und er ist doch der große Egmont. Und wenn er zu mir kommt, wie er so lieb ist, so gut! wie er mir seinen Stand, seine Tapferkeit gerne verbärge! wie er um mich besorgt ist! so nur Mensch, nur Freund, nur Liebster.

Mutter. Kommt er wohl heute?

Klare. Habt ihr mich nicht oft ans Fenster gehen sehn? Habt ihr nicht bemerkt, wie ich horche, wenn's an der Türe rauscht? – Ob ich schon weiß, daß er vor Nacht nicht kommt, vermut' ich ihn doch jeden Augenblick, von morgens an, wenn ich aufstehe. Wär' ich nur ein Bube und könnte immer mit ihm gehen, zu Hofe und überall hin! Könnt' ihm die Fahne nachtragen in der Schlacht!

Mutter. Du warst immer so ein Springinsfeld; als ein kleines Kind schon, bald toll, bald nachdenklich. Ziehst du dich nicht ein wenig besser an?

Klare. Vielleicht, Mutter! Wenn ich Langeweile habe. – Gestern, denkt, gingen von seinen Leuten vorbei und sangen Lobliedchen auf ihn. Wenigstens war sein Name in den Liedern, das Übrige konnt' ich nicht verstehn. Das Herz schlug mir bis an den Hals – Ich hätte sie gern zurückgerufen, wenn ich mich nicht geschämt hätte.

MUTTER. Nimm dich in Acht! Dein heftiges Wesen verdirbt noch alles; du verrätst dich offenbar vor den Leuten. Wie neulich bei dem Vetter, wie du den Holzschnitt und die Beschreibung fandst und mit einem Schrei riefst: Graf Egmont! – Ich ward feuerrot.

KLARE. Hätt' ich nicht schreien sollen? Es war die Schlacht bei Gravelingen, und ich finde oben im Bilde den Buchstaben C und suche unten in der Beschreibung C. Steht da: »Graf Egmont, dem das Pferd unter dem Leibe totgeschossen wird.« Mich überlief's – und hernach mußt' ich lachen über den holzgeschnitzten Egmont, der so groß war als der Turm von Gravelingen gleich dabei und die englischen Schiffe an der Seite. – Wenn ich mich manchmal erinnre, wie ich mir sonst eine Schlacht vorgestellt, und was ich mir als Mädchen für ein Bild vom Grafen Egmont machte, wenn sie von ihm erzählten, und von allen Grafen und Fürsten – und wie mir's jetzt ist!

Brackenburg kommt.

KLARE. Wie steht s?

BRACKENBURG. Man weiß nichts Gewisses. In Flandern soll neuerdings ein Tumult entstanden sein; die Regentin soll besorgen, er möchte sich hierher verbreiten. Das Schloß ist stark besetzt, die Bürger sind zahlreich an den Toren, das Volk summt in den Gassen. – Ich will nur schnell zu meinem alten Vater. *Als wollt' er gehen.*

KLARE. Sieht man euch morgen? Ich will mich ein wenig anziehen. Der Vetter kommt, und ich sehe gar zu liederlich aus. Helft mir einen Augenblick, Mutter. – Nehmt das Buch mit, Brackenburg, und bringt mir wieder so eine Historie.

MUTTER. Lebt wohl.

BRACKENBURG *seine Hand reichend.* Eure Hand!

KLARE *ihre Hand versagend.* Wenn ihr wieder kommt.

Mutter und Tochter ab.

BRACKENBURG *allein.* Ich hatte mir vorgenommen, grade wieder fortzugehn, und da sie es dafür aufnimmt und mich gehen läßt, möcht' ich rasend werden. – Unglücklicher! und dich rührt deines Vaterlandes Geschick nicht? der wachsende Tumult nicht? und gleich ist dir Landsmann oder Spanier, und wer regiert und wer Recht hat? – War ich doch ein andrer Junge als Schulknabe! – Wenn da ein Exerzitium aufgegeben war: »Brutus' Rede für die Freiheit, zur Übung der Redekunst« – da war doch immer Fritz der erste, und der Rektor sagte: wenn's nur ordentlicher wäre, nur nicht alles so über einander gestolpert. – Damals kocht' es und trieb! – Jetzt schlepp' ich mich an den Augen des Mädchens so hin. Kann ich sie doch nicht lassen! Kann sie mich doch nicht lieben! – Ach – nein – sie – sie kann mich nicht ganz verworfen haben – nicht ganz – und halb und nichts! – Ich duld' es nicht länger! – – Sollte es wahr sein, was mir ein Freund neulich ins Ohr sagte? daß sie nachts einen Mann heimlich zu sich einläßt, da sie mich, züchtig, immer vor Abend aus dem Hause treibt. Nein, es ist nicht wahr, es ist eine Lüge, eine schändliche verleumderische Lüge! Klärchen ist so unschuldig, als ich unglücklich bin. – Sie hat mich verworfen, hat mich von ihrem Herzen gestoßen – – Und ich soll so fortleben? Ich duld, ich duld es nicht. – – Schon wird mein Vaterland von innerm Zwiste heftiger bewegt, und ich sterbe unter dem Getümmel nur ab! Ich duld' es nicht! – Wenn die Trompete klingt, ein Schuß fällt, mir fährt's durch Mark und Bein! Ach, es reizt mich nicht, es fordert mich nicht, auch mit einzugreifen, mit zu retten, zu wagen. – Elender, schimpflicher Zustand. Es ist besser, ich end' auf einmal. Neulich stürzt' ich mich ins Wasser, ich sank – aber die geängstete Natur war stärker; ich fühlte, daß ich schwimmen konnte, und rettete mich wider Willen. – – Könnt' ich der Zeiten vergessen, da sie mich liebte, mich zu lieben schien – Warum hat mir's Mark und Bein durchdrungen, das Glück?

Warum haben mir diese Hoffnungen allen Genuß des Lebens aufgezehrt, indem sie mir ein Paradies von weitem zeigten? – Und jener erste Kuß! Jener einzige! – Hier *die Hand auf den Tisch legend*, hier waren wir allein – sie war immer gut und freundlich gegen mich gewesen – da schien sie sich zu erweichen – sie sah mich an – alle Sinne gingen mir um, und ich fühlte ihre Lippen auf den meinigen. – Und – und nun? – Stirb, Armer! Was zauderst du? *Er zieht ein Fläschchen aus der Tasche.* Ich will dich nicht umsonst aus meines Bruders Doktorkästchen gestohlen haben, heilsames Gift! Du sollst mir dieses Bangen, diese Schwindel, diese Todesschweiße auf einmal verschlingen und lösen.

Zweiter Aufzug

Platz in Brüssel

Jetter und ein Zimmermann treten zusammen.

Zimmermann. Sagt' ich's nicht voraus! Noch vor acht Tagen auf der Zunft sagt' ich, es würde schwere Händel geben.

Jetter. Ist's denn wahr, daß sie die Kirchen in Flandern geplündert haben?

Zimmermann. Ganz und gar zu Grunde gerichtet haben sie Kirchen und Kapellen. Nichts als die vier nackten Wände haben sie stehen lassen. Lauter Lumpengesindel! und das macht unsre gute Sache schlimm. Wir hätten eher, in der Ordnung und standhaft, unsre Gerechtsame der Regentin vortragen und drauf halten sollen. Reden wird jetzt, versammeln wir uns jetzt, so heißt es, wir gesellen uns zu den Aufwieglern.

Jetter. Ja, so zuerst denkt jeder: was sollst du mit deiner Nase voran? hängt doch der Hals gar nah damit zusammen.

ZIMMERMANN. Mir ist's bange, wenn's einmal unter dem Pack zu lärmen anfängt, unter dem Volk, das nichts zu verlieren hat; die brauchen das zum Vorwande, worauf wir uns auch berufen müssen, und bringen das Land in Unglück.

Soest tritt dazu.

SOEST. Guten Tag, ihr Herrn! Was gibt's Neues? Ist's wahr, daß die Bilderstürmer gerade hierher ihren Lauf nehmen?

ZIMMERMANN. Hier sollen sie nichts anrühren.

SOEST. Es trat ein Soldat bei mir ein, Tobak zu kaufen; den fragt' ich aus. Die Regentin, so eine wackre kluge Frau sie bleibt, diesmal ist sie auseinander, sie ist außer Fassung. Es muß sehr arg sein, daß sie sich so gradezu hinter ihre Wache versteckt. Die Burg ist scharf besetzt. Man meint sogar, sie wolle aus der Stadt flüchten.

ZIMMERMANN. Hinaus soll sie nicht! Ihre Gegenwart beschützt uns, und wir wollen ihr mehr Sicherheit verschaffen als ihre Stutzbärte. Und wenn sie uns unsere Rechte und Freiheiten aufrecht erhält, so wollen wir sie auf den Händen tragen.

Seifensieder tritt dazu.

SEIFENSIEDER. Garstige Händel! Üble Händel! Es wird unruhig und geht schief aus! – Hütet euch, daß ihr stille bleibt, daß man euch nicht auch für Aufwiegler hält.

SOEST. Da kommen die sieben Weisen aus Griechenland.

SEIFENSIEDER. Ich weiß, da sind viele, die es heimlich mit den Calvinisten halten, die auf die Bischöfe lästern, die den König nicht scheuen. Aber ein treuer Untertan, ein aufrichtiger Katholike –

Es gesellt sich nach und nach allerlei Volk zu ihnen und horcht.

Vansen tritt dazu.

VANSEN. Gott grüß euch, Herren! Was Neues?

ZIMMERMANN. Gebt euch mit dem nicht ab, das ist ein schlechter Kerl.

JETTER. Ist er nicht Schreiber beim Doktor Wiets?

ZIMMERMANN. Er hat schon viele Herrn gehabt. Erst war er Schreiber, und wie ihn ein Patron nach dem andern fortjagte, Schelmstreiche halber, pfuscht er jetzt Notaren und Advokaten ins Handwerk und ist ein Branntweinzapf.

Es kommt mehr Volks zusammen und steht truppweise.

VANSEN. Ihr seid auch versammelt, steckt die Köpfe zusammen. Es ist immer redenswert.

SOEST. Ich denk' auch.

VANSEN. Wenn jetzt einer oder der andre Herz hätte, und einer oder der andre den Kopf dazu, wir könnten die spanischen Ketten auf einmal sprengen.

SOEST. Herre! So müßt ihr nicht reden! Wir haben dem König geschworen.

VANSEN. Und der König uns. Merkt das.

JETTER. Das läßt sich hören! Sagt eure Meinung.

EINIGE ANDRE. Horch, der versteht's! Der hat Pfiffe.

VANSEN. Ich hatte einen alten Patron, der besaß Pergamente und Briefe, von uralten Stiftungen, Kontrakten und Gerechtigkeiten; er hielt auf die rarsten Bücher. In einem stund unsre ganze Verfassung: wie uns Niederländer zuerst einzelne Fürsten regierten, alles nach hergebrachten Rechten, Privilegien und Gewohnheiten; wie unsre Vorfahren alle Ehrfurcht für ihren Fürsten gehabt, wenn er sie regiert, wie er sollte; und wie sie sich gleich vorsahen, wenn er über die Schnur hauen wollte. Die Staaten waren gleich hinterdrein: denn jede Provinz, so klein sie war, hatte ihre Staaten, ihre Landstände.

ZIMMERMANN. Haltet euerMaul! das weiß man lang'! Ein jeder rechtschaffner Bürger ist, so viel er braucht, von der Verfassung unterrichtet.

JETTER. Laßt ihn reden; man erfährt immer etwas mehr.

SOEST. Er hat ganz Recht.

MEHRERE. Erzählt! erzählt! Sowas hört man nicht alle Tage.

VANSEN. So seid ihr Bürgersleute! Ihr lebt nur so in den Tag hin;

und wie ihr euer Gewerb' von euern Eltern überkommen habt, so laßt ihr auch das Regiment über euch schalten und walten, wie es kann und mag. Ihr fragt nicht nach dem Herkommen, nach der Historie, nach dem Recht eines Regenten; und über das Versäumnis haben euch die Spanier das Netz über die Ohren gezogen.

SOEST. Wer denkt daran? wenn einer nur das tägliche Brot hat.

JETTER. Verflucht! Warum tritt auch keiner in Zeiten auf und sagt einem so etwas?

VANSEN. Ich sag' es euch jetzt. Der König in Spanien, der die Provinzen durch gut Glück zusammen besitzt, darf doch nicht drin schalten und walten, anders als die kleinen Fürsten, die sie ehmals einzeln besaßen. Begreift ihr das?

JETTER. Erklärt's uns!

VANSEN. Es ist so klar als die Sonne. Müßt ihr nicht nach euern Landrechten gerichtet werden? Woher käme das?

EIN BÜRGER. Wahrlich!

VANSEN. Hat der Brüsseler nicht ein ander Recht als der Antwerper? der Antwerper als der Genter? Woher käme denn das?

ANDRER BÜRGER. Bei Gott!

VANSEN. Aber, wenn ihr's so fortlaufen laßt, wird man's euch bald anders weisen. Pfui! Was Karl der Kühne, Friedrich der Krieger, Karl der Fünfte nicht konnten, das tut nun Philipp durch ein Weib.

SOEST. Ja, ja! Die alten Fürsten haben's auch schon probiert.

VANSEN. Freilich! – Unsre Vorfahren paßten auf: wie sie einem Herrn gram wurden, fingen sie ihm etwa seinen Sohn und Erben weg, hielten ihn bei sich und gaben ihn nur auf die besten Bedingungen heraus. Unsre Väter waren Leute! die wußten, was ihnen nutz war! die wußten etwas zu fassen und festzusetzen! Rechte Männer! Dafür sind aber auch unsre Privilegien so deutlich, unsre Freiheiten so versichert.

SEIFENSIEDER. Was sprecht ihr von Freiheiten?

DAS VOLK. Von unsern Freiheiten, von unsern Privilegien! Erzählt noch was von unsern Privilegien.

VANSEN. Wir Brabanter besonders, obgleich alle Provinzen ihre Vorteile haben, wir sind am herrlichsten versehen. Ich habe alles gelesen.

SOEST. Sagt an.

JETTER. Laßt hören.

EIN BÜRGER. Ich bitt' euch.

VANSEN. Erstlich steht geschrieben: Der Herzog von Brabant soll uns ein guter und getreuer Herr sein.

SOEST. Gut? Steht das so?

JETTER. Getreu? Ist das wahr?

VANSEN. Wie ich euch sage. Er ist uns verpflichtet, wie wir ihm. Zweitens: Er soll keine Macht oder eignen Willen an uns beweisen, merken lassen, oder gedenken zu gestatten, auf keinerlei Weise.

JETTER. Schön! Schön! nicht beweisen.

SOEST. Nicht merken lassen.

EIN ANDRER. Und nicht gedenken zu gestatten! Das ist der Hauptpunkt. Niemand gestatten, auf keinerlei Weise.

VANSEN. Mit ausdrücklichen Worten.

JETTER. Schafft uns das Buch.

EIN BÜRGER. Ja, wir müssen's haben.

ANDRE. Das Buch! das Buch!

EIN ANDRER. Wir wollen zu der Regentin gehen mit dem Buche.

EIN ANDRER. Ihr sollt das Wort führen, Herr Doktor.

SEIFENSIEDER. O die Tropfen!

ANDRE. Noch etwas aus dem Buche!

SEIFENSIEDER. Ich schlage ihm die Zähne in den Hals, wenn er noch ein Wort sagt.

DAS VOLK. Wir wollen sehen, wer ihm etwas tut. Sagt uns was von den Privilegien! Haben wir noch mehr Privilegien?

VANSEN. Mancherlei, und sehr gute, sehr heilsame. Da steht auch:

Der Landsherr soll den geistlichen Stand nicht verbessern oder mehren ohne Verwilligung des Adels und der Stände! Merkt das! Auch den Staat des Landes nicht verändern.

SOEST. Ist das so?

VANSEN. Ich will's euch geschrieben zeigen von zwei-, dreihundert Jahren her.

BÜRGER. Und wir leiden die neuen Bischöfe? Der Adel muß uns schützen, wir fangen Händel an!

ANDRE. Und wir lassen uns von der Inquisition ins Bockshorn jagen?

VANSEN. Das ist eure Schuld.

DAS VOLK. Wir haben noch Egmont! noch Oranien! Die sorgen für unser Bestes.

VANSEN. Eure Brüder in Flandern haben das gute Werk angefangen.

SEIFENSIEDER. Du Hund! *Er schlägt ihn.*

ANDRE *widersetzen sich und rufen.* Bist du auch ein Spanier?

EIN ANDRER. Was? den Ehrenmann?

EIN ANDRER. Den Gelahrten?

Sie fallen den Seifensieder an.

ZIMMERMANN. Ums Himmels willen, ruht! *Andre mischen sich in den Streit.* Bürger, was soll das?

Buben pfeifen, werfen mit Steinen, hetzen Hunde an, Bürger stehn und gaffen, Volk läuft zu, andre gehn gelassen auf und ab, andre treiben allerlei Schabernack und Schalkspossen, schreien und jubilieren:

Freiheit und Privilegien! Privilegien und Freiheit!

Egmont tritt auf, mit Begleitung.

EGMONT. Ruhig! ruhig, Leute! Was gibt's? Ruhe! Bringt sie auseinander!

ZIMMERMANN. Gnädiger Herr, ihr kommt wie ein Engel des Himmels. Stille! seht ihr nichts? Graf Egmont! Dem Grafen Egmont Reverenz!

EGMONT. Auch hier? Was fangt ihr an? Bürger gegen Bürger! Hält sogar die Nähe unsrer königlichen Regentin diesen Unsinn nicht zurück? Geht auseinander, geht an euer Gewerbe. Es ist ein übel Anzeichen, wenn ihr an Werkeltagen feiert. Was war's?

Der Tumult stillt sich nach und nach, und alle stehn um ihn herum.

ZIMMERMANN. Sie schlagen sich um ihre Privilegien.

EGMONT. Die sie noch mutwillig zertrümmern werden – Und wer seid ihr? Ihr scheint mir rechtliche Leute.

ZIMMERMANN. Das ist unser Bestreben.

EGMONT. Eures Zeichens?

ZIMMERMANN. Zimmermann und Zunftmeister.

EGMONT. Und ihr?

SOEST. Krämer.

EGMONT. Ihr?

JETTER. Schneider.

EGMONT. Ich erinnre mich, ihr habt mit an den Livreen für meine Leute gearbeitet. Euer Name ist Jetter.

JETTER. Gnade, daß ihr euch dessen erinnert.

EGMONT. Ich vergesse niemanden leicht, den ich einmal gesehen und gesprochen habe. – Was an euch ist, Ruhe zu erhalten, Leute, das tut; ihr seid übel genug angeschrieben. Reizt den König nicht mehr, er hat zuletzt doch die Gewalt in Händen. Ein ordentlicher Bürger, der sich ehrlich und fleißig nährt, hat überall so viel Freiheit, als er braucht.

ZIMMERMANN. Ach wohl! das ist eben unsre Not! Die Tagdiebe, die Söffer, die Faulenzer, mit euerGnaden Verlaub, die stänkern aus Langerweile und scharren aus Hunger nach Privilegien und lügen den Neugierigen und Leichtgläubigen was vor, und um eine Kanne Bier bezahlt zu kriegen, fangen sie Händel an, die viel tausend Menschen unglücklich machen. Das ist ihnen eben recht. Wir halten unsre Häuser und Kasten zu gut verwahrt, da möchten sie gern uns mit Feuerbränden davon treiben.

EGMONT. Allen Beistand sollt ihr finden, es sind Maßregeln genommen, dem Übel kräftig zu begegnen. Steht fest gegen die fremde Lehre und glaubt nicht, durch Aufruhr befestige man Privilegien. Bleibt zu Hause; leidet nicht, daß sie sich auf den Straßen rotten. Vernünftige Leute können viel tun.

Indessen hat sich der größte Haufe verlaufen.

ZIMMERMANN. Danken euer Exzellenz, danken für die gute Meinung! Alles, was an uns liegt.

Egmont ab.

ZIMMERMANN. Ein gnäd'ger Herr! der echte Niederländer! gar so nichts Spanisches.

JETTER. Hätten wir ihn nur zum Regenten, man folgt ihm gerne.

SOEST. Das läßt der König wohl sein. Den Platz besetzt er immer mit den Seinigen.

JETTER. Hast du das Kleid gesehen? Das war nach der neuesten Art, nach spanischem Schnitt.

ZIMMERMANN. Ein schöner Herr!

JETTER. Sein Hals wär' ein rechtes Fressen für einen Scharfrichter.

SOEST. Bist du toll? was kommt dir ein?

JETTER. Dumm genug, daß einem so etwas einfällt. – Es ist mir nun so. Wenn ich einen schönen langen Hals sehe, muß ich gleich wider Willen denken: der ist gut köpfen. – Die verfluchten Exekutionen! man kriegt sie nicht aus dem Sinne. Wenn die Burschen schwimmen, und ich seh' einen nackten Buckel, gleich fallen sie mir zu Dutzenden ein, die ich habe mit Ruten streichen sehn. Begegnet mir ein rechter Wanst, mein ich, den säh' ich schon am Pfahl braten. Des Nachts im Traume zwickt mich's an allen Gliedern; man wird eben keine Stunde froh. Jede Lustbarkeit, jeden Spaß hab' ich bald vergessen; die fürchterlichen Gestalten sind mir wie vor die Stirne gebrannt.

Egmonts Wohnung

Sekretär an einem Tische mit Papieren; er steht unruhig auf.

Sekretär. Er kommt immer nicht, und ich warte schon zwei Stunden, die Feder in der Hand, die Papiere vor mir. Und eben heute möcht' ich gern so zeitig fort. Es brennt mir unter den Sohlen! Ich kann vor Ungeduld kaum bleiben. »Sei auf die Stunde da«, befahl er mir noch, eh' er wegging; nun kommt er nicht. Es ist so viel zu tun, ich werde vor Mitternacht nicht fertig. Freilich sieht er einem auch einmal durch die Finger. Doch hielt' ich's besser, wenn er strenge wäre und ließ' einen auch wieder zur bestimmten Zeit. Man könnte sich einrichten. Von der Regentin ist er nun schon zwei Stunden weg; wer weiß, wen er unterwegs angefaßt hat.

Egmont tritt auf.

Egmont. Wie sieht's aus?

Sekretär. Ich bin bereit, und drei Boten warten.

Egmont. Ich bin dir wohl zu lang' geblieben; du machst ein verdrießlich Gesicht.

Sekretär. Eurem Befehl zu gehorchen, wart' ich schon lange. Hier sind die Papiere!

Egmont. Donna Elvira wird böse auf mich werden, wenn sie hört, daß ich dich abgehalten habe.

Sekretär. Ihr scherzt.

Egmont. Nein, nein! Schäme dich nicht. Du zeigst einen guten Geschmack. Sie ist hübsch, und es ist mir ganz recht, daß du auf dem Schlosse eine Freundin hast. Was sagen die Briefe?

Sekretär. Mancherlei, und wenig Erfreulichs.

Egmont. Da ist gut, daß wir die Freude zu Hause haben und sie nicht von auswärts zu erwarten brauchen. Ist viel gekommen?

Sekretär. Genug, und drei Boten warten.

Egmont. Sag' an! das Nötigste.

Sekretär. Es ist alles nötig.

EGMONT. Eins nach dem andern, nur geschwind!

SEKRETÄR. Hauptmann Breda schickt die Relation, was weiter in Gent und der umliegenden Gegend vorgefallen. Der Tumult hat sich meist gelegt. –

EGMONT. Er schreibt wohl noch von einzelnen Ungezogenheiten und Tollkühnheiten?

SEKRETÄR. Ja! Es kommt noch manches vor.

EGMONT. Verschone mich damit.

SEKRETÄR. Noch sechse sind eingezogen worden, die bei Verwich das Marienbild umgerissen haben. Er fragt an, ob er sie soll auch wie die andern hängen lassen.

EGMONT. Ich bin des Hängens müde. Man soll sie durchpeitschen, und sie mögen gehn.

SEKRETÄR. Es sind zwei Weiber dabei; soll er die auch durchpeitschen?

EGMONT. Die mag er verwarnen und laufen lassen.

SEKRETÄR. Brink von Bredas Kompanie will heiraten. Der Hauptmann hofft, ihr werdet's ihm abschlagen. Es sind so viele Weiber bei dem Haufen, schreibt er, daß, wenn wir ausziehen, es keinem Soldatenmarsch, sondern einem Zigeunergeschleppe ähnlich sehn wird.

EGMONT. Dem mag's noch hingehn! Es ist ein schöner junger Kerl; er bat mich noch gar dringend, eh' ich wegging. Aber nun soll's keinem mehr gestattet sein. So leid mir's tut, den armen Teufeln, die ohnedies geplagt genug sind, ihren besten Spaß zu versagen.

SEKRETÄR. Zwei von euren Leuten, Seter und Hart, haben einem Mädel, einer Wirtstochter, übel mitgespielt. Sie kriegten sie allein, und die Dirne konnte sich ihrer nicht erwehren.

EGMONT. Wenn es ein ehrlich Mädchen ist, und sie haben Gewalt gebraucht, so soll er sie drei Tage hintereinander mit Ruten streichen lassen, und wenn sie etwas besitzen, soll er so viel davon einziehen, daß dem Mädchen eine Ausstattung gereicht werden kann.

SEKRETÄR. Einer von den fremden Lehrern ist heimlich durch Comines gegangen und entdeckt worden. Er schwört, er sei im Begriff, nach Frankreich zu gehen. Nach dem Befehl soll er enthauptet werden.

EGMONT. Sie sollen ihn in der Stille an die Grenze bringen und ihn versichern, daß er das zweite Mal nicht so wegkommt.

SEKRETÄR. Ein Brief von eurem Einnehmer. Er schreibt: es komme wenig Geld ein, er könne auf die Woche die verlangte Summe schwerlich schicken, der Tumult habe in alles die größte Konfusion gebracht.

EGMONT. Das Geld muß herbei, er mag sehen, wie er es zusammenbringt.

SEKRETÄR. Er sagt, er werde sein möglichstes tun und wolle endlich den Raymond, der euch so lange schuldig ist, verklagen und in Verhaft nehmen lassen.

EGMONT. Der hat ja versprochen, zu bezahlen.

SEKRETÄR. Das letzte Mal setzte er sich selbst vierzehn Tage.

EGMONT. So gebe man ihm noch vierzehn Tage; und dann mag er gegen ihn verfahren.

SEKRETÄR. Ihr tut wohl: es ist nicht Unvermögen, es ist böser Wille. Er macht gewiß Ernst, wenn er sieht, ihr spaßt nicht. – Ferner sagt der Einnehmer, er wolle den alten Soldaten, den Witwen und einigen andern, denen ihr Gnadengehalte gebt, die Gebühr einen halben Monat zurückhalten; man könne indessen Rat schaffen; sie möchten sich einrichten.

EGMONT. Was ist da einzurichten? Die Leute brauchen das Geld nötiger als ich. Das soll er bleiben lassen.

SEKRETÄR. Woher befehlt ihr denn, daß er das Geld nehmen soll?

EGMONT. Darauf mag *er* denken; es ist ihm im vorigen Briefe schon gesagt.

SEKRETÄR. Deswegen tut er die Vorschläge.

EGMONT. Die taugen nicht. Er soll auf was anders sinnen. Er soll

Vorschläge tun, die annehmlich sind, und vor allem soll er das Geld schaffen.

SEKRETÄR. Ich habe den Brief des Grafen Oliva wieder hierher gelegt. Verzeiht, daß ich euch daran erinnere. Der alte Herr verdient vor allen andern eine ausführliche Antwort. Ihr wolltet ihm selbst schreiben. Gewiß, er liebt euch wie ein Vater.

EGMONT. Ich komme nicht dazu. Und unter viel Verhaßtem ist mir das Schreiben das Verhaßteste. Du machst meine Hand ja so gut nach, schreib in meinem Namen. Ich erwarte Oranien. Ich komme nicht dazu; und wünscht selbst, daß ihm auf seine Bedenklichkeiten was recht Beruhigendes geschrieben würde.

SEKRETÄR. Sagt mir nur ungefähr eure Meinung; ich will die Antwort schon aufsetzen und sie euch vorlegen. Geschrieben soll sie werden, daß sie vor Gericht für eure Hand gelten kann.

EGMONT. Gibt mir den Brief! *Nachdem er hineingesehen.* Guter ehrlicher Alter! Warst du in deiner Jugend auch wohl so bedächtig? Erstiegst du nie einen Wall? Bliebst du in der Schlacht, wo es die Klugheit anrät, hinten? – Der treue, sorgliche! Er will mein Leben und mein Glück, und fühlt nicht, daß der schon tot ist, der um seiner Sicherheit willen lebt. – Schreib ihm: er möge unbesorgt sein; ich handle, wie ich soll, ich werde mich schon wahren; sein Ansehn bei Hofe soll er zu meinen Gunsten brauchen und meines vollkommnen Danks gewiß sein.

SEKRETÄR. Nichts weiter? O er erwartet mehr!

EGMONT. Was soll ich mehr sagen? Willst du mehr Worte machen, so steht's bei dir. Es dreht sich immer um den einen Punkt: ich soll leben, wie ich nicht leben mag. Daß ich fröhlich bin, die Sachen leicht nehme, rasch lebe, das ist mein Glück, und ich vertausch es nicht gegen die Sicherheit eines Totengewölbes. Ich habe nun zu der spanischen Lebensart nicht einen Blutstropfen in meinen Adern, nicht Lust, meine Schritte nach der neuen, bedächtigen Hofkadenz zu mustern. Leb' ich nur, um aufs Leben zu denken? Soll ich den gegenwärtigen Augenblick nicht genießen, damit ich des folgenden gewiß sei? und diesen wieder mit Sorgen und Grillen verzehren?

SEKRETÄR. Ich bitt' euch, Herr; seid nicht so harsch und rauh gegen den guten Mann. Ihr seid ja sonst gegen alle freundlich. Sagt mir ein gefällig Wort, das den edlen Freund beruhige. Seht, wie sorgfältig er ist, wie leis er euch berührt.

EGMONT. Und doch berührt er immer diese Saite. Er weiß von alters her, wie verhaßt mir diese Ermahnungen sind, sie machen nur irre, sie helfen nichts. Und wenn ich ein Nachtwandler wäre und auf dem gefährlichen Gipfel eines Hauses spazierte, ist es freundschaftlich, mich beim Namen zu rufen und mich zu warnen, zu wecken und zu töten? Laßt jeden seines Pfades gehn, er mag sich wahren.

SEKRETÄR. Es ziemt euch, nicht zu sorgen, aber wer euch kennt und liebt –

EGMONT *in den Brief sehend.* Da bringt er wieder die alten Märchen auf, was wir an einem Abend in leichtem Übermut der Geselligkeit und des Weins getrieben und gesprochen, und was man draus für Folgen und Beweise durchs ganze Königreich gezogen und geschleppt. – Nun gut, wir haben Schellenkappen, Narrenkutten auf unsrer Diener Ärmel sticken lassen und haben diese tolle Zierde nachher in einen Bündel Pfeile verwandelt; ein noch gefährlicher Symbol für alle, die deuten wollen, wo nichts zu deuten ist. Wir haben die und jene Torheit in einem lustigen Augenblick empfangen gleich und geboren; sind schuld, daß eine ganze edle Schar mit Bettelsäcken und mit einem selbstgewählten Unnamen dem Könige seine Pflicht mit spottender Demut ins Gedächtnis riefen; sind schuld – was ist's nun weiter? Ist ein Faßnachtsspiel gleich Hochverrat? Sind uns die kurzen bunten Lumpen zu mißgönnen, die ein jugendlicher Mut, eine angefrischte Phantasie um unsers Lebens arme Blöße hängen mag? Wenn ihr das Leben gar zu ernsthaft nehmt, was ist denn dran? Wenn uns der Morgen nicht zu neuen Freuden weckt, am Abend uns keine Lust zu hoffen übrig bleibt, ist's wohl des An- und Ausziehens wert? Scheint mir die Sonne heut', um das zu überlegen, was gestern war, und um zu raten, zu verbinden, was nicht zu erraten, nicht zu verbinden ist, das Schicksal eines kommenden Tags? Schenke mir diese Betrachtungen, wir wollen sie Schülern und Höflingen überlassen: die mögen sinnen und aussinnen, wandeln und schleichen, gelangen, wohin sie können, erschleichen, was sie können. – Kannst du von allem diesem etwas brauchen, daß deine Epistel kein Buch wird, so ist mir's recht. Dem guten Alten scheint alles viel zu wichtig. So drückt ein Freund, der lang' unsre Hand gehalten, sie stärker noch einmal, wenn er sie lassen will.

SEKRETÄR. Verzeiht mir, es wird dem Fußgänger schwindlig, der einen Mann mit rasselnder Eile daherfahren sieht.

EGMONT. Kind! Kind! nicht weiter! Wie von unsichtbaren Geistern gepeitscht, gehen die Sonnenpferde der Zeit mit unsers Schicksals leichtem Wagen durch; und uns bleibt nichts, als mutig gefaßt die Zügel festzuhalten und bald rechts, bald links, vom Steine hier, vom Sturze da, die Räder wegzulenken. Wohin es geht, wer weiß es? Erinnert er sich doch kaum, woher er kam.

SEKRETÄR. Herr! Herr!

EGMONT. Ich stehe hoch und kann und muß noch höher steigen, ich fühle mir Hoffnung, Mut und Kraft. Noch hab' ich meines Wachstums Gipfel nicht erreicht, und steh' ich droben einst, so will ich fest, nicht ängstlich stehen. Soll ich fallen, so mag ein Donnerschlag, ein Sturmwind, ja ein selbst verfehlter Schritt mich abwärts in die Tiefe stürzen – da lieg' ich mit viel Tausenden. Ich habe nie verschmäht, mit meinen guten Kriegsgesellen um kleinen Gewinst das blut'ge Los zu werfen; und sollt' ich knickern, wenn's um den ganzen freien Wert des Lebens geht?

SEKRETÄR. O Herr! Ihr wißt nicht, was für Worte ihr sprecht! Gott erhalt' euch!

EGMONT. Nimm deine Papiere zusammen. Oranien kommt. Fertige aus, was am nötigsten ist, daß die Boten fortkommen, eh' die Tore geschlossen werden. Das andre hat Zeit. Den Brief an den Grafen laß bis morgen. Versäume nicht, Elviren zu besuchen, und grüße sie von mir. – Horche, wie sich die Regentin befindet: sie soll nicht wohl sein, ob sie's gleich verbirgt. *Sekretär ab.*

Oranien kommt.

EGMONT. Willkommen, Oranien. Ihr scheint mir nicht ganz frei.

ORANIEN. Was sagt ihr zu unsrer Unterhaltung mit der Regentin?

EGMONT. Ich fand in ihrer Art, uns aufzunehmen, nichts Außerordentliches. Ich habe sie schon mehr so gesehen. Sie schien mir nicht ganz wohl.

ORANIEN. Merktet ihr nicht, daß sie zurückhaltender war? Erst wollte sie unser Betragen bei dem neuen Aufruhr des Pöbels gelassen billigen, nachher merkte sie an, was sich doch auch für ein falsches Licht darauf werfen lasse, wich dann mit dem Gespräche zu ihrem alten gewöhnlichen Diskurs: daß man ihre liebevolle gute Art, ihre Freundschaft zu uns Niederländern nie genug erkannt, zu leicht behandelt habe, daß nichts einen erwünschten Ausgang nehmen wolle, daß sie am Ende wohl müde werden, der König sich zu andern Maßregeln entschließen müsse. Habt ihr das gehört?

EGMONT. Nicht alles, ich dachte unterdessen an was anders. Sie ist ein Weib, guter Oranien, und die möchten immer gern, daß sich alles unter ihr sanftes Joch gelassen schmiegte, daß jeder Herkules die Löwenhaut ablegte und ihren Kunkelhof vermehrte; daß, weil sie friedlich gesinnt sind, die Gärung, die ein Volk ergreift, der Sturm, den mächtige Nebenbuhler gegeneinander erregen, sich durch *ein* freundlich Wort beilegen ließe und die widrigsten Elemente sich zu ihren Füßen in sanfter Eintracht vereinigten. Das ist ihr Fall, und da sie es dahin nicht bringen kann, so hat sie keinen Weg, als launisch zu werden, sich über Undankbarkeit, Unweisheit zu beklagen, mit schrecklichen Aussichten in die Zukunft zu drohen, und zu drohen – daß sie fortgehn will.

ORANIEN. Glaubt ihr dasmal nicht, daß sie ihre Drohung erfüllt?

EGMONT. Nimmermehr! Wie oft habe ich sie schon reisefertig gesehen! Wo will sie denn hin? Hier Statthalterin, Königin; glaubst du, daß sie es unterhalten wird, am Hofe ihres Bruders unbedeutende Tage abzuhaspeln, oder nach Italien zu gehn und sich in alten Familienverhältnissen herumzuschleppen?

ORANIEN. Man hält sie dieser Entschließung nicht fähig, weil ihr sie habt zaudern, weil ihr sie habt zurücktreten sehn; dennoch liegt's wohl in ihr: neue Umstände treiben sie zu dem lang' verzögerten Entschluß. Wenn sie ginge? und der König schickte einen andern?

EGMONT. Nun, der würde kommen, und würde eben auch zu tun finden. Mit großen Plänen, Projekten und Gedanken würde er kommen, wie er alles zurechtrücken, unterwerfen und zusammenhalten wolle, und würde heut' mit dieser Kleinigkeit, morgen mit einer andern zu tun haben, übermorgen jenes Hindernis finden, einen Monat mit Entwürfen, einen andern mit Verdruß über fehlgeschlagene Unternehmen, ein halb Jahr in Sorgen über eine einzige Provinz zubringen. Auch ihm wird die Zeit vergehn, der Kopf schwindeln und die Dinge wie zuvor ihren Gang halten, daß er, statt weite Meere nach einer vorgezogenen Linie zu durchsegeln, Gott danken mag, wenn er sein Schiff in diesem Sturme vom Felsen hält.

ORANIEN. Wenn man nun aber dem König zu einem Versuch riete?

EGMONT. Der wäre?

ORANIEN. Zu sehen, was der Rumpf ohne Haupt anfinge.

EGMONT. Wie?

ORANIEN. Egmont, ich trage viele Jahre her alle unsre Verhältnisse am Herzen, ich stehe immer wie über einem Schachspiele und halte keinen Zug des Gegners für unbedeutend; und wie müßige Menschen mit der größten Sorgfalt sich um die Geheimnisse der Natur bekümmern, so halt' ich es für Pflicht, für Beruf eines Fürsten, die Gesinnungen, die Ratschläge aller Parteien zu kennen. Ich habe Ursache, einen Ausbruch zu befürchten. Der König hat lang' nach gewissen Grundsätzen gehandelt, er sieht, daß er damit nicht auskommt; was ist wahrscheinlicher, als daß er es auf einem andern Wege versucht?

EGMONT. Ich glaub's nicht. Wenn man alt wird und hat so viel versucht, und es will in der Welt nie zur Ordnung kommen, muß man es endlich wohl genug haben.

ORANIEN. Eins hat er noch nicht versucht.

EGMONT. Nun?

ORANIEN. Das Volk zu schonen und die Fürsten zu verderben.

EGMONT. Wie viele haben das schon lang' gefürchtet. Es ist keine Sorge.

ORANIEN. Sonst war's Sorge, nach und nach ist mir's Vermutung, zuletzt Gewißheit geworden.

EGMONT. Und hat der König treure Diener als uns?

ORANIEN. Wir dienen ihm auf unsre Art, und unter einander können wir gestehen, daß wir des Königs Rechte und die unsrigen wohl abzuwägen wissen.

EGMONT. Wer tut's nicht? Wir sind ihm untertan und gewärtig, in dem, was ihm zukommt.

ORANIEN. Wenn er sich nun aber *mehr* zuschriebe und Treulosigkeit nennte, was wir heißen: auf unsre Rechte halten?

EGMONT. Wir werden uns verteidigen können. Er rufe die Ritter des Vließes zusammen, wir wollen uns richten lassen.

ORANIEN. Und was wäre ein Urteil vor der Untersuchung, eine Strafe vor dem Urteil?

EGMONT. Eine Ungerechtigkeit, der sich Philipp nie schuldig machen wird, und eine Torheit, die ich ihm und seinen Räten nicht zutraue.

ORANIEN. Und wenn sie nun ungerecht und törich wären?

EGMONT. Nein, Oranien, es ist nicht möglich. Wer sollte wagen, Hand an uns zu legen? Uns gefangen zu nehmen, wär' ein verloren und fruchtloses Unternehmen. Nein, sie wagen nicht, das Panier der Tyrannei so hoch aufzustecken. Der Windhauch, der diese Nachricht übers Land brächte, würde ein ungeheures Feuer zusammentreiben. Und wo hinaus wollten sie? Richten und verdammen kann nicht der König allein; und wollten sie meuchelmörderisch an unser Leben? – Sie können nicht wollen. Ein schrecklicher Bund würde in einem Augenblick das Volk vereinigen. Haß und ewige Trennung vom spanischen Namen würde sich gewaltsam erklären.

ORANIEN. Die Flamme wütete dann über unserm Grabe, und das Blut unsrer Feinde flösse zum leeren Sühnopfer. Laß uns denken, Egmont.

EGMONT. Wie sollten sie aber?

ORANIEN. Alba ist unterwegs.

EGMONT. Ich glaub's nicht.

ORANIEN. Ich weiß es.

EGMONT. Die Regentin wollte nichts wissen.

ORANIEN. Um desto mehr bin ich überzeugt. Die Regentin wird ihm Platz machen. Seinen Mordsinn kenn' ich, und ein Heer bringt er mit.

EGMONT. Aufs neue die Provinzen zu belästigen? das Volk wird höchst schwierig werden.

ORANIEN. Man wird sich der Häupter versichern.

EGMONT. Nein! Nein!

ORANIEN. Laß uns gehen. Jeder in seine Provinz. Dort wollen wir uns verstärken; mit offner Gewalt fängt er nicht an.

EGMONT. Müssen wir ihn nicht begrüßen, wenn er kommt?

ORANIEN. Wir zögern.

EGMONT. Und wenn er uns im Namen des Königs bei seiner Ankunft fordert?

ORANIEN. Suchen wir Ausflüchte.

EGMONT. Und wenn er dringt?

ORANIEN. Entschuldigen wir uns.

EGMONT. Und wenn er drauf besteht?

ORANIEN. Kommen wir um so weniger.

EGMONT. Und der Krieg ist erklärt, und wir sind die Rebellen. Oranien, laß dich nicht durch Klugheit verführen; ich weiß, daß Furcht dich nicht weichen macht. Bedenke den Schritt.

ORANIEN. Ich hab' ihn bedacht.

EGMONT. Bedenke, wenn du dich irrst, woran du schuld bist: an dem verderblichsten Kriege, der je ein Land verwüstet hat. Dein Weigern ist das Signal, das die Provinzen mit einem Male zu den Waffen ruft, das jede Grausamkeit rechtfertigt, wozu Spanien von jeher nur gern den Vorwand gehascht hat. Was wir lange mühselig gestillt haben, wirst du mit *einem* Winke zur schrecklichsten Verwirrung aufhetzen. Denk' an die Städte, die Edlen, das Volk, an die Handlung, den Feldbau, die Gewerbe! und denke die Verwüstung, den Mord! – Ruhig sieht der Soldat wohl im Felde seinen Kameraden neben sich hinfallen – Aber den Fluß herunter werden dir die Leichen der Bürger, der Kinder, der Jungfrauen entgegenschwimmen, daß du mit Entsetzen dastehst und nicht mehr weißt, wessen Sache du verteidigst, da die zu Grunde gehen, für deren Freiheit du die Waffen ergriffst. Und wie wird dir's sein, wenn du dir still sagen mußt: für meine Sicherheit ergriff ich sie.

ORANIEN. Wir sind nicht einzelne Menschen, Egmont. Ziemt es sich, uns für Tausende hinzugeben, so ziemt es sich auch, uns für Tausende zu schonen.

EGMONT. Wer sich schont, muß sich selbst verdächtig werden.

ORANIEN. Wer sich kennt, kann sicher vor- und rückwärts gehn.

EGMONT. Das Übel, das du fürchtest, wird gewiß durch deine Tat.

ORANIEN. Es ist klug und kühn, dem unvermeidlichen Übel entgegenzugehn.

EGMONT. Bei so großer Gefahr kommt die leichteste Hoffnung in Anschlag.

ORANIEN. Wir haben nicht für den leisesten Fußtritt Platz mehr, der Abgrund liegt hart vor uns.

EGMONT. Ist des Königs Gunst ein so schmaler Grund?

ORANIEN. So schmal nicht, aber schlüpfrig.

EGMONT. Bei Gott, man tut ihm Unrecht. Ich mag nicht leiden, daß man ungleich von ihm denkt! Er ist Karls Sohn und keiner Niedrigkeit fähig.

ORANIEN. Die Könige tun nichts Niedriges.

EGMONT. Man sollte ihn kennen lernen.

ORANIEN. Eben diese Kenntnis rät uns, eine gefährliche Probe nicht abzuwarten.

EGMONT. Keine Probe ist gefährlich, zu der man Mut hat.

ORANIEN. Du wirst aufgebracht, Egmont.

EGMONT. Ich muß mit meinen Augen sehen.

ORANIEN. O sähst du diesmal nur mit meinen. Freund, weil du sie offen hast, glaubst du, du siehst. Ich gehe! Warte du Albas Ankunft ab, und Gott sei bei dir. Vielleicht rettet dich mein Weigern. Vielleicht daß der Drache nichts zu fangen glaubt, wenn er uns nicht beide auf einmal verschlingt. Vielleicht zögert er, um seinen Anschlag sichrer auszuführen, und vielleicht bis dahin siehst du die Sache in ihrer wahren Gestalt. Aber dann schnell! schnell! Rette! rette dich! – Leb' wohl! – Laß deiner Aufmerksamkeit nichts entgehen: wieviel Mannschaft er mitbringt, wie er die Stadt besetzt, was für Macht die Regentin behält, wie deine Freunde gefaßt sind. Gib mir Nachricht. – – – Egmont! –

EGMONT. Was willst du?

ORANIEN *ihn bei der Hand fassend.* Laß dich überreden! Geh mit!

EGMONT. Wie? Tränen, Oranien?

ORANIEN. Einen Verlornen zu beweinen, ist auch männlich.

EGMONT. Du wähnst mich verloren.

ORANIEN. Du bist's. Bedenke! Dir bleibt nur eine kurze Frist. Leb' wohl. *Ab.*

EGMONT *allein.* Daß andrer Menschen Gedanken solchen Einfluß auf uns haben! Mir wäre es nie eingekommen, und dieser Mann trägt seine Sorglichkeit in mich herüber. – Weg! – das ist ein fremder Tropfen in meinem Blute. Gute Natur, wirf ihn wieder heraus! Und von meiner Stirne die sinnenden Runzeln wegzubaden, gibt es ja wohl noch ein freundlich Mittel.

Dritter Aufzug

Palast der Regentin

Margarete von Parma

Ich hätte mir's vermuten sollen. Ha! Wenn man in Mühe und Arbeit vor sich hinlebt, denkt man immer, man tue das möglichste; und der von weitem zusieht und befiehlt, glaubt, er verlange nur das mögliche. – O die Könige! – Ich hätte nicht geglaubt, daß es mich so verdrießen könnte. Es ist so schön, zu herrschen! – Und abzudanken? – Ich weiß nicht, wie mein Vater es konnte; aber ich will es auch.

Machiavell erscheint im Grunde.

Regentin. Tretet näher, Machiavell. Ich denke hier über den Brief meines Bruders.

Machiavell. Ich darf wissen, was er enthält?

Regentin. So viel zärtliche Aufmerksamkeit für mich, als Sorgfalt für seine Staaten. Er rühmt die Standhaftigkeit, den Fleiß und die Treue, womit ich bisher für die Rechte Seiner Majestät in diesen Landen gewacht habe. Er bedauert mich, daß mir das unbändige Volk so viel zu schaffen mache. Er ist von der Tiefe meiner Einsichten so vollkommen überzeugt, mit der Klugheit meines Betragens so außerordentlich zufrieden, daß ich fast sagen muß: der Brief ist für einen König zu schön geschrieben, für einen Bruder gewiß.

Machiavell. Es ist nicht das erste Mal, daß er euch seine gerechte Zufriedenheit bezeigt.

REGENTIN. Aber das erste Mal, daß es rednerische Figur ist.

MACHIAVELL. Ich versteh' euch nicht.

REGENTIN. Ihr werdet. – Denn er meint, nach diesem Eingange: ohne Mannschaft, ohne eine kleine Armee werde ich immer hier eine üble Figur spielen; wir hätten, sagt er, Unrecht getan, auf die Klagen der Einwohner unsre Soldaten aus den Provinzen zu ziehen; eine Besatzung, meint er, die dem Bürger auf dem Nacken lastet, verbiete ihm durch ihre Schwere, große Sprünge zu machen.

MACHIAVELL. Es würde die Gemüter äußerst aufbringen.

REGENTIN. Der König meint aber, hörst du. – Er meint, daß ein tüchtiger General, so einer, der gar keine Raison annimmt, gar bald mit Volk und Adel, Bürgern und Bauern fertigwerden könne – und schickt deswegen mit einem starken Heere – den Herzog von Alba.

MACHIAVELL. Alba?

REGENTIN. Du wunderst dich?

MACHIAVELL. Ihr sagt: er schickt. Er fragt wohl, ob er schicken soll?

REGENTIN. Der König fragt nicht. Er schickt.

MACHIAVELL. So werdet ihr einen erfahrnen Krieger in euren Diensten haben.

REGENTIN. In meinen Diensten? Rede grad heraus, Machiavell.

MACHIAVELL. Ich möcht' euch nicht vorgreifen.

REGENTIN. Und ich möchte mich verstellen. Es ist mir empfindlich, sehr empfindlich. Ich wollte lieber, mein Bruder sagte, wie er's denkt, als daß er förmliche Episteln unterschreibt, die ein Staatssekretär aufsetzt.

MACHIAVELL. Sollte man nicht einsehen? –

REGENTIN. Und ich kenne sie inwendig und auswendig. Sie möchten's gern gesäubert und gekehrt haben, und weil sie selbst nicht zugreifen, so findet ein jeder Vertrauen, der mit dem Besen in der

Hand kommt. O mir ist's, als wenn ich den König und sein Conseil auf dieser Tapete gewirkt sähe.

MACHIAVELL. So lebhaft?

REGENTIN. Es fehlt kein Zug. Es sind gute Menschen drunter. Der ehrliche Rodrich, der so erfahren und mäßig ist, nicht zu hoch will und doch nichts fallen läßt, der grade Alonzo, der fleißige Freneda, der feste Las Vargas und noch einige, die mitgehen, wenn die gute Partei mächtig wird. Da sitzt aber der hohläugige Toledaner mit der ehrnen Stirne und dem tiefen Feuerblick, murmelt zwischen den Zähnen von Weibergüte, unzeitigem Nachgeben, und daß Frauen wohl von zugerittenen Pferden sich tragen lassen, selbst aber schlechte Stallmeister sind, und solche Späße, die ich ehmals von den politischen Herrn habe mit durchhören müssen.

MACHIAVELL. Ihr habt zu dem Gemälde einen guten Farbentopf gewählt.

REGENTIN. Gesteht nur, Machiavell: In meiner ganzen Schattierung, aus der ich allenfalls malen könnte, ist kein Ton so gelbbraun-gallenschwarz wie Albas Gesichtsfarbe, und als die Farbe, aus der *er* malt. Jeder ist bei ihm gleich ein Gotteslästerer, ein Majestätenschänder, denn aus diesem Kapitel kann man sie alle sogleich rädern, pfählen, vierteilen und verbrennen. – Das Gute, was ich hier getan habe, sieht gewiß in der Ferne wie nichts aus, eben weil's gut ist. – Da hängt er sich an jeden Mutwillen, der vorbei ist, erinnert jede Unruhe, die gestillt ist, und es wird dem Könige vor den Augen so voll Meuterei, Aufruhr und Tollkühnheit, daß er sich vorstellt, sie fräßen sich hier einander auf, wenn eine flüchtig vorübergehende Ungezogenheit eines rohen Volks bei uns lange vergessen ist. Da faßt er einen recht herzlichen Haß auf die armen Leute, sie kommen ihm abscheulich, ja wie Tiere und Ungeheuer vor, er sieht sich nach Feuer und Schwert um, und wähnt, so bändige man Menschen.

MACHIAVELL. Ihr scheint mir zu heftig, ihr nehmt die Sache zu hoch. Bleibt ihr nicht Regentin?

Regentin. Das kenn' ich. Er wird eine Instruktion bringen – Ich bin in Staatsgeschäften alt genug geworden, um zu wissen, wie man einen verdrängt, ohne ihm seine Bestallung zu nehmen. – Erst wird er eine Instruktion bringen, die wird unbestimmt und schief sein, er wird um sich greifen, denn er hat die Gewalt, und wenn ich mich beklage, wird er eine geheime Instruktion vorschützen; wenn ich sie sehen will, wird er mich herumziehen; wenn ich drauf bestehe, wird er mir ein Papier zeigen, das ganz was anders enthält, und wenn ich mich da nicht beruhige, gar nicht mehr tun, als wenn ich redete. – Indes wird er, was ich fürchte, getan und, was ich wünsche, weit abwärts gelenkt haben.

Machiavell. Ich wollt', ich könnt' euch widersprechen.

Regentin. Was ich mit unsäglicher Geduld beruhigte, wird er durch Härte und Grausamkeiten wieder aufhetzen; ich werde vor meinen Augen mein Werk verloren sehn und überdies noch seine Schuld zu tragen haben.

Machiavell. Erwarten's eure Hoheit.

Regentin. So viel Gewalt hab' ich über mich, um stille zu sein. Laß ihn kommen; ich werde ihm mit der besten Art Platz machen, eh' er mich verdrängt.

Machiavell. So rasch diesen wichtigen Schritt.

Regentin. Schwerer, als du denkst. Wer zu herrschen gewohnt ist, wer's hergebracht hat, daß jeden Tag das Schicksal von Tausenden in seiner Hand liegt, steigt vom Throne wie ins Grab. Aber besser so, als einem Gespenste gleich unter den Lebenden bleiben und mit hohlem Ansehn einen Platz behaupten wollen, den ihm ein andrer abgeerbt hat und nun besitzt und genießt.

Klärchens Wohnung

Klärchen. Mutter

Mutter. So eine Liebe wie Brackenburgs hab' ich nie gesehen; ich glaubte, sie sei nur in Heldengeschichten.

KLÄRCHEN *geht in der Stube auf und ab, ein Lied zwischen den Lippen summend.*

Glücklich allein
Ist die Seele, die liebt.

MUTTER. Er vermutet deinen Umgang mit Egmont, und ich glaube, wenn du ihm ein wenig freundlich tätest, wenn du wolltest, er heiratete dich noch.

KLÄRCHEN *singt.*

Freudvoll
Und leidvoll,
Gedankenvoll sein,
Langen
Und bangen
In schwebender Pein,
Himmelhoch jauchzend,
Zum Tode betrübt –
Glücklich allein
Ist die Seele, die liebt.

MUTTER. Laß das Heiopopeio.

KLÄRCHEN. Scheltet mir's nicht, es ist ein kräftig Lied; hab' ich doch schon manchmal ein großes Kind damit schlafen gewiegt.

MUTTER. Du hast doch nichts im Kopfe als deine Liebe. Vergäßest du nur nicht alles über das eine. Den Brackenburg solltest du in Ehren halten, sag' ich dir! Er kann dich noch einmal glücklich machen.

KLÄRCHEN. Er?

MUTTER. O ja! es kommt eine Zeit! – Ihr Kinder seht nichts voraus und überhorcht unsre Erfahrungen. Die Jugend und die schöne Liebe, alles hat sein Ende, und es kommt eine Zeit, wo man Gott dankt, wenn man irgendwo unterkriechen kann.

KLÄRCHEN *schaudert, schweigt und fährt auf.* Mutter, laßt die Zeit kommen wie den Tod. Dran vorzudenken ist schreckhaft! – Und wenn er kommt! Wenn wir müssen – dann – wollen wir uns gebärden, wie wir können! – Egmont, ich dich entbehren! *In Tränen.* Nein, es ist nicht möglich, nicht möglich.

Egmont in einem Reitermantel, den Hut ins Gesicht gedrückt.

EGMONT. Klärchen!

KLÄRCHEN *tut einen Schrei, fährt zurück.* Egmont! *Sie eilt auf ihn zu.* Egmont! *Sie umarmt ihn und ruht an ihm.* O du Guter, Lieber, Süßer! Kommst du? Bist du da!

EGMONT. Guten Abend, Mutter!

MUTTER. Gott grüß' Euch, edler Herr! Meine Kleine ist fast vergangen, daß ihr so lang' ausbleibt, sie hat wieder den ganzen Tag von Euch geredet und gesungen.

EGMONT. Ihr gebt mir doch ein Nachtessen?

MUTTER. Zu viel Gnade. Wenn wir nur etwas hätten.

KLÄRCHEN. Freilich! Seid nur ruhig, Mutter, ich habe schon alles darauf eingerichtet, ich habe etwas zubereitet. Verratet mich nicht, Mutter.

MUTTER. Schmal genug.

KLÄRCHEN. Wartet nur! Und dann denk' ich: wenn er bei mir ist, hab' ich gar keinen Hunger, da sollte er auch keinen großen Appetit haben, wenn ich bei ihm bin.

EGMONT. Meinst du?

KLÄRCHEN *stampft mit dem Fuße und kehrt sich unwillig um.*

EGMONT. Wie ist dir?

KLÄRCHEN. Wie seid ihr heute so kalt! Ihr habt mir noch keinen Kuß angeboten. Warum habt ihr die Arme in den Mantel gewickelt wie ein Wochenkind. Ziemt keinem Soldaten noch Liebhaber, die Arme eingewickelt zu haben.

EGMONT. Zu Zeiten, Liebchen, zu Zeiten. Wenn der Soldat auf der Lauer steht und dem Feinde etwas ablisten möchte, da nimmt er sich zusammen, faßt sich selbst in seine Arme und kaut einen Anschlag reif. Und ein Liebhaber –

MUTTER. Wollt Ihr Euch nicht setzen? es Euch nicht bequem machen? Ich muß in die Küche. Klärchen denkt an nichts, wenn Ihr da seid. Ihr müßt vorlieb nehmen.

EGMONT. Euer guter Wille ist die beste Würze. *Mutter ab.*

KLÄRCHEN. Und was wäre denn meine Liebe!

EGMONT. Soviel du willst.

KLÄRCHEN. Vergleicht sie, wenn ihr das Herz habt.

EGMONT. Zuvörderst also. *Er wirft den Mantel ab und steht in einem prächtigen Kleide da.*

KLÄRCHEN. O je!

EGMONT. Nun hab' ich die Arme frei. *Er herzt sie.*

KLÄRCHEN. Laßt! Ihr verderbt euch. *Sie tritt zurück.* Wie prächtig! da darf ich euch nicht anrühren.

EGMONT. Bist du zufrieden! Ich versprach dir, einmal spanisch zu kommen.

KLÄRCHEN. Ich bat euch zeither nicht mehr drum; ich dachte, ihr wolltet nicht. – Ach und das goldne Vließ!

EGMONT. Da siehst du's nun.

KLÄRCHEN. Das hat dir der Kaiser umgehängt?

EGMONT. Ja, Kind! Und Kette und Zeichen geben dem, der sie trägt, die edelsten Freiheiten. Ich erkenne auf Erden keinen Richter über meine Handlungen als den Großmeister des Ordens mit dem versammelten Kapitel der Ritter.

KLÄRCHEN. O du dürftest die ganze Welt über dich richten lassen. – Der Sammet ist gar zu herrlich, und die Passementarbeit! und das Gestickte! – Man weiß nicht, wo man anfangen soll.

EGMONT. Sieh dich nur satt.

KLÄRCHEN. Und das goldne Vließ! Ihr erzähltet mir die Geschichte und sagtet, es sei ein Zeichen alles Großen und Kostbaren, was man mit Müh und Fleiß verdient und erwirbt. Es ist sehr kostbar – Ich kann's deiner Liebe vergleichen – ich trage sie ebenso am Herzen – und hernach –

EGMONT. Was willst du sagen?

KLÄRCHEN. Hernach vergleicht sich's auch wieder nicht.

EGMONT. Wieso?

KLÄRCHEN. Ich habe sie nicht mit Müh und Fleiß erworben. Nicht verdient.

EGMONT. In der Liebe ist es anders. Du verdienst sie, weil du dich nicht darum bewirbst – und die Leute erhalten sie auch meist allein, die nicht darnach jagen.

KLÄRCHEN. Hast du das von dir abgenommen? Hast du diese stolze Anmerkung über dich selbst gemacht? du, den alles Volk liebt.

EGMONT. Hätt' ich nur etwas für sie getan, könnt ich etwas für sie tun! Es ist ihr guter Wille, mich zu lieben.

KLÄRCHEN. Du warst gewiß heute bei der Regentin.

EGMONT. Ich war bei ihr.

KLÄRCHEN. Bist du gut mit ihr?

EGMONT. Es sieht einmal so aus. Wir sind einander freundlich und dienstlich.

KLÄRCHEN. Und im Herzen?

EGMONT. Will ich ihr wohl. Jedes hat seine eignen Absichten. Das tut nichts zur Sache. Sie ist eine treffliche Frau, kennt ihre Leute, und sähe tief genug, wenn sie auch nicht argwöhnisch wäre. Ich mache ihr viel zu schaffen, weil sie hinter meinem Betragen immer Geheimnisse sucht, und ich keine habe.

KLÄRCHEN. So gar keine?

EGMONT. Eh nun! einen kleinen Hinterhalt. Jeder Wein setzt Weinstein in den Fässern an mit der Zeit. Oranien ist doch noch eine bessere Unterhaltung für sie und eine immer neue Aufgabe. Er hat sich in den Kredit gesetzt, daß er immer etwas Geheimes vorhabe, und nun sieht sie immer nach seiner Stirne, was er wohl denken, auf seine Schritte, wohin er sie wohl richten möchte.

KLÄRCHEN. Verstellt sie sich?

EGMONT. Regentin, und du fragst?

KLÄRCHEN. Verzeiht, ich wollte fragen: ist sie falsch?

EGMONT. Nicht mehr und nicht weniger als jeder, der seine Absichten erreichen will.

KLÄRCHEN. Ich könnte mich in die Welt nicht finden. Sie hat aber auch einen männlichen Geist, sie ist ein ander Weib als wir Nähterinnen und Köchinnen. Sie ist groß, herzhaft, entschlossen.

EGMONT. Ja, wenn's nicht gar zu bunt geht. Diesmal ist sie doch ein wenig auseinander.

KLÄRCHEN. Wieso?

EGMONT. Sie hat auch ein Bärtchen auf der Oberlippe und manchmal einen Anfall von Podagra. Eine rechte Amazone!

KLÄRCHEN. Eine majestätische Frau! Ich scheute mich, vor sie zu treten.

EGMONT. Du bist doch sonst nicht zaghaft – Es wäre auch nicht Furcht, nur jungfräuliche Scham.

KLÄRCHEN *schlägt die Augen nieder, nimmt seine Hand und lehnt sich an ihn.*

EGMONT. Ich verstehe dich! liebes Mädchen! du darfst die Augen aufschlagen. *Er küßt ihre Augen.*

KLÄRCHEN. Laß mich schweigen! Laß mich dich halten. Laß mich dir in die Augen sehn. Alles drin finden, Trost und Hoffnung und Freude und Kummer. *Sie umarmt ihn und sieht ihn an.* Sag' mir! Sage! ich begreife nicht! Bist du Egmont? Der Graf Egmont? der große Egmont, der so viel Aufsehn macht, von dem in den Zeitungen steht, an dem die Provinzen hängen?

EGMONT. Nein, Klärchen, das bin ich nicht.

KLÄRCHEN. Wie?

EGMONT. Siehst du, Klärchen! – Laß mich sitzen! – *Er setzt sich, sie kniet sich vor ihn auf einen Schemel, legt' ihre Arme auf seinen Schoß und sieht ihn an.* Jener Egmont ist ein verdrießlicher, steifer, kalter Egmont. Der an sich halten, bald dieses, bald jenes Gesicht machen muß, geplagt, verkannt, verwickelt ist, wenn ihn die Leute für froh und fröhlich halten. Geliebt von einem Volke, das nicht weiß, was es will, geehrt und in die Höhe getragen von einer Menge, mit der nichts anzufangen ist, umgeben von Freunden, denen er sich nicht überlassen darf, beobachtet von Menschen, die ihm auf alle Weise beikommen möchten, arbeitend und sich bemühend, oft ohne Zweck, meist ohne Lohn – o laß mich schweigen, wie es dem ergeht, wie es dem zu Mute ist. Aber dieser, Klärchen, der ist ruhig, offen, glücklich, geliebt und gekannt, von dem besten Herzen, das auch er ganz kennt und mit voller Liebe und Zutrauen an das seine drückt. *Er umarmt sie.* Das ist *dein* Egmont!

KLÄRCHEN. So laß mich sterben! Die Welt hat keine Freuden auf diese!

VIERTER AUFZUG

STRASSE

Jetter. Zimmermann

JETTER. He! pst! he, Nachbar, ein Wort!

ZIMMERMANN. Geh deines Pfads und sei ruhig.

JETTER. Nur ein Wort! Nichts Neues?

ZIMMERMANN. Nichts, als daß uns vom Neuen zu reden verboten ist.

JETTER. Wie?

ZIMMERMANN. Tretet hier ans Haus an. Hütet euch! der Herzog von Alba hat gleich bei seiner Ankunft einen Befehl ausgehen lassen, dadurch zwei oder drei, die auf der Straße zusammen sprechen, des Hochverrats ohne Untersuchung schuldig erklärt sind.

JETTER. O weh!

ZIMMERMANN. Bei ewiger Gefangenschaft ist verboten, von Staatssachen zu reden.

JETTER. O unsre Freiheit.

ZIMMERMANN. Und bei Todesstrafe soll niemand die Handlungen

der Regierung mißbilligen.

JETTER. O unsre Köpfe.

ZIMMERMANN. Und mit großem Versprechen werden Väter, Mütter, Kinder, Verwandte, Freunde, Dienstboten eingeladen, was in dem Innersten des Hauses vorgeht, bei dem besonders niedergesetzen Gerichte zu offenbaren.

JETTER. Gehn wir nach Hause.

ZIMMERMANN. Und den Folgsamen ist versprochen, daß sie weder an Leibe, noch Ehre, noch Vermögen einige Kränkung erdulden sollen.

JETTER. Wie gnädig! War mir's doch gleich weh, wie der Herzog in die Stadt kam. Seit der Zeit ist mir's, als wäre der Himmel mit einem schwarzen Flor überzogen und hing' so tief herunter, daß man sich bücken müsse, um nicht dran zu stoßen.

ZIMMERMANN. Und wie haben dir seine Soldaten gefallen? Gelt, das ist eine andre Art von Krebsen, als wir sie sonst gewohnt waren.

JETTER. Pfui! Es schnürt einem das Herz ein, wenn man so einen Haufen die Gassen hinab marschieren sieht. Kerzengrad', mit unverwandtem Blick, *ein* Tritt, so viel ihrer sind. Und wenn sie auf der Schildwache stehn und du gehst an einem vorbei, ist's, als wenn er dich durch und durch sehen wollte, und sieht so steif und mürrisch aus, daß du auf allen Ecken einen Zuchtmeister zu sehen glaubst. Sie tun mir gar nicht wohl. Unsre Miliz war doch noch ein lustig Volk, sie nahmen sich was heraus, stunden mit ausgegrätschten Beinen da, hatten den Hut überm Ohr, lebten und ließen leben; diese Kerle aber sind wie Maschinen, in denen ein Teufel sitzt.

ZIMMERMANN. Wenn so einer ruft: »Halt!« und anschlägt, meinst du, man hielte?

JETTER. Ich wäre gleich des Todes.

ZIMMERMANN. Gehn wir nach Hause.

JETTER. Es wird nicht gut. Adieu.

Soest tritt dazu.

SOEST. Freunde! Genossen!

ZIMMERMANN. Still! Laßt uns gehen.

SOEST. Wißt ihr?

JETTER. Nur zu viel!

SOEST. Die Regentin ist weg.

JETTER. Nun gnad' uns Gott.

ZIMMERMANN. Die hielt uns noch.

SOEST. Auf einmal und in der Stille. Sie konnte sich mit dem Herzog nicht vertragen, sie ließ dem Adel melden, sie komme wieder. Niemand glaubt's.

ZIMMERMANN. Gott verzeih's dem Adel, daß er uns diese neue Geißel über den Hals gelassen hat. Sie hätten es abwenden können. Unsre Privilegien sind hin.

JETTER. Um Gottes willen nichts von Privilegien. Ich wittre den Geruch von einem Exekutionsmorgen: die Sonne will nicht hervor, die Nebel stinken.

SOEST. Oranien ist auch weg.

ZIMMERMANN. So sind wir denn ganz verlassen!

SOEST. Graf Egmont ist noch da.

JETTER. Gott sei Dank! Stärken ihn alle Heiligen, daß er sein Bestes tut; der ist allein was vermögend.

Vansen tritt auf.

VANSEN. Find ich endlich ein paar, die noch nicht untergekrochen sind!

JETTER. Tut uns den Gefallen und geht fürbaß.

VANSEN. Ihr seid nicht höflich.

ZIMMERMANN. Es ist gar keine Zeit zu Komplimenten. Juckt euch der Buckel wieder? Seid ihr schon durchgeheilt?

VANSEN. Fragt einen Soldaten nach seinen Wunden! Wenn ich auf Schläge was gegeben hätte, wäre sein Tage nichts aus mir geworden.

JETTER. Es kann ernstlicher werden.

VANSEN. Ihr spürt von dem Gewitter, das aufsteigt, eine erbärmliche Mattigkeit in den Gliedern, scheint's.

ZIMMERMANN. Deine Glieder werden sich bald woanders eine Motion machen, wenn du nicht ruhst.

VANSEN. Armselige Mäuse, die gleich verzweifeln, wenn der Hausherr eine neue Katze anschafft! Nur ein bißchen anders, aber wir treiben unser Wesen vor wie nach, seid nur ruhig.

ZIMMERMANN. Du bist ein verwegener Taugenichts.

VANSEN. Gevatter Tropf! Laß du den Herzog nur gewähren. Der alte Kater sieht aus, als wenn er Teufel statt Mäusen gefressen hätte und könnte sie nun nicht verdauen. Laßt ihn nur erst; er muß auch essen, trinken, schlafen wie andre Menschen. Es ist mir nicht bange, wenn wir unsre Zeit recht nehmen. Im Anfang geht's rasch, nachher wird er auch finden, daß in der Speisekammer, unter den Speckseiten besser leben ist und des Nachts zu ruhen, als auf dem Fruchtboden einzelne Mäuschen zu erlisten. Geht nur, ich kenne die Statthalter.

ZIMMERMANN. Was so einem Menschen alles durchgeht! Wenn ich in meinem Leben so etwas gesagt hätte, hielt' ich mich keine Minute für sicher.

VANSEN. Seid nur ruhig. Gott im Himmel erfährt nichts von euch Würmern, geschweige der Regent.

JETTER. Lästermaul.

VANSEN. Ich weiß andre, denen es besser wäre, sie hätten statt ihres Heldenmuts eine Schneiderader im Leibe.

ZIMMERMANN. Was wollt ihr damit sagen?

VANSEN. Hm! den Grafen mein' ich.

JETTER. Egmonten. Was soll der fürchten?

VANSEN. Ich bin ein armer Teufel und könnte ein ganzes Jahr leben von dem, was er in einem Abende verliert. Und doch könnt' er mir sein Einkommen eines ganzen Jahrs geben, wenn er meinen Kopf auf eine Viertelstunde hätte.

JETTER. Du denkst dich was Rechts. Egmonts Haare sind gescheiter als dein Hirn.

VANSEN. Red't ihr! Aber nicht feiner. Die Herren betrügen sich am ersten. Er sollte nicht trauen.

JETTER. Was er schwätzt! So ein Herr!

VANSEN. Eben weil er kein Schneider ist.

JETTER. Ungewaschen Maul!

VANSEN. Dem wollt' ich eure Courage nur eine Stunde in die Glieder wünschen, daß sie ihm da Unruh machte und ihn solang' neckte und juckte, bis er aus der Stadt müßte.

JETTER. Ihr redet recht unverständig, er ist so sicher wie der Stern am Himmel.

VANSEN. Hast du nie einen sich schneuzen gesehen? Weg war er!

ZIMMERMANN. Wer will ihm denn was tun?

VANSEN. Wer will? Willst du's etwa hindern? Willst du einen Aufruhr erregen, wenn sie ihn gefangen nehmen?

JETTER. Ah!

VANSEN. Wollt ihr eure Rippen für ihn wagen?

SOEST. Eh!

VANSEN *sie nachäffend.* Ih! Oh! Uh! Verwundert euch durchs ganze Alphabet. So ist's und bleibt's! Gott bewahre ihn!

JETTER. Ich erschrecke über eure Unverschämtheit. So ein edler, rechtschaffner Mann sollte was zu befürchten haben?

VANSEN. Der Schelm sitzt überall im Vorteil. Auf dem Armensünderstühlchen hat er den Richter für'n Narren, auf dem Richterstuhl macht er den Inquisiten mit Lust zum Verbrecher. Ich habe so ein Protokoll abzuschreiben gehabt, wo der Kommissarius schwer Lob und Geld von Hofe erhielt, weil er einen ehrlichen Teufel, an den man wollte, zum Schelmen verhört hatte.

ZIMMERMANN. Das ist wieder frisch gelogen. Was wollen sie denn heraus verhören, wenn einer unschuldig ist?

VANSEN. O Spatzenkopf! Wo nichts heraus zu verhören ist, da verhört man hinein. Ehrlichkeit macht unbesonnen, auch wohl trotzig. Da fragt man erst sachte weg, und der Gefangne ist stolz auf seine Unschuld, wie sie's heißen, und sagt alles grad zu, was ein Verständiger verbärge. Dann macht der Inquisitor aus den Antworten wieder Fragen und paßt ja auf, wo irgendein Widersprüchelchen erscheinen will; da knüpft er seinen Strick an, und läßt sich der dumme Teufel betreten, daß er hier etwas zu viel, dort etwas zu wenig gesagt, oder wohl aus Gott weiß was für einer Grille einen Umstand verschwiegen hat, auch wohl irgend an einem Ende sich hat schrecken lassen – dann sind wir auf dem rechten Weg! Und ich versichre euch, mit mehr Sorgfalt suchen die Bettelweiber nicht die Lumpen aus dem Kehricht, als so ein Schelmenfabrikant aus kleinen, schiefen, verschobnen, verrückten, verdrückten, geschloßnen, bekannten, geleugneten Anzeichen und Umständen sich endlich einen strohlumpenen Vogelscheu zusammenkünstelt, um wenigstens seinen Inquisiten in effigie hängen zu können. Und Gott mag der arme Teufel danken, wenn er sich noch kann hängen sehn.

JETTER. Der hat eine geläufige Zunge.

ZIMMERMANN. Mit Fliegen mag das angehen. Die Wespen lachen eures Gespinstes.

VANSEN. Nachdem die Spinnen sind. Seht, der lange Herzog hat auch so ein rein Ansehn von einer Kreuzspinne; nicht einer dickbäuchigen, die sind weniger schlimm, aber so einer langfüßigen, schmalleibigen, die vom Fraß nicht feist wird und recht dünne Fäden zieht, aber desto zähere.

JETTER. Egmont ist Ritter des goldnen Vließes; wer darf Hand an ihn legen? Nur von seinesgleichen kann er gerichtet werden, nur vom gesamten Orden. Dein loses Maul, dein böses Gewissen verführen dich zu solchem Geschwätze.

VANSEN. Will ich ihm darum übel? Mir kann's recht sein. Es ist ein trefflicher Herr! Ein paar meiner guten Freunde, die anderwärts schon wären gehangen worden, hat er mit einem Buckel voll Schläge verabschiedet. Nun geht! Geht! Ich rat' es euch selbst. Dort seh' ich wieder eine Runde antreten: die sehen nicht aus, als wenn sie so bald Brüderschaft mit uns trinken würden. Wir wollen's abwarten und nur sachte zusehen. Ich hab' ein paar Nichten und einen Gevatter Schenkwirt; wenn sie von denen gekostet haben und werden dann nicht zahm, so sind sie ausgepichte Wölfe.

Der Culenburgische Palast, Wohnung des Herzogs von Alba

Silva und Gomez begegnen einander.

Silva. Hast du die Befehle des Herzogs ausgerichtet?

Gomez. Pünktlich. Alle täglichen Runden sind beordert, zur bestimmten Zeit an verschiednen Plätzen einzutreffen, die ich ihnen bezeichnet habe; sie gehen indes, wie gewöhnlich, durch die Stadt, um Ordnung zu erhalten. Keiner weiß von dem andern; jeder glaubt, der Befehl gehe ihn allein an, und in einem Augenblick kann alsdann der Kordon gezogen und alle Zugänge zum Palast können besetzt sein. Weißt du die Ursache dieses Befehls?

Silva. Ich bin gewohnt, blindlings zu gehorchen. Und wem gehorcht sich's leichter als dem Herzoge, da bald der Ausgang beweist, daß er recht befohlen hat?

Gomez. Gut! Gut! Auch scheint es mir kein Wunder, daß du so verschlossen und einsilbig wirst wie er, da du immer um ihn sein mußt. Mir kommt es fremd vor, da ich den leichteren italienischen Dienst gewohnt bin. An Treue und Gehorsam bin ich der alte, aber ich habe mir das Schwätzen und Räsonieren angewöhnt; ihr schweigt alle und laßt es euch nie wohl sein. Der Herzog gleicht mir einem ehrnen Turm ohne Pforte, wozu die Besatzung Flügel hätte. Neulich hört' ich ihn bei Tafel von einem frohen freundlichen Menschen sagen: er sei wie eine schlechte Schenke mit einem ausgesteckten Branntweinzeichen, um Müßiggänger, Bettler und Diebe hereinzulocken.

SILVA. Und hat er uns nicht schweigend hierhergeführt?

GOMEZ. Dagegen ist nichts zu sagen. Gewiß! Wer Zeuge seiner Klugheit war, wie er die Armee aus Italien hierherbrachte, der hat etwas gesehen. Wie er sich durch Freund und Feind, durch die Franzosen, Königlichen und Ketzer, durch die Schweizer und Verbundnen gleichsam durchschmiegte, die strengste Mannszucht hielt und einen Zug, den man so gefährlich achtete, leicht und ohne Anstoß zu leiten wußte! – Wir haben was gesehen, was lernen können.

SILVA. Auch hier! Ist nicht alles still und ruhig, als wenn kein Aufstand gewesen wäre?

GOMEZ. Nun, es war auch schon meist still, als wir herkamen.

SILVA. In den Provinzen ist es viel ruhiger geworden, und wenn sich noch einer bewegt, so ist es, zu entfliehen; aber auch diesen wird er die Wege bald versperren, denk' ich.

GOMEZ. Nun wird er erst die Gunst des Königs gewinnen.

SILVA. Und uns bleibt nichts angelegner, als uns die seinige zu erhalten. Wenn der König hierher kommt, bleibt gewiß der Herzog und jeder, den er empfiehlt, nicht unbelohnt.

GOMEZ. Glaubst du, daß der König kommt?

SILVA. Es werden so viele Anstalten gemacht, daß es höchst wahrscheinlich ist.

GOMEZ. Mich überreden sie nicht.

SILVA. So rede wenigstens nicht davon. Denn wenn des Königs Absicht ja nicht sein sollte, zu kommen, so ist sie's doch wenigstens gewiß, daß man es glauben soll.

Ferdinand, Albas natürlicher Sohn

FERDINAND. Ist mein Vater noch nicht heraus?

SILVA. Wir warten auf ihn.

FERDINAND. Die Fürsten werden bald hier sein.

GOMEZ. Kommen sie heute?

FERDINAND. Oranien und Egmont.

GOMEZ *leise zu Silva.* Ich begreife etwas.

Silva. So behalt es für dich.

Herzog von Alba

Wie er herein- und hervor tritt, treten die andern zurück.

Alba. Gomez.

Gomez *tritt vor.* Herr!

Alba. Du hast die Wachen verteilt und beordert?

Gomez. Aufs genauste. Die täglichen Runden –

Alba. Genug. Du wartest in der Galerie. Silva wird dir den Augenblick sagen, wenn du sie zusammenziehen, die Zugänge nach dem Palaste besetzen sollst. Das übrige weißt du.

Gomez. Ja, Herr! *Ab.*

Alba. Silva!

Silva. Hier bin ich.

Alba. Alles, was ich von jeher an dir geschätzt habe, Mut, Entschlossenheit, unaufhaltsames Ausführen, das zeige heut'.

Silva. Ich danke euch, daß ihr mir Gelegenheit gebt, zu zeigen, daß ich der alte bin.

Alba. Sobald die Fürsten bei mir eingetreten sind, dann eile gleich, Egmonts Geheimschreiber gefangen zu nehmen, Du hast alle Anstalten gemacht, die übrigen, welche bezeichnet sind, zu fangen?

Silva. Vertrau' auf uns. Ihr Schicksal wird sie, wie eine wohlberechnete Sonnenfinsternis, pünktlich und schrecklich treffen.

Alba. Hast du sie genau beobachten lassen?

Silva. Alle. Egmonten vor andern. Er ist der einzige, der, seit du hier bist, sein Betragen nicht geändert hat. Den ganzen Tag von einem Pferd aufs andre, lädt Gäste, ist immer lustig und unterhaltend bei Tafel, würfelt, schießt, und schleicht nachts zum Liebchen. Die andern haben dagegen eine merkliche Pause in ihrer Lebensart gemacht, sie bleiben bei sich, vor ihrer Türe sieht's aus, als wenn ein Kranker im Hause wäre.

Alba. Drum rasch, eh' sie uns wider Willen genesen.

Silva. Ich stelle sie. Auf deinen Befehl überhäufen wir sie mit dienstfertigen Ehren. Ihnen graut's: politisch geben sie uns einen ängstlichen Dank, fühlen, das rätlichste sei, zu entfliehen; keiner wagt einen Schritt, sie zaudern, können sich nicht vereinigen; und einzeln etwas Kühnes zu tun, hält sie der Gemeingeist ab. Sie möchten gern sich jedem Verdacht entziehen und machen sich immer verdächtiger. Schon seh' ich mit Freuden deinen ganzen Anschlag ausgeführt.

ALBA. Ich freue mich nur über das Geschehne, und über das nicht leicht, denn es bleibt stets noch übrig, was uns zu denken und zu sorgen gibt. Das Glück ist eigensinnig, oft das Gemeine, das Nichtswürdige zu adeln und wohlüberlegte Taten mit einem gemeinen Ausgang zu entehren. Verweile, bis die Fürsten kommen, dann gib Gomez die Order, die Straßen zu besetzen, und eile selbst, Egmonts Schreiber und die übrigen gefangen zu nehmen, die dir bezeichnet sind. Ist es getan, so komm hierher und meld' es meinem Sohne, daß er mir in den Rat die Nachricht bringe.

SILVA. Ich hoffe, diesen Abend vor dir stehn zu dürfen.

ALBA *geht nach seinem Sohne, der bisher in der Galerie gestanden.*

SILVA. Ich traue mir es nicht zu sagen, aber meine Hoffnung schwankt, ich fürchte, es wird nicht werden, wie er denkt. Ich sehe Geister vor mir, die still und sinnend auf schwarzen Schalen das Geschick der Fürsten und vieler Tausende wägen. Langsam wankt das Zünglein auf und ab, tief scheinen die Richter zu sinnen, zuletzt sinkt diese Schale, steigt jene, angehaucht vom Eigensinn des Schicksals, und entschieden ist's. *Ab.*

ALBA *mit Ferdinand hervortretend.* Wie fandst du die Stadt?

FERDINAND. Es hat sich alles gegeben. Ich ritt, als wie zum Zeitvertreib, Straß' auf Straß' ab. Eure wohlverteilten Wachen halten die Furcht so angespannt, daß sie sich nicht zu lispeln untersteht. Die Stadt sieht einem Felde ähnlich, wenn das Gewitter von weitem leuchtet: man erblickt keinen Vogel, kein Tier, als das eilend nach einem Schutzorte schlüpft.

ALBA. Ist dir nichts weiter begegnet?

FERDINAND. Egmont kam mit einigen auf den Markt geritten, wir grüßten uns, er hatte ein rohes Pferd, das ich ihm loben mußte. »Laßt uns eilen, Pferde zuzureiten, wir werden sie bald brauchen!« rief er mir entgegen. Er werde mich noch heute wiedersehn, sagte er, und komme auf euer Verlangen, mit euch zu ratschlagen.

ALBA. Er wird dich wiedersehn.

FERDINAND. Unter allen Rittern, die ich hier kenne, gefällt er mir am besten. Es scheint, wir werden Freunde sein.

ALBA. Du bist noch immer zu schnell und wenig behutsam, immer erkenn' ich in dir den Leichtsinn deiner Mutter, der mir sie unbedingt in die Arme lieferte. Zu mancher gefährlichen Verbindung lud dich der Anschein voreilig ein.

FERDINAND. Euer Wille findet mich bildsam.

ALBA. Ich vergebe deinem jungen Blute dies leichtsinnige Wohlwollen, diese unachtsame Fröhlichkeit. Nur vergiß nicht, zu welchem Werke ich gesandt bin und welchen Teil ich dir daran geben möchte.

FERDINAND. Erinnert mich, und schont mich nicht, wo ihr es nötig haltet.

ALBA *nach einer Pause*. Mein Sohn!

FERDINAND. Mein Vater!

ALBA. Die Fürsten kommen bald, Oranien und Egmont kommen. Es ist nicht Mißtrauen, daß ich dir erst jetzt entdecke, was geschehen soll. Sie werden nicht wieder von hinnen gehn.

FERDINAND. Was sinnst du?

ALBA. Es ist beschlossen, sie festzuhalten. Du erstaunst. Was du zu tun hast, höre; die Ursachen sollst du wissen, wenn es geschehn ist – jetzt bleibt keine Zeit, sie auszulegen. Mit dir allein wünscht ich das Größte, das Geheimste zu besprechen: ein starkes Band hält uns zusammengefesselt, du bist mir wert und lieb, auf dich möcht' ich alles häufen. Nicht die Gewohnheit zu gehorchen allein möcht' ich dir einprägen, auch den Sinn, auszudenken, zu befehlen, auszuführen wünscht' ich in dir fortzupflanzen, dir ein großes Erbteil, dem Könige den brauchbarsten Diener zu hinterlassen, dich mit dem Besten, was ich habe, auszustatten, daß du dich nicht schämen dürfest, unter deine Brüder zu treten.

FERDINAND. Was werd' ich nicht dir für diese Liebe schuldig, die du mir allein zuwendest, indem ein ganzes Reich vor dir zittert.

ALBA. Nun höre, was zu tun ist. Sobald die Fürsten eingetreten sind, wird jeder Zugang zum Palaste besetzt. Dazu hat Gomez die Order. Silva wird eilen, Egmonts Schreiber mit den Verdächtigsten gefangen zu nehmen. Du hältst die Wache am Tore und in den Höfen in Ordnung. Vor allen Dingen besetze diese Zimmer hierneben mit den sichersten Leuten, dann warte auf der Galerie, bis Silva wieder kommt, und bringe mir irgendein unbedeutend Blatt herein zum Zeichen, daß sein Auftrag ausgerichtet ist. Dann bleib im Vorsaale, bis Oranien weggeht, folg' ihm; ich halte Egmont hier, als ob ich ihm noch was zu sagen hätte. Am Ende der Galerie fordre Oraniens Degen, rufe die Wache an, verwahre schnell den gefährlichsten Mann, und ich fass Egmont hier.

FERDINAND. Ich gehorche, mein Vater – zum erstenmal mit schwerem Herzen und mit Sorge.

ALBA. Ich verzeihe dir's: es ist der erste große Tag, den du erlebst.

Silva tritt herein.

SILVA. Ein Bote von Antwerpen. Hier ist Oraniens Brief! Er kommt nicht.

ALBA. Sagt es der Bote?

SILVA. Nein, mir sagt's das Herz.

ALBA. Aus dir spricht mein böser Genius. *Nachdem er den Brief gelesen, winkt er beiden, und sie ziehen sich in die Galerie zurück; er bleibt allein auf dem Vorderteile.* Er kommt nicht! Bis auf den letzten Augenblick verschiebt er, sich zu erklären. Er wagt es, *nicht* zu kommen. So war denn diesmal wider Vermuten der Kluge klug genug, nicht klug zu sein. – Es rückt die Uhr!

Noch einen kleinen Weg des Zeigers, und ein großes Werk ist getan oder versäumt, unwiederbringlich versäumt, denn es ist weder nachzuholen noch zu verheimlichen. Längst hatt' ich alles reiflich abgewogen und mir auch diesen Fall gedacht, mir festgesetzt, was auch in diesem Falle zu tun sei; und jetzt, da es zu tun ist, wehr' ich mir kaum, daß nicht das Für und Wider mir aufs neue durch die Seele schwankt – Ist's rätlich, die andern zu fangen, wenn *er* mir entgeht? – Schieb' ich es auf und lass Egmont mit den Seinigen, mit so vielen entschlüpfen, die nun, vielleicht nur heute noch, in meinen Händen sind? – So zwingt dich das Geschick denn auch, du Unbezwinglicher! Wie lang' gedacht! Wie wohl bereitet! Wie groß, wie schön der Plan! Wie nah die Hoffnung ihrem Ziele! Und nun im Augenblicke des Entscheidens bist du zwischen zwei Übel gestellt; wie in einen Lostopf greifst du in die dunkle Zukunft: was du fassest, ist noch zugerollt, dir unbewußt, sei's Treffer oder Fehler! *Er wird aufmerksam wie einer, der etwas hört, und tritt ans Fenster.* Er ist es! Egmont. – Trug dich dein Pferd so leicht herein, und scheute vor dem Blutgeruche nicht, und vor dem Geiste mit dem blanken Schwerte, der an der Pforte dich empfängt? – Steig ab! – So bist du mit dem einen Fuß im Grab! und so mit beiden! – Ja streichl' es nur und klopfe für seinen mutgen Dienst zum letztenmal den Nacken ihm – Und mir bleibt keine Wahl: in der Verblendung, wie hier Egmont naht, kann er dir nicht zum zweitenmal sich liefern! – Hört!

Ferdinand und Silva treten eilig herbei.

Alba. Ihr tut, was ich befahl, ich ändre meinen Willen nicht. Ich halte, wie es gehn will, Egmont auf, bis du mir von Silva die Nachricht gebracht hast. Dann bleib in der Nähe. Auch dir raubt das Geschick das große Verdienst, des Königs größten Feind mit eigner Hand gefangen zu haben. *Zu Silva.* Eile! *Zu Ferdinand.* Geh ihm entgegen. *Alba bleibt einige Augenblicke allein und geht schweigend auf und ab.*

Egmont tritt auf.

EGMONT. Ich komme, die Befehle des Königs zu vernehmen, zu hören, welchen Dienst er von unsrer Treue verlangt, die ihm ewig ergeben bleibt.

ALBA. Er wünscht vor allen Dingen euren Rat zu hören.

EGMONT. Über welchen Gegenstand? Kommt Oranien auch? Ich vermutete ihn hier.

ALBA. Mir tut es leid, daß er uns eben in dieser wichtigen Stunde fehlt. Euren Rat, eure Meinung wünscht der König, wie diese Staaten wieder zu befriedigen. Ja er hofft, ihr werdet kräftig mitwirken, diese Unruhen zu stillen und die Ordnung der Provinzen völlig und dauerhaft zu gründen.

EGMONT. Ihr könnt besser wissen als ich, daß schon alles genug beruhigt ist, ja noch mehr beruhigt war, eh' die Erscheinung der neuen Soldaten wieder mit Furcht und Sorge die Gemüter bewegte.

ALBA. Ihr scheinet andeuten zu wollen, das Rätlichste sei gewesen, wenn der König mich gar nicht in den Fall gesetzt hätte, euch zu fragen.

EGMONT. Verzeiht! Ob der König das Heer hätte schicken sollen, ob nicht vielmehr die Macht seiner majestätischen Gegenwart allein stärker gewirkt hätte, ist meine Sache nicht zu beurteilen. Das Heer ist da, er nicht. Wir aber müßten sehr undankbar, sehr vergessen sein, wenn wir uns nicht erinnerten, was wir der Regentin schuldig sind. Bekennen wir! sie brachte durch ihr so kluges, als tapferes Betragen die Aufrührer mit Gewalt und Ansehn, mit Überredung und List zur Ruhe und führte zum Erstaunen der Welt ein rebellisches Volk in wenigen Monaten zu seiner Pflicht zurück.

ALBA. Ich leugne es nicht. Der Tumult ist gestillt, und jeder scheint in die Grenzen des Gehorsams zurückgebannt. Aber hängt es nicht von eines jeden Willkür ab, sie zu verlassen? Wer will das Volk hindern loszubrechen? Wo ist die Macht, sie abzuhalten?

Wer bürgt uns, daß sie sich ferner treu und untertänig zeigen werden? Ihr guter Wille ist alles Pfand, das wir haben.

EGMONT. Und ist der gute Wille eines Volks nicht das sicherste, das edelste Pfand? Bei Gott! Wann darf sich ein König sichrer halten, als wenn sie alle für einen, einer für alle stehn? Sichrer gegen innre und äußere Feinde?

ALBA. Wir werden uns doch nicht überreden sollen, daß es jetzt hier so steht.

EGMONT. Der König schreibe einen Generalpardon aus, er beruhige die Gemüter, und bald wird man sehen, wie Treue und Liebe mit dem Zutrauen wieder zurückkehrt.

ALBA. Und jeder, der die Majestät des Königs, der das Heiligtum der Religion geschändet, ginge frei und ledig hin und wider! Lebte, den andern zum bereiten Beispiel, daß ungeheure Verbrechen straflos sind.

EGMONT. Und ist ein Verbrechen des Unsinns, der Trunkenheit nicht eher zu entschuldigen als grausam zu bestrafen? Besonders wo so sichre Hoffnung, wo Gewißheit ist, daß die Übel nicht wiederkehren werden? Waren Könige darum nicht sichrer? werden sie nicht von Welt und Nachwelt gepriesen, die eine Beleidigung ihrer Würde vergeben, bedauern, verachten konnten? werden sie nicht eben deswegen Gott gleich gehalten, der viel zu groß ist, als daß ihn jede Lästrung reichen sollte?

ALBA. Und eben darum soll der König für die Würde Gottes und der Religion, wir sollen für das Ansehn des Königs streiten. Was der Obere abzulehnen verschmäht, ist unsre Pflicht zu rächen. Ungestraft soll, wenn ich rate, kein Schuldiger sich freuen.

EGMONT. Glaubst du, daß du sie alle reichen wirst? Hört man nicht täglich, daß die Furcht sie hie- und dahin, sie aus dem Lande treibt? Die Reichsten werden ihre Güter, sich, ihre Kinder und Freunde flüchten, der Arme wird seine nützlichen Hände dem Nachbar zubringen.

ALBA. Sie werden, wenn man sie nicht verhindern kann. Darum

verlangt der König Rat und Tat von jedem Fürsten, Ernst von jedem Statthalter; nicht nur Erzählung, wie es ist, was werden könnte, wenn man alles gehen ließe, wie's geht. Einem großen Übel zusehen, sich mit Hoffnung schmeicheln, der Zeit vertrauen, etwa einmal dreinschlagen, wie im Faßnachtsspiel, daß es klatscht, und man doch etwas zu tun scheint, wenn man nichts tun möchte – heißt das nicht, sich verdächtig machen, als sehe man dem Aufruhr mit Vergnügen zu, den man nicht erregen, wohl aber hegen mochte?

EGMONT *im Begriff aufzufahren, nimmt sich zusammen und spricht, nach einer kleinen Pause, gesetzt.* Nicht jede Absicht ist offenbar, und manches Mannes Absicht ist zu mißdeuten. Muß man doch auch von allen Seiten hören: es sei des Königs Absicht weniger, die Provinzen nach einförmigen und klaren Gesetzen zu regieren, die Majestät der Religion zu sichern und einen allgemeinen Frieden seinem Volke zu geben, als vielmehr sie unbedingt zu unterjochen, sie ihrer alten Rechte zu berauben, sich Meister von ihren Besitztümern zu machen, die schönen Rechte des Adels einzuschränken, um derentwillen der Edle allein ihm dienen, ihm Leib und Leben widmen mag. Die Religion, sagt man, sei nur ein prächtiger Teppich, hinter dem man jeden gefährlichen Anschlag nur desto leichter ausdenkt. Das Volk liegt auf den Knieen, betet die heiligen gewirkten Zeichen an, und hinten lauscht der Vogelsteller, der sie berücken will.

ALBA. Das muß ich von *dir* hören.

EGMONT. Nicht meine Gesinnungen! Nur was bald hier, bald da, von Großen und von Kleinen, Klugen und Toren gesprochen, laut verbreitet wird. Die Niederländer fürchten ein doppeltes Joch, und wer bürgt ihnen ihre Freiheit?

ALBA. Freiheit! Ein schönes Wort, wer's recht verstünde. Was wollen sie für Freiheit? Was ist des Freisten Freiheit? – Recht zu tun! – und daran wird sie der König nicht hindern. Nein! nein! sie glauben sich nicht frei, wenn sie sich nicht selbst und andern schaden können. Wäre es nicht besser, abzudanken, als ein solches Volk zu regieren? Wenn auswärtige Feinde drängen, an die kein Bürger denkt, der mit dem Nächsten nur beschäftigt ist, und der König verlangt Beistand, dann werden sie uneins unter sich und verschwören sich gleichsam mit ihren Feinden. Weit besser ist's, sie einzuengen, daß man sie wie Kinder halten, wie Kinder zu ihrem Besten leiten kann. Glaube nur, ein Volk wird nicht alt, nicht klug, ein Volk bleibt immer kindisch.

EGMONT. Wie selten kommt ein König zu Verstand. Und sollen sich Viele nicht lieber Vielen vertrauen als Einem, und nicht einmal dem Einen, sondern den Wenigen des Einen, dem Volke, das an den Blicken seines Herren altert. Das hat wohl allein das Recht, klug zu werden.

ALBA. Vielleicht eben darum, weil es sich nicht selbst überlassen ist.

EGMONT. Und darum niemand gern sich selbst überlassen möchte. Man tue, was man will – ich habe auf deine Frage geantwortet und wiederhole: Es geht nicht! Es kann nicht gehn! Ich kenne meine Landsleute. Es sind Männer, wert, Gottes Boden zu betreten, ein jeder rund für sich ein kleiner König, fest, rührig, fähig, treu, an alten Sitten hangend. Schwer ist's ihr Zutraun zu verdienen, leicht zu erhalten. Starr und fest! Zu drücken sind sie, nicht zu unterdrücken.

ALBA *der sich indes einige Male umgesehn hat.* Solltest du das alles in des Königs Gegenwart wiederholen?

EGMONT. Desto schlimmer, wenn mich seine Gegenwart abschreckte! Desto besser für ihn, für sein Volk, wenn er mir Mut machte, wenn er mir Zutrauen einflößte, noch weit mehr zu sagen.

ALBA. Was nützlich ist, kann ich hören wie er.

EGMONT. Ich würde ihm sagen: Leicht kann der Hirt eine ganze Herde Schafe vor sich hintreiben, der Stier zieht seinen Pflug ohne Widerstand; aber dem edlen Pferde, das du reiten willst, mußt du seine Gedanken ablernen, du mußt nichts Unkluges, nichts unklug von ihm verlangen. Darum wünscht der Bürger seine alte Verfassung zu behalten, von seinen Landsleuten regiert zu sein, weil er weiß, wie er geführt wird, weil er von ihnen Uneigennutz, Teilnehmung an seinem Schicksal hoffen kann.

ALBA. Und sollte der Regent nicht Macht haben, dieses alte Herkommen zu verändern, und sollte nicht eben dies sein schönstes Vorrecht sein. Was ist bleibend auf dieser Welt? Und sollte eine Staatseinrichtung bleiben können? Muß nicht in einer Zeitfolge sich jedes Verhältnis verändern und eben darum eine alte Verfassung die Ursache von tausend Übeln werden, weil sie den gegenwärtigen Zustand des Volkes nicht umfaßt? Ich fürchte, diese alten Rechte sind darum so angenehm, weil sie Schlupfwinkel bilden, in welchen der Kluge, der Mächtige, zum Schaden des Volks, zum Schaden des Ganzen, sich verbergen oder durchschleichen kann.

EGMONT. Und diese willkürlichen Veränderungen, diese unbeschränkten Eingriffe der höchsten Gewalt, sind sie nicht Vorboten, daß einer tun will, was Tausende nicht tun sollen. Er will sich allein frei machen, jeden seiner Wünsche befriedigen, jeden seiner Gedanken ausführen zu können. Und wenn wir uns ihm, einem guten weisen König, ganz vertrauten, sagt er uns für seine Nachkommen gut? daß keiner ohne Rücksicht, ohne Schonung regieren werde? Wer rettet uns alsdann von völliger Willkür, wenn er uns seine Diener, seine Nächsten sendet, die ohne Kenntnis des Landes und seiner Bedürfnisse nach Belieben schalten und walten, keinen Widerstand finden und sich von jeder Verantwortung frei wissen?

ALBA *der sich indes wieder umgesehen hat.* Es ist nichts natürlicher, als daß ein König durch sich zu herrschen gedenkt und denen seine Befehle am liebsten aufträgt, die ihn am besten verstehen, verstehen wollen, die seinen Willen unbedingt ausrichten.

EGMONT. Und ebenso natürlich ist's, daß der Bürger von dem regiert sein will, der mit ihm geboren und erzogen ist, der gleichen

Begriff mit ihm von Recht und Unrecht gefaßt hat, den er als seinen Bruder ansehn kann.

ALBA. Und doch hat der Adel mit diesen seinen Brüdern sehr ungleich geteilt.

EGMONT. Das ist vor Jahrhunderten geschehen und wird jetzt ohne Neid geduldet. Würden aber neue Menschen ohne Not gesendet, die sich zum zweiten Male auf Unkosten der Nation bereichern wollten, sähe man sich einer strengen, kühnen, unbedingten Habsucht ausgesetzt, das würde eine Gärung machen, die sich nicht leicht in sich selbst auflöste.

ALBA. Du sagst mir, was ich nicht hören sollte. Auch ich bin fremd.

EGMONT. Daß ich dir's sage, zeigt dir, daß ich dich nicht meine.

ALBA. Und auch so wünscht' ich es nicht von dir zu hören. Der König sandte mich mit Hoffnung, daß ich hier den Beistand des Adels finden würde. Der König *will* seinen Willen. Der König hat nach tiefer Überlegung gesehn, was dem Volke frommt; es kann nicht bleiben und gehen wie bisher. Des Königs Absicht ist: sie selbst zu ihrem eignen Besten einzuschränken, ihr eigen Heil, wenn's sein muß, ihnen aufzudringen, die schädlichen Bürger aufzuopfern, damit die übrigen Ruhe finden, des Glücks einer weisen Regierung genießen können. Dies ist sein Entschluß, diesen dem Adel kundzumachen habe ich Befehl, und Rat verlang' ich in seinem Namen, *wie* es zu tun sei, nicht *was*, denn das hat *er* beschlossen.

EGMONT. Leider rechtfertigen deine Worte die Furcht des Volks, die allgemeine Furcht! So hat er denn beschlossen, was kein Fürst beschließen sollte. Die Kraft seines Volks, ihr Gemüt, den Begriff, den sie von sich selbst haben, will er schwächen, niederdrücken, zerstören, um sie bequem regieren zu können. Er will den innern Kern ihrer Eigenheit verderben, gewiß in der Absicht, sie glücklicher zu machen. Er will sie vernichten, damit sie etwas werden, ein ander Etwas. O wenn seine Absicht gut ist, so wird sie mißgeleitet! Nicht dem König widersetzt man sich, man stellt sich nur dem Könige entgegen, der, einen falschen Weg zu wandeln, die ersten unglücklichen Schritte macht.

ALBA Wie du gesinnt bist, scheint es ein vergebner Versuch, uns vereinigen zu wollen. Du denkst gering vom König, verächtlich von seinen Räten, wenn du zweifelst, das alles sei nicht schon gedacht, geprüft, gewogen worden. Ich habe keinen Auftrag, jedes Für und Wider noch einmal durchzugehn. Gehorsam fordr' ich von dem Volke – und von euch, ihr Ersten, Edelsten, Rat und Tat, als Bürgen dieser unbedingten Pflicht.

EGMONT. Fordr' unsre Häupter, so ist es auf einmal getan. Ob sich der Nacken diesem Joche biegen, ob er sich vor dem Beile ducken soll, kann einer edlen Seele gleich sein. Umsonst hab' ich so viel gesprochen, die Luft hab' ich erschüttert, weiter nichts gewonnen.

Ferdinand kommt.

FERDINAND. Verzeiht, daß ich euer Gespräch unterbreche. Hier ist ein Brief, dessen Überbringer die Antwort dringend macht.

ALBA. Erlaubt mir, daß ich sehe, was er enthält.

Tritt an die Seite.

FERDINAND *zu Egmont.* Es ist ein schönes Pferd, das eure Leute gebracht haben, euch abzuholen.

EGMONT. Es ist nicht das schlimmste. Ich hab' es schon eine Weile, ich denk' es wegzugeben. Wenn es euch gefällt, so werden wir vielleicht des Handels einig.

FERDINAND. Gut, wir wollen sehn.

ALBA *winkt seinem Sohne, der sich in den Grund zurückzieht.*

EGMONT. Lebt wohl! entlaßt mich, denn ich wüßte bei Gott nicht mehr zu sagen.

ALBA. Glücklich hat dich der Zufall verhindert, deinen Sinn noch weiter zu verraten. Unvorsichtig entwickelst du die Falten deines Herzens und klagst dich selbst weit strenger an, als ein Widersacher gehässig tun könnte.

EGMONT. Dieser Vorwurf rührt mich nicht, ich kenne mich selbst genug und weiß, wie ich dem König angehöre: weit mehr als viele, die in seinem Dienst sich selber dienen. Ungern scheid' ich aus diesem Streite, ohne ihn beigelegt zu sehen, und wünsche nur, daß uns der Dienst des Herren, das Wohl des Landes bald vereinigen möge. Es wirkt vielleicht ein wiederholtes Gespräch, die Gegenwart der übrigen Fürsten, die heute fehlen, in einem glücklichern Augenblick, was heute unmöglich scheint. Mit dieser Hoffnung entfern' ich mich.

ALBA *der zugleich dem Sohne ein Zeichen gibt.* Halt, Egmont! – Deinen Degen! – *Die Mitteltüre öffnet sich, man sieht die Galerie mit Wache besetzt, die unbeweglich bleibt.*

EGMONT *der staunend eine Weile geschwiegen.* Dies war die Absicht? Dazu hast du mich berufen? *Nach dem Degen greifend, als wenn er sich verteidigen wollte.* Bin ich denn wehrlos?

ALBA. Der König befiehlt's, du bist mein Gefangner. *Zugleich treten von beiden Seiten Gewaffnete herein.*

EGMONT *nach einer Stille.* Der König? – – Oranien! Oranien! *Nach einer Pause seinen Degen hingebend.* So nimm ihn. Er hat weit öfter des Königs Sache verteidigt, als diese Brust beschützt.

Er geht durch die Mitteltüre ab, die Gewaffneten, die im Zimmer sind, folgen ihm, ingleichen Albas Sohn. Alba bleibt stehen, der Vorhang fällt.

FÜNFTER AUFZUG

STRASSE. DÄMMRUNG

Klärchen. Brackenburg. Bürger

BRACKENBURG. Liebchen, um Gottes willen! was nimmst du vor?

KLÄRCHEN. Komm mit, Brackenburg! Du mußt die Menschen nicht kennen, wir befreien ihn gewiß. Denn was gleicht ihrer Liebe zu ihm? Jeder fühlt, ich schwöre es, in sich die brennende Begier, ihn zu retten, die Gefahr von einem kostbaren Leben abzuwenden und dem Freisten die Freiheit wiederzugeben. Komm! Es fehlt nur an der Stimme, die sie zusammenruft. In ihrer Seele lebt noch ganz frisch, was sie ihm schuldig sind! Und daß sein mächtiger Arm allein von ihnen das Verderben abhält, wissen sie. Um seinet- und ihretwillen müssen sie alles wagen. Und was wagen wir? Zum höchsten unser Leben, das zu erhalten nicht der Mühe wert ist, wenn er umkommt.

BRACKENBURG. Unglückliche! Du siehst nicht die Gewalt, die uns mit ehrnen Banden gefesselt hat.

KLÄRCHEN. Sie scheint mir nicht unüberwindlich. Laß uns nicht lang' vergebliche Worte wechseln. Hier kommen von den alten, redlichen, wackern Männern! Hört, Freunde! Nachbarn, hört! – Sagt, wie ist es mit Egmont?

ZIMMERMANN. Was will das Kind? Laß sie schweigen!

KLÄRCHEN. Tretet näher, daß wir sachte reden, bis wir einig sind und stärker. Wir dürfen nicht einen Augenblick versäumen! Die freche Tyrannei, die es wagt, ihn zu fesseln, zückt schon den Dolch, ihn zu ermorden! O Freunde! mit jedem Schritt der Dämmrung werd' ich ängstlicher. Ich fürchte diese Nacht. Kommt! Wir wollen uns teilen. Mit schnellem Lauf von Quartier zu Quartier rufen wir die Bürger heraus. Ein jeder greife zu seinen alten Waffen. Auf dem Markte treffen wir uns wieder, und unser Strom reißt einen jeden mit sich fort. Die Feinde sehen sich umringt und überschwemmt, und sind erdrückt. Was kann uns eine Handvoll Knechte widerstehn? Und er in unsrer Mitte kehrt zurück, sieht sich befreit und kann uns einmal danken, uns, die wir ihm so tief verschuldet worden. Er sieht vielleicht – gewiß er sieht das Morgenrot am freien Himmel wieder.

ZIMMERMANN. Wie ist dir, Mädchen?

KLÄRCHEN. Könnt' ihr mich mißverstehn? Vom Grafen sprech' ich! Ich spreche von Egmont.

JETTER. Nennt den Namen nicht! Er ist tödlich.

KLÄRCHEN. Den Namen nicht! wie! Nicht diesen Namen? Wer nennt ihn nicht bei jeder Gelegenheit? Wo steht er nicht geschrieben? In diesen Sternen hab' ich oft mit allen seinen Lettern ihn gelesen. Nicht nennen? Was soll das? Freunde! Gute, teure Nachbarn, ihr träumt, besinnt euch! Seht mich nicht so starr und ängstlich an! Blickt nicht schüchtern hie und da beiseite. Ich ruf' euch ja nur zu, was jeder wünscht. Ist meine Stimme nicht eures Herzens eigne Stimme? Wer würfe sich in dieser bangen Nacht, eh' er sein unruhvolles Bette besteigt, nicht auf die Knie, ihn mit christlichem Gebet vom Himmel zu erringen. Fragt euch einander! frage jeder sich selbst! und wer spricht mir nicht nach: Egmonts Freiheit oder den Tod!

JETTER. Gott bewahr' uns, da gibt's ein Unglück.

KLÄRCHEN. Bleibt! Bleibt und drückt euch nicht vor seinem Namen weg, dem ihr euch sonst so froh entgegendrängtet! – Wenn der Ruf ihn ankündigte, wenn es hieß: Egmont kommt! Er kommt von Gent! da hielten die Bewohner der Straße sich glücklich, durch die er reiten mußte. Und wenn ihr seine Pferde schallen hörtet, warf jeder seine Arbeit hin, und über die bekümmerten Gesichter, die ihr durchs Fenster stecktet, fuhr wie ein Sonnenstrahl von seinem Angesichte ein Blick der Freude und Hoffnung. Da hobt ihr eure Kinder auf der Türschwelle in die Höhe und deutetet ihnen: Sieh, das ist Egmont, der Größte da! Er ist's! Er ist's, von dem ihr beßre Zeiten, als eure armen Väter lebten, einst zu erwarten habt. Laßt eure Kinder nicht dereinst euch fragen: Wo ist er hin? Wo sind die Zeiten hin, die ihr verspracht? Und so wechseln wir Worte! sind müßig, verraten ihn.

SOEST. Schämt euch, Brackenburg! Laßt sie nicht gewähren! Steuert dem Unheil.

BRACKENBURG. Lieb' Klärchen! wir wollen gehen! Was wird die Mutter sagen? Vielleicht –

KLÄRCHEN. Meinst du, ich sei ein Kind oder wahnsinnig! Was

kann vielleicht! – Von dieser schrecklichen Gewißheit bringst du mich mit keiner Hoffnung weg. – Ihr sollt mich hören, und ihr werdet, denn ich seh's, ihr seid bestürzt und könnt euch selbst in eurem Busen nicht wiederfinden. Laßt durch die gegenwärtige Gefahr nur *einen* Blick in das Vergangne dringen, das kurz Vergangne. Wendet eure Gedanken nach der Zukunft. Könnt' ihr denn leben? Werdet ihr, wenn er zu Grunde geht? Mit seinem Atem flieht der letzte Hauch der Freiheit. Was war er euch? Für wen übergab er sich der dringendsten Gefahr? Seine Wunden flossen und heilten nur für euch. Die große Seele, die euch alle trug, beschränkt ein Kerker, und Schauer tückischen Mordes schweben um sie her. Er denkt vielleicht an euch, er hofft auf euch, er, der nur zu geben, nur zu erfüllen gewohnt war.

ZIMMERMANN. Gevatter, kommt.

KLÄRCHEN. Und ich habe nicht Arme, nicht Mark wie ihr; doch hab' ich, was euch allen eben fehlt, Mut und Verachtung der Gefahr. Könnt' euch mein Atem doch entzünden, könnt' ich an meinen Busen drückend euch erwärmen und beleben! Kommt! In eurer Mitte will ich gehen! – Wie eine Fahne wehrlos ein edles Heer von Kriegern wehend anführt, so soll mein Geist um eure Häupter flammen und Liebe und Mut das schwankende zerstreute Volk zu einem fürchterlichen Heer vereinigen.

JETTER. Schaff' sie beiseite, sie dauert mich.

Bürger ab.

BRACKENBURG. Klärchen! Siehst du nicht, wo wir sind?

KLÄRCHEN. Wo? Unter dem Himmel, der so oft sich herrlicher zu wölben schien, wenn der Edle unter ihm herging. Aus diesen Fenstern haben sie herausgesehn, vier, fünf Köpfe über einander, an diesen Türen haben sie gescharrt und genickt, wenn er auf die Memmen herabsah. O ich hatte sie so lieb, wie sie ihn ehrten. Wäre er Tyrann gewesen, möchten sie vor seinem Falle seitwärts gehn. Aber sie liebten ihn! O ihr Hände, die ihr an die Mützen grifft, zum Schwert könnt ihr nicht greifen – Brackenburg, und wir? – Schelten wir sie? – Diese Arme, die ihn so oft festhielten, was tun sie für ihn? – List hat in der Welt so viel erreicht – Du kennst Wege und Stege, kennst das alte Schloß. Es ist nichts unmöglich, gib mir einen Anschlag.

BRACKENBURG. Wenn wir nach Hause gingen!

KLÄRCHEN. Gut!

BRACKENBURG. Dort an der Ecke seh' ich Albas Wache, laß doch die Stimme der Vernunft dir zu Herzen dringen. Hältst du mich für feig? Glaubst du nicht, daß ich um deinetwillen sterben könnte? Hier sind wir beide toll, ich so gut wie du. Siehst du nicht das Unmögliche? Wenn du dich faßtest! Du bist außer dir.

KLÄRCHEN. Außer mir! Abscheulich, Brackenburg, ihr seid außer euch. Da ihr laut den Helden verehrtet, ihn Freund und Schutz und Hoffnung nanntet, ihm Vivat rieft, wenn er kam, da stand ich in meinem Winkel, schob das Fenster halb auf, verbarg mich lauschend, und das Herz schlug mir höher als euch allen. Jetzt schlägt mir's wieder höher als euch allen! Ihr verbergt euch, da es Not ist, verleugnet ihn und fühlt nicht, daß ihr untergeht, wenn er verdirbt.

BRACKENBURG. Komm nach Hause.

KLÄRCHEN. Nach Hause?

BRACKENBURG. Besinne dich nur! Sieh dich um! Dies sind die Straßen, die du nur sonntäglich betratst, durch die du sittsam nach der Kirche gingst; wo du übertriebenehrbar zürntest, wenn ich mit einem freundlichen grüßenden Wort mich zu dir gesellte. Du stehst und redest, handelst vor den Augen der offnen Welt. Besinne dich, Liebe! zu was hilft es uns?

KLÄRCHEN. Nach Hause! Ja, ich besinne mich. Komm, Brackenburg, nach Hause! Weißt du, wo meine Heimat ist? *Ab.*

Gefängnis,
durch eine Lampe erhellt, ein Ruhebett im Grunde
Egmont allein

Egmont. Alter Freund! immer getreuer Schlaf, fliehst du mich auch wie die übrigen Freunde? Wie willig senktest du dich auf mein freies Haupt herunter und kühltest wie ein schöner Myrtenkranz der Liebe meine Schläfe. Mitten unter Waffen, auf der Woge des Lebens ruht' ich leicht atmend, wie ein aufquellender Knabe in deinen Armen. Wenn Stürme durch Zweige und Blätter sausten, sich Ast und Wipfel knirrend bewegten, blieb innerst doch der Kern des Herzens ungeregt. Was schüttelt dich nun? Was erschüttert den festen, treuen Sinn? Ich fühl's, es ist der Klang der Mordaxt, die an meiner Wurzel nascht. Noch steh' ich aufrecht, und ein innrer Schauer durchfährt mich. Ja, sie überwindet, die verrätrische Gewalt, sie untergräbt den festen hohen Stamm, und eh' die Rinde dorrt, stürzt krachend und zerschmetternd deine Krone.

Warum denn jetzt, der du so oft gewaltge Sorgen gleich Seifenblasen dir vom Haupte weggewiesen, warum vermagst du nicht die Ahnung zu verscheuchen, die tausendfach in dir sich auf und nieder treibt? Seit wann begegnet der Tod dir fürchterlich, mit dessen wechselnden Bildern wie mit den übrigen Gestalten der gewohnten Erde du gelassen lebtest? – Auch ist er's nicht, der rasche Feind, dem die gesunde Brust wetteifernd sich entgegensehnt, der Kerker ist's, des Grabes Vorbild, dem Helden wie dem Feigen widerlich. Unleidlich ward mir's schon auf meinem gepolsterten Stuhle, wenn in stattlicher Versammlung die Fürsten, was leicht zu entscheiden war, mit wiederkehrenden Gesprächen überlegten, und zwischen düstern Wänden eines Saals die Balken der Decke mich erdrückten. Da eilt' ich fort, sobald es möglich war, und rasch aufs Pferd mit tiefem Atemzug. Und frisch hinaus, da wo wir hingehören, ins Feld, wo aus der

Erde dampfend jede nächste Wohltat der Natur und durch die Himmel wehend alle Segen der Gestirne einhüllend uns umwittern; wo wir, dem erdgebornen Riesen gleich, von der Berührung unsrer Mutter kräftiger uns in die Höhe reißen; wo wir die Menschheit ganz und menschliche Begier in allen Adern fühlen; wo das Verlangen, vorzudringen, zu besiegen, zu erhaschen, seine Faust zu brauchen, zu besitzen, zu erobern, durch die Seele des jungen Jägers glüht; wo der Soldat sein angeboren Recht auf alle Welt mit raschem Schritt sich anmaßt und in fürchterlicher Freiheit wie ein Hagelwetter durch Wiese, Feld und Wald verderbend streicht und keine Grenzen kennt, die Menschenhand gezogen.

Du bist nur Bild, Erinnrungstraum des Glücks, das ich so lang' besessen – wo hat dich das Geschick verrätrisch hingeführt? Versagt es dir, den nie gescheuten Tod vorm Angesicht der Sonne rasch zu gönnen, um dir des Grabes Vorgeschmack im eklen Moder zu bereiten? Wie haucht er mich aus diesen Steinen widrig an. Schon starrt das Leben, und vorm Ruhebette wie vor dem Grabe scheut der Fuß. –

O Sorge! Sorge! die du vor der Zeit den Mord beginnst, laß ab! – Seit wann ist Egmont denn allein, so ganz allein in dieser Welt? Dich macht der Zweifel hilflos, nicht das Glück. Ist die Gerechtigkeit des Königs, der du lebenslang vertraut, ist der Regentin Freundschaft, die fast (du darfst es dir gestehn), fast Liebe war, sind sie auf einmal wie ein glänzend Feuerbild der Nacht verschwunden und lassen dich allein auf dunklem Pfad zurück? Wird an der Spitze deiner Freunde Oranien nicht wagend sinnen? Wird nicht ein Volk sich sammeln und mit anschwellender Gewalt den alten Freund rächend erretten?

O haltet, Mauern, die ihr mich einschließt, so vieler Geister wohlgemeintes Drängen nicht von mir ab, und welcher Mut aus meinen Augen sonst sich über sie belebend ergoß, der kehre nun aus ihren Herzen in meines wieder. O ja, sie rühren sich zu Tausenden, sie kommen, stehen mir zur Seite. Ihr frommer Wunsch eilt dringend zu dem Himmel, er bittet um ein Wunder. Und steigt zu meiner Rettung nicht ein Engel nieder, so seh' ich sie nach Lanz' und Schwertern greifen. Die Tore spalten sich, die Gitter springen, die Mauer stürzt vor ihren Händen ein, und der Freiheit des einbrechenden Tages steigt Egmont fröhlich entgegen. Wie manch bekannt Gesicht empfängt mich jauchzend. Ach Klärchen, wärst du Mann, so säh' ich dich gewiß auch hier zuerst und dankte dir, was einem Könige zu danken hart ist, Freiheit.

Klärchens Haus

Klärchen kommt mit einer Lampe und einem Glas Wasser aus der Kammer, sie setzt das Glas auf den Tisch und tritt ans Fenster.

Klärchen. Brackenburg? Seid ihr's? Was hört' ich denn? noch niemand? Es war niemand! Ich will die Lampe ins Fenster setzen, daß er sieht, ich wache noch, ich warte noch auf ihn. Er hat mir Nachricht versprochen, Nachricht! entsetzliche Gewißheit! – Egmont verurteilt! – Welch Gericht darf ihn fordern? und sie verdammen ihn! Der König verdammt ihn? oder der Herzog? Und die Regentin entzieht sich! Oranien zaudert und alle seine Freunde! – – Ist dies die Welt, von deren Wankelmut, Unzuverlässigkeit ich viel gehört und nichts empfunden? Ist dies die Welt? – Wer wäre bös genug, den Teuren anzufeinden? Wäre Bosheit mächtig genug, den allgemein Erkannten schnell zu stürzen? Doch ist es so – es ist! – O Egmont, sicher hielt ich dich vor Gott und Menschen, wie in meinen Armen! Was war ich dir? Du hast mich *dein* genannt, mein ganzes Leben widmet ich deinem Leben. – Was bin ich nun? Vergebens streck' ich nach der Schlinge, die dich faßt, die Hand aus. Du hilflos, und ich frei! – Hier ist der Schlüssel zu meiner Türe. An meiner Willkür hängt mein Gehen und mein Kommen, und dir bin ich zu nichts! – – O bindet mich, damit ich nicht verzweifle, und werft mich in den tiefsten Kerker, daß ich das Haupt an feuchte Mauern schlage, nach Freiheit winsle, träume, wie ich ihm helfen wollte, wenn Fesseln mich nicht lähmten, wie ich ihm helfen würde. – Nun bin ich frei! Und in der Freiheit liegt die Angst der Ohnmacht. – Mir selbst bewußt, nicht fähig, ein Glied nach seiner Hilfe zu rühren. Ach leider, auch der kleine Teil von deinem Wesen, dein Klärchen, ist wie du gefangen und regt getrennt im Todeskrampfe nur die letzten Kräfte. – Ich höre schleichen, husten – Brackenburg er ist's! – Elender guter Mann, dein Schicksal bleibt sich immer gleich: dein Liebchen öffnet dir die nächtliche Türe, und ach! zu welch unseliger Zusammenkunft.

Brackenburg tritt auf.

KLÄRCHEN. Du kommst so bleich und schüchtern, Brackenburg, was ist's?

BRACKENBURG. Durch Umwege und Gefahren such' ich dich auf. Die großen Straßen sind besetzt, durch Gäßchen und durch Winkel hab' ich mich zu dir gestohlen.

KLÄRCHEN. Erzähl, wie ist's?

BRACKENBURG *indem er sich setzt.* Ach Kläre, laß mich weinen. Ich liebt' ihn nicht. Er war der reiche Mann und lockte des Armen einziges Schaf zu bessern Weide herüber. Ich hab' ihn nie verflucht, Gott hat mich treu geschaffen und weich. In Schmerzen floß mein Leben von mir nieder, und zu verschmachten hofft' ich jeden Tag.

KLÄRCHEN. Vergiß das, Brackenburg! Vergiß dich selbst. Sprich mir von ihm! Ist's wahr! Ist er verurteilt?

BRACKENBURG. Er ist's, ich weiß es ganz genau.

KLÄRCHEN. Und lebt noch?

BRACKENBURG. Ja, er lebt noch.

KLÄRCHEN. Wie willst du das versichern? – Die Tyrannei ermordet in der Nacht den Herrlichen, vor allen Augen verborgen fließt sein Blut. Ängstlich im Schlafe liegt das betäubte Volk und träumt von Rettung, träumt ihres ohnmächtigen Wunsches Erfüllung – indes, unwillig über uns, sein Geist die Welt verläßt. Er ist dahin! – Täusche mich nicht! dich nicht.

BRACKENBURG. Nein gewiß, er lebt! – Und leider, es bereitet der Spanier dem Volke, das er zertreten will, ein fürchterliches Schauspiel, gewaltsam jedes Herz, das nach der Freiheit sich regt, auf ewig zu zerknirschen.

KLÄRCHEN. Fahr fort und sprich gelassen auch mein Todesurteil aus! Ich wandle den seligen Gefilden schon näher und näher, mir weht der Trost aus jenen Gegenden des Friedens schon herüber. Sag' an.

BRACKENBURG. Ich konnt' es an den Wachen merken, aus Reden, die bald da, bald dorten fielen, daß auf dem Markte geheimnisvoll ein Schrecknis zubereitet werde. Ich schlich durch Seitenwege, durch bekannte Gänge nach meines Vettern Haus und sah aus einem Hinterfenster nach dem Markte. – Es wehten Fackeln in einem weiten Kreise spanischer Soldaten hin und wider. Ich schärfte mein ungewohntes Auge, und aus der Nacht stieg mir ein schwarzes Gerüst entgegen, geräumig, hoch – mir grauste vor dem Anblick. Geschäftig waren viele rings umher bemüht, was noch von Holzwerk weiß und sichtbar war, mit schwarzem Tuch einhüllend zu verkleiden. Die Treppen deckten sie zuletzt auch schwarz, ich sah es wohl. Sie schienen die Weihe eines gräßlichen Opfers vorbereitend zu begehn. Ein weißes Kruzifix, das durch die Nacht wie Silber blinkte, ward an der einen Seite hoch aufgesteckt. Ich sah, und sah die schreckliche Gewißheit immer gewisser. Noch wankten Fackeln hie und da herum, allmählich wichen sie und löschen. Auf einmal war die scheußliche Geburt der Nacht in ihrer Mutter Schoß zurückgekehrt.

KLÄRCHEN. Still, Brackenburg! Nun still! laß diese Hülle auf meiner Seele ruhn. Verschwunden sind die Gespenster, und du, holde Nacht, leih deinen Mantel der Erde, die in sich gärt; sie trägt nicht länger die abscheuliche Last, reißt ihre tiefen Spalten grausend auf und knirscht das Mordgerüst hinunter. Und irgend einen Engel sendet der Gott, den sie zum Zeugen ihrer Wut geschändet: vor des Boten heiliger Berührung lösen sich Riegel und Bande, und er umgießt den Freund mit mildem Schimmer, er führt ihn durch die Nacht zur Freiheit sanft und still. Und auch mein Weg geht heimlich in dieser Dunkelheit, ihm zu begegnen.

BRACKENBURG *sie aufhaltend.* Mein Kind, wohin? was wagst du?

KLÄRCHEN. Leise, Lieber, daß niemand erwache! Daß wir uns selbst nicht wecken! Kennst du dies Fläschchen, Brackenburg? ich nahm dir's scherzend, als du mit übereiltem Tod oft ungeduldig drohtest – – und nun, mein Freund

BRACKENBURG. In aller Heiligen Namen!

KLÄRCHEN. Du hinderst nichts. Tod ist mein Teil! und gönne mir den sanften schnellen Tod, den du dir selbst bereitetest. Gib mir deine Hand! – Im Augenblick, da ich die dunkle Pforte eröffne, aus der kein Rückweg ist, könnt' ich mit diesem Händedruck dir sagen: wie sehr ich dich geliebt, wie sehr ich dich bejammert. Mein Bruder starb mir jung, dich wählt ich, seine Stelle zu ersetzen; es widersprach dein Herz und quälte sich und mich, verlangtest heiß und immer heißer, was dir nicht beschieden war. Vergib mir und leb' wohl. Laß mich dich Bruder nennen! Es ist ein Name, der viel Namen in sich faßt. Nimm die letzte schöne Blume der Scheidenden mit treuem Herzen ab – nimm diesen Kuß – der Tod vereinigt alles, Brackenburg, uns denn auch.

BRACKENBURG. So laß mich mit dir sterben! Teile! Teile! Es ist genug, zwei Leben auszulöschen.

KLÄRCHEN. Bleib! du sollst leben, du kannst leben. – Steh meiner Mutter bei, die ohne dich in Armut sich verzehren würde. Sei ihr, was ich ihr nicht mehr sein kann, lebt zusammen, und beweint mich. Beweint das Vaterland und den, der es allein erhalten konnte. Das heutige Geschlecht wird diesen Jammer nicht los, die Wut der Rache selbst vermag ihn nicht zu tilgen. Lebt, ihr Armen, die Zeit noch hin, die keine Zeit mehr ist. Heut steht die Welt auf einmal still; es stockt ihr Kreislauf, und mein Puls schlägt kaum noch wenige Minuten! Leb wohl!

BRACKENBURG. O lebe du mit uns, wie wir für dich allein! du tötest uns in dir, o leb' und leide. Wir wollen unzertrennlich dir zu beiden Seiten stehn, und immer achtsam soll die Liebe den schönsten Trost in ihren lebendigen Armen dir bereiten. Sei unser! Unser! Ich darf nicht sagen *mein.*

KLÄRCHEN. Leise, Brackenburg, du fühlst nicht, was du rührst. Wo Hoffnung dir erscheint, ist mir Verzweiflung.

BRACKENBURG. Teile mit den Lebendigen die Hoffnung! Verweil am Rande des Abgrunds, schau' hinab und sieh auf uns zurück.

KLÄRCHEN. Ich hab' überwunden, ruf mich nicht wieder zum Streit.

BRACKENBURG. Du bist betäubt, gehüllt in Nacht suchst du die Tiefe. Noch ist nicht jedes Licht verloschen, noch mancher Tag –!

KLÄRCHEN. Weh! über dich Weh! Weh! grausam zerreißest du den Vorhang vor meinem Auge. Ja, er wird grauen, der Tag! vergebens alle Nebel um sich ziehn und wider Willen grauen! Furchtsam schaut der Bürger aus seinem Fenster, die Nacht läßt einen schwarzen Flecken zurück, er schaut, und fürchterlich wächst im Lichte das Mordgerüst – Neu leidend wendet das entweihte Gottesbild sein flehend Aug zum Vater auf. Die Sonne wagt sich nicht hervor, sie will die Stunde nicht bezeichnen, in der er sterben soll. Träg' gehn die Zeiger ihren Weg, und eine Stunde nach der andern schlägt. Halt! Halt! nun ist es Zeit! mich scheucht des Morgens Ahnung in das Grab. *Sie tritt ans Fenster, als sähe sie sich um, und trinkt heimlich.*

BRACKENBURG. Kläre! Kläre!

KLÄRCHEN *geht nach dem Tische und trinkt das Wasser.* Hier ist der Rest! Ich locke dich nicht nach. Tu, was du darfst, leb' wohl. Lösche diese Lampe still und ohne Zaudern, ich geh' zur Ruhe.

Schleiche dich sachte weg, ziehe die Türe nach dir zu. Still! Wekke meine Mutter nicht! Geh, rette dich! Rette dich! Wenn du nicht mein Mörder scheinen willst. *Ab.*

BRACKENBURG. Sie läßt mich zum letzten Male wie immer. O könnte eine Menschenseele fühlen, wie sie ein liebend Herz zerreißen kann. Sie läßt mich stehn, mir selber überlassen; und Tod und Leben ist mir gleich verhaßt. – Allein zu sterben! – Weint, ihr Liebenden! Kein härter Schicksal ist als meins! Sie teilt mit mir den Todestropfen, und schickt mich weg! von ihrer Seite weg. Sie zieht mich nach, und stößt ins Leben mich zurück. O Egmont, welch preiswürdig Los fällt dir! Sie geht voran, der Kranz des Siegs aus ihrer Hand ist dein, sie bringt den ganzen Himmel dir entgegen! – Und soll ich folgen! wieder seitwärts stehn? den unauslöschlichen Neid in jene Wohnungen hinübertragen? – Auf Erden ist kein Bleiben mehr für mich, und Höll und Himmel bieten gleiche Qual. Wie wäre der Vernichtung Schreckenshand dem Unglückseligen willkommen!

Brackenburg geht ab, das Theater bleibt einige Zeit unverändert. Eine Musik, Klärchens Tod bezeichnend, beginnt; die Lampe, welche Brackenburg auszulöschen vergessen, flammt noch einige Male auf, dann verlischt sie. Bald verwandelt sich der Schauplatz in das

GEFÄNGNIS.

Egmont liegt schlafend auf dem Ruhebette.

Es entsteht ein Gerassel mit Schlüsseln, und die Türe tut sich auf, Diener mit Fackeln treten herein; ihnen folgt Ferdinand, Albas Sohn, und Silva, begleitet von Gewaffneten.

Egmont fährt aus dem Schlafe auf.

EGMONT. Wer seid ihr, die ihr mir unfreundlich den Schlaf von den Augen schüttelt? Was künden eure trotzigen, unsichern Blicke mir an? Warum diesen fürchterlichen Aufzug? Welchen Schrekkenstraum kommt ihr der halberwachten Seele vorzulügen?

Silva. Uns schickt der Herzog, dir dein Urteil anzukündigen.

Egmont. Bringst du den Henker auch mit, es zu vollziehn?

Silva. Vernimm es; so wirst du wissen, was deiner wartet.

Egmont. So ziemt es euch und eurem schändlichen Beginnen! In Nacht gebrütet und in Nacht vollführt. So mag diese freche Tat der Ungerechtigkeit sich verbergen! – Tritt kühn hervor, der du das Schwert verhüllt unter dem Mantel trägst – hier ist mein Haupt, das freiste, das je die Tyrannei vom Rumpf gerissen.

Silva. Du irrst! Was gerechte Richter beschließen, werden sie vorm Angesicht des Tages nicht verbergen.

Egmont. So übersteigt die Frechheit jeden Begriff und Gedanken.

Silva *nimmt einem Dabeistehenden das Urteil ab, entfaltet's und liest.* »Im Namen des Königs, und kraft besonderer von Seiner Majestät uns übertragnen Gewalt, alle seine Untertanen, wes Standes sie seien, zugleich die Ritter des Goldenen Vließes zu richten, erkennen wir –«

Egmont. Kann die der König übertragen?

Silva. »Erkennen wir, nach vorgängiger genauer, gesetzlicher Untersuchung, dich Heinrichen Grafen Egmont, Prinzen von Gaure, des Hochverrates schuldig und sprechen das Urteil: daß du mit der Frühe des einbrechenden Morgens aus dem Kerker auf den Markt geführt und dort, vorm Angesicht des Volks, zur Warnung aller Verräter mit dem Schwerte vom Leben zum Tode gebracht werden sollest. Gegeben Brüssel am« *Datum und Jahrzahl werden undeutlich gelesen, so, daß sie der Zuhörer nicht versteht* »Ferdinand, Herzog von Alba, Vorsitzer des Gerichts der Zwölfe.«

Du weißt nun dein Schicksal; es bleibt dir wenige Zeit, dich drein zu ergeben, dein Haus zu bestellen und von den Deinigen Abschied zu nehmen.

Silva mit dem Gefolge geht ab. Es bleibt Ferdinand und zwei Fackeln; das Theater ist mäßig erleuchtet.

Egmont *hat eine Weile, in sich versenkt, stillegestanden und Silva, ohne sich umzusehn, abgehen lassen. Er glaubt sich allein, und da er die Augen aufhebt, erblickt er Albas Sohn.* Du stehst und bleibst? Willst du mein Erstaunen, mein Entsetzen noch durch deine Gegenwart vermehren? Willst du noch etwa die willkommne Botschaft deinem Vater bringen, daß ich unmännlich verzweifle! Geh'! Sag' ihm! Sag' ihm, daß er weder mich noch die Welt belügt. Ihm, dem Ruhmsüchtigen, wird man es erst hinter den Schultern leise lispeln, dann laut und lauter sagen, und wenn er einst von diesem Gipfel herabsteigt, werden tausend Stimmen es ihm entgegenrufen: Nicht das Wohl des Staats, nicht die Würde des Königs, nicht die Ruhe der Provinzen haben ihn hierher gebracht. Um sein selbst willen hat er Krieg geraten, daß der Krieger im Kriege gelte, er hat diese ungeheure Verwirrung erregt, damit man seiner bedürfe. Und ich falle, ein Opfer seines niedrigen Hasses, seines kleinlichen Neides. Ja, ich weiß es, und ich darf es sagen, der Sterbende, der tödlich Verwundete kann es sagen: mich hat der Eingebildete beneidet, mich wegzutilgen hat er lang' gesonnen und gedacht.

Schon damals, als wir, noch jünger, mit Würfeln spielten, die Haufen Goldes, einer nach dem andern, von seiner Seite zu mir herübereilten, da stand er grimmig, log Gelassenheit, und innerlich verzehrt' ihn die Ärgernis, mehr über mein Glück als über seinen Verlust. Noch erinnre ich mich des funkelnden Blickes, der verrätrischen Blässe, als wir an einem öffentlichen Feste vor vielen tausend Menschen um die Wette schossen. Er forderte mich auf, und beide Nationen standen, die Spanier, die Niederländer, wetteten und wünschten. Ich überwand ihn, seine Kugel irrte, die meine traf, ein lauter Freudenschrei der Meinigen durchbrach die Luft. Nun trifft mich sein Geschoß. Sag' ihm, daß ich's weiß, daß ich ihn kenne, daß die Welt jede Siegszeichen verachtet, die ein kleiner Geist erschleichend sich aufrichtet. Und du, wenn einem Sohne möglich ist, von der Sitte des Vaters zu weichen, übe bei Zeiten die Scham, indem du dich für den schämst, den du gerne von ganzem Herzen verehren möchtest.

FERDINAND. Ich höre dich, ohne dich zu unterbrechen! Deine Vorwürfe lasten wie Keulschläge auf einen Helm, ich fühle die Erschütterung, aber ich bin bewaffnet. Du triffst mich, du verwundest mich nicht: fühlbar ist mir allein der Schmerz, der mir den Busen zerreißt. Wehe mir! Wehe! Zu einem solchen Anblick bin ich aufgewachsen, zu einem solchen Schauspiele bin ich gesendet!

EGMONT. Du brichst in Klagen aus? Was rührt, was bekümmert dich? Ist es eine späte Reue, daß du der schändlichen Verschwörung deinen Dienst geliehen? Du bist so jung, und hast ein glückliches Ansehn. Du warst so zutraulich, so freundlich gegen mich, so lang' ich dich sah, war ich mit deinem Vater versöhnt. Und ebenso verstellt, verstellter als er, lockst du mich in das Netz. Du bist der Abscheuliche! Wer *ihm* traut, mag er es auf seine Gefahr tun – wer fürchtete Gefahr, dir zu vertrauen? Geh! Geh! Raube mir nicht die wenigen Augenblicke! Geh, daß ich mich sammle, die Welt und dich zuerst vergesse!

FERDINAND. Was soll ich dir sagen? Ich stehe und sehe dich an, und sehe dich nicht und fühle mich nicht. Soll ich mich entschuldigen? Soll ich dich versichern, daß ich erst spät, erst ganz zuletzt des Vaters Absichten erfuhr, daß ich als ein gezwungnes, ein lebloses Werkzeug seines Willens handelte. Was fruchtet's, welche Meinung du von mir haben magst? Du bist verloren, und ich Unglücklicher stehe nur da, um dich's zu versichern, dich zu bejammern.

EGMONT. Welche sonderbare Stimme, welch ein unerwarteter Trost begegnet mir auf dem Weg zum Grabe. Du, Sohn meines ersten, meines fast einzigen Feindes, du bedauerst mich, du bist nicht unter meinen Mördern? Sag', rede! für wen soll ich dich halten?

FERDINAND. Grausamer Vater! Ja ich erkenne dich in diesem Befehle! Du kanntest mein Herz, meine Gesinnung, die du so oft als Erbteil einer zärtlichen Mutter schaltest. Mich dir gleich zu bilden, sandtest du mich hierher. Diesen Mann am Rande des gähnenden Grabes, in der Gewalt eines willkürlichen Todes zu sehen, zwingst du mich, daß ich den tiefsten Schmerz empfinde, daß ich taub gegen alles Schicksal, daß ich unempfindlich werde, es geschehe mir, was wolle.

EGMONT. Ich erstaune! Fasse dich! Stehe, rede wie ein Mann.

FERDINAND. O daß ich ein Weib wäre! Daß man mir sagen könnte: was rührt dich? was ficht dich an? Sage mir ein größeres, ein ungeheureres Übel, mache mich zum Zeugen einer schrecklicheren Tat – ich will dir danken, ich will sagen: es war nichts.

EGMONT. Du verlierst dich. Wo bist du?

FERDINAND. Laß diese Leidenschaft rasen, laß mich losgebunden klagen! Ich will nicht standhaft scheinen, wenn alles in mir zusammenbricht. Dich soll ich hier sehn? – Dich – es ist entsetzlich! du verstehst mich nicht! Und sollst du mich verstehn? Egmont! Egmont! *Ihm um den Hals fallend.*

EGMONT. Löse mir das Geheimnis.

FERDINAND. Kein Geheimnis.

EGMONT. Wie bewegt dich so tief das Schicksal eines fremden Mannes?

FERDINAND. Nicht fremd! Du bist mir nicht fremd. Dein Name war's, der mir in meiner ersten Jugend gleich einem Stern des Himmels entgegenleuchtete. Wie oft hab' ich nach dir gehorcht, gefragt! Des Kindes Hoffnung ist der Jüngling, des Jünglings der Mann. So bist du vor mir her geschritten, immer vor, und ohne Neid sah ich dich vor, und schritt dir nach, und fort und fort. Nun hofft' ich endlich dich zu sehen, und sah dich, und mein Herz flog dir entgegen, Dich hatt' ich mir bestimmt und wählte dich aufs neue, da ich dich sah. Nun hofft' ich erst, mit dir zu sein, mit dir zu leben, dich zu fassen, dich – das ist nun alles weggeschnitten, und ich sehe dich hier!

EGMONT. Mein Freund, wenn es dir wohltun kann, so nimm die Versichrung, daß im ersten Augenblicke mein Gemüt dir entgegenkam. Und höre mich, laß uns ein ruhiges Wort unter einander wechseln. Sage mir: ist es der strenge, ernste Wille deines Vaters, mich zu töten?

FERDINAND. Er ist's.

EGMONT. Dieses Urteil wäre nicht ein leeres Schreckbild, mich zu ängstigen, durch Furcht und Drohung zu strafen, mich zu erniedrigen und dann mit königlicher Gnade mich wieder aufzuheben?

FERDINAND. Nein, ach leider nein! Anfangs schmeichelte ich mir mit dieser ausweichenden Hoffnung, und schon da empfand ich Angst und Schmerz, dich in diesem Zustande zu sehen. Nun ist es wirklich, ist gewiß. Nein, ich regiere mich nicht. Wer gibt mir eine Hilfe, wer einen Rat, dem Unvermeidlichen zu entgehen?

EGMONT. So höre mich! Wenn deine Seele so gewaltsam dringt, mich zu retten, wenn du die Übermacht verabscheust, die mich gefesselt hält, so rette mich! Die Augenblicke sind kostbar. Du bist des Allgewaltigen Sohn, und selbst gewaltig – Laß uns entfliehen! Ich kenne die Wege, die Mittel können dir nicht unbekannt sein. Nur diese Mauern, nur wenige Meilen entfernen mich von meinen Freunden. Löse diese Bande, bringe mich zu ihnen und sei unser. Gewiß, der König dankt dir dereinst meine Rettung. Jetzt ist er überrascht, und vielleicht ist ihm alles unbekannt. Dein Vater wagt, und die Majestät muß das Geschehne billigen, wenn sie sich auch davor entsetzt. Du denkst? O denke mir den Weg der Freiheit aus! Sprich, und nähre die Hoffnung der lebendigen Seele.

FERDINAND. Schweig! o schweige! Du vermehrst mit jedem Worte meine Verzweiflung. Hier ist kein Ausweg, kein Rat, keine Flucht. – Das quält mich, das greift und faßt mir wie mit Klauen die Brust. Ich habe selbst das Netz zusammengezogen, ich kenne die strengen festen Knoten, ich weiß, wie jeder Kühnheit, jeder List die Wege verrennt sind, ich fühle mich mit dir und mit allen andern gefesselt. Würde ich klagen, hätte ich nicht alles versucht? Zu seinen Füßen habe ich gelegen, geredet und gebeten. Er schickte mich hierher, um alles, was von Lebenslust und Freude mit mir lebt, in diesem Augenblicke zu zerstören.

EGMONT. Und keine Rettung?

FERDINAND. Keine!

EGMONT *mit dem Fuße stampfend.* Keine Rettung! – – Süßes Leben! schöne, freundliche Gewohnheit des Daseins und Wirkens, von dir soll ich scheiden? So gelassen scheiden! Nicht im Tumulte der Schlacht, unter dem Geräusch der Waffen, in der Zerstreuung des Getümmels gibst du mir ein flüchtiges Lebewohl, du nimmst keinen eiligen Abschied, verkürzest nicht den Augenblick der Trennung. Ich soll deine Hand fassen, dir noch einmal in die Augen sehn, deine Schöne, deinen Wert recht lebhaft fühlen und dann mich entschlossen losreißen und sagen: Fahre hin.

FERDINAND. Und ich soll daneben stehn, zusehn, dich nicht halten, nicht hindern können! O welche Stimme reichte zur Klage! Welches Herz flösse nicht aus seinen Banden vor diesem Jammer!

EGMONT. Fasse dich!

FERDINAND. Du kannst dich fassen, du kannst entsagen, den schweren Schritt an der Hand der Notwendigkeit heldenmäßig gehn. Was kann ich? Was soll ich? Du überwindest dich selbst und uns, du überstehst, ich überlebe dich und mich selbst. Bei der Freude des Mahls hab' ich mein Licht, im Getümmel der Schlacht meine Fahne verloren. Schal, verworren, trüb scheint mir die Zukunft.

EGMONT. Junger Freund, den ich durch ein sonderbares Schicksal zugleich gewinne und verliere, der für mich die Todesschmerzen empfindet, für mich leidet – sieh mich in diesen Augenblicken an, du verlierst mich nicht. War dir mein Leben ein Spiegel, in welchem du dich gerne betrachtetest, so sei es auch mein Tod. Die Menschen sind nicht nur zusammen, wenn sie beisammen sind, auch der Entfernte, der Abgeschiedne lebt uns. Ich lebe dir, und habe mir genug gelebt. Eines jeden Tages hab' ich mich gefreut, an jedem Tage mit rascher Wirkung meine Pflicht getan, wie mein Gewissen mir sie zeigte. Nun endigt sich das Leben, wie es sich früher, früher, schon auf dem Sande von Gravelingen hätte endigen können. Ich höre auf zu leben, aber ich habe gelebt; so leb' auch du, mein Freund, gern und mit Lust, und scheue den Tod nicht.

FERDINAND. Du hättest dich für uns erhalten können, sollen. Du hast dich selber getötet. Oft hört' ich, wenn kluge Männer über dich sprachen, feindselige, wohlwollende, sie stritten lang' über deinen Wert; doch endlich vereinigten sie sich, keiner wagt' es zu leugnen, jeder gestand: ja, er wandelt einen gefährlichen Weg. Wie oft wünscht' ich, dich warnen zu können! Hattest du denn keine Freunde?

EGMONT. Ich war gewarnt.

FERDINAND. Und wie ich punktweis alle diese Beschuldigungen wieder in der Anklage fand und deine Antworten! Gut genug, dich zu entschuldigen, nicht triftig genug, dich von der Schuld zu befreien –

EGMONT. Dies sei beiseitegelegt. Es glaubt der Mensch sein Leben zu leiten, sich selbst zu führen, und sein Innerstes wird unwiderstehlich nach seinem Schicksale gezogen. Laß uns darüber nicht sinnen, dieser Gedanken entschlag' ich mich leicht. Schwerer der Sorge für dieses Land, doch auch dafür wird gesorgt sein. Kann mein Blut für viele fließen, meinem Volk Friede bringen, so fließt es willig. Leider wird's nicht so werden. Doch es ziemt dem Menschen nicht mehr zu grübeln, wo er nicht mehr wirken soll. Kannst du die verderbende Gewalt deines Vaters aufhalten, lenken, so tu's. Wer wird das können? – Leb' wohl.

FERDINAND. Ich kann nicht gehn.

EGMONT. Laß meine Leute dir aufs beste empfohlen sein. Ich habe gute Menschen zu Dienern: daß sie nicht zerstreut, nicht unglücklich werden. Wie steht es um Richard, meinen Schreiber?

FERDINAND. Er ist dir vorangegangen. Sie haben ihn als Mitschuldigen des Hochverrats enthauptet.

EGMONT. Arme Seele. – Noch eins, und dann leb wohl, ich kann nicht mehr. Was auch den Geist gewaltsam beschäftigt, fordert die Natur zuletzt unwiderstehlich ihre Rechte, und wie ein Kind, umwunden von der Schlange, des erquickenden Schlafs genießt, so legt der Müde sich noch einmal vor der Pforte des Todes nieder und ruht tief aus, als ob er einen weiten Weg zu wandern hätte. – Noch Eins – Ich kenne ein Mädchen: du wirst sie nicht verachten, weil sie mein war. Nun ich sie dir empfehle, sterb ich ruhig. Du bist ein edler Mann; ein Weib, das den findet, ist geborgen. Lebt mein alter Adolf? ist er frei?

FERDINAND. Der muntre Greis, der euch zu Pferde immer begleitete?

EGMONT. Derselbe.

FERDINAND. Er lebt, er ist frei.

EGMONT. Er weiß ihre Wohnung, laß dich von ihm führen und lohn ihm bis an sein Ende, daß er dir den Weg zu diesem Kleinod zeigt. – Leb' wohl!

FERDINAND. Ich gehe nicht.

EGMONT *ihn nach der Türe drängend.* Leb' wohl!

FERDINAND. O laß mich noch!

EGMONT. Freund, keinen Abschied.

Er begleitet Ferdinanden bis an die Türe und reißt sich dort von ihm los. Ferdinand, betäubt, entfernt sich eilend.

EGMONT *allein.* Feindseliger Mann! Du glaubtest mir diese Wohltat nicht durch deinen Sohn zu erzeigen. Durch ihn bin ich der Sorgen los und der Schmerzen, der Furcht und jedes ängstlichen Gefühls. Sanft und dringend fordert die Natur ihren letzten Zoll. Es ist vorbei, es ist beschlossen, und was die letzte Nacht mich ungewiß auf meinem Lager wachend hielt, das schläfert nun mit unbezwinglicher Gewißheit meine Sinnen ein.

Er setzt sich aufs Ruhebett. Musik

Süßer Schlaf! Du kommst wie ein reines Glück ungebeten, unerfleht am willigsten. Du lösest die Knoten der strengen Gedanken, vermischest alle Bilder der Freude und des Schmerzens, ungehindert fließt der Kreis innerer Harmonien, und eingehüllt in gefälligen Wahnsinn, versinken wir und hören auf, zu sein.

Er entschläft, die Musik begleitet seinen Schlummer. Hinter seinem Lager scheint sich die Mauer zu eröffnen, eine glänzende Erscheinung zeigt sich. Die Freiheit in himmlischem Gewand, von einer Klarheit umflossen, ruht auf einer Wolke. Sie hat die Züge von Klärchen und neigt sich gegen den schlafenden Helden. Sie drückt eine bedauernde Empfindung aus, sie scheint ihn zu beklagen. Bald faßt sie sich, und mit aufmunternder Gebärde zeigt sie ihm das Bündel Pfeile, dann den Stab mit dem Hute. Sie heißt ihn froh sein, und indem sie ihm bedeutet, daß sein Tod den Provinzen die Freiheit verschaffen werde, erkennt sie ihn als Sieger und reicht ihm einen Lorbeerkranz. Wie sie sich mit dem Kranze dem Haupte naht, macht Egmont eine Bewegung wie einer, der sich im Schlafe rührt, dergestalt, daß er mit dem Gesicht aufwärtsgegen sie zu liegen kommt. Sie hält den Kranz über seinem Haupte schwebend; man hört ganz von weitem eine kriegrische Musik von Trommeln und Pfeifen; bei dem leisesten Laut derselben verschwindet die Erscheinung. Der Schall wird stärker. Egmont erwacht. Das Gefängnis wird vom Morgen mäßig erhellt. Seine erste Bewegung ist, nach dem Haupte zugreifen, er steht auf und sieht sich um, indem er die Hand auf dem Haupte behält.

Verschwunden ist der Kranz! Du schönes Bild, das Licht des Tages hat dich verscheucht! Ja sie waren's, sie waren vereint, die beiden süßten Freuden meines Herzens. Die göttliche Freiheit, von meiner Geliebten borgte sie die Gestalt, das reizende Mädchen kleidete sich in der Freundin himmlisches Gewand. In einem ernsten Augenblick erscheinen sie vereinigt, ernster als lieblich. Mit blutbefleckten Sohlen trat sie vor mir auf, die wehenden Falten des Saumes mit Blut befleckt. Es war mein Blut und vieler Edlen Blut. Nein, es ward nicht umsonst vergossen. Schreitet durch! Braves Volk! Die Siegesgöttin führt dich an! Und wie das Meer durch eure Dämme bricht, so brecht, so reißt den Wall der Tyrannei zusammen und schwemmt ersäufend sie von ihrem Grunde, den sie sich anmaßt, hinweg!

Trommeln näher.

Horch! Horch! Wie oft rief mich dieser Schall zum freien Schritt nach dem Felde des Streits und des Siegs! Wie munter traten die Gefährten auf der gefährlichen rühmlichen Bahn! Auch ich schreite einem ehrenvollen Tode aus diesem Kerker entgegen, ich sterbe für die Freiheit, für die ich lebte und focht, und der ich mich jetzt leidend opfre.

Der Hintergrund wird mit einer Reihe spanischer Soldaten besetzt, welche Hellebarden tragen.

Ja, führt sie nur zusammen! Schließt eure Reihen, ihr schreckt mich nicht. Ich bin gewohnt, vor Speeren gegen Speere zu stehen und, rings umgeben von dem drohenden Tod, das mutige Leben nur doppelt rasch zu fühlen.

Trommeln.

Dich schließt der Feind von allen Seiten ein! Es blinken Schwerter – Freunde, höhren Mut! Im Rücken habt ihr Eltern, Weiber, Kinder!

Auf die Wache zeigend.

Und diese treibt ein hohles Wort des Herrschers, nicht ihr Gemüt! Schützt eure Güter! Und euer Liebstes zu erretten, fallt freudig, wie ich euch ein Beispiel gebe.

Trommeln. Wie er auf die Wache los- und auf die Hintertüre zugeht, fällt der Vorhang, die Musik fällt ein und schließt mit einer Siegessymphonie das Stück.

Iphigenie auf Tauris

Ein Schauspiel

Personen

Iphigenie
Thoas, König der Taurier
Orest
Pylades
Arkas

Schauplatz: Hain vor Dianens Tempel

Erster Aufzug

Erster Auftritt

Iphigenie. Heraus in eure Schatten, rege Wipfel
Des alten, heil'gen, dichtbelaubten Haines,
Wie in der Göttin stilles Heiligtum,
Tret' ich noch jetzt mit schauderndem Gefühl,
Als wenn ich sie zum erstenmal beträte,
Und es gewöhnt sich nicht mein Geist hierher.
So manches Jahr bewahrt mich hier verborgen
Ein hoher Wille, dem ich mich ergebe;
Doch immer bin ich, wie im ersten, fremd.
Denn ach! mich trennt das Meer von den Geliebten,
Und an dem Ufer steh' ich lange Tage,
Das Land der Griechen mit der Seele suchend;
Und gegen meine Seufzer bringt die Welle
Nur dumpfe Töne brausend mir herüber.
Weh dem, der fern von Eltern und Geschwistern
Ein einsam Leben führt! Ihm zehrt der Gram
Das nächste Glück vor seinen Lippen weg,
Ihm schwärmen abwärts immer die Gedanken
Nach seines Vaters Hallen, wo die Sonne
Zuerst den Himmel vor ihm aufschloß, wo
Sich Mitgeborne spielend fest und fester
Mit sanften Banden aneinanderknüpften.
Ich rechte mit den Göttern nicht; allein
Der Frauen Zustand ist beklagenswert.
Zu Haus und in dem Kriege herrscht der Mann,
Und in der Fremde weiß er sich zu helfen.

Ihn freuet der Besitz; ihn krönt der Sieg!
Ein ehrenvoller Tod ist ihm bereitet.
Wie eng-gebunden ist des Weibes Glück!
Schon einem rauhen Gatten zu gehorchen,
Ist Pflicht und Trost; wie elend, wenn sie gar
Ein feindlich Schicksal in die Ferne treibt!
So hält mich Thoas hier, ein edler Mann,
In ernsten, heil'gen Sklavenbanden fest.
O wie beschämt gesteh' ich, daß ich dir
Mit stillem Widerwillen diene, Göttin,
Dir, meiner Retterin! Mein Leben sollte
Zu freiem Dienste dir gewidmet sein.
Auch hab' ich stets auf dich gehofft und hoffe
Noch jetzt auf dich, Diana, die du mich,
Des größten Königes verstoßne Tochter,
In deinen heil'gen, sanften Arm genommen.
Ja, Tochter Zeus', wenn du den hohen Mann,
Den du, die Tochter fordernd, ängstigtest,
Wenn du den göttergleichen Agamemnon,
Der dir sein Liebstes zum Altare brachte,
Von Trojas umgewandten Mauern rühmlich
Nach seinem Vaterland zurückbegleitet,
Die Gattin ihm, Elektren und den Sohn,
Die schönen Schätze, wohl erhalten hast:
So gib auch mich den Meinen endlich wieder
Und rette mich, die du vom Tod errettet,
Auch von dem Leben hier, dem zweiten Tode!

Zweiter Auftritt

Iphigenie. Arkas

Arkas. Der König sendet mich hierher und beut

Der Priesterin Dianens Gruß und Heil.
Dies ist der Tag, da Tauris seiner Göttin
Für wunderbare neue Siege dankt.
Ich eile vor dem König und dem Heer,
Zu melden, daß er kommt und daß es naht.
IPHIGENIE. Wir sind bereit, sie würdig zu empfangen,
Und unsre Göttin sieht willkommnem Opfer
Von Thoas' Hand mit Gnadenblick entgegen.
ARKAS. O fänd' ich auch den Blick der Priesterin,
Der werten, vielgeehrten, deinen Blick,
O heil'ge Jungfrau, heller, leuchtender,
Uns allen gutes Zeichen! Noch bedeckt
Der Gram geheimnisvoll dein Innerstes;
Vergebens harren wir schon jahrelang
Auf ein vertraulich Wort aus deiner Brust.
Solang' ich dich an dieser Stätte kenne,
Ist dies der Blick, vor dem ich immer schaudre;
Und wie mit Eisenbanden bleibt die Seele
Ins Innerste des Busens dir geschmiedet.
IPHIGENIE. Wie's der Vertriebnen, der Verwaisten ziemt.
ARKAS. Scheinst du dir hier vertrieben und verwaist?
IPHIGENIE. Kann uns zum Vaterland die Fremde werden?
ARKAS. Und dir ist fremd das Vaterland geworden.
IPHIGENIE. Das ist's, warum mein blutend Herz nicht heilt.
In erster Jugend, da sich kaum die Seele
An Vater, Mutter und Geschwister band,
Die neuen Schößlinge, gesellt und lieblich,
Vom Fuß der alten Stämme himmelwärts
Zu dringen strebten, leider faßte da
Ein fremder Fluch mich an und trennte mich
Von den Geliebten, riß das schöne Band
Mit ehrner Faust entzwei. Sie war dahin,
Der Jugend beste Freude, das Gedeihn

Der ersten Jahre. Selbst gerettet, war
Ich nur ein Schatten mir, und frische Lust
Des Lebens blüht in mir nicht wieder auf.

ARKAS. Wenn du dich so unglücklich nennen willst,
So darf ich dich auch wohl undankbar nennen.

IPHIGENIE. Dank habt ihr stets.

ARKAS. Doch nicht den reinen Dank,
Um dessentwillen man die Wohltat tut;
Den frohen Blick, der ein zufriednes Leben
Und ein geneigtes Herz dem Wirte zeigt.
Als dich ein tief geheimnisvolles Schicksal
Vor so viel Jahren diesem Tempel brachte,
Kam Thoas, dir als einer Gottgegebenen
Mit Ehrfurcht und mit Neigung zu begegnen,
Und dieses Ufer ward dir hold und freundlich,
Das jedem Fremden sonst voll Grausens war,
Weil niemand unser Reich vor dir betrat,
Der an Dianens heil'gen Stufen nicht
Nach altem Brauch, ein blutig Opfer, fiel.

IPHIGENIE. Frei atmen macht das Leben nicht allein.
Welch Leben ist's, das an der heil'gen Stätte,
Gleich einem Schatten um sein eigen Grab,
Ich nur vertrauern muß? Und nenn' ich das
Ein fröhlich selbstbewußtes Leben, wenn
Uns jeder Tag, vergebens hingeträumt,
Zu jenen grauen Tagen vorbereitet,
Die an dem Ufer Lethes, selbstvergessend,
Die Trauerschar der Abgeschiednen feiert?
Ein unnütz Leben ist ein früher Tod:
Dies Frauenschicksal ist vor allen meins.

ARKAS. Den edlen Stolz, daß du dir selbst nicht gnügest,
Verzeih' ich dir, sosehr ich dich bedaure:
Er raubet den Genuß des Lebens dir.

Du hast hier nichts getan seit deiner Ankunft?
Wer hat des Königs trüben Sinn erheitert?
Wer hat den alten grausamen Gebrauch,
Daß am Altar Dianens jeder Fremde
Sein Leben blutend läßt, von Jahr zu Jahr
Mit sanfter Überredung aufgehalten
Und die Gefangnen vom gewissen Tod
Ins Vaterland so oft zurückgeschickt?
Hat nicht Diane, statt erzürnt zu sein,
Daß sie der blut'gen alten Opfer mangelt,
Dein sanft Gebet in reichem Maß erhört?
Umschwebt mit frohem Fluge nicht der Sieg
Das Heer? und eilt er nicht sogar voraus?
Und fühlt nicht jeglicher ein besser Los,
Seitdem der König, der uns weis' und tapfer
So lang' geführet, nun sich auch der Milde
In deiner Gegenwart erfreut und uns
Des schweigenden Gehorsams Pflicht erleichtert?
Das nennst du unnütz, wenn von deinem Wesen
Auf Tausende herab ein Balsam träufelt?
Wenn du dem Volke, dem ein Gott dich brachte,
Des neuen Glückes ew'ge Quelle wirst
Und an dem unwirtbaren Todesufer
Dem Fremden Heil und Rückkehr zubereitest?

IPHIGENIE. Das wenige verschwindet leicht dem Blick,
Der vorwärts sieht, wie viel noch übrigbleibt.

ARKAS. Doch lobst du den, der, was er tut, nicht schätzt?

IPHIGENIE. Man tadelt den, der seine Taten wägt.

ARKAS. Auch den, der wahren Wert zu stolz nicht achtet,
Wie den, der falschen Wert zu eitel hebt.
Glaub' mir und hör' auf eines Mannes Wort,
Der treu und redlich dir ergeben ist:
Wenn heut' der König mit dir redet, so

Erleichtr' ihm, was er dir zu sagen denkt.
IPHIGENIE. Du ängstest mich mit jedem guten Worte:
Oft wich ich seinem Antrag mühsam aus.
ARKAS. Bedenke, was du tust und was dir nützt.
Seitdem der König seinen Sohn verloren,
Vertraut er wenigen der Seinen mehr,
Und diesen wenigen nicht mehr wie sonst.
Mißgünstig sieht er jedes Edlen Sohn
Als seines Reiches Folger an, er fürchtet
Ein einsam hilflos Alter, ja vielleicht
Verwegnen Aufstand und frühzeit'gen Tod.
Der Skythe setzt ins Reden keinen Vorzug,
Am wenigsten der König. Er, der nur
Gewohnt ist, zu befehlen und zu tun,
Kennt nicht die Kunst, von weitem ein Gespräch
Nach seiner Absicht langsam fein zu lenken.
Erschwer's ihm nicht durch ein rückhaltend Weigern,
Durch ein vorsätzlich Mißverstehen. Geh
Gefällig ihm den halben Weg entgegen.
IPHIGENIE. Soll ich beschleunigen, was mich bedroht?
ARKAS. Willst du sein Werben eine Drohung nennen?
IPHIGENIE. Es ist die schrecklichste von allen mir.
ARKAS. Gib ihm für seine Neigung nur Vertraun.
IPHIGENIE. Wenn er von Furcht erst meine Seele löst.
ARKAS. Warum verschweigst du deine Herkunft ihm?
IPHIGENIE. Weil einer Priesterin Geheimnis ziemt.
ARKAS. Dem König sollte nichts Geheimnis sein;
Und ob er's gleich nicht fordert, fühlt er's doch
Und fühlt es tief in seiner großen Seele,
Daß du sorgfältig dich vor ihm verwahrst.
IPHIGENIE. Nährt er Verdruß und Unmut gegen mich?
ARKAS. So scheint es fast. Zwar schweigt er auch von dir;
Doch haben hingeworfne Worte mich

Belehrt, daß seine Seele fest den Wunsch
Ergriffen hat, dich zu besitzen. Laß,
O überlaß ihn nicht sich selbst! damit
In seinem Busen nicht der Unmut reife
Und dir Entsetzen bringe, du zu spät
An meinen treuen Rat mit Reue denkest.
IPHIGENIE. Wie? Sinnt der König, was kein edler Mann,
Der seinen Namen liebt, und dem Verehrung
Der Himmlischen den Busen bändiget,
Je denken sollte? Sinnt er, vom Altar
Mich in sein Bette mit Gewalt zu ziehn?
So ruf' ich alle Götter und vor allen
Dianen, die entschloßne Göttin, an,
Die ihren Schutz der Priesterin gewiß
Und Jungfrau einer Jungfrau gern gewährt.
ARKAS. Sei ruhig! Ein gewaltsam neues Blut
Treibt nicht den König, solche Jünglingstat
Verwegen auszuüben. Wie er sinnt,
Befürcht' ich andern, harten Schluß von ihm,
Den unaufhaltbar er vollenden wird:
Denn seine Seel' ist fest und unbeweglich.
Drum bitt' ich dich, vertrau' ihm, sei ihm dankbar,
Wenn du ihm weiter nichts gewähren kannst.
IPHIGENIE. O sage, was dir weiter noch bekannt ist.
ARKAS. Erfahr's von ihm. Ich seh den König kommen.
Du ehrst ihn, und dich heißt dein eigen Herz,
Ihm freundlich und vertraulich zu begegnen.
Ein edler Mann wird durch ein gutes Wort
Der Frauen weit geführt.
IPHIGENIE *allein.* Zwar seh' ich nicht,
Wie ich dem Rat des Treuen folgen soll;
Doch folg' ich gern der Pflicht, dem Könige
Für seine Wohltat gutes Wort zu geben,

Und wünsche mir, daß ich dem Mächtigen,
Was ihm gefällt, mit Wahrheit sagen möge.

Dritter Auftritt

Iphigenie. Thoas

Iphigenie. Mit königlichen Gütern segne dich
Die Göttin! Sie gewähre Sieg und Ruhm
Und Reichtum und das Wohl der Deinigen
Und jedes frommen Wunsches Fülle dir!
Daß, der du über viele sorgend herrschest,
Du auch vor vielen seltnes Glück genießest.
Thoas. Zufrieden wär' ich, wenn mein Volk mich rühmte:
Was ich erwarb, genießen andre mehr
Als ich. Der ist am glücklichsten, er sei
Ein König oder ein Geringer, dem
In seinem Hause Wohl bereitet ist.
Du nahmest teil an meinen tiefen Schmerzen,
Als mir das Schwert der Feinde meinen Sohn,
Den letzten, besten, von der Seite riß.
Solang' die Rache meinen Geist besaß,
Empfand ich nicht die Öde meiner Wohnung;
Doch jetzt, da ich befriedigt wiederkehre,
Ihr Reich zerstört, mein Sohn gerochen ist,
Bleibt mir zu Hause nichts, das mich ergötze.
Der fröhliche Gehorsam, den ich sonst
Aus einem jeden Auge blicken sah,
Ist nun von Sorg' und Unmut still gedämpft.
Ein jeder sinnt, was künftig werden wird,
Und folgt dem Kinderlosen, weil er muß.
Nun komm' ich heut' in diesen Tempel, den
Ich oft betrat, um Sieg zu bitten und

Für Sieg zu danken. Einen alten Wunsch
Trag' ich im Busen, der auch dir nicht fremd
Noch unerwartet ist: ich hoffe, dich,
Zum Segen meines Volks und mir zum Segen,
Als Braut in meine Wohnung einzuführen.
IPHIGENIE. Der Unbekannten bietest du zu viel,
O König, an. Es steht die Flüchtige
Beschämt vor dir, die nichts an diesem Ufer
Als Schutz und Ruhe sucht, die du ihr gabst.
THOAS. Daß du in das Geheimnis deiner Ankunft
Vor mir wie vor dem Letzten stets dich hüllest,
Wär' unter keinem Volke recht und gut.
Dies Ufer schreckt die Fremden: das Gesetz
Gebietet's und die Not. Allein von dir,
Die jedes frommen Rechts genießt, ein wohl
Von uns empfangner Gast, nach eignem Sinn
Und Willen ihres Tages sich erfreut,
Von dir hofft' ich Vertrauen, das der Wirt
Für seine Treue wohl erwarten darf.
IPHIGENIE. Verbarg ich meiner Eltern Namen und
Mein Haus, o König, war's Verlegenheit,
Nicht Mißtraun. Denn vielleicht, ach! wüßtest du,
Wer vor dir steht, und welch verwünschtes Haupt
Du nährst und schützest: ein Entsetzen faßte
Dein großes Herz mit seltnem Schauer an,
Und statt die Seite deines Thrones mir
Zu bieten, triebest du mich vor der Zeit
Aus deinem Reiche; stießest mich vielleicht,
Eh' zu den Meinen frohe Rückkehr mir
Und meiner Wandrung Ende zugedacht ist,
Dem Elend zu, das jeden Schweifenden,
Von seinem Haus Vertriebnen überall
Mit kalter, fremder Schreckenshand erwartet.

THOAS. Was auch der Rat der Götter mit dir sei,
Und was sie deinem Haus und dir gedenken,
So fehlt es doch, seitdem du bei uns wohnst
Und eines frommen Gastes Recht genießest,
An Segen nicht, der mir von oben kommt.
Ich möchte schwer zu überreden sein,
Daß ich an dir ein schuldvoll Haupt beschütze.
IPHIGENIE. Dir bringt die Wohltat Segen, nicht der Gast.
THOAS. Was man Verruchten tut, wird nicht gesegnet.
Drum endige dein Schweigen und dein Weigern!
Es fordert dies kein ungerechter Mann.
Die Göttin übergab dich meinen Händen;
Wie du ihr heilig warst, so warst du's mir.
Auch sei ihr Wink noch künftig mein Gesetz:
Wenn du nach Hause Rückkehr hoffen kannst,
So sprech' ich dich von aller Fordrung los.
Doch ist der Weg auf ewig dir versperrt,
Und ist dein Stamm vertrieben oder durch
Ein ungeheures Unheil ausgelöscht,
So bist du mein durch mehr als *ein* Gesetz.
Sprich offen! und du weißt, ich halte Wort.
IPHIGENIE. Vom alten Bande löset ungern sich
Die Zunge los, ein langverschwiegenes
Geheimnis endlich zu entdecken. Denn
Einmal vertraut, verläßt es ohne Rückkehr
Des tiefen Herzens sichre Wohnung, schadet,
Wie es die Götter wollen, oder nützt.
Vernimm! Ich bin aus Tantalus' Geschlecht.
THOAS. Du sprichst ein großes Wort gelassen aus.
Nennst du *den* deinen Ahnherrn, den die Welt
Als einen ehmals Hochbegnadigten
Der Götter kennt? Ist's jener Tantalus,
Den Jupiter zu Rat und Tafel zog,

An dessen alterfahrnen, vielen Sinn
Verknüpfenden Gesprächen Götter selbst,
Wie an Orakelsprüchen, sich ergötzten?

IPHIGENIE. Er ist es; aber Götter sollten nicht
Mit Menschen wie mit ihresgleichen wandeln:
Das sterbliche Geschlecht ist viel zu schwach,
In ungewohnter Höhe nicht zu schwindeln.
Unedel war er nicht und kein Verräter,
Allein zum Knecht zu groß, und zum Gesellen
Des großen Donnrers nur ein Mensch. So war
Auch sein Vergehen menschlich; ihr Gericht
War streng, und Dichter singen: Übermut
Und Untreu stürzten ihn von Jovis Tisch
Zur Schmach des alten Tartarus hinab.
Ach, und sein ganz Geschlecht trug ihren Haß!

THOAS. Trug es die Schuld des Ahnherrn oder eigne?

IPHIGENIE. Zwar die gewalt'ge Brust und der Titanen
Kraftvolles Mark war seiner Söhn' und Enkel
Gewisses Erbteil; doch es schmiedete
Der Gott um ihre Stirn ein ehern Band.
Rat, Mäßigung und Weisheit und Geduld
Verbarg er ihrem scheuen, düstern Blick:
Zur Wut ward ihnen jegliche Begier,
Und grenzenlos drang ihre Wut umher.
Schon Pelops, der Gewaltig-wollende,
Des Tantalus geliebter Sohn, erwarb
Sich durch Verrat und Mord das schönste Weib,
Önomaus' Erzeugte, Hippodamien.
Sie bringt den Wünschen des Gemahls zwei Söhne,
Thyest und Atreus. Neidisch sehen sie
Des Vaters Liebe zu dem ersten Sohn
Aus einem andern Bette wachsend an.
Der Haß verbindet sie, und heimlich wagt

Das Paar im Brudermord die erste Tat.
Der Vater wähnet Hippodamien
Die Mörderin, und grimmig fordert er
Von ihr den Sohn zurück, und sie entleibt
Sich selbst –

THOAS. Du schweigest? Fahre fort, zu reden!
Laß dein Vertraun dich nicht gereuen! Sprich!

IPHIGENIE. Wohl dem, der seiner Väter gern gedenkt,
Der froh von ihren Taten, ihrer Größe
Den Hörer unterhält und, still sich freuend,
Ans Ende dieser schönen Reihe sich
Geschlossen sieht! Denn es erzeugt nicht gleich
Ein Haus den Halbgott, noch das Ungeheuer;
Erst eine Reihe Böser oder Guter
Bringt endlich das Entsetzen, bringt die Freude
Der Welt hervor. – Nach ihres Vaters Tode
Gebieten Atreus und Thyest der Stadt,
Gemeinsam-herrschend. Lange konnte nicht
Die Eintracht dauern. Bald entehrt Thyest
Des Bruders Bette. Rächend treibet Atreus
Ihn aus dem Reiche. Tückisch hatte schon
Thyest, auf schwere Taten sinnend, lange
Dem Bruder einen Sohn entwandt und heimlich
Ihn als den seinen schmeichelnd auferzogen
Dem füllet er die Brust mit Wut und Rache
Und sendet ihn zur Königsstadt, daß er
Im Oheim seinen eignen Vater morde.
Des Jünglings Vorsatz wird entdeckt: der König
Straft grausam den gesandten Mörder, wähnend,
Er töte seines Bruders Sohn. Zu spät
Erfährt er, wer vor seinen trunknen Augen
Gemartert stirbt; und die Begier der Rache
Aus seiner Brust zu tilgen, sinnt er still

Auf unerhörte Tat. Er scheint gelassen,
Gleichgültig und versöhnt, und lockt den Bruder
Mit seinen beiden Söhnen in das Reich
Zurück, ergreift die Knaben, schlachtet sie
Und setzt die ekle, schaudervolle Speise
Dem Vater bei dem ersten Mahle vor.
Und da Thyest an seinem Fleische sich
Gesättigt, eine Wehmut ihn ergreift,
Er nach den Kindern fragt, den Tritt, die Stimme
Der Knaben an des Saales Türe schon
Zu hören glaubt, wirft Atreus grinsend
Ihm Haupt und Füße der Erschlagnen hin. –
Du wendest schaudernd dein Gesicht, o König:
So wendete die Sonn' ihr Antlitz weg
Und ihren Wagen aus dem ew'gen Gleise.
Dies sind die Ahnherrn deiner Priesterin;
Und viel unseliges Geschick der Männer,
Viel Taten des verworrnen Sinnes deckt
Die Nacht mit schweren Fittichen und läßt
Uns nur in grauenvolle Dämmrung sehn.

THOAS. Verbirg sie schweigend auch. Es sei genug
Der Greuel! Sage nun, durch welch ein Wunder
Von diesem wilden Stamme du entsprangst.

IPHIGENIE. Des Atreus ält'ster Sohn war Agamemnon:
Er ist mein Vater. Doch, ich darf es sagen,
In ihm hab' ich seit meiner ersten Zeit
Ein Muster des vollkommnen Manns gesehn.
Ihm brachte Klytämnestra mich, den Erstling
Der Liebe, dann Elektren. Ruhig herrschte
Der König, und es war dem Hause Tantals
Die lang' entbehrte Rast gewährt. Allein
Es mangelte dem Glück der Eltern noch
Ein Sohn, und kaum war dieser Wunsch erfüllt,

Daß zwischen beiden Schwestern nun Orest,
Der Liebling, wuchs, als neues Übel schon
Dem sichern Hause zubereitet war.
Der Ruf des Krieges ist zu euch gekommen,
Der, um den Raub der schönsten Frau zu rächen,
Die ganze Macht der Fürsten Griechenlands
Um Trojens Mauern lagerte. Ob sie
Die Stadt gewonnen, ihrer Rache Ziel
Erreicht, vernahm ich nicht. Mein Vater führte
Der Griechen Heer. In Aulis harrten sie
Auf günst'gen Wind vergebens: denn Diane,
Erzürnt auf ihren großen Führer, hielt
Die Eilenden zurück und forderte
Durch Kalchas' Mund des Königs ält'ste Tochter.
Sie lockten mit der Mutter mich ins Lager;
Sie rissen mich vor den Altar und weihten
Der Göttin dieses Haupt. – Sie war versöhnt:
Sie wollte nicht mein Blut und hüllte rettend
In eine Wolke mich; in diesem Tempel
Erkannt' ich mich zuerst vom Tode wieder.
Ich bin es selbst, bin Iphigenie,
Des Atreus Enkel, Agamemnons Tochter,
Der Göttin Eigentum, die mit dir spricht.
THOAS. Mehr Vorzug und Vertrauen geb' ich nicht
Der Königstochter als der Unbekannten.
Ich wiederhole meinen ersten Antrag:
Komm, folge mir und teile, was ich habe.
IPHIGENIE. Wie darf ich solchen Schritt, o König, wagen?
Hat nicht die Göttin, die mich rettete,
Allein das Recht auf mein geweihtes Leben?
Sie hat für mich den Schutzort ausgesucht,
Und sie bewahrt mich einem Vater, den
Sie durch den Schein genug gestraft, vielleicht

Zur schönsten Freude seines Alters hier.
Vielleicht ist mir die frohe Rückkehr nah;
Und ich, auf ihren Weg nicht achtend, hätte
Mich wider ihren Willen hier gefesselt?
Ein Zeichen bat ich, wenn ich bleiben sollte.

THOAS. Das Zeichen ist, daß du noch hier verweilst.
Such' Ausflucht solcher Art nicht ängstlich auf.
Man spricht vergebens viel, um zu versagen;
Der andre hört von allem nur das Nein.

IPHIGENIE. Nicht Worte sind es, die nur blenden sollen:
Ich habe dir mein tiefstes Herz entdeckt.
Und sagst du dir nicht selbst, wie ich dem Vater,
Der Mutter, den Geschwistern mich entgegen
Mit ängstlichen Gefühlen sehnen muß?
Daß in den alten Hallen, wo die Trauer
Noch manchmal stille meinen Namen lispelt,
Die Freude, wie um eine Neugeborne,
Den schönsten Kranz von Säul' an Säulen schlinge.
O sendetest du mich auf Schiffen hin!
Du gäbest mir und allen neues Leben.

THOAS. So kehr' zurück! Tu, was dein Herz dich heißt,
Und höre nicht die Stimme guten Rats
Und der Vernunft. Sei ganz ein Weib und gib
Dich hin dem Triebe, der dich zügellos
Ergreift und dahin oder dorthin reißt.
Wenn ihnen eine Lust im Busen brennt,
Hält vom Verräter sie kein heilig Band,
Der sie dem Vater oder dem Gemahl
Aus langbewährten, treuen Armen lockt;
Und schweigt in ihrer Brust die rasche Glut,
So dringt auf sie vergebens treu und mächtig
Der Überredung goldne Zunge los.

IPHIGENIE. Gedenk', o König, deines edlen Wortes!

Willst du mein Zutraun so erwidern? Du
Schienst vorbereitet, alles zu vernehmen.
THOAS. Aufs Ungehoffte war ich nicht bereitet;
Doch sollt' ich's auch erwarten: wußt' ich nicht,
Daß ich mit einem Weibe handeln ging?
IPHIGENIE. Schilt nicht, o König, unser arm Geschlecht.
Nicht herrlich wie die euern, aber nicht
Unedel sind die Waffen eines Weibes.
Glaub' es, darin bin ich dir vorzuziehn,
Daß ich dein Glück mehr als du selber kenne.
Du wähnest, unbekannt mit dir und mir,
Ein näher Band werd' uns zum Glück vereinen.
Voll guten Mutes, wie voll guten Willens,
Dringst du in mich, daß ich mich fügen soll;
Und hier dank' ich den Göttern, daß sie mir
Die Festigkeit gegeben, dieses Bündnis
Nicht einzugehen, das sie nicht gebilligt.
THOAS. Es spricht kein Gott; es spricht dein eignes Herz.
IPHIGENIE. Sie reden nur durch unser Herz zu uns.
THOAS. Und hab' Ich, sie zu hören, nicht das Recht?
IPHIGENIE. Es überbraust der Sturm die zarte Stimme.
THOAS. Die Priesterin vernimmt sie wohl allein?
IPHIGENIE. Vor allen andern merke sie der Fürst.
THOAS. Dein heilig Amt und dein geerbtes Recht
An Jovis Tisch bringt dich den Göttern näher
Als einen erdgebornen Wilden.
IPHIGENIE. So
Büß' ich nun das Vertraun, das du erzwangst.
THOAS. Ich bin ein Mensch; und besser ist's, wir enden.
So bleibe denn mein Wort: Sei Priesterin
Der Göttin, wie sie dich erkoren hat;
Doch mir verzeih' Diane, daß ich ihr
Bisher, mit Unrecht und mit innerm Vorwurf,

Die alten Opfer vorenthalten habe.
Kein Fremder nahet glücklich unserm Ufer:
Von alters her ist ihm der Tod gewiß.
Nur du hast mich mit einer Freundlichkeit,
In der ich bald der zarten Tochter Liebe,
Bald stille Neigung einer Braut zu sehn
Mich tief erfreute, wie mit Zauberbanden
Gefesselt, daß ich meiner Pflicht vergaß.
Du hattest mir die Sinnen eingewiegt,
Das Murren meines Volks vernahm ich nicht;
Nun rufen sie die Schuld von meines Sohnes
Frühzeit'gem Tode lauter über mich.
Um deinetwillen halt' ich länger nicht
Die Menge, die das Opfer dringend fordert.

IPHIGENIE. Um meinetwillen hab' ich's nie begehrt.
Der mißversteht die Himmlischen, der sie
Blutgierig wähnt: er dichtet ihnen nur
Die eignen grausamen Begierden an.
Entzog die Göttin mich nicht selbst dem Priester?
Ihr war mein Dienst willkommner als mein Tod.

THOAS. Es ziemt sich nicht für uns, den heiligen
Gebrauch mit leicht beweglicher Vernunft
Nach unserm Sinn zu deuten und zu lenken.
Tu deine Pflicht, ich werde meine tun.
Zwei Fremde, die wir in des Ufers Höhlen
Versteckt gefunden, und die meinem Lande
Nichts Gutes bringen, sind in meiner Hand.
Mit diesen nehme deine Göttin wieder
Ihr erstes, rechtes, lang' entbehrtes Opfer!
Ich sende sie hierher; du weißt den Dienst.

Vierter Auftritt

Iphigenie *allein.* Du hast Wolken, gnädige Retterin,
Einzuhüllen unschuldig Verfolgte,
Und auf Winden dem ehrnen Geschick sie
Aus den Armen, über das Meer,
Über der Erde weiteste Strecken,
Und wohin es dir gut dünkt, zu tragen.
Weise bist du und siehest das Künftige;
Nicht vorüber ist dir das Vergangne,
Und dein Blick ruht über den Deinen,
Wie dein Licht, das Leben der Nächte,
Über der Erde ruhet und waltet.
Oh, enthalte vom Blut meine Hände!
Nimmer bringt es Segen und Ruhe;
Und die Gestalt des zufällig Ermordeten
Wird auf des traurig-unwilligen Mörders
Böse Stunden lauern und schrecken.
Denn die Unsterblichen lieben der Menschen
Weit verbreitete gute Geschlechter,
Und sie fristen das flüchtige Leben
Gerne dem Sterblichen, wollen ihm gerne
Ihres eigenen, ewigen Himmels
Mitgenießendes fröhliches Anschaun
Eine Weile gönnen und lassen.

Zweiter Aufzug

Erster Auftritt

Orest. Pylades

Orest. Es ist der Weg des Todes, den wir treten:
Mit jedem Schritt wird meine Seele stiller.
Als ich Apollen bat, das gräßliche
Geleit der Rachegeister von der Seite
Mir abzunehmen, schien er Hilf' und Rettung
Im Tempel seiner vielgeliebten Schwester,
Die über Tauris herrscht, mit hoffnungsreichen,
Gewissen Götterworten zu versprechen;
Und nun erfüllet sich's, daß alle Not
Mit meinem Leben völlig enden soll.
Wie leicht wird's mir, dem eine Götterhand
Das Herz zusammendrückt, den Sinn betäubt,
Dem schönen Licht der Sonne zu entsagen.
Und sollen Atreus' Enkel in der Schlacht
Ein siegbekröntes Ende nicht gewinnen,
Soll ich wie meine Ahnen, wie mein Vater
Als Opfertier im Jammertode bluten:
So sei es! Besser hier vor dem Altar,
Als im verworfnen Winkel, wo die Netze
Der nahverwandte Meuchelmörder stellt.
Laßt mir so lange Ruh, ihr Unterirdschen,
Die nach dem Blut ihr, das von meinen Tritten
Herniederträufelnd meinen Pfad bezeichnet,
Wie losgelaßne Hunde spürend hetzt!
Laßt mich, ich komme bald zu euch hinab.

Das Licht des Tags soll euch nicht sehn, noch mich.
Der Erde schöner grüner Teppich soll
Kein Tummelplatz für Larven sein. Dort unten
Such' ich euch auf: dort bindet alle dann
Ein gleich Geschick in ew'ge matte Nacht.
Nur dich, mein Pylades, dich, meiner Schuld
Und meines Banns unschuldigen Genossen,
Wie ungern nehm' ich dich in jenes Trauerland
Frühzeitig mit! Dein Leben oder Tod
Gibt mir allein noch Hoffnung oder Furcht.

PYLADES. Ich bin noch nicht, Orest, wie du bereit,
In jenes Schattenreich hinabzugehn.
Ich sinne noch, durch die verworrnen Pfade,
Die nach der schwarzen Nacht zu führen scheinen,
Uns zu dem Leben wieder aufzuwinden.
Ich denke nicht den Tod; ich sinn' und horche,
Ob nicht zu irgendeiner frohen Flucht
Die Götter Rat und Wege zubereiten.
Der Tod, gefürchtet oder ungefürchtet,
Kommt unaufhaltsam. Wenn die Priesterin
Schon, unsre Locken weihend abzuschneiden,
Die Hand erhebt, soll dein' und meine Rettung
Mein einziger Gedanke sein. Erhebe
Von diesem Unmut deine Seele; zweifelnd
Beschleunigest du die Gefahr. Apoll
Gab uns das Wort: im Heiligtum der Schwester
Sei Trost und Hilf' und Rückkehr dir bereitet.
Der Götter Worte sind nicht doppelsinnig,
Wie der Gedrückte sie im Unmut wähnt.

OREST. Des Lebens dunkle Decke breitete
Die Mutter schon mir um das zarte Haupt,
Und so wuchs ich herauf, ein Ebenbild
Des Vaters, und es war mein stummer Blick

Ein bittrer Vorwurf ihr und ihrem Buhlen.
Wie oft, wenn still Elektra, meine Schwester,
Am Feuer in der tiefen Halle saß,
Drängt' ich beklommen mich an ihren Schoß
Und starrte, wie sie bitter weinte, sie
Mit großen Augen an. Dann sagte sie
Von unserm hohen Vater viel: wie sehr
Verlangt' ich, ihn zu sehn, bei ihm zu sein!
Mich wünscht' ich bald nach Troja, ihn bald her.
Es kam der Tag –

PYLADES. O laß von jener Stunde
Sich Höllengeister nächtlich unterhalten!
Uns gebe die Erinnrung schöner Zeit
Zu frischem Heldenlaufe neue Kraft.
Die Götter brauchen manchen guten Mann
Zu ihrem Dienst auf dieser weiten Erde.
Sie haben noch auf dich gezählt; sie gaben
Dich nicht dem Vater zum Geleite mit,
Da er unwillig nach dem Orkus ging.

OREST. O wär' ich, seinen Saum ergreifend, ihm gefolgt!

PYLADES. So haben die, die dich erhielten,
Für mich gesorgt: denn was ich worden wäre,
Wenn du nicht lebtest, kann ich mir nicht denken,
Da ich mit dir und deinetwillen nur
Seit meiner Kindheit leb' und leben mag.

OREST. Erinnre mich nicht jener schönen Tage,
Da mir dein Haus die freie Stätte gab,
Dein edler Vater klug und liebevoll
Die halberstarrte junge Blüte pflegte;
Da du, ein immer munterer Geselle,
Gleich einem leichten, bunten Schmetterling
Um eine dunkle Blume, jeden Tag
Um mich mit neuem Leben gaukeltest,

Mir deine Lust in meine Seele spieltest,
Daß ich, vergessend meiner Not, mit dir
In rascher Jugend hingerissen schwärmte.

PYLADES. Da fing mein Leben an, als ich dich liebte.

OREST. Sag: meine Not begann, und du sprichst wahr.
Das ist das Ängstliche von meinem Schicksal,
Daß ich, wie ein verpesteter Vertriebner,
Geheimen Schmerz und Tod im Busen trage;
Daß, wo ich den gesund'sten Ort betrete,
Gar bald um mich die blühenden Gesichter
Den Schmerzenszug langsamen Tods verraten.

PYLADES. Der Nächste wär' ich, diesen Tod zu sterben,
Wenn je dein Hauch, Orest, vergiftete.
Bin ich nicht immer noch voll Mut und Lust?
Und Lust und Liebe sind die Fittiche
Zu großen Taten.

OREST. Große Taten? Ja,
Ich weiß die Zeit, da wir sie vor uns sahn!
Wenn wir zusammen oft dem Wilde nach
Durch Berg' und Täler rannten und dereinst,
An Brust und Faust dem hohen Ahnherrn gleich,
Mit Keul' und Schwert dem Ungeheuer so,
Dem Räuber auf der Spur zu jagen hofften;
Und dann wir abends an der weiten See
Uns aneinander lehnend ruhig saßen,
Die Wellen bis zu unsern Füßen spielten,
Die Welt so weit, so offen vor uns lag:
Da fuhr wohl einer manchmal nach dem Schwert,
Und künft'ge Taten drangen wie die Sterne
Rings um uns her unzählig aus der Nacht.

PYLADES. Unendlich ist das Werk, das zu vollführen
Die Seele dringt. Wir möchten jede Tat
So groß gleich tun, als wie sie wächst und wird,

Wenn jahrelang durch Länder und Geschlechter
Der Mund der Dichter sie vermehrend wälzt.
Es klingt so schön, was unsre Väter taten,
Wenn es, in stillen Abendschatten ruhend,
Der Jüngling mit dem Ton der Harfe schlürft;
Und was wir tun, ist, wie es ihnen war,
Voll Müh' und eitel Stückwerk!
So laufen wir nach dem, was vor uns flieht,
Und achten nicht des Weges, den wir treten,
Und sehen neben uns der Ahnherrn Tritte
Und ihres Erdelebens Spuren kaum.
Wir eilen immer ihrem Schatten nach,
Der göttergleich in einer weiten Ferne
Der Berge Haupt auf goldnen Wolken krönt.
Ich halte nichts von dem, der von sich denkt,
Wie ihn das Volk vielleicht erheben möchte;
Allein, o Jüngling, danke du den Göttern,
Daß sie so früh durch dich so viel getan.

OREST. Wenn sie dem Menschen frohe Tat bescheren,
Daß er ein Unheil von den Seinen wendet,
Daß er sein Reich vermehrt, die Grenzen sichert,
Und alte Feinde fallen oder fliehn:
Dann mag er danken! denn ihm hat ein Gott
Des Lebens erste, letzte Lust gegönnt.
Mich haben sie zum Schlächter auserkoren,
Zum Mörder meiner doch verehrten Mutter,
Und, eine Schandtat schändlich rächend, mich
Durch ihren Wink zu Grund' gerichtet. Glaube,
Sie haben es auf Tantals Haus gerichtet,
Und ich, der letzte, soll nicht schuldlos, soll
Nicht ehrenvoll vergehn.

PYLADES. Die Götter rächen
Der Väter Missetat nicht an dem Sohn;

Ein jeglicher, gut oder böse, nimmt
Sich seinen Lohn mit seiner Tat hinweg.
Es erbt der Eltern Segen, nicht ihr Fluch.
OREST. Uns führt ihr Segen, dünkt mich, nicht hierher.
PYLADES. Doch wenigstens der hohen Götter Wille.
OREST. So ist's ihr Wille denn, der uns verderbt.
PYLADES. Tu, was sie dir gebieten, und erwarte.
Bringst du die Schwester zu Apollen hin,
Und wohnen beide dann vereint zu Delphi,
Verehrt von einem Volk, das edel denkt,
So wird für diese Tat das hohe Paar
Dir gnädig sein, sie werden aus der Hand
Der Unterird'schen dich erretten. Schon
In diesen heil'gen Hain wagt keine sich.
OREST. So hab' ich wenigstens geruh'gen Tod.
PYLADES. Ganz anders denk' ich, und nicht ungeschickt
Hab' ich das schon Geschehne mit dem Künft'gen
Verbunden und im stillen ausgelegt.
Vielleicht reift in der Götter Rat schon lange
Das große Werk. Diana sehnet sich
Von diesem rauhen Ufer der Barbaren
Und ihren blut'gen Menschenopfern weg.
Wir waren zu der schönen Tat bestimmt,
Uns wird sie auferlegt, und seltsam sind
Wir an der Pforte schon gezwungen hier.
OREST. Mit seltner Kunst flichtst du der Götter Rat
Und deine Wünsche klug in eins zusammen.
PYLADES. Was ist des Menschen Klugheit, wenn sie nicht
Auf jener Willen droben achtend lauscht?
Zu einer schweren Tat beruft ein Gott
Den edlen Mann, der viel verbrach, und legt
Ihm auf, was uns unmöglich scheint, zu enden.
Es siegt der Held, und büßend dienet er

Den Göttern und der Welt, die ihn verehrt.
OREST. Bin ich bestimmt, zu leben und zu handeln,
So nehm' ein Gott von meiner schweren Stirn
Den Schwindel weg, der auf dem schlüpfrigen,
Mit Mutterblut besprengten Pfade fort
Mich zu den Toten reißt. Er trockne gnädig
Die Quelle, die, mir aus der Mutter Wunden
Entgegensprudelnd, ewig mich befleckt.
PYLADES. Erwart' es ruhiger! Du mehrst das Übel
Und nimmst das Amt der Furien auf dich.
Laß mich nur sinnen, bleibe still! Zuletzt,
Bedarf's zur Tat vereinter Kräfte, dann
Ruf' ich dich auf, und beide schreiten wir
Mit überlegter Kühnheit zur Vollendung.
OREST. Ich hör' Ulyssen reden.
PYLADES. Spott nicht.
Ein jeglicher muß seinen Helden wählen,
Dem er die Wege zum Olymp hinauf
Sich nacharbeitet. Laß es mich gestehn:
Mir scheinet List und Klugheit nicht den Mann
Zu schänden, der sich kühnen Taten weiht.
OREST. Ich schätze den, der tapfer ist und grad.
PYLADES. Drum hab' ich keinen Rat von dir verlangt.
Schon ist ein Schritt getan. Von unsern Wächtern
Hab' ich bisher gar vieles ausgelockt.
Ich weiß, ein fremdes, göttergleiches Weib
Hält jenes blutige Gesetz gefesselt:
Ein reines Herz und Weihrauch und Gebet
Bringt sie den Göttern dar. Man rühmet hoch
Die Gütige; man glaubet, sie entspringe
Vom Stamm der Amazonen, sei geflohn,
Um einem großen Unheil zu entgehn.
OREST. Es scheint, ihr lichtes Reich verlor die Kraft

Durch des Verbrechers Nähe, den der Fluch
Wie eine breite Nacht verfolgt und deckt.
Die fromme Blutgier löst den alten Brauch
Von seinen Fesseln los, uns zu verderben.
Der wilde Sinn des Königs tötet uns:
Ein Weib wird uns nicht retten, wenn er zürnt.
PYLADES. Wohl uns, daß es ein Weib ist! denn ein Mann,
Der beste selbst, gewöhnet seinen Geist
An Grausamkeit und macht sich auch zuletzt
Aus dem, was er verabscheut, ein Gesetz,
Wird aus Gewohnheit hart und fast unkenntlich.
Allein ein Weib bleibt stet auf *einem* Sinn,
Den sie gefaßt. Du rechnest sicherer
Auf sie im Guten wie im Bösen. – Still!
Sie kommt; laß uns allein. Ich darf nicht gleich
Ihr unsre Namen nennen, unser Schicksal
Nicht ohne Rückhalt ihr vertraun. Du gehst,
Und eh' sie mit dir spricht, treff' ich dich noch.

ZWEITER AUFTRITT

Iphigenie. Pylades

IPHIGENIE. Woher du seist und kommst, o Fremdling, sprich!
Mir scheint es, daß ich eher einem Griechen
Als einem Skythen dich vergleichen soll.
Sie nimmt ihm die Ketten ab.
Gefährlich ist die Freiheit, die ich gebe;
Die Götter wenden ab, was euch bedroht!
PYLADES. O süße Stimme! Vielwillkommner Ton
Der Muttersprach' in einem fremden Lande!
Des väterlichen Hafens blaue Berge
Seh' ich Gefangner neu willkommen wieder

Vor meinen Augen. Laß dir diese Freude
Versichern, daß auch ich ein Grieche bin!
Vergessen hab' ich einen Augenblick,
Wie sehr ich dein bedarf, und meinen Geist
Der herrlichen Erscheinung zugewendet.
O sage, wenn dir ein Verhängnis nicht
Die Lippe schließt, aus welchem unsrer Stämme
Du deine göttergleiche Herkunft zählst.

IPHIGENIE. Die Priesterin, von ihrer Göttin selbst
Gewählet und geheiligt, spricht mit dir.
Das laß dir gnügen; sage, wer du seist,
Und welch unselig-waltendes Geschick
Mit dem Gefährten dich hierher gebracht.

PYLADES. Leicht kann ich dir erzählen, welch ein Übel
Mit lastender Gesellschaft uns verfolgt.
O könntest du der Hoffnung frohen Blick
Uns auch so leicht, du Göttliche, gewähren!
Aus Kreta sind wir, Söhne des Adrasts:
Ich bin der jüngste, Cephalus genannt,
Und er Laodamas, der älteste
Des Hauses. Zwischen uns stand rauh und wild
Ein mittlerer und trennte schon im Spiel
Der ersten Jugend Einigkeit und Lust.
Gelassen folgten wir der Mutter Worten,
Solang' des Vaters Kraft vor Troja stritt;
Doch als er beutereich zurücke kam
Und kurz darauf verschied, da trennte bald
Der Streit um Reich und Erbe die Geschwister.
Ich neigte mich zum ält'sten. Er erschlug
Den Bruder. Um der Blutschuld willen treibt
Die Furie gewaltig ihn umher.
Doch diesem wilden Ufer sendet uns
Apoll, der Delphische, mit Hoffnung zu.

Im Tempel seiner Schwester hieß er uns
Der Hilfe segensvolle Hand erwarten.
Gefangen sind wir und hierher gebracht
Und dir als Opfer dargestellt. Du weißt's.
IPHIGENIE. Fiel Troja? Teurer Mann, versichr' es mir.
PYLADES. Es liegt. O sichre du uns Rettung zu!
Beschleunige die Hilfe, die ein Gott
Versprach. Erbarme meines Bruders dich.
O sag' ihm bald ein gutes holdes Wort!
Doch schone seiner, wenn du mit ihm sprichst,
Das bitt' ich eifrig: denn es wird gar leicht
Durch Freud' und Schmerz und durch Erinnerung
Sein Innerstes ergriffen und zerrüttet.
Ein fieberhafter Wahnsinn fällt ihn an,
Und seine schöne freie Seele wird
Den Furien zum Raube hingegeben.
IPHIGENIE. So groß dein Unglück ist, beschwör' ich dich:
Vergiß es, bis du mir genug getan.
PYLADES. Die hohe Stadt, die zehen lange Jahre
Dem ganzen Heer der Griechen widerstand,
Liegt nun im Schutte, steigt nicht wieder auf.
Doch manche Gräber unsrer Besten heißen
Uns an das Ufer der Barbaren denken.
Achill liegt dort mit seinem schönen Freunde.
IPHIGENIE. So seid ihr Götterbilder auch zu Staub!
PYLADES. Auch Palamedes, Ajax Telamons,
Sie sahn des Vaterlandes Tag nicht wieder.
IPHIGENIE. Er schweigt von meinem Vater, nennt ihn nicht
Mit den Erschlagnen. Ja! er lebt mir noch!
Ich werd' ihn sehn. O hoffe, liebes Herz!
PYLADES. Doch selig sind die Tausende, die starben
Den bittersüßen Tod von Feindes Hand!
Denn wüste Schrecken und ein traurig Ende

Hat den Rückkehrenden statt des Triumphs
Ein feindlich aufgebrachter Gott bereitet.
Kommt denn der Menschen Stimme nicht zu euch?
So weit sie reicht, trägt sie den Ruf umher
Von unerhörten Taten, die geschahn.
So ist der Jammer, der Mycenens Hallen
Mit immer wiederholten Seufzern füllt,
Dir ein Geheimnis? – Klytämnestra hat
Mit Hilf' Ägisthens den Gemahl berückt,
Am Tage seiner Rückkehr ihn ermordet! –
Ja, du verehrest dieses Königs Haus!
Ich seh' es, deine Brust bekämpft vergebens
Das unerwartet ungeheure Wort.
Bist du die Tochter eines Freundes? bist
Du nachbarlich in dieser Stadt geboren?
Verbirg es nicht und rechne mir's nicht zu,
Daß ich der erste diese Greuel melde.

IPHIGENIE. Sag' an, wie ward die schwere Tat vollbracht?

PYLADES. Am Tage seiner Ankunft, da der König,
Vom Bad erquickt und ruhig, sein Gewand
Aus der Gemahlin Hand verlangend, stieg,
Warf die Verderbliche ein faltenreich
Und künstlich sich verwirrendes Gewebe
Ihm auf die Schultern, um das edle Haupt;
Und da er wie von einem Netze sich
Vergebens zu entwickeln strebte, schlug
Ägisth ihn, der Verräter, und verhüllt
Ging zu den Toten dieser große Fürst.

IPHIGENIE. Und welchen Lohn erhielt der Mitverschworne?

PYLADES. Ein Reich und Bette, das er schon besaß.

IPHIGENIE. So trieb zur Schandtat eine böse Lust?

PYLADES. Und einer alten Rache tief Gefühl.

IPHIGENIE. Und wie beleidigte der König sie?

PYLADES. Mit schwerer Tat, die, wenn Entschuldigung
Des Mordes wäre, sie entschuldigte.
Nach Aulis lockt' er sie und brachte dort,
Als eine Gottheit sich der Griechen Fahrt
Mit ungestümen Winden widersetzte,
Die ält'ste Tochter, Iphigenien,
Vor den Altar Dianens, und sie fiel,
Ein blutig Opfer, für der Griechen Heil.
Dies, sagt man, hat ihr einen Widerwillen
So tief ins Herz geprägt, daß sie dem Werben
Ägistens sich ergab und den Gemahl
Mit Netzen des Verderbens selbst umschlang.

IPHIGENIE *sich verhüllend.*
Es ist genug. Du wirst mich wiedersehn.

PYLADES *allein.*
Von dem Geschick des Königshauses scheint
Sie tief gerührt. Wer sie auch immer sei,
So hat sie selbst den König wohl gekannt
Und ist, zu unserm Glück, aus hohem Hause
Hierher verkauft. Nur stille, liebes Herz,
Und laß dem Stern der Hoffnung, der uns blinkt,
Mit frohem Mut uns klug entgegensteuern.

DRITTER AUFZUG

ERSTER AUFTRITT

Iphigenie. Orest

IPHIGENIE. Unglücklicher, ich löse deine Bande
Zum Zeichen eines schmerzlichern Geschicks.
Die Freiheit, die das Heiligtum gewährt,

Ist, wie der letzte lichte Lebensblick
Des schwer Erkrankten, Todesbote. Noch
Kann ich es mir und darf es mir nicht sagen,
Daß ihr verloren seid! Wie könnt' ich euch
Mit mörderischer Hand dem Tode weihen?
Und niemand, wer es sei, darf euer Haupt,
Solang' ich Priesterin Dianens bin,
Berühren. Doch verweigr' ich jene Pflicht,
Wie sie der aufgebrachte König fordert,
So wählt er eine meiner Jungfraun mir
Zur Folgerin, und ich vermag alsdann
Mit heißem Wunsch allein euch beizustehn.
O werter Landsmann! Selbst der letzte Knecht,
Der an den Herd der Vatergötter streifte,
Ist uns in fremdem Lande hoch willkommen:
Wie soll ich euch genug mit Freud' und Segen
Empfangen, die ihr mir das Bild der Helden,
Die ich von Eltern her verehren lernte,
Entgegenbringet und das innre Herz
Mit neuer, schöner Hoffnung schmeichelnd labet!
OREST. Verbirgst du deinen Namen, deine Herkunft
Mit klugem Vorsatz? oder darf ich wissen,
Wer mir, gleich einer Himmlischen, begegnet?
IPHIGENIE. Du sollst mich kennen. Jetzo sag' mir an,
Was ich nur halb von deinem Bruder hörte,
Das Ende derer, die, von Troja kehrend,
Ein hartes unerwartetes Geschick
Auf ihrer Wohnung Schwelle stumm empfing.
Zwar ward ich jung an diesen Strand geführt;
Doch wohl erinnr' ich mich des scheuen Blicks,
Den ich mit Staunen und mit Bangigkeit
Auf jene Helden warf. Sie zogen aus,
Als hätte der Olymp sich aufgetan

Und die Gestalten der erlauchten Vorwelt
Zum Schrecken Ilions herabgesendet,
Und Agamemnon war vor allen herrlich!
O sage mir! er fiel, sein Haus betretend,
Durch seiner Frauen und Ägisthens Tücke?

OREST. Du sagst's!

IPHIGENIE. Weh dir, unseliges Mycen!
So haben Tantals Enkel Fluch auf Fluch
Mit vollen wilden Händen ausgesät!
Und, gleich dem Unkraut, wüste Häupter schüttelnd
Und tausendfält'gen Samen um sich streuend,
Den Kindeskindern nahverwandte Mörder
Zur ew'gen Wechselwut erzeugt! Enthülle,
Was von der Rede deines Bruders schnell
Die Finsternis des Schreckens mir verdeckte.
Wie ist des großen Stammes letzter Sohn,
Das holde Kind, bestimmt, des Vaters Rächer
Dereinst zu sein, wie ist Orest dem Tage
Des Bluts entgangen? Hat ein gleich Geschick
Mit des Avernus Netzen ihn umschlungen?
Ist er gerettet? Lebt er? Lebt Elektra?

OREST. Sie leben.

IPHIGENIE. Goldne Sonne, leihe mir
Die schönsten Strahlen, lege sie zum Dank
Vor Jovis Thron! denn ich bin arm und stumm.

OREST. Bist du gastfreundlich diesem Königshause,
Bist du mit nähern Banden ihm verbunden,
Wie deine schöne Freude mir verrät,
So bändige dein Herz und halt es fest!
Denn unerträglich muß dem Fröhlichen
Ein jäher Rückfall in die Schmerzn sein.
Du weißt nur, merk' ich, Agamemnons Tod.

IPHIGENIE. Hab' ich an dieser Nachricht nicht genug?

OREST. Du hast des Greuels Hälfte nur erfahren.
IPHIGENIE. Was fürcht' ich noch? Orest, Elektra leben.
OREST. Und fürchtest du für Klytämnestren nichts?
IPHIGENIE. Sie rettet weder Hoffnung, weder Furcht.
OREST. Auch schied sie aus dem Land der Hoffnung ab.
IPHIGENIE. Vergoß sie reuig wütend selbst ihr Blut?
OREST. Nein, doch ihr eigen Blut gab ihr den Tod.
IPHIGENIE. Sprich deutlicher, daß ich nicht länger sinne.
Die Ungewißheit schlägt mir tausendfältig
Die dunklen Schwingen um das bange Haupt.
OREST. So haben mich die Götter ausersehn
Zum Boten einer Tat, die ich so gern
Ins klanglos-dumpfe Höhlenreich der Nacht
Verbergen möchte? Wider meinen Willen
Zwingt mich dein holder Mund; allein er darf
Auch etwas Schmerzlichs fordern und erhält's.
Am Tage, da der Vater fiel, verbarg
Elektra rettend ihren Bruder: Strophius,
Des Vaters Schwäher, nahm ihn willig auf,
Erzog ihn neben seinem eignen Sohne,
Der, Pylades genannt, die schönsten Bande
Der Freundschaft um den Angekommnen knüpfte.
Und wie sie wuchsen, wuchs in ihrer Seele
Die brennende Begier, des Königs Tod
Zu rächen. Unversehen, fremd gekleidet
Erreichen sie Mycen, als brächten sie
Die Trauernachricht von Orestens Tode
Mit seiner Asche. Wohl empfänget sie
Die Königin; sie treten in das Haus.
Elektren gibt Orest sich zu erkennen;
Sie bläst der Rache Feuer in ihm auf,
Das vor der Mutter heil'ger Gegenwart
In sich zurückgebrannt war. Stille führt

Sie ihn zum Orte, wo sein Vater fiel,
Wo eine alte leichte Spur des frech
Vergoßnen Blutes oftgewaschnen Boden
Mit blassen ahnungsvollen Streifen färbte.
Mit ihrer Feuerzunge schilderte
Sie jeden Umstand der verruchten Tat,
Ihr knechtisch elend durchgebrachtes Leben,
Den Übermut der glücklichen Verräter
Und die Gefahren, die nun der Geschwister
Von einer stiefgewordnen Mutter warteten. –
Hier drang sie jenen alten Dolch ihm auf,
Der schon in Tantals Hause grimmig wütete,
Und Klytämnestra fiel durch Sohnes Hand.

IPHIGENIE. Unsterbliche, die ihr den reinen Tag
Auf immer neuen Wolken selig lebet,
Habt ihr nur darum mich so manches Jahr
Von Menschen abgesondert, mich so nah
Bei euch gehalten, mir die kindliche
Beschäftigung, des heil'gen Feuers Glut
Zu nähren aufgetragen, meine Seele
Der Flamme gleich in ew'ger frommer Klarheit
Zu euern Wohnungen hinaufgezogen,
Daß ich nur meines Hauses Greuel später
Und tiefer fühlen sollte? – Sage mir
Vom Unglücksel'gen! Sprich mir von Orest! –

OREST. O könnte man von seinem Tode sprechen!
Wie gärend stieg aus der Erschlagnen Blut
Der Mutter Geist
Und ruft der Nacht uralten Töchtern zu:
»Laßt nicht den Muttermörder entfliehn!
Verfolgt den Verbrecher! Euch ist er geweiht!«
Sie horchen auf, es schaut ihr hohler Blick
Mit der Begier des Adlers um sich her.

Sie rühren sich in ihren schwarzen Höhlen,
Und aus den Winkeln schleichen ihre Gefährten,
Der Zweifel und die Reue, leis herbei.
Vor ihnen steigt ein Dampf vom Acheron;
In seinen Wolkenkreisen wälzet sich
Die ewige Betrachtung des Geschehnen
Verwirrend um des Schuld'gen Haupt umher.
Und sie, berechtigt zum Verderben, treten
Der gottbesäten Erde schönen Boden,
Von dem ein alter Fluch sie längst verbannte.
Den Flüchtigen verfolgt ihr schneller Fuß:
Sie geben nur, um neu zu schrecken, Rast.

Iphigenie. Unseliger, du bist in gleichem Fall
Und fühlst, was er, der arme Flüchtling, leidet!

Orest. Was sagst du mir? Was wähnst du gleichen Fall?

Iphigenie. Dich drückt ein Brudermord wie jenen; mir
Vertraute dies dein jüngster Bruder schon.

Orest. Ich kann nicht leiden, daß du große Seele
Mit einem falschen Wort betrogen werdest.
Ein lügenhaft Gewebe knüpf' ein Fremder
Dem Fremden, sinnreich und der List gewohnt,
Zur Falle vor die Füße; zwischen uns
Sei Wahrheit!
Ich bin Orest! und dieses schuld'ge Haupt
Senkt nach der Grube sich und sucht den Tod:
In jeglicher Gestalt sei er willkommen!
Wer du auch seist, so wünsch' ich Rettung dir
Und meinem Freunde; mir wünsch' ich sie nicht.
Du scheinst hier wider Willen zu verweilen:
Erfindet Rat zur Flucht und laßt mich hier.
Es stürze mein entseelter Leib vom Fels,
Es rauche bis zum Meer hinab mein Blut
Und bringe Fluch dem Ufer der Barbaren!

Geht ihr, daheim im schönen Griechenland
Ein neues Leben freundlich anzufangen.

Er entfernt sich.

IPHIGENIE. So steigst du denn, Erfüllung, schönste Tochter
Des größten Vaters, endlich zu mir nieder!
Wie ungeheuer steht dein Bild vor mir!
Kaum reicht mein Blick dir an die Hände, die,
Mit Frucht und Segenskränzen angefüllt,
Die Schätze des Olympus niederbringen.
Wie man den König an dem Übermaß
Der Gaben kennt – denn ihm muß wenig scheinen,
Was Tausenden schon Reichtum ist – so kennt
Man euch, ihr Götter, an gesparten, lang'
Und weise zubereiteten Geschenken.
Denn ihr allein wißt, was uns frommen kann,
Und schaut der Zukunft ausgedehntes Reich,
Wenn jedes Abends Stern- und Nebelhülle
Die Aussicht uns verdeckt. Gelassen hört
Ihr unser Flehn, das um Beschleunigung
Euch kindisch bittet; aber eure Hand
Bricht unreif nie die goldnen Himmelsfrüchte,
Und wehe dem, der, ungeduldig sie
Ertrotzend, saure Speise sich zum Tod
Genießt. O laßt das lang' erwartete,
Noch kaum gedachte Glück nicht, wie den Schatten
Des abgeschiednen Freundes, eitel mir
Und dreifach schmerzlicher vorübergehn!

OREST *tritt wieder zu ihr.*
Rufst du die Götter an für dich und Pylades,
So nenne meinen Namen nicht mit eurem.
Du rettest den Verbrecher nicht, zu dem
Du dich gesellst, und teilest Fluch und Not.

IPHIGENIE. Mein Schicksal ist an deines fest gebunden.

Orest. Mit nichten! Laß allein und unbegleitet
Mich zu den Toten gehn. Verhülltest du
In deinen Schleier selbst den Schuldigen:
Du birgst ihn nicht vorm Blick der immer Wachen,
Und deine Gegenwart, du Himmlische,
Drängt sie nur seitwärts und verscheucht sie nicht.
Sie dürfen mit den ehrnen frechen Füßen
Des heil'gen Waldes Boden nicht betreten;
Doch hör' ich aus der Ferne hier und da
Ihr gräßliches Gelächter. Wölfe harren
So um den Baum, auf den ein Reisender
Sich rettete. Da draußen ruhen sie
Gelagert; und verlass' ich diesen Hain,
Dann steigen sie, die Schlangenhäupter schüttelnd,
Von allen Seiten Staub erregend auf
Und treiben ihre Beute vor sich her.
Iphigenie. Kannst du, Orest, ein freundlich Wort vernehmen?
Orest. Spar' es für einen Freund der Götter auf.
Iphigenie. Sie geben dir zu neuer Hoffnung Licht.
Orest. Durch Rauch und Qualm seh' ich den matten Schein
Des Totenflusses mir zur Hölle leuchten.
Iphigenie. Hast du Elektren, *eine* Schwester nur?
Orest. Die *eine* kannt' ich; doch die ält'ste nahm
Ihr gut Geschick, das uns so schrecklich schien,
Beizeiten aus dem Elend unsers Hauses.
O laß dein Fragen und geselle dich
Nicht auch zu den Erinnyen; sie blasen
Mir schadenfroh die Asche von der Seele
Und leiden nicht, daß sich die letzten Kohlen
Von unsers Hauses Schreckensbrande still
In mir verglimmen. Soll die Glut denn ewig,
Vorsätzlich angefacht, mit Höllenschwefel
Genährt, mir auf der Seele marternd brennen?

Iphigenie. Ich bringe süßes Rauchwerk in die Flamme.
O laß den reinen Hauch der Liebe dir
Die Glut des Busens leise wehend kühlen.
Orest, mein Teurer, kannst du nicht vernehmen?
Hat das Geleit der Schreckensgötter so
Das Blut in deinen Adern aufgetrocknet?
Schleicht, wie vom Haupt der gräßlichen Gorgone,
Versteinernd dir ein Zauber durch die Glieder?
O wenn vergoßnen Mutterblutes Stimme
Zur Höll' hinab mit dumpfen Tönen ruft,
Soll nicht der reinen Schwester Segenswort
Hilfreiche Götter vom Olympus rufen?
Orest. Es ruft! es ruft! So willst du mein Verderben!
Verbirgt in dir sich eine Rachegöttin?
Wer bist du, deren Stimme mir entsetzlich
Das Innerste in seinen Tiefen wendet?
Iphigenie. Es zeigt sich dir im tiefsten Herzen an:
Orest, ich bin's! Sieh Iphigenien!
Ich lebe!
Orest. Du!
Iphigenie. Mein Bruder!
Orest. Laß! Hinweg!
Ich rate dir, berühre nicht die Locken!
Wie von Krensas Brautkleid zündet sich
Ein unauslöschlich Feuer von mir fort.
Laß mich! Wie Herkules will ich Unwürd'ger
Den Tod voll Schmach, in mich verschlossen, sterben.
Iphigenie. Du wirst nicht untergehn! O daß ich nur
Ein ruhig Wort von dir vernehmen könnte!
O löse meine Zweifel, laß des Glückes,
Des lang' erflehten, mich auch sicher werden.
Es wälzet sich ein Rad von Freud' und Schmerz
Durch meine Seele. Von dem fremden Manne

Entfernet mich ein Schauer; doch es reißt
Mein Innerstes gewaltig mich zum Bruder.

OREST. Ist hier Lyäens Tempel? und ergreift
Unbändig-heil'ge Wut die Priesterin?

IPHIGENIE. O höre mich! O sieh mich an, wie mir
Nach einer langen Zeit das Herz sich öffnet
Der Seligkeit, dem Liebsten, was die Welt
Noch für mich tragen kann, das Haupt zu küssen,
Mit meinen Armen, die den leeren Winden
Nur ausgebreitet waren, dich zu fassen!
O laß mich! Laß mich! Denn es quillet heller
Nicht vom Parnaß die ew'ge Quelle sprudelnd
Von Fels zu Fels ins goldne Tal hinab,
Wie Freude mir vom Herzen wallend fließt
Und wie ein selig Meer mich rings umfängt.
Orest! Orest! Mein Bruder!

OREST. Schöne Nymphe,
Ich traue dir und deinem Schmeicheln nicht.
Diana fordert strenge Dienerinnen
Und rächet das entweihte Heiligtum.
Entferne deinen Arm von meiner Brust!
Und wenn du einen Jüngling rettend lieben,
Das schöne Glück ihm zärtlich bieten willst,
So wende meinem Freunde dein Gemüt,
Dem würd'gern Manne, zu. Er irrt umher
Auf jenem Felsenpfade: such' ihn auf,
Weis' ihn zurecht und schone meiner.

IPHIGENIE. Fasse
Dich, Bruder, und erkenne die Gefundne!
Schilt einer Schwester reine Himmelsfreude
Nicht unbesonnene, strafbare Lust.
O nehmt den Wahn ihm von dem starren Auge,
Daß uns der Augenblick der höchsten Freude

Nicht dreifach elend mache! Sie ist hier,
Die längst verlorne Schwester. Vom Altar
Riß mich die Göttin weg und rettete
Hierher mich in ihr eigen Heiligtum.
Gefangen bist du, dargestellt zum Opfer,
Und findest in der Priesterin die Schwester.

OREST. Unselige! So mag die Sonne denn
Die letzten Greuel unsres Hauses sehn!
Ist nicht Elektra hier, damit auch sie
Mit uns zugrunde gehe, nicht ihr Leben
Zu schwererem Geschick und Leiden friste?
Gut, Priesterin! ich folge zum Altar:
Der Brudermord ist hergebrachte Sitte
Des alten Stammes; und ich danke, Götter,
Daß ihr mich ohne Kinder auszurotten
Beschlossen habt. Und laß dir raten, habe
Die Sonne nicht zu lieb und nicht die Sterne:
Komm, folge mir ins dunkle Reich hinab!
Wie sich vom Schwefelpfuhl erzeugte Drachen,
Bekämpfend die verwandte Brut, verschlingen,
Zerstört sich selbst das wütende Geschlecht:
Komm kinderlos und schuldlos mit hinab!
Du siehst mich mit Erbarmen an? Laß ab!
Mit solchen Blicken suchte Klytämnestra
Sich einen Weg nach ihres Sohnes Herzen;
Doch sein geschwungner Arm traf ihre Brust.
Die Mutter fiel! – Tritt auf, unwill'ger Geist!
Im Kreis geschlossen tretet an, ihr Furien,
Und wohnet dem willkommnen Schauspiel bei,
Dem letzten, gräßlichsten, das ihr bereitet!
Nicht Haß und Rache schärfen ihren Dolch;
Die liebevolle Schwester wird zur Tat
Gezwungen. Weine nicht! Du hast nicht Schuld.

Seit meinen ersten Jahren hab' ich nichts
Geliebt, wie ich dich lieben könnte, Schwester.
Ja, schwinge deinen Stahl, verschone nicht,
Zerreiße diesen Busen und eröffne
Den Strömen, die hier sieden, einen Weg!

Er sinkt in Ermattung.

IPHIGENIE. Allein zu tragen dieses Glück und Elend
Vermag ich nicht. – Wo bist du, Pylades?
Wo find ich deine Hilfe, teurer Mann?

Sie entfernt sich suchend.

ZWEITER AUFTRITT

OREST *aus seiner Betäubung erwachend und sich aufrichtend.*
Noch einen! reiche mir aus Lethes Fluten
Den letzten kühlen Becher der Erquickung!
Bald ist der Krampf des Lebens aus dem Busen
Hinweggespült; bald fließet still mein Geist,
Der Quelle des Vergessens hingegeben,
Zu euch, ihr Schatten, in die ew'gen Nebel.
Gefällig laßt in eurer Ruhe sich
Den umgetriebnen Sohn der Erde laben! –
Welch ein Gelispel hör' ich in den Zweigen,
Welch ein Geräusch aus jener Dämmrung säuseln? –
Sie kommen schon, den neuen Gast zu sehn!
Wer ist die Schar, die herrlich miteinander
Wie ein versammelt Fürstenhaus sich freut?
Sie gehen friedlich, Alt' und Junge, Männer
Mit Weibern; göttergleich und ähnlich scheinen
Die wandelnden Gestalten. Ja, sie sind's,
Die Ahnherrn meines Hauses! – Mit Thyesten
Geht Atreus in vertraulichen Gesprächen,

Die Knaben schlüpfen scherzend um sie her.
Ist keine Feindschaft hier mehr unter euch?
Verlosch die Rache wie das Licht der Sonne?
So bin auch ich willkommen, und ich darf
In euren feierlichen Zug mich mischen.
Willkommen, Väter! euch grüßt Orest,
Von eurem Stamme der letzte Mann;
Was ihr gesät, hat er geerntet:
Mit Fluch beladen, stieg er herab.
Doch leichter trägt sich hier jede Bürde:
Nehmt ihn, o nehmt ihn in euren Kreis! –
Dich, Atreus, ehr' ich, auch dich, Thyesten:
Wir sind hier alle der Feindschaft los. –
Zeigt mir den Vater, den ich nur einmal
Im Leben sah! – Bist du's, mein Vater?
Und führst die Mutter vertraut mit dir?
Darf Klytämnestra die Hand dir reichen,
So darf Orest auch zu ihr treten
Und darf ihr sagen: Sieh deinen Sohn! –
Seht euren Sohn! Heißt ihn willkommen.
Auf Erden war in unserm Hause
Der Gruß des Mordes gewisse Losung,
Und das Geschlecht des alten Tantalus
Hat seine Freuden jenseits der Nacht.
Ihr ruft: Willkommen! und nehmt mich auf.
O führt zum Alten, zum Ahnherrn mich!
Wo ist der Alte? Daß ich ihn sehe,
Das teure Haupt, das vielverehrte,
Das mit den Göttern zu Rate saß.
Ihr scheint zu zaudern, euch wegzuwenden?
Was ist es? Leidet der Göttergleiche?
Weh mir! es haben die Übermächt'gen
Der Heldenbrust grausame Qualen

Mit ehrnen Ketten fest aufgeschmiedet.

Dritter Auftritt

Orest. Iphigenie. Pylades

Orest. Seid ihr auch schon herabgekommen?
Wohl, Schwester, dir! Noch fehlt Elektra:
Ein güt'ger Gott send' uns die *eine*
Mit sanften Pfeilen auch schnell herab.
Dich, armer Freund, muß ich bedauern!
Komm mit! komm mit! zu Plutos Thron,
Als neue Gäste den Wirt zu grüßen.

Iphigenie. Geschwister, die ihr an dem weiten Himmel
Das schöne Licht bei Tag und Nacht herauf
Den Menschen bringet, und den Abgeschiednen
Nicht leuchten dürfet, rettet uns Geschwister!
Du liebst, Diane, deinen holden Bruder
Vor allem, was dir Erd' und Himmel bietet,
Und wendest dein jungfräulich Angesicht
Nach seinem ew'gen Lichte sehnend still.
O laß den einz'gen, spätgefundnen mir
Nicht in der Finsternis des Wahnsinns rasen!
Und ist dein Wille, da du hier mich bargst,
Nunmehr vollendet, willst du mir durch ihn
Und ihm durch mich die sel'ge Hilfe geben,
So lös ihn von den Banden jenes Fluchs,
Daß nicht die teure Zeit der Rettung schwinde.

Pylades. Erkennst du uns und diesen heil'gen Hain
Und dieses Licht, das nicht den Toten leuchtet?
Fühlst du den Arm des Freundes und der Schwester,
Die dich noch fest, noch lebend halten? Fass'
Uns kräftig an: wir sind nicht leere Schatten.

Merk' auf mein Wort! Vernimm es! Raffe dich
Zusammen! Jeder Augenblick ist teuer,
Und unsre Rückkehr hängt an zarten Fäden,
Die, scheint es, eine günst'ge Parze spinnt.

OREST *zu Iphigenien.* Laß mich zum erstenmal mit freiem Herzen
In deinen Armen reine Freude haben!
Ihr Götter, die mit flammender Gewalt
Ihr schwere Wolken aufzuzehren wandelt
Und gnädig-ernst den lang' erflehten Regen
Mit Donnerstimmen und mit Windesbrausen
In wilden Strömen auf die Erde schüttet,
Doch bald der Menschen grausendes Erwarten
In Segen auflöst und das bange Staunen
In Freudeblick und lauten Dank verwandelt,
Wenn in den Tropfen frisch erquickter Blätter
Die neue Sonne tausendfach sich spiegelt
Und Iris freundlich bunt mit leichter Hand
Den grauen Flor der letzten Wolken trennt:
O laßt mich auch in meiner Schwester Armen,
An meines Freundes Brust, was ihr mir gönnt,
Mit vollem Dank genießen und behalten!
Es löset sich der Fluch, mir sagt's das Herz.
Die Eumeniden ziehn, ich höre sie,
Zum Tartarus und schlagen hinter sich
Die ehrnen Tore fernabdonnernd zu.
Die Erde dampft erquickenden Geruch
Und ladet mich auf ihren Flächen ein,
Nach Lebensfreud' und großer Tat zu jagen.

PYLADES. Versäumt die Zeit nicht, die gemessen ist!
Der Wind, der unsre Segel schwellt, er bringe
Erst unsre volle Freude zum Olymp.
Kommt! Es bedarf hier schnellen Rat und Schluß.

Vierter Aufzug

Erster Auftritt

Iphigenie. Denken die Himmlischen
Einem der Erdgebornen
Viele Verwirrungen zu,
Und bereiten sie ihm
Von der Freude zu Schmerzen
Und von Schmerzen zur Freude
Tief erschütternden Übergang:
Dann erziehen sie ihm
In der Nähe der Stadt,
Oder am fernen Gestade,
Daß in Stunden der Not
Auch die Hilfe bereit sei,
Einen ruhigen Freund.
O segnet, Götter, unsern Pylades
Und was er immer unternehmen mag!
Er ist der Arm des Jünglings in der Schlacht,
Des Greises leuchtend Aug' in der Versammlung:
Denn seine Seel' ist stille; sie bewahrt
Der Ruhe heil'ges unerschöpftes Gut,
Und den Umhergetriebnen reichet er
Aus ihren Tiefen Rat und Hilfe. Mich
Riß er vom Bruder los; den staunt' ich an
Und immer wieder an, und konnte mir
Das Glück nicht eigen machen, ließ ihn nicht
Aus meinen Armen los, und fühlte nicht
Die Nähe der Gefahr, die uns umgibt.

Jetzt gehn sie, ihren Anschlag auszuführen,
Der See zu, wo das Schiff mit den Gefährten,
In einer Bucht versteckt, aufs Zeichen lauert,
Und haben kluges Wort mir in den Mund
Gegeben, mich gelehrt, was ich dem König
Antworte, wenn er sendet und das Opfer
Mir dringender gebietet. Ach! ich sehe wohl,
Ich muß mich leiten lassen wie ein Kind.
Ich habe nicht gelernt, zu hinterhalten,
Noch jemand etwas abzulisten. Weh!
O weh der Lüge! Sie befreiet nicht,
Wie jedes andre, wahrgesprochne Wort,
Die Brust; sie macht uns nicht getrost, sie ängstet
Den, der sie heimlich schmiedet, und sie kehrt,
Ein losgedruckter Pfeil, von einem Gotte
Gewendet und versagend, sich zurück
Und trifft den Schützen. Sorg' auf Sorge schwankt
Mir durch die Brust. Es greift die Furie
Vielleicht den Bruder auf dem Boden wieder
Des ungeweihten Ufers grimmig an.
Entdeckt man sie vielleicht? Mich dünkt, ich höre
Gewaffnete sich nahen! – Hier! – Der Bote
Kommt von dem Könige mit schnellem Schritt.
Es schlägt mein Herz, es trübt sich meine Seele,
Da ich des Mannes Angesicht erblicke,
Dem ich mit falschem Wort begegnen soll.

Zweiter Auftritt

Iphigenie. Arkas

Arkas. Beschleunige das Opfer, Priesterin!
Der König wartet, und es harrt das Volk.

Iphigenie. Ich folgte meiner Pflicht und deinem Wink,
Wenn unvermutet nicht ein Hindernis
Sich zwischen mich und die Erfüllung stellte.
Arkas. Was ist's, das den Befehl des Königs hindert?
Iphigenie. Der Zufall, dessen wir nicht Meister sind.
Arkas. So sage mir's, daß ich's ihm schnell vermelde:
Denn er beschloß bei sich der beiden Tod.
Iphigenie. Die Götter haben ihn noch nicht beschlossen.
Der ält'ste dieser Männer trägt die Schuld
Des nahverwandten Bluts, das er vergoß.
Die Furien verfolgen seinen Pfad,
Ja, in dem innern Tempel faßte selbst
Das Übel ihn, und seine Gegenwart
Entheiligte die reine Stätte. Nun
Eil ich mit meinen Jungfraun, an dem Meere
Der Göttin Bild mit frischer Welle netzend,
Geheimnisvolle Weihe zu begehn.
Es störe niemand unsern stillen Zug!
Arkas. Ich melde dieses neue Hindernis
Dem Könige geschwind; beginne du
Das heil'ge Werk nicht eh', bis er's erlaubt.
Iphigenie. Dies ist allein der Priestrin überlassen.
Arkas. Solch seltnen Fall soll auch der König wissen.
Iphigenie. Sein Rat wie sein Befehl verändert nichts.
Arkas. Oft wird der Mächtige zum Schein gefragt.
Iphigenie. Erdringe nicht, was ich versagen sollte.
Arkas. Versage nicht, was gut und nützlich ist.
Iphigenie. Ich gebe nach, wenn du nicht säumen willst.
Arkas. Schnell bin ich mit der Nachricht in dem Lager,
Und schnell mit seinen Worten hier zurück.
O konnt' ich ihm noch eine Botschaft bringen,
Die alles löste, was uns jetzt verwirrt:
Denn du hast nicht des Treuen Rat geachtet.

IPHIGENIE. Was ich vermochte, hab' ich gern getan.
ARKAS. Noch änderst du den Sinn zur rechten Zeit.
IPHIGENIE. Das steht nun einmal nicht in unsrer Macht.
ARKAS. Du hältst unmöglich, was dir Mühe kostet.
IPHIGENIE. Dir scheint es möglich, weil der Wunsch dich trügt
ARKAS. Willst du denn alles so gelassen wagen?
IPHIGENIE. Ich hab' es in der Götter Hand gelegt.
ARKAS. Sie pflegen Menschen menschlich zu erretten.
IPHIGENIE. Auf ihren Fingerzeig kommt alles an.
ARKAS. Ich sage dir, es liegt in deiner Hand.
Des Königs aufgebrachter Sinn allein
Bereitet diesen Fremden bittern Tod.
Das Heer entwöhnte längst vom harten Opfer
Und von dem blut'gen Dienste sein Gemüt.
Ja, mancher, den ein widriges Geschick
An fremdes Ufer trug, empfand es selbst,
Wie göttergleich dem armen Irrenden,
Umhergetriebnen an der fremden Grenze
Ein freundlich Menschenangesicht begegnet.
O wende nicht von uns, was du vermagst!
Du endest leicht, was du begonnen hast:
Denn nirgends baut die Milde, die herab
In menschlicher Gestalt vom Himmel kommt,
Ein Reich sich schneller, als wo trüb und wild
Ein neues Volk, voll Leben, Mut und Kraft,
Sich selbst und banger Ahnung überlassen,
Des Menschenlebens schwere Bürden trägt.
IPHIGENIE. Erschüttre meine Seele nicht, die du
Nach deinem Willen nicht bewegen kannst.
ARKAS. Solang' es Zeit ist, schont man weder Mühe
Noch eines guten Wortes Wiederholung.
IPHIGENIE. Du machst dir Müh, und mir erregst du Schmerzen;
Vergebens beides: darum laß mich nun.

ARKAS. Die Schmerzen sind's, die ich zu Hilfe rufe:
Denn es sind Freunde, Gutes raten sie.
IPHIGENIE. Sie fassen meine Seele mit Gewalt,
Doch tilgen sie den Widerwillen nicht.
ARKAS. Fühlt eine schöne Seele Widerwillen
Für eine Wohltat, die der Edle reicht?
IPHIGENIE. Ja, wenn der Edle, was sich nicht geziemt,
Statt meines Dankes mich erwerben will.
ARKAS. Wer keine Neigung fühlt, dem mangelt es
An einem Worte der Entschuld'gung nie.
Dem Fürsten sag' ich an, was hier geschehn.
O wiederholtest du in deiner Seele,
Wie edel er sich gegen dich betrug
Von deiner Ankunft an bis diesen Tag!

DRITTER AUFTRITT

IPHIGENIE *allein.* Von dieses Mannes Rede fühl' ich mir
Zur ungelegnen Zeit das Herz im Busen
Auf einmal umgewendet. Ich erschrecke! –
Denn wie die Flut mit schnellen Strömen wachsend
Die Felsen überspült, die in dem Sand
Am Ufer liegen: so bedeckte ganz
Ein Freudenstrom mein Innerstes. Ich hielt
In meinen Armen das Unmögliche.
Es schien sich eine Wolke wieder sanft
Um mich zu legen, von der Erde mich
Empor zu heben und in jenen Schlummer
Mich einzuwiegen, den die gute Göttin
Um meine Schläfe legte, da ihr Arm
Mich rettend faßte. – Meinen Bruder
Ergriff das Herz mit einziger Gewalt:

Ich horchte nur auf seines Freundes Rat;
Nur sie zu retten, drang die Seele vorwärts.
Und wie den Klippen einer wüsten Insel
Der Schiffer gern den Rücken wendet: so
Lag Tauris hinter mir. Nun hat die Stimme
Des treuen Manns mich wieder aufgeweckt,
Daß ich auch Menschen hier verlasse, mich
Erinnert. Doppelt wird mir der Betrug
Verhaßt. O bleibe ruhig, meine Seele!
Beginnst du nun zu schwanken und zu zweifeln?
Den festen Boden deiner Einsamkeit
Mußt du verlassen! Wieder eingeschifft,
Ergreifen dich die Wellen schaukelnd, trüb
Und bang verkennest du die Welt und dich.

Vierter Auftritt

Iphigenie. Pylades

Pylades. Wo ist sie? daß ich ihr mit schnellen Worten
Die frohe Botschaft unsrer Rettung bringe!
Iphigenie. Du siehst mich hier voll Sorgen und Erwartung
Des sichern Trostes, den du mir versprichst.
Pylades. Dein Bruder ist geheilt! Den Felsenboden
Des ungeweihten Ufers und den Sand
Betraten wir mit fröhlichen Gesprächen;
Der Hain blieb hinter uns, wir merkten's nicht.
Und herrlicher und immer herrlicher
Umloderte der Jugend schöne Flamme
Sein lockig Haupt; sein volles Auge glühte
Von Mut und Hoffnung, und sein freies Herz
Ergab sich ganz der Freude, ganz der Lust,
Dich, seine Retterin, und mich zu retten.

Iphigenie. Gesegnet seist du, und es möge nie
Von deiner Lippe, die so Gutes sprach,
Der Ton des Leidens und der Klage tönen!
Pylades. Ich bringe mehr als das; denn schön begleitet,
Gleich einem Fürsten, pflegt das Glück zu nahn.
Auch die Gefährten haben wir gefunden.
In einer Felsenbucht verbargen sie
Das Schiff und saßen traurig und erwartend.
Sie sahen deinen Bruder, und es regten
Sich alle jauchzend, und sie baten dringend,
Der Abfahrt Stunde zu beschleunigen.
Es sehnet jede Faust sich nach dem Ruder,
Und selbst ein Wind erhob vom Lande lispelnd,
Von allen gleich bemerkt, die holden Schwingen.
Drum laß uns eilen, führe mich zum Tempel,
Laß mich das Heiligtum betreten, laß
Mich unsrer Wünsche Ziel verehrend fassen!
Ich bin allein genug, der Göttin Bild
Auf wohlgeübten Schultern wegzutragen:
Wie sehn' ich mich nach der erwünschten Last!
Er geht gegen den Tempel unter den letzten Worten, ohne zu bemerken, daß Iphigenie nicht folgt, endlich kehrt er sich um.
Du stehst und zauderst – sage mir – du schweigst!
Du scheinst verworren! Widersetzet sich
Ein neues Unheil unserm Glück? Sag' an!
Hast du dem Könige das kluge Wort
Vermelden lassen, das wir abgeredet?
Iphigenie. Ich habe, teurer Mann; doch wirst du schelten.
Ein schweigender Verweis war mir dein Anblick.
Des Königs Bote kam, und wie du es
Mir in den Mund gelegt, so sagt' ich's ihm.
Er schien zu staunen, und verlangte dringend,
Die seltne Feier erst dem Könige

Zu melden, seinen Willen zu vernehmen;
Und nun erwart' ich seine Wiederkehr.

PYLADES. Weh uns! Erneuert schwebt nun die Gefahr
Um unsre Schläfe! Warum hast du nicht
Ins Priesterrecht dich weislich eingehüllt?

IPHIGENIE. Als eine Hülle hab' ich's nie gebraucht.

PYLADES. So wirst du, reine Seele, dich und uns
Zu Grunde richten. Warum dacht' ich nicht
Auf diesen Fall voraus, und lehrte dich
Auch dieser Fordrung auszuweichen!

IPHIGENIE. Schilt
Nur mich, die Schuld ist mein, ich fühl' es wohl;
Doch konnt' ich anders nicht dem Mann begegnen,
Der mit Vernunft und Ernst von mir verlangte,
Was ihm mein Herz als Recht gestehen mußte.

PYLADES. Gefährlicher zieht sich's zusammen; doch auch so
Laß uns nicht zagen oder unbesonnen
Und übereilt uns selbst verraten. Ruhig
Erwarte du die Wiederkunft des Boten,
Und dann steh fest, er bringe, was er will:
Denn solcher Weihung Feier anzuordnen,
Gehört der Priesterin und nicht dem König.
Und fordert er, den fremden Mann zu sehn,
Der von dem Wahnsinn schwer belastet ist,
So lehn' es ab, als hieltest du uns beide
Im Tempel wohl verwahrt. So schaff' uns Luft,
Daß wir aufs eiligste, den heil'gen Schatz
Dem rauh-unwürd'gen Volk entwendend, fliehn.
Die besten Zeichen sendet uns Apoll,
Und eh' wir die Bedingung fromm erfüllen,
Erfüllt er göttlich sein Versprechen schon.
Orest ist frei, geheilt! – Mit dem Befreiten
O führet uns hinüber, günst'ge Winde,

Zur Felseninsel, die der Gott bewohnt;
Dann nach Mycen, daß es lebendig werde,
Daß von der Asche des verloschnen Herdes
Die Vatergötter fröhlich sich erheben,
Und schönes Feuer ihre Wohnungen
Umleuchte! Deine Hand soll ihnen Weihrauch
Zuerst aus goldnen Schalen streuen. Du
Bringst über jene Schwelle Heil und Leben wieder,
Entsühnst den Fluch und schmückest neu die Deinen
Mit frischen Lebensblüten herrlich aus.

IPHIGENIE. Vernehm' ich dich, so wendet sich, o Teurer,
Wie sich die Blume nach der Sonne wendet,
Die Seele, von dem Strahle deiner Worte
Getroffen, sich dem süßen Troste nach.
Wie köstlich ist des gegenwärt'gen Freundes
Gewisse Rede, deren Himmelskraft
Ein Einsamer entbehrt und still versinkt.
Denn langsam reift, verschlossen in dem Busen,
Gedank' ihm und Entschluß; die Gegenwart
Des Liebenden entwickelte sie leicht.

PYLADES. Leb' wohl! Die Freunde will ich nun geschwind
Beruhigen, die sehnlich wartend harren.
Dann komm' ich schnell zurück und lausche hier
Im Felsenbusch versteckt auf deinen Wink –
Was sinnest du? Auf einmal überschwebt
Ein stiller Trauerzug die freie Stirne.

IPHIGENIE. Verzeih! Wie leichte Wolken vor der Sonne,
So zieht mir vor der Seele leichte Sorge
Und Bangigkeit vorüber.

PYLADES. Fürchte nicht!
Betrüglich schloß die Furcht mit der Gefahr
Ein enges Bündnis: beide sind Gesellen.

IPHIGENIE. Die Sorge nenn' ich edel, die mich warnt,

Den König, der mein zweiter Vater ward,
Nicht tückisch zu betrügen, zu berauben.
PYLADES. Der deinen Bruder schlachtet, dem entfliehst du.
IPHIGENIE. Es ist derselbe, der mir Gutes tat.
PYLADES. Das ist nicht Undank, was die Not gebeut.
IPHIGENIE. Es bleibt wohl Undank; nur die Not entschuldigt.
PYLADES. Vor Göttern und vor Menschen dich gewiß.
IPHIGENIE. Allein mein eigen Herz ist nicht befriedigt.
PYLADES. Zu strenge Fordrung ist verborgner Stolz.
IPHIGENIE. Ich untersuche nicht, ich fühle nur.
PYLADES. Fühlst du dich recht, so mußt du dich verehren.
IPHIGENIE. Ganz unbefleckt genießt sich nur das Herz.
PYLADES. So hast du dich im Tempel wohl bewahrt;
Das Leben lehrt uns, weniger mit uns
Und andern strenge sein: du lernst es auch.
So wunderbar ist dies Geschlecht gebildet,
So vielfach ist's verschlungen und verknüpft,
Daß keiner in sich selbst, noch mit den andern
Sich rein und unverworren halten kann.
Auch sind wir nicht bestellt, uns selbst zu richten;
Zu wandeln und auf seinen Weg zu sehen,
Ist eines Menschen erste, nächste Pflicht:
Denn selten schätzt er recht, was er getan.
Und was er tut, weiß er fast nie zu schätzen.
IPHIGENIE. Fast überredst du mich zu deiner Meinung.
PYLADES. Braucht's Überredung, wo die Wahl versagt ist?
Den Bruder, dich und einen Freund zu retten,
Ist nur *ein* Weg; fragt sich's, ob wir ihn gehn?
IPHIGENIE. O laß mich zaudern! denn du tätest selbst
Ein solches Unrecht keinem Mann gelassen,
Dem du für Wohltat dich verpflichtet hieltest.
PYLADES. Wenn wir zu Grunde gehen, wartet dein
Ein härtrer Vorwurf, der Verzweiflung trägt.

Man sieht, du bist nicht an Verlust gewohnt,
Da du, dem großen Übel zu entgehen,
Ein falsches Wort nicht einmal opfern willst.

IPHIGENIE. O trüg' ich doch ein männlich Herz in mir,
Das, wenn es einen kühnen Vorsatz hegt,
Vor jeder andern Stimme sich verschließt!

PYLADES. Du weigerst dich umsonst; die ehrne Hand
Der Not gebietet, und ihr ernster Wink
Ist oberstes Gesetz, dem Götter selbst
Sich unterwerfen müssen. Schweigend herrscht
Des ew'gen Schicksals unberatne Schwester.
Was sie dir auferlegt, das trage: tu,
Was sie gebeut. Das andre weißt du. Bald
Komm' ich zurück, aus deiner heil'gen Hand
Der Rettung schönes Siegel zu empfangen.

FÜNFTER AUFTRITT

IPHIGENIE *allein.* Ich muß ihm folgen: denn die Meinigen
Seh' ich in dringender Gefahr. Doch ach!
Mein eigen Schicksal macht mir bang und bänger.
O soll ich nicht die stille Hoffnung retten,
Die in der Einsamkeit ich schön genährt?
Soll dieser Fluch denn ewig walten? Soll
Nie dies Geschlecht mit einem neuen Segen
Sich wieder heben? – Nimmt doch alles ab!
Das beste Glück, des Lebens schönste Kraft
Ermattet endlich: warum nicht der Fluch?
So hofft' ich denn vergebens, hier verwahrt,
Von meines Hauses Schicksal abgeschieden,
Dereinst mit reiner Hand und reinem Herzen
Die schwerbefleckte Wohnung zu entsühnen.

Kaum wird in meinen Armen mir ein Bruder
Vom grimm'gen Übel wundervoll und schnell
Geheilt, kaum naht ein lang erflehtes Schiff,
Mich in den Port der Vaterwelt zu leiten,
So legt die taube Not ein doppelt Laster
Mit ehrner Hand mir auf: das heilige,
Mir anvertraute, viel verehrte Bild
Zu rauben und den Mann zu hintergehn,
Dem ich mein Leben und mein Schicksal danke.
O daß in meinem Busen nicht zuletzt
Ein Widerwillen keime! der Titanen,
Der alten Götter tiefer Haß auf euch,
Olympier, nicht auch die zarte Brust
Mit Geierklauen fasse! Rettet mich
Und rettet euer Bild in meiner Seele!

Vor meinen Ohren tönt das alte Lied –
Vergessen hatt' ich's und vergaß es gern –
Das Lied der Parzen, das sie grausend sangen,
Als Tantalus vom goldnen Stuhle fiel:
Sie litten mit dem edlen Freunde; grimmig
War ihre Brust, und furchtbar ihr Gesang.
In unsrer Jugend sang's die Amme mir
Und den Geschwistern vor, ich merkt' es wohl.

Es fürchte die Götter
Das Menschengeschlecht!
Sie halten die Herrschaft
In ewigen Händen,
Und können sie brauchen,
Wie's ihnen gefällt.

Der fürchte sie doppelt

Den je sie erheben!
Auf Klippen und Wolken
Sind Stühle bereitet
Um goldene Tische.

Erhebet ein Zwist sich,
So stürzen die Gäste,
Geschmäht und geschändet
In nächtliche Tiefen
Und harren vergebens,
Im Finstern gebunden,
Gerechten Gerichtes.

Sie aber, sie bleiben
In ewigen Festen
An goldenen Tischen.
Sie schreiten vom Berge
Zu Bergen hinüber:
Aus Schlünden der Tiefe
Dampft ihnen der Atem
Erstickter Titanen,
Gleich Opfergerüchen,
Ein leichtes Gewölke.

Es wenden die Herrscher
Ihr segnendes Auge
Von ganzen Geschlechtern
Und meiden, im Enkel
Die ehmals geliebten,
Still redenden Züge
Des Ahnherrn zu sehn. –

So sangen die Parzen;

Es horcht der Verbannte
In nächtlichen Höhlen,
Der Alte, die Lieder,
Denkt Kinder und Enkel
Und schüttelt das Haupt.

Fünfter Aufzug

Erster Auftritt

Thoas. Arkas

Arkas. Verwirrt muß ich gestehn, daß ich nicht weiß,
Wohin ich meinen Argwohn richten soll.
Sind's die Gefangnen, die auf ihre Flucht
Verstohlen sinnen? Ist's die Priesterin,
Die ihnen hilft? Es mehrt sich das Gerücht:
Das Schiff, das diese beiden hergebracht,
Sei irgend noch in einer Bucht versteckt.
Und jenes Mannes Wahnsinn, diese Weihe,
Der heil'ge Vorwand dieser Zögrung, rufen
Den Argwohn lauter und die Vorsicht auf.
Thoas. Es komme schnell die Priesterin herbei!
Dann geht, durchsucht das Ufer scharf und schnell
Vom Vorgebirge bis zum Hain der Göttin.
Verschonet seine heil'gen Tiefen, legt
Bedächt'gen Hinterhalt und greift sie an;
Wo ihr sie findet, faßt sie, wie ihr pflegt.

Zweiter Auftritt

Thoas *allein.* Entsetzlich wechselt mir der Grimm im Busen:
Erst gegen sie, die ich so heilig hielt,
Dann gegen mich, der ich sie zum Verrat
Durch Nachsicht und durch Güte bildete.
Zur Sklaverei gewöhnt der Mensch sich gut
Und lernet leicht gehorchen, wenn man ihn
Der Freiheit ganz beraubt. Ja, wäre sie
In meiner Ahnherrn rohe Hand gefallen,
Und hätte sie der heil'ge Grimm verschont:
Sie wäre froh gewesen, sich allein
Zu retten, hätte dankbar ihr Geschick
Erkannt und fremdes Blut vor dem Altar
Vergossen, hätte Pflicht genannt,
Was Not war. Nun lockt meine Güte
In ihrer Brust verwegnen Wunsch herauf.
Vergebens hofft' ich, sie mir zu verbinden:
Sie sinnt sich nun ein eigen Schicksal aus.
Durch Schmeichelei gewann sie mir das Herz:
Nun widersteh' ich der, so sucht sie sich
Den Weg durch List und Trug, und meine Güte
Scheint ihr ein alt verjährtes Eigentum.

Dritter Auftritt

Iphigenie. Thoas

Iphigenie. Du forderst mich! Was bringt dich zu uns her?
Thoas. Du schiebst das Opfer auf; sag' an, warum?
Iphigenie. Ich hab' an Arkas alles klar erzählt.
Thoas. Von dir möcht' ich es weiter noch vernehmen.

IPHIGENIE. Die Göttin gibt dir Frist zur Überlegung.
THOAS. Sie scheint dir selbst gelegen, diese Frist.
IPHIGENIE. Wenn dir das Herz zum grausamen Entschluß
Verhärtet ist, so solltest du nicht kommen!
Ein König, der Unmenschliches verlangt,
Findt Diener gnug, die gegen Gnad' und Lohn
Den halben Fluch der Tat begierig fassen;
Doch seine Gegenwart bleibt unbefleckt.
Er sinnt den Tod in einer schweren Wolke,
Und seine Boten bringen flammendes
Verderben auf des Armen Haupt hinab;
Er aber schwebt durch seine Höhen ruhig,
Ein unerreichter Gott, im Sturme fort.
THOAS. Die heil'ge Lippe tönt ein wildes Lied.
IPHIGENIE. Nicht Priesterin! nur Agamemnons Tochter.
Der Unbekannten Wort verehrtest du,
Der Fürstin willst du rasch gebieten? Nein!
Von Jugend auf hab' ich gelernt gehorchen,
Erst meinen Eltern und dann einer Gottheit,
Und folgsam fühlt' ich immer meine Seele
Am schönsten frei; allein dem harten Worte,
Dem rauhen Ausspruch eines Mannes mich
Zu fügen, lernt' ich weder dort noch hier.
THOAS. Ein alt Gesetz, nicht ich, gebietet dir.
IPHIGENIE. Wir fassen ein Gesetz begierig an,
Das unsrer Leidenschaft zur Waffe dient.
Ein andres spricht zu mir: ein älteres,
Mich dir zu widersetzen, das Gebot,
Dem jeder Fremde heilig ist.
THOAS. Es scheinen die Gefangnen dir sehr nah
Am Herzen: denn vor Anteil und Bewegung
Vergissest du der Klugheit erstes Wort,
Daß man den Mächtigen nicht reizen soll.

IPHIGENIE. Red' oder schweig' ich, immer kannst du wissen,
Was mir im Herzen ist und immer bleibt.
Löst die Erinnerung des gleichen Schicksals
Nicht ein verschloßnes Herz zum Mitleid auf?
Wie mehr denn meins! In ihnen seh' ich mich.
Ich habe vorm Altare selbst gezittert,
Und feierlich umgab der frühe Tod
Die Knieende: das Messer zuckte schon,
Den lebenvollen Busen zu durchbohren;
Mein Innerstes entsetzte wirbelnd sich,
Mein Auge brach, und – ich fand mich gerettet.
Sind wir, was Götter gnädig uns gewährt,
Unglücklichen nicht zu erstatten schuldig?
Du weißt es, kennst mich, und du willst mich zwingen!
THOAS. Gehorche deinem Dienste, nicht dem Herrn.
IPHIGENIE. Laß ab! Beschönige nicht die Gewalt,
Die sich der Schwachheit eines Weibes freut.
Ich bin so frei geboren als ein Mann.
Stünd' Agamemnons Sohn dir gegenüber,
Und du verlangtest, was sich nicht gebührt,
So hat auch er ein Schwert und einen Arm,
Die Rechte seines Busens zu verteid'gen.
Ich habe nichts als Worte, und es ziemt
Dem edlen Mann, der Frauen Wort zu achten.
THOAS. Ich acht' es mehr als eines Bruders Schwert.
IPHIGENIE. Das Los der Waffen wechselt hin und her:
Kein kluger Streiter hält den Feind gering.
Auch ohne Hilfe gegen Trutz und Härte
Hat die Natur den Schwachen nicht gelassen.
Sie gab zur List ihm Freude, lehrt' ihn Künste:
Bald weicht er aus, verspätet und umgeht.
Ja, der Gewaltige verdient, daß man sie übt.
THOAS. Die Vorsicht stellt der List sich klug entgegen.

IPHIGENIE. Und eine reine Seele braucht sie nicht.
THOAS. Sprich unbehutsam nicht dein eigen Urteil.
IPHIGENIE. O sähest du, wie meine Seele kämpft,
  Ein bös Geschick, das sie ergreifen will,
  Im ersten Anfall mutig abzutreiben!
  So steh' ich denn hier wehrlos gegen dich?
  Die schöne Bitte, den anmut'gen Zweig,
  In einer Frauenhand gewaltiger
  Als Schwert und Waffe, stößest du zurück:
  Was bleibt mir nun, mein Innres zu verteid'gen?
  Ruf' ich die Göttin um ein Wunder an?
  Ist keine Kraft in meiner Seele Tiefen?
THOAS. Es scheint, der beiden Fremden Schicksal macht
  Unmäßig dich besorgt. Wer sind sie, sprich,
  Für die dein Geist gewaltig sich erhebt?
IPHIGENIE. Sie sind – sie scheinen – für Griechen halt' ich sie.
THOAS. Landsleute sind es? und sie haben wohl
  Der Rückkehr schönes Bild in dir erneut?
IPHIGENIE *nach einigem Stillschweigen.*
  Hat denn zur unerhörten Tat der Mann
  Allein das Recht? Drückt denn Unmögliches
  Nur er an die gewalt'ge Heldenbrust?
  Was nennt man groß? Was hebt die Seele schaudernd
  Dem immer wiederholenden Erzähler,
  Als was mit unwahrscheinlichem Erfolg
  Der Mutigste begann? Der in der Nacht
  Allein das Heer des Feindes überschleicht,
  Wie unversehen eine Flamme wütend
  Die Schlafenden, Erwachenden ergreift,
  Zuletzt, gedrängt von den Ermunterten,
  Auf Feindes Pferden, doch mit Beute kehrt,
  Wird der allein gepriesen? der allein,
  Der, einen sichern Weg verachtend, kühn

Gebirg' und Wälder durchzustreifen geht,
Daß er von Räubern eine Gegend säubre?
Ist uns nichts übrig? Muß ein zartes Weib
Sich ihres angebornen Rechts entäußern,
Wild gegen Wilde sein, wie Amazonen
Das Recht des Schwerts euch rauben und mit Blute
Die Unterdrückung rächen? Auf und ab
Steigt in der Brust ein kühnes Unternehmen:
Ich werde großem Vorwurf nicht entgehn,
Noch schwerem Übel, wenn es mir mißlingt;
Allein *euch* leg' ich's auf die Kniee! Wenn
Ihr wahrhaft seid, wie ihr gepriesen werdet,
So zeigt's durch euren Beistand und verherrlicht
Durch mich die Wahrheit! – Ja, vernimm, o König,
Es wird ein heimlicher Betrug geschmiedet:
Vergebens fragst du den Gefangnen nach;
Sie sind hinweg und suchen ihre Freunde,
Die mit dem Schiff am Ufer warten, auf.
Der ältste, den das Übel hier ergriffen
Und nun verlassen hat – es ist Orest,
Mein Bruder, und der andre sein Vertrauter,
Sein Jugendfreund, mit Namen Pylades.
Apoll schickt sie von Delphi diesem Ufer
Mit göttlichen Befehlen zu, das Bild
Dianens wegzurauben und zu ihm
Die Schwester hinzubringen, und dafür
Verspricht er dem von Furien Verfolgten,
Des Mutterblutes Schuldigen, Befreiung.
Uns beide hab' ich nun, die Überbliebnen
Von Tantals Haus, in deine Hand gelegt:
Verdirb uns – wenn du darfst.
THOAS. Du glaubst, es höre
Der rohe Skythe, der Barbar, die Stimme

Der Wahrheit und der Menschlichkeit, die Atreus,
Der Grieche, nicht vernahm?

IPHIGENIE. Es hört sie jeder,
Geboren unter jedem Himmel, dem
Des Lebens Quelle durch den Busen rein
Und ungehindert fließt. – Was sinnst du mir,
O König, schweigend in der tiefen Seele?
Ist es Verderben? so töte mich zuerst!
Denn nun empfind ich, da uns keine Rettung
Mehr übrigbleibt, die gräßliche Gefahr,
Worein ich die Geliebten übereilt
Vorsätzlich stürzte. Weh! Ich werde sie
Gebunden vor mir sehn! Mit welchen Blicken
Kann ich von meinem Bruder Abschied nehmen,
Den ich ermorde? Nimmer kann ich ihm
Mehr in die vielgeliebten Augen schaun!

THOAS. So haben die Betrüger, künstlich dichtend,
Der lang' Verschloßnen, ihre Wünsche leicht
Und willig Glaubenden ein solch Gespinst
Ums Haupt geworfen!

IPHIGENIE. Nein, o König, nein!
Ich könnte hintergangen werden; diese
Sind treu und wahr. Wirst du sie anders finden,
So laß sie fallen und verstoße mich,
Verbanne mich zur Strafe meiner Torheit
An einer Klippeninsel traurig Ufer.
Ist aber dieser Mann der lang' erflehte,
Geliebte Bruder, so entlaß uns, sei
Auch den Geschwistern wie der Schwester freundlich.
Mein Vater fiel durch seiner Frauen Schuld,
Und sie durch ihren Sohn. Die letzte Hoffnung
Von Atreus' Stamme ruht auf ihm allein.
Laß mich mit reinem Herzen, reiner Hand

Hinübergehn und unser Haus entsühnen.
Du hältst mir Wort! – Wenn zu den Meinen je
Mir Rückkehr zubereitet wäre, schwurst
Du, mich zu lassen; und sie ist es nun.
Ein König sagt nicht, wie gemeine Menschen,
Verlegen zu, daß er den Bittenden
Auf einen Augenblick entferne, noch
Verspricht er auf den Fall, den er nicht hofft:
Dann fühlt er erst die Höhe seiner Würde,
Wenn er den Harrenden beglücken kann.
THOAS. Unwillig, wie sich Feuer gegen Wasser
Im Kampfe wehrt und gischend seinen Feind
Zu tilgen sucht, so wehret sich der Zorn
In meinem Busen gegen deine Worte.
IPHIGENIE. O laß die Gnade, wie das heil'ge Licht
Der stillen Opferflamme, mir, umkränzt
Von Lobgesang und Dank und Freude, lodern.
THOAS. Wie oft besänftigte mich diese Stimme!
IPHIGENIE. O reiche mir die Hand zum Friedenszeichen.
THOAS. Du forderst viel in einer kurzen Zeit.
IPHIGENIE. Um Guts zu tun, braucht's keiner Überlegung.
THOAS. Sehr viel! denn auch dem Guten folgt das Übel.
IPHIGENIE. Der Zweifel ist's, der Gutes böse macht.
Bedenke nicht; gewähre, wie du's fühlst.

VIERTER AUFTRITT

Orest gewaffnet. Die Vorigen

OREST *nach der Szene gekehrt.*
Verdoppelt eure Kräfte! Haltet sie
Zurück! Nur wenig Augenblicke! Weicht
Der Menge nicht, und deckt den Weg zum Schiffe

Mir und der Schwester!

Zu Iphigenien, ohne den König zu sehen.

Komm, wir sind verraten.
Geringer Raum bleibt uns zur Flucht! Geschwind!

Er erblickt den König.

THOAS *nach dem Schwerte greifend.*
In meiner Gegenwart führt Ungestraft
Kein Mann das nackte Schwert.

IPHIGENIE. Entheiliget
Der Göttin Wohnung nicht durch Wut und Mord.
Gebietet eurem Volke Stillstand, höret
Die Priesterin, die Schwester!

OREST. Sage mir!
Wer ist es, der uns droht?

IPHIGENIE. Verehr' in ihm
Den König, der mein zweiter Vater ward!
Verzeih mir, Bruder! doch mein kindlich Herz
Hat unser ganz Geschick in seine Hand
Gelegt. Gestanden hab' ich euren Anschlag
Und meine Seele vom Verrat gerettet.

OREST. Will er die Rückkehr friedlich uns gewähren?

IPHIGENIE. Dein blinkend Schwert verbietet mir die Antwort.

OREST *der das Schwert einsteckt.*
So sprich! Du siehst, ich horche deinen Worten.

FÜNFTER AUFTRITT

Die Vorigen. Pylades. Bald nach ihm Arkas
Beide mit bloßen Schwertern

PYLADES. Verweilet nicht! Die letzten Kräfte raffen
Die Unsrigen zusammen; weichend werden
Sie nach der See langsam zurückgedrängt.

Welch ein Gespräch der Fürsten find' ich hier!
Dies ist des Königs verehrtes Haupt!
ARKAS. Gelassen, wie es dir, o König, ziemt,
Stehst du den Feinden gegenüber. Gleich
Ist die Verwegenheit bestraft: es weicht
Und fällt ihr Anhang, und ihr Schiff ist unser.
Ein Wort von dir, so steht's in Flammen.
THOAS. Geh!
Gebiete Stillstand meinem Volke! Keiner
Beschädige den Feind, solang' wir reden.
Arkas ab.
OREST. Ich nehm' es an. Geh, sammle, treuer Freund,
Den Rest des Volkes; harret still, welch Ende
Die Götter unsern Taten zubereiten.
Pylades ab.

SECHSTER AUFTRITT

Iphigenie. Thoas. Orest

IPHIGENIE. Befreit von Sorge mich, eh' ihr zu sprechen
Beginnet. Ich befürchte bösen Zwist,
Wenn du, o König, nicht der Billigkeit
Gelinde Stimme hörest, du, mein Bruder,
Der raschen Jugend nicht gebieten willst.
THOAS. Ich halte meinen Zorn, wie es dem Ältern
Geziemt, zurück. Antworte mir! Womit
Bezeugst du, daß du Agamemnons Sohn
Und dieser Bruder bist?
OREST. Hier ist das Schwert,
Mit dem er Trojas tapfre Männer schlug.
Dies nahm ich seinem Mörder ab und bat
Die Himmlischen, den Mut und Arm, das Glück

Des großen Königes mir zu verleihn
Und einen schönern Tod mir zu gewähren.
Wähl' einen aus den Edlen deines Heers
Und stelle mir den Besten gegenüber.
So weit die Erde Heldensöhne nährt,
Ist keinem Fremdling dies Gesuch verweigert.

THOAS. Dies Vorrecht hat die alte Sitte nie
Dem Fremden hier gestattet.

OREST. So beginne
Die neue Sitte denn von dir und mir!
Nachahmend heiliget ein ganzes Volk
Die edle Tat der Herrscher zum Gesetz.
Und laß mich nicht allein für unsre Freiheit,
Laß mich, den Fremden, für die Fremden kämpfen!
Fall' ich, so ist ihr Urteil mit dem meinen
Gesprochen; aber gönnet mir das Glück,
Zu überwinden, so betrete nie
Ein Mann dies Ufer, dem der schnelle Blick
Hilfreicher Liebe nicht begegnet, und
Getröstet scheide jeglicher hinweg!

THOAS. Nicht unwert scheinest du, o Jüngling, mir
Der Ahnherrn, deren du dich rühmst, zu sein.
Groß ist die Zahl der edlen, tapfern Männer,
Die mich begleiten; doch ich stehe selbst
In meinen Jahren noch dem Feinde, bin
Bereit, mit dir der Waffen Los zu wagen.

IPHIGENIE. Mit nichten! Dieses blutigen Beweises
Bedarf es nicht, o König! Laßt die Hand
Vom Schwerte! Denkt an mich und mein Geschick.
Der rasche Kampf verewigt einen Mann:
Er falle gleich, so preiset ihn das Lied.
Allein die Tränen, die unendlichen,
Der überbliebnen, der verlaßnen Frau

Zählt keine Nachwelt, und der Dichter schweigt
Von tausend durchgeweinten Tag- und Nächten,
Wo eine stille Seele den verlornen,
Rasch abgeschiednen Freund vergebens sich
Zurückzurufen bangt und sich verzehrt.
Mich selbst hat eine Sorge gleich gewarnt,
Daß der Betrug nicht eines Räubers mich
Vom sichern Schutzort reiße, mich der Knechtschaft
Verrate. Fleißig hab' ich sie befragt,
Nach jedem Umstand mich erkundigt, Zeichen
Gefordert, und gewiß ist nun mein Herz.
Sieh hier an seiner rechten Hand das Mal
Wie von drei Sternen, das am Tage schon,
Da er geboren ward, sich zeigte, das
Auf schwere Tat, mit dieser Faust zu üben,
Der Priester deutete. Dann überzeugt
Mich doppelt diese Schramme, die ihm hier
Die Augenbraue spaltet. Als ein Kind
Ließ ihn Elektra, rasch und unvorsichtig
Nach ihrer Art, aus ihren Armen stürzen.
Er schlug auf einen Dreifuß auf – Er ist's –
Soll ich dir noch die Ähnlichkeit des Vaters,
Soll ich das innre Jauchzen meines Herzens
Dir auch als Zeugen der Versichrung nennen?

THOAS. Und hübe deine Rede jeden Zweifel,
Und bändigt' ich den Zorn in meiner Brust,
So würden doch die Waffen zwischen uns
Entscheiden müssen; Frieden seh' ich nicht.
Sie sind gekommen, du bekennest selbst,
Das heil'ge Bild der Göttin mir zu rauben.
Glaubt ihr, ich sehe dies gelassen an?
Der Grieche wendet oft sein lüstern Auge
Den fernen Schätzen der Barbaren zu,

Dem goldnen Felle, Pferden, schönen Töchtern;
Doch führte sie Gewalt und List nicht immer
Mit den erlangten Gütern glücklich heim.

OREST. Das Bild, o König, soll uns nicht entzweien!
Jetzt kennen wir den Irrtum, den ein Gott
Wie einen Schleier um das Haupt uns legte,
Da er den Weg hierher uns wandern hieß.
Um Rat und um Befreiung bat ich ihn
Von dem Geleit der Furien; er sprach:
»Bringst du die Schwester, die an Tauris' Ufer
Im Heiligtume wider Willen bleibt,
Nach Griechenland, so löset sich der Fluch.«
Wir legten's von Apollens Schwester aus,
Und er gedachte dich! Die strengen Bande
Sind nun gelöst: du bist den Deinen wieder,
Du Heilige, geschenkt. Von dir berührt,
War ich geheilt; in deinen Armen faßte
Das Übel mich mit allen seinen Klauen
Zum letztenmal und schüttelte das Mark
Entsetzlich mir zusammen; dann entfloh's
Wie eine Schlange zu der Höhle. Neu
Genieß' ich nun durch dich das weite Licht
Des Tages. Schön und herrlich zeigt sich mir
Der Göttin Rat. Gleich einem heil'gen Bilde,
Daran der Stadt unwandelbar Geschick
Durch ein geheimes Götterwort gebannt ist,
Nahm sie dich weg, dich Schützerin des Hauses;
Bewahrte dich in einer heil'gen Stille
Zum Segen deines Bruders und der Deinen.
Da alle Rettung auf der weiten Erde
Verloren schien, gibst du uns alles wieder.
Laß deine Seele sich zum Frieden wenden,
O König! Hindre nicht, daß sie die Weihe

Des väterlichen Hauses nun vollbringe,
Mich der entsühnten Halle wiedergebe,
Mir auf das Haupt die alte Krone drücke!
Vergilt den Segen, den sie dir gebracht,
Und laß des nähern Rechtes mich genießen!
Gewalt und List, der Männer höchster Ruhm,
Wird durch die Wahrheit dieser hohen Seele
Beschämt, und reines kindliches Vertrauen
Zu einem edlen Manne wird belohnt.

IPHIGENIE. Denk' an dein Wort und laß durch diese Rede
Aus einem graden treuen Munde dich
Bewegen! Sieh uns an! Du hast nicht oft
Zu solcher edlen Tat Gelegenheit.
Versagen kannst du's nicht; gewähr' es bald.

THOAS. So geht!

IPHIGENIE. Nicht so, mein König! Ohne Segen,
In Widerwillen, scheid' ich nicht von dir.
Verbann uns nicht! Ein freundlich Gastrecht walte
Von dir zu uns: so sind wir nicht auf ewig
Getrennt und abgeschieden. Wert und teuer,
Wie mir mein Vater war, so bist du's mir,
Und dieser Eindruck bleibt in meiner Seele.
Bringt der Geringste deines Volkes je
Den Ton der Stimme mir ins Ohr zurück,
Den ich an euch gewohnt zu hören bin,
Und seh' ich an dem Ärmsten eure Tracht:
Empfangen will ich ihn wie einen Gott,
Ich will ihm selbst ein Lager zubereiten,
Auf einen Stuhl ihn an das Feuer laden
Und nur nach dir und deinem Schicksal fragen.
O geben dir die Götter deiner Taten
Und deiner Milde wohlverdienten Lohn!
Leb' wohl! O wende dich zu uns und gib

Ein holdes Wort des Abschieds mir zurück!
Dann schwellt der Wind die Segel sanfter an,
Und Tränen fließen lindernder vom Auge
Des Scheidenden. Leb' wohl! und reiche mir
Zum Pfand der alten Freundschaft deine Rechte.

THOAS. Lebt wohl!

Torquato Tasso

Ein Schauspiel

Personen

Alfons der Zweite, Herzog von Ferrara
Leonore von Este, Schwester des Herzogs
Leonore Sanvitale, Gräfin von Scandiano
Torquato Tasso
Antonio Montecationo, Staatssekretär

Der Schauplatz ist auf Belriguardo, einem Lustschlosse.

Erster Aufzug

Gartenplatz mit Hermen der epischen Dichter geziert.
Vorn an der Szene zur Rechten Virgil, zur Linken Ariost

Erster Auftritt

Prinzessin. Leonore

Prinzessin. Du siehst mich lächelnd an, Eleonore,
Und siehst dich selber an und lächelst wieder.
Was hast du? Laß es eine Freundin wissen!
Du scheinst bedenklich, doch du scheinst vergnügt.
Leonore. Ja, meine Fürstin, mit Vergnügen seh' ich
Uns beide hier so ländlich ausgeschmückt.
Wir scheinen recht beglückte Schäferinnen,
Und sind auch wie die Glücklichen beschäftigt.
Wir winden Kränze. Dieser, bunt von Blumen,
Schwillt immer mehr und mehr in meiner Hand;
Du hast mit höherm Sinn und größerm Herzen
Den zarten schlanken Lorbeer dir gewählt.
Prinzessin. Die Zweige, die ich in Gedanken flocht,
Sie haben gleich ein würdig Haupt gefunden:
Ich setze sie Virgilen dankbar auf.
Sie kränzt die Herme Virgils.
Leonore. So drück' ich meinen vollen frohen Kranz
Dem Meister Ludwig auf die hohe Stirne –
Sie kränzt Ariostens Herme.
Er, dessen Scherze nie verblühen, habe
Gleich von dem neuen Frühling seinen Teil.
Prinzessin. Mein Bruder ist gefällig, daß er uns

In diesen Tagen schon aufs Land gebracht:
Wir können unser sein und stundenlang
Uns in die goldne Zeit der Dichter träumen.
Ich liebe Belriguardo, denn ich habe
Hier manchen Tag der Jugend froh durchlebt,
Und dieses neue Grün und diese Sonne
Bringt das Gefühl mir jener Zeit zurück.

LEONORE. Ja, es umgibt uns eine neue Welt!
Der Schatten dieser immergrünen Bäume
Wird schon erfreulich. Schon erquickt uns wieder
Das Rauschen dieser Brunnen. Schwankend wiegen
Im Morgenwinde sich die jungen Zweige.
Die Blumen von den Beeten schauen uns
Mit ihren Kinderaugen freundlich an.
Der Gärtner deckt getrost das Winterhaus
Schon der Zitronen und Orangen ab.
Der blaue Himmel ruhet über uns,
Und an dem Horizonte löst der Schnee
Der fernen Berge sich in leisen Duft.

PRINZESSIN. Es wäre mir der Frühling sehr willkommen,
Wenn er nicht meine Freundin mir entführte.

LEONORE. Erinnre mich in diesen holden Stunden,
O Fürstin, nicht, wie bald ich scheiden soll.

PRINZESSIN. Was du verlassen magst, das findest du
In jener großen Stadt gedoppelt wieder.

LEONORE. Es ruft die Pflicht, es ruft die Liebe mich
Zu dem Gemahl, der mich so lang' entbehrt.
Ich bring' ihm seinen Sohn, der dieses Jahr
So schnell gewachsen, schnell sich ausgebildet,
Und teile seine väterliche Freude.
Groß ist Florenz und herrlich, doch der Wert
Von allen seinen aufgehäuften Schätzen
Reicht an Ferraras Edelsteine nicht.

Das Volk hat jene Stadt zur Stadt gemacht,
Ferrara ward durch seine Fürsten groß.

PRINZESSIN. Mehr durch die guten Menschen, die sich hier
Durch Zufall trafen und zum Glück verbanden.

LEONORE. Sehr leicht zerstreut der Zufall, was er sammelt.
Ein edler Mensch zieht edle Menschen an
Und weiß sie festzuhalten, wie ihr tut.
Um deinen Bruder und um dich verbinden
Gemüter sich, die euer würdig sind,
Und ihr seid eurer großen Väter wert.
Hier zündete sich froh das schöne Licht
Der Wissenschaft, des freien Denkens an,
Als noch die Barbarei mit schwerer Dämmrung
Die Welt umher verbarg. Mir klang als Kind
Der Name Herkules von Este schon,
Schon Hippolyt von Este voll ins Ohr.
Ferrara ward mit Rom und mit Florenz
Von meinem Vater viel gepriesen! Oft
Hab' ich mich hingesehnt; nun bin ich da.
Hier ward Petrarch bewirtet, hier gepflegt,
Und Ariost fand seine Muster hier.
Italien nennt keinen großen Namen,
Den dieses Haus nicht seinen Gast genannt.
Und es ist vorteilhaft, den Genius
Bewirten: gibst du ihm ein Gastgeschenk,
So läßt er dir ein schöneres zurück.
Die Stätte, die ein guter Mensch betrat,
Ist eingeweiht; nach hundert Jahren klingt
Sein Wort und seine Tat dem Enkel wieder.

PRINZESSIN. Dem Enkel, wenn er lebhaft fühlt wie du.
Gar oft beneid' ich dich um dieses Glück.

LEONORE. Das du, wie wenig andre, still und rein
Genießest. Drängt mich doch das volle Herz,

Sogleich zu sagen, was ich lebhaft fühle;
Du fühlst es besser, fühlst es tief und – schweigst.
Dich blendet nicht der Schein des Augenblicks,
Der Witz besticht dich nicht, die Schmeichelei
Schmiegt sich vergebens künstlich an dein Ohr:
Fest bleibt dein Sinn und richtig dein Geschmack,
Dein Urteil grad, stets ist dein Anteil groß
Am Großen, das du wie dich selbst erkennst.

PRINZESSIN. Du solltest dieser höchsten Schmeichelei
Nicht das Gewand vertrauter Freundschaft leihen.

LEONORE. Die Freundschaft ist gerecht, sie kann allein
Den ganzen Umfang deines Werts erkennen.
Und laß mich der Gelegenheit, dem Glück
Auch ihren Teil an deiner Bildung geben;
Du hast sie doch, und bist's am Ende doch,
Und dich mit deiner Schwester ehrt die Welt
Vor allen großen Frauen eurer Zeit.

PRINZESSIN. Mich kann das, Leonore, wenig rühren,
Wenn ich bedenke, wie man wenig ist,
Und was man ist, das blieb man andern schuldig.
Die Kenntnis alter Sprachen und des Besten,
Was uns die Vorwelt ließ, dank ich der Mutter;
Doch war an Wissenschaft, an rechtem Sinn
Ihr keine beider Töchter jemals gleich,
Und soll sich eine ja mit ihr vergleichen,
So hat Lucretia gewiß das Recht.
Auch, kann ich dir versichern, hab' ich nie
Als Rang und als Besitz betrachtet, was
Mir die Natur, was mir das Glück verlieh.
Ich freue mich, wenn kluge Männer sprechen,
Daß ich verstehen kann, wie sie es meinen.
Es sei ein Urteil über einen Mann
Der alten Zeit und seiner Taten Wert;

Es sei von einer Wissenschaft die Rede,
Die, durch Erfahrung weiter ausgebreitet,
Dem Menschen nutzt, indem sie ihn erhebt:
Wohin sich das Gespräch der Edlen lenkt,
Ich folge gern, denn mir wird leicht, zu folgen.
Ich höre gern dem Streit der Klugen zu,
Wenn um die Kräfte, die des Menschen Brust
So freundlich und so fürchterlich bewegen,
Mit Grazie die Rednerlippe spielt;
Gern, wenn die fürstliche Begier des Ruhms,
Des ausgebreiteten Besitzes, Stoff
Dem Denker wird, und wenn die feine Klugheit,
Von einem klugen Manne zart entwickelt,
Statt uns zu hintergehen, uns belehrt.

LEONORE. Und dann, nach dieser ernsten Unterhaltung,
Ruht unser Ohr und unser innrer Sinn
Gar freundlich auf des Dichters Reimen aus,
Der uns die letzten lieblichsten Gefühle
Mit holden Tönen in die Seele flößt.
Dein hoher Geist umfaßt ein weites Reich,
Ich halte mich am liebsten auf der Insel
Der Poesie in Lorbeerhainen auf.

PRINZESSIN. In diesem schönen Lande hat man mir
Versichern wollen, wächst vor andern Bäumen
Die Myrte gern. Und wenn der Musen gleich
Gar viele sind, so sucht man unter ihnen
Sich seltner eine Freundin und Gespielin,
Als man dem Dichter gern begegnen mag,
Der uns zu meiden, ja zu fliehen scheint,
Etwas zu suchen scheint, das wir nicht kennen
Und er vielleicht am Ende selbst nicht kennt.
Da wär' es denn ganz artig, wenn er uns
Zur guten Stunde träfe, schnell entzückt

Uns für den Schatz erkennte, den er lang
Vergebens in der weiten Welt gesucht.
LEONORE. Ich muß mir deinen Scherz gefallen lassen,
Er trifft mich zwar, doch trifft er mich nicht tief.
Ich ehre jeden Mann und sein Verdienst,
Und ich bin gegen Tasso nur gerecht.
Sein Auge weilt auf dieser Erde kaum;
Sein Ohr vernimmt den Einklang der Natur;
Was die Geschichte reicht, das Leben gibt,
Sein Busen nimmt es gleich und willig auf:
Das weit Zerstreute sammelt sein Gemüt,
Und sein Gefühl belebt das Unbelebte.
Oft adelt er, was uns gemein erschien,
Und das Geschätzte wird vor ihm zu nichts.
In diesem eignen Zauberkreise wandelt
Der wunderbare Mann und zieht uns an,
Mit ihm zu wandeln, teil an ihm zu nehmen:
Er scheint sich uns zu nahn, und bleibt uns fern;
Er scheint uns anzusehn, und Geister mögen
An unsrer Stelle seltsam ihm erscheinen.
PRINZESSIN. Du hast den Dichter fein und zart geschildert,
Der in den Reichen süßer Träume schwebt.
Allein mir scheint auch ihn das Wirkliche
Gewaltsam anzuziehn und festzuhalten.
Die schönen Lieder, die an unsern Bäumen
Wir hin und wieder angeheftet finden,
Die, goldnen Äpfeln gleich, ein neu Hesperien
Uns duftend bilden, erkennst du sie nicht alle
Für holde Früchte einer wahren Liebe?
LEONORE. Ich freue mich der schönen Blätter auch.
Mit mannigfalt'gem Geist verherrlicht er
Ein einzig Bild in allen seinen Reimen.
Bald hebt er es in lichter Glorie

Zum Sternenhimmel auf, beugt sich verehrend
Wie Engel über Wolken vor dem Bilde;
Dann schleicht er ihm durch stille Fluren nach,
Und jede Blume windet er zum Kranz.
Entfernt sich die Verehrte, heiligt er
Den Pfad, den leis ihr schöner Fuß betrat.
Versteckt im Busche, gleich der Nachtigall,
Füllt er aus einem liebekranken Busen
Mit seiner Klagen Wohllaut Hain und Luft:
Sein reizend Leid, die selge Schwermut lockt
Ein jedes Ohr, und jedes Herz muß nach –
PRINZESSIN. Und wenn er seinen Gegenstand benennt,
So gibt er ihm den Namen Leonore.
LEONORE. Es ist dein Name, wie es meiner ist.
Ich nähm es übel, wenn's ein andrer wäre
Mich freut es, daß er sein Gefühl für dich
In diesem Doppelsinn verbergen kann.
Ich bin zufrieden, daß er meiner auch
Bei dieses Namens holdem Klang gedenkt.
Hier ist die Frage nicht von einer Liebe,
Die sich des Gegenstands bemeistern will,
Ausschließend ihn besitzen, eifersüchtig
Den Anblick jedem andern wehren möchte.
Wenn er in seliger Betrachtung sich
Mit deinem Wert beschäftigt, mag er auch
An meinem leichtern Wesen sich erfreun.
Uns liebt er nicht, – verzeih, daß ich es sage! –
Aus allen Sphären trägt er, was er liebt,
Auf einen Namen nieder, den wir führen,
Und sein Gefühl teilt er uns mit; wir scheinen
Den Mann zu lieben, und wir lieben nur
Mit ihm das Höchste, was wir lieben können.
PRINZESSIN. Du hast dich sehr in diese Wissenschaft

Vertieft, Eleonore, sagst mir Dinge,
Die mir beinahe nur das Ohr berühren
Und in die Seele kaum noch übergehn.

LEONORE. Du, Schülerin des Plato! nicht begreifen,
Was dir ein Neuling vorzuschwatzen wagt?
Es müßte sein, daß ich zu sehr mich irrte;
Doch irr' ich auch nicht ganz, ich weiß es wohl.
Die Liebe zeigt in dieser holden Schule
Sich nicht, wie sonst, als ein verwöhntes Kind:
Es ist der Jüngling, der mit Psychen sich
Vermählte, der im Rat der Götter Sitz
Und Stimme hat. Er tobt nicht frevelhaft
Von einer Brust zur andern hin und her;
Er heftet sich an Schönheit und Gestalt
Nicht gleich mit süßem Irrtum fest, und büßet
Nicht schnellen Rausch mit Ekel und Verdruß.

PRINZESSIN. Da kommt mein Bruder! Laß uns nicht verraten,
Wohin sich wieder das Gespräch gelenkt:
Wir würden seinen Scherz zu tragen haben,
Wie unsre Kleidung seinen Spott erfuhr.

ZWEITER AUFTRITT

Die Vorigen. Alfons

ALFONS. Ich suche Tasso, den ich nirgends finde,
Und treff' ihn – hier sogar bei euch nicht an.
Könnt ihr von ihm mir keine Nachricht geben?

PRINZESSIN. Ich sah ihn gestern wenig, heute nicht.

ALFONS. Es ist ein alter Fehler, daß er mehr
Die Einsamkeit als die Gesellschaft sucht.
verzeih' ich ihm, wenn er den bunten Schwarm
Der Menschen flieht und lieber frei im stillen

Mit seinem Geist sich unterhalten mag,
So kann ich doch nicht loben, daß er selbst
Den Kreis vermeidet, den die Freunde schließen.
LEONORE. Irr' ich mich nicht, so wirst du bald, o Fürst,
Den Tadel in ein frohes Lob verwandeln.
Ich sah ihn heut' von fern: er hielt ein Buch
Und eine Tafel, schrieb und ging und schrieb.
Ein flüchtig Wort, das er mir gestern sagte,
Schien mir sein Werk vollendet anzukünden.
Er sorgt nur, kleine Züge zu verbessern,
Um deiner Huld, die ihm so viel gewährt,
Ein würdig Opfer endlich darzubringen.
ALFONS. Er soll willkommen sein, *wenn* er es bringt,
Und losgesprochen sein auf lange Zeit.
So sehr ich teil an seiner Arbeit nehme,
So sehr in manchem Sinn das große Werk
Mich freut und freuen muß, so sehr vermehrt
Sich auch zuletzt die Ungeduld in mir.
Er kann nicht enden, kann nicht fertig werden,
Er ändert stets, ruckt langsam weiter vor,
Steht wieder still, er hintergeht die Hoffnung:
Unwillig sieht man den Genuß entfernt
In späte Zeit, den man so nah geglaubt.
PRINZESSIN. Ich lobe die Bescheidenheit, die Sorge,
Womit er Schritt vor Schritt zum Ziele geht.
Nur durch die Gunst der Musen schließen sich
So viele Reime fest in eins zusammen;
Und seine Seele hegt nur diesen Trieb,
Es soll sich sein Gedicht zum Ganzen ründen.
Er will nicht Märchen über Märchen häufen,
Die reizend unterhalten und zuletzt
Wie lose Worte nur verklingend täuschen.
Laß ihn, mein Bruder! denn es ist die Zeit

Von einem guten Werke nicht das Maß;
Und wenn die Nachwelt mitgenießen soll,
So muß des Künstlers Mitwelt sich vergessen.

ALFONS. Laß uns zusammen, liebe Schwester, wirken,
Wie wir zu beider Vorteil oft getan!
Wenn ich zu eifrig bin, so lindre du;
Und bist du zu gelind, so will ich treiben.
Wir sehen dann auf einmal ihn vielleicht
Am Ziel, wo wir ihn lang' gewünscht zu sehn.
Dann soll das Vaterland, es soll die Welt
Erstaunen, welch ein Werk vollendet worden.
Ich nehme meinen Teil des Ruhms davon,
Und er wird in das Leben eingeführt.
Ein edler Mensch kann einem engen Kreise
Nicht seine Bildung danken. Vaterland
Und Welt muß auf ihn wirken. Ruhm und Tadel
Muß er ertragen lernen. Sich und andre
Wird er gezwungen Recht zu kennen. Ihn
Wiegt nicht die Einsamkeit mehr schmeichelnd ein.
Es *will* der Feind – es *darf* der Freund nicht schonen;
Dann übt der Jüngling streitend seine Kräfte,
Fühlt, was er ist, und fühlt sich bald ein Mann.

LEONORE. So wirst du, Herr, für ihn noch alles tun,
Wie du bisher für ihn schon viel getan.
Es bildet ein Talent sich in der Stille,
Sich ein Charakter in dem Strom der Welt.
O daß er sein Gemüt wie seine Kunst
An deinen Lehren bilde! daß er nicht
Die Menschen länger meide, daß sein Argwohn
Sich nicht zuletzt in Furcht und Haß verwandle!

ALFONS. Die Menschen fürchtet nur, wer sie nicht kennt,
Und wer sie meidet, wird sie bald verkennen.
Das ist sein Fall, und so wird nach und nach

Ein frei Gemüt verworren und gefesselt.
So ist er oft um meine Gunst besorgt,
Weit mehr, als es ihm ziemte; gegen viele
Hegt er ein Mißtraun, die, ich weiß es sicher,
Nicht seine Feinde sind. Begegnet ja,
Daß sich ein Brief verirrt, daß ein Bedienter
Aus seinem Dienst in einen andern geht,
Daß ein Papier aus seinen Händen kommt,
Gleich sieht er Absicht, sieht Verräterei
Und Tücke, die sein Schicksal untergräbt.
PRINZESSIN. Laß uns, geliebter Bruder, nicht vergessen,
Daß von sich selbst der Mensch nicht scheiden kann.
Und wenn ein Freund, der mit uns wandeln sollte,
Sich einen Fuß beschädigte, wir würden
Doch lieber langsam gehn und unsre Hand
Ihm gern und willig leihen.
ALFONS. Besser wär's,
Wenn wir ihn heilen könnten, lieber gleich
Auf treuen Rat des Arztes eine Kur
Versuchten, dann mit dem Geheilten froh
Den neuen Weg des frischen Lebens gingen.
Doch hoff' ich, meine Lieben, daß ich nie
Die Schuld des rauhen Arztes auf mich lade.
Ich tue, was ich kann, um Sicherheit
Und Zutraun seinem Busen einzuprägen.
Ich geb' ihm oft in Gegenwart von vielen
Entschiedne Zeichen meiner Gunst. Beklagt
Er sich bei mir, so lass' ich's untersuchen,
Wie ich es tat, als er sein Zimmer neulich
Erbrochen glaubte. Läßt sich nichts entdecken,
So zeig' ich ihm gelassen, wie ich's sehe;
Und da man alles üben muß, so üb' ich,
Weil er's verdient, an Tasso die Geduld:

Und ihr, ich weiß es, steht mir willig bei.
Ich hab' euch nun aufs Land gebracht und gehe
Heut' abend nach der Stadt zurück. Ihr werdet
Auf einen Augenblick Antonio sehen;
Er kommt von Rom und holt mich ab. Wir haben
Viel auszureden, abzutun. Entschlüsse
Sind nun zu fassen, Briefe viel zu schreiben:
Das alles nötigt mich zur Stadt zurück.
PRINZESSIN. Erlaubst du uns, daß wir dich hinbegleiten?
ALFONS. Bleibt nur in Belriguardo, geht zusammen
Hinüber nach Consandoli! Genießt
Der schönen Tage ganz nach freier Lust.
PRINZESSIN. Du kannst nicht bei uns bleiben? die Geschäfte
Nicht hier so gut als in der Stadt verrichten?
LEONORE. Du führst uns gleich Antonio hinweg,
Der uns von Rom so viel erzählen sollte?
ALFONS. Es geht nicht an, ihr Kinder; doch ich komme
Mit ihm sobald, als möglich ist, zurück:
Dann soll er euch erzählen, und ihr sollt
Mir ihn belohnen helfen, der so viel
In meinem Dienst aufs neue sich bemüht.
Und haben wir uns wieder ausgesprochen,
So mag der Schwarm dann kommen, daß es lustig
In unsern Gärten werde, daß auch mir,
Wie billig, eine Schönheit in dem Kühlen,
Wenn ich sie suche, gern begegnen mag.
LEONORE. Wir wollen freundlich durch die Finger sehen.
ALFONS. Dagegen wißt ihr, daß ich schonen kann.
PRINZESSIN *nach der Szene gekehrt.*
Schon lange seh' ich Tasso kommen. Langsam
Bewegt er seine Schritte, steht bisweilen
Auf einmal still, wie unentschlossen, geht
Dann wieder schneller auf uns los, und weilt

Schon wieder.

ALFONS. Stört ihn, wenn er denkt und dichtet,
In seinen Träumen nicht und laßt ihn wandeln.

LEONORE. Nein, er hat uns gesehn, er kommt hierher.

DRITTER AUFTRITT

Die Vorigen. Tasso

TASSO *mit einem Buche, in Pergament geheftet.*
Ich komme langsam, dir ein Werk zu bringen,
Und zaudre noch, es dir zu überreichen.
Ich weiß zu wohl, noch bleibt es unvollendet,
Wenn es auch gleich geendigt scheinen möchte.
Allein, war ich besorgt, es unvollkommen
Dir hinzugeben, so bezwingt mich nun
Die neue Sorge: Möcht' ich doch nicht gern
Zu ängstlich, möcht' ich nicht undankbar scheinen.
Und wie der Mensch nur sagen kann: Hie bin ich!
Daß Freunde seiner schonend sich erfreuen,
So kann ich auch nur sagen: Nimm es hin!
Er übergibt den Band.

ALFONS. Du überraschest mich mit deiner Gabe
Und machst mir diesen schönen Tag zum Fest.
So halt' ich's endlich denn in meinen Händen,
Und nenn' es in gewissem Sinne mein!
Lang' wünscht ich schon, du möchtest dich entschließen
Und endlich sagen: Hier! es ist genug.

TASSO. Wenn ihr zufrieden seid, so ist's vollkommen;
Denn euch gehört es zu in jedem Sinn.
Betrachtet' ich den Fleiß, den ich verwendet,
Sah ich die Züge meiner Feder an,
So konnt' ich sagen: dieses Werk ist mein.

Doch seh' ich näher an, was dieser Dichtung
Den innren Wert und ihre Würde gibt,
Erkenn' ich wohl, ich hab' es nur von euch.
Wenn die Natur der Dichtung holde Gabe
Aus reicher Willkür freundlich mir geschenkt,
So hatte mich das eigensinnge Glück
Mit grimmiger Gewalt von sich gestoßen;
Und zog die schöne Welt den Blick des Knaben
Mit ihrer ganzen Fülle herrlich an,
So trübte bald den jugendlichen Sinn
Der teuren Eltern unverdiente Not.
Eröffnete die Lippe sich, zu singen,
So floß ein traurig Lied von ihr herab,
Und ich begleitete mit leisen Tönen
Des Vaters Schmerzen und der Mutter Qual.
Du warst allein, der aus dem engen Leben
Zu einer schönen Freiheit mich erhob;
Der jede Sorge mir vom Haupte nahm,
Mir Freiheit gab, daß meine Seele sich
Zu mutigem Gesang entfalten konnte;
Und welchen Preis nun auch mein Werk erhält,
Euch dank' ich ihn, denn euch gehört es zu.
ALFONS. Zum zweitenmal verdienst du jedes Lob,
Und ehrst bescheiden dich und uns zugleich.
TASSO. O könnt' ich sagen, wie ich lebhaft fühle,
Daß ich von euch nur habe, was ich bringe!
Der tatenlose Jüngling – nahm er wohl
Die Dichtung aus sich selbst? Die kluge Leitung
Des raschen Krieges – hat er die ersonnen?
Die Kunst der Waffen, die ein jeder Held
An dem beschiednen Tage kräftig zeigt,
Des Feldherrn Klugheit und der Ritter Mut,
Und wie sich List und Wachsamkeit bekämpft,

Hast du mir nicht, o kluger, tapfrer Fürst,
Das alles eingeflößt, als wärest du
Mein Genius, der eine Freude fände,
Sein hohes, unerreichbar hohes Wesen
Durch einen Sterblichen zu offenbaren?

PRINZESSIN. Genieße nun des Werks, das uns erfreut!

ALFONS. Erfreue dich des Beifalls jedes Guten!

LEONORE. Des allgemeinen Ruhms erfreue dich!

TASSO. Mir ist an diesem Augenblick genug.
An euch nur dacht' ich, wenn ich sann und schrieb:
Euch zu gefallen war mein höchster Wunsch,
Euch zu ergötzen war mein letzter Zweck.
Wer nicht die Welt in seinen Freunden sieht,
Verdient nicht, daß die Welt von ihm erfahre.
Hier ist mein Vaterland, hier ist der Kreis,
In dem sich meine Seele gern verweilt.
Hier horch' ich auf, hier acht' ich jeden Wink,
Hier spricht Erfahrung, Wissenschaft, Geschmack;
Ja, Welt und Nachwelt seh' ich vor mir stehn.
Die Menge macht den Künstler irr' und scheu:
Nur wer euch ähnlich ist, versteht und fühlt,
Nur der allein soll richten und belohnen!

ALFONS. Und stellen wir denn Welt und Nachwelt vor,
So ziemt es nicht, nur müßig zu empfangen.
Das schöne Zeichen, das den Dichter ehrt,
Das selbst der Held, der seiner stets bedarf,
Ihm ohne Neid ums Haupt gewunden sieht,
Erblick' ich hier auf deines Ahnherrn Stirne.

Auf die Herme Virgils deutend.

Hat es der Zufall, hat's ein Genius
Geflochten und gebracht? Es zeigt sich hier
Uns nicht umsonst. Virgilen hör' ich sagen:
Was ehret ihr die Toten? Hatten die

Doch ihren Lohn und Freude, da sie lebten;
Und wenn ihr uns bewundert und verehrt,
So gebt auch den Lebendigen ihr Teil.
Mein Marmorbild ist schon bekränzt genug –
Der grüne Zweig gehört dem Leben an.

Alfons winkt seiner Schwester, sie nimmt den Kranz von der Büste Virgils und nähert sich Tasso. Er tritt zurück

LEONORE. Du weigerst dich? Sieh, welche Hand den Kranz,
Den schönen, unverwelklichen, dir bietet!

TASSO. O laßt mich zögern! Seh' ich doch nicht ein,
Wie ich nach dieser Stunde leben soll.

ALFONS. In dem Genuß des herrlichen Besitzes,
Der dich im ersten Augenblick erschreckt.

PRINZESSIN *indem sie den Kranz in die Höhe hält.*
Du gönnest mir die seltne Freude, Tasso,
Dir ohne Wort zu sagen, wie ich denke.

TASSO. Die schöne Last aus deinen teuren Händen
Empfang' ich knieend auf mein schwaches Haupt.

Er kniet nieder, die Prinzessin setzt ihm den Kranz auf.

LEONORE *applaudierend.*
Es lebe der zum erstenmal Bekränzte!
Wie zieret den bescheidnen Mann der Kranz!

Tasso steht auf.

ALFONS. Es ist ein Vorbild nur von jener Krone,
Die auf dem Kapitol dich zieren soll.

PRINZESSIN. Dort werden lautre Stimmen dich begrüßen;
Mit leiser Lippe lohnt die Freundschaft hier.

TASSO. O nehmt ihn weg von meinem Haupte wieder,
Nehmt ihn hinweg! Er sengt mir meine Locken!
Und wie ein Strahl der Sonne, der zu heiß
Das Haupt mir träfe, brennt er mir die Kraft
Des Denkens aus der Stirne. Fieberhitze
Bewegt mein Blut. Verzeiht! Es ist zu viel!

LEONORE. Es schützet dieser Zweig vielmehr das Haupt
Des Manns, der in den heißen Regionen
Des Ruhms zu wandeln hat, und kühlt die Stirne.
TASSO. Ich bin nicht wert, die Kühlung zu empfinden,
Die nur um Heldenstirnen wehen soll.
O hebt ihn auf, ihr Götter, und verklärt
Ihn zwischen Wolken, daß er hoch und höher
Und unerreichbar schwebe! daß mein Leben
Nach diesem Ziel ein ewig Wandeln sei!
ALFONS. Wer früh erwirbt, lernt früh den hohen Wert
Der holden Güter dieses Lebens schätzen;
Wer früh genießt, entbehrt in seinem Leben
Mit Willen nicht, was er einmal besaß;
Und wer besitzt, der muß gerüstet sein.
TASSO. Und wer sich rüsten will, muß eine Kraft
Im Busen fühlen, die ihm nie versagt.
Ach! sie versagt mir eben jetzt! Im Glück
Verläßt sie mich, die angeborne Kraft,
Die standhaft mich dem Unglück, stolz dem Unrecht
Begegnen lehrte. Hat die Freude mir,
Hat das Entzücken dieses Augenblicks
Das Mark in meinen Gliedern aufgelöst?
Es sinken meine Kniee! Noch einmal
Siehst du, o Fürstin, mich gebeugt vor dir!
Erhöre meine Bitte: nimm ihn weg!
Daß, wie aus einem schönen Traum erwacht,
Ich ein erquicktes neues Leben fühle.
PRINZESSIN. Wenn du bescheiden ruhig das Talent,
Das dir die Götter gaben, tragen kannst,
So lern' auch diese Zweige tragen, die
Das Schönste sind, was wir dir geben können.
Wem einmal würdig sie das Haupt berührt,
Dem schweben sie auf ewig um die Stirne.

TASSO. So laßt mich denn beschämt von hinnen gehn!
Laßt mich mein Glück im tiefen Hain verbergen,
Wie ich sonst meine Schmerzen dort verbarg.
Dort will ich einsam wandeln, dort erinnert
Kein Auge mich ans unverdiente Glück.
Und zeigt mir ungefähr ein klarer Brunnen
In seinem reinen Spiegel einen Mann,
Der, wunderbar bekränzt, im Widerschein
Des Himmels zwischen Bäumen, zwischen Felsen
Nachdenkend ruht, so scheint es mir, ich sehe
Elysium auf dieser Zauberfläche
Gebildet. Still bedenk' ich mich und frage:
Wer mag der Abgeschiedne sein? der Jüngling
Aus der vergangnen Zeit? so schön bekränzt?
Wer sagt mir seinen Namen? sein Verdienst?
Ich warte lang' und denke: Käme doch
Ein andrer und noch einer, sich zu ihm
In freundlichem Gespräche zu gesellen!
O säh' ich die Heroen, die Poeten
Der alten Zeit um diesen Quell versammelt!
O säh' ich hier sie immer unzertrennlich,
Wie sie im Leben fest verbunden waren!
So bindet der Magnet durch seine Kraft
Das Eisen mit dem Eisen fest zusammen,
Wie gleiches Streben Held und Dichter bindet.
Homer vergaß sich selbst, sein ganzes Leben
War der Betrachtung zweier Männer heilig,
Und Alexander in Elysium
Eilt, den Achill und den Homer zu suchen.
O daß ich gegenwärtig wäre, sie,
Die größten Seelen, nun vereint zu sehen!
LEONORE. Erwach'! Erwache! Laß uns nicht empfinden,
Daß du das Gegenwärt'ge ganz verkennst.

Tasso. Es ist die Gegenwart, die mich erhöht,
Abwesend schein' ich nur: ich bin entzückt.
Prinzessin. Ich freue mich, wenn du mit Geistern redest,
Daß du so menschlich sprichst, und hör' es gern.
Ein Page tritt zu dem Fürsten und richtet leise etwas aus.
Alfons. Er ist gekommen! recht zur guten Stunde.
Antonio! Bring ihn her – Da kommt er schon!

Vierter Auftritt

Die Vorigen. Antonio

Alfons. Willkommen! der du uns zugleich dich selbst
Und gute Botschaft bringst.
Prinzessin. Sei uns gegrüßt!
Antonio. Kaum wag' ich es zu sagen, welch Vergnügen
In eurer Gegenwart mich neu belebt.
Vor euren Augen find' ich alles wieder,
Was ich so lang' entbehrt. Ihr scheint zufrieden
Mit dem, was ich getan, was ich vollbracht;
Und so bin ich belohnt für jede Sorge,
Für manchen bald mit Ungeduld durchharrten,
Bald absichtsvoll verlornen Tag. Wir haben
Nun, was wir wünschen, und kein Streit ist mehr.
Leonore. Auch ich begrüße dich, wenn ich schon zürne.
Du kommst nur eben, da ich reisen muß.
Antonio. Damit mein Glück nicht ganz vollkommen werde,
Nimmst du mir gleich den schönen Teil hinweg.
Tasso. Auch meinen Gruß! Ich hoffe, mich der Nähe
Des vielerfahrnen Mannes auch zu freun.
Antonio. Du wirst mich wahrhaft finden, wenn du je
Aus deiner Welt in meine schauen magst.
Alfons. Wenn du mir gleich in Briefen schon gemeldet,

Was du getan und wie es dir ergangen,
So hab' ich doch noch manches auszufragen,
Durch welche Mittel das Geschäft gelang.
Auf jenem wunderbaren Boden will der Schritt
Wohl abgemessen sein, wenn er zuletzt
An deinen eignen Zweck dich führen soll.
Wer seines Herren Vorteil rein bedenkt,
Der hat in Rom gar einen schweren Stand:
Denn Rom will alles nehmen, geben nichts;
Und kommt man hin, um etwas zu erhalten,
Erhält man nichts, man bringe denn was hin,
Und glücklich, wenn man da noch was erhält.
ANTONIO. Es ist nicht mein Betragen, meine Kunst,
Durch die ich deinen Willen, Herr, vollbracht.
Denn welcher Kluge fänd' im Vatikan
Nicht seinen Meister? Vieles traf zusammen,
Das ich zu unserm Vorteil nutzen konnte.
Dich ehrt Gregor und grüßt und segnet dich.
Der Greis, der würdigste, dem eine Krone
Das Haupt belastet, denkt der Zeit mit Freuden,
Da er in seinen Arm dich schloß. Der Mann,
Der Männer unterscheidet, kennt und rühmt
Dich hoch! Um deinetwillen tat er viel.
ALFONS. Ich freue seiner guten Meinung mich,
Sofern sie redlich ist. Doch weißt du wohl,
Vom Vatikan herab sieht man die Reiche
Schon klein genug zu seinen Füßen liegen,
Geschweige denn die Fürsten und die Menschen.
Gestehe nur, was dir am meisten half!
ANTONIO. Gut! wenn du willst: der hohe Sinn des Papsts.
Er sieht das Kleine klein, das Große groß.
Damit er einer Welt gebiete, gibt
Er seinen Nachbarn gern und freundlich nach.

Das Streifchen Land, das er dir überläßt,
Weiß er, wie deine Freundschaft, wohl zu schätzen.
Italien soll ruhig sein, er will
In seiner Nähe Freunde sehen, Friede
Bei seinen Grenzen halten, daß die Macht
Der Christenheit, die er gewaltig lenkt,
Die Türken da, die Ketzer dort vertilge.

PRINZESSIN. Weiß man die Männer, die er mehr als andre
Begünstigt, die sich ihm vertraulich nahn?

ANTONIO. Nur der erfahrne Mann besitzt sein Ohr,
Der tätige sein Zutraun, seine Gunst.
Er, der von Jugend auf dem Staat gedient,
Beherrscht ihn jetzt, und wirkt auf jene Höfe,
Die er vor Jahren als Gesandter schon
Gesehen und gekannt und oft gelenkt.
Es liegt die Welt so klar vor seinem Blick
Als wie der Vorteil seines eignen Staats.
Wenn man ihn handeln sieht, so lobt man ihn
Und freut sich, wenn die Zeit entdeckt, was er
Im stillen lang' bereitet und vollbracht.
Es ist kein schönrer Anblick in der Welt,
Als einen Fürsten sehn, der klug regiert,
Das Reich zu sehn, wo jeder stolz gehorcht,
Wo jeder sich nur selbst zu dienen glaubt,
Weil ihm das Rechte nur befohlen wird.

LEONORE. Wie sehnlich wünscht ich, jene Welt einmal
Recht nah zu sehn!

ALFONS. Doch wohl, um mit zu wirken?
Denn bloß beschaun wird Leonore nie.
Es wäre doch recht artig, meine Freundin,
Wenn in das große Spiel wir auch zuweilen
Die zarten Hände mischen könnten – Nicht?

LEONORE *zu Alfons.*

Du willst mich reizen, es gelingt dir nicht.
ALFONS. Ich bin dir viel von andern Tagen schuldig.
LEONORE. Nun gut, so bleib' ich heut' in deiner Schuld!
verzeih und störe meine Fragen nicht.
Zu Antonio. Hat er für die Nepoten viel getan?
ALFONS. Nicht weniger noch mehr, als billig ist.
Ein Mächtiger, der für die Seinen nicht
Zu sorgen weiß, wird von dem Volke selbst
Getadelt. Still und mäßig weiß Gregor
Den Seinigen zu nutzen, die dem Staat
Als wackre Männer dienen, und erfüllt
Mit einer Sorge zwei verwandte Pflichten.
TASSO. Erfreut die Wissenschaft, erfreut die Kunst
Sich seines Schutzes auch? und eifert er
Den großen Fürsten alter Zeiten nach?
ANTONIO. Er ehrt die Wissenschaft, sofern sie nutzt,
Den Staat regieren, Völker kennen lehrt;
Er schätzt die Kunst, sofern sie ziert, sein Rom
Verherrlicht, und Palast und Tempel
Zu Wunderwerken dieser Erde macht.
In seiner Nähe darf nichts müßig sein!
Was gelten soll, muß wirken und muß dienen.
ALFONS. Und glaubst du, daß wir das Geschäfte bald
Vollenden können? daß sie nicht zuletzt
Noch hie und da uns Hindernisse streuen?
ANTONIO. Ich müßte sehr mich irren, wenn nicht gleich
Durch deinen Namenszug, durch wenig Briefe
Auf immer dieser Zwist gehoben wäre.
ALFONS. So lob' ich diese Tage meines Lebens
Als eine Zeit des Glückes und Gewinns.
Erweitert seh' ich meine Grenze, weiß
Sie für die Zukunft sicher. Ohne Schwertschlag
Hast du's geleistet, eine Bürgerkrone

Dir wohl verdient. Es sollen unsre Frauen
Vom ersten Eichenlaub am schönsten Morgen
Geflochten dir sie um die Stirne legen.
Indessen hat mich Tasso auch bereichert:
Er hat Jerusalem für uns erobert
Und so die neue Christenheit beschämt,
Ein weit entferntes, hoch gestecktes Ziel
Mit frohem Mut und strengem Fleiß erreicht.
Für seine Mühe siehst du ihn gekrönt.

ANTONIO. Du lösest mir ein Rätsel. Zwei Bekränzte
Erblickt' ich mit Verwundrung, da ich kam.

TASSO. Wenn du mein Glück vor deinen Augen siehst,
So wünscht ich, daß du mein beschämt Gemüt
Mit eben diesem Blicke schauen könntest.

ANTONIO. Mir war es lang' bekannt, daß im Belohnen
Alfons unmäßig ist, und du erfährst,
Was jeder von den Seinen schon erfuhr.

PRINZESSIN. Wenn du erst siehst, was er geleistet hat,
So wirst du uns gerecht und mäßig finden.
Wir sind nur hier die ersten stillen Zeugen
Des Beifalls, den die Welt ihm nicht versagt,
Und den ihm zehnfach künft'ge Jahre gönnen.

ANTONIO. Er ist durch euch schon seines Ruhms gewiß.
Wer dürfte zweifeln, wo ihr preisen könnt?
Doch sage mir, wer drückte diesen Kranz
Auf Ariostens Stirne?

LEONORE. Diese Hand.

ANTONIO. Und sie hat wohlgetan! Er ziert ihn schön,
Als ihn der Lorbeer selbst nicht zieren würde.
Wie die Natur die innig reiche Brust
Mit einem grünen bunten Kleide deckt,
So hüllt er alles, was den Menschen nur
Ehrwürdig, liebenswürdig machen kann,

Ins blühende Gewand der Fabel ein.
Zufriedenheit, Erfahrung und Verstand
Und Geisteskraft, Geschmack und reiner Sinn
Fürs wahre Gute, geistig scheinen sie
In seinen Liedern und persönlich doch
Wie unter Blütenbäumen auszuruhn,
Bedeckt vom Schnee der leicht getragnen Blüten,
Umkränzt von Rosen, wunderlich umgaukelt
Vom losen Zauberspiel der Amoretten.
Der Quell des Überflusses rauscht daneben
Und läßt uns bunte Wunderfische sehn.
Von seltenem Geflügel ist die Luft,
Von fremden Herden Wies' und Busch erfüllt;
Die Schalkheit lauscht im Grünen halb versteckt,
Die Weisheit läßt von einer goldnen Wolke
Von Zeit zu Zeit erhabne Sprüche tönen,
Indes auf wohlgestimmter Laute wild
Der Wahnsinn hin und her zu wühlen scheint
Und doch im schönsten Takt sich mäßig hält.
Wer neben diesen Mann sich wagen darf,
Verdient für seine Kühnheit schon den Kranz.
Vergebt, wenn ich mich selbst begeistert fühle,
Wie ein Verzückter weder Zeit noch Ort,
Noch, was ich sage, wohl bedenken kann;
Denn alle diese Dichter, diese Kränze,
Das seltne festliche Gewand der Schönen
Versetzt mich aus mir selbst in fremdes Land.

PRINZESSIN. Wer ein Verdienst so wohl zu schätzen weiß,
Der wird das andre nicht verkennen. Du
Sollst uns dereinst in Tassos Liedern zeigen,
Was wir gefühlt und was nur du erkennst.

ALFONS. Komm mit, Antonio! manches hab' ich noch,
Worauf ich sehr begierig bin, zu fragen.

Dann sollst du bis zum Untergang der Sonne
Den Frauen angehören. Komm! Lebt wohl.

Dem Fürsten folgt Antonio, den Damen Tasso.

Zweiter Aufzug

Saal

Erster Auftritt

Prinzessin. Tasso

Tasso. Unsicher folgen meine Schritte dir,
O Fürstin, und Gedanken ohne Maß
Und Ordnung regen sich in meiner Seele.
Mir scheint die Einsamkeit zu winken, mich
Gefällig anzulispeln: komm, ich löse
Die neu erregten Zweifel deiner Brust.
Doch werf ich einen Blick auf dich, vernimmt
Mein horchend Ohr ein Wort von deiner Lippe,
So wird ein neuer Tag um mich herum,
Und alle Bande fallen von mir los.
Ich will dir gern gestehn, es hat der Mann,
Der unerwartet zu uns trat, nicht sanft
Aus einem schönen Traum mich aufgeweckt;
Sein Wesen, seine Worte haben mich
So wunderbar getroffen, daß ich mehr
Als je mich doppelt fühle, mit mir selbst
Aufs neu' in streitender Verwirrung bin.

Prinzessin. Es ist unmöglich, daß ein alter Freund,
Der, lang' entfernt, ein fremdes Leben führte,
Im Augenblick, da er uns wiedersieht,

Sich wieder gleich wie ehmals finden soll.
Er ist in seinem Innern nicht verändert;
Laß uns mit ihm nur wenig Tage leben,
So stimmen sich die Saiten hin und wider,
Bis glücklich eine schöne Harmonie
Aufs neue sie verbindet. Wird er dann
Auch näher kennen, was du diese Zeit
Geleistet hast, so stellt er dich gewiß
Dem Dichter an die Seite, den er jetzt
Als einen Riesen dir entgegenstellt.
TASSO. Ach, meine Fürstin, Ariostens Lob
Aus seinem Munde hat mich mehr ergötzt,
Als daß es mich beleidigt hätte. Tröstlich
Ist es für uns, den Mann gerühmt zu wissen,
Der als ein großes Muster vor uns steht.
Wir können uns im stillen Herzen sagen:
Erreichst du einen Teil von seinem Wert,
Bleibt dir ein Teil auch seines Ruhms gewiß.
Nein, was das Herz im tiefsten mir bewegte,
Was mir noch jetzt die ganze Seele füllt,
Es waren die Gestalten jener Welt,
Die sich lebendig, rastlos, ungeheuer
Um *einen* großen, einzig klugen Mann
Gemessen dreht und ihren Lauf vollendet,
Den ihr der Halbgott vorzuschreiben wagt.
Begierig horcht' ich auf, vernahm mit Lust
Die sichern Worte des erfahrnen Mannes;
Doch ach! je mehr ich horchte, mehr und mehr
Versank ich vor mir selbst, ich fürchtete,
Wie Echo an den Felsen zu verschwinden,
Ein Widerhall, ein Nichts, mich zu verlieren.
PRINZESSIN. Und schienst noch kurz vorher so rein zu fühlen,
Wie Held und Dichter füreinander leben,

Wie Held und Dichter sich einander suchen
Und keiner je den andern neiden soll?
Zwar herrlich ist die liedeswerte Tat,
Doch schön ist's auch, der Taten stärkste Fülle
Durch würd'ge Lieder auf die Nachwelt bringen.
Begnüge dich, aus einem kleinen Staate,
Der dich beschützt, dem wilden Lauf der Welt,
Wie von dem Ufer, ruhig zuzusehn.
TASSO. Und sah ich hier mit Staunen nicht zuerst,
Wie herrlich man den tapfern Mann belohnt?
Als unerfahrner Knabe kam ich her,
In einem Augenblick, da Fest auf Fest
Ferrara zu dem Mittelpunkt der Ehre
Zu machen schien. Oh! welcher Anblick war's!
Den weiten Platz, auf dem in ihrem Glanze
Gewandte Tapferkeit sich zeigen sollte,
Umschloß ein Kreis, wie ihn die Sonne nicht
So bald zum zweitenmal bescheinen wird.
Es saßen hier gedrängt die schönsten Frauen,
Gedrängt die ersten Männer unsrer Zeit.
Erstaunt durchlief der Blick die edle Menge;
Man rief: Sie alle hat das Vaterland,
Das *eine*, schmale, meerumgebne Land,
Hierher geschickt. Zusammen bilden sie
Das herrlichste Gericht, das über Ehre,
Verdienst und Tugend je entschieden hat.
Gehst du sie einzeln durch, du findest keinen,
Der seines Nachbarn sich zu schämen brauche! –
Und dann eröffneten die Schranken sich.
Da stampften Pferde, glänzten Helm' und Schilde,
Da drängten sich die Knappen, da erklang
Trompetenschall, und Lanzen krachten splitternd,
Getroffen tönten Helm' und Schilde, Staub

Auf einen Augenblick umhüllte wirbelnd
Des Siegers Ehre, des Besiegten Schmach.
O laß mich einen Vorhang vor das ganze,
Mir allzu helle Schauspiel ziehen, daß
In diesem schönen Augenblicke mir
Mein Unwert nicht zu heftig fühlbar werde.

PRINZESSIN. Wenn jener edle Kreis, wenn jene Taten
Zu Müh und Streben damals dich entflammten,
So konnt' ich, junger Freund, zu gleicher Zeit
Der Duldung stille Lehre dir bewähren.
Die Feste, die du rühmst, die hundert Zungen
Mir damals priesen und mir manches Jahr
Nachher gepriesen haben, sah ich nicht.
Am stillen Ort, wohin kaum unterbrochen
Der letzte Widerhall der Freude sich
Verlieren konnte, mußt' ich manche Schmerzen
Und manchen traurigen Gedanken leiden.
Mit breiten Flügeln schwebte mir das Bild
Des Todes vor den Augen, deckte mir
Die Aussicht in die immer neue Welt.
Nur nach und nach entfernt' es sich und ließ
Mich, wie durch einen Flor, die bunten Farben
Des Lebens, blaß, doch angenehm, erblicken.
Ich sah lebend'ge Formen wieder sanft sich regen.
Zum erstenmal trat ich, noch unterstützt
Von meinen Frauen, aus dem Krankenzimmer,
Da kam Lucretia voll frohen Lebens
Herbei und führte dich an ihrer Hand.
Du warst der erste, der im neuen Leben
Mir neu und unbekannt entgegentrat.
Da hofft' ich viel für dich und mich; auch hat
Uns bis hierher die Hoffnung nicht betrogen.

TASSO. Und ich, der ich, betäubt von dem Gewimmel

Des drängenden Gewühls, von so viel Glanz
Geblendet, und von mancher Leidenschaft
Bewegt, durch stille Gänge des Palasts
An deiner Schwester Seite schweigend ging,
Dann in das Zimmer trat, wo du uns bald,
Auf deine Fraun gelehnt, erschienest – mir
Welch ein Moment war dieser! O vergib!
Wie den Bezauberten von Rausch und Wahn
Der Gottheit Nähe leicht und willig heilt,
So war auch ich von aller Phantasie,
Von jeder Sucht, von jedem falschen Triebe
Mit *einem* Blick in deinen Blick geheilt.
Wenn unerfahren die Begierde sich
Nach tausend Gegenständen sonst verlor,
Trat ich beschämt zuerst in mich zurück
Und lernte nun das Wünschenswerte kennen.
So sucht man in dem weiten Sand des Meers
Vergebens eine Perle, die verborgen
In stillen Schalen eingeschlossen ruht.

PRINZESSIN. Es fingen schöne Zeiten damals an,
Und hätt' uns nicht der Herzog von Urbino
Die Schwester weggeführt, uns wären Jahre
Im schönen, ungetrübten Glück verschwunden.
Doch leider jetzt vermissen wir zu sehr
Den frohen Geist, die Brust voll Mut und Leben,
Den reichen Witz der liebenswürd'gen Frau.

TASSO. Ich weiß es nur zu wohl, seit jenem Tage,
Da sie von hinnen schied, vermochte dir
Die reine Freude niemand zu ersetzen.
Wie oft zerriß es meine Brust! Wie oft
Klagt' ich dem stillen Hain mein Leid um dich!
Ach! rief ich aus, hat denn die Schwester nur
Das Glück, das Recht, der Teuren viel zu sein?

Ist denn kein Herz mehr wert, daß sie sich ihm
Vertrauen dürfte, kein Gemüt dem ihren
Mehr gleich gestimmt? Ist Geist und Witz verloschen?
Und war die *eine* Frau, so trefflich sie
Auch war, denn alles? Fürstin! o verzeih!
Da dacht' ich manchmal an mich selbst und wünschte,
Dir etwas sein zu können. Wenig nur,
Doch etwas, nicht mit Worten, mit der Tat
Wünscht' ich's zu sein, im Leben dir zu zeigen,
Wie sich mein Herz im stillen dir geweiht.
Doch es gelang mir nicht, und nur zu oft
Tat ich im Irrtum, was dich schmerzen mußte,
Beleidigte den Mann, den du beschütztest,
Verwirrte unklug, was du lösen wolltest,
Und fühlte so mich stets im Augenblick,
Wenn ich mich nahen wollte, fern und ferner.

PRINZESSIN. Ich habe, Tasso, deinen Willen nie
Verkannt, und weiß, wie du dir selbst zu schaden
Geschäftig bist. Anstatt daß meine Schwester
Mit jedem, wie er sei, zu leben weiß,
So kannst du selbst nach vielen Jahren kaum
In einen Freund dich finden.

TASSO. Tadle mich!
Doch sage mir hernach: wo ist der Mann,
Die Frau, mit der ich wie mit dir
Aus freiem Busen wagen darf zu reden?

PRINZESSIN. Du solltest meinem Bruder dich vertraun.

TASSO. Er ist mein Fürst! – Doch glaube nicht, daß mir
Der Freiheit wilder Trieb den Busen blähe.
Der Mensch ist nicht geboren, frei zu sein,
Und für den Edlen ist kein schöner Glück,
Als einem Fürsten, den er ehrt, zu dienen.
Und so ist er mein Herr, und ich empfinde

Den ganzen Umfang dieses großen Worts.
Nun muß ich schweigen lernen, wenn er spricht,
Und tun, wenn er gebietet, mögen auch
Verstand und Herz ihm lebhaft widersprechen.
PRINZESSIN. Das ist der Fall bei meinem Bruder nie.
Und nun, da wir Antonio wieder haben,
Ist dir ein neuer kluger Freund gewiß.
TASSO. Ich hofft' es ehmals, jetzt verzweifl' ich fast.
Wie lehrreich wäre mir sein Umgang, nützlich
Sein Rat in tausend Fällen! Er besitzt,
Ich mag wohl sagen, alles, was mir fehlt.
Doch, haben alle Götter sich versammelt,
Geschenke seiner Wiege darzubringen –
Die Grazien sind leider ausgeblieben,
Und wem die Gaben dieser Holden fehlen,
Der kann zwar viel besitzen, vieles geben,
Doch läßt sich nie an seinem Busen ruhn.
PRINZESSIN. Doch läßt sich ihm vertraun, und das ist viel.
Du mußt von einem Mann nicht alles fordern,
Und dieser leistet, was er dir verspricht.
Hat er sich erst für deinen Freund erklärt,
So sorgt er selbst für dich, wo du dir fehlst.
Ihr müßt verbunden sein! Ich schmeichle mir,
Dies schöne Werk in kurzem zu vollbringen.
Nur widerstehe nicht, wie du es pflegst!
So haben wir Lenoren lang' besessen,
Die fein und zierlich ist, mit der es leicht
Sich leben läßt; auch dieser hast du nie,
Wie sie es wünschte, nähertreten wollen.
TASSO. Ich habe dir gehorcht, sonst hätt' ich mich
Von ihr entfernt, anstatt mich ihr zu nahen.
So liebenswürdig sie erscheinen kann,
Ich weiß nicht, wie es ist, konnt' ich nur selten

Mit ihr ganz offen sein, und wenn sie auch
Die Absicht hat, den Freunden wohlzutun,
So fühlt man Absicht, und man ist verstimmt.

PRINZESSIN. Auf diesem Wege werden wir wohl nie
Gesellschaft finden, Tasso! Dieser Pfad
Verleitet uns, durch einsames Gebüsch,
Durch stille Täler fortzuwandern; mehr
Und mehr verwöhnt sich das Gemüt und strebt,
Die goldne Zeit, die ihm von außen mangelt,
In seinem Innern wieder herzustellen,
Sowenig der Versuch gelingen will.

TASSO. O welches Wort spricht meine Fürstin aus!
Die goldne Zeit, wohin ist sie geflohn,
Nach der sich jedes Herz vergebens sehnt?
Da auf der freien Erde Menschen sich
Wie frohe Herden im Genuß verbreiteten;
Da ein uralter Baum auf bunter Wiese
Dem Hirten und der Hirtin Schatten gab,
Ein jüngeres Gebüsch die zarten Zweige
Um sehnsuchtsvolle Liebe traulich schlang;
Wo klar und still auf immer reinem Sande
Der weiche Fluß die Nymphe sanft umfing;
Wo in dem Grase die gescheuchte Schlange
Unschädlich sich verlor, der kühne Faun,
Vom tapfern Jüngling bald bestraft, entfloh;
Wo jeder Vogel in der freien Luft
Und jedes Tier, durch Berg' und Täler schweifend,
Zum Menschen sprach: Erlaubt ist, was gefällt.

PRINZESSIN. Mein Freund, die goldne Zeit ist wohl vorbei;
Allein die Guten bringen sie zurück.
Und soll ich dir gestehen, wie ich denke:
Die goldne Zeit, womit der Dichter uns
Zu schmeicheln pflegt, die schöne Zeit, sie war,

So scheint es mir, so wenig, als sie ist;
Und war sie je, so war sie nur gewiß,
Wie sie uns immer wieder werden kann.
Noch treffen sich verwandte Herzen an
Und teilen den Genuß der schönen Welt;
Nur in dem Wahlspruch ändert sich, mein Freund,
Ein einzig Wort: Erlaubt ist, was sich ziemt.

TASSO. O wenn aus guten, edlen Menschen nur
Ein allgemein Gericht bestellt entschiede,
Was sich denn ziemt! anstatt daß jeder glaubt,
Es sei auch schicklich, was ihm nützlich ist.
Wir sehn ja, dem Gewaltigen, dem Klugen
Steht alles wohl, und er erlaubt sich alles.

PRINZESSIN. Willst du genau erfahren, was sich ziemt,
So frage nur bei edlen Frauen an.
Denn ihnen ist am meisten dran gelegen,
Daß alles wohl sich zieme, was geschieht.
Die Schicklichkeit umgibt mit einer Mauer
Das zarte, leicht verletzliche Geschlecht.
Wo Sittlichkeit regiert, regieren sie,
Und wo die Frechheit herrscht, da sind sie nichts.
Und wirst du die Geschlechter beide fragen:
Nach Freiheit strebt der Mann, das Weib nach Sitte.

TASSO. Du nennest uns unbändig, roh, gefühllos?

PRINZESSIN. Nicht das! Allein ihr strebt nach fernen Gütern,
Und euer Streben muß gewaltsam sein.
Ihr wagt es, für die Ewigkeit zu handeln
Wenn wir ein einzig nah beschränktes Gut
Auf dieser Erde nur besitzen möchten
Und wünschen, daß es beständig bliebe.
Wir sind von keinem Männerherzen sicher,
Das noch so warm sich einmal uns ergab.
Die Schönheit ist vergänglich, die ihr doch

Allein zu ehren scheint. Was übrigbleibt,
Das reizt nicht mehr, und was nicht reizt, ist tot.
Wenn's Männer gäbe, die ein weiblich Herz
Zu schätzen wüßten, die erkennen möchten,
Welch einen holden Schatz von Treu' und Liebe
Der Busen einer Frau bewahren kann;
Wenn das Gedächtnis einzig schöner Stunden
In euren Seelen lebhaft bleiben wollte;
Wenn euer Blick, der sonst durchdringend ist,
Auch durch den Schleier dringen könnte, den
Uns Alter oder Krankheit überwirft;
Wenn der Besitz, der ruhig machen soll,
Nach fremden Gütern euch nicht lüstern machte:
Dann wär' uns wohl ein schöner Tag erschienen,
Wir feierten dann unsre goldne Zeit.

TASSO. Du sagst mir Worte, die in meiner Brust
Halb schon entschlafne Sorgen mächtig regen.

PRINZESSIN. Was meinst du, Tasso? Rede frei mit mir.

TASSO. Oft hört' ich schon, und diese Tage wieder
Hab' ich's gehört, ja hätt' ich's nicht vernommen,
So müßt' ich's denken: edle Fürsten streben
Nach deiner Hand! Was wir erwarten müssen,
Das fürchten wir und möchten schier verzweifeln.
Verlassen wirst du uns, es ist natürlich;
Doch wie wir's tragen wollen, weiß ich nicht.

PRINZESSIN. Für diesen Augenblick seid unbesorgt!
Fast möcht' ich sagen: unbesorgt für immer.
Hier bin ich gern, und gerne mag ich bleiben.
Noch weiß ich kein Verhältnis, das mich lockte;
Und wenn ihr mich denn ja behalten wollt,
So laßt es mir durch Eintracht sehn und schafft
Euch selbst ein glücklich Leben, mir durch euch.

TASSO. O lehre mich, das mögliche zu tun!

Gewidmet sind dir alle meine Tage.
Wenn, dich zu preisen, dir zu danken, sich
Mein Herz entfaltet, dann empfind' ich erst
Das reinste Glück, das Menschen fühlen können;
Das Göttlichste erfuhr ich nur in dir.
So unterscheiden sich die Erdengötter
Vor andern Menschen, wie das hohe Schicksal
Vom Rat und Willen selbst der klügsten Männer
Sich unterscheidet. Vieles lassen sie,
Wenn wir gewaltsam Wog' auf Woge sehn,
Wie leichte Wellen unbemerkt vorüber
Vor ihren Füßen rauschen, hören nicht
Den Sturm, der uns umsaust und niederwirft,
Vernehmen unser Flehen kaum und lassen,
Wie wir beschränkten, armen Kindern tun,
Mit Seufzern und Geschrei die Luft uns füllen.
Du hast mich oft, O Göttliche, geduldet,
Und wie die Sonne, trocknete dein Blick
Den Tau von meinen Augenlidern ab.
PRINZESSIN. Es ist sehr billig, daß die Frauen dir
Aufs freundlichste begegnen: es verherrlicht
Dein Leid auf manche Weise das Geschlecht.
Zart oder tapfer, hast du stets gewußt,
Sie liebenswert und edel vorzustellen;
Und wenn Armide hassenswert erscheint,
Versöhnt ihr Reiz und ihre Liebe bald.
TASSO. Was auch in meinem Liede widerklingt,
Ich bin nur *einer, einer* alles schuldig!
Es schwebt kein geistig unbestimmtes Bild
Vor meiner Stirne, das der Seele bald
Sich überglänzend nahte, bald entzöge.
Mit meinen Augen hab' ich es gesehn,
Das Urbild jeder Tugend, jeder Schöne;

Was ich nach ihm gebildet, das wird bleiben:
Tancredens Heldenliebe zu Chlorinden,
Erminiens stille, nicht bemerkte Treue,
Sophroniens Großheit und Olindens Not,
Es sind nicht Schatten, die der Wahn erzeugte,
Ich weiß es, sie sind ewig, denn sie sind.
Und was hat mehr das Recht, Jahrhunderte
Zu bleiben und im stillen fortzuwirken,
Als das Geheimnis einer edlen Liebe,
Dem holden Lied bescheiden anvertraut?

PRINZESSIN. Und soll ich dir noch einen Vorzug sagen,
Den unvermerkt sich dieses Lied erschleicht?
Es lockt uns nach, und nach, wir hören zu,
Wir hören, und wir glauben zu verstehn,
Was wir verstehn, das können wir nicht tadeln,
Und so gewinnt uns dieses Lied zuletzt.

TASSO. Welch einen Himmel öffnest du vor mir,
O Fürstin! Macht mich dieser Glanz nicht blind,
So seh' ich unverhofft ein ewig Glück
Auf goldnen Strahlen herrlich niedersteigen.

PRINZESSIN. Nicht weiter, Tasso! Viele Dinge sind's,
Die wir mit Heftigkeit ergreifen sollen:
Doch andre können nur durch Mäßigung
Und durch Entbehren unser eigen werden.
So, sagt man, sei die Tugend, sei die Liebe,
Die ihr verwandt ist. Das bedenke wohl!

ZWEITER AUFTRITT

TASSO *allein.* Ist dir's erlaubt, die Augen aufzuschlagen?
Wagst du's, umherzusehn? Du bist allein!
Vernahmen diese Säulen, was sie sprach?

Und hast du Zeugen, diese stummen Zeugen
Des höchsten Glücks zu fürchten? Es erhebt
Die Sonne sich des neuen Lebenstages,
Der mit den vorigen sich nicht vergleicht.
Herniedersteigend hebt die Göttin schnell
Den Sterblichen hinauf. Welch neuer Kreis
Entdeckt sich meinem Auge, welches Reich!
Wie köstlich wird der heiße Wunsch belohnt!
Ich träumte mich dem höchsten Glücke nah,
Und *dieses* Glück ist über alle Träume.
Der Blindgeborne denke sich das Licht,
Die Farben, wie er will; erscheinet ihm
Der neue Tag, ist's ihm ein neuer Sinn.
Voll Mut und Ahnung, freudetrunken schwankend
Betret' ich diese Bahn. Du gibst mir viel,
Du gibst, wie Erd' und Himmel uns Geschenke
Mit vollen Händen übermäßig reichen,
Und forderst wieder, was von mir zu fordern
Nur eine solche Gabe dich berechtigt.
Ich soll entbehren, soll mich mäßig zeigen
Und so verdienen, daß du mir vertraust.
Was tat ich je, daß sie mich wählen konnte?
Was soll ich tun, um ihrer wert zu sein?
Sie konnte dir vertraun, und dadurch bist du's.
Ja, Fürstin, deinen Worten, deinen Blicken
Sei ewig meine Seele ganz geweiht!
Ja, fordre, was du willst, denn ich bin dein!
Sie sende mich, Müh und Gefahr und Ruhm
In fernen Landen aufzusuchen, reiche
Im stillen Hain die goldne Leier mir,
Sie weihe mich der Ruh und ihrem Preis:
Ihr bin ich, bildend soll sie mich besitzen,
Mein Herz bewahrte jeden Schatz für sie.

O hätt' ein tausendfaches Werkzeug mir
Ein Gott gegönnt, kaum drückt' ich dann genug
Die unaussprechliche Verehrung aus.
Des Malers Pinsel und des Dichters Lippe,
Die süßeste, die je von frühem Honig
Genährt war, wünscht ich mir. Nein, künftig soll
Nicht Tasso zwischen Bäumen, zwischen Menschen
Sich einsam, schwach und trübgesinnt verlieren!
Er ist nicht mehr allein, er ist mit dir.
O daß die edelste der Taten sich
Hier sichtbar vor mich stellte, rings umgeben
Von gräßlicher Gefahr! Ich dränge zu
Und wagte gern das Leben, das ich nun
Von ihren Händen habe – forderte
Die besten Menschen mir zu Freunden auf,
Unmögliches mit einer edlen Schar
Nach ihrem Wink und Willen zu vollbringen.
Voreiliger, warum verbarg dein Mund
Nicht das, was du empfandst, bis du dich wert
Und werter ihr zu Füßen legen konntest?
Das war dein Vorsatz, war dein kluger Wunsch.
Doch sei es auch! Viel schöner ist es, rein
Und unverdient ein solch Geschenk empfangen,
Als halb und halb zu wähnen, daß man wohl
Es habe fordern dürfen, Blicke freudig!
Es ist so groß, so weit, was vor dir liegt;
Und hoffnungsvolle Jugend lockt dich wieder
In unbekannte, lichte Zukunft hin.
– Schwelle, Brust! – O Witterung des Glücks,
Begünst'ge diese Pflanze doch einmal!
Sie strebt gen Himmel, tausend Zweige dringen
Aus ihr hervor, entfalten sich zu Blüten.
O daß sie Frucht, o daß sie Freuden bringe!

Daß eine liebe Hand den goldnen Schmuck
Aus ihren frischen, reichen Ästen breche!

Dritter Auftritt

Tasso. Antonio

Tasso. Sei mir willkommen, den ich gleichsam jetzt
Zum erstenmal erblicke! Schöner ward
Kein Mann mir angekündigt. Sei willkommen!
Dich kenn' ich nun und deinen ganzen Wert,
Dir biet' ich ohne Zögern Herz und Hand
Und hoffe, daß auch du mich nicht verschmähst.
Antonio. Freigebig bietest du mir schöne Gaben,
Und ihren Wert erkenn' ich, wie ich soll:
Drum laß mich zögern, eh' ich sie ergreife.
Weiß ich doch nicht, ob ich dir auch dagegen
Ein Gleiches geben kann. Ich möchte gern
Nicht übereilt und nicht undankbar scheinen:
Laß mich für beide klug und sorgsam sein.
Tasso. Wer wird die Klugheit tadeln? Jeder Schritt
Des Lebens zeigt, wie sehr sie nötig sei;
Doch schöner ist's, wenn uns die Seele sagt,
Wo wir der feinen Vorsicht nicht bedürfen.
Antonio. Darüber frage jeder sein Gemüt,
Weil er den Fehler selbst zu büßen hat.
Tasso. So sei's! Ich habe meine Pflicht getan:
Der Fürstin Wort, die uns zu Freunden wünscht,
Hab' ich verehrt und mich dir vorgestellt.
Rückhalten durft ich nicht, Antonio; doch gewiß,
Zudringen will ich nicht. Es mag denn sein.
Zeit und Bekanntschaft heißen dich vielleicht
Die Gabe wärmer fordern, die du jetzt

So kalt beiseitelehnst und fast verschmähst.
ANTONIO. Der Mäßige wird öfters kalt genannt
Von Menschen, die sich warm vor andern glauben,
Weil sie die Hitze fliegend überfällt.
TASSO. Du tadelst, was ich tadle, was ich meide.
Auch ich verstehe wohl, so jung ich bin,
Der Heftigkeit die Dauer vorzuziehn.
ANTONIO. Sehr weislich! Bleibe stets auf diesem Sinne.
TASSO. Du bist berechtigt, mir zu raten, mich
Zu warnen, denn es steht Erfahrung dir
Als lang' erprobte Freundin an der Seite.
Doch glaube nur, es horcht ein stilles Herz
Auf jedes Tages, jeder Stunde Warnung
Und übt sich insgeheim an jedem Guten,
Das deine Strenge neu zu lehren glaubt.
ANTONIO. Es ist wohl angenehm, sich mit sich selbst
Beschäft'gen, wenn es nur so nützlich wäre.
Inwendig lernt kein Mensch sein Innerstes
Erkennen; denn er mißt nach eignem Maß
Sich bald zu klein und leider oft zu groß.
Der Mensch erkennt sich nur im Menschen, nur
Das Leben lehret jedem, was er sei.
TASSO. Mit Beifall und Verehrung hör' ich dich.
ANTONIO. Und dennoch denkst du wohl bei diesen Worten
Ganz etwas andres, als ich sagen will.
TASSO. Auf diese Weise rücken wir nicht näher.
Es ist nicht klug, es ist nicht wohlgetan,
Vorsätzlich einen Menschen zu verkennen,
Er sei auch, wer er sei. Der Fürstin Wort
Bedurft' es kaum, leicht hab' ich dich erkannt:
Ich weiß, daß du das Gute willst und schaffst.
Dein eigen Schicksal läßt dich unbesorgt,
An andre denkst du, andern stehst du bei,

Und auf des Lebens leicht bewegter Woge
Bleibt dir ein stetes Herz. So seh' ich dich.
Und was wär' ich, ging' ich dir nicht entgegen?
Sucht' ich begierig nicht auch einen Teil
An dem verschloßnen Schatz, den du bewahrst?
Ich weiß, es reut dich nicht, wenn du dich öffnest,
Ich weiß, du bist mein Freund, wenn du mich kennst:
Und eines solchen Freundes bedurft ich lange.
Ich schäme mich der Unerfahrenheit
Und meiner Jugend nicht. Still ruhet noch
Der Zukunft goldne Wolke mir ums Haupt.
O nimm mich, edler Mann, an deine Brust
Und weihe mich, den Raschen, Unerfahrnen,
Zum mäßigen Gebrauch des Lebens ein.

ANTONIO. In einem Augenblicke forderst du,
Was wohlbedächtig nur die Zeit gewährt.

TASSO. In einem Augenblick gewährt die Liebe,
Was Mühe kaum in langer Zeit erreicht.
Ich bitt' es nicht von dir, ich darf es fordern.
Dich ruf' ich in der Tugend Namen auf,
Die gute Menschen zu verbinden eifert.
Und soll ich dir noch einen Namen nennen?
Die Fürstin hofft's, sie will's – Eleonore,
Sie will mich zu dir führen, dich zu mir.
O laß uns ihrem Wunsch entgegengehn!
Laß uns verbunden vor die Göttin treten,
Ihr unsern Dienst, die ganze Seele bieten,
Vereint für sie das Würdigste zu tun.
Noch einmal! – Hier ist meine Hand! Schlag ein!
Tritt nicht zurück und weigre dich nicht länger,
O edler Mann, und gönne mir die Wollust,
Die schönste guter Menschen, sich dem Bessern
Vertrauend ohne Rückhalt hinzugeben!

Antonio. Du gehst mit vollen Segeln! Scheint es doch,
Du bist gewohnt, zu siegen, überall
Die Wege breit, die Pforten weit zu finden.
Ich gönne jeden Wert und jedes Glück
Dir gern; allein ich sehe nur zu sehr,
Wir stehn zu weit noch voneinander ab.
Tasso. Es sei an Jahren, an geprüftem Wert;
An frohem Mut und Willen weich' ich keinem.
Antonio. Der Wille lockt die Taten nicht herbei;
Der Mut stellt sich die Wege kürzer vor.
Wer angelangt am Ziel ist, wird gekrönt,
Und oft entbehrt ein Würd'ger eine Krone.
Doch gibt es leichte Kränze, Kränze gibt es
Von sehr verschiedner Art: sie lassen sich
Oft im Spazierengehn bequem erreichen.
Tasso. Was eine Gottheit diesem frei gewährt
Und jenem streng versagt, ein solches Gut
Erreicht nicht jeder, wie er will und mag.
Antonio. Schreib es dem Glück vor andern Göttern zu,
So hör' ich's gern, denn seine Wahl ist blind.
Tasso. Auch die Gerechtigkeit trägt eine Binde
Und schließt die Augen jedem Blendwerk zu.
Antonio. Das Glück erhebe billig der Beglückte!
Er dicht' ihm hundert Augen fürs Verdienst
Und kluge Wahl und strenge Sorgfalt an,
Nenn' es Minerva, nenn' es, wie er will,
Er halte gnädiges Geschenk für Lohn,
Zufällgen Putz für wohlverdienten Schmuck.
Tasso. Du brauchst nicht deutlicher zu sein. Es ist genug.
Ich blicke tief dir in das Herz und kenne
Fürs ganze Leben dich. O kennte so
Dich meine Fürstin auch! Verschwende nicht
Die Pfeile deiner Augen, deiner Zunge!

Du richtest sie vergebens nach dem Kranze,
Dem unverwelklichen, auf meinem Haupt.
Sei erst so groß, mir ihn nicht zu beneiden!
Dann darfst du mir vielleicht ihn streitig machen.
Ich acht ihn heilig und das höchste Gut.
Doch zeige mir den Mann, der das erreicht,
Wonach ich strebe, zeige mir den Helden,
Von dem mir die Geschichten nur erzählten;
Den Dichter stell' mir vor, der sich Homeren,
Virgilen sich vergleichen darf, ja, was
Noch mehr gesagt ist, zeige mir den Mann,
Der dreifach diesen Lohn verdiente, den
Die schöne Krone dreifach mehr als mich
Beschämte: Dann sollst du mich kniend sehn
Vor jener Gottheit, die mich so begabte;
Nicht eher stünd' ich auf, bis sie die Zierde
Von meinem Haupt auf seins hinüberdrückte.

ANTONIO. Bis dahin bleibst du freilich ihrer wert.

TASSO. Man wäge mich, das will ich nicht vermeiden;
Allein Verachtung hab' ich nicht verdient.
Die Krone, der mein Fürst mich würdig achtete,
Die meiner Fürstin Hand für mich gewunden,
Soll keiner mir bezweifeln noch begrinsen!

ANTONIO. Es ziemt der hohe Ton, die rasche Glut
Nicht dir zu mir, noch dir an diesem Orte.

TASSO. Was du dir hier erlaubst, das ziemt auch mir.
Und ist die Wahrheit wohl von hier verbannt?
Ist im Palast der freie Geist gekerkert?
Hat hier ein edler Mensch nur Druck zu dulden?
Mich dünkt, hier ist die Hoheit erst an ihrem Platz,
Der Seele Hoheit! Darf sie sich der Nähe
Der Großen dieser Erde nicht erfreun?
Sie darf's und soll's. Wir nahen uns dem Fürsten

Durch Adel nur, der uns von Vätern kam;
Warum nicht durchs Gemüt, das die Natur
Nicht jedem groß verlieh, wie sie nicht jedem
Die Reihe großer Ahnherrn geben konnte.
Nur Kleinheit sollte hier sich ängstlich fühlen,
Der Neid, der sich zu seiner Schande zeigt:
Wie keiner Spinne schmutziges Gewebe
An diesen Marmorwänden haften soll.
ANTONIO. Du zeigst mir selbst mein Recht, dich zu verschmähn!
Der übereilte Knabe will des Manns
Vertraun und Freundschaft mit Gewalt ertrotzen?
Unsittlich, wie du bist, hältst du dich gut?
TASSO. Viel lieber was ihr euch unsittlich nennt,
Als was ich mir unedel nennen müßte.
ANTONIO. Du bist noch jung genug, daß gute Zucht
Dich eines bessern Wegs belehren kann.
TASSO. Nicht jung genug, vor Götzen mich zu neigen,
Und, Trotz mit Trotz zu bänd'gen, alt genug.
ANTONIO. Wo Lippenspiel und Saitenspiel entscheiden,
Ziehst du als Held und Sieger wohl davon.
TASSO. Verwegen wär' es, meine Faust zu rühmen,
Denn sie hat nichts getan; doch ich vertrau' ihr.
ANTONIO. Du traust auf Schonung, die dich nur zu sehr
Im frechen Laufe deines Glücks verzog.
TASSO. Daß ich erwachsen bin, das fühl' ich nun.
Mit dir am wenigsten hätt' ich gewünscht
Das Wagespiel der Waffen zu versuchen:
Allein du schürest Glut auf Glut, es kocht
Das innre Mark, die schmerzliche Begier
Der Rache siedet schäumend in der Brust.
Bist du der Mann, der du dich rühmst, so steh mir!
ANTONIO. Du weißt so wenig *wer*, als *wo* du bist.
TASSO. Kein Heiligtum heißt uns den Schimpf ertragen.

Du lästerst, *du* entweihest diesen Ort,
Nicht ich, der ich Vertraun, Verehrung, Liebe,
Das schönste Opfer, dir entgegentrug.
Dein Geist verunreint dieses Paradies,
Und deine Worte diesen reinen Saal,
Nicht meines Herzens schwellendes Gefühl,
Das braust, den kleinsten Flecken nicht zu leiden.
ANTONIO. Welch hoher Geist in einer engen Brust!
TASSO. Hier ist noch Raum, dem Busen Luft zu machen.
ANTONIO. Es macht das Volk sich auch mit Worten Luft.
TASSO. Bist du ein Edelmann wie ich, so zeig' es.
ANTONIO. Ich bin es wohl, doch weiß ich, wo ich bin.
TASSO. Komm mit herab, wo unsre Waffen gelten.
ANTONIO. Wie du nicht fordern solltest, folg' ich nicht.
TASSO. Der Feigheit ist solch Hindernis willkommen.
ANTONIO. Der Feige droht nur, wo er sicher ist.
TASSO. Mit Freuden kann ich diesem Schutz entsagen.
ANTONIO. Vergib dir nur, dem Ort vergibst du nichts.
TASSO. Verzeihe mir der Ort, daß ich es litt.
Er zieht den Degen.
Zieh oder folge, wenn ich nicht auf ewig,
Wie ich dich hasse, dich verachten soll!

VIERTER AUFTRITT
Alfons. Die Vorigen

ALFONS. In welchem Streit treff' ich euch unerwartet?
ANTONIO. Du findest mich, o Fürst, gelassen stehn
Vor einem, den die Wut ergriffen hat.
TASSO. Ich bete dich als eine Gottheit an,
Daß du mit einem Blick mich warnend bändigst.
ALFONS. Erzähl', Antonio, Tasso, sag' mir an,

Wie hat der Zwist sich in mein Haus gedrungen?
Wie hat er euch ergriffen, von der Bahn
Der Sitten, der Gesetze kluge Männer
Im Taumel weggerissen? Ich erstaune.
TASSO. Du kennst uns beide nicht, ich glaub' es wohl.
Hier dieser Mann, berühmt als klug und sittlich,
Hat roh und hämisch, wie ein unerzogner,
Unedler Mensch, sich gegen mich betragen.
Zutraulich naht' ich ihm, er stieß mich weg;
Beharrlich liebend drang ich mich zu ihm,
Und bitter, immer bittrer, ruht' er nicht,
Bis er den reinsten Tropfen Bluts in mir
Zu Galle wandelte. Verzeih! Du hast mich hier
Als einen Wütenden getroffen. Dieser
Hat alle Schuld, wenn ich mich schuldig machte.
Er hat die Glut gewaltsam angefacht,
Die mich ergriff und mich und ihn verletzte.
ANTONIO. Ihn riß der hohe Dichterschwung hinweg!
Du hast, o Fürst, zuerst mich angeredet,
Hast mich gefragt: es sei mir nun erlaubt,
Nach diesem raschen Redner auch zu sprechen.
TASSO. O ja, erzähl', erzähl' von Wort zu Wort!
Und kannst du jede Silbe, jede Miene
Vor diesen Richter stellen, wag' es nur!
Beleidige dich selbst zum zweiten Male
Und zeuge wider dich! Dagegen will
Ich keinen Hauch und keinen Pulsschlag leugnen.
ANTONIO. Wenn du noch mehr zu reden hast, so sprich;
Wo nicht, so schweig und unterbrich mich nicht.
Ob ich, mein Fürst, ob dieser heiße Kopf
Den Streit zuerst begonnen? wer es sei,
Der Unrecht hat? ist eine weite Frage,
Die wohl zuvörderst noch auf sich beruht.

TASSO. Wie das? Mich dünkt, das ist die erste Frage:
Wer von uns beiden Recht und Unrecht hat.
ANTONIO. Nicht ganz, wie sich's der unbegrenzte Sinn
Gedenken mag.
ALFONS. Antonio!
ANTONIO. Gnädigster,
Ich ehre deinen Wink, doch laß ihn schweigen!
Hab' ich gesprochen, mag er weiterreden;
Du wirst entscheiden. Also sag' ich nur:
Ich kann mit ihm nicht rechten, kann ihn weder
Verklagen, noch mich selbst verteid'gen, noch
Ihm jetzt genug zu tun mich anerbieten.
Denn, wie er steht, ist er kein freier Mann.
Es waltet über ihm ein schwer Gesetz,
Das deine Gnade höchstens lindern wird.
Er hat mir hier gedroht, hat mich gefordert;
Vor dir verbarg er kaum das nackte Schwert.
Und tratst du, Herr, nicht zwischen uns herein,
So stünde jetzt auch ich als pflichtvergessen,
Mitschuldig und beschämt vor deinem Blick.
ALFONS *zu Tasso.* Du hast nicht wohlgetan.
TASSO. Mich spricht o Herr,
Mein eigen Herz, gewiß auch deines frei.
Ja, es ist wahr, ich drohte, forderte,
Ich zog. Allein, wie tückisch seine Zunge
Mit wohlgewählten Worten mich verletzt,
Wie scharf und schnell sein Zahn das feine Gift
Mir in das Blut geflößt, wie er das Fieber
Nur mehr und mehr erhitzt – du denkst es nicht!
Gelassen, kalt, hat er mich ausgehalten,
Aufs höchste mich getrieben. Oh! du kennst,
Du kennst ihn nicht und wirst ihn niemals kennen!
Ich trug ihm warm die schönste Freundschaft an –

Er warf mir meine Gaben vor die Füße;
Und hätte meine Seele nicht geglüht,
So war sie deiner Gnade, deines Dienstes
Auf ewig unwert. Hab' ich des Gesetzes
Und dieses Orts vergessen, so verzeih.
Auf keinem Boden darf ich niedrig sein,
Erniedrigung auf keinem Boden dulden.
Wenn dieses Herz, es sei auch, wo es will,
Dir fehlt und sich, dann strafe, dann verstoße,
Und laß mich nie dein Auge wiedersehn.

ANTONIO. Wie leicht der Jüngling schwere Lasten trägt,
Und Fehler wie den Staub vom Kleide schüttelt!
Es wäre zu verwundern, wenn die Zauberkraft
Der Dichtung nicht bekannter wäre, die
Mit dem Unmöglichen so gern ihr Spiel
Zu treiben liebt. Ob du auch so, mein Fürst,
Ob alle deine Diener diese Tat
So unbedeutend halten, zweifl' ich fast.
Die Majestät verbreitet ihren Schutz
Auf jeden, der sich ihr wie einer Gottheit
Und ihrer unverletzten Wohnung naht.
Wie an dem Fuße des Altars, bezähmt
Sich auf der Schwelle jede Leidenschaft.
Da blinkt kein Schwert, da fällt kein drohend Wort,
Da fordert selbst Beleid'gung keine Rache.
Es bleibt das weite Feld ein offner Raum
Für Grimm und Unversöhnlichkeit genug:
Dort wird kein Feiger drohn, kein Mann wird fliehn.
Hier diese Mauern haben deine Väter
Auf Sicherheit gegründet, ihrer Würde
Ein Heiligtum befestigt, diese Ruhe
Mit schweren Strafen ernst und klug erhalten;
Verbannung, Kerker, Tod ergriff den Schuldigen.

Da war kein Ansehn der Person, es hielt
Die Milde nicht den Arm des Rechts zurück;
Und selbst der Frevler fühlte sich geschreckt.
Nun sehen wir nach langem, schönem Frieden
In das Gebiet der Sitten rohe Wut
Im Taumel wiederkehren. Herr, entscheide,
Bestrafe! denn wer kann in seiner Pflicht
Beschränkten Grenzen wandeln, schützet ihn
Nicht das Gesetz und seines Fürsten Kraft?

ALFONS. Mehr, als ihr beide sagt und sagen könnt,
Läßt unparteiisch das Gemüt mich hören.
Ihr hättet schöner eure Pflicht getan,
Wenn ich dies Urteil nicht zu sprechen hätte.
Denn hier sind Recht und Unrecht nah verwandt.
Wenn dich Antonio beleidigt hat,
So hat er dir auf irgendeine Weise
Genugzutun, wie du es fordern wirst.
Mir wär' es lieb, ihr wähltet mich zum Austrag.
Indessen, dein Vergehen macht, o Tasso,
Dich zum Gefangnen. Wie ich dir vergebe,
So lindr' ich das Gesetz um deinetwillen.
Verlaß uns, Tasso! bleib auf deinem Zimmer,
Von dir und mit dir selbst allein bewacht.

TASSO. Ist dies, o Fürst, dein richterlicher Spruch?

ANTONIO. Erkennest du des Vaters Milde nicht?

TASSO *zu Antonio.*
Mit dir hab' ich vorerst nichts mehr zu reden.
Zu Alfons. O Fürst, es übergibt dein ernstes Wort
Mich Freien der Gefangenschaft. Es sei!
Du hältst es Recht. Dein heilig Wort verehrend,
Heiß' ich mein innres Herz im tiefsten schweigen.
Es ist mir neu, so neu, daß ich fast dich
Und mich und diesen schönen Ort nicht kenne.

Doch diesen kenn' ich wohl – Gehorchen will ich,
Ob ich gleich hier noch manches sagen könnte,
Und sagen sollte. Mir verstummt die Lippe.
War's ein Verbrechen? Wenigstens es scheint,
Ich bin als ein Verbrecher angesehn.
Und, was mein Herz auch sagt, ich bin gefangen.

ALFONS. Du nimmst es höher, Tasso, als ich selbst.

TASSO. Mir bleibt es unbegreiflich, wie es ist;
Zwar unbegreiflich nicht, ich bin kein Kind;
Ich meine fast, ich müßt es denken können.
Auf einmal winkt mich eine Klarheit an,
Doch augenblicklich schließt sich's wieder zu,
Ich höre nur mein Urteil, beuge mich.
Das sind zu viel vergebne Worte schon.
Gewöhne dich von nun an, zu gehorchen,
Ohnmächt'ger! du vergaßest, wo du standst:
Der Götter Saal schien dir auf gleicher Erde,
Nun überwältigt dich der jähe Fall.
Gehorche gern, denn es geziemt dem Manne,
Auch willig das Beschwerliche zu tun.
Hier nimm den Degen erst, den du mir gabst,
Als ich dem Kardinal nach Frankreich folgte;
Ich führt' ihn nicht mit Ruhm, doch nicht mit Schande,
Auch heute nicht. Der hoffnungsvollen Gabe
Entäußr' ich mich mit tiefgerührtem Herzen.

ALFONS. Wie ich zu dir gesinnt bin, fühlst du nicht.

TASSO. Gehorchen ist mein Los, und nicht, zu denken!
Und leider eines herrlichern Geschenks
Verleugnung fordert das Geschick von mir.
Die Krone kleidet den Gefangnen nicht:
Ich nehme selbst von meinem Haupt die Zierde,
Die für die Ewigkeit gegönnt mir schien.
Zu früh war mir das schönste Glück verliehen

Und wird, als hätt' ich sein mich überhoben,
Mir nur zu bald geraubt.
Du nimmst dir selbst, was keiner nehmen konnte,
Und was kein Gott zum zweiten Male gibt.
Wir Menschen werden wunderbar geprüft;
Wir könnten's nicht ertragen, hätt' uns nicht
Den holden Leichtsinn die Natur verliehn.
Mit unschätzbaren Gütern lehret uns
Verschwenderisch die Not gelassen spielen:
Wir öffnen willig unsre Hände, daß
Unwiederbringlich uns ein Gut entschlüpfe.
Mit diesem Kuß vereint sich eine Träne
Und weiht dich der Vergänglichkeit! Es ist
Erlaubt, das holde Zeichen unsrer Schwäche.
Wer weinte nicht, wenn das Unsterbliche
Vor der Zerstörung selbst nicht sicher ist?
Geselle dich zu diesem Degen, der
Dich leider nicht erwarb! um ihn geschlungen,
Ruhe, wie auf dem Sarg der Tapfern, auf
Dem Grabe meines Glücks und meiner Hoffnung!
Hier leg' ich beide willig dir zu Füßen:
Denn wer ist wohl gewaffnet, wenn du zürnst?
Und wer geschmückt, o Herr, den du verkennst?
Gefangen geh' ich, warte des Gerichts.

Auf des Fürsten Wink hebt ein Page den Degen mit dem Kranze auf und trägt ihn weg.

Fünfter Auftritt

Alfons. Antonio

Antonio. Wo schwärmt der Knabe hin? Mit welchen Farben
Malt er sich seinen Wert und sein Geschick?

Beschränkt und unerfahren, hält die Jugend
Sich für ein einzig auserwähltes Wesen
Und alles über alle sich erlaubt.
Er fühle sich gestraft, und strafen heißt
Dem Jüngling wohltun, daß der Mann uns danke.
ALFONS. Er ist gestraft, ich fürchte: nur zu viel.
ANTONIO. Wenn du gelind mit ihm verfahren magst,
So gib, o Fürst, ihm seine Freiheit wieder,
Und unsern Zwist entscheide dann das Schwert.
ALFONS. Wenn es die Meinung fordert, mag es sein.
Doch sprich, wie hast du seinen Zorn gereizt?
ANTONIO. Ich wüßte kaum zu sagen, wie's geschah.
Als Menschen hab' ich ihn vielleicht gekränkt,
Als Edelmann hab' ich ihn nicht beleidigt.
Und seinen Lippen ist im größten Zorne
Kein sittenloses Wort entflohn.
ALFONS. So schien
Mir euer Streit, und was ich gleich gedacht,
Bekräftigt deine Rede mir noch mehr.
Wenn Männer sich entzweien, hält man billig
Den Klügsten für den Schuldigen. Du solltest
Mit ihm nicht zürnen; ihn zu leiten, stünde
Dir besser an. Noch immer ist es Zeit:
Hier ist kein Fall, der euch zu streiten zwänge.
Solang' mir Friede bleibt, so lange wünsch ich
In meinem Haus ihn zu genießen. Stelle
Die Ruhe wieder her du kannst es leicht.
Lenore Sanvitale mag ihn erst
Mit zarter Lippe zu besänft'gen suchen;
Dann tritt zu ihm, gib ihm in meinem Namen
Die volle Freiheit wieder, und gewinne
Mit edlen, wahren Worten sein Vertraun.
Verrichte das, sobald du immer kannst:

Du wirst als Freund und Vater mit ihm sprechen.
Noch eh' wir scheiden, will ich Friede wissen,
Und dir ist nichts unmöglich, wenn du willst.
Wir bleiben lieber eine Stunde länger
Und lassen dann die Frauen sanft vollenden,
Was du begannst; und kehren wir zurück,
So haben sie von diesem raschen Eindruck
Die letzte Spur vertilgt. Es scheint, Antonio,
Du willst nicht aus der Übung kommen! Du
Hast ein Geschäft kaum erst vollendet, nun
Kehrst du zurück und schaffst dir gleich ein neues.
Ich hoffe, daß auch dieses dir gelingt.

ANTONIO. Ich bin beschämt, und seh' in deinen Worten,
Wie in dem klarsten Spiegel, meine Schuld!
Gar leicht gehorcht man einem edlen Herrn,
Der überzeugt, indem er uns gebietet.

DRITTER AUFZUG

ERSTER AUFTRITT

PRINZESSIN *allein.* Wo bleibt Eleonore? Schmerzlicher
Bewegt mir jeden Augenblick die Sorge
Das tiefste Herz. Kaum weiß ich, was geschah,
Kaum weiß ich, wer von beiden schuldig ist.
O daß sie käme! Möcht' ich doch nicht gern
Den Bruder nicht, Antonio nicht sprechen,
Eh' ich gefaßter bin, eh' ich vernommen,
Wie alles steht und was es werden kann.

Zweiter Auftritt
Prinzessin. Leonore

Prinzessin. Was bringst du, Leonore? Sag' mir an,
Wie steht's um unsre Freunde? Was geschah?
Leonore. Mehr, als wir wissen, hab' ich nicht erfahren.
Sie trafen hart zusammen, Tasso zog,
Dein Bruder trennte sie. Allein es scheint,
Als habe Tasso diesen Streit begonnen:
Antonio geht frei umher und spricht
Mit seinem Fürsten; Tasso bleibt dagegen
Verbannt in seinem Zimmer und allein.
Prinzessin. Gewiß hat ihn Antonio gereizt,
Den Hochgestimmten kalt und fremd beleidigt.
Leonore. Ich glaub' es selbst. Denn eine Wolke stand,
Schon als er zu ihm trat, um seine Stirn.
Prinzessin. Ach daß wir doch, dem reinen stillen Wink
Des Herzens nachzugehn, so sehr verlernen!
Ganz leise spricht ein Gott in unsrer Brust,
Ganz leise, ganz vernehmlich, zeigt uns an,
Was zu ergreifen ist und was zu fliehn.
Antonio erschien mir heute früh
Viel schroffer noch als je, in sich gezogner.
Es warnte mich mein Geist, als neben ihn
Sich Tasso stellte. Sieh das Äußre nur
Von beiden an, das Angesicht, den Ton,
Den Blick, den Tritt! es widerstrebt sich alles,
Sie können ewig keine Liebe wechseln.
Doch überredete die Hoffnung mich,
Die Gleisnerin: sie sind vernünftig beide,
Sind edel, unterrichtet, deine Freunde;
Und welch ein Band ist sichrer als der Guten?
Ich trieb den Jüngling an; er gab sich ganz;

Wie schön, wie warm ergab er ganz sich mir!
O hätt' ich gleich Antonio gesprochen!
Ich zauderte; es war nur kurze Zeit;
Ich scheute mich, gleich mit den ersten Worten
Und dringend ihm den Jüngling zu empfehlen;
Verließ auf Sitte mich und Höflichkeit,
Auf den Gebrauch der Welt, der sich so glatt
Selbst zwischen Feinde legt; befürchtete
Von dem geprüften Manne diese Jähe
Der raschen Jugend nicht. Es ist geschehn.
Das Übel stand mir fern, nun ist es da.
O gib mir einen Rat! Was ist zu tun?
LEONORE. Wie schwer zu raten sei, das fühlst du selbst
Nach dem, was du gesagt. Es ist nicht hier
Ein Mißverständnis zwischen Gleichgestimmten;
Das stellen Worte, ja im Notfall stellen
Es Waffen leicht und glücklich wieder her.
Zwei Männer sind's, ich hab' es lang' gefühlt,
Die darum Feinde sind, weil die Natur
Nicht *einen* Mann aus ihnen beiden formte.
Und wären sie zu ihrem Vorteil klug,
So würden sie als Freunde sich verbinden:
Dann stünden sie für *einen* Mann und gingen
Mit Macht und Glück und Lust durchs Leben hin.
So hofft' ich selbst; nun seh' ich wohl: umsonst.
Der Zwist von heute, sei er, wie er sei,
Ist beizulegen; doch das sichert uns
Nicht für die Zukunft, für den Morgen nicht.
Es wär' am besten, dächt' ich, Tasso reiste
Auf eine Zeit von hier: er könnte ja
Nach Rom, auch nach Florenz sich wenden; dort
Träf' ich in wenig Wochen ihn, und könnte
Auf sein Gemüt als eine Freundin wirken.

Du würdest hier indessen den Antonio,
Der uns so fremd geworden, dir aufs neue
Und deinen Freunden näherbringen: so
Gewährte das, was jetzt unmöglich scheint,
Die gute Zeit vielleicht, die vieles gibt.

PRINZESSIN. Du willst dich in Genuß, o Freundin, setzen,
Ich soll entbehren; heißt das billig sein?

LEONORE. Entbehren wirst du nichts, als was du doch
In diesem Falle nicht genießen könntest.

PRINZESSIN. So ruhig soll ich einen Freund verbannen?

LEONORE. Erhalten, den du nur zum Schein verbannst.

PRINZESSIN. Mein Bruder wird ihn nicht mit Willen lassen.

LEONORE. Wenn er es sieht wie wir, so gibt er nach.

PRINZESSIN. Es ist so schwer, im Freunde sich verdammen.

LEONORE. Und dennoch rettest du den Freund in dir.

PRINZESSIN. Ich gebe nicht mein Ja, daß es geschehe.

LEONORE. So warte noch ein größres Übel ab.

PRINZESSIN. Du peinigst mich und weißt nicht, ob du nützest.

LEONORE. Wir werden bald entdecken, wer sich irrt.

PRINZESSIN. Und soll es sein, so frage mich nicht länger.

LEONORE. Wer sich entschließen kann, besiegt den Schmerz.

PRINZESSIN. Entschlossen bin ich nicht, allein es sei,
Wenn er sich nicht auf lange Zeit entfernt –
Und laß uns für ihn sorgen, Leonore,
Daß er nicht Mangel etwa künftig leide,
Daß ihm der Herzog seinen Unterhalt
Auch in der Ferne willig reichen lasse.
Sprich mit Antonio, denn er vermag
Bei meinem Bruder viel, und wird den Streit
Nicht unserm Freund und uns gedenken wollen.

LEONORE. Ein Wort von dir, Prinzessin, gälte mehr.

PRINZESSIN. Ich kann, du weißt es, meine Freundin, nicht
Wie's meine Schwester von Urbino kann,

Für mich und für die Meinen was erbitten.
Ich lebe gern so stille vor mich hin
Und nehme von dem Bruder dankbar an,
Was er mir immer gehen kann und will.
Ich habe sonst darüber manchen Vorwurf
Mir selbst gemacht; nun hab' ich überwunden.
Es schalt mich eine Freundin oft darum:
Du bist uneigennützig, sagte sie,
Das ist recht schön; allein so sehr bist du's,
Daß du auch das Bedürfnis deiner Freunde
Nicht recht empfinden kannst. Ich lass' es gehn
Und muß denn eben diesen Vorwurf tragen.
Um desto mehr erfreut es mich, daß ich
Nun in der Tat dem Freunde nützen kann;
Es fällt mir meiner Mutter Erbschaft zu,
Und gerne will ich für ihn sorgen helfen.

LEONORE. Und ich, o Fürstin, finde mich im Falle,
Daß ich als Freundin auch mich zeigen kann.
Er ist kein guter Wirt; wo es ihm fehlt,
Werd' ich ihm schon geschickt zu helfen wissen.

PRINZESSIN. So nimm ihn weg, und, soll ich ihn entbehren,
Vor allen andern sei er dir gegönnt!
Ich seh' es wohl, so wird es besser sein.
Muß ich denn wieder diesen Schmerz als gut
Und heilsam preisen? Das war mein Geschick
Von Jugend auf; ich bin nun dran gewöhnt.
Nur halb ist der Verlust des schönsten Glücks,
Wenn wir auf den Besitz nicht sicher zählten.

LEONORE. Ich hoffe dich, so schön du es verdienst,
Glücklich zu sehn.

PRINZESSIN. Eleonore! Glücklich?
Wer ist denn glücklich? – Meinen Bruder zwar
Möcht' ich so nennen, denn sein großes Herz

Trägt sein Geschick mit immer gleichem Mut;
Allein, was er verdient, das ward ihm nie.
Ist meine Schwester von Urbino glücklich?
Das schöne Weib, das edle große Herz!
Sie bringt dem jüngern Manne keine Kinder;
Er achtet sie, und läßt sie's nicht entgelten,
Doch keine Freude wohnt in ihrem Haus.
Was half denn unsrer Mutter ihre Klugheit?
Die Kenntnis jeder Art, ihr großer Sinn?
Konnt' er sie vor dem fremden Irrtum schützen?
Man nahm uns von ihr weg: nun ist sie tot,
Sie ließ uns Kindern nicht den Trost, daß sie
Mit ihrem Gott versöhnt gestorben sei.

LEONORE. O blicke nicht nach dem, was jedem fehlt;
Betrachte, was noch einem jeden bleibt!
Was bleibt nicht dir, Prinzessin?

PRINZESSIN. Was mir bleibt?
Geduld, Eleonore! üben konnt' ich die
Von Jugend auf. Wenn Freunde, wenn Geschwister
Bei Fest und Spiel gesellig sich erfreuten,
Hielt Krankheit mich auf meinem Zimmer fest,
Und in Gesellschaft mancher Leiden mußt
Ich früh entbehren lernen. Eines war,
Was in der Einsamkeit mich schön ergötzte,
Die Freude des Gesangs; ich unterhielt
Mich mit mir selbst, ich wiegte Schmerz und Sehnsucht
Und jeden Wunsch mit leisen Tönen ein.
Da wurde Leiden oft Genuß, und selbst
Das traurige Gefühl zur Harmonie.
Nicht lang' war mir dies Glück gegönnt, auch dieses
Nahm mir der Arzt hinweg: sein streng Gebot
Hieß mich verstummen; leben sollt ich, leiden,
Den einz'gen kleinen Trost sollt ich entbehren.

LEONORE. So viele Freunde fanden sich zu dir,
Und nun bist du gesund, bist lebensfroh.
PRINZESSIN. Ich bin gesund, das heißt, ich bin nicht krank;
Und manche Freunde hab' ich, deren Treue
Mich glücklich macht. Auch hatt' ich einen Freund –
LEONORE. Du hast ihn noch.
PRINZESSIN. Und werd' ihn bald verlieren.
Der Augenblick, da ich zuerst ihn sah,
War vielbedeutend. Kaum erholt' ich mich
Von manchen Leiden; Schmerz und Krankheit waren
Kaum erst gewichen; still bescheiden blickt ich
Ins Leben wieder, freute mich des Tags
Und der Geschwister wieder, sog beherzt
Der süßen Hoffnung reinsten Balsam ein.
Ich wagt' es, vorwärts in das Leben weiter
Hineinzusehn, und freundliche Gestalten
Begegneten mir aus der Ferne. Da,
Eleonore, stellte mir den Jüngling
Die Schwester vor; er kam an ihrer Hand,
Und, daß ich dir's gestehe, da ergriff
Ihn mein Gemüt und wird ihn ewig halten.
LEONORE. O meine Fürstin, laß dich's nicht gereuen!
Das Edle zu erkennen, ist Gewinst,
Der nimmer uns entrissen werden kann.
PRINZESSIN. Zu fürchten ist das Schöne, das Fürtreffliche,
Wie eine Flamme, die so herrlich nützt,
Solange sie auf deinem Herde brennt,
Solang' sie dir von einer Fackel leuchtet,
Wie hold! wer mag, wer kann sie da entbehren?
Und frißt sie ungehütet um sich her,
Wie elend kann sie machen! Laß mich nun.
Ich bin geschwätzig, und verbärge besser
Auch selbst vor dir, wie schwach ich bin und krank.

LEONORE. Die Krankheit des Gemütes löset
sich In Klagen und Vertraun am leichtsten auf.
PRINZESSIN. Wenn das Vertrauen heilt, so heil' ich bald;
Ich hab' es rein und hab' es ganz zu dir.
Ach meine Freundin! Zwar bin ich entschlossen:
Er scheide nur! allein ich fühle schon
Den langen ausgedehnten Schmerz der Tage, wenn
Ich nun entbehren soll, was mich erfreute.
Die Sonne hebt von meinen Augenlidern
Nicht mehr sein schön verklärtes Traumbild auf;
Die Hoffnung, ihn zu sehen, füllt nicht mehr
Den kaum erwachten Geist mit froher Sehnsucht;
Mein erster Blick hinab in unsre Gärten
Sucht ihn vergebens in dem Tau der Schatten.
Wie schön befriedigt fühlte sich der Wunsch,
Mit ihm zu sein an jedem heitren Abend!
Wie mehrte sich im Umgang das Verlangen,
Sich mehr zu kennen, mehr sich zu verstehn!
Und täglich stimmte das Gemüt sich schöner
Zu immer reinern Harmonien auf.
Welch eine Dämmrung fällt nun vor mir ein!
Der Sonne Pracht, das fröhliche Gefühl
Des hohen Tags, der tausendfachen Welt
Glanzreiche Gegenwart ist öd' und tief
Im Nebel eingehüllt, der mich umgibt.
Sonst war mir jeder Tag ein ganzes Leben;
Die Sorge schwieg, die Ahnung selbst verstummte,
Und glücklich eingeschifft, trug uns der Strom
Auf leichten Wellen ohne Ruder hin:
Nun überfällt in trüber Gegenwart
Der Zukunft Schrecken heimlich meine Brust.
LEONORE. Die Zukunft gibt dir deine Freunde wieder,
Und bringt dir neue Freude, neues Glück.

PRINZESSIN. Was ich besitze, mag ich gern bewahren:
Der Wechsel unterhält, doch nutzt er kaum.
Mit jugendlicher Sehnsucht griff ich nie
Begierig in den Lostopf fremder Welt,
Für mein bedürfend unerfahren Herz
Zufällig einen Gegenstand zu haschen.
Ihn mußt' ich ehren, darum liebt' ich ihn;
Ich mußt' ihn lieben, weil mit ihm mein Leben
Zum Leben ward, wie ich es nie gekannt.
Erst sagt ich mir: entferne dich von ihm!
Ich wich und wich, und kam nur immer näher,
So lieblich angelockt, so hart bestraft!
Ein reines wahres Gut verschwindet mir,
Und meiner Sehnsucht schiebt ein böser Geist
Statt Freud' und Glück verwandte Schmerzen unter.
LEONORE. Wenn einer Freundin Wort nicht trösten kann,
So wird die stille Kraft der schönen Welt,
Der guten Zeit dich unvermerkt erquicken.
PRINZESSIN. Wohl ist sie schön, die Welt! In ihrer Weite
Bewegt sich so viel Gutes hin und her.
Ach, daß es immer nur um einen Schritt
Von uns sich zu entfernen scheint
Und unsre bange Sehnsucht durch das Leben
Auch Schritt vor Schritt bis nach dem Grabe lockt!
So selten ist es, daß die Menschen finden,
Was ihnen doch bestimmt gewesen schien,
So selten, daß sie das erhalten, was
Auch einmal die beglückte Hand ergriff!
Es reißt sich los, was erst sich uns ergab,
Wir lassen los, was wir begierig faßten.
Es gibt ein Glück, allein wir kennen's nicht:
Wir kennen's wohl, und wissen's nicht zu schätzen.

Dritter Auftritt

Leonore *allein.* Wie jammert mich das edle schöne Herz!
Welch traurig Los, das ihrer Hoheit fällt!
Ach sie verliert – und denkst du, zu gewinnen?
Ist's denn so nötig, daß er sich entfernt?
Machst du es nötig, um allein für dich
Das Herz und die Talente zu besitzen,
Die du bisher mit einer andern teilst,
Und ungleich teilst? Ist's redlich, so zu handeln?
Bist du nicht reich genug? Was fehlt dir noch?
Gemahl und Sohn und Güter, Rang und Schönheit,
Das hast du alles, und du willst noch ihn
Zu diesem allen haben? Liebst du ihn?
Was ist es sonst, warum du ihn nicht mehr
Entbehren magst? Du darfst es dir gestehn. –
Wie reizend ist's, in seinem schönen Geiste
Sich selber zu bespiegeln! Wird ein Glück
Nicht doppelt groß und herrlich, wenn sein Lied
Uns wie auf Himmelswolken trägt und hebt?
Dann bist du erst beneidenswert! Du bist,
Du hast das nicht allein, was viele wünschen;
Es weiß, es kennt auch jeder, was du hast!
Dich nennt dein Vaterland und sieht auf dich,
Das ist der höchste Gipfel jedes Glücks.
Ist Laura denn allein der Name, der
Von allen zarten Lippen klingen soll?
Und hatte nur Petrarch allein das Recht,
Die unbekannte Schöne zu vergöttern?
Wo ist ein Mann, der meinem Freunde sich
Vergleichen darf? Wie ihn die Welt verehrt,
So wird die Nachwelt ihn verehrend nennen.
Wie herrlich ist's, im Glanze dieses Lebens

Ihn an der Seite haben! so mit ihm
Der Zukunft sich mit leichtem Schritte nahn!
Alsdann vermag die Zeit, das Alter nichts
Auf dich, und nichts der freche Ruf,
Der hin und her des Beifalls Woge treibt:
Das, was vergänglich ist, bewahrt sein Lied.
Du bist noch schön, noch glücklich, wenn schon lange
Der Kreis der Dinge dich mit fortgerissen.
Du mußt ihn haben, und ihr nimmst du nichts:
Denn ihre Neigung zu dem werten Manne
Ist ihren andern Leidenschaften gleich.
Sie leuchten, wie der stille Schein des Monds
Dem Wandrer spärlich auf dem Pfad zu Nacht.
Sie wärmen nicht, und gießen keine Lust
Noch Lebensfreud' umher. Sie wird sich freuen,
Wenn sie ihn fern, wenn sie ihn glücklich weiß,
Wie sie genoß, wenn sie ihn täglich sah.
Und dann, ich will mit meinem Freunde nicht
Von ihr und diesem Hofe mich verbannen:
Ich komme wieder, und ich bring' ihn wieder.
So soll es sein! – Hier kommt der rauhe Freund:
Wir wollen sehn, ob wir ihn zähmen können.

Vierter Auftritt

Leonore. Antonio

Leonore. Du bringst uns Krieg statt Frieden: scheint es doch,
Du kommst aus einem Lager, einer Schlacht,
Wo die Gewalt regiert, die Faust entscheidet,
Und nicht von Rom, wo feierliche Klugheit
Die Hände segnend hebt und eine Welt
Zu ihren Füßen sieht, die gern gehorcht.

Antonio. Ich muß den Tadel, schöne Freundin, dulden,
Doch die Entschuld'gung liegt nicht weit davon.
Es ist gefährlich, wenn man allzu lang
Sich klug und mäßig zeigen muß. Es lauert
Der böse Genius dir an der Seite
Und will gewaltsam auch von Zeit zu Zeit
Ein Opfer haben. Leider hab' ich's diesmal
Auf meiner Freunde Kosten ihm gebracht.
Leonore. Du hast um fremde Menschen dich so lang
Bemüht und dich nach ihrem Sinn gerichtet:
Nun, da du deine Freunde wieder siehst,
Verkennst du sie, und rechtest wie mit Fremden.
Antonio. Da liegt, geliebte Freundin, die Gefahr!
Mit fremden Menschen nimmt man sich zusammen,
Da merkt man auf, da sucht man seinen Zweck
In ihrer Gunst, damit sie nutzen sollen;
Allein bei Freunden läßt man frei sich gehn,
Man ruht in ihrer Liebe, man erlaubt
Sich eine Laune, ungezähmter wirkt
Die Leidenschaft, und so verletzen wir
Am ersten die, die wir am zärt'sten lieben.
Leonore. In dieser ruhigen Betrachtung find' ich dich
Schon ganz, mein teurer Freund, mit Freuden wieder.
Antonio. Ja, mich verdrießt – und ich bekenn' es gern –
Daß ich mich heut' so ohne Maß verlor.
Allein gestehe: wenn ein wackrer Mann
Mit heißer Stirn von saurer Arbeit kommt
Und spät am Abend in ersehnten Schatten
Zu neuer Mühe auszuruhen denkt,
Und findet dann von einem Müßiggänger
Den Schatten breit besessen, soll er nicht
Auch etwas Menschlichs in dem Busen fühlen?
Leonore. Wenn er recht menschlich ist, so wird er auch

Den Schatten gern mit einem Manne teilen,
Der ihm die Ruhe süß, die Arbeit leicht
Durch ein Gespräch, durch holde Töne macht.
Der Baum ist breit, mein Freund, der Schatten gibt,
Und keiner braucht den andern zu verdrängen.

ANTONIO. Wir wollen uns, Eleonore, nicht
Mit einem Gleichnis hin und wider spielen.
Gar viele Dinge sind in dieser Welt,
Die man dem andern gönnt und gerne teilt;
Jedoch es ist ein Schatz, den man allein
Dem Hochverdienten gerne gönnen mag,
Ein andrer, den man mit dem Höchstverdienten
Mit gutem Willen niemals teilen wird –
Und fragst du mich nach diesen beiden Schätzen:
Der Lorbeer ist es und die Gunst der Frauen.

LEONORE. Hat jener Kranz um unsers Jünglings Haupt
Den ernsten Mann beleidigt? Hättest du
Für seine Mühe, seine schöne Dichtung
Bescheidnern Lohn doch selbst nicht finden können.
Denn ein Verdienst, das außerirdisch ist,
Das in den Lüften schwebt, in Tönen nur,
In leichten Bildern unsern Geist umgaukelt,
Es wird denn auch mit einem schönen Bilde,
Mit einem holden Zeichen nur belohnt;
Und wenn er selbst die Erde kaum berührt,
Berührt der höchste Lohn ihm kaum das Haupt.
Ein unfruchtbarer Zweig ist das Geschenk,
Das der Verehrer unfruchtbare Neigung
Ihm gerne bringt, damit sie einer Schuld
Aufs leichtste sich entlade. Du mißgönnst
Dem Bild des Märtyrers den goldnen Schein
Ums kahle Haupt wohl schwerlich; und gewiß,
Der Lorbeerkranz ist, wo er dir erscheint,

Ein Zeichen mehr des Leidens als des Glücks.
ANTONIO. Will etwa mich dein liebenswürd'ger Mund
Die Eitelkeit der Welt verachten lehren?
LEONORE. Ein jedes Gut nach seinem Wert zu schätzen,
Brauch' ich dich nicht zu lehren. Aber doch,
Es scheint, von Zeit zu Zeit bedarf der Weise,
So sehr wie andre, daß man ihm die Güter,
Die er besitzt, im rechten Lichte zeige.
Du, edler Mann, du wirst an ein Phantom
Von Gunst und Ehre keinen Anspruch machen.
Der Dienst, mit dem du deinem Fürsten dich,
Mit dem du deine Freunde dir verbindest,
Ist wirkend, ist lebendig, und so muß
Der Lohn auch wirklich und lebendig sein.
Dein Lorbeer ist das fürstliche Vertraun,
Das auf den Schultern dir, als liebe Last,
Gehäuft und leicht getragen ruht; es ist
Dein Ruhm das allgemeine Zutraun.
ANTONIO. Und von der Gunst der Frauen sagst du nichts:
Die willst du mir doch nicht entbehrlich schildern?
LEONORE. Wie man es nimmt. Denn du entbehrst sie nicht,
Und leichter wäre sie dir zu entbehren,
Als sie es jenem guten Mann nicht ist.
Denn sag': geläng' es einer Frau, wenn sie
Nach ihrer Art für dich zu sorgen dächte,
Mit dir sich zu beschäft'gen unternähme?
Bei dir ist alles Ordnung, Sicherheit;
Du sorgst für dich, wie du für andre sorgst,
Du hast, was man dir geben möchte. Jener
Beschäftigt uns in unserm eignen Fache:
Ihm fehlt's an tausend Kleinigkeiten, die
Zu schaffen eine Frau sich gern bemüht.
Das schönste Leinenzeug, ein seiden Kleid

Mit etwas Stickerei, das trägt er gern.
Er sieht sich gern geputzt, vielmehr, er kann
Unedlen Stoff, der nur den Knecht bezeichnet,
An seinem Leib nicht dulden, alles soll
Ihm fein und gut und schön und edel stehn.
Und dennoch hat er kein Geschick, das alles
Sich anzuschaffen, wenn er es besitzt,
Sich zu erhalten: immer fehlt es ihm
An Geld, an Sorgsamkeit. Bald läßt er da
Ein Stock, bald eines dort. Er kehret nie
Von einer Reise wieder, daß ihm nicht
Ein Drittel seiner Sachen fehle. Bald
Bestiehlt ihn der Bediente. So, Antonio,
Hat man für ihn das ganze Jahr zu sorgen.

ANTONIO. Und diese Sorge macht ihn lieb und lieber.
Glücksel'ger Jüngling, dem man seine Mängel
Zur Tugend rechnet, dem so schön vergönnt ist,
Den Knaben noch als Mann zu spielen, der
Sich seiner holden Schwäche rühmen darf!
Du müßtest mir verzeihen, schöne Freundin,
Wenn ich auch hier ein wenig bitter würde.
Du sagst nicht alles, sagst nicht, was er wagt,
Und daß er klüger ist, als wie man denkt.
Er rühmt sich zweier Flammen! knüpft und löst
Die Knoten hin und wider und gewinnt
Mit *solchen* Künsten *solche* Herzen! Ist's
Zu glauben?

LEONORE. Gut! Selbst das beweist ja schon,
Daß es nur Freundschaft ist, was uns belebt.
Und wenn wir denn auch Lieb' um Liebe tauschten,
Belohnten wir das schöne Herz nicht billig,
Das ganz sich selbst vergißt und hingegeben
Im holden Traum für seine Freunde lebt?

ANTONIO. Verwöhnt ihn nur und immer mehr und mehr,
Laßt seine Selbstigkeit für Liebe gelten,
Beleidigt alle Freunde, die sich euch
Mit treuer Seele widmen, gebt dem Stolzen
Freiwilligen Tribut, zerstöret ganz
Den schönen Kreis geselligen Vertrauns!
LEONORE. Wir sind nicht so parteiisch, wie du glaubst,
Ermahnen unsern Freund in manchen Fällen;
Wir wünschen ihn zu bilden, daß er mehr
Sich selbst genieße, mehr sich zu genießen
Den andern geben könne. Was an ihm
Zu tadeln ist, das bleibt uns nicht verborgen.
ANTONIO. Doch lobt ihr vieles, was zu tadeln wäre.
Ich kenn' ihn lang', er ist so leicht zu kennen
Und ist zu stolz, sich zu verbergen. Bald
Versinkt er in sich selbst, als wäre ganz
Die Welt in seinem Busen, er sich ganz
In seiner Welt genug, und alles rings
Umher verschwindet ihm. Er läßt es gehn,
Läßt's fallen, stößt's hinweg und ruht in sich –
Auf einmal, wie ein unbemerkter Funke
Die Mine zündet, sei es Freude, Leid,
Zorn oder Grille, heftig bricht er aus:
Dann will er alles fassen, alles halten,
Dann soll geschehn, was er sich denken mag;
In einem Augenblicke soll entstehn,
Was jahrelang bereitet werden sollte,
In einem Augenblick gehoben sein,
Was Mühe kaum in Jahren lösen könnte.
Er fordert das Unmögliche von sich,
Damit er es von andern fordern dürfe.
Die letzten Enden aller Dinge will
Sein Geist zusammenfassen; das gelingt

Kaum einem unter Millionen Menschen,
Und er ist nicht der Mann: er fällt zuletzt,
Um nichts gebessert, in sich selbst zurück.
LEONORE. Er schadet andern nicht, er schadet sich.
ANTONIO. Und doch verletzt er andre nur zu sehr.
Kannst du es leugnen, daß im Augenblick
Der Leidenschaft, die ihn behend ergreift,
Er auf den Fürsten, auf die Fürstin selbst,
Auf wen es sei, zu schmähn, zu lästern wagt?
Zwar augenblicklich nur; allein genug,
Der Augenblick kommt wieder: er beherrscht
So wenig seinen Mund als seine Brust.
LEONORE. Ich sollte denken, wenn er sich von hier
Auf eine kurze Zeit entfernte, sollt'
Es wohl für ihn und andre nützlich sein.
ANTONIO. Vielleicht, vielleicht auch nicht. Doch eben jetzt
Ist nicht daran zu denken. Denn ich will
Den Fehler nicht auf meine Schultern laden;
Es könnte scheinen, daß ich ihn vertreibe,
Und ich vertreib' ihn nicht. Um meinetwillen
Kann er an unserm Hofe ruhig bleiben;
Und wenn er sich mit mir versöhnen will,
Und wenn er meinen Rat befolgen kann,
So werden wir ganz leidlich leben können.
LEONORE. Nun hoffst du selbst, auf ein Gemüt zu wirken,
Das dir vor kurzem noch verloren schien.
ANTONIO. Wir hoffen immer, und in allen Dingen
Ist besser hoffen als verzweifeln. Denn
Wer kann das Mögliche berechnen? Er
Ist unserm Fürsten wert. Er muß uns bleiben.
Und bilden wir dann auch umsonst an ihm,
So ist er nicht der einz'ge, den wir dulden.
LEONORE. So ohne Leidenschaft, so unparteiisch

Glaubt' ich dich nicht. Du hast dich schnell bekehrt.
ANTONIO. Das Alter muß doch einen Vorzug haben,
Daß, wenn es auch dem Irrtum nicht entgeht,
Es doch sich auf der Stelle fassen kann.
Du warst, mich deinem Freunde zu versöhnen,
Zuerst bemüht. Nun bitt' ich es von dir.
Tu, was du kannst, daß dieser Mann sich finde,
Und alles wieder bald im gleichen sei.
Ich gehe selbst zu ihm, sobald ich nur
Von dir erfahre, daß er ruhig ist,
Sobald du glaubst, daß meine Gegenwart
Das Übel nicht vermehrt. Doch, was du tust,
Das tu in dieser Stunde; denn es geht
Alfons heut' abend noch zurück, und ich
Werd' ihn begleiten. Leb indessen wohl.

FÜNFTER AUFTRITT

LEONORE *allein.* Für diesmal, lieber Freund, sind wir nicht eins:
Mein Vorteil und der deine gehen heut'
Nicht Hand in Hand. Ich nütze diese Zeit
Und suche Tasso zu gewinnen. Schnell!

Vierter Aufzug

Zimmer

Erster Auftritt

Tasso *allein.* Bist du aus einem Traum erwacht, und hat
Der schöne Trug auf einmal dich verlassen?
Hat dich an einem Tag der höchsten Lust
Ein Schlaf gebändigt, hält und ängstet nun
Mit schweren Fesseln deine Seele? Ja,
Du wachst und träumst. Wo sind die Stunden hin,
Die um dein Haupt mit Blumenkränzen spielten?
Die Tage, wo dein Geist mit freier Sehnsucht
Des Himmels ausgespanntes Blau durchdrang?
Und dennoch lebst du noch und fühlst dich an,
Du fühlst dich an und weißt nicht, ob du lebst.
Ist's meine Schuld, ist's eines andern Schuld,
Daß ich mich nun als schuldig hier befinde?
Hab' ich verbrochen, daß ich leiden soll?
Ist nicht mein ganzer Fehler ein Verdienst?
Ich sah ihn an, und ward vom guten Willen,
Vom Hoffnungswahn des Herzens übereilt:
Der sei ein Mensch, der menschlich Ansehn trägt.
Ich ging mit offnen Armen auf ihn los
Und fühlte Schloß und Riegel, keine Brust.
O hatt' ich doch so klug mir ausgedacht,
Wie ich den Mann empfangen wollte, der
Von alten Zeiten mir verdächtig war!
Allein was immer dir begegnet sei,

So halte dich an *der* Gewißheit fest:
Ich habe *sie* gesehn! Sie stand vor mir!
Sie sprach zu mir, ich habe sie vernommen!
Der Blick, der Ton, der Worte holder Sinn,
Sie sind auf ewig mein, es raubt sie nicht
Die Zeit, das Schicksal, noch das wilde Glück!
Und hob mein Geist sich da zu schnell empor
Und ließ ich allzu rasch in meinem Busen
Der Flamme Luft, die mich nun selbst verzehrt,
So kann mich's nicht gereun, und wäre selbst
Auf ewig das Geschick des Lebens hin.
Ich widmete mich ihr, und folgte froh
Dem Winke, der mich ins Verderben rief.
Es sei! So hab' ich mich doch wert gezeigt
Des köstlichen Vertrauns, das mich erquickt,
In dieser Stunde selbst erquickt, die mir
Die schwarze Pforte langer Trauerzeit
Gewaltsam öffnet. – Ja, nun ist's getan!
Es geht die Sonne mit der schönsten Gunst
Auf einmal unter; seinen holden Blick
Entziehet mir der Fürst und läßt mich hier
Auf düstrem, schmalem Pfad verloren stehn.
Das häßliche, zweideutige Geflügel,
Das leidige Gefolg' der alten Nacht,
Es schwärmt hervor und schwirrt mir um das Haupt.
Wohin, wohin beweg' ich meinen Schritt,
Dem Ekel zu entfliehn, der mich umsaust,
Dem Abgrund zu entgehn, der vor mir liegt?

Zweiter Auftritt

Leonore. Tasso

Leonore. Was ist begegnet? Lieber Tasso, hat
Dein Eifer dich, dein Argwohn so getrieben?
Wie ist's geschehn? Wir alle stehn bestürzt.
Und deine Sanftmut, dein gefällig Wesen,
Dein schneller Blick, dein richtiger Verstand,
Mit dem du jedem gibst, was ihm gehört,
Dein Gleichmut, der erträgt, was zu ertragen
Der Edle bald, der Eitle selten lernt,
Die kluge Herrschaft über Zung' und Lippe –
Mein teurer Freund, fast ganz verkenn' ich dich.

Tasso. Und wenn das alles nun verloren wäre?
Wenn einen Freund, den du einst reich geglaubt,
Auf einmal du als einen Bettler fändest?
Wohl hast du Recht, ich bin nicht mehr ich selbst,
Und bin's doch noch so gut, als wie ich's war.
Es scheint ein Rätsel, und doch ist es keins.
Der stille Mond, der dich bei Nacht erfreut,
Dein Auge, dein Gemüt mit seinem Schein
Unwiderstehlich lockt, er schwebt am Tage
Ein unbedeutend blasses Wölkchen hin.
Ich bin vom Glanz des Tages überschienen,
Ihr kennet mich, ich kenne mich nicht mehr.

Leonore. Was du mir sagst, mein Freund, versteh' ich nicht,
Wie du es sagst. Erkläre dich mit mir.
Hat die Beleidigung des schroffen Manns
Dich so gekränkt, daß du dich selbst und uns
So ganz verkennen magst? Vertraue mir.

Tasso. Ich bin nicht der Beleidigte, du siehst
Mich ja bestraft, weil ich beleidigt habe.
Die Knoten vieler Worte löst das Schwert

Gar leicht und schnell, allein ich bin gefangen.
Du weißt wohl kaum – erschrick nicht, zarte Freundin –
Du triffst den Freund in einem Kerker an.
Mich züchtiget der Fürst wie einen Schüler.
Ich will mit ihm nicht rechten, kann es nicht.

LEONORE. Du scheinest mehr, als billig ist, bewegt.

TASSO. Hältst du mich für so schwach, für so ein Kind,
Daß solch ein Fall mich gleich zerrütten könne?
Das, was geschehn ist, kränkt mich nicht so tief,
Allein das kränkt mich, was es mir bedeutet.
Laß meine Neider, meine Feinde nur
Gewähren: Frei und offen ist das Feld.

LEONORE. Du hast gar manchen fälschlich in Verdacht,
Ich habe selbst mich überzeugen können.
Und auch Antonio feindet dich nicht an,
Wie du es wähnst. Der heutige Verdruß –

TASSO. Den lass' ich ganz beiseite, nehme nur
Antonio, wie er war und wie er bleibt.
Verdrießlich fiel mir stets die steife Klugheit,
Und daß er immer nur den Meister spielt.
Anstatt zu forschen, ob des Hörers Geist
Nicht schon für sich auf guten Spuren wandle,
Belehrt er dich von manchem, das du besser
Und tiefer fühltest, und vernimmt kein Wort,
Das du ihm sagst, und wird dich stets verkennen.
Verkannt zu sein, verkannt von einem Stolzen,
Der lächelnd dich zu übersehen glaubt!
Ich bin so alt noch nicht und nicht so klug,
Daß ich nur duldend gegenlächeln sollte.
Früh oder spat, es konnte sich nicht halten,
Wir mußten brechen; später wär' es nur
Um desto schlimmer worden. Einen Herrn
Erkenn' ich nur, den Herrn, der mich ernährt,

Dem folg' ich gern, sonst will ich keinen Meister.
Frei will ich sein im Denken und im Dichten;
Im Handeln schränkt die Welt genug uns ein.
LEONORE. Er spricht mit Achtung oft genug von dir.
TASSO. Mit Schonung, willst du sagen, fein und klug.
Und das verdrießt mich eben; denn er weiß
So glatt und so bedingt zu sprechen, daß
Sein Lob erst recht zum Tadel wird, und daß
Nichts mehr, nichts tiefer dich verletzt, als Lob
Aus seinem Munde.
LEONORE. Möchtest du, mein Freund,
Vernommen haben, wie er sonst von dir
Und dem Talente sprach, das dir vor vielen
Die gütige Natur verlieh. Er fühlt gewiß
Das, was du bist und hast, und schätzt es auch.
TASSO. O glaube mir, ein selbstisches Gemüt
Kann nicht der Qual des engen Neids entfliehen.
Ein solcher Mann verzeiht dem andern wohl
Vermögen, Stand und Ehre; denn er denkt:
Das hast du selbst, das hast du, wenn du willst,
Wenn du beharrst, wenn dich das Glück begünstigt.
Doch das, was die Natur allein verleiht,
Was jeglicher Bemühung, jedem Streben
Stets unerreichbar bleibt, was weder Gold,
Noch Schwert, noch Klugheit, noch Beharrlichkeit
Erzwingen kann, das wird er nie verzeihn.
Er gönnt es mir? Er, der mit steifem Sinn
Die Gunst der Musen zu ertrotzen glaubt?
Der, wenn er die Gedanken mancher Dichter
Zusammenreiht, sich selbst ein Dichter scheint?
Weit eher gönnt er mir des Fürsten Gunst,
Die er doch gern auf sich beschränken möchte,
Als das Talent, das jene Himmlischen

Dem armen, dem verwaisten Jüngling gaben.
LEONORE. O sähest du so klar, wie ich es sehe!
Du irrst dich über ihn: so ist er nicht.
TASSO. Und irr' ich mich an ihm, so irr' ich gern!
Ich denk' ihn mir als meinen ärgsten Feind,
Und wär' untröstlich, wenn ich mir ihn nun
Gelinder denken müßte. Töricht ist's,
In allen Stücken billig sein; es heißt
Sein eigen Selbst zerstören. Sind die Menschen
Denn gegen uns so billig? Nein, O nein!
Der Mensch bedarf in seinem engen Wesen
Der doppelten Empfindung, Lieb' und Haß.
Bedarf er nicht der Nacht als wie des Tags?
Des Schlafens wie des Wachens? Nein, ich muß
Von nun an diesen Mann als Gegenstand
Von meinem tiefsten Haß behalten; nichts
Kann mir die Lust entreißen, schlimm und schlimmer
Von ihm zu denken.
LEONORE. Willst du, teurer Freund,
Von deinem Sinn nicht lassen, seh' ich kaum,
Wie du am Hofe länger bleiben willst.
Du weißt, wie viel er gilt und gelten muß.
TASSO. Wie sehr ich längst, o schöne Freundin, hier
Schon überflüssig bin, das weiß ich wohl.
LEONORE. Das bist du nicht, das kannst du nimmer werden
Du weißt vielmehr, wie gern der Fürst mit dir,
Wie gern die Fürstin mit dir lebt; und kommt
Die Schwester von Urbino, kommt sie fast
So sehr um deint- als der Geschwister willen.
Sie denken alle gut und gleich von dir,
Und jegliches vertraut dir unbedingt.
TASSO. O Leonore, welch Vertraun ist das?
Hat er von seinem Staate je ein Wort,

Ein ernstes Wort mit mir gesprochen? Kam
Ein eigner Fall, worüber er sogar
In meiner Gegenwart mit seiner Schwester,
Mit andern sich beriet, mich fragt' er nie.
Da hieß es immer nur: Antonio kommt!
Man muß Antonio schreiben! Fragt Antonio!
LEONORE. Du klagst, anstatt zu danken. Wenn er dich
In unbedingter Freiheit lassen mag,
So ehrt er dich, wie er dich ehren kann.
TASSO. Er läßt mich ruhn, weil er mich unnütz glaubt.
LEONORE. Du bist nicht unnütz, eben weil du ruhst.
So lange hegst du schon Verdruß und Sorge,
Wie ein geliebtes Kind, an deiner Brust.
Ich hab' es oft bedacht, und mag's bedenken,
Wie ich es will: auf diesem schönen Boden,
Wohin das Glück dich zu verpflanzen schien,
Gedeihst du nicht. O Tasso! – rat' ich dir's?
Sprech' ich es aus? – Du solltest dich entfernen!
TASSO. Verschone nicht den Kranken, lieber Arzt!
Reich ihm das Mittel, denke nicht daran,
Ob's bitter sei. – Ob er genesen könne,
Das überlege wohl, o kluge, gute Freundin!
Ich seh' es alles selbst, es ist vorbei!
Ich kann ihm wohl verzeihen, er nicht mir;
Und sein bedarf man, leider meiner nicht.
Und er ist klug, und leider bin ich's nicht.
Er wirkt zu meinem Schaden, und ich kann,
Ich mag nicht gegenwirken. Meine Freunde,
Sie lassen's gehn, sie sehen's anders an.
Sie widerstreben kaum, und sollten kämpfen.
Du glaubst, ich soll hinweg; ich glaub' es selbst –
So lebt denn wohl! Ich werd' auch das ertragen.
Ihr seid von mir geschieden – werd' auch mir,

Von euch zu scheiden, Kraft und Mut verliehn!
LEONORE. Ach, in der Ferne zeigt sich alles reiner,
Was in der Gegenwart uns nur verwirrt.
Vielleicht wirst du erkennen, welche Liebe
Dich überall umgab, und welchen Wert
Die Treue wahrer Freunde hat, und wie
Die weite Welt die Nächsten nicht ersetzt.
TASSO. Das werden wir erfahren! Kenn' ich doch
Die Welt von Jugend auf, wie sie so leicht
Uns hilflos, einsam läßt und ihren Weg
Wie Sonn' und Mond und andre Götter geht.
LEONORE. Vernimmst du mich, mein Freund, so sollst du nie
Die traurige Erfahrung wiederholen.
Soll ich dir raten, so begibst du dich
Erst nach Florenz, und eine Freundin wird
Gar freundlich für dich sorgen. Sei getrost,
Ich bin es selbst. Ich reise, den Gemahl
Die nächsten Tage dort zu finden, kann
Nichts freudiger für ihn und mich bereiten,
Als wenn ich dich in unsre Mitte bringe.
Ich sage dir kein Wort, du weißt es selbst,
Welch einem Fürsten du dich nahen wirst,
Und welche Männer diese schöne Stadt
In ihrem Busen hegt, und welche Frauen. –
Du schweigst? Bedenk' es wohl! Entschließe dich.
TASSO. Gar reizend ist, was du mir sagst, so ganz
Dem Wunsch gemäß, den ich im stillen nähre;
Allein es ist zu neu: ich bitte dich,
Laß mich bedenken! Ich beschließe bald.
LEONORE. Ich gehe mit der schönsten Hoffnung weg
Für dich und uns und auch für dieses Haus.
Bedenke nur, und wenn du recht bedenkst,
So wirst du schwerlich etwas Bessers denken.

TASSO. Noch eins, geliebte Freundin! sage mir,
Wie ist die Fürstin gegen mich gesinnt?
War sie erzürnt auf mich? Was sagte sie? –
Sie hat mich sehr getadelt? Rede frei.
LEONORE. Da sie dich kennt, hat sie dich leicht entschuldigt.
TASSO. Hab' ich bei ihr verloren? Schmeichle nicht.
LEONORE. Der Frauen Gunst wird nicht so leicht verscherzt.
TASSO. Wird sie mich gern entlassen, wenn ich gehe?
LEONORE. Wenn es zu deinem Wohl gereicht, gewiß.
TASSO. Werd' ich des Fürsten Gnade nicht verlieren?
LEONORE. In seiner Großmut kannst du sicher ruhn.
TASSO. Und lassen wir die Fürstin ganz allein?
Du gehst hinweg; und wenn ich wenig bin,
So weiß ich doch, daß ich ihr etwas war.
LEONORE. Gar freundliche Gesellschaft leistet uns
Ein ferner Freund, wenn wir ihn glücklich wissen.
Und es gelingt: ich sehe dich beglückt,
Du wirst von hier nicht unzufrieden gehn.
Der Fürst befahl's: Antonio sucht dich auf.
Er tadelt selbst an sich die Bitterkeit,
Womit er dich verletzt. Ich bitte dich,
Nimm ihn gelassen auf, so wie er kommt.
TASSO. Ich darf in jedem Sinne vor ihm stehn.
LEONORE. Und schenke mir der Himmel, lieber Freund,
Noch eh' du scheidest, dir das Aug' zu öffnen:
Daß niemand dich im ganzen Vaterlande
Verfolgt und haßt und heimlich drückt und neckt!
Du irrst gewiß, und wie du sonst zur Freude
Von andern dichtest, leider dichtest du
In diesem Fall ein seltenes Gewebe,
Dich selbst zu kränken. Alles will ich tun,
Um es entzweizureißen, daß du frei
Den schönen Weg des Lebens wandeln mögest.

Leb' wohl! Ich hoffe bald ein glücklich Wort.

Dritter Auftritt

Tasso *allein.* Ich soll erkennen, daß mich niemand haßt,
Daß niemand mich verfolgt, daß alle List
Und alles heimliche Gewebe sich
Allein in meinem Kopfe spinnt und webt!
Bekennen soll ich, daß ich Unrecht habe
Und manchem unrecht tue, der es nicht
Um mich verdient! Und das in einer Stunde,
Da vor dem Angesicht der Sonne klar
Mein volles Recht, wie ihre Tücke, liegt!
Ich soll es tief empfinden, wie der Fürst
Mit offner Brust mir seine Gunst gewährt,
Mit reichem Maß die Gaben mir erteilt,
Im Augenblicke, da er, schwach genug,
Von meinen Feinden sich das Auge trüben
Und seine Hand gewiß auch fesseln läßt!

Daß er betrogen ist, kann er nicht sehen,
Daß sie Betrüger sind, kann ich nicht zeigen;
Und nur damit er ruhig sich betrüge,
Daß sie gemächlich ihn betrügen können,
Soll ich mich stille halten, weichen gar!

Und wer gibt mir den Rat? Wer dringt so klug
Mit treuer, lieber Meinung auf mich ein?
Lenore, selbst, Lenore Sanvitale,
Die zarte Freundin! Ha, dich kenn' ich nun!
O warum traut ich ihrer Lippe je!
Sie war nicht redlich, wenn sie noch so sehr

Mir ihre Gunst, mir ihre Zärtlichkeit
Mit süßen Worten zeigte! Nein, sie war
Und bleibt ein listig Herz, sie wendet sich
Mit leisen klugen Tritten nach der Gunst.

Wie oft hab' ich mich willig selbst betrogen,
Auch über sie! Und doch im Grunde hat
Mich nur – die Eitelkeit betrogen. Wohl!
Ich kannte sie, und schmeichelte mir selbst.
So ist sie gegen andre, sagt' ich mir,
Doch gegen dich ist's offne treue Meinung.
Nun seh' ich's wohl, und seh' es nur zu spät:
Ich war begünstigt, und sie schmiegte sich
So zart an den Beglückten. Nun ich falle,
Sie wendet mir den Rücken wie das Glück.

Nun kommt sie als ein Werkzeug meines Feindes,
Sie schleicht heran und zischt mit glatter Zunge,
Die kleine Schlange, zauberische Töne.
Wie lieblich schien sie! lieblicher als je!
Wie wohl tat von der Lippe jedes Wort!
Doch konnte mir die Schmeichelei nicht lang'
Den falschen Sinn verbergen: an der Stirne
Schien ihr das Gegenteil zu klar geschrieben
Von allem, was sie sprach. Ich fühl' es leicht,
Wenn man den Weg zu meinem Herzen sucht
Und es nicht herzlich meint. Ich soll hinweg?
Soll nach Florenz, sobald ich immer kann?

Und warum nach Florenz? Ich seh' es wohl.
Dort herrscht der Mediceer neues Haus,
Zwar nicht in offner Feindschaft mit Ferrara,
Doch hält der stille Neid mit kalter Hand

Die edelsten Gemüter auseinander.
Empfang' ich dort von jenen edlen Fürsten
Erhabne Zeichen ihrer Gunst, wie ich
Gewiß erwarten dürfte, würde bald
Der Höfling meine Treu und Dankbarkeit
Verdächtig machen. Leicht geläng' es ihm.

Ja, ich will weg, allein nicht, wie ihr wollt;
Ich will hinweg, und weiter, als ihr denkt.

Was soll ich hier? Wer hält mich hier zurück?
Oh, ich verstand ein jedes Wort zu gut,
Das ich Lenoren von den Lippen lockte!
Von Silb zu Silbe nur erhascht' ich's kaum,
Und weiß nun ganz, wie die Prinzessin denkt –
Ja, ja, auch das ist wahr, verzweifle nicht!
»Sie wird mich gern entlassen, wenn ich gehe,
Da es zu meinem Wohl gereicht.« O fühlte
Sie eine Leidenschaft im Herzen, die mein Wohl
Und mich zugrunde richtete! Willkommner
Ergriffe mich der Tod, als diese Hand,
Die kalt und starr mich von sich läßt. – Ich gehe! –
Nun hüte dich, und laß dich keinen Schein
Von Freundschaft oder Güte täuschen! Niemand
Betrügt dich nun, wenn du dich nicht betrügst.

Vierter Auftritt

Antonio. Tasso

Antonio. Hier bin ich, Tasso, dir ein Wort zu sagen,
Wenn du mich ruhig hören magst und kannst.
Tasso. Das Handeln, weißt du, bleibt mir untersagt;

Es ziemt mir wohl, zu warten und zu hören.
ANTONIO. Ich treffe dich gelassen, wie ich wünschte,
Und spreche gern zu dir aus freier Brust.
Zuvörderst lös' ich in des Fürsten Namen
Das schwache Band, das dich zu fesseln schien.
TASSO. Die Willkür macht mich frei, wie sie mich band;
Ich nehm' es an und fordre kein Gericht.
ANTONIO. Dann sag' ich dir von mir: Ich habe dich
Mit Worten, scheint es, tief und mehr gekränkt,
Als ich, von mancher Leidenschaft bewegt,
Es selbst empfand. Allein kein schimpflich Wort
Ist meinen Lippen unbedacht entflohen:
Zu rächen hast du nichts als Edelmann,
Und wirst als Mensch Vergebung nicht versagen.
TASSO. Was härter treffe, Kränkung oder Schimpf,
Will ich nicht untersuchen: jene dringt
Ins tiefe Mark, und dieser ritzt die Haut.
Der Pfeil des Schimpfs kehrt auf den Mann zurück,
Der zu verwunden glaubt; die Meinung andrer
Befriedigt leicht das wohlgeführte Schwert –
Doch ein gekränktes Herz erholt sich schwer.
ANTONIO. Jetzt ist's an mir, daß ich dir dringend sage:
Tritt nicht zurück, erfülle meinen Wunsch,
Den Wunsch des Fürsten, der mich zu dir sendet.
TASSO. Ich kenne meine Pflicht und gebe nach.
Es sei verziehn, sofern es möglich ist!
Die Dichter sagen uns von einem Speer,
Der eine Wunde, die er selbst geschlagen,
Durch freundliche Berührung heilen konnte.
Es hat des Menschen Zunge diese Kraft;
Ich will ihr nicht gehässig widerstehn.
ANTONIO. Ich danke dir und wünsche, daß du mich
Und meinen Willen, dir zu dienen, gleich

Vertraulich prüfen mögest. Sage mir,
Kann ich dir nützlich sein? Ich zeig' es gern.

TASSO. Du bietest an, was ich nur wünschen konnte.
Du brachtest mir die Freiheit wieder; nun
Verschaffe mir, ich bitte, den Gebrauch.

ANTONIO. Was kannst du meinen? Sag' es deutlich an.

TASSO. Du weißt, geendet hab' ich mein Gedicht;
Es fehlt noch viel, daß es vollendet wäre.
Heut' überreicht' ich es dem Fürsten, hoffte
Zugleich ihm eine Bitte vorzutragen.
Gar viele meiner Freunde find' ich jetzt
In Rom versammelt; einzeln haben sie
Mir über manche Stellen ihre Meinung
In Briefen schon eröffnet; vieles hab' ich
Benutzen können, manches scheint mir noch
Zu überlegen; und verschiedne Stellen
Möcht' ich nicht gern verändern, wenn man mich
Nicht mehr, als es geschehn ist, überzeugt.
Das alles wird durch Briefe nicht getan:
Die Gegenwart löst diese Knoten bald.
So dacht' ich heut' den Fürsten selbst zu bitten:
Ich fand nicht Raum; nun darf ich es nicht wagen,
Und hoffe diesen Urlaub nun durch dich.

ANTONIO. Mir scheint nicht rätlich, daß du dich entfernst
In dem Moment, da dein vollendet Werk
Dem Fürsten und der Fürstin dich empfiehlt.
Ein Tag der Gunst ist wie ein Tag der Ernte:
Man muß geschäftig sein, sobald sie reift.
Entfernst du dich, so wirst du nichts gewinnen,
Vielleicht verlieren, was du schon gewannst.
Die Gegenwart ist eine mächt'ge Göttin:
Lern' ihren Einfluß kennen, bleibe hier!

TASSO. Zu *fürchten* hab' ich nichts: Alfons ist edel,

Stets hat er gegen mich sich groß gezeigt;
Und was ich *hoffe*, will ich seinem Herzen
Allein verdanken, keine Gnade mir
Erschleichen; nichts will ich von ihm empfangen,
Was ihn gereuen könnte, daß er's gab.
ANTONIO. So fordre nicht von ihm, daß er dich jetzt
Entlassen soll; er wird es ungern tun,
Und ich befürchte fast: er tut es nicht.
TASSO. Er wird es gern, wenn recht gebeten wird,
Und du vermagst es wohl, sobald du willst.
ANTONIO. Doch welche Gründe, sag' mir, leg' ich vor?
TASSO. Laß mein Gedicht aus jeder Stanze sprechen!
Was ich gewollt, ist löblich, wenn das Ziel
Auch meinen Kräften unerreichbar blieb.
An Fleiß und Mühe hat es nicht gefehlt.
Der heitre Wandel mancher schönen Tage,
Der stille Raum so mancher tiefen Nächte
War einzig diesem frommen Lied geweiht.
Bescheiden hofft' ich, jenen großen Meistern
Der Vorwelt mich zu nahen, kühn gesinnt,
Zu edlen Taten unsern Zeitgenossen
Aus einem langen Schlaf zu rufen, dann
Vielleicht mit einem edlen Christenheere
Gefahr und Ruhm des heil'gen Kriegs zu teilen.
Und soll mein Lied die besten Männer wecken,
So muß es auch der besten würdig sein.
Alfonsen bin ich schuldig, was ich tat;
Nun möcht' ich ihm auch die Vollendung danken.
ANTONIO. Und eben dieser Fürst ist hier, mit andern,
Die dich so gut als Römer leiten können.
Vollende *hier* dein Werk, hier ist der Platz,
Und um zu wirken, eile dann nach Rom.
TASSO. Alfons hat mich zuerst begeistert, wird

Gewiß der letzte sein, der mich belehrt.
Und deinen Rat, den Rat der klugen Männer,
Die unser Hof versammelt, schätz' ich hoch.
Ihr sollt entscheiden, wenn mich ja zu Rom
Die Freunde nicht vollkommen überzeugen.
Doch diese *muß* ich sehn. Gonzaga hat
Mir ein Gericht versammelt, dem ich erst
Mich stellen muß. Ich kann es kaum erwarten.
Flaminio de' Nobili, Angelio
Da Barga, Antoniano und Speron Speroni!
Du wirst sie kennen. – Welche Namen sind's!
Vertraun und Sorge flößen sie zugleich
In meinen Geist, der gern sich unterwirft.

ANTONIO. Du denkst nur dich, und denkst den Fürsten nicht.
Ich sage dir, er wird dich nicht entlassen;
Und wenn er's tut, entläßt er dich nicht gern.
Du willst ja nicht verlangen, was er dir
Nicht gern gewähren mag. Und soll ich hier
Vermitteln, was ich selbst nicht loben kann?

TASSO. Versagst du mir den ersten Dienst, wenn ich
Die angebotne Freundschaft prüfen will?

ANTONIO. Die wahre Freundschaft zeigt sich im Versagen
Zur rechten Zeit, und es gewährt die Liebe
Gar oft ein schädlich Gut, wenn sie den Willen
Des Fordernden mehr als sein Glück bedenkt.
Du scheinest mir in diesem Augenblick
Für gut zu halten, was du eifrig wünschest,
Und willst im Augenblick, was du begehrst.
Durch Heftigkeit ersetzt der Irrende,
Was ihm an Wahrheit und an Kräften fehlt.
Es fordert meine Pflicht, so viel ich kann,
Die Hast zu mäß'gen, die dich übel treibt.

TASSO. Schon lange kenn' ich diese Tyrannei

Der Freundschaft, die von allen Tyranneien
Die unerträglichste mir scheint. Du denkst
Nur anders, und du glaubst deswegen
Schon recht zu denken. Gern erkenn' ich an:
Du willst mein Wohl; allein verlange nicht,
Daß ich auf deinem Weg es finden soll.

ANTONIO. Und soll ich dir sogleich mit kaltem Blut,
Mit voller, klarer Überzeugung schaden?

TASSO. Von dieser Sorge will ich dich befrein!
Du hältst mich nicht mit diesen Worten ab.
Du hast mich frei erklärt, und diese Türe
Steht mir nun offen, die zum Fürsten führt.
Ich lasse dir die Wahl. Du oder ich!
Der Fürst geht fort. Hier ist kein Augenblick
Zu harren. Wähle schnell! Wenn du nicht gehst,
So geh' ich selbst, und werd' es, wie es will.

ANTONIO. Laß mich nur wenig Zeit von dir erlangen
Und warte nur des Fürsten Rückkehr ab!
Nur heute nicht!

TASSO. Nein, diese Stunde noch,
Wenn's möglich ist! Es brennen mir die Sohlen
Auf diesem Marmorboden; eher kann
Mein Geist nicht Ruhe finden, bis der Staub
Des freien Wegs mich Eilenden umgibt.
Ich bitte dich! Du siehst, wie ungeschickt
In diesem Augenblick ich sei, mit meinem Herrn
Zu reden; siehst – wie kann ich das verbergen –
Daß ich mir selbst in diesem Augenblick,
Mir keine Macht der Welt gebieten kann.
Nur Fesseln sind es, die mich halten können!
Alfons ist kein Tyrann, er sprach mich frei.
Wie gern gehorcht' ich seinen Worten sonst!
Heut' kann ich nicht gehorchen. Heute nur

Laßt mich in Freiheit, daß mein Geist sich finde!
Ich kehre bald zu meiner Pflicht zurück.

ANTONIO. Du machst mich zweifelhaft. Was soll ich tun?
Ich merke wohl: es steckt der Irrtum an.

TASSO. Soll ich dir glauben, denkst du gut für mich.
So wirke, was ich wünsche, was du kannst.
Der Fürst entläßt mich dann, und ich verliere
Nicht seine Gnade, seine Hilfe nicht.
Das dank' ich dir, und will dir's gern verdanken.
Doch hegst du einen alten Groll im Busen,
Willst du von diesem Hofe mich verbannen,
Willst du auf ewig mein Geschick verkehren,
Mich hilflos in die weite Welt vertreiben,
So bleib auf deinem Sinn und widersteh!

ANTONIO. Weil ich dir doch, O Tasso, schaden soll,
So wähl' ich denn den Weg, den du erwählst.
Der Ausgang mag entscheiden, wer sich irrt!
Du willst hinweg! Ich sag' es dir zuvor:
Du wendest diesem Hause kaum den Rücken,
So wird dein Herz zurück verlangen, wird
Dein Eigensinn dich vorwärts treiben; Schmerz,
Verwirrung, Trübsinn harrt in Rom auf dich.
Und du verfehlest hier und dort den Zweck.
Doch sag' ich dies nicht mehr, um dir zu raten;
Ich sage nur voraus, was bald geschieht,
Und lade dich auch schon im voraus ein,
Mir in dem schlimmsten Falle zu vertraun.
Ich spreche nun den Fürsten, wie du's forderst.

FÜNFTER AUFTRITT

TASSO *allein.* Ja, gehe nur, und gehe sicher weg,

Daß du mich überredest, was du willst.
Ich lerne mich verstellen, denn du bist
Ein großer Meister, und ich fasse leicht.
So zwingt das Leben uns, zu scheinen, ja
Zu sein wie jene, die wir kühn und stolz
Verachten konnten. Deutlich seh' ich nun
Die ganze Kunst des höfischen Gewebes!
Mich will Antonio von hinnen treiben
Und will nicht scheinen, daß er mich vertreibt.
Er spielt den Schonenden, den Klugen, daß
Man nur recht krank und ungeschickt mich finde,
Bestellet sich zum Vormund, daß er mich
Zum Kind erniedrige, den er zum Knecht
Nicht zwingen konnte. So umnebelt er
Die Stirn des Fürsten und der Fürstin Blick.

Man soll mich halten, meint er: habe doch
Ein schön Verdienst mir die Natur geschenkt;
Doch leider habe sie mit manchen Schwächen
Die hohe Gabe wieder schlimm begleitet,
Mit ungebundnem Stolz, mit übertriebner
Empfindlichkeit und eignem düstern Sinn.
Es sei nicht anders, einmal habe nun
Den einen Mann das Schicksal so gebildet;
Nun müsse man ihn nehmen, wie er sei,
Ihn dulden, tragen und vielleicht an ihm,
Was Freude bringen kann, am guten Tage
Als unerwarteten Gewinst genießen,
Im übrigen, wie er geboren sei,
So müsse man ihn leben, sterben lassen.

Erkenn' ich noch Alfonsens festen Sinn,
Der Feinden trotzt und Freunde treulich schützt?

Erkenn' ich ihn, wie er nun mir begegnet?
Ja, wohl erkenn' ich ganz mein Unglück nun!
Das ist mein Schicksal, daß nur gegen mich
Sich jeglicher verändert, der für andre fest
Und treu und sicher bleibt, sich leicht verändert
Durch einen Hauch, in einem Augenblick.

Hat nicht die Ankunft dieses Manns allein
Mein ganz Geschick zerstört, in einer Stunde?
Nicht dieser das Gebäude meines Glücks
Von seinem tiefsten Grund aus umgestürzt?
O muß ich das erfahren, muß ich's heut'!
Ja, wie sich alles zu mir drängte, läßt
Mich alles nun; wie jeder mich an sich
Zu reißen strebte, jeder mich zu fassen,
So stößt mich alles weg und meidet mich.
Und das warum? Und wiegt denn er allein
Die Schale meines Werts und aller Liebe,
Die ich so reichlich sonst besessen, auf?

Ja, alles flieht mich nun. Auch du! Auch du!
Geliebte Fürstin, du entziehst dich mir!
In diesen trüben Stunden hat sie mir
Kein einzig Zeichen ihrer Gunst gesandt.
Hab' ich's um sie verdient? – Du armes Herz,
Dem so natürlich war, sie zu verehren! –
Vernahm ich ihre Stimme, wie durchdrang
Ein unaussprechliches Gefühl die Brust!
Erblickt' ich sie, da ward das helle Licht
Des Tags mir trüb; unwiderstehlich zog
Ihr Auge mich, ihr Mund mich an, mein Knie
Erhielt sich kaum, und aller Kraft
Des Geists bedurft ich, aufrecht mich zu halten,

Vor ihre Füße nicht zu fallen; kaum
Vermocht' ich diesen Taumel zu zerstreun.
Hier halte fest, mein Herz! du klarer Sinn,
Laß hier dich nicht umnebeln! Ja, auch sie!
Darf ich es sagen? und ich glaub' es kaum;
Ich glaub es wohl, und möcht' es mir verschweigen.
Auch sie! auch sie! Entschuldige sie ganz,
Allein verbirg dir's nicht: auch sie! auch sie!

O dieses Wort, an dem ich zweifeln sollte,
Solang' ein Hauch von Glauben in mir lebt,
Ja, dieses Wort, es gräbt sich wie ein Schluß
Des Schicksals noch zuletzt am ehrnen Rande
Der vollgeschriebnen Qualentafel ein.
Nun sind erst meine Feinde stark, nun bin ich
Auf ewig einer jeden Kraft beraubt.
Wie soll ich streiten, wenn sie gegenüber
Im Heere steht? Wie soll ich duldend harren,
Wenn sie die Hand mir nicht von ferne reicht?
Wenn nicht ihr Blick dem Flehenden begegnet?
Du hast's gewagt zu denken, hast's gesprochen,
Und es ist wahr, eh' du es fürchten konntest!
Und ehe nun Verzweiflung deine Sinnen
Mit ehrnen Klauen auseinanderreißt,
Ja, klage nur das bittre Schicksal an
Und wiederhole nur: auch sie! auch sie!

Fünfter Aufzug

Garten

Erster Auftritt

Alfons. Antonio

Antonio. Auf deinen Wink ging ich das zweitemal
Zu Tasso hin, ich komme von ihm her.
Ich hab' ihm zugeredet, ja gedrungen;
Allein er geht von seinem Sinn nicht ab
Und bittet sehnlich, daß du ihn nach Rom
Auf eine kurze Zeit entlassen mögest.
Alfons. Ich bin verdrießlich, daß ich dir's gestehe,
Und lieber sag' ich dir, daß ich es bin,
Als daß ich den Verdruß verberg' und mehre.
Er will verreisen; gut, ich halt' ihn nicht.
Er will hinweg, er will nach Rom; es sei!
Nur daß mir Scipio Gonzaga nicht,
Der kluge Medicis, ihn nicht entwende!
Das hat Italien so groß gemacht,
Daß jeder Nachbar mit dem andern streitet,
Die Bessern zu besitzen, zu benutzen.
Ein Feldherr ohne Heer scheint mir ein Fürst,
Der die Talente nicht um sich versammelt:
Und wer der Dichtkunst Stimme nicht vernimmt,
Ist ein Barbar, er sei auch, wer er sei.
Gefunden hab' ich diesen und gewählt,
Ich bin auf ihn als meinen Diener stolz,
Und da ich schon für ihn so viel getan,

So möcht' ich ihn nicht ohne Not verlieren.
ANTONIO. Ich bin verlegen, denn ich trage doch
Vor dir die Schuld von dem, was heut' geschah;
Auch will ich meinen Fehler gern gestehn,
Er bleibet deiner Gnade zu verzeihn;
Doch wenn du glauben könntest, daß ich nicht
Das mögliche getan, ihn zu versöhnen,
So würd' ich ganz untröstlich sein. Oh! sprich
Mit holdem Blick mich an, damit ich wieder
Mich fassen kann, mir selbst vertrauen mag.
ALFONS. Antonio, nein, da sei nur immer ruhig,
Ich schreib' es dir auf keine Weise zu;
Ich kenne nur zu gut den Sinn des Mannes
Und weiß nur allzu wohl, was ich getan,
Wie sehr ich ihn geschont, wie sehr ich ganz
Vergessen, daß ich eigentlich an ihn
Zu fordern hätte. Über vieles kann
Der Mensch zum Herrn sich machen, seinen Sinn
Bezwinget kaum die Not und lange Zeit.
ANTONIO. Wenn andre vieles um den einen tun,
So ist's auch billig, daß der eine wieder
Sich fleißig frage, was den andern nützt.
Wer seinen Geist so viel gebildet hat,
Wer jede Wissenschaft zusammengeizt
Und jede Kenntnis, die uns zu ergreifen
Erlaubt ist, sollte der, sich zu beherrschen,
Nicht doppelt schuldig sein? Und denkt er dran?
ALFONS. Wir sollen eben nicht in Ruhe bleiben!
Gleich wird uns, wenn wir zu genießen denken,
Zur Übung unsrer Tapferkeit ein Feind,
Zur Übung der Geduld ein Freund gegeben.
ANTONIO. Die erste Pflicht des Menschen, Speis' und Trank
Zu wählen, da ihn die Natur so eng

Nicht wie das Tier beschränkt, erfüllt er die?
Und läßt er nicht vielmehr sich wie ein Kind
Von allem reizen, was dem Gaumen schmeichelt?
Wann mischt er Wasser unter seinen Wein?
Gewürze, süße Sachen, stark Getränke,
Eins um das andre schlingt er hastig ein,
Und dann beklagt er seinen trüben Sinn,
Sein feurig Blut, sein allzu heftig Wesen,
Und schilt auf die Natur und das Geschick.
Wie bitter und wie töricht hab' ich ihn
Nicht oft mit seinem Arzte rechten sehn;
Zum Lachen fast, wär' irgend lächerlich,
Was einen Menschen quält und andre plagt.
»Ich fühle dieses Übel«, sagt er bänglich
Und voll Verdruß: »Was rühmt Ihr Eure Kunst?
Schafft mir Genesung!« – Gut! versetzt der Arzt,
So meidet das und das. – »Das kann ich nicht.« –
So nehmet diesen Trank. – »O nein! der schmeckt
Abscheulich, er empört mir die Natur.«
So trinkt denn Wasser. – »Wasser? nimmermehr!
Ich bin so wasserscheu als ein Gebissner.«
So ist Euch nicht zu helfen. – »Und warum?«
Das Übel wird sich stets mit Übeln häufen
Und, wenn es Euch nicht töten kann, nur mehr
Und mehr mit jedem Tag Euch quälen. – »Schön!
Wofür seid Ihr ein Arzt? Ihr kennt mein Übel,
Ihr solltet auch die Mittel kennen, sie
Auch schmackhaft machen, daß ich nicht noch erst,
Der Leiden los zu sein, recht leiden müsse.«
Du lächelst selbst, und doch ist es gewiß.
Du hast es wohl aus seinem Mund gehört?

ALFONS. Ich hab' es oft gehört und oft entschuldigt.

ANTONIO. Es ist gewiß, ein ungemäßigt Leben,

Wie es uns schwere wilde Träume gibt,
Macht uns zuletzt am hellen Tage träumen.
Was ist sein Argwohn anders als ein Traum?
Wohin er tritt, glaubt er von Feinden sich
Umgeben. Sein Talent kann niemand sehn,
Der ihn nicht neidet, niemand ihn beneiden,
Der ihn nicht haßt und bitter ihn verfolgt.
So hat er oft mit Klagen dich belästigt:
Erbrochne Schlösser, angefangne Briefe,
Und Gift und Dolch! Was alles vor ihm schwebt!
Du hast es untersuchen lassen, untersucht,
Und hast du was gefunden? Kaum den Schein.
Der Schutz von keinem Fürsten macht ihn sicher,
Der Busen keines Freundes kann ihn laben.
Und willst du einem solchen Ruh und Glück,
Willst du von ihm wohl Freude *dir* versprechen?
ALFONS. Du hättest Recht, Antonio, wenn in ihm
Ich meinen nächsten Vorteil suchen wollte!
Zwar ist es schon mein Vorteil, daß ich nicht
Den Nutzen grad und unbedingt erwarte.
Nicht alles dienet uns auf gleiche Weise;
Wer vieles brauchen will, gebrauche jedes
In seiner Art, so ist er wohl bedient.
Das haben uns die Medicis gelehrt,
Das haben uns die Päpste selbst gewiesen.
Mit welcher Nachsicht, welcher fürstlichen
Geduld und Langmut trugen diese Männer
Manch groß Talent, das ihrer reichen
Gnade Nicht zu bedürfen schien und doch bedurfte!
ANTONIO. Wer weiß es nicht, mein Fürst? Des Lebens Mühe
Lehrt uns allein des Lebens Güter schätzen.
So jung hat er zu vieles schon erreicht,
Als daß genügsam er genießen könnte.

O sollt' er erst erwerben, was ihm nun
Mit offnen Händen angeboten wird:
Er strengte seine Kräfte männlich an
Und fühlte sich von Schritt zu Schritt begnügt.
Ein armer Edelmann hat schon das Ziel
Von seinem besten Wunsch erreicht, wenn ihn
Ein edler Fürst zu seinem Hofgenossen
Erwählen will, und ihn der Dürftigkeit
Mit milder Hand entzieht. Schenkt er ihm noch
Vertraun und Gunst, und will an seine Seite
Vor andern ihn erheben, sei's im Krieg,
Sei's in Geschäften oder im Gespräch,
So, dächt' ich, könnte der bescheidne Mann
Sein Glück mit stiller Dankbarkeit verehren.
Und Tasso hat zu allem diesen noch
Das schönste Glück des Jünglings: daß ihn schon
Sein Vaterland erkennt und auf ihn hofft.
O glaube mir, sein launisch Mißbehagen
Ruht auf dem breiten Polster seines Glücks.
Er kommt, entlaß ihn gnädig, gib ihm Zeit,
In Rom und in Neapel, wo er will,
Das aufzusuchen, was er hier vermißt,
Und was er hier nur wiederfinden kann.
ALFONS. Will er zurück erst nach Ferrara gehn?
ANTONIO. Er wünscht in Belriguardo zu verweilen.
Das Nötigste, was er zur Reise braucht,
Will er durch einen Freund sich senden lassen.
ALFONS. Ich bin's zufrieden. Meine Schwester geht
Mit ihrer Freundin gleich zurück, und reitend
Werd' ich vor ihnen noch zu Hause sein.
Du folgst uns bald, wenn du für ihn gesorgt.
Dem Kastellan befiehl das Nötige,
Daß er hier auf dem Schlosse bleiben kann,

Solang' er will, solang', bis seine Freunde
Ihm das Gepäck gesendet, bis wir ihm
Die Briefe schicken, die ich ihm nach Rom
Zu geben willens bin. Er kommt! Leb wohl!

ZWEITER AUFTRITT

Alfons. Tasso

TASSO *mit Zurückhaltung.*
Die Gnade, die du mir so oft bewiesen,
Erscheinet heute mir in vollem Licht.
Du hast verziehen, was in deiner Nähe
Ich unbedacht und frevelhaft beging,
Du hast den Widersacher mir versöhnt
Du willst erlauben, daß ich eine Zeit
Von deiner Seite mich entferne, willst
Mir deine Gunst großmütig vorbehalten.
Ich scheide nun mit völligem Vertraun
Und hoffe still, mich soll die kleine Frist
Von allem heilen, was mich jetzt beklemmt.
Es soll mein Geist aufs neue sich erheben
Und auf dem Wege, den ich froh und kühn,
Durch deinen Blick ermuntert, erst betrat,
Sich deiner Gunst aufs neue würdig machen.
ALFONS. Ich wünsche dir zu deiner Reise Glück
Und hoffe, daß du froh und ganz geheilt
Uns wiederkommen wirst. Du bringst uns dann
Den doppelten Gewinst für jede Stunde,
Die du uns nun entziehst, vergnügt zurück.
Ich gebe Briefe dir an meine Leute,
An Freunde dir nach Rom, und wünsche sehr,
Daß du dich zu den Meinen überall

Zutraulich halten mögest, wie ich dich
Als *mein*, obgleich entfernt, gewiß betrachte.

TASSO. Du überhäufst, o Fürst, mit Gnaden den,
Der sich unwürdig fühlt, und selbst zu danken
In diesem Augenblicke nicht vermag.
Anstatt des Danks eröffn' ich eine Bitte!
Am meisten liegt mir mein Gedicht am Herzen.
Ich habe viel getan, und keine Mühe
Und keinen Fleiß gespart; allein es bleibt
Zu viel mir noch zurück. Ich möchte dort,
Wo noch der Geist der großen Männer schwebt,
Und wirksam schwebt, dort möcht' ich in die Schule
Aufs neue mich begeben: würdiger
Erfreute deines Beifalls sich mein Lied.
O gib die Blätter mir zurück, die ich
Jetzt nur beschämt in deinen Händen weiß!

ALFONS. Du wirst mir nicht an diesem Tage nehmen,
Was du mir kaum an diesem Tag gebracht.
Laß zwischen dich und zwischen dein Gedicht
Mich als Vermittler treten! hüte dich,
Durch strengen Fleiß die liebliche Natur
Zu kränken, die in deinen Reimen lebt,
Und höre nicht auf Rat von allen Seiten!
Die tausendfältigen Gedanken vieler
Verschiedner Menschen, die im Leben sich
Und in der Meinung widersprechen, faßt
Der Dichtung klug in *eins* und scheut sich nicht,
Gar manchem zu mißfallen, daß er manchem
Um desto mehr gefallen möge. Doch
Ich sage nicht, daß du nicht hie und da
Bescheiden deine Feile brauchen solltest;
Verspreche dir zugleich: in kurzer Zeit
Erhältst du abgeschrieben dein Gedicht.

Es bleibt von deiner Hand in meinen Händen,
Damit ich seiner erst mit meinen Schwestern
Mich recht erfreuen möge. Bringst du es
Vollkommner dann zurück: wir werden uns
Des höheren Genusses freun, und dich
Bei mancher Stelle nur als Freunde warnen.

TASSO. Ich wiederhole nur beschämt die Bitte:
Laß mich die Abschrift eilig haben! ganz
Ruht mein Gemüt auf diesem Werke nun.
Nun muß es werden, was es werden kann.

ALFONS. Ich billige den Trieb, der dich beseelt!
Doch, guter Tasso, wenn es möglich wäre,
So solltest du erst eine kurze Zeit
Der freien Welt genießen, dich zerstreuen,
Dein Blut durch eine Kur verbessern. Dir
Gewährte dann die schöne Harmonie
Der hergestellten Sinne, was du nun
Im trüben Eifer nur vergebens suchst.

TASSO. Mein Fürst, so scheint es; doch ich bin gesund,
Wenn ich mich meinem Fleiß ergeben kann,
Und so macht wieder mich der Fleiß gesund.
Du hast mich lang' gesehn: mir ist nicht wohl
In freier Üppigkeit. Mir läßt die Ruh
Am mindsten Ruhe. Dies Gemüt ist nicht
Von der Natur bestimmt, ich fühl' es leider,
Auf weichem Element der Tage froh
Ins weite Meer der Zeiten hinzuschwimmen.

ALFONS. Dich führet alles, was du sinnst und treibst,
Tief in dich selbst. Es liegt um uns herum
Gar mancher Abgrund, den das Schicksal grub;
Doch hier in unserm Herzen ist der tiefste,
Und reizend ist es, sich hinabzustürzen.
Ich bitte dich, entreiße dich dir selbst!

Der Mensch gewinnt, was der Poet verliert.
TASSO. Ich halte diesen Drang vergebens auf,
Der Tag und Nacht in meinem Busen wechselt.
Wenn ich nicht sinnen oder dichten soll,
So ist das Leben mir kein Leben mehr.
Verbiete du dem Seidenwurm zu spinnen,
Wenn er sich schon dem Tode näher spinnt:
Das köstliche Geweb' entwickelt er
Aus seinem Innersten, und läßt nicht ab,
Bis er in seinen Sarg sich eingeschlossen.
O geb' ein guter Gott uns auch dereinst
Das Schicksal des beneidenswerten Wurms,
Im neuen Sonnental die Flügel rasch
Und freudig zu entfalten!
ALFONS. Höre mich!
Du gibst so Vielen doppelten Genuß
Des Lebens; lern', ich bitte dich,
Den Wert des Lebens kennen, das du noch
Und zehnfach reich besitzest. Lebe wohl!
Je eher du zu uns zurücke kehrst,
Je schöner wirst du uns willkommen sein.

DRITTER AUFTRITT

TASSO *allein.* So halte fest, mein Herz, so war es recht!
Es wird dir schwer, es ist das erstemal,
Daß du dich so verstellen magst und kannst.
Du hörtest wohl: das war nicht sein Gemüt,
Das waren seine Worte nicht; mir schien,
Als klänge nur Antonios Stimme wider.
O gib nur Acht! Du wirst sie nun so fort
Von allen Seiten hören. Fest, nur fest!

Um einen Augenblick ist's noch zu tun.
Wer spät im Leben sich verstellen lernt,
Der hat den Schein der Ehrlichkeit voraus.
Es wird schon gehn, nur übe dich mit ihnen.
Nach einer Pause.
Du triumphierst zu früh, dort kommt sie her!
Die holde Fürstin kommt! O welch Gefühl!
Sie tritt herein; es löst in meinem Busen
Verdruß und Argwohn sich in Schmerzen auf.

Vierter Auftritt

Prinzessin. Tasso
Gegen das Ende des Auftritts die Übrigen

Prinzessin. Du denkst uns zu verlassen, oder bleibst
Vielmehr in Belriguardo noch zurück
Und willst dich dann von uns entfernen, Tasso?
Ich hoffe, nur auf eine kurze Zeit.
Du gehst nach Rom?
Tasso. Ich richte meinen Weg
Zuerst dahin, und nehmen meine Freunde
Mich gütig auf, wie ich es hoffen darf,
So leg' ich da mit Sorgfalt und Geduld
Vielleicht die letzte Hand an mein Gedicht.
Ich finde viele Männer dort versammelt,
Die Meister aller Art sich nennen dürfen.
Und spricht in jener ersten Stadt der Welt
Nicht jeder Platz, nicht jeder Stein zu uns?
Wie viele tausend stumme Lehrer winken
In ernster Majestät uns freundlich an!
Vollend' ich da nicht mein Gedicht, so kann
Ich's nie vollenden. Leider, ach, schon fühl' ich,

Mir wird zu keinem Unternehmen Glück!
Verändern werd' ich es, vollenden nie.
Ich fühl', ich fühl' es wohl, die große Kunst,
Die jeden nährt, die den gesunden Geist
Stärkt und erquickt, wird mich zugrunde richten,
Vertreiben wird sie mich. Ich eile fort!
Nach Napel will ich bald!

PRINZESSIN. Darfst du es wagen?
Noch ist der strenge Bann nicht aufgehoben,
Der dich zugleich mit deinem Vater traf.

TASSO. Du warnest recht, ich hab' es schon bedacht.
Verkleidet geh' ich hin, den armen Rock
Des Pilgers oder Schäfers zieh ich an.
Ich schleiche durch die Stadt, wo die Bewegung
Der Tausende den einen leicht verbirgt.
Ich eile nach dem Ufer, finde dort
Gleich einen Kahn mit willig guten Leuten,
Mit Bauern, die zum Markte kamen, nun
Nach Hause kehren, Leute von Sorrent;
Denn ich muß nach Sorrent hinübereilen.
Dort wohnet meine Schwester, die mit mir
Die Schmerzensfreude meiner Eltern war.
Im Schiffe bin ich still, und trete dann
Auch schweigend an das Land, ich gehe sacht
Den Pfad hinauf, und an dem Tore frag' ich:
Wo wohnt Cornelia? Zeigt mir es an!
Cornelia Sersale? Freundlich deutet
Mir eine Spinnerin die Straße, sie
Bezeichnet mir das Haus. So steig' ich weiter.
Die Kinder laufen nebenher und schauen
Das wilde Haar, den düstern Fremdling an.
So komm' ich an die Schwelle. Offen steht
Die Türe schon, so tret' ich in das Haus –

PRINZESSIN. Blick' auf, o Tasso, wenn es möglich ist,
Erkenne die Gefahr, in der du schwebst!
Ich schone dich, denn sonst würd' ich dir sagen:
Ist's edel, so zu reden, wie du sprichst?
Ist's edel, nur allein an sich zu denken,
Als kränktest du der Freunde Herzen nicht?
Ist's dir verborgen, wie mein Bruder denkt?
Wie beide Schwestern dich zu schätzen wissen?
Hast du es nicht empfunden und erkannt?
Ist alles denn in wenig Augenblicken
Verändert? Tasso! Wenn du scheiden willst,
So laß uns Schmerz und Sorge nicht zurück.

TASSO *wendet sich weg.*

PRINZESSIN. Wie tröstlich ist es, einem Freunde, der
Auf eine kurze Zeit verreisen will,
Ein klein Geschenk zu geben, sei es nur
Ein neuer Mantel oder eine Waffe!
Dir kann man nichts mehr geben, denn du wirfst
Unwillig alles weg, was du besitzest.
Die Pilgermuschel und den schwarzen Kittel,
Den langen Stab erwählst du dir, und gehst
Freiwillig arm dahin, und nimmst uns weg,
Was du mit uns allein genießen konntest.

TASSO. So willst du mich nicht ganz und gar verstoßen?
O süßes Wort, o schöner, teurer Trost!
Vertritt mich! Nimm in deinen Schutz mich auf! –
Laß mich in Belriguardo hier, versetze
Mich nach Consandoli, wohin du willst!
Es hat der Fürst so manches schöne Schloß,
So manchen Garten, der das ganze Jahr
Gewartet wird, und ihr betretet kaum
Ihn einen Tag, vielleicht nur eine Stunde.
Ja, wählet den entferntsten aus, den ihr

In ganzen Jahren nicht besuchen geht,
Und der vielleicht jetzt ohne Sorge liegt:
Dort schickt mich hin! Dort laßt mich euer sein!
Wie will ich deine Bäume pflegen! die Zitronen
Im Herbst mit Brettern und mit Ziegeln decken
Und mit verbundnem Rohre wohl verwahren!
Es sollen schöne Blumen in den Beeten
Die breiten Wurzeln schlagen; rein und zierlich
Soll jeder Gang und jedes Fleckchen sein.
Und laßt mir auch die Sorge des Palastes!
Ich will zur rechten Zeit die Fenster öffnen,
Daß Feuchtigkeit nicht den Gemälden schade;
Die schön mit Stukkatur verzierten Wände
Will ich mit einem leichten Wedel säubern,
Es soll das Estrich blank und reinlich glänzen,
Es soll kein Stein, kein Ziegel sich verrücken,
Es soll kein Gras aus einer Ritze keimen!

PRINZESSIN. Ich finde keinen Rat in meinem Busen
Und finde keinen Trost für dich und – uns.
Mein Auge blickt umher, ob nicht ein Gott
Uns Hilfe reichen möchte, möchte mir
Ein heilsam Kraut entdecken, einen Trank,
Der deinem Sinne Frieden brächte, Frieden uns.
Das treuste Wort, das von der Lippe fließt,
Das schönste Heilungsmittel wirkt nicht mehr.
Ich muß dich lassen, und verlassen kann
Mein Herz dich nicht.

TASSO. Ihr Götter, ist sie's doch,
Die mit dir spricht und deiner sich erbarmt!
Und konntest du das edle Herz verkennen?
War's möglich, daß in ihrer Gegenwart
Der Kleinmut dich ergriff und dich bezwang?
Nein, nein, du bist's! und nun, ich bin es auch.

O fahre fort, und laß mich jeden Trost
Aus deinem Munde hören! Deinen Rat
Entzieh mir nicht! O sprich: was soll ich tun,
Damit dein Bruder mir vergeben könne,
Damit du selbst mir gern vergeben mögest,
Damit ihr wieder zu den Euren mich
Mit Freuden zählen möget? Sag' mir an.

PRINZESSIN. Gar wenig ist's, was wir von dir verlangen;
Und dennoch scheint es allzuviel zu sein.
Du sollst dich selbst uns freundlich überlassen.
Wir wollen nichts von dir, was du nicht bist,
Wenn du nur erst dir mit dir selbst gefällst.
Du machst uns Freude, wenn du Freude hast,
Und du betrübst uns nur, wenn du sie fliehst;
Und wenn du uns auch ungeduldig machst,
So ist es nur, daß wir dir helfen möchten
Und, leider! sehn, daß nicht zu helfen ist,
Wenn du nicht selbst des Freundes Hand ergreifst,
Die, sehnlich ausgereckt, dich nicht erreicht.

TASSO. Du bist es selbst, wie du zum erstenmal,
Ein heil'ger Engel, mir entgegenkamst!
Verzeih dem trüben Blick des Sterblichen,
Wenn er auf Augenblicke dich verkannt.
Er kennt dich wieder! Ganz eröffnet sich
Die Seele, nur dich ewig zu verehren.
Es füllt sich ganz das Herz von Zärtlichkeit –
Sie ist's, sie steht vor mir. Welch ein Gefühl!
Ist es Verirrung, was mich nach dir zieht?
Ist's Raserei? Ist's ein erhöhter Sinn,
Der erst die höchste, reinste Wahrheit faßt?
Ja, es ist das Gefühl, das mich allein
Auf dieser Erde glücklich machen kann,
Das mich allein so elend werden ließ,

Wenn ich ihm widerstand und aus dem Herzen
Es bannen wollte. Diese Leidenschaft
Gedacht' ich zu bekämpfen, stritt und stritt
Mit meinem tiefsten Sein, zerstörte frech
Mein eignes Selbst, dem du so ganz gehörst –

PRINZESSIN. Wenn ich dich, Tasso, länger hören soll,
So mäßige die Glut, die mich erschreckt.

TASSO. Beschränkt der Rand des Bechers einen Wein,
Der schäumend wallt und brausend überschwillt?
Mit jedem Wort erhöhest du mein Glück,
Mit jedem Worte glänzt dein Auge heller,
Ich fühle mich im Innersten verändert,
Ich fühle mich von aller Not entladen,
Frei wie ein Gott, und alles dank' ich dir!
Unsägliche Gewalt, die mich beherrscht,
Entfließet deinen Lippen; ja, du machst
Mich ganz dir eigen. Nichts gehöret mehr
Von meinem ganzen Ich mir künftig an.
Es trübt mein Auge sich in Glück und Licht,
Es schwankt mein Sinn. Mich hält der Fuß nicht mehr.
Unwiderstehlich ziehst du mich zu dir,
Und unaufhaltsam dringt mein Herz dir zu.
Du hast mich ganz auf ewig dir gewonnen,
So nimm denn auch mein ganzes Wesen hin!

Er fällt ihr in die Arme und drückt sie fest an sich.

PRINZESSIN *ihn von sich stoßend und hinwegeilend.* Hinweg!

LEONORE *die sich schon eine Weile im Grunde sehen lassen, herbeieilend.* Was ist geschehen? Tasso! Tasso!

Sie geht der Prinzessin nach.

TASSO *im Begriff, ihnen zu folgen.* O Gott!

ALFONS *der sich schon eine Zeitlang mit Antonio genähert.*
Er kommt von Sinnen, halt' ihn fest! *Ab.*

Fünfter Auftritt

Tasso. Antonio

Antonio. O stünde jetzt, so wie du immer glaubst,
Daß du von Feinden rings umgeben bist,
Ein Feind bei dir, wie würd er triumphieren!
Unglücklicher, noch kaum erhol' ich mich!
Wenn ganz was Unerwartetes begegnet,
Wenn unser Blick was Ungeheures sieht,
Steht unser Geist auf eine Weile still:
Wir haben nichts, womit wir das vergleichen.

Tasso *nach einer langen Pause.*
Vollende nur dein Amt – ich seh', du bist's!
Ja, du verdienst das fürstliche Vertraun:
Vollende nur dein Amt, und martre mich,
Da mir der Stab gebrochen ist, noch langsam
Zu Tode! Ziehe! Zieh am Pfeile nur,
Daß ich den Widerhaken grimmig fühle,
Der mich zerfleischt!
Du bist ein teures Werkzeug des Tyrannen;
Sei Kerkermeister, sei der Marterknecht!
Wie wohl, wie eigen steht dir beides an!

Gegen die Szene.

Ja, gehe nur, Tyrann! Du konntest dich
Nicht bis zuletzt verstellen, triumphiere!
Du hast den Sklaven wohl gekettet, hast
Ihn wohl gespart zu ausgedachten Qualen:
Geh nur, ich hasse dich, ich fühle ganz
Den Abscheu, den die Übermacht erregt,
Die frevelhaft und ungerecht ergreift.

Nach einer Pause.

So seh' ich mich am Ende denn verbannt,
Verstoßen und verbannt als Bettler hier!

So hat man mich bekränzt, um mich geschmückt
Als Opfertier vor den Altar zu führen!
So lockte man mir noch am letzten Tage
Mein einzig Eigentum, mir mein Gedicht
Mit glatten Worten ab, und hielt es fest!
Mein einzig Gut ist nun in euren Händen,
Das mich an jedem Ort empfohlen hätte,
Das mir noch blieb, vom Hunger mich zu retten!
Jetzt seh' ich wohl, warum ich feiern soll:
Es ist Verschwörung, und du bist das Haupt.
Damit mein Lied nur nicht vollkommner werde,
Daß nur mein Name sich nicht mehr verbreite,
Daß meine Neider tausend Schwächen finden,
Daß man am Ende meiner gar vergesse,
Drum soll ich mich zum Müßiggang gewöhnen,
Drum soll ich mich und meine Sinne schonen.
O werte Freundschaft, teure Sorglichkeit!
Abscheulich dacht' ich die Verschwörung mir,
Die unsichtbar und rastlos mich umspann,
Allein abscheulicher ist es geworden.

Und du, Sirene! die du mich so zart,
So himmlisch angelockt, ich sehe nun
Dich auf einmal! O Gott, warum so spät!

Allein wir selbst betrügen uns so gern
Und ehren die Verworfnen, die uns ehren.
Die Menschen kennen sich einander nicht;
Nur die Galeerensklaven kennen sich,
Die eng an *eine* Bank geschmiedet keuchen;
Wo keiner was zu fordern hat und keiner
Was zu verlieren hat, die kennen sich;
Wo jeder sich für einen Schelmen gibt

Und seinesgleichen auch für Schelmen nimmt.
Doch wir verkennen nur die andern höflich,
Damit sie wieder uns verkennen sollen.

Wie lang' verdeckte mir dein heilig Bild
Die Buhlerin, die kleine Künste treibt.
Die Maske fällt: Armiden seh' ich nun
Entblößt von allen Reizen – ja, du bist's!
Von dir hat ahnungsvoll mein Lied gesungen!

Und die verschmitzte kleine Mittlerin!
Wie tief erniedrigt seh' ich sie vor mir!
Ich höre nun die leisen Tritte rauschen,
Ich kenne nun den Kreis, um den sie schlich.
Euch alle kenn' ich! Sei mir das genug!
Und wenn das Elend alles mir geraubt,
So preis' ich's doch: die Wahrheit lehrt es mich.
ANTONIO. Ich höre, Tasso, dich mit Staunen an,
Sosehr ich weiß, wie leicht dein rascher Geist
Von einer Grenze zu der andern schwankt.
Besinne dich! Gebiete dieser Wut!
Du lästerst, du erlaubst dir Wort auf Wort,
Das deinen Schmerzen zu verzeihen ist,
Doch das du selbst dir nie verzeihen kannst.
TASSO. O sprich mir nicht mit sanfter Lippe zu,
Laß mich kein kluges Wort von dir vernehmen!
Laß mir das dumpfe Glück, damit ich nicht
Mich erst besinne, dann von Sinnen komme.
Ich fühle mir das innerste Gebein
Zerschmettert, und ich leb', um es zu fühlen.
Verzweiflung faßt mit aller Wut mich an,
Und in der Höllenqual, die mich vernichtet,
Wird Lästrung nur ein leiser Schmerzenslaut.

Ich will hinweg! Und wenn du redlich bist,
So zeig' es mir, und laß mich gleich von hinnen!

ANTONIO. Ich werde dich in dieser Not nicht lassen;
Und wenn es dir an Fassung ganz gebricht,
So soll mir's an Geduld gewiß nicht fehlen.

TASSO. So muß ich mich dir denn gefangen geben?
Ich gebe mich, und so ist es getan;
Ich widerstehe nicht, so ist mir wohl –
Und laß es dann mich schmerzlich wiederholen,
Wie schön es war, was ich mir selbst verscherzte.
Sie gehn hinweg – O Gott! dort seh' ich schon
Den Staub, der von den Wagen sich erhebt –
Die Reiter sind voraus – Dort fahren sie,
Dort gehn sie hin! Kam ich nicht auch daher?
Sie sind hinweg, sie sind erzürnt auf mich.
O küßt ich nur noch einmal seine Hand!
O daß ich nur noch Abschied nehmen könnte!
Nur einmal noch zu sagen: O verzeiht!
Nur noch zu hören: Geh, dir ist verziehn!
Allein ich hör' es nicht, ich hör' es nie –
Ich will ja gehn! Laßt mich nur Abschied nehmen,
Nur Abschied nehmen! Gebt, o gebt mir nur
Auf einen Augenblick die Gegenwart
Zurück! Vielleicht genes' ich wieder. Nein,
Ich bin verstoßen, bin verbannt, ich habe
Mich selbst verbannt, ich werde diese Stimme
Nicht mehr vernehmen, diesem Blicke nicht,
Nicht mehr begegnen –

ANTONIO. Laß eines Mannes Stimme dich erinnern,
Der neben dir nicht ohne Rührung steht!
Du bist so elend nicht, als wie du glaubst.
Ermanne dich! Du gibst zu viel dir nach.

TASSO. Und bin ich denn so elend, wie ich scheine?

Bin ich so schwach, wie ich vor dir mich zeige?
Ist alles denn verloren? Hat der Schmerz,
Als schütterte der Boden, das Gebäude
In einen grausen Haufen Schutt verwandelt?
Ist kein Talent mehr übrig, tausendfältig
Mich zu zerstreun, zu unterstützen?
Ist alle Kraft erloschen, die sich sonst
In meinem Busen regte? Bin ich Nichts,
Ganz Nichts geworden?
Nein, es ist alles da, und ich bin nichts;
Ich bin mir selbst entwandt, sie ist es mir!
ANTONIO. Und wenn du ganz dich zu verlieren scheinst,
Vergleiche dich! Erkenne, was du bist!
TASSO. Ja, du erinnerst mich zur rechten Zeit! –
Hilft denn kein Beispiel der Geschichte mehr?
Stellt sich kein edler Mann mir vor die Augen,
Der mehr gelitten, als ich jemals litt,
Damit ich mich mit ihm vergleichend fasse?
Nein, alles ist dahin! – Nur eines bleibt:
Die Träne hat uns die Natur verliehen,
Den Schrei des Schmerzens, wenn der Mann zuletzt
Es nicht mehr trägt – Und mir noch über alles –
Sie ließ im Schmerz mir Melodie und Rede,
Die tiefste Fülle meiner Not zu klagen:
Und wenn der Mensch in seiner Qual verstummt,
Gab mir ein Gott, zu sagen, wie ich leide.
ANTONIO *tritt zu ihm und nimmt ihn bei der Hand.*
TASSO. O edler Mann! Du stehest fest und still,
Ich scheine nur die sturmbewegte Welle.
Allein bedenk' und überhebe nicht
Dich deiner Kraft! Die mächtige Natur,
Die diesen Felsen gründete, hat auch
Der Welle die Beweglichkeit gegeben.

Sie sendet ihren Sturm, die Welle flieht
Und schwankt und schwillt und beugt sich schäumend über.
In dieser Woge spiegelte so schön
Die Sonne sich, es ruhten die Gestirne
An dieser Brust, die zärtlich sich bewegte.
Verschwunden ist der Glanz, entflohn die Ruhe.
Ich kenne mich in der Gefahr nicht mehr,
Und schäme mich nicht mehr, es zu bekennen.
Zerbrochen ist das Steuer, und es kracht
Das Schiff an allen Seiten. Berstend reißt
Der Boden unter meinen Füßen auf!
Ich fasse dich mit beiden Armen an!
So klammert sich der Schiffer endlich noch
Am Felsen fest, an dem er scheitern sollte.

Die natürliche Tochter

Trauerspiel

Personen

König
Weltgeistlicher
Herzog
Gerichtsrat
Graf
Gouverneur
Eugenie
Äbtissin
Hofmeisterin
Mönch
Sekretär

Erster Aufzug

Dichter Wald

Erster Auftritt

König. Herzog

König. Das flücht'ge Ziel, das Hunde, Roß und Mann,
Auf seine Fährte bannend, nach sich reißt,
Der edle Hirsch, hat über Berg und Tal
So weit uns irr' geführt, daß ich mich selbst,
Obgleich so landeskundig, hier nicht finde.
Wo sind wir, Oheim? Herzog, sage mir,
Zu welchen Hügeln schweiften wir heran?
Herzog. Der Bach, der uns umrauscht, mein König, fließt
Durch deines Dieners Fluren, die er deiner
Und deiner Ahnherrn königlicher Gnade,
Als erster Lehnsmann deines Reiches, dankt.
An jenes Felsens andrer Seite liegt
Am grünen Hang ein artig Haus versteckt,
Dich zu bewirten keineswegs gebaut;
Allein bereit, dich huld'gend zu empfangen.
König. Laß dieser Bäume hochgewölbtes Dach
Zum Augenblick des Rastens freundlich schatten.
Laß dieser Lüfte liebliches Geweb'
Uns leis umstricken, daß an Sturm und Streben
Der Jagdlust auch der Ruhe Lust sich füge.
Herzog. Wie du auf einmal völlig abgeschieden
Hier hinter diesem Bollwerk der Natur,
Mein König, dich empfindest, fühl' ich mit.

Hier dränget sich der Unzufriednen Stimme,
Der Unverschämten offne Hand nicht nach.
Freiwillig einsam merkest du nicht auf,
Ob Undankbare schleichend sich entfernen.
Die ungestüme Welt reicht nicht hierher,
Die immer fordert, nimmer leisten will.
KÖNIG. Soll ich vergessen, was mich sonst bedrängt,
So muß kein Wort erinnernd mich berühren.
Entfernten Weltgetöses Widerhall
Verklinge, nach und nach, aus meinem Ohr.
Ja, lieber Oheim, wende dein Gespräch
Auf Gegenstände, diesem Ort gemäßer.
Hier sollen Gatten aneinander wandeln,
Ihr Stufenglück in wohlgeratnen Kindern
Entzückt betrachten; hier ein Freund dem Freunde,
Verschloßnen Busen traulich öffnend, nahn.
Und gabst du nicht erst neulich stille Winke,
Du hofftest mir, in ruh'gen Augenblicken,
Verborgenes Verhältnis zu bekennen,
Drangvoller Wünsche holden Inbegriff,
Erfüllung hoffend, heiter zu gestehn?
HERZOG. Mit größrer Gnade konntest du mich nicht,
O Herr, beglücken, als indem du mir
In diesem Augenblick die Zunge lösest.
Was ich zu sagen habe, könnt' es wohl
Ein andrer besser hören als mein König,
Dem unter allen Schätzen seine Kinder
Am herrlichsten entgegenleuchten, der
Vollkommner Vaterfreuden Hochgenuß
Mit seinem Knechte herzlich teilen wird?
KÖNIG. Du sprichst von Vaterfreuden! Hast du je
Sie denn gefühlt? Verkümmerte dir nicht
Dein einz'ger Sohn durch rohes, wildes Wesen,

Verworrenheit, Verschwendung, starren Trutz
Dein reiches Leben, dein erwünschtes Alter?
Verändert er auf einmal die Natur?
HERZOG. Von ihm erwart' ich keine frohen Tage!
Sein trüber Sinn erzeugt nur Wolken, die,
Ach! meinen Horizont so oft verfinstern.
Ein anderes Gestirn, ein andres Licht
Erheitert mich. Und wie in dunklen Grüften,
Das Märchen sagt's, Karfunkelsteine leuchten,
Mit herrlich mildem Schein der öden Nacht
Geheimnisvolle Schauer hold beleben,
So ward auch mir ein Wundergut beschert,
Mir Glücklichem! das ich mit Sorgfalt, mehr
Als den Besitz ererbt errungner Güter,
Als meiner Augen, meines Lebens Licht,
Mit Freud' und Furcht, mit Lust und Sorge pflege.
KÖNIG. Sprich vom Geheimnis nicht geheimnisvoll.
HERZOG. Wer spräche vor der Majestät getrost
Von seinen Fehlern, wenn sie nicht allein
Den Fehl in Recht und Glück verwandeln könnte.
KÖNIG. Der wonnevoll geheim verwahrte Schatz?
HERZOG. Ist eine Tochter.
KÖNIG. Eine Tochter? Wie?
Und suchte, Fabelgöttern gleich, mein Oheim,
Zum niedern Kreis verstohlen hingewandt,
Sich Liebesglück und väterlich Entzücken?
HERZOG. Das Große wie das Niedre nötigt uns,
Geheimnisvoll zu handeln und zu wirken.
Nur allzuhoch stand jene heimlich mir
Durch wundersam Geschick verbundne Frau.
Um welche noch dein Hof in Trauer wandelt
Und meiner Brust geheime Schmerzen teilt.
KÖNIG. Die Fürstin? Die verehrte, nah verwandte,

Nur erst verstorbne?
HERZOG. War die Mutter! Laß,
O laß mich nur von diesem Kinde reden,
Das, seiner Eltern wert und immer werter,
Mit edlem Sinne sich des Lebens freut.
Begraben sei das übrige mit ihr,
Der hochbegabten, hochgesinnten Frauen.
Ihr Tod eröffnet mir den Mund, ich darf
Vor meinem König meine Tochter nennen,
Ich darf ihn bitten: sie zu mir herauf,
Zu sich heraufzuheben, ihr das Recht
Der fürstlichen Geburt vor seinem Hofe,
Vor seinem Reiche, vor der ganzen Welt
Aus seiner Gnadenfülle zu bewähren.
KÖNIG. Vereint in sich die Nichte, die du mir,
So ganz erwachsen, zuzuführen denkst,
Des Vaters und der Mutter Tugenden,
So muß der Hof, das königliche Haus,
Indem uns ein Gestirn entzogen wird,
Den Aufgang eines neuen Sterns bewundern.
HERZOG. O kenne sie, eh' du zu ihrem Vorteil
Dich ganz entscheidest. Laß ein Vaterwort
Dich nicht bestechen! Manches hat Natur
Für sie getan, das ich entzückt betrachte,
Und alles, was in meinem Kreise webt,
Hab' ich um ihre Kindheit hergelagert.
Schon ihren ersten Weg geleiteten
Ein ausgebildet Weib, ein weiser Mann.
Mit welcher Leichtigkeit, mit welchem Sinn
Erfreut sie sich des Gegenwärtigen,
Indes ihr Phantasie das künft'ge Glück
Mit schmeichelhaften Dichterfarben malt.
An ihrem Vater hängt ihr frommes Herz,

Und wenn ihr Geist den Lehren edler Männer,
Sich stufenweis entwickelnd, friedlich horcht,
So mangelt Übung ritterlicher Tugend
Dem wohlgebauten, festen Körper nicht.
Du selbst, mein König, hast sie unbekannt
Im wilden Drang der Jagd um dich gesehn.
Ja, heute noch! die Amazonentochter,
Die in den Fluß dem Hirsche sich zuerst
Auf raschem Pferde flüchtig nachgestürzt.

KÖNIG. Wir sorgten alle für das edle Kind!
Ich freue mich, sie mir verwandt zu hören.

HERZOG. Und nicht zum erstenmal empfand ich heute,
Wie Stolz und Sorge, Vaterglück und Angst
Zu übermenschlichem Gefühl sich mischen.

KÖNIG. Gewaltsam und behende riß das Pferd
Sich und die Reiterin auf jenes Ufer,
In dichtbewachsner Hügel Dunkelheit.
Und so verschwand sie mir.

HERZOG. Noch einmal hat
Mein Auge sie gesehen, eh' ich sie
Im Labyrinth der hast'gen Jagd verlor.
Wer weiß, welch ferne Gegend sie durchstreift,
Verdroßnen Muts, am Ziel sich nicht zu finden,
Wo, ihrem angebeteten Monarchen sich
In ehrerbietiger Entfernung anzunähern,
Allein ihr jetzt erlaubt ist, bis er sie
Als Blüte seines hochbejahrten Stammes
Mit königlicher Huld zu grüßen würdigt.

KÖNIG. Welch ein Getümmel seh' ich dort entstehn?
Welch einen Zulauf nach den Felsenwänden?

Er winkt nach der Szene.

Zweiter Auftritt

Die Vorigen. Graf

König. Warum versammelt sich die Menge dort?
Graf. Die kühne Reiterin ist eben jetzt
Von jener Felsenwand herabgestürzt.
Herzog. Gott!
König. Ist sie sehr beschädigt?
Graf. Eilig hat
Man deinen Wundarzt, Herr, dahingerufen.
Herzog. Was zaudr' ich? Ist sie tot, so bleibt mir nichts,
Was mich im Leben länger halten kann.

Dritter Auftritt

König. Graf

König. Kennst du den Anlaß der Begebenheit?
Graf. Vor meinen Augen hat sie sich ereignet.
Ein starker Trupp von Reitern, welcher sich
Durch Zufall von der Jagd getrennt gesehn,
Geführt von dieser Schönen, zeigte sich
Auf jener Klippen waldbewachsner Höhe.
Sie hören, sehen unten in dem Tal
Den Jagdgebrauch vollendet, sehn den Hirsch
Als Beute liegen seiner kläffenden
Verfolger. Schnell zerstreuet sich die Schar,
Und jeder sucht sich einzeln seinen Pfad,
Hier oder dort, mehr oder weniger
Durch einen Umweg. Sie allein besinnt
Sich keinen Augenblick, und nötiget
Ihr Pferd von Klipp' zu Klippe, grad herein.
Des Frevels Glück betrachten wir erstaunt;

Denn ihr gelingt es eine Weile, doch
Am untern steilen Abhang gehn dem Pferde
Die letzten, schmalen Klippenstufen aus,
Es stürzt herunter, sie mit ihm. So viel
Konnt' ich bemerken, eh' der Menge Drang
Sie mir verdeckte. Doch ich hörte bald
Nach deinem Arzte rufen. So erschein ich nun
Auf deinen Wink, den Vorfall zu berichten.

KÖNIG. O möge sie ihm bleiben! Fürchterlich
Ist einer, der nichts zu verlieren hat.

GRAF. So hat ihm dieser Schrecken das Geheimnis
Auf einmal abgezwungen, das er sonst
Mit so viel Klugheit zu verbergen strebte?

KÖNIG. Er hatte schon sich völlig mir vertraut.

GRAF. Die Lippen öffnet ihm der Fürstin Tod,
Nun zu bekennen, was für Hof und Stadt
Ein offenbar Geheimnis lange war.
Es ist ein eigner, grillenhafter Zug,
Daß wir durch Schweigen das Geschehene
Für uns und andre zu vernichten glauben.

KÖNIG. O laß dem Menschen diesen edlen Stolz!
Gar vieles kann, gar vieles muß geschehn,
Was man mit Worten nicht bekennen darf.

GRAF. Man bringt sie, fürcht ich, ohne Leben her!

KÖNIG. Welch unerwartet, schreckliches Ereignis!

VIERTER AUFTRITT

Die Vorigen, Eugenie, auf zusammengeflochtenen Ästen für tot hereingetragen. Herzog. Wundarzt. Gefolge

HERZOG *zum Wundarzt.*
Wenn deine Kunst nur irgend was vermag,

Erfahrner Mann, dem unsres Königs Leben,
Das unschätzbare Gut, vertraut ist, laß
Ihr helles Auge sich noch einmal öffnen,
Daß Hoffnung mir in diesem Blick erscheine!
Daß aus der Tiefe meines Jammers ich
Nur Augenblicke noch gerettet werde!
Vermagst du dann nichts weiter, kannst du sie
Nur wenige Minuten mir erhalten –
So laßt mich eilen, vor ihr hinzusterben,
Daß ich im Augenblick des Todes noch
Getröstet rufe: Meine Tochter lebt!

KÖNIG. Entferne dich, mein Oheim! daß ich hier
Die Vaterpflichten treulich übernehme.
Nichts unversucht läßt dieser wackre Mann.
Gewissenhaft, als läg' ich selber hier,
Wird er um deine Tochter sich bemühen.

GRAF. Sie regt sich!

KÖNIG. Ist es wahr?

GRAF. Sie regt sich!

HERZOG. Starr
Blickt sie zum Himmel, blickt verirrt umher.
Sie lebt! sie lebt!

KÖNIG *ein wenig zurücktretend.* Verdoppelt eure Sorge!

HERZOG. Sie lebt! sie lebt! Sie hat dem Tage wieder
Ihr Aug' eröffnet. Ja! sie wird nun bald
Auch ihren Vater, ihre Freunde kennen.
Nicht so umher, mein liebes Kind, verschwende
Die Blicke staunend, ungewiß; auf mich,
Auf deinen Vater wende sie zuerst.
Erkenne mich, laß meine Stimme dir
Zuerst das Ohr berühren, da du uns
Aus jener stummen Nacht zurückekehrst.

EUGENIE *die indes nach und nach zu sich gekommen ist und sich aufgerichtet hat.* Was ist aus uns geworden?

HERZOG. Kenne mich
Nun erst! – Erkennst du mich?

EUGENIE. Mein Vater!

HERZOG. Ja!
Dein Vater, den mit diesen holden Tönen
Du aus den Armen der Verzweiflung rettest.

EUGENIE. Wer bracht uns unter diese Bäume?

HERZOG *dem der Wundarzt ein weißes Tuch gegeben.* Bleib
Gelassen, meine Tochter! Diese Stärkung,
Nimm sie mit Ruhe, mit Vertrauen an!

EUGENIE. *Sie nimmt dem Vater das Tuch ab, das er ihr vorgehalten, und verbirgt ihr Gesicht darin. Dann steht sie schnell auf, indem sie das Tuch vom Gesicht nimmt.*
Da bin ich wieder! – Ja, nun weiß ich alles.
Dort oben hielt ich, dort vermaß ich mich
Herabzureiten, grad herab. Verzeih!
Nicht wahr, ich bin gestürzt? Vergibst du mir's?
Für tot hob man mich auf! Mein guter Vater!
Und wirst du die Verwegne lieben können,
Die solche bittre Schmerzen dir gebracht?

HERZOG. Zu wissen glaubt' ich, welch ein edler Schatz
In dir, o Tochter, mir beschieden ist;
Nun steigert mir gefürchteter Verlust
Des Glücks Empfindung ins Unendliche.

KÖNIG *der sich bisher im Grunde mit dem Wundarzt und dem Grafen unterhalten, zu dem letzten.*
Entferne jedermann! ich will sie sprechen.

Fünfter Auftritt

König. Herzog. Eugenie

König *näher tretend.* Hat sich die wackre Reiterin erholt?
Hat sie sich nicht beschädigt?

Herzog. Nein, mein König!
Und was noch übrig ist von Schreck und Weh,
Nimmst du, o Herr, durch deinen milden Blick,
Durch deiner Worte sanften Ton hinweg.

König. Und wem gehört es an, das liebe Kind?

Herzog *nach einer Pause.*
Da du mich fragst, so darf ich dir bekennen;
Da du gebietest, darf ich sie vor dich
Als meine Tochter stellen.

König. Deine Tochter?
So hat für dich das Glück, mein lieber Oheim,
Unendlich mehr als das Gesetz getan.

Eugenie. Wohl muß ich fragen: ob ich wirklich denn
Aus jener tödlichen Betäubung mich
Ins Leben wieder aufgerafft? und ob,
Was mir begegnet, nicht ein Traumbild sei?
Mein Vater nennt vor seinem Könige
Mich seine Tochter. Oh, so bin ich's auch!
Der Oheim eines Königs bekennt
Mich für sein Kind, so bin ich denn die Nichte
Des großen Königs. O verzeihe mir
Die Majestät! wenn aus geheimnisvollem,
Verborgnem Zustand ich, ans Licht auf einmal
Hervorgerissen und geblendet, mich,
Unsicher, schwankend, nicht zu fassen weiß.

Sie wirft sich vor dem König nieder.

König. Mag diese Stellung die Ergebenheit
In dein Geschick, von Jugend auf, bezeichnen,

Die Demut, deren unbequeme Pflicht
Du, deiner höheren Geburt bewußt,
So manches Jahr im stillen ausgeübt!
Doch sei auch nun, wenn ich von meinen Füßen
Zu meinem Herzen dich heraufgehoben,

Er hebt sie auf und drückt sie sanft an sich.

Wenn ich des Oheims heil'gen Vaterkuß
Auf dieser Stirne schönen Raum gedrückt,
So sei dies auch ein Zeichen, sei ein Siegel:
Dich, die Verwandte, hab' ich anerkannt
Und werde bald, was hier geheim geschah,
Vor meines Hofes Augen wiederholen.

HERZOG. So große Gabe fordert ungeteilten
Und unbegrenzten Dank des ganzen Lebens.

EUGENIE. Von edlen Männern hab' ich viel gelernt,
Auch manches lehrte mich mein eigen Herz;
Doch meinen König anzureden, bin
Ich nicht entfernterweise vorbereitet.
Doch wenn ich schon das ganz Gehörige
Dir nicht zu sagen weiß, so möcht' ich doch
Vor dir, o Herr, nicht ungeschickt verstummen.
Was fehlte dir? was wäre dir zu bringen?
Die Fülle selber, die zu dir sich drängt,
Fließt, nur für andre strömend, wieder fort.
Hier stehen Tausende, dich zu beschützen,
Hier wirken Tausende nach deinem Wink;
Und wenn der einzelne dir Herz und Geist
Und Arm und Leben fröhlich opfern wollte:
In solcher großen Menge zählt er nicht,
Er muß vor dir und vor sich selbst verschwinden.

KÖNIG. Wenn dir die Menge, gutes, edles Kind,
Bedeutend scheinen mag, so tadl' ich's nicht;
Sie ist bedeutend, mehr noch aber sind's

Die wenigen, geschaffen, dieser Menge
Durch Wirken, Bilden, Herrschen vorzustehn.
Berief hierzu den König die Geburt,
So sind ihm seine nächsten Anverwandten
Geborene Räte, die, mit ihm vereint,
Das Reich beschützen und beglücken sollten.
O träte doch in diese Regionen,
Zum Rate dieser hohen Wächter, nie
Vermummte Zwietracht, leise wirkend, ein!
Dir, edle Nichte, geb' ich einen Vater
Durch allgewalt'gen, königlichen Spruch;
Erhalte mir nun auch, gewinne mir
Des nahverwandten Mannes Herz und Stimme!
Gar viele Widersacher hat ein Fürst:
O laß ihn jene Seite nicht verstärken!

HERZOG. Mit welchem Vorwurf kränkest du mein Herz!

EUGENIE. Wie unverständlich sind mir diese Worte!

KÖNIG. O lerne sie nicht allzu früh verstehn!
Die Pforten unsres königlichen Hauses
Eröffn' ich dir mit eigner Hand; ich führe
Auf glatten Marmorboden dich hinein.
Noch staunst du dich, noch staunst du alles an,
Und in den innern Tiefen ahnest du
Nur sichre Würde mit Zufriedenheit.
Du wirst es anders finden! Ja, du bist
In eine Zeit gekommen, wo dein König
Dich nicht zum heitren, frohen Feste ruft,
Wenn er den Tag, der ihm das Leben gab,
In kurzem feiern wird; doch soll der Tag
Um deinetwillen mir willkommen sein:
Dort werd ich dich im offnen Kreise sehn,
Und aller Augen werden auf dir haften.
Die schönste Zierde gab dir die Natur;

Und daß der Schmuck der Fürstin würdig sei,
Die Sorge laß dem Vater, laß dem König.

EUGENIE. Der freud'gen Überraschung lauter Schrei,
Bedeutender Gebärde dringend Streben,
Vermöchten sie die Wonne zu bezeugen,
Die du dem Herzen schaffend aufgeregt?
Zu deinen Füßen, Herr, laß mich verstummen.

Sie will knieen.

KÖNIG *hält sie ab.* Du sollst nicht knieen.

EUGENIE. Laß, o laß mich hier
Der völligsten Ergebung Glück genießen.
Wenn wir in raschen, mutigen Momenten
Auf unsern Füßen stehen, strack und kühn,
Als eigner Stütze froh uns selbst vertraun,
Dann scheint uns Welt und Himmel zu gehören.
Doch was in Augenblicken der Entzückung
Die Kniee beugt, ist auch ein süß Gefühl.
Und was wir unserm Vater, König, Gott,
Von Wonnedank, von ungemeßner Liebe
Zum reinsten Opfer bringen möchten, drückt
In dieser Stellung sich am besten aus.

Sie fällt vor ihm nieder.

HERZOG *kniet.* Erneute Huldigung gestatte mir.

EUGENIE. Zu ewigen Vasallen nimm uns an.

KÖNIG. Erhebt euch denn und stellt euch neben mich,
Ins Chor der Treuen, die an meiner Seite
Das Rechte, das Beständige beschützen.
O diese Zeit hat fürchterliche Zeichen:
Das Niedre schwillt, das Hohe senkt sich nieder,
Als könnte jeder nur am Platz des andern
Befriedigung verworrner Wünsche finden,
Nur dann sich glücklich fühlen, wenn nichts mehr
Zu unterscheiden wäre, wenn wir alle,

Von *einem* Strom vermischt dahingerissen,
Im Ozean uns unbemerkt verlören.
O laßt uns widerstehen, laßt uns tapfer,
Was uns und unser Volk erhalten kann,
Mit doppelt neuvereinter Kraft erhalten!
Laßt endlich uns den alten Zwist vergessen,
Der Große gegen Große reizt, von innen
Das Schiff durchbohrt, das gegen äußre Wellen
Geschlossen kämpfend nur sich halten kann.

EUGENIE. Welch frisch wohltät'ger Glanz umleuchtet mich
Und regt mich auf, anstatt mich zu verblenden!
Wie! unser König achtet uns so sehr,
Um zu gestehen, daß er uns bedarf:
Wir sind ihm nicht Verwandte nur, wir sind
Durch sein Vertraun zum höchsten Platz erhoben.
Und wenn die Edlen seines Königreichs
Um ihn sich drängen, seine Brust zu schützen,
So fordert er uns auf zu größerm Dienst.
Die Herzen dem Regenten zu erhalten,
Ist jedes Wohlgesinnten höchste Pflicht:
Denn, wo er wankt, wankt das gemeine Wesen,
Und wenn er fällt, mit ihm stürzt alles hin.
Die Jugend, sagt man, bilde sich zu viel
Auf ihre Kraft, auf ihren Willen ein;
Doch dieser Wille, diese Kraft, auf ewig
Was sie vermögen, dir gehört es an.

HERZOG. Des Kindes Zuversicht, erhabner Fürst,
Weißt du zu schätzen, weißt du zu verzeihen.
Und wenn der Vater, der erfahrne Mann,
Die Gabe dieses Tags, die nächste Hoffnung
In ihrem ganzen Werte fühlt und wägt,
So bist du seines vollen Danks gewiß.

KÖNIG. Wir wollen bald einander wiedersehn,

An jenem Fest, wo sich die treuen Meinen
Der Stunde freun, die mir das Licht gegeben.
Dich geb' ich, edles Kind, an diesem Tage
Der großen Welt, dem Hofe, deinem Vater
Und mir. Am Throne glänze dein Geschick.
Doch bis dahin verlang' ich von euch beiden
Verschwiegenheit. Was unter uns geschehn,
Erfahre niemand. Mißgunst lauert auf,
Schnell regt sie Wog' auf Woge, Sturm auf Sturm;
Das Fahrzeug treibt an jähe Klippen hin,
Wo selbst der Steurer nicht zu retten weiß.
Geheimnis nur verbürget unsre Taten;
Ein Vorsatz, mitgeteilt, ist nicht mehr dein;
Der Zufall spielt mit deinem Willen schon;
Selbst wer gebieten kann, muß überraschen.
Ja, mit dem besten Willen leisten wir
So wenig, weil uns tausend Willen kreuzen.
O wäre mir zu meinen reinen Wünschen
Auch volle Kraft auf kurze Zeit gegeben:
Bis an den letzten Herd im Königreich
Empfände man des Vaters warme Sorge.
Begnügte sollten unter niedrem Dach,
Begnügte sollten im Palaste wohnen.
Und hätt' ich einmal ihres Glücks genossen,
Entsagt' ich gern dem Throne, gern der Welt.

Sechster Auftritt

Herzog. Eugenie

Eugenie. O welch ein selig jubelvoller Tag!
Herzog. O möcht' ich Tag' auf Tage so erleben!
Eugenie. Wie göttlich hat der König uns beglückt.

Herzog. Genieße rein so ungehoffte Gaben.
Eugenie. Er scheint nicht glücklich, ach! und ist so gut.
Herzog. Die Güte selbst erregt oft Widerstand.
Eugenie. Wer ist so hart, sich ihm zu widersetzen?
Herzog. Der Heil des Ganzen von der Strenge hofft.
Eugenie. Des Königs Milde sollte Milde zeugen.
Herzog. Des Königs Milde zeugt Verwegenheit.
Eugenie. Wie edel hat ihn die Natur gebildet.
Herzog. Doch auf zu hohen Platz hinaufgestellt.
Eugenie. Und ihn mit so viel Tugend ausgestattet.
Herzog. Zur Häuslichkeit, zum Regimente nicht.
Eugenie. Von altem Heldenstamme grünt er auf.
Herzog. Die Kraft entgeht vielleicht dem späten Zweige.
Eugenie. Die Schwäche zu vertreten, sind wir da.
Herzog. Sobald er unsre Stärke nicht verkennt.
Eugenie *nachdenklich*. Mich leiten seine Reden zum Verdacht.
Herzog. Was sinnest du? Enthülle mir dein Herz.
Eugenie *nach einer Pause*.
Auch du bist unter denen, die er fürchtet.
Herzog. Er fürchte jene, die zu fürchten sind.
Eugenie. Und sollten ihm geheime Feinde drohen?
Herzog. Wer die Gefahr verheimlicht, ist ein Feind.
Wo sind wir hingeraten! Meine Tochter!
Wie hat der sonderbarste Zufall uns
Auf einmal weggerissen nach dem Ziel.
Unvorbereitet red' ich, übereilt
Verwirr' ich dich, anstatt dich aufzuklären.
So mußte dir der Jugend heitres Glück
Beim ersten Eintritt in die Welt verschwinden.
Du konntest nicht in süßer Trunkenheit
Der blendenden Befriedigung genießen.
Das Ziel erreichst du; doch des falschen Kranzes
Verborgne Dornen ritzen deine Hand.

Geliebtes Kind! so sollt' es nicht geschehn!
Erst nach und nach, so hofft' ich, würdest du
Dich aus Beschränkung an die Welt gewöhnen,
Erst nach und nach den liebsten Hoffnungen
Entsagen lernen, manchem holden Wunsch.
Und nun auf einmal, wie der jähe Sturz
Dir vorbedeutet, bist du in den Kreis
Der Sorgen, der Gefahr herabgestürzt.
Mißtrauen atmet man in dieser Luft,
Der Neid verhetzt ein fieberhaftes Blut
Und übergibt dem Kummer seine Kranken.
Ach! soll ich nun nicht mehr ins Paradies,
Das dich umgab, am Abend wiederkehren,
Zu deiner Unschuld heil'gem Vorgefühl
Mich von der Welt gedrängter Posse retten!
Du wirst fortan, mit mir ins Netz verstrickt,
Gelähmt, verworren, dich und mich betrauren.
EUGENIE. Nicht so, mein Vater! Konnt' ich schon bisher,
Untätig, abgesondert, eingeschlossen,
Ein kindlich Nichts, die reinste Wonne dir,
Schon in des Daseins Unbedeutenheit
Erholung, Trost und Lebenslust gewähren:
Wie soll die Tochter erst, in dein Geschick
Verflochten, im Gewebe deines Lebens
Als heitrer, bunter Faden künftig glänzen!
Ich nehme teil an jeder edlen Tat,
An jeder großen Handlung, die den Vater
Dem König und dem Reiche werter macht.
Mein frischer Sinn, die jugendliche Lust,
Die mich belebt, sie teilen dir sich mit,
Verscheuchen jene Träume, die der Welt
Unüberwindlich ungeheure Last
Auf *eine* Menschenbrust zerknirschend walzen.

Wenn ich dir sonst in trüben Augenblicken
Ohnmächt'gen guten Willen, arme Liebe,
Dir leere Tändeleien kindlich bot:
Nun hoff' ich, eingeweiht in deine Pläne,
Bekannt mit deinen Wünschen, mir das Recht
Vollbürt'ger Kindschaft rühmlich zu erwerben.
HERZOG. Was du bei diesem wicht'gen Schritt verlierst,
Erscheint dir ohne Wert und ohne Würde;
Was du erwartest, schätzest du zu sehr.
EUGENIE. Mit hocherhabnen, hochbeglückten Männern
Gewalt'ges Ansehn, würd'gen Einfluß teilen:
Für edle Seelen reizender Gewinn!
HERZOG. Gewiß! Vergib, wenn du in dieser Stunde
Mich schwächer findest, als dem Manne ziemt.
Wir tauschten sonderbar die Pflichten um:
Ich soll dich leiten, und du leitest mich.
EUGENIE. Wohl denn, mein Vater, tritt mit mir herauf
In diese Regionen, wo mir eben
Die neue, heitre Sonne sich erhebt!
In diesen muntren Stunden lächle nur,
Wenn ich den Inbegriff von meinen Sorgen
Dir auch eröffne.
HERZOG. Sage, was es ist.
EUGENIE. Der wichtigen Momente gibt's im Leben
Gar manche, die mit Freude, die mit Trauer
Des Menschen Herz bestürmen. Wenn der Mann
Sein Äußeres in solchem Fall vergißt,
Nachlässig oft sich vor die Menge stellt,
So wünscht ein Weib noch, jedem zu gefallen,
Durch ausgesuchte Tracht, vollkommnen Schmuck
Beneidenswert vor andern zu erscheinen.
Das hab' ich oft gehört und oft bemerkt,
Und nun empfind' ich im bedeutendsten

Momente meines Lebens, daß auch ich
Der mädchenhaften Schwachheit schuldig bin.
HERZOG. Was kannst du wünschen, das du nicht erlangst?
EUGENIE. Du bist geneigt, mir alles zu gewähren,
Ich weiß es. Doch der große Tag ist nah,
Zu nah, um alles würdig zu bereiten;
Und was von Stoffen, Stickerei und Spitzen,
Was von Juwelen mich umgeben soll,
Wie kann's geschafft, wie kann's vollendet werden?
HERZOG. Uns überrascht ein längst gewünschtes Glück;
Doch vorbereitet können wir's empfangen.
Was du bedarfst, ist alles angeschafft,
Und heute noch, verwahrt im edlen Schrein,
Erhältst du Gaben, die du nicht erwartet.
Doch leichte Prüfung leg' ich dir dabei
Zum Vorbild mancher künftig schweren auf.
Hier ist der Schlüssel! den verwahre wohl!
Bezähme deine Neugier! öffne nicht,
Eh ich dich wiedersehe, jenen Schatz.
Vertraue niemand, sei es, wer es sei.
Die Klugheit rät's, der König selbst gebeut's.
EUGENIE. Dem Mädchen sinnst du harte Prüfung aus;
Doch will ich sie bestehn, ich schwör' es dir!
HERZOG. Mein eigner, wüster Sohn umlauert ja
Die stillen Wege, die ich dich geführt.
Der Güter kleinen Teil, den ich bisher
Dir schuldig zugewandt, mißgönnt er schon.
Erführ' er, daß du, höher nun empor
Durch unsres Königs Gunst gehoben, bald
In manchem Recht ihm gleich dich stellen könntest,
Wie müßt' er wüten! Würd' er tückisch nicht,
Den schönen Schritt zu hindern, alles tun?
EUGENIE. Laß uns im stillen jenen Tag erharren.

Und wenn geschehn ist, was mich seine Schwester
Zu nennen mich berechtigt, soll's an mir,
Soll's an gefälligem Betragen, guten Worten,
Nachgiebigkeit und Neigung nicht gebrechen.
Er ist dein Sohn; und sollt' er nicht nach dir
Zur Liebe, zur Vernunft gebildet sein?

HERZOG. Ich traue dir ein jedes Wunder zu:
Verrichte sie zu meines Hauses Bestem
Und lebe wohl. Doch ach! indem ich scheide,
Befällt mich grausend jäher Furcht Gewalt.
Hier lagst du tot in meinen Armen! Hier
Bezwang mich der Verzweiflung Tigerklaue!
Wer nimmt das Bild vor meinen Augen weg!
Dich hab' ich tot gesehn! So wirst du mir
An manchem Tag, in mancher Nacht erscheinen.
War ich, entfernt von dir, nicht stets besorgt?
Nun ist's nicht mehr ein kranker Grillentraum,
Es ist ein wahres, unauslöschlichs Bild:
Eugenie, das Leben meines Lebens,
Bleich, hingesunken, atemlos, entseelt.

EUGENIE. Erneue nicht, was du entfernen solltest,
Laß diesen Sturz, laß diese Rettung dir
Als wertes Pfand erscheinen meines Glücks.
Lebendig siehst du sie vor deinen Augen.

Indem sie ihn umarmt

Und fühlst lebendig sie an deiner Brust.
So laß mich immer, immer wiederkehren!
Und vor dem glühnden, liebevollen Leben
Entweiche des verhaßten Todes Bild.

HERZOG. Kann wohl ein Kind empfinden, wie den Vater
Die Sorge möglichen Verlustes quält?
Gesteh' ich's nur! Wie öfters hat mich schon
Dein überkühner Mut, mit dem du dich,

Als wie ans Pferd gewachsen, voll Gefühl
Der doppelten, zentaurischen Gewalt,
Durch Tal und Berg, durch Fluß und Graben schleuderst,
Wie sich ein Vogel durch die Lüfte wirft,
Ach, öfters mehr geängstigt als entzückt!
Daß doch gemäßigter dein Trieb fortan
Der ritterlichen Übung sich erfreue!

EUGENIE. Dem Ungemeßnen beugt sich die Gefahr,
Beschlichen wird das Mäßige von ihr.
O fühle jetzt wie damals, da du mich,
Ein kleines Kind, in ritterliche Weise
Mit heitrer Kühnheit fröhlich eingeweiht!

HERZOG. Ich hatte damals Unrecht; soll mich nun
Ein langes Leben sorgenvoll bestrafen?
Und locket Übung des Gefährlichen
Nicht die Gefahr an uns heran?

EUGENIE. Das Glück
Und nicht die Sorge bändigt die Gefahr.
Leb' wohl, mein Vater, folge deinem König
Und sei nun auch um deiner Tochter willen
Sein redlicher Vasall, sein treuer Freund.
Leb' wohl!

HERZOG. O bleib! und steh' an diesem Platz
Lebendig, aufrecht, noch einmal, wie du
Ins Leben wieder aufsprangst, wo mit Wonne
Du mein zerrissen Herz erfüllend heiltest.
Unfruchtbar bleibe diese Freude nicht!
Zum ew'gen Denkmal weih' ich diesen Ort.
Hier soll ein Tempel aufstehn, der Genesung,
Der glücklichsten, gewidmet. Rings umher
Soll deine Hand ein Feenreich erschaffen.
Den wilden Wald, das struppige Gebüsch
Soll sanfter Gänge Labyrinth verknüpfen.

Der steile Fels wird gangbar, dieser Bach,
In reinen Spiegeln fällt er hier und dort.
Der überraschte Wandrer fühlt sich hier
Ins Paradies versetzt. Hier soll kein Schuß,
Solang' ich lebe, fallen, hier kein Vogel
Von seinem Zweig, kein Wild in seinem Busch
Geschreckt, verwundet, hingeschmettert werden.
Hier will ich her, wenn mir der Augen Licht,
Wenn mir der Füße Kraft zuletzt versagt,
Auf dich gelehnt, wallfahrten; immer soll
Des gleichen Danks Empfindung mich beleben.
Nun aber lebe wohl! Und wie? du weinst?

EUGENIE. O! wenn mein Vater ängstlich fürchten darf,
Die Tochter zu verlieren, soll in mir
Sich keine Sorge regen, ihn vielleicht –
Wie kann ich's denken, sagen – ihn zu missen?
Verwaiste Väter sind beklagenswert;
Allein verwaiste Kinder sind es mehr.
Und ich, die Ärmste, stünde ganz allein
Auf dieser weiten, fremden, wilden Welt.
Müßt' ich von ihm, dem einzigen, mich trennen.

HERZOG. Wie du mich stärktest, geb' ich dir's zurück.
Laß uns getrost, wie immer, vorwärtsgehen!
Das Leben ist des Lebens Pfand; es ruht
Nur auf sich selbst und muß sich selbst verbürgen.
Drum laß uns eilig auseinander scheiden!
Von diesem allzuweichen Lebewohl
Soll ein erfreulich Wiedersehn uns heilen.

Sie trennen sich schnell; aus der Entfernung werfen sie sich mit ausgebreiteten Armen ein Lebewohl zu und gehen eilig ab.

Zweiter Aufzug

Zimmer Eugeniens, im gotischen Stil

Erster Auftritt

Hofmeisterin. Sekretär

Sekretär. Verdien' ich, daß du mich im Augenblick,
Da ich erwünschte Nachricht bringe, fliehst?
Vernimm nur erst, was ich zu sagen habe!
Hofmeisterin. Wohin es deutet, fühl' ich nur zu sehr.
O laß mein Auge vom bekannten Blick,
Mein Ohr sich von bekannter Stimme wenden!
Entfliehen laß mich der Gewalt, die, sonst
Durch Lieb' und Freundschaft wirksam, fürchterlich
Wie ein Gespenst mir nun zur Seite steht.
Sekretär. Wenn ich des Glückes Füllhorn dir auf einmal,
Nach langem Hoffen, vor die Füße schütte,
Wenn sich die Morgenröte jenes Tags,
Der unsern Bund auf ewig gründen soll,
Am Horizonte feierlich erhebt,
So scheinst du nun verlegen, widerwillig
Den Antrag eines Bräutigams zu fliehn.
Hofmeisterin. Du zeigst mir nur die eine Seite dar:
Sie glänzt und leuchtet, wie im Sonnenschein
Die Welt erfreulich daliegt; aber hinten
Droht schwarzer Nächte Graus, ich ahn' ihn schon.
Sekretär. So laß uns erst die schöne Seite sehn!
Verlangst du Wohnung, mitten in der Stadt,
Geräumig, heiter, trefflich ausgestattet,

Wie man's für sich sowie für Gäste wünscht:
Sie ist bereit, der nächste Winter findet
Uns festlich dort umgeben, wenn du willst.
Sehnst du im Frühling dich aufs Land: auch dort
Ist uns ein Haus, ein Garten uns bestimmt,
Ein reiches Feld. Und was Erfreuliches
An Waldung, Busch, an Wiesen, Bach und Seen
Sich Phantasie zusammendrängen mag,
Genießen wir, zum Teil als unser eignes,
Zum Teil als allgemeines Gut. Wobei
Noch manche Rente gar bequem vergönnt,
Durch Sparsamkeit ein sichres Glück zu steigern.

HOFMEISTERIN. In trübe Wolken hüllt sich jenes Bild,
So heiter du es malst, vor meinen Augen.
Nicht wünschenswert, abscheulich naht sich mir
Der Gott der Welt im Überfluß heran.
Was für ein Opfer fordert er? Das Glück
Des holden Zöglings müßt' ich morden helfen!
Und was ein solch Verbrechen mir erwarb,
Ich sollt' es je mit freier Brust genießen?
Eugenie! du, deren holdes Wesen
In meiner Nähe sich von Jugend auf
Aus reicher Fülle rein entwickeln sollte,
Kann ich noch unterscheiden, was an dir
Dein eigen ist, und was du mir verdankst?
Dich, die ich als mein selbstgebildet Werk
Im Herzen trage, sollt' ich nun zerstören?
Von welchem Stoffe seid ihr denn geformt,
Ihr Grausamen, daß eine solche Tat
Ihr fordern dürft und zu belohnen glaubt?

SEKRETÄR. Gar manchen Schatz bewahrt von Jugend auf
Ein edles, gutes Herz und bildet ihn
Nur immer schöner, liebenswürd'ger aus

Zur holden Gottheit des geheimen Tempels;
Doch wenn das Mächtige, das uns regiert,
Ein großes Opfer heischt, wir bringen's doch,
Mit blutendem Gefühl, der Not zuletzt.
Zwei Welten sind es, meine Liebe, die,
Gewaltsam sich bekämpfend, uns bedrängen.
HOFMEISTERIN. In völlig fremder Welt für mein Gefühl
Scheinst du zu wandeln, da du deinem Herrn,
Dem edlen Herzog, solche Jammertage
Verräterisch bereitest, zur Partei
Des Sohns dich fügest. Wenn das Waltende
Verbrechen zu begünst'gen scheinen mag,
So nennen wir es Zufall; doch der Mensch,
Der ganz besonnen solche Tat erwählt,
Er ist ein Rätsel. Doch – und bin ich nicht
Mir auch ein Rätsel, daß ich noch an dir
Mit solcher Neigung hänge, da du mich
Zum jähen Abgrund hinzureißen strebst?
Warum, o! schuf dich die Natur von außen
Gefällig, liebenswert, unwiderstehlich,
Wenn sie ein kaltes Herz in deinen Busen,
Ein glückzerstörendes, zu pflanzen dachte?
SEKRETÄR. An meiner Neigung Wärme zweifelst du?
HOFMEISTERIN. Ich würde mich vernichten, wenn ich's könnte.
Doch ach! warum, und mit verhaßtem Plan,
Aufs neue mich bestürmen? Schwurst du nicht,
In ew'ge Nacht das Schrecknis zu begraben?
SEKRETÄR. Ach, leider drängt sich's mächtiger hervor.
Den jungen Fürsten zwingt man zum Entschluß.
Erst blieb Eugenie so manches Jahr
Ein unbedeutend unbekanntes Kind.
Du hast sie selbst von ihren ersten Tagen
In diesen alten Sälen auferzogen,

Von wenigen besucht und heimlich nur.
Doch wie verheimlichte sich Vaterliebe!
Der Herzog, stolz auf seiner Tochter Wert,
Läßt nach und nach sie öffentlich erscheinen;
Sie zeigt sich reitend, fahrend. Jeder fragt
Und jeder weiß zuletzt, woher sie sei.
Nun ist die Mutter tot. Der stolzen Frau
War dieses Kind ein Greuel, das ihr nur
Der Neigung Schwäche vorzuwerfen schien.
Nie hat sie's anerkannt und kaum gesehn.
Durch ihren Tod fühlt sich der Herzog frei,
Entwirft geheime Plane, nähert sich
Dem Hofe wieder und entsagt zuletzt
Dem alten Groll, versöhnt sich mit dem König
Und macht sich's zur Bedingung: dieses Kind
Als Fürstin seines Stamms erklärt zu sehn.
HOFMEISTERIN. Und gönnt ihr dieser köstlichen Natur
Vom Fürstenblute nicht das Glück des Rechts?
SEKRETÄR. Geliebte, Teure! Sprichst du doch so leicht,
Durch diese Mauern von der Welt geschieden,
In klösterlichem Sinne von dem Wert
Der Erdengüter. Blicke nur hinaus!
Dort wägt man besser solchen edlen Schatz.
Der Vater neidet ihn dem Sohn, der Sohn
Berechnet seines Vaters Jahre, Brüder
Entzweit ein ungewisses Recht auf Tod
Und Leben. Selbst der Geistliche vergißt,
Wohin er streben soll, und strebt nach Gold.
Verdächte man's dem Prinzen, der sich stets
Als einz'gen Sohn gefühlt, wenn er sich nun
Die Schwester nicht gefallen lassen will,
Die, eingedrungen, ihm das Erbteil schmälert?
Man stelle sich an seinen Platz und richte.

HOFMEISTERIN. Und ist er nicht schon jetzt ein reicher Fürst?
Und wird er's nicht durch seines Vaters Tod
Zum Übermaß? Wie wär' ein Teil der Güter
So köstlich angelegt, wenn er dafür
Die holde Schwester zu gewinnen wüßte.
SEKRETÄR. Willkürlich handeln ist des Reichen Glück!
Er widerspricht der Fordrung der Natur,
Der Stimme des Gesetzes, der Vernunft,
Und spendet an den Zufall seine Gaben.
Genug besitzen hieße darben. Alles
Bedürfte man! Unendlicher Verschwendung
Sind ungemeßne Güter wünschenswert.
Hier denke nicht zu raten, nicht zu mildern;
Kannst du mit uns nicht wirken, gib uns auf.
HOFMEISTERIN. Und was denn wirken? Lange droht ihr schon
Von fern dem Glück des liebenswürd'gen Kindes.
Was habt ihr denn in eurem furchtbarn Rat
Beschlossen über sie? Verlangt ihr etwa,
Daß ich mich blind zu eurer Tat geselle?
SEKRETÄR. Mit nichten! Hören kannst und sollst du gleich,
Was zu beginnen, was von dir zu fordern
Wir selbst genötigt sind. Eugenien
Sollst du entführen! Sie muß dergestalt
Auf einmal aus der Welt verschwinden, daß
Wir sie getrost als tot beweinen können.
Verborgen muß ihr künftiges Geschick
Wie das Geschick der Toten ewig bleiben.
HOFMEISTERIN. Lebendig weiht ihr sie dem Grabe, mich
Bestimmt ihr tückisch zur Begleiterin.
Mich stoßt ihr mit hinab. Ich soll mit ihr,
Mit der Verratnen die Verräterin,
Der Toten Schicksal vor dem Tode teilen.
SEKRETÄR. Du führst sie hin und kehrest gleich zurück.

HOFMEISTERIN. Soll sie im Kloster ihre Tage schließen?
SEKRETÄR. Im Kloster nicht; wir mögen solch ein Pfand
Der Geistlichkeit nicht anvertrauen, die
Es leicht als Werkzeug gegen uns gebrauchte.
HOFMEISTERIN. So soll sie nach den Inseln? Sprich es aus.
SEKRETÄR. Du wirst's vernehmen! Jetzt beruh'ge dich.
HOFMEISTERIN. Wie kann ich ruhen bei Gefahr und Not,
Die meinen Liebling, die mich selbst bedräut?
SEKRETÄR. Dein Liebling kann auch drüben glücklich sein,
Und dich erwarten hier Genuß und Wonne.
HOFMEISTERIN. O schmeichelt euch mit solcher Hoffnung nicht.
Was hilft's, in mich zu stürmen? zum Verbrechen
Mich anzulocken, mich zu drängen? Sie,
Das hohe Kind, wird euren Plan vereiteln.
Gedenkt nur nicht, sie als geduld'ges Opfer
Gefahrlos wegzuschleppen. Dieser Geist,
Der mutvoll sie beseelt, ererbte Kraft
Begleiten sie, wohin sie geht, zerreißen
Das falsche Netz, womit ihr sie umgabt.
SEKRETÄR. Sie festzuhalten, das gelinge dir!
Willst du mich überreden, daß ein Kind,
Bisher im sanften Arm des Glücks gewiegt,
Im unverhofften Fall Besonnenheit
Und Kraft, Geschick und Klugheit zeigen werde?
Gebildet ist ihr Geist, doch nicht zur Tat,
Und wenn sie richtig fühlt und weise spricht,
So fehlt noch viel, daß sie gemessen handle.
Des Unerfahrnen hoher, freier Mut
Verliert sich leicht in Feigheit und Verzweiflung,
Wenn sich die Not ihm gegenüberstellt.
Was wir gesonnen, führe du es aus:
Klein wird das Übel werden, groß das Glück.
HOFMEISTERIN. So gebt mir Zeit, zu prüfen und zu wählen!

SEKRETÄR. Der Augenblick des Handelns drängt uns schon.
Der Herzog scheint gewiß, daß ihm der König
Am nächsten Fest die hohe Gunst gewähren
Und seine Tochter anerkennen wolle;
Denn Kleider und Juwelen stehn bereit,
Im prächt'gen Kasten sämtlich eingeschlossen,
Wozu er selbst die Schlüssel wohl verwahrt,
Und ein Geheimnis zu verwahren glaubt;
Wir aber wissen's wohl und sind gerüstet.
Geschehen muß nun schnell das Überlegte.
Heut' abend hörst du mehr. Nun lebe wohl.
HOFMEISTERIN. Auf düstern Wegen wirkt ihr tückisch fort
Und wähnet, euren Vorteil klar zu sehen.
Habt ihr denn jeder Ahnung euch verschlossen,
Daß über Schuld und Unschuld, lichtverbreitend,
Ein rettend, rächend Wesen göttlich schwebt?
SEKRETÄR. Wer wagt, ein Herrschendes zu leugnen, das
Sich vorbehält, den Ausgang unsrer Taten
Nach seinem einz'gen Willen zu bestimmen?
Doch wer hat sich zu seinem hohen Rat
Gesellen dürfen? Wer Gesetz und Regel,
Wonach es ordnend spricht, erkennen mögen?
Verstand empfingen wir, uns mündig selbst
Im irdschen Element zurechtzufinden,
Und was uns nützt, ist unser höchstes Recht.
HOFMEISTERIN. Und so verleugnet ihr das Göttlichste,
Wenn euch des Herzens Winke nichts bedeuten.
Mich ruft es auf, die schreckliche Gefahr
Vom holden Zögling kräftig abzuwenden,
Mich gegen dich und gegen Macht und List
Beherzt zu waffnen. Kein Versprechen soll,
Kein Drohn mich von der Stelle drängen. Hier,
Zu ihrem Heil gewidmet, steh' ich fest.

Sekretär. O meine Gute! dies ihr Heil vermagst
Du ganz allein zu schaffen, die Gefahr
Von ihr zu wenden, magst du ganz allein,
Und zwar, indem du uns gehorchst. Ergreife
Sie schnell, die holde Tochter, führe sie,
Soweit du kannst, hinweg, verbirg sie fern
Von aller Menschen Anblick, denn – Du schauderst,
Du fühlst, was ich zu sagen habe. Sei's,
Weil du mich drängest, endlich auch gesagt:
Sie zu entfernen, ist das Mildeste.
Willst du zu diesem Plan nicht tätig wirken,
Denkst du, dich ihm geheim zu widersetzen,
Und wagtest du, was ich dir anvertraut,
Aus guter Absicht irgend zu verraten,
So liegt sie tot in deinen Armen! Was
Ich selbst beweinen werde, muß geschehn.

Zweiter Auftritt

Hofmeisterin. Die kühne Drohung überrascht mich nicht!
Schon lange seh' ich dieses Feuer glimmen,
Nun schlägt es bald in lichte Flammen aus.
Um dich zu retten, muß ich, liebes Kind,
Dich deinem holden Morgentraum entreißen.
Nur *eine* Hoffnung lindert meinen Schmerz;
Allein sie schwindet, wie ich sie ergreife.
Eugenie! wenn du entsagen könntest
Dem hohen Glück, das unermeßlich scheint,
An dessen Schwelle dir Gefahr und Tod,
Verbannung als ein Milderes begegnet.
O dürft' ich dich erleuchten! dürft' ich dir
Verborgne Winkel öffnen, wo die Schar

Verschworener Verfolger tückisch lauscht!
Ach, schweigen soll ich! Leise kann ich nur
Dich ahnungsvoll ermahnen; wirst du wohl
Im Taumel deiner Freude mich verstehen?

Dritter Auftritt

Eugenie. Hofmeisterin

Eugenie. Sei mir gegrüßt! du Freundin meines Herzens,
An Mutter Statt Geliebte, sei gegrüßt!
Hofmeisterin. Mit Wonne drück' ich dich an dieses Herz,
Geliebtes Kind, und freue mich der Freude,
Die reich aus Lebensfülle dir entquillt.
Wie heiter glänzt dein Auge! Welch Entzücken
Umschwebet Mund und Wange! Welches Glück
Drängt aus bewegtem Busen sich hervor!
Eugenie. Ein großes Unheil hatte mich ergriffen:
Vom Felsen stürzte Roß und Reiterin.
Hofmeisterin. O Gott!
Eugenie. Sei ruhig! Siehst du doch mich wieder,
Gesund und hochbeglückt, nach diesem Fall.
Hofmeisterin. Und wie?
Eugenie. Du sollst es hören, wie so schön
Aus diesem Übel sich das Glück entwickelt.
Hofmeisterin.
Ach! aus dem Glück entwickelt oft sich Schmerz.
Eugenie. Sprich böser Vorbedeutung Wort nicht aus!
Und schrecke mich der Sorge nicht entgegen.
Hofmeisterin. O möchtest du mir alles gleich vertrauen!
Eugenie. Von allen Menschen dir zuerst. Nur jetzt,
Geliebte, laß mich mir. Ich muß allein
Ins eigene Gefühl mich finden lernen.

Du weißt, wie hoch mein Vater sich erfreut,
Wenn unerwartet ihm ein klein Gedicht
Entgegenkommt, wie mir's der Muse Gunst
Bei manchem Anlaß willig schenken mag.
Verlaß mich! Eben schwebt mir's heiter vor,
Ich muß es haschen, sonst entschwindet's mir.

HOFMEISTERIN. Wann soll, wie sonst, vertrauter Stunden Reihe
Mit reichlichen Gesprächen uns erquicken?
Wann öffnen wir, zufriednen Mädchen gleich,
Die ihren Schmuck einander wiederholt
Zu zeigen kaum ermüden, unsres Herzens
Geheimste Fächer, uns bequem und herzlich
Des wechselseit'gen Reichtums zu erfreuen?

EUGENIE. Auch jene Stunden werden wiederkehren,
Von deren stillem Glück man mit Vertrauen,
Sich des Vertrauns erinnernd, gerne spricht.
Doch heute laß in voller Einsamkeit
Mich das Bedürfnis jener Tage finden.

VIERTER AUFTRITT

Eugenie, nachher Hofmeisterin außen

EUGENIE *eine Brieftasche hervorziehend.*
Und nun geschwind zum Pergament, zum Griffel!
Ich hab' es ganz, und eilig faß ich's auf,
Was ich dem Könige zu jener Feier,
Bei der ich, neugeboren durch sein Wort,
Ins Leben trete, herzlich widmen soll.

Sie rezitiert langsam und schreibt.

Welch Wonneleben wird hier ausgespendet!
Willst du, o Herr der obern Regionen,
Des Neulings Unvermögen nicht verschonen?

Ich sinke hin, von Majestät geblendet.
Doch bald getrost zu dir hinaufgewendet
Erfreut's mich, an dem Fuß der festen Thronen,
Ein Sprößling deines Stamms, beglückt zu wohnen,
Und all mein frühes Hoffen ist vollendet.
So fließe denn der holde Born der Gnaden!
Hier will die treue Brust so gern verweilen
Und an der Liebe Majestät sich fassen.
Mein Ganzes hängt an einem zarten Faden,
Mir ist, als müßt' ich unaufhaltsam eilen,
Das Leben, das du gabst, für dich zu lassen.

Das Geschriebene mit Gefälligkeit betrachtend.

So hast du lange nicht, bewegtes Herz,
Dich in gemeßnen Worten ausgesprochen!
Wie glücklich, den Gefühlen unsrer Brust
Für ew'ge Zeit den Stempel aufzudrücken!
Doch ist es wohl genug? Hier quillt es fort,
Hier quillt es auf! – Du nahest, großer Tag,
Der uns den König gab und der nun mich
Dem Könige, dem Vater, mich mir selbst
Zu ungemeßner Wonne geben soll.
Dies hohe Fest verherrliche mein Lied!
Beflügelt drängt sich Phantasie voraus,
Sie trägt mich vor den Thron und stellt mich vor,
Sie gibt im Kreise mir –

HOFMEISTERIN *außen.* Eugenie!
EUGENIE. Was soll das?
HOFMEISTERIN. Höre mich, und öffne gleich!
EUGENIE. Verhaßte Störung! Öffnen kann ich nicht.
HOFMEISTERIN. Vom Vater Botschaft!
EUGENIE. Wie? vom Vater?
Gleich! Da muß ich öffnen.
HOFMEISTERIN. Große Gaben scheint

Er dir zu schicken.
EUGENIE. Warte!
HOFMEISTERIN. Hörst du?
EUGENIE. Warte!
Doch wo verberg' ich dieses Blatt? Zu klar
Spricht's jene Hoffnung aus, die mich beglückt.
Hier ist nichts zum Verschließen! Und bei mir
Ist's nirgend sicher, diese Tasche kaum;
Denn meine Leute sind nicht alle treu.
Gar manches hat man schon mir, als ich schlief,
Durchblättert und entwendet. Das Geheimnis,
Das größte, das ich je gehegt, wohin,
Wohin verberg' ich's?

Indem sie sich der Seitenwand nähert

Wohl! Hier war es ja,
Wo du, geheimer Wandschrank, meiner Kindheit
Unschuldige Geheimnisse verbargst!
Du, den mir kindisch allausspähende,
Von Neugier und von Müßiggang erzeugte,
Rastlose Tätigkeit entdecken half,
Du, jedem ein Geheimnis, öffne dich!

Sie drückt an einer unbemerkbaren Feder, und eine kleine Türe springt auf

So wie ich sonst verbotnes Zuckerwerk
Zu listigem Genuß in dir versteckte,
Vertrau' ich heute meines Lebens Glück
Entzückt und sorglich dir auf kurze Zeit.

Sie legt das Pergament in den Schrank und drückt ihn zu.

Die Tage schreiten vor, und ahnungsvoller
Bewegen sich nun Freud' und Schmerz heran.

Sie öffnet die Türe.

Fünfter Auftritt

Eugenie. Hofmeisterin. Bediente,
die einen prächtigen Putzkasten tragen

Hofmeisterin. Wenn ich dich störte, führ ich gleich mit mir,
Was mich gewiß entschuld'gen soll, herbei.
Eugenie. Von meinem Vater? dieser prächt'ge Schrein!
Auf welchen Inhalt deutet solch Gefäß?
Zu den Bedienten.
Verweilt!
Sie reicht ihnen einen Beutel hin.
Zum Vorgeschmack eures Botenlohns
Nehmt diese Kleinigkeit! das Beßre folgt.
Bediente gehen.
Und ohne Brief und ohne Schlüssel! Steht
Mir solch ein Schatz verborgen in der Nähe?
O Neugier! O Verlangen! Ahnest du,
Was diese Gabe mir bedeuten kann?
Hofmeisterin. Ich zweifle nicht, du hast es selbst erraten.
Auf nächste Hoheit deutet sie gewiß.
Den Schmuck der Fürstentochter bringt man dir,
Weil dich der König bald berufen wird.
Eugenie. Wie kannst du das vermuten?
Hofmeisterin. Weiß ich's doch!
Geheimnisse der Großen sind belauscht.
Eugenie. Und wenn du's weißt, was soll ich dir's verbergen?
Soll ich die Neugier, dies Geschenk zu sehn,
Vor dir umsonst bezähmen! Hab' ich doch
Den Schlüssel hier! – Der Vater zwar verbot's.
Doch was verbot er? Das Geheimnis nicht
Unzeitig zu entdecken; doch dir ist
Es schon entdeckt. Du kannst nicht mehr erfahren,
Als du schon weißt, und schweigst nun, mir zuliebe.

Was zaudern wir? Komm, laß uns öffnen! komm,
Daß uns der Gaben hoher Glanz entzücke!

HOFMEISTERIN. Halt ein! Gedenke des Verbots! Wer weiß,
Warum der Herzog weislich so befohlen?

EUGENIE. Mit Sinn befahl er, zum bestimmten Zweck;
Der ist vereitelt: alles weißt du schon.
Du liebst mich, bist verschwiegen, zuverlässig.
Laß uns das Zimmer schließen! das Geheime
Laß uns sogleich vertraulich untersuchen.

Sie schließt die Zimmertüre und eilt gegen den Schrank.

HOFMEISTERIN *sie abhaltend.*
Der prächt'gen Stoffe, Gold und Farbenglanz,
Der Perlen Milde, der Juwelen Strahl
Bleib' im Verborgnen! Ach, sie reizen dich
Zu jenem Ziel unwiderstehlich auf.

EUGENIE. Was sie bedeuten, ist das Reizende.

Sie öffnet den Schrank, an der Türe zeigen sich Spiegel.

Welch köstliches Gewand entwickelt sich,
Indem ich's nur berühre, meinem Blick.
Und diese Spiegel! fordern sie nicht gleich,
Das Mädchen und den Schmuck vereint zu schildern?

HOFMEISTERIN. Kreusas tödliches Gewand entfaltet,
So scheint es mir, sich unter meiner Hand.

EUGENIE. Wie schwebt ein solcher Trübsinn dir ums Haupt?
Denk' an beglückter Bräute frohes Fest.
Komm! Reiche mir die Teile, nach und nach.
Das Unterkleid! wie reich und süß durchflimmert
Sich rein des Silbers und der Farben Blitz.

HOFMEISTERIN *indem sie Eugenien das Gewand umlegt.*
Verbirgt sich je der Gnade Sonnenblick,
Sogleich ermattet solch ein Widerglanz.

EUGENIE. Ein treues Herz verdient sich diesen Blick,
Und, wenn er weichen wollte, zieht's ihn an. –

Das Oberkleid, das goldne, schlage drüber,
Die Schleppe ziehe, weit verbreitet, nach.
Auch diesem Gold ist, mit Geschmack und Wahl,
Der Blumen Schmelz metallisch aufgebrämt.
Und tret' ich so nicht schön umgeben auf?

HOFMEISTERIN.
Doch wird von Kennern mehr die Schönheit selbst
In ihrer eignen Herrlichkeit verehrt.

EUGENIE. Das einfach Schöne soll der Kenner schätzen;
Verziertes aber spricht der Menge zu. –
Nun leihe mir der Perlen sanftes Licht,
Auch der Juwelen leuchtende Gewalt.

HOFMEISTERIN. Doch deinem Herzen, deinem Geist genügt
Nur eigner, innrer Wert und nicht der Schein.

EUGENIE. Der Schein, was ist er, dem das Wesen fehlt?
Das Wesen, wär' es, wenn es nicht erschiene?

HOFMEISTERIN. Und hast du nicht in diesen Mauern selbst
Der Jugend ungetrübte Zeit verlebt?
Am Busen deiner Liebenden, entzückt,
Verborgner Wonne Seligkeit erfahren?

EUGENIE. Gefaltet kann die Knospe sich genügen,
Solange sie des Winters Frost umgibt;
Nun schwillt vom Frühlingshauche Lebenskraft,
In Blüten bricht sie auf, an Licht und Lüfte.

HOFMEISTERIN. Aus Mäßigkeit entspringt ein reines Glück.

EUGENIE. Wenn du ein mäßig Ziel dir vorgesteckt.

HOFMEISTERIN. Beschränktheit sucht sich der Genießende.

EUGENIE. Du überredest die Geschmückte nicht.
O daß sich dieser Saal erweiterte
Zum Raum des Glanzes, wo der König thront!
Daß reicher Teppich unten, oben sich
Der goldnen Decke Wölbung breitete!
Daß hier im Kreise, vor der Majestät,

Demütig stolz, die Großen, angelacht
Von dieser Sonne, herrlich leuchteten!
Ich unter diesen Ausgezeichneten
Am schönsten Fest die Ausgezeichnete!
O laß mir dieser Wonne Vorgefühl,
Wenn aller Augen mich zum Ziel erlesen!
HOFMEISTERIN. Zum Ziele der Bewundrung nicht allein,
Zum Ziel des Neides und des Hasses mehr.
EUGENIE. Der Neider steht als Folie des Glücks,
Der Hasser lehrt uns immer wehrhaft bleiben.
HOFMEISTERIN. Demütigung beschleicht die Stolzen oft.
EUGENIE. Ich setz' ihr Geistesgegenwart entgegen.
Zum Schranke gewendet.
Noch haben wir nicht alles durchgesehn;
Nicht mich allein bedenk' ich diese Tage:
Für andre hoff' ich manche Kostbarkeit.
HOFMEISTERIN *ein Kästchen hervornehmend.*
Hier aufgeschrieben steht es: »Zu Geschenken.«
EUGENIE. So nimm voraus, was dich vergnügen kann,
Von diesen Uhren, diesen Dosen. Wähle! –
Nein, überlege noch! Vielleicht verbirgt
Sich Wünschenswerteres im reichen Schrein.
HOFMEISTERIN. O fände sich ein kräft'ger Talisman,
Des trüben Bruders Neigung zu gewinnen!
EUGENIE. Den Widerwillen tilge nach und nach
Des unbefangnen Herzens reines Wirken.
HOFMEISTERIN. Doch die Partei, die seinen Groll bestärkt,
Auf ewig steht sie deinem Wunsch entgegen.
EUGENIE. Wenn sie bisher mein Glück zu hindern suchte,
Tritt nun Entscheidung unaufhaltsam ein,
Und ins Geschehne fügt sich jedermann.
HOFMEISTERIN. Das, was du hoffest, noch ist's nicht geschehn.
EUGENIE. Doch als vollendet kann ich's wohl betrachten.

Nach dem Schrank gekehrt.
Was liegt im langen Kästchen, obenan?
HOFMEISTERIN *die es herausnimmt.*
Die schönsten Bänder, frisch und neu gewählt! –
Zerstreue nicht durch eitlen Flitterwesens
Neugierige Betrachtung deinen Geist.
O wär' es möglich, daß du meinem Wort
Gehör verliehest, einen Augenblick!
Aus stillem Kreise trittst du nun heraus
In weite Räume, wo dich Sorgendrang,
Vielfach geknüpfte Netze, Tod vielleicht
Von meuchelmörderischer Hand erwartet.
EUGENIE. Du scheinst mir krank! wie könnte sonst mein Glück
Dir fürchterlich, als ein Gespenst, erscheinen.
In das Kästchen blickend.
Was seh' ich? Diese Rolle! Ganz gewiß
Das Ordensband der ersten Fürstentöchter!
Auch dieses werd' ich tragen! Nur geschwind!
Laß sehen, wie es kleidet! Es gehört
Zum ganzen Prunk; so sei auch das versucht!
Das Band wird umgelegt.
Nun sprich vom Tode nur! sprich von Gefahr!
Was zieret mehr den Mann, als wenn er sich
Im Heldenschmuck zu seinem Könige,
Sich unter seinesgleichen stellen kann?
Was reizt das Auge mehr als jenes Kleid,
Das kriegerische lange Reihen zeichnet?
Und dieses Kleid und seine Farben, sind
Sie nicht ein Sinnbild ewiger Gefahr?
Die Schärpe deutet Krieg, womit sich, stolz
Auf seine Kraft, ein edler Mann umgürtet.
O meine Liebe! Was bedeutend schmückt,
Es ist durchaus gefährlich. Laß auch mir

Das Mutgefühl, was mir begegnen kann,
So prächtig ausgerüstet, zu erwarten.
Unwiderruflich, Freundin, bleibt mein Glück.
HOFMEISTERIN *beiseite.*
Das Schicksal, das dich trifft, unwiderruflich.

DRITTER AUFZUG

VORZIMMER DES HERZOGS, PRÄCHTIG, MODERN

ERSTER AUFTRITT

Sekretär. Weltgeistlicher

SEKRETÄR. Tritt still herein in diese Totenstille!
Wie ausgestorben findest du das Haus.
Der Herzog schläft, und alle Diener stehen,
Von seinem Schmerz durchdrungen, stumm gebeugt.
Er schläft! Ich segnet' ihn, als ich ihn sah
Bewußtlos auf dem Pfühle ruhig atmen.
Das Übermaß der Schmerzen löste sich
In der Natur balsam'scher Wohltat auf.
Den Augenblick befürcht' ich, der ihn weckt:
Euch wird ein jammervoller Mann erscheinen.
WELTGEISTLICHER. Darauf bin ich bereitet, zweifelt nicht.
SEKRETÄR. Vor wenig Stunden kam die Nachricht an,
Eugenie sei tot! vom Pferd gestürzt!
An eurem Orte sei sie beigesetzt
Als an dem nächsten Platz, wohin man sie
Aus jenem Felsendickicht bringen können,
Wo sie verwegen sich den Tod erstürmt.
WELTGEISTLICHER. Und sie indessen ist schon weit entfernt?

Sekretär. Mit rascher Eile wird sie weggeführt.
Weltgeistlicher.
Und wem vertraut ihr solch ein schwer Geschäft?
Sekretär. Dem klugen Weibe, das uns angehört.
Weltgeistlicher. In welche Gegend habt ihr sie geschickt?
Sekretär. Zu dieses Reiches letztem Hafenplatz.
Weltgeistlicher. Von dorten soll sie in das fernste Land?
Sekretär. Sie führt ein günst'ger Wind sogleich davon.
Weltgeistlicher. Und hier auf ewig gelte sie für tot!
Sekretär. Auf deiner Fabel Vortrag kommt es an.
Weltgeistlicher. Der Irrtum soll im ersten Augenblick,
Auf alle künft'ge Zeit gewaltig wirken.
An ihrer Gruft, an ihrer Leiche soll
Die Phantasie erstarren. Tausendfach
Zerreiß' ich das geliebte Bild und grabe
Dem Sinne des entsetzten Hörenden
Mit Feuerzügen dieses Unglück ein.
Sie ist dahin für alle, sie verschwindet
Ins Nichts der Asche. Jeder kehret schnell
Den Blick zum Leben und vergißt, im Taumel
Der treibenden Begierden, daß auch sie
Im Reihen der Lebendigen geschwebt.
Sekretär. Du trittst mit vieler Kühnheit ans Geschäft;
Besorgst du keine Reue hintennach?
Weltgeistlicher. Welch eine Frage tust du? Wir sind fest!
Sekretär. Ein innres Unbehagen fügt sich oft,
Auch wider unsern Willen, an die Tat.
Weltgeistlicher. Was hör' ich? du bedenklich? oder willst
Du mich nur prüfen, ob es euch gelang,
Mich, euren Schüler, völlig auszubilden?
Sekretär. Das Wichtige bedenkt man nie genug.
Weltgeistlicher. Bedenke man, eh' noch die Tat beginnt.
Sekretär. Auch in der Tat ist Raum für Überlegung.

Weltgeistlicher. Für mich ist nichts zu überlegen mehr!
Da wär' es Zeit gewesen, als ich noch
Im Paradies beschränkter Freuden weilte,
Als, von des Gartens engem Hag umschlossen,
Ich selbstgesäte Bäume selber pfropfte,
Aus wenig Beeten meinen Tisch versorgte,
Als noch Zufriedenheit im kleinen Hause
Gefühl des Reichtums über alles goß,
Und ich, nach meiner Einsicht, zur Gemeinde
Als Freund, als Vater aus dem Herzen sprach,
Dem Guten fördernd meine Hände reichte,
Dem Bösen wie dem Übel widerstritt.
O hätte damals ein wohltät'ger Geist
Vor meiner Türe dich vorbeigewiesen,
An der du, müde, durstig von der Jagd,
Zu klopfen kamst, mit schmeichlerischem Wesen,
Mit süßem Wort mich zu bezaubern wußtest.
Der Gastfreundschaft geweihter, schöner Tag,
Er war der letzte reingenoßnen Friedens.
Sekretär. Wir brachten dir so manche Freude zu.
Weltgeistlicher. Und dranget mir so manch Bedürfnis auf.
Nun war ich arm, als ich die Reichen kannte;
Nun war ich sorgenvoll, denn mir gebrach's;
Nun hatt ich Not, ich brauchte fremde Hilfe.
Ihr wart mir hilfreich, teuer büß' ich das.
Ihr nahmt mich zum Genossen eures Glücks,
Mich zum Gesellen eurer Taten auf.
Zum Sklaven, sollt' ich sagen, dingtet ihr
Den sonst so freien, jetzt bedrängten Mann.
Ihr lohnt ihm zwar, doch immer noch versagt
Ihr ihm den Lohn, den er verlangen darf.
Sekretär. Vertraue, daß wir dich in kurzer Zeit
Mit Gütern, Ehren, Pfründen überhäufen.

WELTGEISTLICHER. Das ist es nicht, was ich erwarten muß.
SEKRETÄR. Und welche neue Fordrung bildest du?
WELTGEISTLICHER. Als ein gefühllos Werkzeug braucht ihr mich
Auch diesmal wieder. Dieses holde Kind
Verstoßt ihr aus dem Kreise der Lebend'gen;
Ich soll die Tat beschönen, sie bedecken,
Und ihr beschließt, begeht sie ohne mich.
Von nun an fordr' ich, mit im Rat zu sitzen,
Wo Schreckliches beschlossen wird, wo jeder,
Auf seinen Sinn, auf seine Kräfte stolz,
Zum unvermeidlich Ungeheuren stimmt.
SEKRETÄR. Daß du auch diesmal dich mit uns verbunden,
Erwirbt aufs neue dir ein großes Recht.
Gar manch Geheimnis wirst du bald vernehmen –
Dahin gedulde dich und sei gefaßt.
WELTGEISTLICHER. Ich bin's und bin noch weiter, als ihr denkt;
In eure Plane schaut' ich längst hinein.
Der nur verdient geheimnisvolle Weihe,
Der ihr durch Ahnung vorzugreifen weiß.
SEKRETÄR. Was ahnest du? was weißt du?
WELTGEISTLICHER. Laß uns das
Auf ein Gespräch der Mitternacht versparen.
O dieses Mädchens trauriges Geschick
Verschwindet, wie ein Bach im Ozean,
Wenn ich bedenke, wie, verborgen, ihr
Zu mächtiger Parteigewalt euch hebt
Und an die Stelle der Gebietenden
Mit frecher List euch einzudrängen hofft.
Nicht ihr allein; denn andre streben auch,
Euch widerstrebend, nach demselben Zweck.
So untergrabt ihr Vaterland und Thron;
Wer soll sich retten, wenn das Ganze stürzt?
SEKRETÄR. Ich höre kommen! Tritt hier an die Seite!

Ich führe dich zu rechter Zeit herein.

Zweiter Auftritt

Herzog. Sekretär

Herzog. Unsel'ges Licht! du rufst mich auf zum Leben,
Mich zum Bewußtsein dieser Welt zurück
Und meiner selbst. Wie öde, hohl und leer
Liegt alles vor mir da, und ausgebrannt,
Ein großer Schutt, die Stätte meines Glücks.
Sekretär. Wenn jeder von den Deinen, die um dich
In dieser Stunde leiden, einen Teil
Von deinen Schmerzen übertragen könnte,
Du fühltest dich erleichtert und gestärkt.
Herzog. Der Schmerz um Liebe, wie die Liebe bleibt,
Unteilbar und unendlich. Fühl' ich doch,
Welch ungeheures Unglück den betrifft,
Der seines Tags gewohntes Gut vermißt.
Warum o! laßt ihr die bekannten Wände
Mit Farb' und Gold mir noch entgegenscheinen,
Die mich an gestern, mich an ehegestern,
An jenen Zustand meines vollen Glücks
Mich kalt erinnern! O warum verhüllet
Ihr nicht Gemach und Saal mit schwarzem Krepp!
Daß, finster wie mein Innres, auch von außen
Ein ewig nächt'ger Schatten mich umfange.
Sekretär. O möchte doch das viele, das dir bleibt
Nach dem Verlust, als etwas dir erscheinen.
Herzog. Ein geistverlaßner, körperlicher Traum!
Sie war die Seele dieses ganzen Hauses.
Wie schwebte beim Erwachen sonst das Bild
Des holden Kindes dringend mit entgegen!

Hier fand ich oft ein Blatt von ihrer Hand,
Ein geistreich, herzlich Blatt, zum Morgengruß.
SEKRETÄR. Wie drückte nicht der Wunsch, dich zu ergötzen,
Sich dichtrisch oft in frühen Reimen aus.
HERZOG. Die Hoffnung, sie zu sehen, gab den Stunden
Des mühevollen Tags den einz'gen Reiz.
SEKRETÄR. Wie oft bei Hindernis und Zögrung hat
Man ungeduldig, wie nach der Geliebten
Den raschen Jüngling, dich nach ihr gesehn.
HERZOG. Vergleiche doch die jugendliche Glut,
Die selbstischen Besitz verzehrend hascht,
Nicht dem Gefühl des Vaters, der entzückt,
In heil'gem Anschaun stille hingegeben,
Sich an Entwicklung wunderbarer Kräfte,
Sich an der Bildung Riesenschritten freut.
Der Liebe Sehnsucht fordert Gegenwart;
Doch Zukunft ist des Vaters Eigentum.
Dort liegen seiner Hoffnung weite Felder,
Dort seiner Saaten keimender Genuß.
SEKRETÄR. O Jammer! diese grenzenlose Wonne,
Dies ewig frische Glück verlorst du nun.
HERZOG. Verlor ich's? War es doch im Augenblick
Vor meiner Seele noch im vollen Glanz.
Ja, ich verlor's! du rufst's, Unglücklicher,
Die öde Stunde ruft mir's wieder zu.
Ja, ich verlor's! So strömt, ihr Klagen, denn!
Zerstöre, Jammer, diesen festen Bau,
Den ein zu günstig Alter noch verschont.
Verhaßt sei mir das Bleibende, verhaßt,
Was mir in seiner Dauer Stolz erscheint,
Erwünscht, was fließt und schwankt! Ihr Fluten, schwellt,
Zerreißt die Dämme, wandelt Land in See!
Eröffne deine Schlünde, wildes Meer,

Verschlinge Schiff und Mann und Schätze! Weit
Verbreitet euch, ihr kriegerischen Reihen,
Und häuft auf blut'gen Fluren Tod auf Tod!
Entzünde, Strahl des Himmels, dich im Leeren
Und triff der kühnen Türme sichres Haupt!
Zertrümmr', entzünde sie und geißle weit
Im Stadtgedräng der Flamme Wut umher,
Daß ich, von allem Jammer rings umfangen,
Dem Schicksal mich ergebe, das mich traf!

SEKRETÄR. Das ungeheuer Unerwartete
Bedrängt dich fürchterlich, erhabner Mann.

HERZOG. Wohl unerwartet kam's, nicht ungewarnt.
In meinen Armen ließ ein guter Geist
Sie von den Toten wieder auferstehn
Und zeigte mir gelind, vorübereilend,
Ein Schreckliches, nun ewig Bleibendes.
Da sollt' ich strafen die Verwegenheit,
Dem Übermut mich scheltend widersetzen,
Verbieten jene Raserei, die, sich
Unsterblich, unverwundbar wähnend, blind,
Wetteifernd mit dem Vogel, sich durch Wald
Und Fluß und Sträuche von dem Felsen stürzt.

SEKRETÄR. Was oft und glücklich unsre Besten tun,
Wie sollt' es dir des Unglücks Ahnung bringen?

HERZOG. Die Ahnung dieser Leiden fühlt' ich wohl,
Als ich zum letztenmal – Zum letztenmal!
Du sprichst es aus, das fürchterliche Wort,
Das deinen Weg mit Finsternis umzieht.
O hätt' ich sie nur einmal noch gesehn!
Vielleicht war dieses Unglück abzuleiten.
Ich hätte flehentlich gebeten, sie als Vater
Zum treulichsten ermahnt, sich mir zu schonen
Und von der Wut tollkühner Reiterei

Um unsres Glückes willen abzustehn.
Ach, diese Stunde war mir nicht gegönnt.
Und nun vermiß' ich mein geliebtes Kind!
Sie ist dahin! Verwegner ward sie nur
Durch jenen Sturz, dem sie so leicht entrann.
Und niemand, sie zu warnen, sie zu leiten!
Entwachsen war sie dieser Frauenzucht.
In welchen Händen ließ ich solchen Schatz?
Verzärtelnden, nachgiebgen Weiberhänden.
Kein festes Wort, den Willen meines Kinds
Zu mäßiger Vernünftigkeit zu lenken!
Zur unbedingten Freiheit ließ man ihr,
Zu jedem kühnen Wagnis offnes Feld.
Ich fühlt' es oft und sagt' es mir nicht klar:
Bei diesem Weibe war sie schlecht verwahrt.

SEKRETÄR. O tadle nicht die Unglückselige!
Vom tiefsten Schmerz begleitet, irrt sie nun,
Wer weiß, in welche Lande, trostlos hin.
Sie ist entflohn. Denn wer vermöchte dir
Ins Angesicht zu sehen, der auch nur
Den fernsten Vorwurf zu befürchten hätte.

HERZOG. O laß mich ungerecht auf andre zürnen,
Daß ich mich nicht verzweifelnd selbst zerreiße!
Wohl trag' ich selbst die Schuld und trag' sie schwer.
Denn rief ich nicht mit törigem Beginnen
Gefahr und Tod auf dieses teure Haupt?
Sie überall zu sehn als Meisterin,
Das war mein Stolz! Zu teuer büß' ich ihn.
Zu Pferde sollte sie, im Wagen sie,
Die Rosse bändigend, als Heldin glänzen.
Ins Wasser tauchend, schwimmend, schien sie mir
Den Elementen göttlich zu gebieten.
So, hieß es, kann sie jeglicher Gefahr

Dereinst entgehen. Statt sie zu bewahren,
Gibt Übung zur Gefahr den Tod ihr nun.
SEKRETÄR. Des edlen Pflichtgefühles Übung gibt,
Ach! unsrer Unvergeßlichen den Tod.
HERZOG. Erkläre dich!
SEKRETÄR. Und weck' ich diesen Schmerz
Durch Schildrung kindlich edlen Unternehmens?
Ihr alter, erster, hochgeliebter Freund
Und Lehrer wohnt von dieser Stadt entfernt,
Verschränkt in Trübsinn, Krankheit, Menschenhaß.
Nur sie allein vermocht ihn zu erheitern;
Als Leidenschaft empfand sie diese Pflicht;
Nur allzu oft verlangte sie hinüber,
Und oft versagte man's. Nun hatte sie's
Planmäßig angelegt: sie nutzte kühn
Des Morgenrittes abgemeßne Stunden
Mit ungeheurer Schnelligkeit, zum Zweck,
Den alten, vielgeliebten Mann zu sehn.
Ein einz'ger Reitknecht nur war im Geheimnis,
Er unterlegt ihr jedesmal das Pferd,
Wie wir vermuten; denn auch er ist fort.
Der arme Mensch und jene Frau verloren
Aus Furcht vor dir sich in die weite Welt.
HERZOG. Die Glücklichen, die noch zu fürchten haben,
Bei denen sich der Schmerz um ihres Herrn
Verlornes Heil in leicht verwundene,
In leicht gehobne Bangigkeit verwandelt!
Ich habe nichts zu fürchten! nichts zu hoffen!
Drum laß mich alles wissen; zeige mir
Den kleinsten Umstand an, ich bin gefaßt.

Dritter Auftritt

Herzog. Sekretär. Weltgeistlicher

Sekretär. Auf diesen Augenblick, verehrter Fürst,
Hab' ich hier einen Mann zurückgehalten,
Der, auch gebeugt, vor deinem Blick erscheint.
Es ist der Geistliche, der aus der Hand
Des Todes deine Tochter aufgenommen,
Und sie, da keiner Hilfe Trost sich zeigte,
Mit liebevoller Sorgfalt beigesetzt.

Vierter Auftritt

Herzog. Weltgeistlicher

Weltgeistlicher. Den Wunsch, vor deinem Antlitz zu erscheinen,
Erhabner Fürst, wie lebhaft hegt' ich ihn!
Nun wird er mir gewährt im Augenblick,
Der dich und mich in tiefen Jammer senkt.
Herzog. Auch so willkommen, unwillkommner Bote!
Du hast sie noch gesehn, den letzten Blick,
Den sehnsuchtsvollen, dir ins Herz gefaßt,
Das letzte Wort bedächtig aufgenommen,
Dem letzten Seufzer Mitgefühl erwidert.
O sage: Sprach sie noch? Was sprach sie aus?
Gedachte sie des Vaters? Bringst du mir
Von ihrem Mund ein herzlich Lebewohl?
Weltgeistlicher. Willkommen scheint ein unwillkommner Bote,
Solang' er schweigt und noch der Hoffnung Raum,
Der Täuschung Raum in unserm Herzen gibt.
Der ausgesprochne Jammer ist verhaßt.
Herzog. Was zauderst du? Was kann ich mehr erfahren?
Sie ist dahin! Und diesen Augenblick

Ist über ihrem Sarge Ruh und Stille.
Was sie auch litt, es ist für sie vorbei,
Für mich beginnt es; aber rede nur!
WELTGEISTLICHER. Ein allgemeines Übel ist der Tod.
So denke dir das Schicksal deiner Toten.
Und finster wie des Grabes Nacht verstumme
Der Übergang, der sie hinabgeführt.
Nicht jeden leitet ein gelinder Gang
Unmerklich in das stille Reich der Schatten.
Gewaltsam schmerzlich reißt Zerstörung oft
Durch Höllenqualen in die Ruhe hin.
HERZOG. So hat sie viel gelitten?
WELTGEISTLICHER. Viel, nicht lange.
HERZOG. Es war ein Augenblick, in dem sie litt,
Ein Augenblick, wo sie um Hilfe rief
Und ich? Wo war ich da? Welch ein Geschäft,
Welch ein Vergnügen hatte mich gefesselt?
Verkündigte mir nichts das Schreckliche,
Das mir das Leben voneinanderriß?
Ich hörte nicht den Schrei, ich fühlte nicht
Den Unfall, der mich ohne Rettung traf.
Der Ahnung heil'ges, fernes Mitgefühl
Ist nur ein Märchen. Sinnlich und verstockt,
Ins Gegenwärtige verschlossen, fühlt
Der Mensch das nächste Wohl, das nächste Weh,
Und Liebe selbst ist in der Ferne taub.
WELTGEISTLICHER. Soviel auch Worte gelten, fühl' ich doch
Wie wenig sie zum Troste wirken können.
HERZOG. Das Wort verwundet leichter, als es heilt.
Und ewig wiederholend strebt vergebens
Verlornes Glück der Kummer herzustellen.
So war denn keine Hilfe, keine Kunst
Vermögend, sie ins Leben aufzurufen?

Was hast du, sage mir, begonnen? was
Zu ihrem Heil versucht? Du hast gewiß
Nichts unbedacht gelassen.
WELTGEISTLICHER. Leider war
Nichts zu bedenken mehr, als ich sie fand.
HERZOG. Und soll ich ihres Lebens holde Kraft
Auf ewig missen! Laß mich meinen Schmerz
Durch meinen Schmerz betrügen, diese Reste
Verewigen. O komm! wo liegen sie?
WELTGEISTLICHER. In würdiger Kapelle steht ihr Sarg
Allein verwahrt. Ich sehe vom Altar
Durchs Gitter jedesmal die Stätte, will
Für sie, solang' ich lebe, betend flehen.
HERZOG. O komm und führe mich dahin! Begleiten
Soll uns der Ärzte vielerfahrenster.
Laß uns den schönen Körper der Verwesung
Entreißen, laß mit edlen Spezereien
Das unschätzbare Bild zusammenhalten!
Ja, die Atomen alle, die sich einst
Zur köstlichen Gestalt versammelten,
Sie sollen nicht ins Element zurück.
WELTGEISTLICHER. Was darf ich sagen? Muß ich dir bekennen!
Du kannst nicht hin! Ach! das zerstörte Bild:
Kein Fremder säh' es ohne Jammer an!
Und vor die Augen eines Vaters – Nein,
Verhüt' es Gott! du darfst sie nicht erblicken.
HERZOG. Welch neuer Qualenkrampf bedrohet mich!
WELTGEISTLICHER. O laß mich schweigen, daß nicht meine Worte
Auch die Erinnrung der Verlornen schänden!
Laß mich verhehlen, wie sie, durchs Gebüsch,
Durch Felsen hergeschleift, entstellt und blutig,
Zerrissen und zerschmettert und zerbrochen,
Unkenntlich, mir im Arm, zur Erde hing.

Da segnet' ich, von Tränen überfließend,
Der Stunde Heil, in der ich feierlich
Dem holden Vaternamen einst entsagt.
Herzog. Du bist nicht Vater! bist der selbstischen
Verstockten, der Verkehrten einer, die
Ihr abgeschloßnes Wesen unfruchtbar
Verzweifeln läßt. Entferne dich! Verhaßt
Erscheinet mir dein Anblick.
Weltgeistlicher. Fühlt ich's doch!
Wer kann dem Boten solcher Not verzeihn?
Will sich entfernen.
Herzog. Vergib und bleib. Ein schön entworfnes Bild,
Das wunderbar dich selbst zum zweitenmal
Vor deinen Augen zu erschaffen strebt,
Hast du entzückt es jemals angestaunt?
O hättest du's! du hättest diese Form,
Die sich zu meinem Glück, zur Lust der Welt
In tausendfält'gen Zügen auferbaut,
Mir grausam nicht zerstümmelt, mir die Wonne
Der traurigen Erinnrung nicht verkümmert.
Weltgeistlicher. Was sollt' ich tun? dich zu dem Sarge führen,
Den tausend fremde Tränen schon benetzt,
Als ich das morsche, schlotternde Gebein
Zu ruhiger Verwesung eingeweiht?
Herzog. Schweig, Unempfindlicher! du mehrest nur
Den herben Schmerz, den du zu lindern denkst.
O! Wehe! daß die Elemente nun,
Von keinem Geist der Ordnung mehr beherrscht,
Im leisen Kampf das Götterbild zerstören.
Wenn über werdend Wachsendem vorher
Der Vatersinn mit Wonne brütend schwebte,
So stockt, so kehrt in Moder nach und nach
Vor der Verzweiflung Blick die Lust des Lebens.

WELTGEISTLICHER. Was Luft und Licht Zerstörliches erbaut,
Bewahret lange das verschloßne Grab.
HERZOG. O weiser Brauch der Alten, das Vollkommne,
Das ernst und langsam die Natur geknüpft,
Des Menschenbilds erhabne Würde, gleich
Wenn sich der Geist, der wirkende, getrennt,
Durch reiner Flammen Tätigkeit zu lösen!
Und wenn die Glut mit tausend Gipfeln sich
Zum Himmel hob und zwischen Dampf und Wolken,
Des Adlers Fittich deutend, sich bewegte,
Da trocknete die Träne, freier Blick
Der Hinterlaßnen stieg dem neuen Gott
In des Olymps verklärte Räume nach.
O sammle mir in köstliches Gefäß
Der Asche, der Gebeine trüben Rest,
Daß die vergebens ausgestreckten Arme
Nur etwas fassen, daß ich dieser Brust,
Die sehnsuchtsvoll sich in das Leere drängt,
Den schmerzlichsten Besitz entgegendrücke.
WELTGEISTLICHER. Die Trauer wird durch Trauren immer herber.
HERZOG. Durch Trauren wird die Trauer zum Genuß.
O daß ich doch geschwundner Asche Rest
Im kleinen Hause, wandernd, immer weiter,
Bis zu dem Ort, wo ich zuletzt sie sah,
Als Büßender mit kurzen Schritten trüge!
Dort lag sie tot in meinen Armen, dort
Sah ich, getäuscht, sie in das Leben kehren.
Ich glaubte, sie zu fassen, sie zu halten,
Und nun ist sie auf ewig mir entrückt.
Dort aber will ich meinen Schmerz verew'gen.
Ein Denkmal der Genesung hab' ich dort,
In meines Traums Entzückungen, gelobt –
Schon führet klug des Gartenmeisters Hand

Durch Busch und Fels bescheidne Wege her,
Schon wird der Platz gerundet, wo mein König
Als Oheim sie an seine Brust geschlossen,
Und Ebenmaß und Ordnung will den Raum
Verherrlichen, der mich so hoch beglückt.
Doch jede Hand soll feiern! Halb vollbracht
Soll dieser Plan, wie mein Geschick, erstarren!
Das Denkmal nur, ein Denkmal will ich stiften,
Von rauhen Steinen ordnungslos getürmt,
Dorthin zu wallen, stille zu verweilen,
Bis ich vom Leben endlich selbst genese.
O laßt mich dort, versteint, am Steine ruhn,
Bis aller Sorgfalt lichtgezogne Spur
Aus dieser Wüste Trauersitz verschwindet!
Mag sich umher der freie Platz berasen,
Mag sich der Zweig dem Zweige wild verflechten,
Der Birke hangend Haar den Boden schlagen,
Der junge Busch zum Baume sich erheben,
Mit Moos der glatte Stamm sich überziehn:
Ich fühle keine Zeit; denn sie ist hin,
An deren Wachstum ich die Jahre maß.

WELTGEISTLICHER. Den vielbewegten Reiz der Welt zu meiden,
Das Einerlei der Einsamkeit zu wählen,
Wird sich's der Mann erlauben, der sich oft
Wohltätiger Zerstreuung übergab,
Wenn Unerträgliches, mit Felsenlast
Herbei sich wälzend, ihn bedrohend, schlich?
Hinaus! mit Flügelschnelle durch das Land,
Durch fremde Reiche, daß vor deinem Sinn
Der Erde Bilder heilend sich bewegen!

HERZOG. Was hab' ich in der Welt zu suchen, wenn
Ich sie nicht wiederfinde, die allein
Ein Gegenstand für meine Blicke war?

Soll Fluß und Hügel, Tal und Wald und Fels
Vorüber meinen Augen gehn, und nur
Mir das Bedürfnis wecken, jenes Bild,
Das einzige, geliebte, zu erhaschen?
Vom hohen Berg hinab, ins weite Meer,
Was soll für mich ein Reichtum der Natur,
Der an Verlust und Armut mich erinnert!

Weltgeistlicher. Und neue Güter eignest du dir an!

Herzog. Nur durch der Jugend frisches Auge mag
Das längst Bekannte neubelebt uns rühren,
Wenn das Erstaunen, das wir längst verschmäht,
Von Kindes Munde hold uns widerklingt.
So hofft' ich, ihr des Reichs bebaute Flächen,
Der Wälder Tiefen, der Gewässer Flut
Bis an das offne Meer zu zeigen, dort
Mich ihres trunknen Blicks ins Unbegrenzte
Mit unbegrenzter Liebe zu erfreun.

Weltgeistlicher. Wenn du, erhabner Fürst, des großen Lebens
Beglückte Tage der Beschauung nicht
Zu widmen trachtetest, wenn Tätigkeit
Fürs Wohl Unzähliger am Throne dir
Zum Vorzug der Geburt den herrlichern
Des allgemeinen, edlen Wirkens gab,
So ruf' ich dich, im Namen aller, auf:
Ermanne dich! und laß die trüben Stunden,
Die deinen Horizont umziehn, für andre,
Durch Trost und Rat und Hilfe, laß für dich
Auch diese Stunden so zum Feste werden.

Herzog. Wie schal und abgeschmackt ist solch ein Leben,
Wenn alles Regen, alles Treiben stets
Zu neuem Regen, neuem Treiben führt
Und kein geliebter Zweck euch endlich lohnt.
Den sah ich nur in ihr, und so besaß

Und so erwarb ich mit Vergnügen, ihr
Ein kleines Reich anmut'gen Glücks zu schaffen.
So war ich heiter, aller Menschen Freund,
Behilflich, wach, zu Rat und Tat bequem.
Den Vater lieben sie! so sagt' ich mir,
Dem Vater danken sie's und werden auch
Die Tochter einst als werte Freundin grüßen.
WELTGEISTLICHER. Zu süßen Sorgen bleibt nun keine Zeit!
Ganz andre fordern dich, erhabner Mann!
Darf ich's erwähnen? Ich, der unterste
Von deinen Dienern? Jeder ernste Blick
In diesen trüben Tagen ist auf dich,
Auf deinen Wert, auf deine Kraft gerichtet.
HERZOG. Der Glückliche nur fühlt sich Wert und Kraft.
WELTGEISTLICHER. So tiefer Schmerzen heiße Qual verbürgt
Dem Augenblick unendlichen Gehalt,
Mir aber auch Verzeihung, wenn sich kühn
Vertraulichkeit von meinen Lippen wagt.
Wie heftig wilde Gärung unten kocht,
Wie Schwäche kaum sich oben schwankend hält:
Nicht jedem wird es klar, dir aber ist's
Mehr als der Menge, der ich angehöre.
O zaudre nicht, im nahen Sturmgewitter
Das falsch gelenkte Steuer zu ergreifen!
Zum Wohle deines Vaterlands verbanne
Den eignen Schmerz; sonst werden tausend Väter,
Wie du, um ihre Kinder weinen, tausend
Und aber tausend Kinder ihre Väter
Vermissen, Angstgeschrei der Mütter gräßlich
An hohler Kerkerwand verklingend hallen.
O bringe deinen Jammer, deinen Kummer
Auf dem Altar des allgemeinen Wohls
Zum Opfer dar! und alle, die du rettest,

Gewinnst du dir als Kinder zum Ersatz.
Herzog. Aus grauenvollen Winkeln führe nicht
Mir der Gespenster dichte Schar heran,
Die meiner Tochter liebliche Gewalt
Mir zaubrisch oft und leicht hinweggebannt.
Sie ist dahin, die schmeichlerische Kraft,
Die meinen Geist in holde Träume sang.
Nun drängt das Wirkliche mit dichten Massen
An mich heran und droht, mich zu erdrücken.
Hinaus, hinaus! Von dieser Welt hinweg!
Und lügt mir nicht das Kleid, in dem du wandelst,
So führe mich zur Wohnung der Geduld,
Ins Kloster führe mich und laß mich dort,
Im allgemeinen Schweigen, stumm, gebeugt,
Ein müdes Leben in die Grube senken.
Weltgeistlicher. Mir ziemt es kaum, dich an die Welt zu weisen;
Doch andre Worte sprech' ich kühner aus.
Nicht in das Grab, nicht übers Grab verschwendet
Ein edler Mann der Sehnsucht hohen Wert.
Er kehrt in sich zurück und findet staunend
In seinem Busen das Verlorne wieder.
Herzog. Daß ein Besitz so fest sich hier erhält,
Wenn das Verlorne fern und ferner flieht,
Das ist die Qual, die das geschiedene,
Für ewig losgerißne Glied aufs neue
Dem schmerzergriffnen Körper fügen will.
Getrenntes Leben, wer vereinigt's wieder?
Vernichtetes, wer stellt es her?
Weltgeistlicher. Der Geist!
Des Menschen Geist, dem nichts verlorengeht,
Was er von Wert mit Sicherheit besessen.
So lebt Eugenie vor dir, sie lebt
In deinem Sinne, den sie sonst erhub,

Dem sie das Anschaun herrlicher Natur
Lebendig aufgeregt; so wirkt sie noch
Als hohes Vorbild, schützet vor Gemeinem,
Vor Schlechtem dich, wie's jede Stunde bringt,
Und ihrer Würde wahrer Glanz verscheuchet
Den eitlen Schein, der dich bestechen will.
So fühle dich durch ihre Kraft beseelt!
Und gib ihr so ein unzerstörlich Leben,
Das keine Macht entreißen kann, zurück.

HERZOG. Laß eines dumpfen, dunklen Traumgeflechtes
Verworrne Todesnetze mich zerreißen!
Und bleibe mir, du vielgeliebtes Bild,
Vollkommen, ewig jung und ewig gleich!
Laß deiner klaren Augen reines Licht
Mich immerfort umglänzen! Schwebe vor,
Wohin ich wandle, zeige mir den Weg
Durch dieser Erde Dornenlabyrinth!
Du bist kein Traumbild, wie ich dich erblicke;
Du warst, du bist. Die Gottheit hatte dich
Vollendet einst gedacht und dargestellt.
So bist du teilhaft des Unendlichen,
Des Ewigen, und bist auf ewig mein.

Vierter Aufzug

Platz am Hafen, zur einen Seite ein Palast, auf der andern eine Kirche, im Grund eine Reihe Bäume, durch die man nach dem Hafen hinabsieht

Erster Auftritt

Eugenie, in einen Schleier gehüllt, auf einer Bank im Grunde, mit dem Gesicht nach der See.
Hofmeisterin, Gerichtsrat im Vordergrunde

Hofmeisterin. Drängt unausweichlich ein betrübt Geschäft
Mich aus dem Mittelpunkt des Reiches, mich
Aus dem Bezirk der Hauptstadt an die Grenze
Des festen Lands, zu diesem Hafenplatz,
So folgt mir streng die Sorge, Schritt vor Schritt,
Und deutet mir bedenklich in die Weite.
Wie müssen Rat und Anteil eines Manns,
Der allen edel, zuverlässig gilt,
Mir als ein Leitstern wonniglich erscheinen!
Verzeih daher, wenn ich mit diesem Blatt,
Das mich zu solcher schweren Tat berechtigt,
Zu dir mich wendend, komme, den so lange
Man im Gericht, wo viel Gerechte wirken,
Erst pries als Beistand, nun als Richter preist.
Gerichtsrat *der indessen das Blatt nachdenkend angesehen.*
Nicht mein Verdienst, nur mein Bemühen war
Vielleicht zu preisen. Sonderbar jedoch
Will es mich dünken, daß du eben diesen,
Den du gerecht und edel nennen willst,

In solcher Sache fragen, ihm getrost
Solch ein Papier vors Auge bringen magst,
Worauf er nur mit Schauder blicken kann.
Nicht ist von Recht noch von Gericht die Rede:
Hier ist Gewalt! entsetzliche Gewalt,
Selbst wenn sie klug, selbst wenn sie weise handelt.
Anheimgegeben ward ein edles Kind,
Auf Tod und Leben – sag' ich wohl zu viel? –
Anheimgegeben deiner Willkür. Jeder,
Sei er Beamter, Kriegsmann, Bürger, alle
Sind angewiesen, dich zu schützen, sie
Nach deines Worts Gesetzen zu behandeln.
Er gibt das Blatt zurück.

HOFMEISTERIN. Auch hier beweise dich gerecht und laß
Nicht dies Papier allein als Kläger sprechen,
Auch mich, die hart Verklagte, höre nun
Und meinen offnen Vortrag günstig an.
Aus edlem Blut entsproß die Treffliche;
Von jeder Gabe, jeder Tugend schenkt'
Ihr die Natur den allerschönsten Teil,
Wenn das Gesetz ihr andre Rechte weigert.
Und nun verbannt! Ich sollte sie dem Kreise
der Ihrigen entführen, sie hierher,
Hinüber nach den Inseln sie geleiten.

GERICHTSRAT. Gewissem Tod entgegen, der im Qualm
Erhitzter Dünste schleichend überfällt.
Dort soll verwelken diese Himmelsblume,
Die Farbe dieser Wange dort verbleichen!
Verschwinden die Gestalt, die sich das Auge
Mit Sehnsucht immer zu erhalten wünscht.

HOFMEISTERIN. Bevor du richtest, höre weiter an!
Unschuldig ist – bedarf es wohl Beteurung? –
Doch vieler Übel Ursach dieses Kind.

Sie, als des Haders Apfel, warf ein Gott
Erzürnt ins Mittel zwischen zwei Parteien,
Die sich, auf ewig nun getrennt, bekämpfen.
Sie will der eine Teil zum höchsten Glück
Berechtigt wissen, wenn der andre sie
Hinabzudrängen strebt. Entschieden beide. –
Und so umschlang ein heimlich Labyrinth
Verschmitzten Wirkens doppelt ihr Geschick,
So schwankte List um List im Gleichgewicht,
Bis ungeduld'ge Leidenschaft zuletzt
Den Augenblick entschiedenen Gewinns
Beschleunigte. Da brach von beiden Seiten
Die Schranke der Verstellung, drang Gewalt,
Dem Staate selbst gefährlich drohend, los,
Und nun, sogleich der Schuld'gen Schuld zu hemmen,
Zu tilgen, trifft ein hoher Götterspruch
Des Kampfs unschuld'gen Anlaß, meinen Zögling,
Und reißt, verbannend, mich mit ihm dahin.

GERICHTSRAT. Ich schelte nicht das Werkzeug, rechte kaum
Mit jenen Mächten, die sich solche Handlung
Erlauben können. Leider sind auch sie
Gebunden und gedrängt. Sie wirken selten
Aus freier Überzeugung. Sorge, Furcht
Vor größerm Übel nötiget Regenten
Die nützlich-ungerechten Taten ab.
Vollbringe, was du mußt, entferne dich
Aus meiner Enge reingezognem Kreis.

HOFMEISTERIN. Den eben such' ich auf! da dring' ich hin!
Dort hoff' ich Heil! du wirst mich nicht verstoßen.
Den werten Zögling wünscht' ich lange schon
Vom Glück zu überzeugen, das im Kreise
Des Bürgerstandes hold genügsam weilt.
Entsagte sie der nicht gegönnten Höhe,

Ergäbe sich des biedern Gatten Schutz
Und wendete von jenen Regionen,
Wo sie Gefahr, Verbannung, Tod umlauern,
Ins Häusliche den liebevollen Blick:
Gelöst wär' alles, meiner strengen Pflicht
Wär' ich entledigt, könnt' im Vaterland
Vertrauter Stunden mich verweilend freuen.

GERICHTSRAT. Ein sonderbar Verhältnis zeigst du mir!
HOFMEISTERIN. Dem klug entschloßnen Manne zeig' ich's an.
GERICHTSRAT. Du gibst sie frei, wenn sich ein Gatte findet?
HOFMEISTERIN. Und reichlich ausgestattet geb' ich sie.
GERICHTSRAT. So übereilt, wer dürfte sich entschließen?
HOFMEISTERIN. Nur übereilt bestimmt die Neigung sich.
GERICHTSRAT. Die Unbekannte wählen wäre Frevel.
HOFMEISTERIN. Dem ersten Blick ist sie gekannt und wert.
GERICHTSRAT. Der Gattin Feinde drohen auch dem Gatten.
HOFMEISTERIN. Versöhnt ist alles, wenn sie Gattin heißt.
GERICHTSRAT. Und ihr Geheimnis, wird man's ihm entdecken?
HOFMEISTERIN. Vertrauen wird man dem Vertrauenden.
GERICHTSRAT. Und wird sie frei solch einen Bund erwählen?
HOFMEISTERIN. Ein großes Übel dränget sie zur Wahl.
GERICHTSRAT. In solchem Fall zu werben, ist es redlich?
HOFMEISTERIN. Der Rettende faßt an und klügelt nicht.
GERICHTSRAT. Was forderst du vor allen andern Dingen?
HOFMEISTERIN. Entschließen soll sie sich im Augenblick.
GERICHTSRAT. Ist euer Schicksal ängstlich so gesteigert?
HOFMEISTERIN. Im Hafen regt sich emsig schon die Fahrt.
GERICHTSRAT. Hast du ihr früher solchen Bund geraten?
HOFMEISTERIN. Im allgemeinen deutet' ich dahin.
GERICHTSRAT. Entfernte sie unwillig den Gedanken?
HOFMEISTERIN. Noch war das alte Glück ihr allzu nah.
GERICHTSRAT. Die schönen Bilder, werden sie entweichen?
HOFMEISTERIN. Das hohe Meer hat sie hinweggeschreckt.

GERICHTSRAT. Sie fürchtet, sich vom Vaterland zu trennen?
HOFMEISTERIN. Sie fürchtet's, und ich fürcht' es wie den Tod.
O laß uns, Edler, glücklich Aufgefundner,
Vergebne Worte nicht bedenklich wechseln!
Noch lebt in dir, dem Jüngling, jede Tugend,
Die mächt'gen Glaubens, unbedingter Liebe
Zu nie genug geschätzter Tat bedarf.
Gewiß umgibt ein schöner Kreis dich auch
Von Ähnlichen – von Gleichen sag' ich nicht!
O sieh dich um in deinem eignen Herzen,
In deiner Freunde Herzen sieh umher,
Und findest du ein überfließend Maß
Von Liebe, von Ergebung, Kraft und Mut,
So werde dem Verdientesten dies Kleinod
Mit stillem Segen heimlich übergeben!
GERICHTSRAT. Ich weiß, ich fühle deinen Zustand, kann
Und mag nicht mit mir selbst bedächtig erst,
Wie Klugheit forderte, zu Rate gehn!
Ich will sie sprechen.
HOFMEISTERIN *tritt zurück gegen Eugenien.*
GERICHTSRAT. Was geschehen soll,
Es wird geschehn! In ganz gemeinen Dingen
Hängt viel von Wahl und Wollen ab; das Höchste,
Was uns begegnet, kommt, wer weiß, woher.

ZWEITER AUFTRITT

Eugenie. Gerichtsrat

GERICHTSRAT. Indem du mir, verehrte Schöne, nahst,
So zweifl' ich fast, ob man mich treu berichtet.
Du bist unglücklich, sagt man; doch du bringst,
Wohin du wandelst, Glück und Heil heran.

Eugenie. Find' ich den ersten, dem aus tiefer Not
Ich Blick und Wort entgegenwenden darf,
So mild und edel, als du mir erscheinst –
Dies Angstgefühl, ich hoffe, wird sich lösen.
Gerichtsrat. Ein Vielerfahrner wäre zu bedauern,
Wär' ihm das Los gefallen, das dich trifft;
Wie ruft nicht erst bedrängter Jugend Kummer
Die Mitgefühle hilfsbedürftig an!
Eugenie. So hob ich mich vor kurzem aus der Nacht
Des Todes an des Tages Licht herauf:
Ich wußte nicht, wie mir geschehn! wie hart
Ein jäher Sturz mich lähmend hingestreckt.
Da rafft' ich mich empor, erkannte wieder
Die schöne Welt, ich sah den Arzt bemüht,
Die Flamme wieder anzufachen, fand
In meines Vaters liebevollem Blick,
An seinem Ton mein Leben wieder. Nun
Zum zweitenmal, von einem jähern Sturz,
Erwach' ich! Fremd und schattengleich erscheint
Mir die Umgebung, mir der Menschen Wandeln,
Und deine Milde selbst ein Traumgebild.
Gerichtsrat. Wenn Fremde sich in unsre Lage fühlen,
Sind sie wohl näher als die Nächsten, die
Oft unsern Gram als wohlbekanntes Übel
Mit lässiger Gewohnheit übersehn.
Dein Zustand ist gefährlich; ob er gar
Unheilbar sei, wer wagt es zu entscheiden!
Eugenie. Ich habe nichts zu sagen. Unbekannt
Sind mir die Mächte, die mein Elend schufen.
Du hast das Weib gesprochen, jene weiß;
Ich dulde nur dem Wahnsinn mich entgegen.
Gerichtsrat. Was auch der Obermacht gewalt'gen Schluß
Auf dich herabgerufen, leichte Schuld,

Ein Irrtum, den der Zufall schädlich leitet –
Die Achtung bleibt, die Neigung spricht für dich.
EUGENIE. Des reinen Herzens traulich mir bewußt,
Sinn ich der Wirkung kleiner Fehler nach.
GERICHTSRAT. Auf ebnem Boden straucheln ist ein Scherz,
Ein Fehltritt stürzt' vom Gipfel dich herab.
EUGENIE. Auf jenen Gipfeln schwebt' ich voll Entzücken,
Der Freuden Übermaß verwirrte mich.
Das nahe Glück berührt' ich schon im Geist,
Ein köstlich Pfand lag schon in meinen Händen.
Nur wenig Ruhe! wenige Geduld!
Und alles war, so darf ich glauben, mein.
Doch übereilt ich's, überließ mich rasch
Zudringlicher Versuchung. – War es das? –
Ich sah, ich sprach, was mir zu sehn, zu sprechen
Verboten war. Wird ein so leicht Vergehn
So hart bestraft? Ein läßlich scheinendes,
Scherzhafter Probe gleichendes Verbot,
Verdammt's den Übertreter ohne Schonung?
Oh, so ist's wahr, was uns der Völker Sagen
Unglaublich überliefern! Jenes Apfels
Leichtsinnig augenblicklicher Genuß
Hat aller Welt unendlich Weh verschuldet.
So ward auch mir ein Schlüssel anvertraut:
Verbotne Schätze wagt' ich aufzuschließen,
Und aufgeschlossen hab' ich mir das Grab.
GERICHTSRAT. Des Übels Quelle findest du nicht aus,
Und aufgefunden, fließt sie ewig fort.
EUGENIE. In kleinen Fehlern such' ich's, gebe mir
Aus eitlem Wahn die Schuld so großer Leiden.
Nur höher, höher wende den Verdacht!
Die beiden, denen ich mein ganzes Glück
Zu danken hoffte, die erhabnen Männer,

Zum Scheine reichten sie sich Hand um Hand.
Der innre Zwist unsicherer Parteien,
Der nur in düstern Höhlen sich geneckt,
Er bricht vielleicht ins Freie bald hervor!
Und was mich erst als Furcht und Sorg' umgeben,
Entscheidet sich, indem es mich vernichtet,
Und droht Vernichtung aller Welt umher.

GERICHTSRAT. Du jammerst mich! das Schicksal einer Welt
Verkündest du nach deinem Schmerzgefühl.
Und schien dir nicht die Erde froh und glücklich,
Als du, ein heitres Kind, auf Blumen schrittest?

EUGENIE. Wer hat es reizender als ich gesehn,
Der Erde Glück mit allen seinen Blüten!
Ach, alles um mich her, es war so reich,
So voll und rein, und was der Mensch bedarf,
Es schien zur Lust, zum Überfluß gegeben.
Und wem verdankt' ich solch ein Paradies?
Der Vaterliebe dankt' ich's, die, besorgt
Ums Kleinste wie ums Größte, mich verschwendrisch
Mit Prachtgenüssen zu erdrücken schien
Und meinen Körper, meinen Geist zugleich,
Ein solches Wohl zu tragen, bildete.
Wenn alles weichlich Eitle mich umgab,
Ein wonniges Behagen mir zu schmeicheln,
So rief mich ritterlicher Trieb hinaus,
Zu Roß und Wagen, mit Gefahr zu kämpfen.
Oft sehnt' ich mich in ferne Weiten hin,
Nach fremder Lande seltsam neuen Kreisen.
Dorthin versprach der edle Vater mich,
Ans Meer, versprach er mich zu führen, hoffte,
Sich meines ersten Blicks ins Unbegrenzte
Mit liebevollem Anteil zu erfreun –
Da steh' ich nun und schaue weit hinaus,

Und enger scheint mich's, enger zu umschließen.
O Gott, wie schränkt sich Welt und Himmel ein,
Wenn unser Herz in seinen Schranken banget!

GERICHTSRAT. Unselige! die mir aus deinen Höhen,
Ein Meteor, verderblich niederstreifst
Und meiner Bahn Gesetz berührend störst!
Auf ewig hast du mir den heitren Blick
Ins volle Meer getrübt. Wenn Phöbus nun
Ein feuerwallend Lager sich bereitet
Und jedes Auge von Entzücken tränt,
Da werd' ich weg mich wenden, werde dich
Und dein Geschick beweinen. Fern am Rande
Des nachtumgebnen Ozeans erblick' ich
Mit Not und Jammer deinen Pfad umstrickt!
Entbehrung alles nötig lang' Gewohnten,
Bedrängnis euer Übel, ohne Flucht.
Der Sonne glühendes Geschoß durchdringt
Ein feuchtes, kaum der Flut entrißnes Land.
Um Niederungen schwebet, gift'gen Brodems,
Blaudunst'ger Streifen angeschwollne Pest.
Im Vortod seh' ich, matt und hingebleicht,
Von Tag zu Tag ein Kummerleben schwanken.
O die so blühend, heiter vor mir steht,
Sie soll so früh, langsamen Tods, verschwinden!

EUGENIE. Entsetzen rufst du mir hervor! Dorthin?
Dorthin verstößt man mich! In jenes Land,
Als Höllenwinkel mir von Kindheit auf
In grauenvollen Zügen dargestellt.
Dorthin, wo sich in Sümpfen Schlang' und Tiger
Durch Rohr und Dorngeflechte tückisch drängen,
Wo, peinlich quälend, als belebte Wolken
Um Wandrer sich Insektenscharen ziehn,
Wo jeder Hauch des Windes, unbequem

Und schädlich, Stunden raubt und Leben kürzt.
Zu bitten dacht' ich; flehend siehst du nun
Die Dringende. Du kannst, du wirst mich retten.
GERICHTSRAT. Ein mächtig ungeheurer Talisman
Liegt in den Händen deiner Führerin.
EUGENIE. Was ist Gesetz und Ordnung? Können sie
Der Unschuld Kindertage nicht beschützen?
Wer seid denn ihr, die ihr mit leerem Stolz
Durchs Recht Gewalt zu bänd'gen euch berühmt?
GERICHTSRAT. In abgeschloßnen Kreisen lenken wir,
Gesetzlich streng, das in der Mittelhöhe
Des Lebens wiederkehrend Schwebende.
Was droben sich, in ungemeßnen Räumen,
Gewaltig-seltsam hin und her bewegt,
Belebt und tötet ohne Rat und Urteil,
Das wird nach anderm Maß, nach andrer Zahl
Vielleicht berechnet, bleibt uns rätselhaft.
EUGENIE. Und ist das alles? Hast du weiter nichts
Zu sagen, zu verkünden?
GERICHTSRAT. Nichts!
EUGENIE. Ich glaub es nicht!
Ich darf's nicht glauben.
GERICHTSRAT. Laß, o laß mich fort!
Soll ich als feig, als unentschlossen gelten?
Bedauern, jammern? Soll nicht irgendhin
Mit kühner Hand auf deine Rettung deuten?
Doch läge nicht in dieser Kühnheit selbst
Für mich die gräßlichste Gefahr, von dir
Verkannt zu werden? mit verfehltem Zweck
Als frevelhaft unwürdig zu erscheinen?
EUGENIE. Ich lasse dich nicht los, den mir das Glück,
Mein altes Glück, vertraulich zugesendet.
Mich hat's von Jugend auf gehegt, gepflegt,

Und nun im rauhen Sturme sendet mir's
Den edlen Stellvertreter seiner Neigung.
Sollt ich nicht sehen, fühlen, daß du teil
An mir und meinem Schicksal nimmst? Ich stehe
Nicht ohne Wirkung hier: du sinnst! du denkst! –
Im weiten Kreise rechtlicher Erfahrung
Schaust du zu meinen Gunsten um dich her.
Noch bin ich nicht verloren! Ja, du suchst
Ein Mittel, mich zu retten, hast es wohl
Schon ausgefunden! Mir bekennt's dein Blick,
Dein tiefer, ernster, freundlich trüber Blick.
O kehre dich nicht weg! O sprich es aus,
Ein hohes Wort, das, mich zu heilen, töne!

GERICHTSRAT. So wendet voll Vertraun zum Arzte sich
Der tief Erkrankte, fleht um Linderung,
Fleht um Erhaltung schwer bedrohter Tage.
Als Gott erscheint ihm der erfahrne Mann.
Doch ach! ein bitter, unerträglich Mittel
Wird nun geboten. Ach! soll ihm vielleicht
Der edlen Glieder grausame Verstümmelung,
Verlust statt Heilung angekündigt werden?
Gerettet willst du sein! Zu retten bist du,
Nicht herzustellen. Was du warst, ist hin,
Und was du sein kannst, magst du's übernehmen?

EUGENIE. Um Rettung aus des Todes Nachtgewalt,
Um dieses Lichts erquickenden Genuß,
Um Sicherheit des Daseins ruft zuerst,
Aus tiefer Not, ein halb Verlorner noch.
Was dann zu heilen sei, was zu erstatten,
Was zu vermissen, lehre Tag um Tag.

GERICHTSRAT. Und nächst dem Leben, was erflehst du dir?

EUGENIE. Des Vaterlandes vielgeliebten Boden!

GERICHTSRAT. Du forderst viel im einz'gen, großen Wort!

EUGENIE. Ein einzig Wort enthält mein ganzes Glück.
GERICHTSRAT. Den Zauberbann, wer wagt's, ihn aufzulösen?
EUGENIE. Der Tugend Gegenzauber siegt gewiß!
GERICHTSRAT. Der obern Macht ist schwer zu widerstehen.
EUGENIE. Allmächtig ist sie nicht, die obre Macht.
Gewiß! dir gibt die Kenntnis jener Formen,
Für Hohe wie für Niedre gleich verbindlich,
Ein Mittel an. Du lächelst. Ist es möglich!
Das Mittel ist gefunden! Sprich es aus!
GERICHTSRAT. Was hülf' es, meine Beste, wenn ich dir
Von Möglichkeiten spräche! Möglich scheint
Fast alles unsern Wünschen; unsrer Tat
Setzt sich von innen wie von außen viel,
Was sie durchaus unmöglich macht, entgegen.
Ich kann, ich darf nicht reden, laß mich los!
EUGENIE. Und wenn du täuschen solltest! – Wäre nur
Für Augenblicke meiner Phantasie
Ein zweifelhafter, leichter Flug vergönnt!
Ein Übel um das andre biete mir!
Ich bin gerettet, wenn ich wählen kann.
GERICHTSRAT. Ein Mittel gibt es, dich im Vaterland
Zurückzuhalten. Friedlich ist's, und manchem
Erschien es auch erfreulich. Große Gunst
Hat es vor Gott und Menschen. Heil'ge Kräfte
Erheben's über alle Willkür. Jedem,
Der's anerkennt, sich's anzueignen weiß,
Verschafft es Glück und Ruhe. Vollbestand
Erwünschter Lebensgüter sind wir ihm
So wie der Zukunft höchste Bilder schuldig.
Als allgemeines Menschengut verordnet's
Der Himmel selbst, und ließ dem Glück, der Kühnheit
Und stiller Neigung Raum, sich's zu erwerben.
EUGENIE. Welch Paradies in Rätseln stellst du dar?

GERICHTSRAT. Der eignen Schöpfung himmlisch Erdenglück.
EUGENIE. Was hilft mein Sinnen! ich verwirre mich!
GERICHTSRAT. Errätst du's nicht, so liegt es fern von dir.
EUGENIE. Das zeige sich, sobald du ausgesprochen.
GERICHTSRAT. Ich wage viel! Der Ehstand ist es!
EUGENIE. Wie?
GERICHTSRAT. Gesprochen ist's. Nun überlege du.
EUGENIE. Mich überrascht, mich ängstet solch ein Wort.
GERICHTSRAT. Ins Auge fasse, was dich überrascht.
EUGENIE. Mir lag es fern in meiner frohen Zeit,
Nun kann ich seine Nähe nicht ertragen;
Die Sorge, die Beklemmung mehrt sich nur.
Von meines Vaters, meines Königs Hand
Mußt ich dereinst den Bräutigam erwarten.
Voreilig schwärmte nicht mein Blick umher,
Und keine Neigung wuchs in meiner Brust.
Nun soll ich denken, was ich nie gedacht,
Und fühlen, was ich sittsam weggewiesen;
Soll mir den Gatten wünschen, eh' ein Mann
Sich liebenswert und meiner wert gezeigt,
Und jenes Glück, das Hymen uns verspricht,
Zum Rettungsmittel meiner Not entweihen.
GERICHTSRAT. Dem wackern Mann vertraut ein Weib getrost,
Und wär' er fremd, ein zweifelhaft Geschick.
Der ist nicht fremd, wer teilzunehmen weiß,
Und schnell verbindet ein Bedrängter sich
Mit seinem Retter. Was im Lebensgange
Dem Gatten seine Gattin fesselnd eignet,
Ein Sicherheitsgefühl, ihr werd' es nie
An Rat und Trost, an Schutz und Hilfe fehlen,
Das flößt im Augenblick ein kühner Mann
Dem Busen des gefahrumgebnen Weibes
Durch Wagetat auf ew'ge Zeiten ein.

Eugenie. Und mir, wo zeigte sich ein solcher Held?
Gerichtsrat. Der Männer Schar ist groß in dieser Stadt.
Eugenie. Doch allen bin und bleib' ich unbekannt.
Gerichtsrat. Nicht lange bleibt ein solcher Blick verborgen!
Eugenie. O täusche nicht ein leicht betrognes Hoffen!
Wo fände sich ein gleicher, seine Hand
Mir, der Erniedrigten, zu reichen? Dürft' ich
Dem gleichen selbst ein solches Glück verdanken?
Gerichtsrat. Ungleich erscheint im Leben viel, doch bald
Und unerwartet ist es ausgeglichen.
In ew'gem Wechsel wiegt ein Wohl das Weh
Und schnelle Leiden unsre Freuden auf.
Nichts ist beständig! Manches Mißverhältnis
Löst unbemerkt, indem die Tage rollen,
Durch Stufenschritte sich in Harmonie.
Und ach! den größten Abstand weiß die Liebe,
Die Erde mit dem Himmel auszugleichen.
Eugenie. In leere Träume denkst du mich zu wiegen.
Gerichtsrat. Du bist gerettet, wenn du glauben kannst.
Eugenie. So zeige mir des Retters treues Bild.
Gerichtsrat. Ich zeig' ihn dir, er bietet seine Hand!
Eugenie. Du! welch ein Leichtsinn überraschte dich?
Gerichtsrat. Entschieden bleibt auf ewig mein Gefühl.
Eugenie. Der Augenblick, vermag er solche Wunder?
Gerichtsrat. Das Wunder ist des Augenblicks Geschöpf.
Eugenie. Und Irrtum auch der Übereilung Sohn.
Gerichtsrat. Ein Mann, der dich gesehen, irrt nicht mehr.
Eugenie. Erfahrung bleibt des Lebens Meisterin.
Gerichtsrat. Verwirren kann sie, doch das Herz entscheidet.
O laß dir sagen: Wie, vor wenig Stunden,
Ich mit mir selbst zu Rate ging und mich
So einsam fühlte, meine ganze Lage,
Vermögen, Stand, Geschäft ins Auge faßte

Und um mich her nach einer Gattin sann,
Da regte Phantasie mir manches Bild,
Die Schätze der Erinnrung sichtend, auf,
Und wohlgefällig schwebten sie vorüber.
Zu keiner Wahl bewegte sich mein Herz.
Doch du erscheinest: ich empfinde nun,
Was ich bedurfte. Dies ist mein Geschick.

EUGENIE. Die Fremde, schlecht Umgebne, Mißempfohlne,
Sie könnte frohen, stolzen Trost empfinden,
Sich so geschätzt, sich so geliebt zu sehn;
Bedächte sie nicht auch des Freundes Glück,
Des edlen Manns, der unter allen Menschen
Vielleicht zuletzt ihr Hilfe bieten mag.
Betrügst du dich nicht selbst? und wagst du, dich
Mit jener Macht, die mich bedroht, zu messen?

GERICHTSRAT. Mit jener nicht allein! – Dem Ungestüm
Des rohen Drangs der Menge zu entgehn,
Hat uns ein Gott den schönsten Port bezeichnet.
Im Hause, wo der Gatte sicher waltet,
Da wohnt allein der Friede, den vergebens
Im Weiten du, da draußen, suchen magst.
Unruhge Mißgunst, grimmige Verleumdung,
Verhallendes, parteiisches Bestreben,
Nicht wirken sie auf diesen heil'gen Kreis!
Vernunft und Liebe hegen jedes Glück,
Und jeden Unfall mildert ihre Hand.
Komm! rette dich zu mir! Ich kenne mich!
Und weiß, was ich versprechen darf und kann.

EUGENIE. Bist du in deinem Hause Fürst?

GERICHTSRAT. Ich bin's!
Und jeder ist's, der Gute wie der Böse.
Reicht eine Macht denn wohl in jenes Haus,
Wo der Tyrann die holde Gattin kränkt,

Wenn er nach eignem Sinn verworren handelt,
Durch Launen, Worte, Taten jede Lust
Mit Schadenfreude sinnreich untergräbt?
Wer trocknet ihre Tränen? Welch Gesetz,
Welch Tribunal erreicht den Schuldigen?
Er triumphiert, und schweigende Geduld
Senkt nach und nach, verzweifelnd, sie ins Grab.
Notwendigkeit, Gesetz, Gewohnheit gaben
Dem Mann so große Rechte; sie vertrauten
Auf seine Kraft, auf seinen Biedersinn. –
Nicht Heldenfaust, nicht Heldenstamm, geliebte,
Verehrte Fremde, weiß ich dir zu bieten;
Allein des Bürgers hohen Sicherstand.
Und bist du mein, was kann dich mehr berühren?
Auf ewig bist du mein, versorgt, beschützt.
Der König fordre dich von mir zurück:
Als Gatte kann ich mit dem König rechten.

EUGENIE. Vergib! Mir schwebt noch allzu lebhaft vor,
Was ich verscherzte! Du, Großmütiger,
Bedenkest nur, was mir noch übrigblieb.
Wie wenig ist es! Dieses wenige
Lehrst du mich schätzen, gibst mein eignes Wesen
Durch dein Gefühl belebend mir zurück.
Verehrung zoll' ich dir. Wie soll ich's nennen?
Dankbare, schwesterlich entzückte Neigung!
Ich fühle mich als dein Geschöpf und kann
Dir leider, wie du wünschest, nicht gehören.

GERICHTSRAT. So schnell versagst du dir und mir die Hoffnung!

EUGENIE. Das Hoffnungslose kündet schnell sich an!

Dritter Auftritt

Die Vorigen. Hofmeisterin

Hofmeisterin. Dem günst'gen Wind gehorcht die Flotte schon,
Die Segel schwellen, alles eilt hinab.
Die Scheidenden umarmen tränend sich,
Und von den Schiffen, von dem Strande wehn
Die weißen Tücher noch den letzten Gruß.
Bald lichtet unser Schiff die Anker auch!
Komm! laß uns gehen! Uns begleitet nicht
Ein Scheidegruß, wir ziehen unbeweint.
Gerichtsrat. Nicht unbeweint, nicht ohne bittern Schmerz
Zurückgelaßner Freunde, die nach euch
Die Arme rettend strecken. O! vielleicht
Erscheint, was ihr im Augenblick verschmäht,
Euch bald ein sehnsuchtswertes, fernes Bild.
Zu Eugenien. Vor wenigen Minuten nannt' ich dich
Entzückt willkommen! Soll ein Lebewohl
Behend auf ewig unsre Trennung siegeln?
Hofmeisterin. Der Unterredung Inhalt, ahn' ich ihn?
Gerichtsrat. Zum ew'gen Bunde siehst du mich bereit.
Hofmeisterin *zu Eugenien.*
Und wie erkennst du solch ein groß Erbieten?
Eugenie. Mit höchst gerührten Herzens reinstem Dank.
Hofmeisterin. Und ohne Neigung, diese Hand zu fassen?
Gerichtsrat. Zur Hilfe bietet sie sich dringend an.
Eugenie. Das Nächste steht oft unergreifbar fern.
Hofmeisterin. Ach! fern von Rettung stehn wir nur zu bald.
Gerichtsrat. Und hast du künftig Drohendes bedacht?
Eugenie. Sogar das letzte Drohende, den Tod.
Hofmeisterin. Ein angebotnes Leben schlägst du aus?
Gerichtsrat. Erwünschte Feier froher Bundestage?
Eugenie. Ein Fest versäumt ich, keins erscheint mir wieder.

Hofmeisterin. Gewinnen kann, wer viel verloren, schnell.
Gerichtsrat. Nach glänzendem ein dauerhaft Geschick.
Eugenie. Hinweg die Dauer, wenn der Glanz verlosch.
Hofmeisterin. Wer Mögliches bedenkt, läßt sich genügen.
Gerichtsrat. Und wem genügte nicht an Lieb' und Treue?
Eugenie. Den Schmeichelworten widerspricht mein Herz
Und widerstrebt euch beiden, ungeduldig.
Gerichtsrat. Ach, allzu lästig scheint, ich weiß es wohl,
Uns unwillkommne Hilfe! Sie erregt
Nur innern Zwiespalt. Danken möchten wir,
Und sind undankbar, da wir nicht empfangen.
Drum laßt mich scheiden! doch des Hafenbürgers
Gebrauch und Pflicht vorher an euch erfüllen,
Aufs unfruchtbare Meer, von Landesgaben,
Zum Lebewohl Erquickungsvorrat widmen!
Dann werd' ich stehen, werde starren Blicks
Geschwollne Segel ferner, immer ferner,
Und Glück und Hoffnung weichend schwinden sehn.

Vierter Auftritt

Eugenie. Hofmeisterin

Eugenie. In deiner Hand, ich weiß es, ruht mein Heil
Sowie mein Elend. Laß dich überreden!
Laß dich erweichen! Schiffe mich nicht ein!
Hofmeisterin. Du lenkest nun, was uns begegnen soll,
Du hast zu wählen! Ich gehorche nur
Der starken Hand, sie stößt mich vor sich hin.
Eugenie. Und nennst du Wahl, wenn Unvermeidliches
Unmöglichem sich gegenüberstellt?
Hofmeisterin. Der Bund ist möglich wie der Bann vermeidlich.
Eugenie. Unmöglich ist, was Edle nicht vermögen.

Hofmeisterin. Für diesen biedern Mann vermagst du viel.
Eugenie. In beßre Lagen führe mich zurück,
Und sein Erbieten lohn' ich grenzenlos.
Hofmeisterin. Ihm lohne gleich, was ihn allein belohnt:
Zu hohen Stufen heb' ihn deine Hand!
Wenn Tugend, wenn Verdienst den Tüchtigen
Nur langsam fördern, wenn er still entsagend
Und kaum bemerkt sich andern widmend strebt,
So führt ein edles Weib ihn leicht ans Ziel.
Hinunter soll kein Mann die Blicke wenden,
Hinauf zur höchsten Frauen kehr' er sich!
Gelingt es ihm, sie zu erwerben, schnell
Geebnet zeigt des Lebens Pfad sich ihm.
Eugenie. Verwirrender, verfälschter Worte Sinn
Entwickl' ich wohl aus deinen falschen Reden.
Das Gegenteil erkenn' ich nur zu klar:
Der Gatte zieht sein Weib unwiderstehlich
In seines Kreises abgeschloßne Bahn.
Dorthin ist sie gebannt, sie kann sich nicht
Aus eigner Kraft besondre Wege wählen:
Aus niedrem Zustand führt er sie hervor,
Aus höhern Sphären lockt er sie hernieder.
Verschwunden ist die frühere Gestalt,
Verloschen jede Spur vergangner Tage.
Was sie gewann, wer will es ihr entreißen?
Was sie verlor, wer gibt es ihr zurück?
Hofmeisterin. So brichst du grausam dir und mir den Stab.
Eugenie. Noch forscht mein Blick nach Rettung hoffnungsvoll.
Hofmeisterin. Der Liebende verzweifelt – kannst du hoffen?
Eugenie. Ein kalter Mann verlieh' uns bessern Rat.
Hofmeisterin. Von Rat und Wahl ist keine Rede mehr;
Du stürzest mich ins Elend, folge mir!
Eugenie. O daß ich dich noch einmal freundlich hold

Vor meinen Augen sähe, wie du stets
Von früher Zeit herauf mich angeblickt!
Der Sonne Glanz, die alles Leben regt,
Des klaren Monds erquicklich leiser Schein
Begegneten mir holder nicht als du.
Was konnt' ich wünschen? Vorbereitet war's.
Was durft' ich fürchten? Abgelehnt war alles!
Und zog sich ins Verborgne meine Mutter
Vor ihres Kindes Blicken früh zurück,
So reichtest du ein überfließend Maß
Besorgter Mutterliebe mir entgegen.
Bist du denn ganz verwandelt? Äußerlich
Erscheinst du mir die Vielgeliebte selber;
Doch ausgewechselt ist, so scheint's, dein Herz –
Du bist es noch, die ich um Klein- und Großes
So oft gebeten, die mir nichts verweigert.
Gewohnter Ehrfurcht kindliches Gefühl,
Es lehrt mich nun, das Höchste zu erbitten.
Und könnt' es mich erniedrigen, dich nun
An Vaters, Königs, dich an Gottes Statt
Gebognen Knies um Rettung anzuflehen?

Sie kniet.

HOFMEISTERIN. In dieser Lage scheinst du meiner nur
Verstellt zu spotten. Falschheit rührt mich nicht.

Hebt Eugenien mit Heftigkeit auf.

EUGENIE. So hartes Wort, so widriges Betragen,
Erfahr' ich das, erleb ich das von dir?
Und mit Gewalt verscheuchst du meinen Traum.
Im klaren Lichte seh' ich mein Geschick!
Nicht meine Schuld, nicht jener Großen Zwist,
Des Bruders Tücke hat mich hergestoßen,
Und mitverschworen hältst du mich gebannt.

HOFMEISTERIN. Dein Irrtum schwankt nach allen Seiten hin.

Was will der Bruder gegen dich beginnen?
Den bösen Willen hat er, nicht die Macht.
EUGENIE. Sei's, wie ihm wolle! Noch verschmacht' ich nicht
In ferner Wüste hoffnungslosen Räumen.
Ein lebend Volk bewegt sich um mich her,
Ein liebend Volk, das auch den Vaternamen
Entzückt aus seines Kindes Mund vernimmt.
Die fordr' ich auf. Aus roher Menge kündet
Ein mächt'ger Ruf mir meine Freiheit an.
HOFMEISTERIN. Die rohe Menge hast du nie gekannt,
Sie starrt und staunt und zaudert, läßt geschehn;
Und regt sie sich, so endet ohne Glück,
Was ohne Plan zufällig sie begonnen.
EUGENIE. Den Glauben wirst du mir mit kaltem Wort
Nicht wie mein Glück mit frecher Tat zerstören.
Dort unten hoff' ich Leben, aus dem Leben,
Dort, wo die Masse tätig strömend wogt,
Wo jedes Herz, mit wenigem befriedigt,
Für holdes Mitleid gern sich öffnen mag.
Du hältst mich nicht zurück! Ich rufe laut,
Wie furchtbar mich Gefahr und Not bedrängen,
Ins wühlende Gemisch mich stürzend, aus.

Fünfter Aufzug

Platz am Hafen

Erster Auftritt

Eugenie. Hofmeisterin

Eugenie. Mit welchen Ketten führst du mich zurück?
Gehorch' ich, wider Willen, diesmal auch!
Fluchwürdige Gewalt der Stimme, die
Mich einst so glatt zur Folgsamkeit gewöhnte,
Die meines ersten bildsamen Gefühls
Im ganzen Umfang sich bemeisterte!
Du warst es, der ich dieser Worte Sinn
Zuerst verdanke, dieser Sprache Kraft
Und künstliche Verknüpfung; diese Welt
Hab' ich aus deinem Munde, ja mein eignes Herz.
Nun brauchst du diesen Zauber gegen mich,
Du fesselst mich, du schleppst mich hin und wider,
Mein Geist verwirrt sich, mein Gefühl ermattet,
Und zu den Toten sehn' ich mich hinab.

Hofmeisterin. O hätte diese Zauberkraft gewirkt,
Als ich dich dringend, flehentlich gebeten,
Von jenen hohen Planen abzustehn!

Eugenie. Du ahnetest solch ungeheures Übel
Und warntest nicht den allzu sichern Mut?

Hofmeisterin. Wohl durft' ich warnen, aber leise nur;
Die ausgesprochne Silbe trug den Tod.

Eugenie. Und hinter deinem Schweigen lag Verbannung!
Ein Todeswort, willkommner war es mir.

Hofmeisterin. Dies Unglück, vorgesehen oder nicht,
Hat mich und dich in gleiches Netz verschlungen.
Eugenie. Was kann ich wissen, welch ein Lohn dir wird,
Um deinen armen Zögling zu verderben.
Hofmeisterin. Er wartet wohl am fremden Strande mein!
Das Segel schwillt und führt uns beide hin.
Eugenie. Noch hat das Schiff in seine Kerker nicht
Mich aufgenommen. Sollt ich willig gehn?
Hofmeisterin. Und riefst du nicht das Volk zur Hilfe schon?
Es staunte nur dich an und schwieg und ging.
Eugenie. Mit ungeheurer Not im Kampfe, schien
Ich dem gemeinen Blick des Wahnsinns Beute.
Doch sollst du mir mit Worten, mit Gewalt
Den mut'gen Schritt nach Hilfe nicht verkümmern.
Die Ersten dieser Stadt erheben sich
Aus ihren Häusern dem Gestade zu,
Die Schiffe zu bewundern, die gereiht,
Uns unerwünscht, das hohe Meer gewinnen.
Schon regt sich am Palast des Gouverneurs
Die Wache. Jener ist es, der die Stufen,
Von mehreren begleitet, niedersteigt.
Ich will ihn sprechen, ihm den Fall erzählen!
Und ist er wert, an meines Königs Platz
Den wichtigsten Geschäften vorzustehn,
So weist er mich nicht unerhört von hinnen.
Hofmeisterin. Ich hindre dich an diesem Schritte nicht,
Doch nennst du keinen Namen, nur die Sache.
Eugenie. Den Namen nicht, bis ich vertrauen darf.
Hofmeisterin. Es ist ein edler junger Mann und wird,
Was er vermag, mit Anstand gern gewähren.

Zweiter Auftritt

Die Vorigen. Der Gouverneur. Adjutanten

Eugenie. Dir in den Weg zu treten, darf ich's wagen?
Wirst du der kühnen Fremden auch verzeihn?
Gouverneur *nachdem er sie aufmerksam betrachtet.*
Wer sich wie du, dem ersten Blick empfiehlt,
Der ist gewiß des freundlichsten Empfangs.
Eugenie. Nicht froh und freundlich ist es, was ich bringe,
Entgegen treibt mich dir die höchste Not.
Gouverneur. Ist, sie zu heben, möglich, sei mir's Pflicht;
Ist sie auch nur zu lindern, soll's geschehn.
Eugenie. Von hohem Haus entsproß die Bittende;
Doch leider ohne Namen tritt sie auf.
Gouverneur. Ein Name wird vergessen; dem Gedächtnis
Schreibt solch ein Bild sich unauslöschlich ein.
Eugenie. Gewalt und List entreißen, führen, drängen
Mich von des Vaters Brust ans wilde Meer.
Gouverneur. Wer durfte sich an diesem Friedensbild
Mit ungeweihter Feindeshand vergreifen?
Eugenie. Ich selbst vermute nur! Mich überrascht
Aus meinem eignen Hause dieser Schlag.
Von Eigennutz und bösem Rat geleitet,
Sann mir ein Bruder dies Verderben aus,
Und diese hier, die mich erzogen, steht,
Mir unbegreiflich, meinen Feinden bei.
Hofmeisterin. Ihr steh' ich bei und mildre großes Übel,
Das ich zu heilen, leider, nicht vermag.
Eugenie. Ich soll zu Schiffe steigen, fordert sie!
Nach jenen Ufern führt sie mich hinüber!
Hofmeisterin. Geb' ich auf solchem Weg ihr das Geleit,
So zeigt es Liebe, Muttersorgfalt an.
Gouverneur. Verzeiht, geschätzte Frauen, wenn ein Mann,

Der, jung an Jahren, manches in der Welt
Gesehn und überlegt, im Augenblick,
Da er euch sieht und hört, bedenklich stutzt.
Vertrauen scheint ihr beide zu verdienen,
Und ihr mißtraut einander beide selbst,
So scheint es wenigstens. Wie soll ich nun
Des wunderbaren Knotens Rätselschlinge,
Die euch umstrickt, zu lösen übernehmen?
EUGENIE. Wenn du mich hören willst, vertrau' ich mehr.
HOFMEISTERIN. Auch ich vermöchte manches zu erklären.
GOUVERNEUR. Daß uns mit Fabeln oft ein Fremder täuscht,
Muß auch der Wahrheit schaden, wenn wir sie
In abenteuerlicher Hülle sehn.
EUGENIE. Mißtraust du mir, so bin ich ohne Hilfe.
GOUVERNEUR. Und traut' ich auch, ist doch zu helfen schwer.
EUGENIE. Nur zu den Meinen sende mich zurück.
GOUVERNEUR. Verlorne Kinder aufzunehmen, gar
Entwendete, verstoßne zu beschützen,
Bringt wenig Dank dem wohlgesinnten Mann.
Um Gut und Erbe wird sogleich ein Streit,
Um die Person, ob sie die rechte sei,
Gehässig aufgeregt, und wenn Verwandte
Ums Mein und Dein gefühllos hadern, trifft
Den Fremden, der sich eingemischt, der Haß
Von beiden Teilen, und nicht selten gar,
Weil ihm der strengere Beweis nicht glückt,
Steht er zuletzt auch vor Gericht beschämt.
Verzeih mir also, wenn ich nicht sogleich
Mit Hoffnung dein Gesuch erwidern kann.
EUGENIE. Ziemt eine solche Furcht dem edlen Mann,
Wohin soll sich ein Unterdrückter wenden?
GOUVERNEUR. Doch wenigstens entschuldigst du gewiß,
Im Augenblick, wo ein Geschäft mich ruft,

Wenn ich auf morgen frühe dich hinein
In meine Wohnung lade, dort genauer
Das Schicksal zu erfahren, das dich drängt.
EUGENIE. Mit Freuden werd' ich kommen. Nimm voraus
Den lauten Dank für meine Rettung an!
HOFMEISTERIN *die ihm ein Papier überreicht.*
Wenn wir auf deine Ladung nicht erscheinen,
So ist dies Blatt Entschuldigung genug.
GOUVERNEUR *der es aufmerksam eine Weile angesehn, es zurückgebend.* So kann ich freilich nur beglückte Fahrt,
Ergebung ins Geschick und Hoffnung wünschen.

DRITTER AUFTRITT
Eugenie. Hofmeisterin

EUGENIE. Ist dies der Talisman, mit dem du mich
Entführst, gefangenhältst, der alle Guten,
Die sich zu Hilfe mir bewegen, lähmt?
Laß mich es ansehn, dieses Todesblatt!
Mein Elend kenn' ich; nun, so laß mich auch,
Wer es verhängen konnte, laß mich's wissen.
HOFMEISTERIN *die das Blatt offen darzeigt.* Hier! Sieh herein.
EUGENIE *sich wegwendend.* Entsetzliches Gefühl!
Und überlebt' ich's, wenn des Vaters Name,
Des Königs Name mir entgegenblitzte?
Noch ist die Täuschung möglich, daß verwegen
Ein Kronbeamter die Gewalt mißbraucht
Und, meinem Bruder frönend, mich verletzt.
Da bin ich noch zu retten. Eben dies
Will ich erfahren! Zeige her!
HOFMEISTERIN *wie oben.* Du siehst's!
EUGENIE *wie oben.* Der Mut verläßt mich! Nein, ich wag es nicht.

Der Mut verläßt mich! Nein, ich wag es nicht.
Sei's, wie es will, ich bin verloren, bin
Aus allem Vorteil dieser Welt gestoßen;
Entsag' ich denn auf ewig dieser Welt!
O dies vergönnst du mir! du willst es ja,
Die Feinde wollen meinen Tod, sie wollen
Mich lebend eingescharrt. Vergönne mir,
Der Kirche mich zu nähern, die begierig
So manch unschuldig Opfer schon verschlang.
Hier ist der Tempel: diese Pforte führt
Zu stillem Jammer wie zu stillem Glück.
Laß diesen Schritt mich ins Verborgne tun!
Was mich daselbst erwartet, sei mein Los.

HOFMEISTERIN. Ich sehe, die Äbtissin steigt, begleitet
Von zwei der Ihren, zu dem Platz herab;
Auch sie ist jung, von hohem Haus entsprossen:
Entdeck' ihr deinen Wunsch, ich hindr' es nicht.

VIERTER AUFTRITT

Die Vorigen. Äbtissin. Zwei Nonnen

EUGENIE. Betäubt, verworren, mit mir selbst entzweit
Und mit der Welt, verehrte heil'ge Jungfrau,
Siehst du mich hier. Die Angst des Augenblicks,
Die Sorge für die Zukunft treiben mich
In deine Gegenwart, in der ich Lindrung
Des ungeheuren Übels hoffen darf.

ÄBTISSIN. Wenn Ruhe, wenn Besonnenheit und Friede
Mit Gott und unserm eignen Herzen sich
Mitteilen läßt, so soll es, edle Fremde,
Nicht fehlen an der Lehre treuem Wort,
Dir einzuflößen, was der Meinen Glück

Und meins, für heut' so wie auf ewig, fördert.
EUGENIE. Unendlich ist mein Übel, schwerlich möcht
Es durch der Worte göttliche Gewalt
Sogleich zu heilen sein. O nimm mich auf
Und laß mich weilen, wo du weilst, mich erst
In Tränen lösen diese Bangigkeit
Und mein erleichtert Herz dem Troste weihen!
ÄBTISSIN. Wohl hab' ich oft im heiligen Bezirk
Der Erde Tränen sich in göttlich Lächeln
Verwandeln sehn, in himmlisches Entzücken,
Doch drängt man sich gewaltsam nicht herein:
Gar manche Prüfung muß die neue Schwester
Und ihren ganzen Wert uns erst entwickeln.
HOFMEISTERIN. Entschiedner Wert ist leicht zu kennen, leicht,
Was du bedingen möchtest, zu erfüllen.
ÄBTISSIN. Ich zweifle nicht am Adel der Geburt,
Nicht am Vermögen, dieses Hauses Rechte,
Die groß und wichtig sind, dir zu gewinnen.
Drum laßt mich bald vernehmen, was ihr denkt.
EUGENIE. Gewähre meine Bitte, nimm mich auf!
Verbirg mich vor der Welt im tiefsten Winkel.
Und meine ganze Habe nimm dahin.
Ich bringe viel und hoffe mehr zu leisten.
ÄBTISSIN. Kann uns die Jugend, uns die Schönheit rühren,
Ein edles Wesen, spricht's an unser Herz,
So hast du viele Rechte, gutes Kind.
Geliebte Tochter! komm an meine Brust!
EUGENIE. Mit diesem Wort, mit diesem Herzensdruck
Besänftigst du auf einmal alles Toben
Der aufgeregten Brust. Die letzte Welle
Umspielt mich weichend noch. Ich bin im Hafen.
HOFMEISTERIN *dazwischentretend.*
Wenn nicht ein grausam Schicksal widerstünde!

Betrachte dieses Blatt, uns zu beklagen.
Sie reicht der Äbtissin das Blatt.

Äbtissin *die gelesen.* Ich muß dich tadeln, daß du wissentlich
So manch vergeblich Wort mit angehört.
Ich beuge vor der höhern Hand mich tief,
Die hier zu walten scheint.

Fünfter Auftritt
Eugenie. Hofmeisterin

Eugenie. Wie? höhre Hand?
Was meint die Heuchlerin? Versteht sie Gott?
Der himmlisch Höchste hat gewiß nicht hier,
Mit dieser Freveltat zu tun. Versteht
Sie unsern König? Wohl! ich muß es dulden,
Was dieser über mich verhängt. Allein
Ich will nicht mehr in Zweifel, zwischen Furcht
Und Liebe schweben, will nicht weibisch mehr,
Indem ich untergehe, noch des Herzens
Und seiner weichlichen Gefühle schonen.
Es breche, wenn es brechen soll! Und nun
Verlang' ich, dieses Blatt zu sehen, sei
Von meinem Vater, sei von meinem König
Das Todesurteil unterzeichnet. Jener
Gereizten Gottheit, die mich niederschmettert,
Will ich getrost ins Auge schauend stehn.
O daß ich vor ihr stünde! Fürchterlich
Ist der bedrängten Unschuld letzter Blick.

Hofmeisterin. Ich hab' es nie verweigert; nimm es hin.

Eugenie *das Papier von außen ansehend.*
Das ist des Menschen wunderbar Geschick,
Daß bei dem größten Übel noch die Furcht

Vor fernerem Verlust ihm übrigbleibt.
Sind wir so reich, ihr Götter, daß ihr uns
Mit einem Schlag nicht alles rauben könnt?
Des Lebens Glück entriß mir dieses Blatt,
Und läßt mich größern Jammer noch befürchten.
Sie entfaltet's.
Wohlan! Getrost, mein Herz, und schaudre nicht,
Die Neige dieses bittren Kelchs zu schlürfen.
Blickt hinein.
Des Königs Hand und Siegel!
HOFMEISTERIN *die ihr das Blatt abnimmt.* Gutes Kind,
Bedaure mich, indem du dich bejammerst.
Ich übernahm das traurige Geschäft,
Der Allgewalt Befehl vollzieh' ich nur,
Um dir in deinem Elend beizustehn,
Dich keiner fremden Hand zu überlassen.
Was meine Seele peinigt, was ich noch
Von diesem schrecklichen Ereignis kenne,
Erfährst du künftig. Jetzt verzeihe mir,
Wenn mich die eiserne Notwendigkeit,
Uns unverzüglich einzuschiffen, zwingt.

SECHSTER AUFTRITT

Eugenie allein, hernach Hofmeisterin im Grunde

EUGENIE. So ist mir denn das schönste Königreich,
Der Hafenplatz, von Tausenden belebt,
Zur Wüste worden, und ich bin allein.
Hier sprechen edle Männer nach Gesetzen,
Und Krieger lauschen auf gemeßnes Wort.
Hier flehen heilig Einsame zum Himmel;
Beschäftigt strebt die Menge nach Gewinn.

Und mich verstößt man, ohne Recht und Urteil,
Nicht *eine* Hand bewaffnet sich für mich,
Man schließt mir die Asyle, niemand mag
Zu meinen Gunsten wenig Schritte wagen.
Verbannung! Ja, des Schreckensworts Gewicht
Erdrückt mich schon mit allen seinen Lasten.
Schon fühl' ich mich ein abgestorbnes Glied,
Der Körper, der gesunde, stößt mich los.
Dem selbstbewußten Toten gleich' ich, der,
Ein Zeuge seiner eigenen Bestattung,
Gelähmt, in halbem Traume, grausend liegt.
Entsetzliche Notwendigkeit! Doch wie?
Ist mir nicht eine Wahl verstattet? Kann
Ich nicht des Mannes Hand ergreifen, der
Mir, einzig edel, seine Hilfe beut? –
Und könnt' ich das! Ich könnte die Geburt,
Die mich so hoch hinaufgerückt, verleugnen!
Von allem Glanze jener Hoffnung mich
Auf ewig trennen! Das vermag ich nicht!
O fasse mich, Gewalt, mit ehrnen Fäusten!
Geschick, du blindes, reiße mich hinweg!
Die Wahl ist schwerer als das Übel selbst,
Die zwischen zweien Übeln schwankend bebt.

Hofmeisterin, mit Leuten, welche Gepäcke tragen, geht schweigend hinten vorbei.

Sie kommen! Tragen meine Habe fort,
Das letzte, was von köstlichem Besitz
Mir übrigblieb. Wird es mir auch geraubt?
Man bringt's hinüber, und ich soll ihm nach.
Ein günst'ger Wind bewegt die Wimpel seewärts,
Bald werd' ich alle Segel schwellen sehn.
Die Flotte löset sich vom Hafen ab!
Und nun das Schiff, das mich Unsel'ge trägt.

Man kommt! Man fordert mich an Bord. O Gott!
Ist denn der Himmel ehern über mir?
Dringt meine Jammerstimme nicht hindurch?
So sei's! Ich gehe! Doch mich soll das Schiff
In seines Kerkers Räume nicht verschlingen.
Das letzte Brett, das mich hinüberführt,
Soll meiner Freiheit erste Stufe werden.
Empfangt mich dann, ihr Wellen, faßt mich auf,
Und fest umschlingend senket mich hinab
In eures tiefen Friedens Grabesschoß.
Und wenn ich dann vom Unbill dieser Welt
Nichts mehr zu fürchten habe, spült zuletzt
Mein bleichendes Gebein dem Ufer zu,
Daß eine fromme Seele mir das Grab
Auf heim'schem Boden wohlgesinnt bereite.

Mit einigen Schritten.

Wohlan denn!
Hält inne. Will mein Fuß nicht mehr gehorchen?
Was fesselt meinen Schritt, was hält mich hier?
Unsel'ge Liebe zum unwürd'gen Leben!
Du führest mich zum harten Kampf zurück.
Verbannung, Tod, Entwürdigung umschließen
Mich fest und ängsten mich einander zu.
Und wie ich mich von einem schaudernd wende,
So grinst das andre mir mit Höllenblick.
Ist denn kein menschlich, ist kein göttlich Mittel,
Von tausendfacher Qual mich zu befreien?
O daß ein einzig ahnungsvolles Wort
Zufällig, aus der Menge, mir ertönte!
O daß ein Friedensvogel mir vorbei
Mit leisem Fittich leitend sich bewegte!
Gern will ich hin, wohin das Schicksal ruft:
Es deute nur! und ich will gläubig folgen.

Es winke nur! ich will dem heil'gen Winke,
Vertrauend, hoffend, ungesäumt mich fügen.

Siebenter Auftritt

Eugenie. Mönch

Eugenie *die eine Zeitlang vor sich hingesehen, indem sie die Augen aufhebt und den Mönch erblickt.*
Ich darf nicht zweifeln, ja! ich bin gerettet!
Ja! dieser ist's, der mich bestimmen soll.
Gesendet auf mein Flehn, erscheint er mir,
Der Würdige, Bejahrte, dem das Herz
Beim ersten Blick vertraut entgegenflieht.
Ihm entgegengehend
Mein Vater! Laß den ach! mir nun versagten,
Verkümmerten, verbotnen Vaternamen
Auf dich, den edlen Fremden, übertragen.
Mit wenig Worten höre meine Not.
Nicht als dem weisen, wohlbedächt'gen Mann,
Dem gottbegabten Greise leg' ich sie,
Mit schmerzlichem Vertraun, dir an die Brust.
Mönch. Was dich bedrängt, eröffne freien Mutes.
Nicht ohne Schickung trifft der Leidende
Mit dem zusammen, der als höchste Pflicht
Die Linderung der Leiden üben soll.
Eugenie. Ein Rätsel statt der Klagen wirst du hören,
Und ein Orakel fordr' ich, keinen Rat.
Zu zwei verhaßten Zielen liegen mir
Zwei Wege vor den Füßen, einer dorthin,
Hierhin der andre – welchen soll ich wählen?
Mönch. Du führst mich in Versuchung! Soll ich nur
Als Los entscheiden?

EUGENIE. Als ein heilig Los.
MÖNCH. Begreif' ich dich, so hebt aus tiefer Not
Zu höhern Regionen sich dein Blick.
Erstorben ist im Herzen eigner Wille,
Entscheidung hoffst du dir vom Waltenden.
Jawohl! Das ewig Wirkende bewegt
Uns unbegreiflich, dieses oder jenes
Als wie von ohngefähr zu unserm Wohl,
Zum Rate, zur Entscheidung, zum Vollbringen,
Und wie getragen werden wir ans Ziel.
Dies zu empfinden, ist das höchste Glück,
Es nicht zu fordern, ist bescheidne Pflicht,
Es zu erwarten, schöner Trost im Leiden.
O wär' ich doch gewürdigt, nun für dich,
Was dir am besten frommte, vorzufühlen!
Allein die Ahnung schweigt in meiner Brust,
Und kannst du mehr nicht mir vertraun, so nimm
Ein fruchtlos Mitleid hin zum Lebewohl.
EUGENIE. Schiffbrüchig faß ich noch die letzte Planke!
Dich halt' ich fest und sage wider Willen
Zum letztenmal das hoffnungslose Wort:
Aus hohem Haus entsprossen, werd ich nun
Verstoßen, übers Meer verbannt und könnte
Mich durch ein Ehebündnis retten, das
Zu niedren Sphären mich herunterzieht.
Was sagt nun dir das Herz? Verstummt es noch?
MÖNCH. Es schweige, bis der prüfende Verstand
Sich als ohnmächtig selbst bekennen muß.
Du hast nur Allgemeines mir vertraut,
Ich kann dir nur das Allgemeine raten.
Bist du zur Wahl genötigt unter zwei
Verhaßten Übeln, fasse sie ins Auge
Und wähle, was dir noch den meisten Raum

Zu heil'gem Tun und Wirken übrigläßt,
Was deinen Geist am wenigsten begrenzt,
Am wenigsten die frommen Taten fesselt.
EUGENIE. Die Ehe, merk' ich, rätst du mir nicht an.
MÖNCH. Nicht eine solche, wie sie dich bedroht.
Wie kann der Priester segnen, wenn das Ja
Der holden Braut nicht aus dem Herzen quillt.
Er soll nicht Widerwärt'ges aneinander
Zu immer neu erzeugtem Streite ketten;
Den Wunsch der Liebe, die zum All das eine,
Zum Ewigen das Gegenwärtige,
Das Flüchtige zum Dauernden erhebt,
Den zu erfüllen, ist sein göttlich Amt.
EUGENIE. Ins Elend übers Meer verbannst du mich.
MÖNCH. Zum Troste jener drüben ziehe hin.
EUGENIE. Wie soll ich trösten, wenn ich selbst verzweifle?
MÖNCH. Ein reines Herz, wovon dein Blick mir zeugt,
Ein edler Mut, ein hoher, freier Sinn
Erhalten dich und andre, wo du auch
Auf dieser Erde wandelst. Wenn du nun,
In frühen Jahren ohne Schuld verbannt,
Durch heil'ge Fügung fremde Fehler büßest,
So führst du wie ein überirdisch Wesen
Der Unschuld Glück und Wunderkräfte mit.
So ziehe denn hinüber! Trete frisch
In jenen Kreis der Traurigen. Erheitre
Durch dein Erscheinen jene trübe Welt.
Durch mächt'ges Wort, durch kräft'ge Tat errege
Der tief gebeugten Herzen eigne Kraft;
Vereine die Zerstreuten um dich her,
Verbinde sie einander, alle dir;
Erschaffe, was du hier verlieren sollst,
Dir Stamm und Vaterland und Fürstentum.

Eugenie. Getrautest du, zu tun, was du gebietest?
Mönch. Ich tat's! – Als jungen Mann entführte schon
Zu wilden Stämmen mich der Geist hinüber.
Ins rohe Leben bracht' ich milde Sitte,
Ich brachte Himmelshoffnung in den Tod.
O hätte ich nicht, verführt von treuer Neigung,
Dem Vaterland zu nützen, mich zurück
Zu dieser Wildnis frechen Städtelebens,
Zu diesem Wust verfeinerter Verbrechen,
Zu diesem Pfuhl der Selbstigkeit gewendet!
Hier fesselt mich des Alters Unvermögen,
Gewohnheit, Pflichten; ein Geschick vielleicht,
Das mir die schwerste Prüfung spät bestimmt.
Du aber, jung, von allen Banden frei,
Gestoßen in das Weite, dringe vor
Und rette dich! Was du als Elend fühlst,
Verwandelt sich in Wohltat! Eile fort!
Eugenie. Eröffne klarer! Was befürchtetst du?
Mönch. Im Dunklen drängt das Künft'ge sich heran,
Das künftig Nächste selbst erscheinet nicht
Dem offnen Blick der Sinne, des Verstands.
Wenn ich beim Sonnenschein durch diese Straßen
Bewundernd wandle, der Gebäude Pracht,
Die felsengleich getürmten Massen schaue,
Der Plätze Kreis, der Kirchen edlen Bau,
Des Hafens masterfüllten Raum betrachte:
Das scheint mir alles für die Ewigkeit
Gegründet und geordnet; diese Menge
Gewerksam Tätiger, die hin und her
In diesen Räumen wogt, auch die verspricht,
Sich unvertilgbar ewig herzustellen.
Allein wenn dieses große Bild bei Nacht
In meines Geistes Tiefen sich erneut,

Da stürmt ein Brausen durch die düstre Luft,
Der feste Boden wankt, die Türme schwanken,
Gefugte Steine lösen sich herab,
Und so zerfällt in ungeformten Schutt
Die Prachterscheinung. Wenig Lebendes
Durchklimmt bekümmert neuentstandne Hügel,
Und jede Trümmer deutet auf ein Grab.
Das Element zu bändigen, vermag
Ein tiefgebeugt, vermindert Volk nicht mehr,
Und rastlos wiederkehrend füllt die Flut
Mit Sand und Schlamm des Hafens Becken aus.

EUGENIE. Die Nacht entwaffnet erst den Menschen, dann
Bekämpft sie ihn mit nichtigem Gebild.

MÖNCH. Ach! Bald genug steigt über unsern Jammer
Der Sonne trübgedämpfter Blick heran.
Du aber fliehe, die ein guter Geist
Verbannend segnete. Leb' wohl und eile!

ACHTER AUFTRITT

EUGENIE *allein.* Vom eignen Elend leitet man mich ab,
Und fremden Jammer prophezeit man mir.
Doch wär' es fremd, was deinem Vaterland
Begegnen soll? Dies fällt mit neuer Schwere
Mir auf die Brust! Zum gegenwärt'gen Übel
Soll ich der Zukunft Geistesbürden tragen?
So ist's denn wahr, was in der Kindheit schon
Mir um das Ohr geklungen, was ich erst
Erhorcht, erfragt und nun zuletzt sogar
Aus meines Vaters, meines Königs Mund
Vernehmen mußte! Diesem Reiche droht
Ein jäher Umsturz. Die zum großen Leben

Gefugten Elemente wollen sich
Nicht wechselseitig mehr mit Liebeskraft
Zu stets erneuter Einigkeit umfangen.
Sie fliehen sich, und einzeln tritt nun jedes
Kalt in sich selbst zurück. Wo blieb der Ahnherrn
Gewalt'ger Geist, der sie zu *einem* Zweck
Vereinigte, die feindlich Kämpfenden?
Der diesem großen Volk als Führer sich,
Als König und als Vater dargestellt?
Er ist entschwunden! Was uns übrigbleibt,
Ist ein Gespenst, das mit vergebnem Streben
Verlorenen Besitz zu greifen wähnt.
Und solche Sorge nähm' ich mit hinüber?
Entzöge mich gemeinsamer Gefahr?
Entflöhe der Gelegenheit, mich kühn
Der hohen Ahnen würdig zu beweisen,
Und jeden, der mich ungerecht verletzt,
In böser Stunde hilfreich zu beschämen?
Nun bist du, Boden meines Vaterlands,
Mir erst ein Heiligtum, nun fühl' ich erst
Den dringenden Beruf, mich anzuklammern.
Ich lasse dich nicht los, und welches Band
Mich dir erhalten kann, es ist nun heilig.
Wo find' ich jenen gutgesinnten Mann,
Der mir die Hand so traulich angeboten?
An ihn will ich mich schließen! Im Verborgnen
Verwahr' er mich, als reinen Talisman.
Denn, wenn ein Wunder auf der Welt geschieht,
Geschieht's durch liebevolle, treue Herzen.
Die Größe der Gefahr betracht' ich nicht,
Und meine Schwäche darf ich nicht bedenken:
Das alles wird ein günstiges Geschick
Zu rechter Zeit auf hohe Zwecke leiten.

Und wenn mein Vater, mein Monarch mich einst
Verkannt, verstoßen, mich vergessen, soll
Erstaunt ihr Blick auf der Erhaltnen ruhn,
Dies das, was sie im Glücke zugesagt,
Aus tiefem Elend zu erfüllen strebt.
Er kommt! Ich seh' ihm freudiger entgegen,
Als ich ihn ließ. Er kommt. Er sucht mich auf!
Zu scheiden denkt er – bleiben werd' ich ihm.

Neunter Auftritt

Eugenie. Gerichtsrat. Ein Knabe mit einem schönen Kästchen

Gerichtsrat. Schon ziehn die Schiffe nacheinander fort,
Und bald, so fürcht ich, wirst auch du berufen.
Empfange noch ein herzlich Lebewohl
Und eine frische Gabe, die auf langer Fahrt
Beklommnen Reisenden Erquickung atmet.
Gedenke mein! O daß du meiner nicht
Am bösen Tage sehnsuchtsvoll gedenkest!

Eugenie. Ich nehme dein Geschenk mit Freuden an,
Es bürgt mir deine Neigung, deine Sorgfalt;
Doch send' es eilig in dein Haus zurück!
Und wenn du denkst, wie du gedacht, empfindest,
Wie du empfunden, wenn dir meine Freundschaft
Genügen kann, so folg' ich dir dahin.

Gerichtsrat *nach einer Pause,*
den Knaben durch einen Wink entfernend.
Ist's möglich? Hätte sich zu meiner Gunst,
In kurzer Zeit, dein Wille so verändert?

Eugenie. Er ist verändert! aber denke nicht,
Daß Bangigkeit mich dir entgegentreibe.
Ein edleres Gefühl – laß mich's verbergen!

Hält mich am Vaterland, an dir zurück.
Nun sei's gefragt: Vermagst du, hohen Muts,
Entsagung der Entsagenden zu weihen?
Vermagst du zu versprechen, mich als Bruder
Mit reiner Neigung zu empfangen, mir,
Der liebevollen Schwester, Schutz und Rat
Und stille Lebensfreude zu gewähren?

GERICHTSRAT. Zu tragen glaub' ich alles, nur das eine,
Dich zu verlieren, da ich dich gefunden,
Erscheint mir unerträglich. Dich zu sehen,
Dir nah zu sein, für dich zu leben, wäre
Mein einzig höchstes Glück. Und so bedinge
Dein Herz allein das Bündnis, das wir schließen.

EUGENIE. Von dir allein gekannt, muß ich fortan,
Die Welt vermeidend, im Verborgnen leben.
Besitzest du ein still entferntes Landgut,
So widm' es mir und sende mich dahin.

GERICHTSRAT. Ein kleines Gut besitz' ich, wohlgelegen;
Doch alt und halb verfallen ist das Haus.
Du kannst jedoch in jener Gegend bald
Die schönste Wohnung finden, sie ist feil.

EUGENIE. Nein! In das altverfallne laß mich ziehn,
Zu meiner Lage stimmt es, meinem Sinn.
Und wenn er sich erheitert, find' ich gleich
Der Tätigkeit bereiten Stoff und Raum.
Sobald ich mich die Deine nenne, laß,
Von irgendeinem alten zuverläss'gen Knecht
Begleitet, mich, in Hoffnung einer künft'gen
Beglückten Auferstehung, mich begraben.

GERICHTSRAT. Und zum Besuch, wann darf ich dort erscheinen?

EUGENIE. Du wartest meinen Ruf geduldig ab.
Auch solch ein Tag wird kommen, uns vielleicht
Mit ernsten Banden enger zu verbinden.

GERICHTSRAT. Du legest mir zu schwere Prüfung auf.
EUGENIE. Erfülle deine Pflichten gegen mich;
Daß ich die meinen kenne, sei gewiß.
Indem du, mich zu retten, deine Hand
Mir bietest, wagst du viel. Werd' ich entdeckt,
Werd ich's zu früh, so kannst du vieles dulden.
Ich sage dir das tiefste Schweigen zu:
Woher ich komme, niemand soll's erfahren,
Ja die entfernten Lieben will ich nur
Im Geist besuchen, keine Zeile soll,
Kein Bote dort mich nennen, wo vielleicht
Zu meinem Heil ein Funke glühen möchte.
GERICHTSRAT. In diesem wicht'gen Fall, was soll ich sagen?
Uneigennütz'ge Liebe kann der Mund
Mit Frechheit oft beteuern, wenn im Herzen
Der Selbstsucht Ungeheuer lauschend grinst.
Die Tat allein beweist der Liebe Kraft.
Indem ich dich gewinne, soll ich allem
Entsagen, deinem Blick sogar! Ich will's.
Wie du zum ersten Male mir erschienen,
Erscheinst du bleibend mir, ein Gegenstand
Der Neigung, der Verehrung. Deinetwillen
Wünsch ich zu leben, du gebietest mir.
Und wenn der Priester sich, sein Leben lang,
Der unsichtbaren Gottheit niederbeugt,
Die im beglückten Augenblick vor ihm
Als höchstes Musterbild vorüberging,
So soll von deinem Dienste mich fortan,
Wie du dich auch verhüllest, nichts zerstreun.
EUGENIE. Ob ich vertraue, daß dein Äußres nicht,
Nicht deiner Worte Wohllaut lügen kann;
Daß ich empfinde, welch ein Mann du bist,
Gerecht, gefühlvoll, tätig, zuverlässig:

Davon empfange den Beweis, den höchsten,
Den eine Frau besonnen geben kann!
Ich zaudre nicht, ich eile, dir zu folgen!
Hier meine Hand: wir gehen zum Altar.

Prometheus

Erster Akt

Prometheus. Merkur

Prometheus. Ich will nicht, sag' es ihnen!
Und kurz und gut, ich will nicht!
Ihr Wille gegen meinen!
Eins gegen eins,
Mich dünkt, es hebt sich!
Merkur. Deinem Vater Zeus das bringen?
Deiner Mutter?
Prometheus. Was Vater! Mutter!
Weißt du, woher du kommst?
Ich stand, als ich zum erstenmal bemerkte
Die Füße stehn,
Und reichte, da ich
Diese Hände reichen fühlte,
Und fand die achtend meiner Tritte,
Die du nennst Vater, Mutter.
Merkur. Und reichen dir
Der Kindheit nöt'ge Hilfe.
Prometheus. Und dafür hatten sie Gehorsam meiner Kindheit,
Den armen Sprößling zu bilden
Dahin, dorthin, nach dem Wind ihrer Grillen.
Merkur. Und schützten dich.
Prometheus. Wovor? Vor Gefahren,
Die *sie* fürchteten.
Haben *sie* das Herz bewahrt
Vor Schlangen, die es heimlich neidschten?
Diesen Busen gestählt,

Zu trotzen den Titanen?
Hat nicht mich zum Manne geschmiedet
Die allmächtige Zeit,
Mein Herr und eurer?
MERKUR. Elender! Deinen Göttern das,
Den Unendlichen?
PROMETHEUS. Göttern? Ich bin kein Gott,
Und bilde mir so viel ein als einer.
Unendlich? – Allmächtig? –
Was könnt ihr?
Könnt ihr den weiten Raum
Des Himmels und der Erde
Mir ballen in meine Faust?
Vermögt ihr zu scheiden
Mich von mir selbst?
Vermögt ihr mich auszudehnen,
Zu erweitern zu einer Welt?
MERKUR. Das Schicksal!
PROMETHEUS. Anerkennst du seine Macht?
Ich auch! –
Und geh, ich diene nicht Vasallen! *Merkur ab.*
PROMETHEUS *zu seinen Statuen sich kehrend, die durch den ganzen Hain zerstreut stehen.*
Unersetzlicher Augenblick!
Aus eurer Gesellschaft
Gerissen von dem Toren,
Meine Kinder!
Was es auch ist, das meinen Busen regt –
sich einem Mädchen nahend.
Der Busen sollte mir entgegenwallen!
Das Auge spricht schon jetzt!
Sprich, rede, liebe Lippe, mir!
O, könnt' ich euch das fühlen geben,

Was ihr seid!

Epimetheus kommt.

EPIMETHEUS. Merkur beklagte sich bitter.

PROMETHEUS. Hättest du kein Ohr für seine Klagen,
Er wär' auch ungeklagt zurückgekehrt.

EPIMETHEUS. Nein, Bruder! alles, was recht ist!
Der Götter Vorschlag
War diesmal billg.
Sie wollten die Olympus' Spitze räumen,
Dort sollst du wohnen,
Sollst der Erde herrschen!

PROMETHEUS. Ihr Burggraf sein
Und ihren Himmel schützen? –
Mein Vorschlag ist viel billiger:
Sie wollen mit mir teilen, und ich meine,
Daß ich mit ihnen nichts zu teilen habe.
Das, was ich habe, können sie nicht rauben,
Und was sie haben, mögen sie beschützen.
Hier Mein und Dein,
Und so sind wir geschieden.

EPIMETHEUS. Wie vieles ist denn dein?

PROMETHEUS. Der Kreis, den meine Wirksamkeit erfüllt!
Nichts drunter und nichts drüber! –
Was haben diese Sterne droben
Für ein Recht an mich,
Daß sie mich begaffen?

EPIMETHEUS. Du stehst allein!
Dein Eigensinn verkennt die Wonne,
Wenn die Götter, du,
Die Deinigen und Welt und Himmel all
Sich all ein innig Ganzes fühlten.

PROMETHEUS. Ich kenne das!
Ich bitte, lieber Bruder,

Treib's, wie du magst, und laß mich! *Epimetheus ab.*
PROMETHEUS. Hier meine Welt, mein All!
Hier fühl' ich mich;
Hier alle meine Wünsche
In körperlichen Gestalten.
Meinen Geist so tausendfach
Geteilt und ganz in meinen teuren Kindern.
Minerva kommt.
PROMETHEUS. Du wagst es, meine Göttin?
Wagest, zu deines Vaters Feind zu treten?
MINERVA. Ich ehre meinen Vater,
Und liebe dich, Prometheus!
PROMETHEUS. Und du bist meinem Geist,
Was er sich selbst ist;
Sind von Anbeginn
Mir deine Worte Himmelslicht gewesen!
Immer als wenn meine Seele spräche zu sich selbst,
Sie sich eröffnete
Und mitgeborne Harmonieen
In ihr erklängen aus sich selbst,
Das waren deine Worte.
So war ich selbst nicht selbst,
Und eine Gottheit sprach,
Wenn ich zu reden wähnte,
Und wähnt' ich, eine Gottheit spreche,
Sprach ich selbst.
Und so mit dir und mir
So ein, so innig
Ewig meine Liebe dir!
MINERVA. Und ich dir ewig gegenwärtig!
PROMETHEUS. Wie der süße Dämmerschein
Der weggeschiednen Sonne
Dort heraufschwimmt

Vom finstern Kaukasus
Und meine Seel' umgibt mit Wonneruh,
Abwesend auch mir immer gegenwärtig,
So haben meine Kräfte sich entwickelt
Mit jedem Atemzug aus deiner Himmelsluft.
Und welch ein Recht
Ergeizen sich die stolzen
Bewohner des Olympus
Auf meine Kräfte?
Sie sind mein, und mein ist ihr Gebrauch
Nicht einen Fußtritt
Für den obersten der Götter mehr!
Für sie? Bin ich für sie?

MINERVA. So wähnt die Macht.

PROMETHEUS. Ich wähne, Göttin, auch
Und bin auch mächtig. –
Sonst! – Hast du mich nicht oft gesehn
In selbsterwählter Knechtschaft
Die Bürde tragen, die sie
In feierlichem Ernst auf meine Schultern legten?
Hab' ich die Arbeit nicht vollendet,
Jedes Tagwerk, auf ihr Geheiß,
Weil ich glaubte,
Sie sähen das Vergangne, das Zukünftige
Im Gegenwärtigen,
Und ihre Leitung, ihr Gebot
Sei uranfängliche
Uneigennützige Weisheit?

MINERVA. Du dientest, um der Freiheit wert zu sein.

PROMETHEUS. Und möcht' um alles nicht
Mit dem Donnervogel tauschen
Und meines Herren Blitze stolz
In Sklavenklauen packen.

Was sind sie? Was ich?
MINERVA. Dein Haß ist ungerecht!
Den Göttern fiel zum Lose Dauer
Und Macht und Weisheit und Liebe.
PROMETHEUS. Haben sie das all
Doch nicht allein!
Ich daure so wie sie.
Wir alle sind ewig! –
Meines Anfangs erinnr' ich mich nicht,
Zu enden hab' ich keinen Beruf,
Und seh' das Ende nicht.
So bin ich ewig; denn ich bin! –
Und Weisheit –
Minerva an den Bildnissen herumführend.
Sieh diese Stirne an!
Hat mein Finger nicht
Sie ausgeprägt?
Und dieses Busens Macht
Drängt sich entgegen
Der allanfallenden Gefahr umher.
Bleibt bei einer weiblichen Bildsäule stehn.
Und du, Pandora,
Heiliges Gefäß der Gaben alle,
Die ergötzlich sind
Unter dem weiten Himmel,
Auf der unendlichen Erde,
Alles, was mich je erquickt von Wonnegefühl,
Was in des Schattens Kühle
Mir Labsal ergossen,
Der Sonne Liebe jemals Frühlingswonne,
Des Meeres laue Welle
Jemals Zärtlichkeit an meinen Busen angeschmiegt,
Und was ich je für reinen Himmelsglanz

Und Seelenruhgenuß geschmeckt –
Das all all – – meine Pandora!

MINERVA. Jupiter hat dir entboten,
Ihnen allen das Leben zu erteilen,
Wenn du seinem Antrag
Gehör gäbst.

PROMETHEUS. Das war das einzige, was mich bedenken machte.
Allein – ich sollte Knecht sein
Und – wie alle –
Anerkennen droben die Macht des Donnerers?
Nein!
Sie mögen hier gebunden sein
Von ihrer Leblosigkeit,
Sie sind doch frei,
Und ich fühl' ihre Freiheit!

MINERVA. Und sie sollen leben!
Dem Schicksal ist es, nicht den Göttern,
Zu schenken das Leben und zu nehmen;
Komm, ich leite dich zum Quell des Lebens all,
Den Jupiter uns nicht verschließt:
Sie sollen leben und durch dich!

PROMETHEUS. Durch dich, o meine Göttin,
Leben, frei sich fühlen,
Leben! – Ihre Freude wird dein Dank sein!

Zweiter Akt

Auf Olympus

Jupiter. Merkur

Merkur. Greuel – Vater Jupiter – Hochverrat!
Minerva, deine Tochter,
Steht dem Rebellen bei,
Hat ihm den Lebensquell eröffnet
Und seinen lettnen Hof,
Seine Welt von Thon
Um ihn belebt.
Gleich uns bewegen sie sich all
Und weben, jauchzen um ihn her
Wie wir um dich.
O, deine Donner, Zeus!
Jupiter. Sie sind! Und werden sein!
Und sollen sein!
Über alles, was ist
Unter dem weiten Himmel,
Auf der unendlichen Erde,
Ist mein die Herrschaft.
Das Wurmgeschlecht vermehret
Die Anzahl meiner Knechte.
Wohl ihnen, wenn sie meiner Vaterleitung folgen;
Weh ihnen, wenn sie meinem Fürstenarm
Sich widersetzen.
Merkur. Allvater! du Allgütiger,
Der du die Missetat vergibst Verbrechern,
Sei Liebe dir und Preis

Von aller Erd' und Himmel!
O, sende mich, daß ich verkünde
Dem armen erdgebornen Volk
Dich, Vater, deine Güte, deine Macht!
JUPITER. Noch nicht! In neugeborner Jugendwonne
Wähnt ihre Seele sich göttergleich.
Sie werden dich nicht hören, bis sie dein
Bedürfen. Überlaß sie ihrem Leben!
MERKUR. So weis' als gütig!

TAL AM FUSSE DES OLYMPUS

PROMETHEUS. Sieh nieder, Zeus,
Auf meine Welt: sie lebt!
Ich habe sie geformt nach meinem Bilde,
Ein Geschlecht, das mir gleich sei,
Zu leiden, weinen, zu genießen und zu freuen sich,
Und dein nicht zu achten
Wie ich!

Man sieht das Menschengeschlecht durchs ganze Tal verbreitet. Sie sind auf Bäume geklettert, Früchte zu brechen, sie baden sich im Wasser, sie laufen um die Wette auf der Wiese; Mädchen pflücken Blumen und flechten Kränze.

Ein Mann mit abgehauenen jungen Bäumen tritt zu Prometheus.

MANN. Sieh hier die Bäume,
Wie du sie verlangtest.
PROMETHEUS. Wie brachtest du
Sie von dem Boden?
MANN. Mit diesem scharfen Steine hab' ich sie

Glatt an der Wurzel weggerissen.
PROMETHEUS. Erst ab die Äste! –
Dann ramme diesen
Schräg in den Boden hier
Und diesen hier, so gegenüber;
Und oben verbinde sie! –
Dann wieder zwei hier hinten hin
Und oben einen quer darüber.
Nun die Äste herab von oben
Bis zur Erde,
Verbunden und verschlungen die,
Und Rasen rings umher
Und Äste drüber, mehr,
Bis daß kein Sonnenlicht,
Kein Regen, Wind durchdringe.
Hier, lieber Sohn, ein Schutz und eine Hütte!
MANN. Dank, teurer Vater, tausend Dank!
Sag', dürfen alle meine Brüder wohnen
In meiner Hütte?
PROMETHEUS. Nein!
Du hast sie dir gebaut, und sie ist dein.
Du kannst sie teilen,
Mit wem du willt.
Wer wohnen will, der bau' sich selber eine. *Prometheus ab.*

Zwei Männer

ERSTER. Du sollst kein Stück
Von meinen Ziegen nehmen,
Sie sind mir mein!
ZWEITER. Woher?
ERSTER. Ich habe gestern Tag und Nacht
Auf dem Gebirg herumgeklettert,
Mit saurem Schweiß

Lebendig sie gefangen,
Diese Nacht bewacht,
Sie eingeschlossen hier
Mit Stein und Ästen.

ZWEITER. Nun gib mir eins!
Ich habe gestern auch eine erlegt,
Am Feuer sie gezeitigt
Und gessen mit meinen Brüdern.
Brauchst heut' nur eine:
Wir fangen morgen wieder.

ERSTER. Bleib mir von meinen Ziegen!

ZWEITER. Doch!

Erster will ihn abwehren, Zweiter gibt ihm einen Stoß, daß er umstürzt, nimmt eine Ziege und fort.

ERSTER. Gewalt! Weh! Weh!

PROMETHEUS *kommt.* Was gibt's?

MANN. Er raubt mir meine Ziege! –
Blut rieselt sich von meinem Haupt –
Er schmetterte
Mich wider diesen Stein.

PROMETHEUS. Reiß da vom Baume diesen Schwamm
Und leg' ihn auf die Wunde!

MANN. So – teurer Vater!
Schon ist es gestillt.

PROMETHEUS. Geh, wasch dein Angesicht!

MANN. Und meine Ziege?

PROMETHEUS. Laß Ihn!
Ist seine Hand wider jedermann,
Wird jedermanns Hand sein wider ihn.

Mann ab.

PROMETHEUS. Ihr seid nicht ausgeartet, meine Kinder,
Seid arbeitsam und faul,
Und grausam mild,

Freigebig geizig,
Gleichet all euern Schicksalsbrüdern,
Gleichet den Tieren und den Göttern.

Pandora kommt.

PROMETHEUS. Was hast du meine Tochter,
Wie so bewegt?
PANDORA. Mein Vater!
Ach, was ich sah, mein Vater,
Was ich fühlte!
PROMETHEUS. Nun?
PANDORA. O, meine arme Mira! –
PROMETHEUS. Was ist ihr?
PANDORA. Namenlose Gefühle!
Ich sah sie zu dem Waldgebüsche gehn,
Wo wir so oft uns Blumenkränze pflücken;
Ich folgt' ihr nach,
Und, ach, wie ich vom Hügel komme, seh'
Ich sie, im Tal
Auf einen Rasen hingesunken.
Zum Glück war Arbar ungefähr im Wald.
Er hielt sie fest in seinen Armen,
Wollte sie nicht sinken lassen,
Und, ach, sank mit ihr hin.
Ihr schönes Haupt ersank,
Er küßte sie tausendmal,
Und hing an ihrem Munde,
Um seinen Geist ihr einzuhauchen.
Mir ward bang,
Ich sprang hinzu und schrie,
Mein Schrei eröffnet' ihr die Sinnen.
Arbar ließ sie; sie sprang auf
Und ach, mit halb gebrochnen Augen
Fiel sie mir um den Hals.

Ihr Busen schlug,
Als wollt' er reißen,
Ihre Wangen glühten,
Es lechzt' ihr Mund,
Und tausend Tränen stürzten.
Ich fühlte wieder ihre Kniee wanken
Und hielt sie, teurer Vater,
Und ihre Küsse, ihre Glut
Hat solch ein neues, unbekanntes
Gefühl durch meine Adern hingegossen,
Daß ich verwirrt, bewegt und weinend
Endlich sie ließ und Wald und Feld. –
Zu dir, mein Vater! Sag',
Was ist das alles, was sie erschüttert
Und mich?

PROMETHEUS. Der Tod!

PANDORA. Was ist das?

PROMETHEUS. Meine Tochter,
Du hast der Freuden viel genossen.

PANDORA. Tausendfach! Dir dank' ich's all.

PROMETHEUS. Pandora, dein Busen schlug
Der kommenden Sonne,
Dem wandelnden Mond entgegen,
Und in den Küssen deiner Gespielen
Genossest du reinste die Seligkeit.

PANDORA. Unaussprechlich!

PROMETHEUS. Was hub im Tanze deinen Körper
Leicht auf vom Boden?

PANDORA. Freude!
Wie jedes Glied gerührt vom Sang und Spiel
Bewegte, regte sich,
Ich ganz in Melodie verschwamm.

PROMETHEUS. Und alles löst sich endlich auf in Schlaf,

So Freud' als Schmerz.
Du hast gefühlt der Sonne Glut,
Des Durstes Lechzen,
Deiner Kniee Müdigkeit,
Hast über dein verlornes Schaf geweint,
Und wie geächzt, gezittert,
Als du im Wald den Dorn dir in die Ferse tratst,
Eh' ich dich heilte.

PANDORA. Mancherlei, mein Vater, ist des Lebens Wonn'
Und Weh!

PROMETHEUS. Und fühlst an deinem Herzen,
Daß noch der Freuden viele sind,
Der Schmerzen viele,
Die du nicht kennst.

PANDORA. Wohl, Wohl! – Dies Herze sehnt sich oft
Ach nirgend hin, und überall doch hin!

PROMETHEUS. Da ist ein Augenblick, der alles erfüllt,
Alles, was wir gesehnt, geträumt, gehofft,
Gefürchtet, Pandora –
Das ist der Tod!

PANDORA. Der Tod?

PROMETHEUS. Wenn aus dem innerst tiefsten Grunde
Du ganz erschüttert alles fühlst,
Was Freud' und Schmerzen jemals dir ergossen,
Im Sturm dein Herz erschwillt,
In Tränen sich erleichtern will
Und seine Glut vermehrt,
Und alles klingt an dir und bebt und zittert,
Und all die Sinne dir vergehn,
Und du dir zu vergehen scheinst
Und sinkst,
Und alles um dich her versinkt in Nacht,
Und du, in inner eigenem Gefühl,

Umfassest eine Welt:
Dann stirbt der Mensch.

PANDORA *ihn umhalsend.* O Vater, laß uns sterben!

PROMETHEUS. Noch nicht.

PANDORA. Und nach dem Tod?

PROMETHEUS. Wenn alles – Begier und Freud' und Schmerz –
Im stürmenden Genuß sich auflöst,
Dann sich erquickt in Wonneschlaf –
Dann lebst du auf, aufs jüngste wieder auf,
Von neuem zu fürchten, zu hoffen, zu begehren!

Nausikaa

Erster Aufzug

Erster Auftritt

Jungfrauen der Nausikaa, eine schnell nach der andern

Erste *suchend.* Nach dieser Seite flog der Ball! – Er liegt
Hier an der Erde. Schnell faß' ich ihn auf
Und stecke mich in das Gebüsche! Still!
Sie verbirgt sich.

Zweite. Du hast ihn fallen sehen?
Dritte. Gewiß, er fiel
Gleich hinter dies Gesträuch im Bogen nieder.
Zweite. Ich seh' ihn nicht!
Dritte. Noch ich.
Zweite. Mir schien, es lief
Uns Tyche schon, die schnelle, leicht voraus.
Erste *aus dem Gebüsch zugleich rufend und werfend.*
Er kommt! er trifft!
Zweite. Ai!
Dritte. Ai!
Erste *hervortretend.* Erschreckt ihr so
Vor einer Freundin? Nehmt vor Amors Pfeilen
Euch nur in Acht! sie treffen unverschner
Als dieser Ball.
Zweite *den Ball aufraffend.* Er soll! er soll zur Strafe
Dir um die Schultern fliegen.
Erste *laufend.* Werft! ich bin schon weit!
Dritte. Nach ihr! nach ihr!
Zweite *wirft.* Er reicht sie kaum, er springt

Ihr von der Erde nur vergebens nach.
Kommt mit! Geschwind! daß wir des Spiels so lang',
Als möglich ist, genießen, frei für uns
Nach allem Willen scherzen. Denn ich fürchte,
Bald eilt die Fürstin nach der Stadt zurück.
Sie ist seit diesem heitern Frühlingsabend
Nachdenklicher als sonst und freut sich nicht,
Mit uns zu lachen und zu spielen, wie
Sie stets gewohnt war. Komm! sie rufen schon.

Zweiter Auftritt

Ulysses, aus der Höhle tretend

Was rufen mich für Stimmen aus dem Schlaf?
Wie ein Geschrei, ein laut Gespräch der Frauen
Erklang mir durch die Dämmrung des Erwachens.
Hier seh' ich niemand! Scherzen durchs Gebüsch
Die Nymphen? oder ahmt der frische Wind,
Durchs hohe Rohr des Flusses sich bewegend,
Zu meiner Qual die Menschenstimmen nach?
Wo bin ich hingekommen? welchem Lande
Trug mich der Zorn des Wellengottes zu?
Ist's leer von Menschen, wehe mir Verlaßnen!
Wo will ich Speise finden, Kleid und Waffe?
Ist es bewohnt von Rohen, Ungezähmten,
Dann wehe doppelt mir! dann übt aufs neue
Gefahr und Sorge dringend Geist und Hände.
O Not! Bedürfnis! o ihr strengen Schwestern,
Ihr haltet, eng begleitend, mich gefangen!
So kehr' ich von der zehenjähr'gen Mühe
Des wohlvollbrachten Krieges wieder heim,
Der Städtebändiger, der Sinnbezwinger!

Der Bettgenoß unsterblich schöner Frauen!
Ins Meer versanken die erworbnen Schätze,
Und ach, die besten Schätze, die Gefährten,
Erprobte Männer, in Gefahr und Mühe
An meiner Seite lebenslang gebildet,
Verschlungen hat der tausendfache Rachen
Des Meeres die geliebten, und allein,
Nackt und Bedürftig jeder kleinen Hilfe,
Erheb' ich mich auf unbekanntem Boden
Vom ungemeßnen Schlaf. Ich irrte nicht!
Ich hörte das Geschwätz vergnügter Mädchen.
O daß sie freundlich mir und zarten Herzens
Dem Vielgeplagten doch begegnen möchten,
Wie sie mich einst den Glücklichen empfingen!
Ich sehe recht! die schönste Heldentochter
Kommt hier, begleitet von bejahrtem Weibe,
Den Sand des Ufers meidend, nach dem Haine.
Verberg' ich mich so lange, bis die Zeit,
Die schickliche, dem klugen Sinn erscheint.

Dritter Auftritt

Nausikaa. Eurymedusa

Nausikaa. Laß sie nur immer scherzen! denn sie haben
Schnell ihr Geschäft verrichtet. Unter Schwätzen
Und Lachen spülte frisch und leicht die Welle
Die schönen Kleider rein. Die hohe Sonne,
Die allen hilft, vollendete gar leicht
Das Tagewerk. Gefalten sind die Schleier,
Die langen Röcke, deren Weib und Mann
Sich immer, reinlich wechselnd, gern erfreut.
Die Körbe sind geschlossen; leicht und sanft

Bringt der bepackte Wagen uns zur Stadt.
EURYMEDUSA. Ich gönne gern den Kindern ihre Luft
Und was du willst, geschieht. Ich sah dich still
Beiseit am Flusse gehen, keinen Teil
Am Spiele nehmen, nur gefällig
Zu dulden mehr als dich zu freuen. Dies
Schien mir ein Wunder…
NAUSIKAA. Gesteh' ich dir, geliebte Herzensfreundin,
Warum ich heut' so früh' in deine Kammer
Getreten bin, warum ich diesen Tag
So schön gefunden, unser weibliches
Geschäft so sehr beschleunigt, Roß und Wagen
Von meinem Vater… mir erbeten.
Wenn ich jetzt… still und… bin,
So wirst du lächeln, denn mich hat ein Traum,
Ein Traum verführt, der einem Wunsche gleicht.
EURYMEDUSA. Erzähle mir, denn alle sind nicht leer
Und ohne Sinn die flüchtigen Gefährten
Der Nacht. Bedeutend fand ich stets
Die sanften Träume, die der Morgen uns
Ums Haupt bewegt.
NAUSIKAA. So war der meine. Spät
Noch wach' ich, denn mich hielt das Sausen
Des ungeheuren Sturms um Mitternacht
Noch munter…

In meines Vaters Garten soll die Erde
Dich umtriebnen vielgeplagten Mann
Zum freundlichsten empfangen…
Das schönste Feld hat er sein ganzes Leben
Bepflanzt, gepflügt und erntet nun im Alter
Des Fleißes Lohn, ein tägliches Vergnügen.
Dort dringen neben Früchten wieder Blüten,

Und Frucht auf Früchte wechseln durch das Jahr.
Die Pomeranze, die Zitrone steht
Im dunklen Laube, und die Feige folgt
Der Feige… beschützt ist rings umher
Mit Aloe und Stachelfeigen,
Daß die verwegne Ziege nicht genäschig…
Dort wirst du in den schönen Lauben wandeln,
An weiten Teppichen von Blumen dich erfreun.
Es rieselt neben dir der Bach, geleitet
Von Stamm zu Stamm. Der Gärtner tränkt sie
Nach seinem Willen…

Du bist nicht einer von den Trüglichen,
Wie viele Fremde kommen, die sich rühmen
Und glatte Worte sprechen, wo der Hörer
Nichts Falsches ahnet und zuletzt, betrogen,
Sie unvermutet wieder scheiden sieht.
Du bist ein Mann, ein zuverlässiger Mann,
Sinn und Zusammenhang hat deine Rede. Schön
Wie des Dichters Lied tönt sie dem Ohr
Und füllt das Herz und reißt es mit sich fort.

Ein weißer Glanz ruht über Land und Meer,
Und duftend schwebt der Äther ohne Wolken.

Und nur die höchsten Nymphen des Gebirgs
Erfreuen sich des leichtgefallnen Schnees
Auf kurze Zeit.

Geliebte, schilt die stille Träne nicht,
Die mir vom Auge fließt.

Er ist wohl jung genug, denn ich bin alt.

Und immer ist der Mann ein junger Mann,
Der einem jungen Weibe wohl gefällt.

O teurer Mann, welch einen Schmerz erregt
Das edle Wort in meinem Busen! So
Soll jener Tag denn kommen, der mich einsam
Von meiner Tochter trennen wird. Vor dem Tag
Des Todes lassen soll ich sie
Und senden in ein fernes Land,
Sie, die zu Haus so wohl gepflegt...

So werde jener Tag, der wieder dich
Mit deinem Sohn zurück zum Feste bringt,
Der feierlichste Tag des Lebens mir...

Ein gottgesendet Übel sieht der Mensch,
Der klügste, nicht voraus und wendet's nicht
Vom Hause.

Pandora

Ein Festspiel

Personen

Prometheus,
Epimetheus, } Japetiden

Phileros, Prometheus' Sohn

Elpore,
Epimeleia, } Epimetheus' Töchter

Eos

Pandora, Epimetheus' Gattin

Dämonen

Helios

Schmiede

Hirten

Feldbauende

Krieger

Gewerbsleute

Winzer

Fischer

Der Schauplatz wird im großen Stil
nach Poussinischer Weise gedacht.

SEITE DES PROMETHEUS

Zu der Linken des Zuschauers Fels und Gebirg, aus dessen mächtigen Bänken und Massen natürliche und künstliche Höhlen neben- und über einander gebildet sind, mit mannigfaltigen Pfaden und Steigen, welche sie verbinden. Einige dieser Höhlen sind wieder mit Felsstücken zugesetzt, andre mit Toren und Gattern verschlossen, alles roh und derb. Hier und da sieht man etwas regelmäßig Gemauertes, vorzüglich Unterstützung und künstliche Verbindung der Massen bezweckend, auch schon bequemere Wohnungen andeutend, doch ohne alle Symmetrie. Rankengewächse hangen herab, einzelne Büsche zeigen sich auf den Absätzen, höher hinauf verdichtet sich das Gesträuch, bis sich das Ganze in einen waldigen Gipfel endigt

SEITE DES EPIMETHEUS

Gegenüber zur Rechten ein ernstes Holzgebäude nach ältester Art und Konstruktion, mit Säulen von Baumstämmen und kaum gekanteten Gebälken und Gesimsen. In der Vorhalle sieht man eine Ruhestätte mit Fellen und Teppichen. Neben dem Hauptgebäude, gegen den Hintergrund, kleinere ähnliche Wohnungen mit vielfachen Anstalten von trockenen Mauern, Planken und Hecken, welche auf Befriedigung verschiedener Besitztümer deuten, dahinter die Gipfel von Fruchtbäumen, Anzeigen wohlbestellter Gärten. Weiterhin mehrere Gebäude im gleichen Sinne.

Im Hintergrunde mannigfaltige Flächen, Hügel, Büsche und Haine; ein Fluß, der mit Fällen und Krümmungen nach einer Seebucht fließt, die zunächst von steilen Felsen begrenzt wird. Der Meereshorizont, über den sich Inseln erheben, schließt das Ganze. – Nacht.

EPIMETEUS *aus der Mitte der Landschaft hervortretend.*

Kindheit und Jugend, allzuglücklich preis' ich sie,
Daß, nach durchstürmter durchgenoßner Tageslust
Behender Schlummer allgewaltig sie ergreift
Und, jede Spur vertilgend kräft'ger Gegenwart,
Vergangnes, Träume bildend, mischt Zukünftigem.
Ein solch Behagen, ferne bleibt's dem Alten, mir.
Nicht sondert mir entschieden Tag und Nacht sich ab,
Und meines Namens altes Unheil trag' ich fort:
Denn Epimetheus nannten mich die Zeugenden,
Vergangnem nachzusinnen, Raschgeschehenes
Zurückzuführen, mühsamen Gedankenspiels,
Zum trüben Reich gestaltenmischender Möglichkeit.
So bittre Mühe war dem Jüngling auferlegt,
Daß, ungeduldig in das Leben hingewandt,
Ich unbedachtsam Gegenwärtiges ergriff
Und neuer Sorge neubelastende Qual erwarb.
So flohst du, kräft'ge Zeit der Jugend, mir dahin,
Abwechselnd immer, immer wechselnd mir zum Trost,
Von Fülle zum Entbehren, von Entzücken zu Verdruß.
Verzweiflung floh vor wonniglichem Gaukelwahn,
Ein tiefer Schlaf erquickte mich von Glück und Not;
Nun aber, nächtig immer schleichend wach umher,
Bedaur' ich meiner Schlafenden zu kurzes Glück,
Des Hahnes Krähen fürchtend wie des Morgensterns
Voreilig Blinken. Besser blieb' es immer Nacht!
Gewaltsam schüttle Helios die Lockenglut;
Doch Menschenpfade zu erhellen, sind sie nicht.

Was aber hör' ich! knarrend öffnen sich so früh
Des Bruders Tore. Wacht er schon, der Tätige?
Voll Ungeduld, zu wirken, zündet er schon die Glut
Auf hohlem Herdraum werkaufregend wieder an
Und ruft zu mächt'ger Arbeitslust die rußige,

Mit Guß und Schlag Erz auszubilden kräft'ge Schar?
Nicht so! Ein eilend leiser Tritt bewegt sich her,
Mit frohem Tonmaß herzerhebenden Gesangs.

PHILEROS *von der Seite des Prometheus her.*

Zu freieren Lüften hinaus, nur hinaus!
Wie drängen mich Mauern! wie ängstet das Haus!
Wie sollen mir Felle des Lagers genügen?
Geläng' es, ein Feuer in Träume zu wiegen?
Nicht Ruhe, nicht Rast
Den Liebenden faßt.
Was hilft es, und neiget das Haupt auch sich nieder
Und sinken ohnmächtig ermüdete Glieder;
Das Herz, es ist munter, es regt sich, es wacht,
Es lebt den lebendigsten Tag in der Nacht!

Alle blinken die Sterne mit zitterndem Schein,
Alle laden zu Freuden der Liebe mich ein,
Zu suchen, zu wandeln den duftigen Gang,
Wo gestern die Liebste mir wandelt' und sang,
Wo sie stand, wo sie saß, wo mit blühenden Bogen
Beblümete Himmel sich über uns zogen,
Und um uns und an uns so drängend und voll
Die Erde von nickenden Blumen erquoll.
O dort nur, o dort
Ist zum Ruhen der Ort!

EPIMETHEUS.

Wie tönet mir ein mächt'ger Hymnus durch die Nacht!

PHILEROS.

Wen treff' ich schon, wen treff' ich noch den Wachenden?

EPIMETHEUS. Phileros, bist du es? Deine Stimme scheint es mir.

PHILEROS. Ich bin es, Oheim! aber halte mich nicht auf.

EPIMETHEUS. Wo eilst du hin, du morgendlicher Jüngling du?

PHILEROS. Wohin mich nicht dem Alten zu begleiten ziemt.

EPIMETHEUS. Des Jünglings Pfade, zu erraten sind sie leicht.
PHILEROS. So laß mich los und frage mir nicht weiter nach.
EPIMETHEUS. Vertraue mir! Der Liebende bedarf des Rats.
PHILEROS.
Zum Rate bleibt nicht, zum Vertrauen bleibt nicht Raum.
EPIMETHEUS. So nenne mir den Namen deines holden Glücks.
PHILEROS. Verborgen ist ihr Name wie der Eltern mir.
EPIMETHEUS. Auch Unbekannte zu beschädigen, bringet Weh.
PHILEROS. Des Ganges heitre Schritte, Guter, trübe nicht.
EPIMETHEUS. Daß du ins Unglück rennest, fürcht' ich nur zu sehr.
PHILEROS. Phileros, nur dahin zum beduфteten Garten!
Da magst du die Fülle der Liebe dir erwarten,
Wenn Eos, die Blöde, mit glühendem Schein
Die Teppiche rötet am heiligen Schrein
Und hinter dem Teppich das Liebchen hervor,
Mit röteren Wangen nach Helios' Tor,
Nach Gärten und Feldern mit Sehnsucht hinaus
Die Blicke versendet und spähet mich aus.
So wie ich zu dir,
So strebst du zu mir!

Ab, nach der rechten Seite des Zuschauers.

EPIMETHEUS. Fahr hin, Beglückter, Hochgesegneter, dahin!
Und wärst du nur den kurzen Weg zu ihr beglückt,
Doch zu beneiden! Schlägt dir nicht des Menschenheils
Erwünschte Stunde, zöge sie auch schnell vorbei?

So war auch mir! so freudig hüpfte mir das Herz,
Als mir Pandora nieder vom Olympos kam.
Allschönst und allbegabtest regte sie sich hehr
Dem Staunenden entgegen, forschend holden Blicks,
Ob ich, dem strengen Bruder gleich, wegwiese sie.
Doch nur zu mächtig war mir schon das Herz erregt,
Die holde Braut empfing ich mit berauschtem Sinn.

Sodann geheimnisreicher Mitgift naht' ich mich,
Des irdenen Gefäßes hoher Wohlgestalt.
Verschlossen stand's. Die Schöne freundlich trat hinzu,
Zerbrach das Göttersiegel, hub den Deckel ab.
Da schwoll gedrängt ein leichter Dampf aus ihm hervor,
Als wollt ein Weihrauch danken den Uraniern.
Und fröhlich fuhr ein Sternblitz aus dem Dampf heraus,
Sogleich ein andrer; andre folgten heftig nach.
Da blickt ich auf, und auf der Wolke schwebten schon
Im Gaukeln lieblich Götterbilder, buntgedrängt.
Pandora zeigt und nannte mir die Schwebenden:
Dort, siehst du, sprach sie, glänzet Liebesglück empor!
Wie? rief ich, droben schwebt es? Hab' ich's doch in dir!
Daneben zieht, so sprach sie fort, Schmucklustiges
Des Vollgewandes wellenhafte Schleppe nach.
Doch höher steigt, bedächtig ernsten Herrscherblicks,
Ein immer vorwärtsdringendes Gewaltgebild.
Dagegen, gunsterregend, strebt, mit Freundlichkeit
Sich selbst gefallend, süß zudringlich, regen Blicks,
Ein artig Bild, dein Auge suchend, emsig her.
Noch andre schmelzen kreisend ineinander hin,
Dem Rauch gehorchend, wie er hin und wider wogt,
Doch alle pflichtig, deiner Tage Lust zu sein.

Da rief ich aus: Vergebens glänzt ein Sternenheer,
Vergebens rauchgebildet wünschenswerter Trug!
Du trügst mich nicht, Pandora, mir die einzige!
Kein andres Glück verlang' ich, weder wirkliches
Noch vorgespiegeltes im Luftwahn. Bleibe mein!

Indessen hatte sich das frische Menschenchor,
Das Chor der Neulinge, versammelt mir zum Fest.
Sie starrten froh die muntern Luftgeburten an

Und drangen zu und haschten. Aber flüchtiger
Und irdisch ausgestreckten Händen unerreichbar jene,
Steigend jetzt empor und jetzt gesenkt,
Die Menge täuschten stets sie, die verfolgende.
Ich aber zuversichtlich trat zur Gattin schnell
Und eignete das gottgesandte Wonnebild
Mit starken Armen meiner lieberfüllten Brust.
Auf ewig schuf da holde Liebesfülle mir
Zur süßen Lebensfabel jenen Augenblick.
Er begibt sich nach dem Lager in der Vorhalle und besteigt es.

Jener Kranz, Pandorens Locken
Eingedrückt von Götterhänden,
Wie er ihre Stirn umschattet,
Ihrer Augen Glut gedämpfet,
Schwebt mir noch vor Seel' und Sinnen,
Schwebt, da sie sich längst entzogen,
Wie ein Sternbild über mir.

Doch er hält nicht mehr zusammen;
Er zerfließt, zerfällt und streuet
Über alle frischen Fluren
Reichlich seine Gaben aus.
Schlummernd.
O wie gerne bänd' ich wieder
Diesen Kranz! Wie gern verknüpft ich,
Wär's zum Kranze, wär's zum Strauße,
Flora-Cypris, deine Gaben!
Doch mir bleiben Kranz und Sträuße
Nicht beisammen. Alles löst sich,
Einzeln schafft sich Blum' und Blume
Durch das Grüne Raum und Platz.
Pflückend geh' ich und verliere

Das Gepflückte. Schnell entschwindet's.
Rose, brech' ich deine Schöne,
Lilie, du bist schon dahin! *Er entschläft.*

PROMETHEUS *eine Fackel in der Hand.*
Der Fackel Flamme, morgendlich dem Stern voran
In Vaterhänden aufgeschwungen, kündest du
Tag vor dem Tage! Göttlich werde du verehrt.
Denn aller Fleiß, der männlich schätzenswerteste,
Ist morgendlich; nur er gewährt dem ganzen Tag
Nahrung, Behagen, müder Stunden Vollgenuß.
Deswegen ich der Abendasche heil'gen Schatz
Entblößend früh zu neuem Gluttrieb aufgefacht,
Vorleuchtend meinem wackern arbeitstreuen Volk –
So ruf' ich laut euch Erzgewält'ger nun hervor:
Erhebt die starken Arme leicht, daß taktbewegt
Ein kräft'ger Hämmerchortanz, laut erschallend, rasch
Uns das Geschmolzne vielfach strecke zum Gebrauch.

Mehrere Höhlen eröffnen sich, mehrere Feuerfangen an zu brennen.

SCHMIEDE. Zündet das Feuer an!
Feuer ist oben an.
Höchstes er hat's getan,
Der es geraubt.
Wer es entzündete,
Sich es verbündete,
Schmiedete, ründete
Kronen dem Haupt.

Wasser, es fließe nur!
Fließet es von Natur
Felsenab durch die Flur,
Zieht es auf seine Spur
Menschen und Vieh.

Fische, sie wimmeln da.
Vögel, sie himmeln da,
Ihr ist die Flut.
Die unbeständige,
Stürmisch lebendige,
Daß der Verständige
Manchmal sie bändige,
Finden wir gut.

Erde, sie steht so fest!
Wie sie sich quälen läßt!
Wie man sie scharrt und plackt!
Wie man sie ritzt und hackt!
Da soll's heraus.
Furchen und Striemen ziehn
Ihr auf den Rücken hin
Knechte mit Schweißbemühn;
Und wo nicht Blumen blühn,
Schilt man sie aus.

Ströme du, Luft und Licht,
Weg mir vom Angesicht!
Schürst du das Feuer nicht,
Bist du nichts wert.
Strömst du zum Herd herein,
Sollst du willkommen sein,
Wie sich's gehört.
Dring nur herein ins Haus;
Willst du hernach hinaus,
Bist du verzehrt.
Rasch nur zum Werk getan!
Feuer, nun flammt's heran,
Feuer schlägt oben an;

Sieht's doch der Vater an,
Der es geraubt.
Der es entzündete,
Sich es verbündete,
Schmiedete, ründete
Kronen dem Haupt.

PROMETHEUS. Des tät'gen Manns Behagen sei Parteilichkeit!
Drum freut es mich, daß, andrer Elemente Wert
Verkennend, ihr das Feuer über alles preist.
Die ihr, hereinwärts auf den Amboß blickend, wirkt
Und hartes Erz nach eurem Sinne zwingend formt,
Euch rettet ich, als mein verlorenes Geschlecht
Bewegtem Rauchgebilde nach, mit trunknem Blick,
Mit offnem Arm, sich stürzte, zu erreichen das,
Was unerreichbar ist und, wär's erreichbar auch,
Nicht nützt noch frommt; ihr aber seid die Nützenden.
Wildstarre Felsen widerstehn euch keineswegs;
Dort stürzt von euren Hebeln Erzgebirg herab,
Geschmolzen fließt's, zum Werkzeug umgebildet nun,
Zur Doppelfaust. Verhundertfältigt ist die Kraft.
Geschwungne Hämmer dichten, Zange fasset klug;
So eigne Kraft und Bruderkräfte mehret ihr,
Werktätig, weisekräftig, ins Unendliche.
Was Macht entworfen, Feinheit ausgesonnen, sei's
Durch euer Wirken über sich hinausgeführt.
Drum bleibt am Tagwerk vollbewußt und freigemut:
Denn eurer Nachgebornen Schar, sie nahet schon,
Gefertigtes begehrend, Seltnem huldigend.

HIRTEN. Ziehet den Berg hinauf,
Folget der Flüsse Lauf!
Wie sich der Fels beblüht,

Wie sich die Weide zieht,
Treibet gemach!

Überall findet's was,
Kräuter und tauig Naß,
Wandelt und sieht sich um,
Trippelt, genießet stumm,
Was es bedarf.

Erster Hirt *zu den Schmieden.*
Mächtige Brüder hier,
Stattet uns aus!
Reichet der Klingen mir
Schärfste heraus.
Syrinx muß leiden!
Rohr einzuschneiden,
Gebt mir die feinsten gleich!
Zart sei der Ton.
Preisend und lobend euch
Ziehn wir davon.

Zweiter Hirt *zum Schmiede.*
Hast du wohl Weichlinge
Freundlich versorgt,
Haben noch obendrein
Sie dir es abgeborgt.
Reich' uns des Erzes Kraft,
Spitzig, nach hinten breit,
Daß wir es schnüren fest
An unsrer Stäbe Schaft.

Dem Wolf begegnen wir,
Menschen, mißwilligen;

Denn selbst die Billigen
Sehn es nicht gern,
Wenn man sich was vermißt;
Doch nah und fern
Läßt man sich ein,
Und wer kein Krieger ist,
Soll auch kein Hirte sein.

DRITTER HIRT *zum Schmiede.*
Wer will ein Hirte sein,
Lange Zeit er hat;
Zähl' er die Stern' im Schein,
Blas' er auf dem Blatt.
Blätter gibt uns der Baum,
Rohre gibt uns das Moor;
Künstlicher Schmiedegesell,
Reich' uns was anders vor!
Reich' uns ein ehern Rohr,
Zierlich zum Mund gespitzt,
Blätterzart angeschlitzt:
Lauter als Menschensang
Schallet es weit;
Mädchen im Lande breit
Hören den Klang.

Die Hirten verteilen sich unter Musik und Gesang in der Gegend.

PROMETHEUS. Entwandelt friedlich! Friede findend geht ihr nicht.
Denn solches Los dem Menschen wie den Tieren ward,
Nach deren Urbild ich mir Beßres bildete,
Daß eins dem andern, einzeln oder auch geschart,
Sich widersetzt, sich hassend aneinander drängt,
Bis eins dem andern Übermacht betätigte.
Drum faßt euch wacker, *eines* Vaters Kinder ihr!

Wer falle? stehe? kann ihm wenig Sorge sein.

Ihm ruht zu Hause vielgewaltiger ein Stamm,
Der stets fernaus- und weit und breit umhergesinnt;
Zu enge wohnt er, aufeinander dicht gedrängt.
Nun ziehn sie aus, und alle Welt verdrängen sie.
Gesegnet sei des wilden Abschieds Augenblick!

Drum, Schmiede, Freunde! Nur zu Waffen legt mir's an,
Das andre lassend, was der sinnig Ackernde,
Was sonst der Fischer von euch fordern möchte heut'.
Nur Waffen schafft! Geschaffen habt ihr alles dann,
Auch derbster Söhne übermäßgen Vollgenuß.
Jetzt erst, ihr mühsam finsterstündig Strebenden,
Für euch ein Ruhmahl! Denn wer nachts arbeitete,
Genieße, wenn die andern früh zur Mühe gehn.
Dem schlafenden Epimetheus sich nähernd.
Du aber, einz'ger Mitgeborner, ruhst du hier?
Nachtwandler, Sorgenvoller, Schwerbedenklicher.
Du dauerst mich, und doch belob' ich dein Geschick.
Zu dulden ist! Sei's tätig oder leidend auch. ab.

SCHMIEDE. Der es entzündete,
Sich es verbündete,
Schmiedete, ründete
Kronen dem Haupt.
Sie verlieren sich in den Gewölben, die sich schließen.

Epimetheus, in offner Halle schlafend. Elpore, den Morgenstern auf dem Haupte, in luftigem Gewand, steigt hinter dem Hügel herauf

EPIMETHEUS *träumend.*
Ich seh' Gestirne kommen, dicht gedrängt!

Ein Stern für viele, herrlich glänzet er!
Was steiget hinter ihm so hold empor?
Welch liebes Haupt bekrönt, beleuchtet er?
Nicht unbekannt bewegt sie sich herauf,
Die schlanke, holde, niedliche Gestalt.
Bist du's, Elpore?

ELPORE *von fern.* Teurer Vater, ja!
Die Stirne dir zu kühlen, weh' ich her!

EPIMETHEUS. Tritt näher, komm!

ELPORE. Das ist mir nicht erlaubt.

EPIMETHEUS. Nur näher!

ELPORE *nahend.* So denn?

EPIMETHEUS. So! noch näher!

ELPORE *ganz nah.* So?

EPIMETHEUS. Ich kenne dich nicht mehr.

ELPORE. Das dacht' ich wohl.
Wegtretend. Nun aber?

EPIMETHEUS. Ja, du bist's, geliebtes Mädchen,
Das deine Mutter scheidend mir entriß!
Wo bliebst du? Komm zu deinem alten Vater.

ELPORE *herzutretend.*
Ich komme, Vater; doch es fruchtet nicht.

EPIMETHEUS. Welch lieblich Kind besucht mich in der Nähe?

ELPORE. Die du verkennst und kennst, die Tochter ist's.

EPIMETHEUS. So komm in meinen Arm!

ELPORE. Bin nicht zu fassen.

EPIMETHEUS. So küsse mich!

ELPORE *zu seinen Haupten.* Ich küsse deine Stirn
Mit leichter Lippe.
Sich entfernend. Fort schon bin ich, fort!

EPIMETHEUS. Wohin? wohin?

ELPORE. Nach Liebenden zu blicken.

EPIMETHEUS. Warum nach denen? Die bedürfen's nicht.

ELPORE. Ach, wohl bedürfen sie's, und niemand mehr.
EPIMETHEUS. So sage mir denn zu!
ELPORE. Und was denn? was?
EPIMETHEUS. Der Liebe Glück, Pandorens Wiederkehr.
ELPORE. Unmöglichs zu versprechen ziemt mir wohl.
EPIMETHEUS. Und sie wird wiederkommen?
ELPORE. Ja doch! ja!

Zu den Zuschauern.

Gute Menschen! so ein zartes,
Ein mitfühlend Herz, die Götter
Legten's in den jungen Busen;
Was ihr wollet, was ihr wünschet,
Nimmer kann ich's euch versagen,
Und von mir, dem guten Mädchen,
Hört ihr weiter nichts als Ja.

Ach! die anderen Dämonen,
Ungemütlich, ungefällig,
Kreischen immerfort dazwischen
Schadenfroh ein hartes Nein.

Doch der Morgenlüfte Wehen
Mit dem Krähn des Hahns vernehm' ich;
Eilen muß die Morgendliche,
Eilen zu Erwachenden.
Doch so kann ich euch nicht lassen.
Wer will noch was Liebes hören?
Wer von euch bedarf ein Ja?

Welch ein Tosen! welch ein Wühlen!
Ist's der Morgenwelle Brausen?
Schnaubst du hinter goldnen Toren,
Roßgespann des Helios?

Nein! mir wogt die Menge murmelnd,
Wildbewegte Wünsche stürzen
Aus den überdrängten Herzen,
Wälzen sich zu mir empor.

Ach! was wollt ihr von der Zarten?
Ihr Unruh'gen, Übermüt'gen!
Reichtum wollt ihr, Macht und Ehre,
Glanz und Herrlichkeit? Das Mädchen
Kann euch solches nicht verleihen;
Ihre Gaben, ihre Töne
Alle sind sie mädchenhaft.

Wollt ihr Macht? Der Mächt'ge hat sie.
Wollt ihr Reichtum? Zugegriffen!
Glanz? Behängt euch! Einfluß? Schleicht nur!
Hoffe niemand solche Güter;
Wer sie will, ergreife sie.

Stille wird's! Doch hör' ich deutlich –
Leis ist mein Gehör – ein seufzend
Lispeln! Still! ein lispelnd Seufzen!
O! das ist der Liebe Ton.
Wende dich zu mir, Geliebter!
Schau in mir der Süßen, Treuen
Wonnevolles Ebenbild.
Frage mich, wie du sie fragest,
Wenn sie vor dir steht und lächelt
Und die sonst geschloßne Lippe
Dir bekennen mag und darf.

»Wird sie lieben?« Ja! »Und mich?« Ja!
»Mein sein?« Ja! »Und bleiben?« Ja doch!

»Werden wir uns wiederfinden?«
Ja gewiß. »Treu wiederfinden?
Nimmer scheiden?« Ja doch! ja!
Sie verhüllt sich und verschwindet, als Echo wiederholend.
Ja doch! ja!

EPIMETHEUS *erwachend.*
Wie süß, o Traumwelt, schöne, lösest du dich ab!
Durchdringendes Angstgeschrei eines Weibes vom Garten her.

EPIMETHEUS *aufspringend.*
Entsetzlich stürzt Erwachenden sich Jammer zu!
Wiederholtes Geschrei.
Weiblich Geschrei! Sie flüchtet! Näher! Nahe schon.

EPIMELEIA *innerhalb des Gartens unmittelbar am Zaun.*
Ai! Ai! Weh! Weh mir! Weh! Weh! Weh! Ai! Ai mir! Weh!

EPIMETHEUS. Epimeleias Töne! hart am Gartenrand.

EPIMELEIA *den Zaun hastig übersteigend.*
Weh! Mord und Tod! Weh, Mörder! Ai! ai! Hilfe mir!

PHILEROS *nachspringend.*
Vergebens! Gleich ergreif' ich dein geflochtnes Haar.

EPIMELEIA. Im Nacken, weh! den Hauch des Mörders fühl' ich schon.

PHILEROS. Verruchte! Fühl' im Nacken gleich das scharfe Beil!

EPIMETHEUS. Her! Schuldig, Tochter, oder schuldlos rett' ich dich.

EPIMELEIA *an seiner linken Seite niedersinkend.*
O Vater du! Ist doch ein Vater stets ein Gott!

EPIMETHEUS. Und wer, verwegen, stürmt aus dem Bezirk dich her?

PHILEROS *zu Epimetheus' Rechten.*
Beschütze nicht des frechsten Weibs verworfnes Haupt!

EPIMETHEUS *sie mit dem Mantel bedeckend.*
Sie schütz' ich, Mörder, gegen dich und jeglichen.

PHILEROS *nach Epimetheus Linken um ihn herumtretend.*
Ich treffe sie auch unter dieses Mantels Nacht.

EPIMELEIA *sich vor dem Vater her nach der rechten Seite zu wer-*

fend. Verloren, Vater, bin ich! O! Gewalt! Gewalt!

PHILEROS *hinter Epimetheus sich zur Rechten wendend.*

Irrt auch die Schärfe, irrend aber trifft sie doch!

Er verwundet Epimeleia im Nacken.

EPIMELEIA. Ai ai! Weh, weh mir!

EPIMETHEUS *abwehrend.* Weh uns! Weh! Gewalt!

PHILEROS. Geritzt nur! Weitre Seelenpforten öffn' ich gleich!

EPIMELEIA. O Jammer! Jammer!

EPIMETHEUS *abwehrend.* Weh uns! Hilfe! Weh uns! Weh!

PROMETHEUS *eilig hereintretend.*

Welch Mordgeschrei! Im friedlichen Bezirke tönt's?

EPIMETHEUS. Zu Hilfe, Bruder! Armgewalt'ger, eile her!

EPIMELEIA. Beflügle deine Schritte! Rettender, heran!

PHILEROS. Vollende, Faust! und Rettung schmählich hinke nach.

PROMETHEUS *dazwischentretend.* Zurück, Unsel'ger! törig Rasender, zurück! Phileros, bist du's? Unbänd'ger, diesmal halt' ich dich.

Er faßt ihn an.

PHILEROS. Laß, Vater, los! ich ehre deine Gegenwart.

PROMETHEUS. Abwesenheit des Vaters ehrt ein guter Sohn.
Ich halte dich! – An diesem Griff der starken Faust
Empfinde, wie erst Übeltat den Menschen faßt
Und Übeltäter weise Macht sogleich ergreift.
Hier morden? Unbewehrte? Geh zu Raub und Krieg!
Hin, wo Gewalt Gesetz macht! Denn wo sich Gesetz,
Wo Vaterwille sich Gewalt schuf, taugst du nicht.
Hast jene Ketten nicht gesehn, die ehernen,
Geschmiedet für des wilden Stieres Hörnerpaar,
Mehr für den Ungebändigten des Männervolks?
Sie sollen dir die Glieder lasten, klirrend hin
Und wider schlagen, deinem Gang Begleitungstakt.
Doch was bedarf's der Ketten? Überwiesener!
Gerichteter! Dort ragen Felsen weit hinaus

Nach Land und See, dort stürzen billig wir hinab
Den Tobenden, der, wie das Tier, das Element,
Zum Grenzenlosen übermütig rennend stürzt.

Er läßt ihn fahren.

Jetzt lös' ich dich. Hinaus mit dir ins Weite fort!
Bereuen magst du oder dich bestrafen selbst.

PHILEROS. So glaubest du, Vater, nun sei es getan?
Mit starrer Gesetzlichkeit stürmst du mich an
Und achtest für nichts die unendliche Macht,
Die mich, den Glücksel'gen, ins Elend gebracht.

Was liegt hier am Boden in blutender Qual?
Es ist die Gebieterin, die mir befahl.
Die Hände, sie ringen, die Arme, sie bangen,
Die Arme, die Hände sind's, die mich umfangen.
Was zitterst du, Lippe? was dröhnest du, Brust?
Verschwiegene Zeugen verrätrischer Lust!
Verräterisch ja! Was sie innig gereicht,
Gewährt sie dem zweiten – dem dritten vielleicht.

Nun sage mir, Vater, wer gab der Gestalt
Die einzige furchtbar entschiedne Gewalt?
Wer führte sie still die verborgene Bahn
Herab vom Olymp? aus dem Hades heran?
Weit eher entflöhst du dem ehrnen Geschick
Als diesem durchbohrend verschlingenden Blick;
Weit eher eindringender Keren Gefahr,
Als diesem geflochtnen geringelten Haar;
Weit eher der Wüste beweglichem Sand
Als diesem umflatternden regen Gewand.

Epimetheus hat Epimeleian aufgehoben, führt sie tröstend umher, daß ihre Stellungen zu Phileros' Worten passen

Sag', ist es Pandora! Du sahst sie einmal,
Den Vätern verderblich, den Söhnen zur Qual.
Sie bildet' Hephaistos mit prunkendem Schein,
Da webten die Götter Verderben hinein.
Wie glänzt das Gefäß! O wie faßt es sich schlank!
So bieten die Himmel berauschenden Trank.
Was birgt wohl das Zaudern? Verwegene Tat.
Das Lächeln, das Neigen, was birgt es? Verrat.
Die heiligen Blicke? Vernichtenden Scherz.
Der göttliche Busen? Ein hündisches Herz.

O! sag' mir, ich lüge! O sag', sie ist rein!
Willkommner als Sinn soll der Wahnsinn mir sein.
Vom Wahnsinn zum Sinne, welch glücklicher Schritt!
Vom Sinne zum Wahnsinn! Wer litt, was ich litt?
Nun ist mir's bequem, dein gestrenges Gebot;
Ich eile, zu scheiden, ich suche den Tod.
Sie zog mir mein Leben ins ihre hinein;
Ich habe nichts mehr, um lebendig zu sein. *Ab.*

PROMETHEUS *zu Epimeleia.*
Bist du beschämt? Gestehst du, wessen er dich zeiht?
EPIMETHEUS. Bestürzt gewahr' ich seltsam uns Begegnendes.
EPIMELEIA *zwischen beide tretend.*
Einig, unverrückt, zusammenwandernd,
Leuchten ewig sie herab, die Sterne;
Mondlicht überglänzet alle Höhen,
Und im Laube rauschet Windesfächeln,
Und im Fächeln atmet Philomele,
Atmet froh mit ihr der junge Busen,
Aufgeweckt vom holden Frühlingstraume.
Ach! warum, ihr Götter, ist unendlich
Alles, alles, endlich unser Glück nur!

Sternenglanz und Mondes Überschimmer,
Schattentiefe, Wassersturz und Rauschen
Sind unendlich, endlich unser Glück nur.

Lieblich, horch! zur feinen Doppellippe
Hat der Hirte sich ein Blatt geschaffen
Und verbreitet früh schon durch die Auen
Heitern Vorgesang mittägiger Heimchen.
Doch der saitenreichen Leier Töne,
Anders fassen sie das Herz, man horchet,
Und wer draußen wandle schon so frühe,
Und wer draußen singe goldnen Saiten,
Mädchen möcht' es wissen, Mädchen öffnet
Leis den Schalter, lauscht am Klaff des Schalters.
Und der Knabe merkt: da regt sich eines!
Wer? das möcht' er wissen, lauert, spähet;
So erspähen beide sich einander.
Beide sehen sich in halber Helle.
Und, was man gesehn, genau zu kennen
Und, was man nun kennt, sich zuzueignen,
Sehnt sich gleich das Herz, und Arme strecken,
Arme schließen sich; ein heil'ger Bund ist,
Jubelt nun das Herz, er ist geschlossen.

Ach! warum, ihr Götter, ist unendlich
Alles, alles, endlich unser Glück nur!
Sternenglanz, ein liebereich Beteuern,
Mondenschimmer, liebevoll Vertrauen,
Schattentiefe, Sehnsucht wahrer Liebe
Sind unendlich, endlich unser Glück nur.
Bluten laß den Nacken! laß ihn, Vater!
Blut, gerinnend, stillet leicht sich selber,
Überlassen sich verharscht die Wunde;

Aber Herzensblut, im Busen stockend,
Wird es je sich wieder fließend regen?
Wirst, erstarrtes Herz, du wieder schlagen?

Er entfloh! – Ihr Grausamen vertriebt ihn.
Ich Verstoßne konnt' ihn, ach! nicht halten,
Wie er schalt, mir fluchte, lästernd raste.
Doch willkommen sei des Fluches Rasen:
Denn so liebt er mich, wie er mich schmähte,
So durchglüht' ich ihn, wie er verwünschte.
Ach! warum verkannt er die Geliebte?
Wird er leben, wieder sie zu kennen?

Angelehnt war ihm die Gartenpforte,
Das gesteh' ich, warum sollt' ich's leugnen?
Unheil überwältigt Scham. – Ein Hirte
Stößt die Tür an, stößt sie auf, und forschend,
Still verwegen, tritt er in den Garten,
Findet mich, die Harrende, ergreift mich,
Und im Augenblick ergreift ihn jener,
Auf dem Fuß ihm folgend. Dieser läßt mich,
Wehrt sich erst und flüchtet, bald verfolgt nun,
Ob getroffen oder nicht? was weiß ich!
Dann auf mich gewandt, mit Schäumen, Schelten,
Dringt nun Phileros; ich stürze flüchtend
Über Blumen und Gesträuch, der Zaun hält
Mich zuletzt, doch hebet mich befittigt
Angst empor, ich bin im Freien, gleich drauf
Stürzt auch er heran; das andre wißt ihr.

Teurer Vater! hat Epimeleia
Sorg' um dich getragen manche Tage,
Sorge trägt sie leider um sich selbst nun,

Und zur Sorge schleicht sich ein die Reue.
Eos wohl wird meine Wange röten,
Nicht an seiner; Helios beleuchten
Schöne Pfade, die er nicht zurückkehrt.
Laßt mich gehn, ihr Väter, mich verbergen,
Zürnet nicht der Armen, laßt sie weinen!
Ach! wie fühl' ich's! Ach! das schmerzt unendlich,
Wohlerworbne Liebe zu vermissen. *Ab.*

PROMETHEUS. Das Götterkind, die herrliche Gestalt, wer ist's?
Pandoren gleicht sie, schmeichelhafter scheint sie nur
Und lieblicher; die Schönheit jener schreckte fast.
EPIMETHEUS. Pandorens Tochter, meine Tochter rühm' ich sie.
Epimeleia nennen wir die Sinnende.
PROMETHEUS.
Dein Vaterglück, warum verbargst du, Bruder, mir's?
EPIMETHEUS. Entfremdet war dir mein Gemüt, o Trefflicher!
PROMETHEUS. Um jener willen, die ich nicht empfing mit Gunst.
EPIMETHEUS. Die du hinweggewiesen, eignet' ich mir zu.
PROMETHEUS. In deinen Hort verbargst du jene Gefährliche?
EPIMETHEUS. Die Himmlische! vermeidend herben Bruderzwist.
PROMETHEUS.
Nicht lange wohl blieb, wankelmütig, sie dir getreu?
EPIMETHEUS. Treu blieb' ihr Bild; noch immer steht es gegen mir.
PROMETHEUS. Und peiniget in der Tochter dich zum zweitenmal.
EPIMETHEUS.
Die Schmerzen selbst um solch ein Kleinod sind Genuß.
PROMETHEUS. Kleinode schafft dem Manne täglich seine Faust.
EPIMETHEUS. Unwürd'ge, schafft er nicht das höchste Gut dafür.
PROMETHEUS. Das höchste Gut? Mich dünken alle Güter gleich.
EPIMETHEUS. Mit nichten! Eines übertrifft. Besaß ich's doch!
PROMETHEUS. Ich rate fast, auf welchem Weg du irrend gehst.
EPIMETHEUS. Ich irre nicht! die Schönheit führt auf rechte Bahn.

Prometheus. In Fraungestalt nur allzuleicht verführet sie.
Epimetheus. Du formtest Frauen, keineswegs verführerisch.
Prometheus.
Doch formt' ich sie aus zärtrem Ton, die rohen selbst.
Epimetheus. Den Mann vorausgedenkend, sie zur Dienerin.
Prometheus.
So werde Knecht, verschmähest du die treue Magd.
Epimetheus. Zu widersprechen meid' ich. Was in Herz und Sinn
Sich eingeprägt, ich wiederhol's im stillen gern.
O göttliches Vermögen mir, Erinnerung!
Du bringst das hehre frische Bild ganz wieder her.
Prometheus. Die Hochgestalt aus altem Dunkel tritt auch mir;
Hephaisten selbst gelingt sie nicht zum zweitenmal.
Epimetheus. Auch du erwähnest solchen Ursprungs Fabelwahn?
Aus göttlich altem Kraftgeschlechte stammt sie her:
Uranione, Heren gleich und Schwester Zeus'.
Prometheus.
Doch schmückt' Hephaistos wohlbedenkend reich sie aus;
Ein goldnes Hauptnetz flechtend erst mit kluger Hand,
Die feinsten Drähte wirkend, strickend mannigfach.
Epimetheus. Dies göttliche Gehäge, nicht das Haar bezwangs,
Das übervolle, strotzend braune, krause Haar;
Ein Büschel flammend warf sich von dem Scheitel auf.
Prometheus. Drum schlang er Ketten nebenan, gediegene.
Epimetheus.
In Flechten glänzend schmiegte sich der Wunderwuchs.
Der, freigegeben, schlangengleich die Ferse schlug.
Prometheus. Das Diadem, nur Aphroditen glänzt es so!
Pyropisch, unbeschreiblich, seltsam leuchtet' es.
Epimetheus. Mir blickt es nur gesellig aus dem Kranz hervor
Aufblühender Blumen; Stirn und Braue hüllten sie,
Die neidischen! Wie Kriegsgefährte den Schützen deckt
Mit dem Schild, so sie der Augen treffende Pfeilgewalt.

Prometheus.
Geknüpft mit Kettenbändern schaut' ich jenen Kranz;
Der Schulter schmiegten sie zwitzernd, glimmernd gern sich an.
Epimetheus.
Des Ohres Perle schwankt mir vor dem Auge noch,
Wie sich frei das Haupt anmutiglich bewegete.
Prometheus. Gereihte Gaben Amphitritens trug der Hals.
Dann vielgeblümten Kleides Feld, wie es wunderbar
Mit frühlingsreichem buntem Schmuck die Brust umgab.
Epimetheus. An diese Brust mich Glücklichen hat sie gedrückt!
Prometheus. Des Gürtels Kunst war über alles lobenswert.
Epimetheus. Und diesen Gürtel hab' ich liebend aufgelöst!
Prometheus. Dem Drachen, um den Arm geringelt, lernt ich ab,
Wie starr Metall im Schlangenkreise sich dehnt und schließt.
Epimetheus. Mit diesen Armen liebevoll umfing sie mich!
Prometheus.
Die Ringe schmückend verbreiterten die schlanke Hand.
Epimetheus. Die mir so oft sich, herzerfreuend, hingestreckt!
Prometheus. Und glich sie wohl Athenens Hand an Kunstgeschick?
Epimetheus. Ich weiß es nicht; nur liebekosend kannt' ich sie.
Prometheus. Athenens Webstuhl offenbart' ihr Oberkleid.
Epimetheus.
Wie's wellenschimmernd, wogenhaft ihr wallte nach.
Prometheus.
Der Saum verwirrte fesselnd auch den schärfsten Blick.
Epimetheus. Sie zog die Welt auf ihren Pfaden nach sich her.
Prometheus. Gewundne Riesenblumen, Füllhorn jegliche.
Epimetheus. Den reichen Kelchen mutiges Gewild entquoll.
Prometheus.
Das Reh, zu fliehen; es zu verfolgen, sprang der Leu.
Epimetheus.
Wer säh' den Saum an, zeigte sich der Fuß im Schritt.

Beweglich wie die Hand erwidernd Liebesdruck.
PROMETHEUS.
Auch hier nicht müde schmückte nur der Künstler mehr;
Biegsame Sohlen, goldne, schrittbefördernde!
EPIMETHEUS. Beflügelte! sie rührte kaum den Boden an.
PROMETHEUS. Gegliedert schnürten goldne Riemen schleifenhaft.
EPIMETHEUS. Oh! rufe mir nicht jene Hüllepracht hervor!
Der Allbegabten wußt' ich nichts zu geben mehr;
Die Schönste, die Geschmückteste, die Meine war's!
Ich gab mich selbst ihr, gab mich mir zum erstenmal!
PROMETHEUS. Und leider so auf ewig dir entriß sie dich!
EPIMETHEUS. Und sie gehört auf ewig mir, die Herrliche!

Der Seligkeit Fülle, die hab' ich empfunden!
Die Schönheit besaß ich, sie hat mich gebunden;
Im Frühlingsgefolge trat herrlich sie an.
Sie erkannt' ich, sie ergriff ich, da war es getan!
Wie Nebel zerstiebte trübsinniger Wahn,
Sie zog mich zur Erd' ab, zum Himmel hinan.

Du suchest nach Worten, sie würdig zu loben,
Du willst sie erhöhen; sie wandelt schon oben.
Vergleich ihr das Beste, du hältst es für schlecht.
Sie spricht, du besinnst dich, doch hat sie schon Recht.
Du stemmst dich entgegen; sie gewinnt das Gefecht.
Du schwankst, ihr zu dienen, und bist schon ihr Knecht.

Das Gute, das Liebe, das mag sie erwidern.
Was hilft hohes Ansehn? sie wird es erniedern.
Sie stellt sich ans Ziel hin, beflügelt den Lauf;
Vertritt sie den Weg dir, gleich hält sie dich auf.
Du willst ein Gebot tun, sie treibt dich hinauf,
Gibst Reichtum und Weisheit und alles in den Kauf.

Sie steiget hernieder in tausend Gebilden,
Sie schwebet auf Wassern, sie schreitet auf Gefilden,
Nach heiligen Maßen erglänzt sie und schallt,
Und einzig veredelt die Form den Gehalt,
Verleiht ihm, verleiht sich die höchste Gewalt.
Mir erschien sie in Jugend-, in Frauengestalt.

PROMETHEUS.
Dem Glück der Jugend heiß' ich Schönheit nah verwandt:
Auf Gipfeln weilt so eines wie das andre nicht.
EPIMETHEUS. Und auch im Wechsel beide, nun und immer schön:
Denn ewig bleibt Erkornen anerkanntes Glück.
So neu verherrlicht leuchtete das Angesicht
Pandorens mir aus buntem Schleier, den sie jetzt
Sich umgeworfen, hüllend göttlichen Gliederbau.
Ihr Antlitz, angeschaut allein, höchst schöner war's,
Dem sonst des Körpers Wohlgestalt wetteiferte;
Auch ward es rein der Seele klar gespiegelt Bild,
Und sie, die Liebste, Holde, leicht-gesprächiger,
Zutraulich mehr, geheimnisvoll gefälliger.
PROMETHEUS. Auf neue Freuden deutet solche Verwandelung.
EPIMETHEUS. Und neue Freuden, Leiden schaffende, gab sie mir.
PROMETHEUS. Laß hören! Leid aus Freude tritt so leicht hervor.
EPIMETHEUS. Am schönsten Tage – blühend regte sich die Welt –
Entgegnete sie im Garten mir, verschleiert noch,
Nicht mehr allein: auf jedem Arme wiegte sie
Ein lieblich Kind, beschattet, Töchterzwillinge.
Sie trat heran, daß hoch erstaunt, erfreut ich die
Beschauen möchte, herzen auch nach Herzenslust.
PROMETHEUS. Verschieden waren beide, sag' mir, oder gleich?
EPIMETHEUS.
Gleich und verschieden; ähnlich nenntest beide wohl.
PROMETHEUS. Dem Vater eins, der Mutter eines, denk' ich doch.

EPIMETHEUS. Das Wahre triffst du, wie es ziemt Erfahrenem.
Da sprach sie: Wähle! Das eine sei dir anvertraut,
Eins meiner Pflege vorbehalten! Wähle schnell!
Epimeleia nennst du dies, Elpore dies.
Ich sah sie an. Die eine schalkisch äugelte
Vom Schleiersaum her; wie sie meinen Blick gehascht,
Zurück sie fuhr und barg sich an der Mutter Brust.
Die andre, ruhig, gegenteils und schmerzlich fast,
Als Jener Blick den meinigen zuerst erwarb,
Sah stät herüber, hielt mein Auge fest und fest
In ihrem innig, ließ nicht los, gewann mein Herz.
Nach mir sich neigend, händereichend, strebte sie
Als liebedürftig, hilfsbedürftig, tiefen Blicks.
Wie hätt' ich widerstanden! Diese nahm ich auf;
Mich Vater fühlend, schloß an meine Brust ich sie,
Ihr wegzuscheuchen von der Stirn frühzeit'gen Ernst.
Nicht achtend stand ich, daß Pandora weiterschritt,
Der Ferngewichnen folgt' ich fröhlich rufend nach;
Sie aber, halb gewendet nach dem Eilenden,
Warf mit der Hand ein deutlich Lebewohl mir zu.
Ich stand versteinert, schaute hin; ich seh' sie noch!

Vollwüchsig streben drei Zypressen himmelwärts,
Wo dort der Weg sich wendet. Sie, gewandt im Gehn,
Darzeigte vorgehoben nochmals mir das Kind,
Das unerreichbar seine Händchen reichend wies;
Und jetzt, hin um die Stämme schreitend, augenblicks
Weg war sie! Niemals hab' ich wieder sie gesehn.
PROMETHEUS.
Nicht sonderbar soll jedem scheinen, was geschieht,
Vereint er sich Dämonen, gottgesendeten.
Nicht tadl' ich deiner Schmerzen Glut, Verwitweter!
Wer glücklich war, der wiederholt sein Glück im Schmerz.

EPIMETHEUS. Wohl wiederhol ich's! Immer jenen Zypressen zu,
Mein einz'ger Gang blieb's. Blickt' ich doch am liebsten hin,
Allwo zuletzt sie schwindend mir im Auge blieb.
Sie kommt vielleicht, so dacht' ich, dorther mir zurück,
Und weinte quellweis, an mich drückend jenes Kind
An Mutterstatt. Es sah mich an und weinte mit,
Bewegt von Mitgefühlen, staunend, unbewußt. –
So leb' ich fort, entgegen ewig verwaister Zeit,
Gestärkt an meiner Tochter zart besorgtem Sinn,
Die nun bedürftig meiner Vatersorge wird,
Von Liebesjammer unerträglich aufgequält.
PROMETHEUS.
Vernahmst du nichts von deiner Zweiten diese Zeit?
EPIMETHEUS. Grausam gefällig steigt sie oft als Morgentraum,
Geschmückt, mit Phosphoros herüber; schmeichelnd fließt
Versprechen ihr vom Munde; kosend naht sie mir,
Und schwankt und flieht. Mit ewigem Verwandeln täuscht
Sie meinen Kummer, täuscht zuletzt auf Ja und Ja
Den Flehenden mit Pandorens Wiederkehr sogar.
PROMETHEUS. Elporen kenn' ich, Bruder, darum bin ich mild
Zu deinen Schmerzen, dankbar für mein Erdenvolk.
Du mit der Göttin zeugtest ihm ein holdes Bild,
Zwar auch verwandt mit jenen Rauchgeborenen;
Doch stets gefällig täuschet sie unschuldiger,
Entbehrlich keinem Erdensohn. Kurzsichtigen
Zum zweiten Auge wird sie; jedem sei's gegönnt! –
Du, stärkend aber deine Tochter, stärke dich...
Wie! hörst du nicht? versinkest zur Vergangenheit?
EPIMETHEUS. Wer von der Schönen zu scheiden verdammt ist,
Fliehe mit abgewendetem Blick!
Wie er, sie schauend, im tiefsten entflammt ist,
Zieht sie, ach! reißt sie ihn ewig zurück.

Frage dich nicht in der Nähe der Süßen:
Scheidet sie? scheid' ich? Ein grimmiger Schmerz
Fasset im Krampf dich, du liegst ihr zu Füßen,
Und die Verzweiflung zerreißt dir das Herz.

Kannst du dann weinen und siehst sie durch Tränen,
Fernende Tränen, als wäre sie fern:
Bleib! Noch ist's möglich! Der Liebe, dem Sehnen
Neigt sich der Nacht unbeweglichster Stern.

Fasse sie wieder! Empfindet selbander
Euer Besitzen und euren Verlust!
Schlägt nicht ein Wetterstrahl euch auseinander,
Inniger dränget sich Brust nur an Brust.

Wer von der Schönen zu scheiden verdammt ist,
Fliehe mit abgewendetem Blick!
Wie er, sie schauend, im Tiefsten entflammt ist,
Zieht sie, ach! reißt sie ihn ewig zurück!

PROMETHEUS. Ist's wohl ein Glück zu nennen, was in Gegenwart
Ausschließend wegweist alles, was ergötzlich lockt,
Abwesend aber, jeden Trost verneinend, quält?
EPIMETHEUS. Trostlos zu sein ist Liebenden der schönste Trost;
Verlornem nachzustreben selbst schon mehr Gewinn
Als Neues aufzuhaschen. Weh doch! Eitles Mühn,
Sich zu vergegenwärt'gen Ferngeschiedenes,
Unwiederherstellbares! hohle, leid'ge Qual!

Mühend, versenkt ängstlich der Sinn
Sich in die Nacht, suchet umsonst
Nach der Gestalt. Ach! wie so klar
Stand sie am Tag sonst vor dem Blick.

Schwankend erscheint kaum noch das Bild;
Etwa nur so schritt sie heran!
Naht sie mir denn? Faßt sie mich wohl? –
Nebelgestalt schwebt sie vorbei,

Kehret zurück, herzlich ersehnt;
Aber noch schwankt's immer und wogt's,
Ähnlich zugleich andern und sich;
Schärferem Blick schwindet's zuletzt.

Endlich nun doch tritt sie hervor,
Steht mir so scharf gegen dem Blick!
Herrlich! So schafft Pinsel und Stahl! –
Blinzen des Augs scheuchet sie fort!

Ist ein Bemühn eitler? Gewiß
Schmerzlicher keins, ängstlicher keins!
Wie es auch streng Minos verfügt,
Schatten ist nun ewiger Wert.

Wieder versucht sei's, dich heran,
Gattin, zu ziehn! Hasch' ich sie? Bleibt's
Wieder, mein Glück? – Bild nur und Schein!
Flüchtig entschwebt's, fließt und zerrinnt.

PROMETHEUS. Zerrinne nicht, o Bruder, schmerzlich aufgelöst!
Erhabnen Stammes, hoher Jahre sei gedenk!
Im Jünglingsauge mag ich wohl die Träne sehn;
Des Greisen Aug' entstellt sie. Guter, weine nicht!

EPIMETHEUS.
Der Tränen Gabe, sie versöhnt den grimmigsten Schmerz;
Sie fließen glücklich, wenn's im Innern heilend schmilzt.

PROMETHEUS. Blick' auf aus deinem Jammer! Schau die Röte dort!

Verfehlet Eos wohlgewohnten Pfades heut?
Vom Mittag dorther leuchtet rote Glut empor.
Ein Brand in deinen Wäldern, deinen Wohnungen
Scheint aufzuflammen. Eile! Gegenwart des Herrn
Mehrt jedes Gute, steuert möglichem Verlust.

EPIMETHEUS. Was hab' ich zu verlieren, da Pandora floh!
Das brenne dort! Viel schöner baut sich's wieder auf.

PROMETHEUS. Gebautes einzureißen, rat' ich, gnügt's nicht mehr'
Mit Willen tät' ich's! Zufall aber bleibt verhaßt.
Drum eilig sammle, was von Männern im Bezirk
Dir tätig reg' ist, widersteh' der Flammen Wut!
Mich aber hört gleich jene schwarmgedrängte Schar,
Die zum Verderben sich bereithält wie zum Schutz.

EPIMELEIA. Meinen Angstruf,
Um mich selbst nicht:
Ich bedarf's nicht;
Aber hört ihn!
Jenen dort helft,
Die zu Grund gehn:
Denn zu Grund ging
Ich vorlängst schon.

Als er tot lag
Jener Hirt, stürzt
Auch mein Glück hin;
Nun die Rach' rast,
Zum Verderb strömt
Sein Geschlecht her.

Das Gehäg' stürzt,
Und ein Wald schlägt
Mächt'ge Flamm' auf.
Durch die Rauchglut

Siedet Balsam
Aus dem Harzbaum

An das Dach greift's,
Das entflammt schon.
Das Gesparr kracht!
Ach! es bricht mir
Übers Haupt ein!
Es erschlägt mich
In der Fern' auch!
Jene Schuld ragt!
Auge droht mir,
Braue winkt mir
Ins Gericht hin!

Nicht dahin trägt
Mich der Fuß, wo
Phileros wild
Sich hinabstürzt
In den Meerschwall.
Die er liebt, soll
Seiner wert sein!
Lieb' und Reu treibt
Mich zur Flamm' hin,
Die aus Liebsglut
Rasend aufquoll. *Ab.*

EPIMETHEUS. Diese rett' ich,
Sie die einz'ge!
Jenen wehr' ich
Mit der Hauskraft,
Bis Prometheus
Mir das Heer schickt.

Dann erneun wir
Zorn'gen Wettkampf.
Wir befrein uns;
Jene fliehn dann,
Und die Flamm' lischt. *Ab.*

PROMETHEUS. Nun heran ihr,
Die im Schwarm schon
Um die Felskluft,
Eure Nachtburg.
Aus dem Busch auf,
Eurem Schirmdach,
Strebend aufsummt! –
Eh' ihr auszieht
In das Fernland,
Diesem Nachbar
Werdet hilfreich
Und befreit ihn
Vom Gewaltschlag
Wilder Rachlust!

KRIEGER. Der Ruf des Herrn,
Des Vaters, tönt;
Wir folgen gern,
Wir sind's gewöhnt;
Geboren sind
Wir all' zum Streit,
Wie Schall und Wind
Zum Weg bereit.

Wir ziehn, wir ziehn
Und sagen's nicht;
Wohin? wohin?
Wir fragen's nicht;
Und Schwert und Spieß,

Wir tragen's fern,
Und jens und dies
Wir wagen's gern.

So geht es kühn
Zur Welt hinein;
Was wir beziehn,
Wird unser sein:
Will einer das,
Verwehren wir's;
Hat einer was,
Verzehren wir's.

Hat einer gnug
Und will noch mehr,
Der wilde Zug
Macht alles leer.
Da sackt man auf,
Und brennt das Haus,
Da packt man auf
Und rennt heraus.

So zieht vom Ort,
Mit festem Schritt,
Der erste fort
Den zweiten mit;
Wenn Wahn und Bahn
Der Beste brach,
Kommt an und an
Der Letzte nach.

PROMETHEUS.

Verleihet gleich
So Schad' als Nutz!

Hier weih' ich euch
Zu Schutz und Trutz.
Auf! rasch Vergnügte,
Schnellen Strichs!
Der barsch Besiegte
Habe sich's!
Hier leistet frisch und weislich dringende Hochgewalt
Erwünschten Dienst. Das Feuerzeichen schwindet schon,
Und brüderlich bringt würd'ge Hilfe mein Geschlecht. –
Nun aber Eos, unaufhaltsam strebt sie an,
Sprungweise, mädchenartig, streut aus voller Hand
Purpurne Blumen. Wie an jedem Wolkensaum
Sich reich entfaltend sie blühen, wechseln, mannigfach!
So tritt sie lieblich hervor, erfreulich immerfort,
Gewöhnet Erdgeborner schwaches Auge sanft,
Daß nicht vor Helios' Pfeil erblinde mein Geschlecht,
Bestimmt, Erleuchtetes zu sehen, nicht das Licht!

Eos *von dem Meere heraufsteigend.*

Jugendröte, Tagesblüte,
Bring' ich schöner heut' als jemals
Aus den unerforschten Tiefen
Des Okeanos herüber.
Hurtiger entschüttelt heute
Mir den Schlaf, die ihr des Meeres
Felsumsteilte Bucht bewohnet,
Ernste Fischer, frisch vom Lager!
Euer Werkzeug nehmt zur Hand.

Schnell entwickelt eure Netze,
Die bekannte Flut umzingelnd:
Eines schönen Fangs Gewißheit
Ruf' ich euch ermunternd zu.
Schwimmet, Schwimmer! taucht, ihr Taucher!

Spähet, Späher, auf dem Felsen!
Ufer wimmle wie die Fluten,
Wimmle schnell von Tätigkeit!
PROMETHEUS. Was hältst du deinen Fuß zurück, du Flüchtige?
Was fesselt an dies Buchtgestade deinen Blick?
Wen rufst du an, du Stumme sonst, gebietest wem?
Die niemand Rede stehet, diesmal sprich zu mir!
EOS. Jenen Jüngling rettet, rettet!
Der verzweifelnd, liebetrunken,
Rachetrunken, schwer gescholten,
In die nachtumhüllten Fluten
Sich vom Felsen stürzete.
PROMETHEUS.
Was hör' ich! hat Phileros dem Strafedräun gehorcht?
Sich selbst gerichtet, kalten Wellentod gesucht?
Auf, eilen wir! dem Leben geb' ich ihn zurück.
EOS. Weile, Vater! hat dein Schelten
Ihn dem Tode zugetrieben,
Deine Klugheit, dein Bestreben
Bringt ihn diesmal nicht zurück.
Diesmal bringt der Götter Wille,
Bringt des Lebens eignes, reines,
Unverwüstliches Bestreben
Neugeboren ihn zurück.
PROMETHEUS. Gerettet ist er? sage mir, und schaust du ihn?
EOS. Dort! er taucht in Flutenmitte
Schon hervor, der starke Schwimmer:
Denn ihn läßt die Lust zu leben
Nicht, den Jüngling, untergehn.

Spielen rings um ihn die Wogen,
Morgendlich und kurz beweget,
Spielt er selbst nur mit den Wogen,

Tragend ihn, die schöne Last.
Alle Fischer, alle Schwimmer,
Sie versammeln sich lebendig
Um ihn her, nicht, ihn zu retten:
Gaukelnd baden sie mit ihm.
Ja Delphine drängen gleitend
Zu der Schar sich, der bewegten,
Tauchen auf und heben tragend
Ihn, den schönen Aufgefrischten.
Alles wimmelnde Gedränge
Eilet nun dem Lande zu.

Und an Leben und an Frische
Will das Land der Flut nicht weichen;
Alle Hügel, alle Klippen
Von Lebend'gen ausgeziert!

Alle Winzer, aus den Keltern,
Felsenkellern tretend, reichen
Schal' um Schale, Krug um Krüge
Den beseelten Wellen zu.
Nun entsteigt der Göttergleiche,
Von dem ringsumschäumten Rücken
Freundlicher Meerwunder schreitend,
Reich umblüht von meinen Rosen,
Er ein Anadyomen,
Auf zum Felsen. – Die geschmückte
Schönste Schale reicht ein Alter,
Bärtig, lächelnd, wohlbehaglich,
Ihm, dem Bacchusähnlichen.

Klirret, Becken! Erz, ertöne!
Sie umdrängen ihn, beneidend

Mich um seiner schönen Glieder
Wonnevollen Überblick.
Pantherfelle von den Schultern
Schlagen schon um seine Hüften,
Und den Thyrsus in den Händen
Schreitet er heran, ein Gott.
Hörst du jubeln! Erz ertönen?
Ja, des Tages hohe Feier,
Allgemeines Fest beginnt.

PROMETHEUS. Was kündest du für Feste mir? Sie lieb' ich nicht;
Erholung reichet Müden jede Nacht genug.
Des echten Mannes wahre Feier ist die Tat!

EOS. Manches Gute ward gemein den Stunden;
Doch die gottgewählte, festlich werde diese!
Eos blicket auf in Himmelsräume,
Ihr enthüllt sich das Geschick des Tages.
Nieder senkt sich Würdiges und Schönes,
Erst verborgen, offenbar zu werden,
Offenbar, um wieder sich zu bergen.
Aus den Fluten schreitet Phileros her,
Aus den Flammen tritt Epimeleia;
Sie begegnen sich, und eins im andern
Fühlt sich ganz und fühlet ganz das andre.
So, vereint in Liebe, doppelt herrlich,
Nehmen sie die Welt auf. Gleich vom Himmel
Senket Wort und Tat sich segnend nieder,
Gabe senkt sich, ungeahnet vormals.

PROMETHEUS. Neues freut mich nicht, und ausgestattet
Ist genugsam dies Geschlecht zur Erde.
Freilich frönt es nur dem heut'gen Tage,
Gestrigen Ereignens denkt's nur selten;
Was es litt, genoß, ihm ist's verloren.
Selbst im Augenblicke greift es roh zu;

Faßt, was ihm begegnet, eignet's an sich,
Wirft es weg, nicht sinnend, nicht bedenkend,
Wie man's bilden möge höhrem Nutzen.
Dieses tadl' ich; aber Lehr und Rede,
Selbst ein Beispiel, wenig will es frommen.
Also schreiten sie mit Kinderleichtsinn
Und mit rohem Tasten in den Tag hin.
Möchten sie Vergang'nes mehr beherz'gen,
Gegenwärt'ges, formend, mehr sich eignen,
Wär' es gut für alle; solches wünscht' ich.
EOS. Länger weil' ich nicht, mich treibet fürder
Strahlend Helios unwiderstehlich.
Weg vor seinem Blick zu schwinden, zittert
Schon der Tau, der meinen Kranz beperlet.
Fahre wohl, du Menschenvater! – Merke:
Was zu wünschen ist, ihr unten fühlt es;
Was zu geben sei, die wissen's droben.
Groß beginnet ihr Titanen; aber leiten
Zu dem ewig Guten, ewig Schönen,
Ist der Götter Werk; die laßt gewähren.

Über diese Ausgabe

Die *Dramen* folgen wie die weiteren Texte dieser Werk-Ausgabe, soweit nicht anders angegeben, der Ausgabe: Goethes Werke, Auswahl in fünfzehn Bänden, herausgegeben von Eduard von der Hellen, Stuttgart und Berlin 1921 bis 1922.

Für seine freundliche Unterstützung danken wir dem Goethe-Museum, Anton-und-Katharina-Kippenberg-Stiftung in Düsseldorf, das uns die Abbildung zur Verfügung stellte.

Goethe, Büste in Gips, schwarzgrün lasierter Ölfarbenanstrich, von Martin Gottlieb Klauer, 1780.